Onsc

3114

Van dezelfde auteur

Embargo

Grant Sutherland

Onschendbaar

Zwarte Beertjes
Utrecht / Amsterdam

Oorspronkelijke titel: Diplomatic Immunity

Published by arrangement with Bantam Books, an imprint of the Bantam Dell Publishing Group, a division of Random House, Inc.
Vertaling: Rie Neehus
Omslagontwerp: Myosotis Reclame Studio

Dit is een uitgave van A.W. Bruna Uitgevers B.V.
in samenwerking met Zwarte Beertjes.

ISBN 90 461 1134 2
NUR 313

Het gevaarlijkste van alle morele dilemma's:
wanneer we ons genoodzaakt zien de waarheid te verhullen teneinde de waarheid te helpen om te overwinnen.

Dag Hammarskjold, secretaris-generaal van de Verenigde Naties van 1953-1961. Overleden bij een vliegtuigongeluk op weg naar Kongo voor een VN-missie. De oorzaak van de crash is nooit opgehelderd.

Proloog

Op Manhattan ligt langs de East River een stuk grond van zeven hectare dat juridisch gezien geen deel uitmaakt van de Verenigde Staten. Dit feit drong tot me door tijdens de eerste week na mijn installatie, maar het begon pas reëel te worden toen ik werd uitgenodigd om trouw te zweren aan een handvest dat niet de grondwet was van de Verenigde Staten en aan een vlag die niet de mijne was.

Dat jaar nodigde de secretaris-generaal mij en de andere geïnstalleerden uit om iets te drinken in zijn privé-eetkamer op de 37e verdieping. Hij hield een toespraak.

'U bent uit vele landen hiernaartoe gekomen om uw leven in dienst te stellen van alle volkeren,' verklaarde hij, met een weids handgebaar ons allen, de nieuwste en onbelangrijkste medewerkers van zijn team, omvattend.

We waren met zijn tweeëntwintigen, als ik het me goed herinner. Drie, evenals ik, ingezetenen van de Verenigde Staten, de anderen afkomstig uit alle windstreken. We waren allemaal bijeengekomen om ons aan te sluiten bij de grote onderneming die de Verenigde Naties heet, om de onderdrukten der aarde te helpen, om bruggen van vertrouwen te slaan tussen volkeren en om de mensheid te bevrijden van de gesel van de oorlog.

De secretaris-generaal was welsprekend. Hij schilderde het grote beeld: plicht, verantwoordelijkheid, hoop. Het grootste goed van de mensheid. Als ervaren politicus, hoewel ik het op dat moment niet inzag, bood hij ons de woorden die we wilden horen. Ik was zesentwintig, mijn collega's waren voor het merendeel jonger, we deden allemaal alsof we volwassen en nuchter waren, maar vanbinnen brandden we van de persoonlijke ambities en universele ideeën die niet alleen vergelijkbaar maar ook onscheidbaar waren, alsof het welzijn van de wereld op de een of andere manier synchroon liep met het onze. We werden, natuurlijk, ook verenigd door het universele geloof van de jeugd – het bewijs ervoor was overal om ons heen te zien – dat de generatie van onze ouders het helemaal verkeerd had gedaan; dat wij het beter konden; dat we, als we de kans kregen, zouden kunnen bouwen aan een betere wereld.

Ik zat bij het raam. Het uitzicht vanaf de 37e verdieping was prachtig.

'Ieder van u heeft een rol te spelen, een wezenlijk aandeel in deze onderneming. Om alle volkeren te dienen. Alle naties. Niet slechts uw vaderland. Zelfs niet dat grote aantal, de naties waarmee u zich op de een of andere manier verbonden voelt, door de band van cultuur, of taal, of ras. Nee, álle volkeren. Die waarmee u het eens bent, en die waarmee u het oneens bent. Die waarvan u gelooft dat ze goed zijn, en die waarvan u gelooft dat ze slecht zijn. Elk land heeft, wanneer het eenmaal is geaccepteerd door de Algemene Vergadering, wanneer het het VN-handvest heeft getekend, het recht om een beroep te doen op de diensten van het secretariaat.' Zijn hand maakte weer een gebaar naar ons allen, nu niet koninklijk maar allesomvattend. 'Op mij, en op u.' Daarna zette hij zijn bril op en opende hij het handvest van de VN, een in rood marokijnleer gebonden exemplaar, dat hij in zijn hand hield.

'U hebt dit de afgelopen paar weken ongetwijfeld verscheidene malen gehoord. Het kan geen kwaad dat u het nog eens hoort.' Zijn lachje was grimmig, dat van ons plichtmatig. Maar toen hij begon voor te lezen, verdween de breedvoerige en enigszins dramatische manier waarop hij zich tot ons richtte. Zijn toon werd droog, bijna zakelijk. En hoewel we, zoals hij veronderstelde, artikel 100 van het handvest dikwijls hadden gehoord tijdens onze introductieperiode, luisterden we, aandachtig.

'"Bij de vervulling van hun plichten zullen de secretaris-generaal en de medewerkers niet om instructies vragen en die evenmin ontvangen van enige regering of enige andere autoriteit buiten de organisatie. Zij zullen afzien van elke handeling die hun positie van internationale functionaris die uitsluitend verantwoording schuldig is aan de organisatie, zou kunnen beïnvloeden."'

Hij sloot het in marokijnleer gebonden boek. 'De secretaris-generaal en de medewerkers,' herhaalde hij. Langzaam zette hij zijn bril af. Hij keek op. 'Ik,' zei hij, 'en u.'
Er leek een gewicht op de kamer te drukken en er viel even een diepe stilte. En gedurende dat ogenblik waren we niet slechts jonge, ambitieuze mannen en vrouwen die begonnen aan een carrière als internationaal ambtenaar; op dat moment waren we acolieten, novices van een wereldlijke orde, die hun laatste instructies ontvingen van de hogepriester van ons geloof. Een laatste waarschuwing. Er zou druk op ons worden uitgeoefend. Er zouden, via ons, pogingen worden gedaan om de hoge idealen van de VN te ondermijnen.
Daarna hief de secretaris-generaal zijn hand op. Hij lachte een beetje raadselachtig.
'Veel succes,' zei hij.

Elf jaar later
Toen Toshio Hatanaka belde, zat ik alleen achter mijn bureau. Ik pakte de telefoon en zei mijn naam. Vervolgens luisterde ik naar de ruis op de lijn.
'Windrush,' zei ik nogmaals, luider nu. 'VN, Juridische Zaken.'
Het verre geruis op de lijn hield aan. Ik stond op het punt de hoorn neer te leggen toen ik een wanhopige stem in de ether hoorde roepen: 'Sam?'
Er zijn niet veel stemmen die ik onder dergelijke omstandigheden zou herkennen – die van familie, en misschien van drie of vier collega's en vrienden – dus het wil wel iets zeggen over hoe goed ik door de jaren heen met Toshio Hatanaka bevriend was geraakt dat ik zijn stem onmiddellijk herkende.
'Ik kan je niet verstaan, Toshio. Kun je wat harder praten?'
De verbinding viel weer weg. Toshio's woorden kwamen zwak, in stukjes en beetjes door, als een niet te ontcijferen code. Ik had veel van dergelijke gesprekken gevoerd met Toshio sinds hij was benoemd tot speciaal gezant van de VN in Afghanistan. Hij bracht het grootste deel van zijn leven door op plaatsen waar een draagbare satelliettelefoon geen luxe was, maar een even es-

sentieel deel van zijn uitrusting als een auto met vierwielaandrijving of een bewaker met een pistool.
'Sam.' Zijn stem klonk boven de ruis uit. Ik miste de volgende woorden, daarna hoorde ik: 'Abatan.'
Ik pakte mijn pen. Abatan was een van de door de VN gecontroleerde vluchtelingenkampen langs de Pakistaanse grens, een kamp waar we kortgeleden een medisch hulpteam naartoe hadden gestuurd. Een van de artsen, met onbetaald verlof van haar gewone baan in New York, was mijn vrouw. Ik vroeg Toshio wat het team nodig had, en welke onvermijdelijke bureaucratische en quasi-wettelijke problemen ze hadden die ik, als tweede man bij de afdeling Juridische Zaken van de VN, kon helpen oplossen.
'Nee,' zei hij. 'Kan geen contact...' De verbinding werd steeds zwakker.
Ik zei tegen Toshio dat ik hem bijna niet meer kon verstaan; ik vroeg hem opnieuw om luider te spreken. Zijn stem klonk opeens heel hard.
'De stamleden zijn in Abatan. Ze zijn in het kamp.'
Mijn pen bleef boven de blocnote hangen. De Afghaanse stamleden zouden zelfs niet in de buurt van het kamp mogen zijn; het Pakistaanse leger had ons volledige bescherming gegarandeerd.
'Met wie wil je dat ik ga praten, Toshio? De ambassadeur van Pakistan?'
Verscheidene seconden was er niets dan ruis, de ethergolven zwollen aan en namen vervolgens af. 'Toshio?'
'Ik ga hen zoeken,' zei hij. 'Ik zal contact met hen proberen te krijgen.'
'Met wie?' Het Pakistaanse leger? De Afghaanse stamleden? Ik hoorde bezorgdheid in zijn stem. Er klopte iets niet. Ik liet mijn pen vallen en stond op. 'Wie moet je zoeken? Wat is er daar allemaal aan de hand?'
'Medisch team,' zei hij. Zijn stem werd zwakker. 'Gegijzeld.'
De lijn werd nog slechter, er klonk gekraak als van geweervuur. Toen werd de verbinding verbroken.

Dinsdag

1

'We komen te laat,' merkt Patrick O'Conner somber op. We komen net uit een Starbucks in de buurt, waar Patrick me twintig minuten lang bij twee koffie verkeerd deelgenoot heeft gemaakt van zijn ellende. Dan kijkt hij naar de dichter wordende menigte op het trottoir alvorens rechts af te slaan. Hij veegt de laatste muffinkruimels van zijn mond terwijl ik naast hem ga lopen.

'Weet je,' zegt hij, onder het lopen zijn klaagzang vervolgend, 'het is ongelooflijk. Deze hele kwestie is nu al hoe lang bekend? Jaren. Nu staat de hele zaak op het punt te beginnen – jezus, de stemming is al over twee dagen – en nog steeds weet niemand waar we aan toe zijn. Vertel jij me nu eens, Sam, eerlijk: wat is dit voor zootje?'

Deze vraag, in allerlei variaties, heb ik nu al minstens een maand lang elke dag gehoord. Daarom knik ik, maar ik geef geen commentaar, en terwijl we ons een weg banen door de toeristen gaat Patrick door met zijn nieuwste ideeën over de kwestie te spuien, om precies te zijn al ruim een jaar het voornaamste onderwerp van de debatten in Turtle Bay: het bevorderen van de Japanners tot een plaats aan de hoogste tafel van de internationale diplomatie, een permanente zetel in de Veiligheidsraad van de VN. Wat Patrick privé, met zijn onnavolgbare, Australische accent, aanduidt als 'de Nip-kwestie'.

'Al die armetierige bobo's staan in de rij om hun mening te verkondigen en de Jappen lopen nog steeds rond als een stelletje zombies, alsof het allemaal allang voor elkaar is, alsof ze alleen maar wachten op een knikje van Uncle Sam.' Wanhopig schudt hij zijn hoofd en hij vloekt.

Daarna vervalt hij godzijdank in nadenkend stilzwijgen. Hij is geen grote man, al achter in de vijftig, maar terwijl hij doordendert stroomt de mensenmassa langs hem heen als water om een steen.

Patrick O'Conner, de ondersecretaris-generaal voor Juridische Zaken van de VN, is al bijna drie jaar mijn baas. Ik ben gewend geraakt aan zijn stemmingen, maar vandaag, vanochtend, geraakt zijn ontevredenheid in de hoogste versnelling en wordt bijna groots. Hij veegt met zijn hand over het voorhoofd. Hij steekt zijn kaak vooruit. Hij is niet blij.
Patrick is, zoals iedereen bij het secretariaat weet, onlangs in ongenade gevallen bij de 37e verdieping. In tegenstelling tot zijn gewoonte roept de secretaris-generaal Patrick niet meer bij zich wanneer er een crisis op komst is. Ook vindt hij Patricks talent om toespraken te schrijven niet langer onmisbaar. Hij nodigt Patrick niet meer uit in zijn luxueuze residentie in Upper East Side, zoals hij dat vroeger zo vaak deed, om lekker door te zakken en whisky te drinken tot in de kleine uurtjes. En iedereen weet ook dat de reden voor Patricks val in ongenade de stemming is, nog maar twee dagen vanaf nu, over Japan. De secretaris-generaal heeft Patricks advies gevolgd en de stemming versneld door die boven aan de agenda te zetten van de Algemene Vergadering van dit jaar. Patrick, die zich zelden vergist, was ervan overtuigd dat de Japanners alle troeven in handen hadden. Misschien is dat nog steeds zo. Maar de hele zaak verkeert nu in een zo wankel evenwicht dat niemand de uitslag kan voorspellen, en als het ergste zou gebeuren, als Japan de stemming verliest, dan wordt de SG na al zijn inspanningen voor gek gezet.
Daarom is Patrick de afgelopen paar weken ver weg gehouden van de 37e verdieping. Mocht er een zondebok nodig zijn, dan is Patrick daar de ideale figuur voor.
Nu dringt Patrick zich ongeduldig door de belangstellenden en de toeristen die zich bij First Avenue hebben verzameld. Het gaat niet alleen om mij. Patrick O'Conner is in onvrede met de wereld.
'Praat met Hatanaka,' zegt hij tegen me, wanneer we in het gedrang tegen elkaar aan botsen.
Juist, denk ik. Oké, nu begrijp ik waarom. Waarom Patrick me naar de Starbucks heeft meegenomen om even rustig met elkaar te praten, en waarom ik zojuist twintig minuten naar zijn grieven

heb moeten luisteren. Hij heeft geprobeerd me gunstig te stemmen, hij heeft me erop voorbereid in te gaan op dit verzoek: praat met Hatanaka.
Wanneer ik doe alsof ik niets gehoord heb, pakt Patrick me bij mijn arm.
'Ik wil dat je met Hatanaka gaat praten. Probeer hem te laten ophouden met de onzin die hij uitkraamt, verdomme. Hij kleineert zijn eigen land. Waar denkt hij eigenlijk wel dat hij mee bezig is, een privé-campagne? Wordt hij daarvoor betaald?'
Met tegenzin geef ik toe dat Toshio Hatanaka misschien over de schreef is gegaan.
'Over de schreef? Christus, het kan niet erger dan zoals Hatanaka het speelt.' Vol afgrijzen schudt Patrick zijn hoofd. 'Heb je het laatste nieuws al gehoord? Hij heeft een rondschrijven verstuurd. Naar alle delegaties, om duidelijk te maken dat een zetel in de Veiligheidsraad tegenstrijdig is met de Japanse grondwet. Het is toch niet te geloven?'
'Het zal niets aan de stemming veranderen.'
'Dat zeg jij.'
Helaas zit daar iets in. Toshio Hatanaka, overtuigd pacifist en na vijfentwintig jaar een VN-veteraan, is hier meer bij betrokken geraakt dan hij zou moeten zijn. Ik vraag Patrick wat hij precies wil dat ik tegen Toshio zeg.
'Vertel hem dat hij zijn boekje te buiten gaat. Zorg dat hij zich terugtrekt.'
'Kun jij het zelf niet?'
'Dacht je dat ik het niet geprobeerd heb?' We kijken elkaar aan, terwijl we ons dwars door het gedrang een weg banen naar de trap die omlaagleidt naar First Avenue. Beneden loopt een aantal mensen leuzen te schreeuwen, ze hebben borden bij zich die ze omhoogsteken. 'Verdomme, natuurlijk heb ik het geprobeerd, hij wil gewoon niet luisteren. Maar jullie lijken goed met elkaar overweg te kunnen, toch? Je hebt samen met hem genoeg tijd verspild aan die flauwekul van de Derde Commissie. Probeer in elk geval met hem te praten, wil je? Zie of je een beetje verstand in zijn domme kop kunt krijgen, laat hem inzien dat dit niet een

of andere onbelangrijke procedurekwestie is waar hij zich mee bezighoudt. Dit is het grote werk.'
'En jij wilt dat Toshio ermee ophoudt.'
Patrick kijkt me even strak aan. 'Sam, ik vraag je of je met de man wilt praten, dat is alles. Als je het niet wilt, dan doe je het niet. Maar ik wil niets meer horen over je principes. Je weet dat hij ongelijk heeft. Praat met die man.'
We zijn tussen de mensen uit en blijven boven aan de trap staan; zelfs Patrick wordt even stil bij de aanblik van Turtle Bay, het VN-hoofdkwartier, in al zijn glorie op de openingsdag van de Algemene Vergadering. Aan beide zijden van First Avenue staan toeschouwers; een stoet zwarte limousines kruipt langzaam het voorplein op van het secretariaatsgebouw, de kantoortoren met zijn 38 verdiepingen waar Patrick en ik allebei werken. Afgevaardigden wandelen naar de versierde ingang, de regenboogkleuren van de Afrikaanse nationale kostuums schitteren te midden van de lange rij grijze pakken. Alom worden handen geschud. Er wordt geglimlacht. Er wapperen vlaggen naast elkaar, 185 in totaal. Er hangt onmiskenbaar iets feestelijks in de lucht.
Vlak onder ons, aan deze kant van de straat, houden de in rode pijen gehulde Tibetaanse monniken – een kaalgeschoren groep, ze hebben hier twee weken in hongerstaking doorgebracht – op met het roepen van hun leuzen wanneer de Chinese delegatie in de VN-gebouwen verdwijnt. De monniken laten hun borden met TIBET VRIJ zakken en turen nieuwsgierig tussen de rij New Yorkse politieagenten door om te zien wat er verder gaat gebeuren. Of misschien hopen ze in dit tijdperk van beroemdheid op hetzelfde als de toeschouwers die zich rijendik achter hen verdringen: een glimp op te vangen van een beroemde figuur, een gezicht dat ze herkennen van de tijdschriften of tv.
Nou, denk ik, daar gaan we dan. Voor mij is het de veertiende keer en de opwinding, hoewel getemperd door het verstrijken der jaren, neemt toch weer toe. De vlaggen wapperen. De limousines spuwen de machtigen uit. Het is de eerste dinsdag in september en we zijn opnieuw toe aan het bijeenkomen van alle volkeren der aarde.

Patrick draait zich naar me om. 'Praat met Hatanaka.' Daarna kijkt hij op zijn horloge en maakt aanstalten tussen het publiek door de trap af te lopen. 'We komen te laat,' zegt hij.

Natuurlijk zijn we niet te laat. De afgevaardigden en de presidenten, de premiers en de ministers van Buitenlandse Zaken, verscheidene senioren van het VN-personeel, we zijn allemaal samengekomen in de lounge voor gedelegeerden, waar iedereen druk bezig is te zien en gezien te worden, de enige twee dingen die je kunt doen bij een galagelegenheid als deze. Op het moment dat Patrick James Bruckner, de ambassadeur van de Verenigde Staten, in het oog krijgt, loopt hij snel op hem af om hem de hand te drukken. Ik blijf bij de muur staan. Meestal hangt in deze zaal de sfeer van een vliegveldhal die in de jaren vijftig is gebouwd en ingericht. Lange rijen hoge ramen en brede wandelpaden. Vandaag wordt het effect versterkt door alle kostuums en de verschillend gekleurde gezichten; het lijkt alsof er zojuist een stuk of zes jumbo's zijn geland die enige honderden vips hebben uitgeladen.

Mike Jardine, waarnemend hoofd Veiligheid hier bij de VN, schuifelt tussen de menigte door naar me toe. Hij geeft iemand een opdracht via zijn walkietalkie en komt vervolgens naast me staan. Hij plukt aan de kraag van zijn colbertje en trekt zijn das recht.

'Leuke dag?' waag ik te vragen.

Hij gooit zijn hoofd achterover. 'De beroerdste van het jaar. Het enige wat er nu nog aan ontbreekt is zo'n ellendige rondrit door de stad in open auto's.'

Er is geen spoor van een lachje op zijn bleke gezicht te bekennen. Zijn toegeknepen ogen gaan naar links en naar rechts terwijl hij me vertelt dat er nog één delegatie lijkt te ontbreken.

'Wie?'

'De Jappen.'

De Japanners zullen, met alles wat er tijdens deze vergadering voor hen op het spel staat, echt niet wegblijven van de opening. Wanneer ik dat tegen hem zeg bromt Mike iets.

'Niet komen opdagen, daar kan ik vrede mee hebben. Maar als je het mij vraagt wachten ze gewoon tot het laatste moment om een grootse entree te maken, à la Streisand. Ze komen als laatsten binnen, dat valt iedereen op.' Hij kijkt bezorgd. 'Jezus, en ik dacht nog wel dat ik problemen had in de Hall.'

Mike bedoelt City Hall; het is een verwijzing naar zijn vorige baan, die van veiligheidsfunctionaris voor de burgemeester van New York. Vijf jaar geleden nam Mike ontslag bij de New Yorkse politie om hier op het VN-hoofdkwartier te komen werken, een benoeming die een van de beste ideeën is gebleken van de vorige secretaris-generaal tijdens diens zittingsperiode. Vlak voordat Mike bij ons kwam had de verstandhouding tussen de VN-veiligheidsdienst en de New Yorkse politie een dieptepunt bereikt. Op een gedenkwaardig moment tijdens een ambassadeurslunch in het Park Plaza brak een vuistgevecht uit, vier New Yorkse agenten tegen vier van onze jongens, acht volwassen mannen die in het herentoilet uitvochten wie nu eigenlijk wie beschermde. Dat die dagen nu achter ons liggen is grotendeels aan Mike te danken. Hij wordt gerespecteerd aan beide zijden van First Avenue.

Ik vraag of hij Toshio Hatanaka gezien heeft. Hij schudt zijn hoofd.

'Ik heb je vriendin wel gezien,' zegt hij.

Wanneer ik hem aankijk, grinnikt hij. Had ik het hem maar nooit verteld! Dan rapporteert iemand 'Rood' via Mikes walkietalkie. Hij kreunt.

'Rood?' zeg ik.

Code Rood, legt hij uit. Iets wat de veiligheidsmensen niet willen rondbazuinen. 'Meestal een hoop ellende,' zegt hij. Voordat hij in de menigte verdwijnt, zegt hij nog dat ik van het feest moet genieten.

Het schijnt mijn doel te zijn om me tussen de aanwezigen te mengen, dus dat doe ik. Ik loop wat rond, knik vriendelijk tegen mensen die ik me vaag herinner uit een of andere commissievergadering van vorige week, maak een kort praatje, en loop weer door. In tegenstelling tot Patrick heb ik niet het instinct van een politicus om bij zo'n gelegenheid zaken af te handelen, dus niemand met wie ik spreek is een beroemdheid. Engels, het Latijn van onze tijd, klinkt om me heen in honderd verschillende accenten. Andere talen ook; mijn oor stemt af op Spaanse gesprekken, flarden Frans, maar ik zie Toshio nergens.

'Meneer Windrush,' zegt Jennifer Dale. Ze loopt om iemand van de Grote Oceaaneilanden heen en gaat vlak voor me staan. 'Wat brengt u hier?'

'Het eten.'

'Dan bent u te vroeg.'

'De drankjes?'

Ze houdt haar bijna lege plastic bekertje omhoog. 'Te laat.'

Ik kijk over haar schouder en zeg dat ik meen me iets te herinneren over een afspraak die we hebben gemaakt. Ze kijkt om zich heen.

'Ja, nou, sommige plaatsen zijn zo openbaar dat ze weer privé worden.' Daarna kijkt ze me aan; nu lacht ze, een zakenvrouw die zich tussen al die belangrijke mannen op haar gemak voelt. 'Ontspan je, Sam,' zegt ze zacht, 'ik zal je heus niet bespringen.'

Dat moet ik even tot me laten doordringen. Jennifer Dale en ik hebben, zoals Mike weet en enkele anderen vermoeden, een relatie die ver boven het zakelijke uitgaat. Maar waarschijnlijk heeft ze gelijk: er is niets mis mee wanneer een stafmedewerker van het secretariaat, zoals ik, tijdens een bijeenkomst als deze een paar vriendelijke woorden wisselt met de juridisch adviseur van de ambassadeur van de Verenigde Staten. Ik kijk naar de mensen om ons heen en vraag of ze vanmorgen al veel nieuwe vrienden heeft gemaakt.

'Iedereen wil mijn vriend zijn, Sam. Dat is een van de voordelen wanneer je Amerikaanse bent.'

'Ik ben ook Amerikaan.'

'Jij hoort bij het secretariaat,' brengt ze me grinnikend in herinnering. 'Daardoor kom je gegarandeerd in het schemergebied terecht.' Ze wuift naar iemand achter me. 'Weet je, dit is niet zo erg als je gezegd had dat het zou zijn. Ik denk dat ik het misschien zelfs wel leuk ga vinden.'

'De tijd zal het leren,' zeg ik tegen haar. 'Wacht maar tot de openingstoespraken van de Algemene Vergadering.'
Ze knikt, neemt een slok van haar drankje en kijkt langs me heen. Bij de deur ontstaat enige commotie. De Japanse delegatie arriveert eindelijk.
'Ik neem aan dat je gehoord hebt dat we een brief hebben gekregen van meneer Hatanaka.'
'Ik heb het gehoord,' zeg ik.
'We overwegen een formeel protest.'
'Bruckner is er niet blij mee?'
James Bruckner, de VN-ambassadeur voor de Verenigde Staten, Jennifers baas. De VS lobbyt nu al tientallen jaren om Japan een permanente zetel in de Veiligheidsraad te geven; Bruckner heeft het afgelopen jaar de campagne aangevoerd.
'Oorlogszuchtig,' zegt Jennifer.
Wanneer ik tegen haar de verzekering herhaal die ik Patrick heb gegeven, dat het de stemming niet zal beïnvloeden, trekt ze één wenkbrauw op.
'In elk geval zullen we het donderdag weten,' zegt ze, doelend op de dag waarop de stemming zal plaatsvinden. 'Maar ik kan je dit wel vertellen, Sam: oorlogszuchtig is een heel milde uitdrukking als de Japanners verliezen. Dan wil Bruckner dat er koppen rollen.'
De hint is duidelijk, maar ik vraag het toch. 'Het is zeker de bedoeling dat ik dit aan Toshio doorgeef?'
'Daar zou je ons een groot plezier mee doen.'
'Denk je dat ik het zal doen?'
'Nee hebben we, ja kunnen we krijgen.'
Ze lacht naar me, en ik lach terug. Als ze die boodschap overgebracht wil hebben, zal ze het zelf moeten doen. Daarna krijgt ons gesprek een hogere toon. We beginnen onze indrukken van de beroemde gasten te vergelijken; die van mij zijn de gebruikelijke opmerkingen: dat ze in werkelijkheid zoveel kleiner lijken dan op tv. Maar Jennifer heeft er slag van om met woorden een karikatuur te schetsen en dat doet ze nu, ze hekelt verscheidene van de grote namen met woorden, verzonnen anekdotes, alleen om mij

aan het lachen te maken. Ze is droog en ironisch, en echt heel grappig, een eigenschap die me totaal niet was opgevallen toen ik haar voor het eerst ontmoette. Wat, ongelooflijk maar waar, nu al bijna twintig jaar geleden is.
We hebben samen rechten gestudeerd aan de universiteit van Columbia. Nee, dat is niet juist. We begonnen in hetzelfde jaar en sloten ons tijdens het tweede semester aan bij dezelfde studiegroep. Daarna scheidden onze wegen. We zagen elkaar bij colleges of op de campus, maar we waren niet bevriend en nadat we afgestudeerd waren verloren we elkaar totaal uit het oog. Toch herkende ik haar onmiddellijk toen ze een halfjaar geleden mijn kantoor binnenstapte. Haar honingkleurige haar is een tint donkerder – geverfd, weet ik inmiddels, om de eerste grijze haren te verbergen – en haar gezicht, met rimpeltjes bij de ooghoeken, is iets voller geworden, maar verder hebben de jaren haar goed behandeld. In veel opzichten lijkt ze gegroeid te zijn, ze is de formidabele persoonlijkheid geworden waarvan ze de belofte altijd al in zich droeg. Maar formidabel of niet, en ondanks haar nonchalante houding, maakt ze zich zorgen over de ophanden zijnde stemming over een permanente zetel in de Veiligheidsraad voor de Japanners.
Als de Japanners winnen is dat een politieke coup voor Bruckner. Alle belangrijke figuren in zijn partij, te beginnen bij de president, zullen hem steunen wanneer hij zich volgend jaar verkiesbaar stelt als gouverneur van New Jersey; en als hij gouverneur wordt, gaat Jennifer Dale natuurlijk met hem mee. Als de Japanners verliezen, zullen Bruckners politieke ster en Jennifers vooruitzichten echter verbleken. En Jennifer is een ambitieuze vrouw die weet wat ze wil. Dat is ook de reden, denk ik, dat ze het ten slotte toch niet kan laten om weer op de stemming terug te komen.
'Hoe dan ook,' zegt ze, 'wat heb je gehoord? Liggen de brave jongens nog steeds op kop?'
'Over welk team heb je het?'
Ze grinnikt, daarna laat ze haar stem dalen om me te vertellen hoe Bruckner de uitslag voorspelt: 140 vóór de Japanse zetel,

20 tegen en 25 onthoudingen. Ruim boven de tweederde meerderheid die de Japanners nodig hebben om de zetel te krijgen. Ik laat niets merken. Ze vist naar onze voorspellingen: ze wil weten hoe Patrick erover denkt.
'Geen commentaar?' vraagt ze.
Niet dat, antwoord ik, wat ze zou willen horen.
Ze glimlacht boven haar bekertje. Ze zegt dat ze vannacht in een suite in het Waldorf logeert. 'Suite 7,' zegt ze, naar me opkijkend met een blik die, tegen haar gewoonte in, en heel opzettelijk, direct is.
'Ah,' zeg ik. Het enige wat ik kan bedenken.
'Halftwaalf?' stelt ze voor.
Ik blijf haar even aankijken, mijn hart slaat een tikje sneller. Dan hoor ik mezelf zeggen: 'Halftwaalf, oké', waarna we onmiddellijk bij elkaar vandaan lopen. De vertegenwoordiger van de Stille Oceaaneilanden, die in de buurt is blijven rondhangen, spreekt Jennifer meteen aan; wanneer ik wegloop, begint hij bij haar te lobbyen om steun van de VS voor een broeikaseffectresolutie die zijn land tijdens deze zitting wil indienen.
Opgetogen over de onverwachte afspraak begeef ik me weer tussen de menigte. Ik hou mezelf voor dat het oké is, dat ik er nog steeds grip op heb, dat we allebei volwassen zijn, allebei de regels kennen, dat een laat rendez-vous in het Waldorf-hotel gewoon geweldig is. Een minuut later zwaaien de glazen deuren open en de mensen stromen de zaal uit in de richting van de grote Assembleezaal. Ik schuifel vooraan mee in het gedrang, waaruit ik me pas vlak voor de deuren van de Assembleezaal kan losmaken. De eerstkomende paar uur zullen we welkomsttoespraken moeten aanhoren van de secretaris-generaal en de zittende president, beiden notoire kletsmeiers, dus ik wil tot het laatste moment wachten alvorens naar binnen te gaan.
Ik grijp de gelegenheid aan om een paar keer de hal op en neer te lopen, terwijl alle anderen langzaam de zaal vullen. Suite 7, denk ik, halftwaalf. Daarna kijk ik op mijn horloge en betrap me erop dat ik uitreken hoeveel uren er liggen tussen nu en halftwaalf. Ik tuit mijn lippen: dit is niet goed. Privé-zaken mogen het werk niet

beïnvloeden; dat was de eed die we hebben afgelegd toen deze hele toestand begon, een eerlijk streven dat moeilijker blijkt te zijn dan we ons ooit hadden voorgesteld. Ik sla mijn armen over elkaar en blijf lopen, strek mijn benen, probeer aan iets anders te denken.

Op dit moment is bijna iedereen, op een handjevol mensen na, de zaal binnengegaan. De bewaker bij de deur gebaart naar me met zijn hand: kom je binnen of blijf je buiten?

Ik heb nog geen twee stappen in zijn richting gedaan of ik word staande gehouden door de kreet: 'Sam!' Ik draai me om en zie Mike Jardine van de roltrap af komen.

'Sam!' roept hij nog eens, hijgend. In volle vaart komt hij naar me toe.

De bewaker bij de deur vraagt of alles in orde is. Mike schijnt te beseffen waar hij is; hij vermindert zijn snelheid tot een stevige wandelpas en knikt naar de bewaker ten teken dat deze de laatste afgevaardigden kan binnenlaten. Daarna neemt hij me bij de arm en wil me wegleiden.

'Wat is er?' Ik ruk mijn arm los. 'Het gaat zo beginnen,' zeg ik tegen hem, met een hoofdbeweging in de richting van de zaal.

Hij pakt me opnieuw vast, hoger nu, vlak onder mijn oksel; hij tilt me bijna van de grond terwijl hij met me naar de roltrap loopt.

'Bewaar je kaartje maar voor volgend jaar,' zegt hij grimmig. Zijn voorhoofd is gefronst, zijn lichtgroene ogen kijken zonder te knipperen recht vooruit. 'We hebben verdomme net een lijk gevonden, in het souterrain.'

2

Het is Toshio Hatanaka.
Mike had me gewaarschuwd, lang voor we de kamer binnengingen, maar de schok als ik Toshio's bekende gezicht zie, dat levenloos naar het plafond staart, overrompelt me. Mijn hart bonst, mijn keel knijpt samen, ik moet halverwege de kamer stilstaan om mijn evenwicht te bewaren. Ik doe mijn ogen dicht, verman me en loop weer door. Mike gaat aan de andere kant van het lichaam staan en we blijven er zwijgend naar kijken. Het is een afschuwelijk gezicht. Toshio ligt op zijn rug op de vloer. Zijn benen zijn opgetrokken, zijn armen wijd uitgespreid, als bij een crucifix. Zijn tong hangt slap over blauwige lippen en het kruis van zijn broek is donker gekleurd, en ik ruik een vieze lucht – zijn blaas en zijn darmen zijn kennelijk leeggelopen – maar erger dan dit, veel erger, zijn de ogen. Ze waren altijd donker, nu zijn ze alleen maar dof. Ze waren altijd helder, vreemd onschuldig, nu lijken ze op twee geverfde, glazen knikkers. In de dood geven ze Toshio's gezicht een uitdrukking van imbeciele leegte; de nieuwsgierigheid is bevredigd, vastberadenheid en moed zijn allebei verdwenen. Een vrede van totale leegte.
Ik sla mijn hand voor mijn mond en slik in wat ik wil zeggen. Mike kijkt me aan. Daarna knielt hij neer en bekijkt Toshio's jasje, dat over de stoel naast het lichaam hangt. Naast de stoel staat een bruine, leren aktetas die ik herken als de tas van Toshio. De linkermouw van Toshio's overhemd is tot boven de elleboog opgerold en op de grond, vlak naast hem, ligt een lege injectiespuit met een lange, glinsterende, zilveren naald. Ik moet mijn ogen een paar seconden afwenden. God, denk ik. Jezus nog aan toe. Wanneer ik weer kijk, maakt Mike zijn eerste opmerking.
'En dat juist vandaag,' zegt hij treurig.
Ik buk me om de spuit op te pakken. Mikes hand schiet plotse-

ling uit en omklemt mijn pols. Wanneer onze ogen elkaar ontmoeten schudt hij zijn hoofd.
Ik ga rechtop staan en probeer normaal te doen, al voel ik me beslist niet zo. Ik vraag: 'Overdosis?'
'Mogelijk.'
'Zelf toegediend?'
'Dat moet je mij niet vragen.'
Ik vouw mijn handen achter mijn hoofd. 'Godallemachtig,' is het beste waar ik mee voor de dag kan komen, terwijl de complicaties tot me door beginnen te dringen.
'Ja,' mompelt Mike. 'Zitten wij even in de puree.'
Onder die nonchalante houding kan hij zijn ware gevoelens echter niet verbergen. Mike is woedend. Hij roept de bewaker die in zijn eentje bij de deur staat, binnen.
'Vertel het nog een keer,' zegt Mike, wanneer de jongeman binnen is gekomen. 'Tegen meneer Windrush.'
De bewaker, naar zijn uiterlijk en spraak te oordelen een latino, doet zijn verhaal, naast Toshio's lichaam. Hij heeft er niet veel tijd voor nodig. Met alles wat er boven gaande is, zegt hij, is hij alleen gelaten om hierbeneden zijn vaste ronde te doen, dat wil zeggen met tussenpozen van een kwartier door de gangen lopen. Hij zweert dat hij die routinecontrole de afgelopen twee uur plichtsgetrouw heeft uitgevoerd. De deuren van de kamers waren allemaal afgesloten; voorzover hij wist was dat al zo sinds gisteren, en niemand kon er een bepaalde reden voor hebben gehad om vandaag hierbeneden te zijn. Hij zegt dat het hem begon te vervelen. Toen hij hier de laatste keer langsliep heeft hij, om iets te doen te hebben, zijn sleutelring gepakt. Hij houdt die omhoog om hem me te laten zien.
'Dus je hebt deze deur geopend,' zeg ik, wijzend naar de deur achter hem.
'Andere ook.' Hij knikt, zijn blik dwaalt naar het lichaam. 'Hij lag er net als nu. Ik voelde aan zijn hals, hij was koud. Ik wist dat hij dood was.'
Aan zijn ogen, eigenlijk aan zijn hele manier van doen, is niet te zien dat hij aanvoelt wat voor tragedie hier heeft plaatsgevon-

den. Hij schijnt zich voornamelijk onbehaaglijk te voelen in het bijzijn van Mike, bang dat hij de situatie niet correct heeft afgehandeld.
'Wacht buiten,' draagt Mike hem op.
Wanneer de deur achter de man is dichtgevallen, zet Mike zijn handen in zijn zij. 'We hebben geluk gehad.' Wanneer ik ongelovig iets mompel, knikt hij in de richting van de deur. 'De jongen is niet in paniek geraakt. Hij gaf Code Rood door. Ik ben gekomen.'
Ik begrijp wat hij bedoelt. 'Niemand anders weet het?'
Mike gaat op zijn hurken zitten en bekijkt Toshio's arm zonder die aan te raken. 'Op dit moment alleen jij, ik en de jongen.' Hij buigt zijn hoofd en bestudeert de arm nauwkeurig. Na een poosje vraagt hij: 'Wat denk je ervan?'
Ik wijs naar de deur en zeg tegen Mike dat het detectivewerk kan wachten. Het eerste wat nu moet worden gedaan is het rapporteren. Hij steekt zijn hand uit, pakt mijn mouw en trekt me naast zich. Daarna wijst hij naar Toshio's blote arm. 'Ziet dat eruit als de arm van een junk?'
Nadat ik was afgestudeerd heb ik wat pro-Deowerk verricht bij projecten voor verslaafden. De blauwe, stukgespoten arm van een junk is een van die dingen die je niet vergeet en nu moet ik tegenover Mike toegeven dat, nee, dit er totaal niet uitziet als de arm van een junk.
'Zie je dit?' Mike raakt drie keer de lucht boven de arm aan. 'Drie prikken. Slechts een ervan op de juiste plek.'
Aarzelend kijk ik van dichtbij. Ik zie dat Mike gelijk heeft. Toshio's door de Californische zon gebruinde huid is grijs geworden, maar de donkere schaduw van de blauwe plek is duidelijk zichtbaar. In het midden van de plek zijn drie prikken te zien, een aan elke kant van de ader, en een precies erin.
'Denk je,' vraagt Mike terwijl hij me aankijkt, 'dat hij aan het oefenen was?'
Enigszins hoopvol merk ik op dat Toshio de laatste tijd onder zware druk stond, dat mensen dan vreemde dingen doen. Mike kijkt somber.

'Sam, als Hatanaka drugs gebruikte, ben ik een...'
Voorzichtig strijkt hij Toshio's steile, zwarte haar van diens voorhoofd. Wanneer hij niets vindt, doet hij hetzelfde met het haar boven beide oren.
'Wat zoek je?'
Mike slaat geen acht op me maar gaat door Toshio's hoofd zorgvuldig te onderzoeken. Dan houdt hij zijn hand stil. Hij kreunt. 'Er zit hier een bult zo groot als een ganzenei.' Hij trekt zijn hand terug en kijkt ernaar. 'Geen bloed.'
'Misschien is hij gevallen.'
'Ja. En misschien heeft hij een dubbele salto gemaakt voor hij landde, voor het schroefeffect.' Hij kijkt me aan. 'Dit gaat niet weg omdat wij graag willen dat het weggaat.'
Ik ga staan en bedek mijn gezicht met mijn handen. Naast me komt Mike overeind.
'Sam,' vraagt hij, 'heb jij er ook maar het flauwste idee van wat we hiermee aan moeten?' Ik laat mijn handen zakken en hij leest het antwoord in mijn ogen. 'Jezus,' zegt hij. Wanneer ik langs hem heen wil stappen, legt hij zijn hand stevig op mijn borst. 'Nee-hee. Jij bent de man van de diplomatieke rechten en privileges. Doe ons allebei een lol. Schenk dit probleempje' – hij wijst naar het lichaam – 'een paar minuten van je onverdeelde aandacht.'
Nadat hij dit gezegd heeft, haalt hij een zwarte markeerstift bij het witte bord vandaan dat achter in de kamer hangt, en gaat de omtrek van het lijk op de vloer aftekenen. Politie-instinct. Intussen probeer ik te doen wat Mike me gevraagd heeft. Toshio Hatanaka is, hetzij door eigen hand, hetzij met hulp, om het leven gekomen. Blijkbaar hier, midden in het VN-hoofdkwartier. Denk als een advocaat, zeg ik bij mezelf. Maar mijn hersens blijven de weinige juridische principes die hierop van toepassing zouden kunnen zijn overslaan en terugkomen op dat ene, onherroepelijke feit. Toshio Hatanaka is dood. Na zijn hele leven te hebben gewijd aan de zaak van de vrede, na die meer dan tien jaar over de hele wereld te hebben nagejaagd in opdracht van twee opeenvolgende secretarissen-generaal, jaren waarin hij de

afschuwelijkste oorden heeft bezocht en te maken heeft gehad met een paar van de grootste ploerten die de mensheid heeft voortgebracht, is Toshio's einde gekomen op deze schokkende, onverwachte manier.
Mike zit weer op zijn hurken en raakt met één vinger behoedzaam Toshio's gezicht aan. Wanneer hij zijn vinger terugtrekt blijft er een kuiltje in Toshio's wang achter: alle soepelheid is uit het lichaam verdwenen. Een geluid welt in mijn keel op. Mike kijkt op.
'Gaat het?'
Wanneer ik knik, fronst hij zijn voorhoofd. Daarna beduidt hij me dat ik me moet omdraaien en de kamer moet rondlopen. 'Kijk of je iets ziet,' zegt hij. 'En raak niets aan.'
Opgelucht trek ik me terug en richt mijn aandacht op de voorwerpen in de kamer. Alles beter dan naar Toshio te blijven kijken.
Er staan twee rijen stoelen, zes naast elkaar; aan elke stoel is een klein schrijfblad bevestigd. De rijen zijn niet netjes maar zien er ook niet uit of ermee is gerommeld; het lijkt er meer op of de laatsten die de stoelen hebben gebruikt ze eenvoudig zo hebben achtergelaten, een beetje schots en scheef. Achter in de kamer hangt een wit bord. Op het bord staan cijfers, letters en pijlen, de pijlen wijzen van links naar rechts en de cijfers en letters staan in hokjes, alles is met zwarte stift erop aangebracht. Voor het bord staat een tafel met een formica blad en zonder laden, links ervan een prullenbak. De enige prullen zijn een paar snoeppapiertjes. Ik kijk omhoog en laat mijn ogen dwalen over de verbleekte, verouderde Unicef-posters die een afschuwelijke ziekte van tien jaar geleden tonen: kinderen met een zwarte huid, smekende ogen en opgezwollen buikjes, die met lege ogen naar de fotograaf staren. Gewoonlijk glijdt mijn blik, evenals de blik van zo ongeveer iedereen op deze planeet, onverschillig over deze overbekende taferelen, maar vanochtend ben ik geschokt. Dood, en de dreiging van de dood, bevolken het vertrek.
Hoger in de muur, vlak naast de poster, zit een rooster. En vlak

onder het rooster staat de laatste stoel van de achterste rij. Ik kijk van de stoel naar het rooster en schat de afstand; volgens mij niet meer dan twee, tweeënhalve meter. Vandaar dwaalt mijn blik weer naar het lichaam.

Boven zullen de toespraken in de Algemene Vergadering nu wel zijn begonnen. De hoopvolle, maar nooit vervulde bevestigingen van goede wil, de holle frasen over vrede en broederschap over de hele wereld, een woelige waterval van abstracte zelfstandige naamwoorden die zullen worden geaccentueerd door applaus van de afgevaardigden, van wie meer dan de helft afkomstig is uit landen waar onterechte gevangenschap, verbeurdverklaring van bezittingen, marteling en moord de gewone gang van zaken zijn in het politieke leven. En hierbeneden... Toshio Hatanaka.

'Hoe staan we ervoor?' zegt Mike, mijn kant op kijkend. 'Wat is de procedure?'

Ik wijs en vraag of hij het rooster gezien heeft.

'Nee, nog niet. Heb je het aangeraakt?'

'Nee.'

Hij stapt om het lichaam heen en komt naar me toe. 'Wat maak je eruit op?' Hij trekt een stoel naar zich toe en gaat erop staan, op zijn tenen, om door het plastic rooster in de buis erachter te kunnen kijken. Enkele seconden later kijkt hij om. 'Sam?'

Het lijkt groot genoeg om erdoor te kunnen kruipen, zeg ik tegen hem.

'Dat bedoel ik niet.' Hij trekt zijn wenkbrauwen op. 'De juridische kant. Wie er op de hoogte moet worden gebracht van Hatanaka. Waar we moeten beginnen met een onderzoek. De dingen die je zijn opgevallen.'

'We moeten Patrick inlichten.'

'Juist,' mompelt Mike vanuit zijn mondhoek. Hij haalt een paar sleutels uit zijn zak en wijdt zijn aandacht weer aan het rooster. Hij schuift een sleutel achter de sluiting en drukt die open. Met dezelfde sleutel haalt hij het rooster van de wand om goed naar binnen te kunnen kijken. 'Het zou bijna de moeite waard zijn om te zien hoe die zelfgenoegzame grijns van zijn gezicht verdwijnt,' zegt hij. Daarna laat hij het rooster zakken en kijkt me aan. 'Mis-

schien krijgt hij een hartaanval wanneer we het hem vertellen, en dan word jij de nieuwe juridisch adviseur.'
'Wat is daar te zien?'
'Helemaal niets.'
Ik vestig Mikes aandacht op de vegen op de stoel onder het rooster. Hij snuift.
'Schoenafdrukken, denk je?' Wanneer ik knik schudt Mike zijn hoofd en stapt op de grond. Hij buigt zich over de stoel en bekijkt de zitting. 'Zonder technische recherche, Sam, zijn het niet meer dan vegen op een verdomde stoel.' Hij loopt weer terug naar het zwaartepunt van de kamer; Toshio Hatanaka's lichaam dat uitgestrekt op de vloer ligt, halverwege het bord en de stoelen. Mike bijt op zijn lip. 'Het enige waar we zeker van zijn,' zegt hij, 'is dat we een lijk hebben.'
Hij vloekt. Vervolgens knielt hij bij Toshio neer en doorzoekt diens broekzakken. Daarna haalt hij de zakken leeg van het colbertje dat over de stoel hangt. Een bruine, leren portefeuille, een sleutelring met zes sleutels, en een schone, witte zakdoek. Mike kijkt in de portefeuille. Tegen wil en dank voel ik me langzaam door de kamer getrokken worden tot ik ten slotte vlak naast het lichaam sta. De eerste schok en de opkomende misselijkheid zijn verdwenen en nu kan ik mijn ogen op die afschuwelijke aanblik gericht houden.
Ik heb eerder lijken gezien, meestal afzonderlijk, soms een paar tegelijk, bij één afgrijselijke gelegenheid in Rwanda een enorme, verwarde hoop lichamen, opgestapeld in een massagraf dat niemand de moeite waard had gevonden om dicht te gooien. Maar dit is iets totaal anders. Dit is Toshio Hatanaka. Ik kende hem. Zijn kantoor grenst aan dat van mij; het was een dagelijkse gewoonte van me mijn hoofd om de hoek te steken en te vragen of er nog nieuws was; hij had er een gewoonte van gemaakt om onaangekondigd bij me binnen te vallen met een juridisch probleem. Een halfuur geleden heeft Patrick nog tegen me gezegd dat ik met hem moest praten. En nu ligt hij hier. Dood.
'Heeft hij hier familie wonen?' vraagt Mike.
'Een zus', antwoord ik meteen. 'Moriko.' Af en toe werd ik door

Toshio in zijn flat uitgenodigd om te komen eten; Moriko was er vaak bij.
'Hij was niet getrouwd?'
Wanneer ik mijn hoofd schud, laat Mike de portefeuille op de stoel vallen. Daarna bukt hij zich om Toshio's starende ogen te sluiten. 'Ga Patrick halen,' zegt hij tegen me.
Ik blijf echter talmen. Op dat moment komt er een eigenaardige gedachte bij me op, heel duidelijk. Zo was het, denk ik. Zo was het precies, drie jaar geleden, op een heuvel in Afghanistan, waar Toshio bij een lijk stond. Hoe voelde hij zich toen, vraag ik me af. Nadat de schok en de natuurlijke weerzin waren weggeëbd, hoe voelde Toshio Hatanaka zich toen? Was hij verbijsterd? Overmand door verdriet? Of voelde hij zich zoals ik me nu voel: buitengewoon dankbaar dat ik hier levend sta? Ik heb het hem nooit gevraagd. Weer een stukje van de tragedie dat ik nooit zal kennen of begrijpen: hoe het hem raakte. Hoe Toshio zich voelde toen hij tot zijn enkels in de sneeuw op een kale heuvel in Afghanistan stond en neerkeek op het dode, verminkte lichaam van mijn vrouw.

3

'Zelfmoord,' zegt Patrick O'Conner wanneer we naar buiten lopen. 'Ja, toch?'

De opmerking is zo onverwacht dat ik blijf staan, maar Patrick loopt door tot bij het reusachtige, metalen kunstwerk, een pistool met een knoop in de loop, een cadeau aan de VN van de bevolking van Luxemburg. Wanneer ik naast hem kom staan bij het kunstwerk heeft hij beide handen om het voetstuk geklemd.

'Je hebt Mike gehoord,' zeg ik.

'Ik heb hem gehoord.'

'Hij denkt dat het moord is.'

Patrick schijnt me echter niet te horen, en wanneer ik zijn naam zeg kijkt hij slechts op en haalt een paar maal diep adem. Zijn wangen zijn slap en hij heeft spanningsrimpels op zijn voorhoofd, voorboden van een opkomende migraine. Hij staart langs me heen over de North Lawn.

Nadat ik hem uit de Assembleezaal had gehaald, had ik Patrick meegenomen naar het souterrain, waar we zojuist tien minuten met Mike hebben doorgebracht. Mike heeft Patrick hetzelfde verteld wat hij tegen mij heeft gezegd. Dat hij denkt dat het moord is. Dat we een forensisch team moeten laten komen. Patrick reageerde erop door me te vragen met hem mee te gaan naar buiten. Ik moet toegeven dat ik blij ben met dat verzoek. In tegenstelling tot Mike lijken we geen van beiden over de sterke maag te beschikken die nodig is om rustig na te denken in aanwezigheid van een lijk, maar terwijl Patrick over het grasveld staart lijkt hij niet zozeer geschokt als wel wanhopig. Hij piekert over het effect dat Toshio's dood op de stemming zal hebben. En nadat ik heb nagedacht over Patricks opmerking van zo-even vraag ik me af of ik hier misschien iets over het hoofd zie.

'Waarom zelfmoord?' vraag ik.

'Omdat het in het plaatje past.'

'Zo ziet Mike het niet.'
Patrick kijkt me aan. 'En jij? Hoe zie jij het?'
Ik kom met de voor de hand liggende opmerking dat ik geen expert ben, maar dat Mikes veronderstelling redelijk lijkt. 'Toshio was niet aan de drugs,' zeg ik.
'Niet aan de drugs, laat me niet lachen.' Patrick laat het voetstuk los en ik loop achter hem aan over het terras, de trap af, naar het gravelpad dat langs het gazon loopt. Meestal wemelt het hier van de toeristen. Vandaag zijn ze gelukkig op afstand gehouden, vanwege de opening. 'Jardine kan alleen maar raden wat er in de spuit zat,' zegt hij, hardop denkend. 'Hij vermoedt een of andere drug. Dat iemand het in scène heeft gezet om het eruit te laten zien of Hatanaka spoot. Per ongeluk een overdosis.'
'Dat geloof jij niet?'
'Als iemand hem vermoord heeft zou het op de videobanden te zien moeten zijn. Wie is er zo stom?' De banden van de bewakingscamera's, bedoelt hij. Er hangen camera's in alle gangen van het souterrain. Mike is juist begonnen de banden van de afgelopen nacht te bekijken. 'Zelfmoord past erin,' zegt Patrick nogmaals. 'Er kan van alles in die spuit gezeten hebben. Direct in de ader, een of ander vergif, dat is ook een manier om het te doen.'
We spelen nog wat met het idee; Patrick schijnt er absoluut van overtuigd te zijn dat hij gelijk heeft. En god weet dat het niet zo vergezocht is. Toshio heeft bij zijn werk delen van de wereld bezocht waarvan de meeste mensen slechts een glimp opvangen in het tv-journaal, terwijl ze veilig in hun gemakkelijke stoel zitten. Sarajevo. Sierra Leone. Oost-Timor. Onlangs nog Kaboel. Soms als speciaal rapporteur om informatie te vergaren voor het secretariaat, soms als speciaal gezant die de secretaris-generaal vertegenwoordigde bij staakt-het-vuren-onderhandelingen, om mannen die er slechts in geïnteresseerd waren om elkaar de strot af te snijden tot rede te brengen. En Toshio was er niet de man naar om zich te beperken tot de grenzen van het onvermijdelijke kordon dat was ingesteld door de plaatselijke autoriteiten. Hij trok het veld in, om uit de eerste hand te zien hoe de omstandigheden

werkelijk waren, wat er precies gebeurde met de mensen wier tragisch lot het was geboren te zijn in de frontlinie van de haat. Hij had vijfentwintig jaar voor het secretariaat gewerkt, hij had alle leugens gehoord. Hij had meer vreselijke dingen gezien dan je van een mens kunt verlangen, de verminkte en lijdende mensheid in al haar ellendige vormen, en wie kon het hem kwalijk nemen als hij na dit alles uit die wereld wilde stappen? Daarbeneden, in die onverlichte ruimte, omringd door die posters van uitgehongerde kinderen. Leek dat zo onmogelijk? Dat hij zocht naar de vrede die het leven hem niet kon bieden?

Toch kan ik het nog steeds niet begrijpen. Niet Toshio.

'Hoe rijmt zelfmoord met de stemming van de raad?' vraag ik. 'Het ene moment voert hij campagne tegen de zetel voor Japan, het volgende maakt hij er een eind aan?'

Aan het eind van het pad blijft Patrick plotseling staan.

'Zie je het verband niet?' vraagt hij.

'Met de stemming?'

Patrick kijkt opeens afwezig; er is net een gedachte bij hem opgekomen. 'Je weet zeker dat er geen briefje was?'

'Niets.'

Patrick blijft stil; ten slotte moet ik hem vragen waar hij aan denkt.

'Hoeveel zou Hatanaka hebben opgeofferd om de kans dat Japan een zetel in de raad krijgt te verknallen?'

Het duurt even voor ik het doorheb. Dan begrijp ik het. 'Dat meen je niet.'

'Waarom niet? Dat hoort toch bij de Japanse traditie? Bushido, of hoe ze het noemen. Wie was die vent ook weer? Mishima? Bij wijze van serieus protest. Als Hatanaka dat gedaan heeft, en een briefje heeft achtergelaten waarin hij zegt dat hij geloofde dat het een slecht idee was om de Jappen een zetel te geven, jezus, zie je de krantenkoppen al voor je?'

'Er was geen briefje,' zeg ik met nadruk.

'Zoek in zijn kantoor,' zegt hij. 'En in zijn flat.'

Ik stel voor dat we eerst wachten om te zien of Mike iets op de videobanden heeft gevonden, maar Patrick wuift het weg alsof ik domweg wil dwarsliggen. Hij heeft besloten wat het antwoord is. Het antwoord is zelfmoord. Eerlijk gezegd is dit er een heel slecht voorbeeld van hoezeer Patricks inzicht wordt beïnvloed door zijn betrokkenheid bij de stemming. Het bestaat gewoonweg niet dat Toshio zelfmoord heeft gepleegd om een politieke daad te stellen, het kan me niet schelen hoe graag hij de komende stemming had willen laten mislukken. Maar Patrick rechtstreeks tegenspreken is zinloos, dat weet ik, dus ik probeer het niet eens. Als we zijn omgedraaid en teruglopen langs het pad vraag ik me hardop af of we het Japanse consulaat moeten inlichten.

'Niet nodig,' zegt Patrick.

Ik kijk hem van opzij aan.

'Hij heeft een VN-paspoort,' helpt Patrick me herinneren.

'Hij is Japans staatsburger.'

'Is dit Japan?'

Boven aan de trap naar het terras leg ik mijn hand op Patricks arm en we blijven stilstaan. 'Patrick, hij is dood. Het doet er niet toe hoe hij gestorven is, we moeten de ambassade op de hoogte brengen. Er moet contact opgenomen worden met zijn familie. Dit is niet iets wat je kunt verzwijgen.'

'We hebben maar twee dagen nodig.'

'Als je denkt dat je dit geheim kunt houden tot de stemming, als je denkt dat je Mike zo ver kunt krijgen dat hij daarin meegaat...'

Zijn fantasie wordt de bodem ingeslagen door het snelle besef van de realiteit en hij kijkt naar de grond. Hij denkt niet aan Toshio, vermoed ik, maar aan Patrick O'Conner. Hoe hij met deze rampzalige situatie moet omgaan, hoe hij de schade die dit zou kunnen toebrengen aan de campagne voor de Japanse zetel, kan beperken. Hoe hij zijn eigen carrière kan beschermen.

'Er is waarschijnlijk geen briefje,' zeg ik. 'En ik geloof trouwens helemaal niet dat het zelfmoord is.'

'Zelfmoord, moord,' mompelt Patrick. 'Wanneer eenmaal bekend wordt dat de voornaamste tegenstander van de Japanse zetel dood in dat beroerde souterrain ligt, dan heb je verdomme de poppen aan het dansen. Het eerste wat ze zullen doen is plannen maken om de agenda om te gooien.'

Uit Patricks oogpunt bezien een catastrofe. Uitstel van de stemming, zoals de zaak er nu voor staat, zou zeker de aanloop betekenen voor het verlies van de Japanners. Patrick vloekt.
Op dat moment komt Mike het gebouw uit. Hij ziet ons meteen en komt naar ons toe draven, met één hand aan de walkietalkie op zijn heup. 'Geen band,' meldt hij, wanneer hij voor ons tot stilstand komt. 'De camera in het souterrain was uitgeschakeld.'
'O, jezus,' zegt Patrick.
'Van tien uur gisteravond tot zes uur vanochtend,' zegt Mike. Zijn stem klinkt gespannen. 'Onderhoudswerkzaamheden. Om alles klaar te maken voor vandaag.'
'Onderhoud,' zegt Patrick kreunend. Hij kijkt geërgerd.
Maar gisteravond werd er een receptie gehouden in de grote hal, cocktails voor de Niet-Gouvernementele Organisaties. Ik vraag Mike ernaar. De hal ligt slechts één verdieping boven het souterrain. Ik kan niet geloven dat die NGO-aangelegenheid niet op band is opgenomen.
'Natuurlijk, die hebben we. Maar niets van beneden. Ze beweren dat het werk aan de camera's al dagen geleden gepland was. Ik laat iemand de onderhoudsploeg ondervragen.'
'Zou er iemand van de NGO-receptie naar beneden kunnen zijn gewandeld zonder dat we het weten?' zegt Patrick.
'We zullen de banden van de receptie bekijken. Misschien zien we iemand naar beneden verdwijnen die daar niets te zoeken heeft.'
Aan Mikes toon is te horen dat de kans klein is. Zijn gezicht is nu rood, zowel van gêne als van woede.
Ik kijk Patrick aan, in afwachting van een beslissing, een plan om in actie te komen. Maar Patrick lijkt overweldigd door de gestadige escalatie van het probleem. In gedachten verzonken staart hij langs ons heen.
'Eén telefoontje,' stelt Mike voor. 'Ik kan binnen twintig minuten een forensisch team hier hebben.'
Patrick kijkt hem aan. 'Je belt niemand. Níémand. Niet de afdeling Moordzaken, niet het forensisch team van de politie, niemand. Goeie god, dit is Harlem niet. Als de politie van New York hier verschijnt zal de helft van de afgevaardigden opstaan

en weglopen. Wil je dat misschien boven gaan uitleggen?'
'We hebben hulp nodig,' werpt Mike tegen. 'Deskundigen.'
'Niemand,' herhaalt Patrick.
Mike kijkt lelijk, maar Patrick heeft gelijk. De juridische fictie dat deze paar vierkante kilometer van Turtle Bay geen deel uitmaken van de VS wordt door de meeste afgevaardigden als een heilige wet beschouwd. Elke inbreuk die officials van de VS op dit gebied zouden maken, om welke reden dan ook, zou een gigantisch diplomatiek vuurwerk veroorzaken.
'Er is toch een koelruimte achter in de kantine van het souterrain?' vraagt Patrick zich hardop af.
'Wat zou dat?' vraagt Mike met een stalen gezicht.
'Daar zou je hem zolang in kunnen leggen.'
'Geen forensisch team?'
Patrick geeft geen antwoord.
'En wat doen we dan?' vraagt Mike. 'Naar huis gaan?'
Patrick maakt aanstalten om weg te lopen. Hij zegt tegen mij dat hij met de secretaris-generaal zal spreken. Maar Mike legt een hand op zijn arm.
'Ik rapporteer dit aan Eckland, als moord.' Eckland, Mikes baas, Hoofd Beveiliging van de VN. 'En ik kan je nu alvast vertellen dat hij door het lint gaat als hij merkt dat er iets gedaan is zonder dat hij ervan afwist.'
'Dan vertel je het hem maar,' zegt Patrick.
'Ik zal hem ook vertellen dat we, tenzij we nu een onderzoek op gang brengen, geen kans hebben om dit op te lossen.'
'Een onderzoek?'
'Moordzaken,' zegt Mike.
Patrick voelt zich in het nauw gedreven. Een volledig onderzoek, de onvoorspelbare politieke onderstromen die het op deze plek, op dit moment kan losmaken, dat is wel het laatste waar Patrick behoefte aan heeft vlak voor de stemming van donderdag. Mike voelt het aan.
'Laat Sam met me samenwerken.' Ik kijk naar Mike, maar hij negeert me en blijft Patrick zijn plan opdringen. 'Ik doe wat ik kan qua recherchewerk, laat Sam voor openbaar aanklager spe-

len, dat houdt het legaal. Ik bedoel, denk nu eens na. Wat is het alternatief?'
Een redelijk standpunt. Patrick wikt en weegt. 'Hoe groot is de kans dat je werkelijk kunt ontdekken wat er vannacht daarbeneden gebeurd is? Aangenomen dat je je maten van de New Yorkse politie er niet bij betrekt.'
'Niet groot,' zegt Mike. 'Maar dat betekent niet dat we het niet moeten proberen.'
'Niet groot,' herhaalt Patrick. Hij strijkt even over zijn keel, daarna kijkt hij me aan.
Wat ik natuurlijk zou willen is dit laten schieten, iemand anders met de nachtmerrie opschepen. En even overweeg ik om dat ook te doen. Sorry, te druk. Probeer een van de jonge juristen van de afdeling. Maar nog terwijl ik over deze beleefde, maar vastberaden weigering nadenk, besef ik dat ik die keus niet zal krijgen. Omdat dit niet een conceptvoorstel is voor een onbelangrijke VN-commissie, iets wat ik dagelijks in grote hoeveelheden naar beneden delegeer. Dit is moord bij de VN. Toshio Hatanaka, de favoriete speciaal gezant van iedereen. En Mike wil me erbij hebben. En Patrick weet dat hij iets zal moeten doen. Na veertien jaar praktijkervaring kan ik mezelf bureaucratisch gezien even goed beschermen als iedereen, maar dit is niet een van die dingen die ik veilig kan afschuiven om het op de schoot van een ander te zien ontploffen. Patrick knikt nu bij zichzelf, hij begint iets te voelen voor Mikes suggestie. Er drukt een loden last op me. De juridische dekking in het onderzoek naar de dood van Toshio Hatanaka is zojuist gekozen.
Mike krijgt een oproep via zijn walkietalkie; blijkbaar wacht dokter Patel, de inwonend arts van het VN-hoofdkwartier, op hem in het souterrain.
'Patel?' Patrick klinkt geschokt.
'Als je er geen echt forensisch team bij wilt halen,' zegt Mike, 'krijg je Patel.' Patel is dus een man die je niet kunt vertrouwen met een ingewikkelder medisch instrument dan een thermometer. Hij verricht zo nu en dan een medisch routineonderzoek, deelt aspirientjes uit en brengt de rest van zijn tijd slapend door

in de ziekenboeg. Mike loopt weg, achterom roepend dat Eckland nu elk ogenblik in het souterrain kan verschijnen. 'Als je er een probleem mee hebt om dit als moord te behandelen, dan kom je het hem maar vertellen.'

Zodra Mike buiten gehoorsafstand is wendt Patrick zich tot mij. 'Doorzoek Hatanaka's kantoor. Als er een briefje is breng je het meteen bij me. Laat het niet aan Jardine zien of aan Eckland.'

Ik herhaal mijn mening: dat er geen briefje zal zijn, dat ik evenals Mike niet geloof dat Toshio zelfmoord heeft gepleegd. Maar Patrick luistert niet.

'Als daar niets te vinden is, ga je naar zijn flat. En probeer of je iets aan Jardine kunt doen. Rem hem af. Als hij denkt dat hij er geen problemen mee krijgt als hij in dit gebouw een moordonderzoek start, vergist hij zich lelijk. En ik voel er weinig voor om met de brokken te blijven zitten en die voor hem op te ruimen alleen omdat hij verdomme te koppig is om naar rede te luisteren.'

'Hij is een beroeps.'

'Hij is je vriend,' zegt Patrick. 'En ik zeg je dat je hem moet afremmen.'

Het tweede belangrijke bevel van vandaag. Praat met Hatanaka. Rem Mike af. In het gebouw gaan we bij de roltrappen ieder een kant op. Patrick geeft me nog een paar laatste instructies voor hij zich met een grimmig gezicht naar de Assembleezaal begeeft om de secretaris-generaal op de hoogte te brengen van de tragedie. Ik draaf de gang in, haast me naar Toshio's kantoor in het secretariaatsgebouw. Opeens voel ik me licht in het hoofd en misselijk, maar tegelijkertijd ben ik blij dat ik in actie kan komen, opgelucht iets te doen te hebben, aan iets anders te denken dan aan het schokkende tafereel in het souterrain. Ik ga naar boven om mijn instructies uit te voeren: zoeken naar een briefje waarvan ik niet geloof dat het bestaat. Negenentwintig verdiepingen naar boven, naar Toshio's kantoor. Dertig verdiepingen verwijderd van het lijk.

4

Na vijf minuten in Toshio's kantoor gezocht te hebben zonder iets te vinden wat op een zelfmoordbriefje lijkt, loop ik drie deuren terug door de gang, naar mijn kantoor, en trek de deur achter me dicht.

De planken zijn afgeladen met boeken en kranten en archiefmappen. Minstens een keer per week komt er iemand bij me om te vragen naar de waaroms en waarvoors van het Contract voor het Hoofdkwartier, meestal de onderhoudsmensen die zich bezighouden met zaken als de elektriciteit en het water, die we van de staat New York betrekken, dus dat boekje, hoewel ik de inhoud ervan bijna uit mijn hoofd ken, ligt voor het grijpen. Maar de Conventie van Genève met betrekking tot diplomatieke onschendbaarheid ligt ergens diep tussen de rest begraven en ik houd mijn hoofd schuin om de verticale etiketten op de ruggen te lezen.

Informatie verzamelen en rapporten schrijven, leer je uit de pr-folders, is het werk dat plaatsvindt in het secretariaatsgebouw. Dertig verdiepingen vol met werkmieren die vlijtig informatie verzamelen en rapporten schrijven, en hoewel ik me slechts bezighoud met de top van de juridische ijsberg is dat meer dan genoeg om me permanent door stapels papieren te laten waden. Ik loop langs de planken en vervloek het systeem.

Achter me gaat de deur open.

'Elizabeth? Ik zoek de Diplomatieke Rechten en Privileges van Genève, '61. Enig idee?' Ik lig nu op mijn knieën en zoek op de onderste plank. 'Ik dacht dat het hier ergens lag.'

Geen antwoord. Wanneer ik opkijk is het niet Elizabeth, mijn secretaresse, die van achter mijn bureau op me neerkijkt.

'Pap?' Rachel lacht en schudt haar hoofd, haar kortgeknipte, glanzend zwarte haar zwaait heen en weer. 'Kalm aan een beetje,' zegt ze.

Ik krijg een steek in mijn maag. Terwijl ik me snel weer omdraai naar de planken zeg ik tegen mijn dochter, die gids is in het VN-gebouw, dat ik dacht dat ze de hele dag vrij had.
'Wat ben je kwijt?' vraagt ze.
Ik werp haar een donkere blik toe. Ze grinnikt en loopt naar het raam, vanwaar ze opmerkt dat de meeste toeschouwers van First Avenue zijn vertrokken. 'Waarom ben je niet bij de opening?' vraagt ze en ze kijkt weer naar me.
'Waarom ben jij hier?'
'Ik ben spionne.'
'Als je eens ergens anders ging spioneren?'
'Pap?' Ze bukt zich en kijkt naar me door de opening onder mijn bureau. 'Wat zoek je, een of ander boek?'
'Ja,' antwoord ik. 'Een of ander boek.'
Om precies te zijn: het beroerde ding, als ik het kan vinden, is het enige document waarvan ik kan bedenken dat het ons enig houvast kan geven omtrent de juridische situatie die voortvloeit uit Toshio's dood. Niet iets waar ik het met Rachel over wil hebben.
Ik sta op en klop het stof van mijn knieën. Rachel haalt een bekertje yoghurt en een plastic lepeltje uit haar tas. Ze begint te eten, ze doet lang over elk hapje en haar ogen zijn gericht op de Tibetaanse monniken aan de overkant van de straat. Terwijl ik naar haar kijk, denk ik: wat vertel ik haar? Hoe vertel ik het haar? Herinner je je Toshio Hatanaka nog, de man die naar Afghanistan ging om over de vrijlating van je moeder te onderhandelen en er niet in slaagde? Weet je wat er nu gebeurd is?
'Hallo?' Rachel zwaait met haar plastic lepeltje; haar zangerige stem brengt me weer terug in het heden.
Ik knik naar de yoghurt. 'Ik hoop niet dat dat je lunch is.'
'Begin je tegen me te zeuren?'
'Ja, inderdaad.' Ik loop langs de planken.
'Zie ik er echt uit als een gratenpakhuis?' Ze knijpt in haar wang en ze gaat zitten. 'Vel over been?'
Ze ziet er echter goed uit, een slanker dan gemiddeld meisje van achttien, dat misschien niet zoveel geslapen heeft als ze had moeten doen sinds ze vorige week uit huis is gegaan. Ik herken ook de

bedekte waarschuwing: wat ze eet, haar gewicht, het zijn onderwerpen waarover ze niet wenst te spreken. Voordat haar moeder stierf was Rachel een normale, gezonde tiener, met niet meer problemen en neuroses dan andere meisjes van vijftien. Nog geen jaar later lag ze op een zaal in het Bellevueziekenhuis waar ze via een slangetje in haar neus een cocktail van voedzame vloeistoffen toegediend kreeg. Anorexia nervosa. Woorden die me nog steeds met een verlammende angst kunnen vervullen.

'Wat moet je precies met dat boek?'

'Iets met een procedure,' zeg ik tegen haar, opnieuw de planken langs kijkend, terwijl ik me afvraag hoe ik van haar af kan komen. 'Voor een van de commissies,' zeg ik. 'Niets bijzonders.'

'Ik snap niet waarom je er zoveel moeite voor doet.'

'Het is mijn werk.'

'Ik bedoel, waarom je zoveel moeite doet om te liegen, pap. Je bent echt verschrikkelijk.'

Ik vind de map met Diplomatieke Rechten en Privileges. Ik trek hem uit de stapel en daarna kijk ik haar aan. Ze zit nu met haar voeten uit elkaar en haar knieën tegen elkaar geklemd. Ze leunt naar voren en doet haar uiterste best om geen yoghurt op haar blauwe blouse te morsen. Haar donkerblauwe blazer met het embleem van VN-gids hangt over haar tas achter de deur.

'Dit is geen goed moment, Rachel.'

'Nog twee minuten,' zegt ze.

Twee minuten. Ik heb een dode man in het souterrain en mijn dochter heeft twee minuten nodig om haar yoghurt op te eten.

Ik sla de map open en trek een stoel naar mijn bureau.

'Ik ben vandaag begeleidster,' vertelt ze me.

'Wat leuk.'

'Alle gidsen hebben bepaalde delegaties toegewezen gekregen.'

Ik knik boven de map en sla een bladzij om.

'Raad eens wie ik heb?'

'Laat maar horen.'

'De Filippijnen, Argentinië, en Spanje ook, alleen de juniorafgevaardigden.'

'Prachtig.'

'Het interesseert je niet echt, hè?'
'Rachel.' Ik kijk haar aan en tik met mijn vinger op de map. 'Missen de Filippijnen je nog niet?'
Ze deelt me mee dat ze nog een kwartier heeft. Daarna gooit ze het lege yoghurtbekertje in de prullenbak, likt het lepeltje af en gooit dat erachteraan. Ze laat zich achteroverzakken op de stoel; kennelijk is ze niet van plan weg te gaan.
Ik zou het haar kunnen vertellen, denk ik. Misschien zou ik het haar moeten vertellen. Vroeg of laat zal het nieuws over Toshio bekend worden, vroeg of laat zal Rachel het moeten weten; zou het niet beter zijn dat ze het van mij hoort? Maar op dit moment, zoals dat me de afgelopen drie jaar zo vaak met Rachel overkwam, kan ik eenvoudig niet de juiste woorden vinden. Daarom buig ik me over de map en verdiep me in het geheimzinnige terrein van de wet die voorschrijft hoe landen zich moeten gedragen tegenover personen met een erkende diplomatieke status. Op deze bladzijde staat het kristalhelder. De rechten van het individu, de verantwoordelijkheden van het land. Volkomen duidelijk. Heel doorzichtig. Maar wat gebeurt er wanneer de regering van een land valt, revolutionairen de macht grijpen en de ambassade van de VS meer dan een jaar wordt belegerd? Wat gebeurt er wanneer een diplomaat van een schurkenregime uit het raam van een ambassadegebouw in Londen leunt en een plaatselijke politievrouw neerschiet? Wat gebeurt er wanneer een speciaal gezant van de VN vermoord wordt aangetroffen in het souterrain van het VN-hoofdkwartier? Wat er gebeurt is natuurlijk dat de politiek de zaak in handen neemt, en na veertien jaar op de afdeling Juridische Zaken van de VN heb ik wel geleerd dat de politiek er een handje van heeft om het kristalheldere water van de voorschriften in modder te doen veranderen.
'Juan zegt dat de Japanners geen zetel in de Veiligheidsraad zullen krijgen.'
'Waar heeft hij dat vandaan?'
'Ergens gehoord,' zegt Rachel.
'Ergens gehoord,' zeg ik tegen haar, terwijl ik mijn hoofd gebogen houd 'wordt meestal niet beschouwd als een betrouwbare

bron.' Maar het bewijst hoe serieus deze stemming ons allemaal raakt en ik neem in gedachten nota van Juans mening. Juan is Rachels nieuwe huisbaas en kamergenoot, een knaap van vijfentwintig met een obsessie voor de toestand in de wereld. Juan is een belangrijke figuur bij Lighthouse, een van het toenemende aantal NGO's die zijn erkend door de VN, en het is mogelijk dat hij signalen opvangt van de kleinere delegaties, die ons ontgaan.
'Hij is niet de enige die het zegt,' merkt ze op.
'Mmm?'
'De jongens van de Keisan Shimbun denken dat Hatanaka ook tegen is,' verklaart Rachel vertrouwelijk.
Ik maak een geluid dat diep uit mijn keel opwelt. Na achttien jaar slaagt mijn dochter er nog steeds in me te verrassen. Ze werkt hier amper drie maanden als gids, waarbij ze publiek rondleidt en haar pr-verhaal afsteekt. En ze heeft de baan niet gekregen omdat ze zich interesseerde voor politiek en diplomatie. Verre van dat. Ze heeft de baan gekregen omdat ik me voor het eerst in mijn loopbaan heb verlaagd tot het aanwenden van mijn invloed. En nu kom ik tot de ontdekking dat ze dagelijks met belangrijke Japanse zakenlui praat over wie in de wereld van de grote internationale diplomatie goede kansen heeft en wie niet.
'Rachel.' Mijn hand beschrijft een vage cirkel in de lucht en wijst daarna naar de deur. 'Eruit.'
'Je hebt mijn spullen toch wel meegebracht?'
Haar spullen. Een koffer vol kleren van thuis. De koffer is beneden in de achterbak van mijn auto. Ik had Rachel gezegd dat ik die vanavond bij haar nieuwe appartement zou afgeven, maar nu kijk ik zorgelijk.
'O, pap, je had het beloofd.'
'Wat is dit, chantage?'
Ze lacht liefjes, maar ziet er op dit moment niet zo lief uit als ze denkt.
'Oké, Rachel, ik zal het proberen. Maar ik beloof niets.'
'Mooi.'
Ze staat op om haar tas en haar blazer achter de deur vandaan te pakken. Mike kiest dit moment om langs te komen. Hij steekt

zijn hoofd om de deur en voor ik hem kan waarschuwen zegt hij: 'Hatanaka stierf ongeveer acht uur geleden, volgens Patel. Ik zou het niet als vaststaand aannemen.'
Ik gebaar met mijn hand en kijk streng. Zijn stem sterft weg. Rachel komt van achter de deur tevoorschijn, waar ze aan het zicht onttrokken was; ze heeft één arm in een mouw van haar blazer. Mike mompelt iets. Ik laat mijn hoofd op mijn hand steunen. Ten slotte knikt Mike tegen haar en zegt: 'Rachel', en daarna verklaart hij met een verontschuldigende blik in mijn richting dat hij naar Toshio's kantoor gaat. Hij trekt zich snel terug.
Met open mond kijkt Rachel me aan. 'Hatanaka, pap?'
'Dat heb je niet gehoord.'
'Toshio Hatanaka?'
Ik loop snel om het bureau heen en doe de deur dicht. 'Oké, nu heb je het gehoord. Over een paar uur wordt het toch algemeen bekend.' Ik hef een waarschuwende vinger op. 'Maar ik wil dat je het tegen niemand zegt. Ook niet tegen Juan. Tegen niemand.'
'Hoe? Wat is er gebeurd, heeft hij een hartaanval gehad?'
'Hoor eens, ik heb geen tijd om erover te praten, Rachel. En jij vergeet even dat je het hebt gehoord. Oké?'
Ze kijkt snel naar de map op mijn bureau. 'Had je daarom die gegevens over diplomatieke rechten nodig?'
'Rachel,' zeg ik scherp.
Misschien te scherp. Geschrokken kijkt ze me aan.
'Ik zal vanavond je spullen brengen, goed? Als je vragen hebt kun je die dan stellen.' Ik knik naar de deur. 'Nu moet je gaan.'
Ze ziet onmiddellijk dat het me ernst is. Nadat ze haar blazer heeft aangetrokken loopt ze naar het bureau en geeft me een kus op mijn wang. Haar ogen blijven nog even nieuwsgierig en verbaasd op me rusten, daarna gaat ze weg zonder iets te zeggen. Tienerdochters. Even onpeilbaar als kwantumfysica.

5

'Nul punten voor beveiliging, verdomme,' moppert Mike wanneer ik bij hem ben in Toshio's kantoor. Hij wijst naar de deur achter me. 'Die was niet eens op slot.'
'Weet Patrick dat je hier bent?'
Mike haalt zijn schouders op; het antwoord is nee, naar ik aanneem. Daarna begint hij zich te verontschuldigen omdat hij per ongeluk zijn mond voorbij heeft gepraat waar Rachel bij was, maar ik wuif het weg en verklaar dat ik haar gezegd heb het stil te houden. Mike accepteert het met een treurig knikje. Daarna blijven we een ogenblik staan en nemen onze omgeving in ogenschouw.
'Ik heb hier al even snel rondgekeken,' beken ik, met een blik op het bureau en de boekenplanken.
'Ja? Wat zocht je?'
'Zelfmoordbriefje.'
'Niets gevonden?'
Wanneer ik mijn hoofd schud laat Mike zijn ogen door de kamer dwalen. 'Laat maar. Patrick houdt zeker vast aan zijn zelfmoordtheorie?'
Wanneer ik dat toegeef, kreunt Mike. Patrick en hij hebben nooit goed met elkaar overweg gekund, het contact tussen hen verliep altijd uiterst stroef. En Mike lijkt er weinig voor te voelen om hun eventuele meningsverschillen opzij te zetten om deze situatie doeltreffender te kunnen afhandelen.
'Heeft Patrick gezegd dat je de deur niet moest afsluiten?'
'Ik heb hem achtergelaten zoals ik hem heb aangetroffen, Mike. De deur was niet op slot toen ik hier aankwam, en ik heb dat zo gelaten toen ik wegging. Patrick heeft er niets mee te maken.'
Hij loopt verder de kamer in. Qua afmeting verschilt die niet veel van de mijne, en ook op zijn planken liggen boeken en stapels mappen. Maar er staan geen familiefoto's op het bureau en er

hangt geen enkele poster om de lege plekken van de muren op te vullen waar die niet bedekt zijn met planken. Er zijn ook geen ramen; en daardoor doet de sfeer in het vertrek verkrampt, zelfs claustrofobisch aan. Dit is eerlijk gezegd niet het soort kamer dat je zou verwachten bij een speciaal gezant van de VN. Hoewel Toshio dit kantoor minstens vijf jaar gehad heeft was het nooit meer dan een gunstig gelegen basis voor hem; in tegenstelling tot alle anderen die op deze verdieping werken heeft hij nooit veel tijd achter zijn bureau doorgebracht. Mijn indruk van deze kamer, toen ik die een paar jaar geleden voor het eerst zag, was dat die opvallend sober was voor iemand met een dergelijke status. Door de jaren heen ben ik echter gaan begrijpen dat Toshio's onverschilligheid ten opzichte van tekenen van macht volkomen oprecht was en niet, zoals meer dan één collega cynisch opmerkte, een façade die was opgetrokken om een grote ambitie te verhullen.

Mikes ogen gaan over de stapels papier, de aantekenboeken en de andere gebruikelijke troep op het bureau.

'Nou, wat zien we hier?' vraagt hij.

'Niets ongewoons,' zeg ik. Het ziet eruit als altijd: Toshio's aangeboren netheid en gevoel voor orde die een bij voorbaat verloren strijd voeren tegen de werkdruk die uit zijn optimistisch kleine IN-bakje puilt.

'Net als altijd?'

Ik knik en blader door de papieren in het bakje. Mike vraagt me hoe vaak ik hier kom.

'Wanneer Toshio in de buurt is. Een of twee keer per dag.'

'Voor het werk?'

'Meestal.' Toshio, leg ik uit, krijgt een vip-behandeling van mijn afdeling. Gewoonlijk zijn de verzoeken om juridische opinies die bij me binnenkomen niet echt belangrijk. We hebben een groot aantal juristen op de afdeling Juridische Zaken van de VN en toch moet ik nog vaak voorstellen voor ontwerpen van niet-bindende overeenkomsten tekenen, die waarschijnlijk niet eens terecht zullen komen bij de commissievergaderingen waarvoor ze vermoedelijk bedoeld zijn. Maar de juridische problemen van

VN-afgevaardigden heb ik altijd serieus genomen en waar mogelijk persoonlijk afgehandeld. Zij zwerven over de hele wereld, maken hun handen vuil en worden geconfronteerd met hardnekkige problemen die grote en dodelijke gevolgen kunnen hebben, en ze verdienen zoveel mogelijk hulp van onze kant.

Mike rommelt in Toshio's bureauladen. 'Ik heb beneden nog een keer naar dat rooster gekeken. Niemand heeft het gebruikt. Er ligt overal stof in de buis en bovendien is die te klein.'

'Dus als het echt moord is, kwam degene naar wie we op zoek zijn binnen via de deur?'

'Twijfel je daar nog aan?' vraagt Mike.

Ik wil van hem weten hoe het met de videobanden staat. Hoe groot is de kans, vraag ik me af, dat Toshio's moordenaar wist dat hij niet werd gefilmd?

'Ik heb er iemand op gezet om de onderhoudsmensen bij elkaar te roepen, het zijn er drie. Zodra ze in het gebouw zijn wil ik hen ondervragen.'

'Weten we wie er sleutels van de kamer in het souterrain hadden?'

'Afgezien van de bewakingsdienst?' Mike schudt zijn hoofd. 'Kun jij trouwens een goede reden bedenken waarom Hatanaka daar was?'

Ik moet bekennen dat ik het niet kan. Mike wijdt zijn aandacht weer aan de paperassen in de lade.

'Degene die het lichaam daar heeft achtergelaten heeft de deur op slot gedaan,' zegt hij. 'Dus wie het ook was, hij had een sleutel. Als Hatanaka niet geregeld iets in het souterrain te zoeken had...'

'Dat had hij niet.'

'Oké. Dan heeft onze man de sleutel niet van Hatanaka gestolen.'

'Die man had zijn eigen sleutel?'

'Het lijkt er wel op.'

Mike schuift de bovenste lade dicht en bukt zich om die daaronder te openen. Toen ik hier een poosje geleden binnen was, heb ik gezocht op de plaatsen die me het meest waarschijnlijk leken voor een zelfmoordbriefje: bureaublad, laden, het prikbord waar een UNESCO-kalender scheef is opgehangen. Ik heb zelfs in de prullenmand gekeken. Het komt bij me op dat, in plaats van dat alles nog een keer te doen, het nuttig zou kunnen zijn om te weten waar Toshio aan werkte. Mike knikt wanneer ik het voorstel en wijst naar Toshio's IN-bakje. Ik ga op de stoel zitten en neem de hele stapel papieren op schoot.

'Waar zoeken we naar? Iets in het bijzonder?'

'Nee,' antwoordt Mike zonder op te kijken.

We zetten onze naspeuringen in stilte voort.

Toshio Hatanaka hield er geen geregelde werktijden op na. Hij was, voorzover iemand dat kan zijn binnen de beperkingen van deze bekrompen organisatie, vrij om te gaan en staan waar hij wilde, iemand op wie veel van de gebruikelijke bureaucratische regels en gewoonten niet strikt van toepassing waren. Dat blijkt uit de papieren die ik nu doorkijk. Er is een stapel memo's van het HCV, het Hoge Commissariaat voor Vluchtelingen, met betrekking tot logistieke problemen in het veld: tenten die in Pakistan zouden moeten zijn maar momenteel worden vastgehouden in Singapore vanwege een conflict bij de havenarbeiders; veldwerkers die willen weten of ze de zakjes vochtregulerende medicijnen voor kinderen met diarree nog kunnen gebruiken die drie maanden te laat in Somalië zijn aangekomen; een slepend conflict met een van de hulporganisaties over het gezamenlijk gebruik van telecommunicatiefaciliteiten, deze met een aangehecht briefje van Toshio waarin hij de naam noemt van een ouder lid van de organisatie dat misschien kan helpen. Maar vrij man of niet, Toshio's officiële aanstelling bij het HCV was al meer dan twee jaar geleden beëindigd en hieruit blijkt onverwacht hoeveel tijd hij nog in zaken stak die buiten zijn huidige verantwoordelijkheden lagen. Met gefronste wenkbrauwen blader ik door de rest van de memo's die, tot mijn opluchting, betrekking hebben op Afghanistan.

'Genève,' zegt Mike opeens. Hij pakt een strookje van een vliegticket uit de lade en legt het op het bureau. Hij wijst naar de datum. 'Vorige week.'

We bekijken de details. Toshio Hatanaka heeft blijkbaar begin

vorige week een vlucht naar Genève, verzorgd door Swiss Air, genomen, is daar drie dagen gebleven en vervolgens teruggekeerd.
Mike merkt op dat hij dacht dat Genève toch niet in Afghanistan ligt.
'Het kan een routinevergadering geweest zijn,' opper ik.
We weten echter allebei dat Toshio zich de afgelopen maand over de kop gewerkt moet hebben om zich voor te bereiden op de zitting van de Assemblee. Vorige week was geen geschikt tijdstip voor een driedaagse ontmoeting aan de oever van het Meer van Genève.
Mike schuift het kaartje opzij. 'Heb jij nog iets?'
Wanneer ik hem de memo's laat zien kijkt hij ze snel door. 'Vertel het me nog een keer,' zegt hij verbaasd. 'Hatanaka was toch speciaal gezant voor Afghanistan?'
'Tot twee jaar geleden zat hij bij het HCV.' Dat, verklaar ik, was een van de voornaamste redenen waarom hij uiteindelijk speciaal gezant voor Afghanistan werd: Afghanistan heeft een van de grootste vluchtelingenproblemen ter wereld.
'Maar vluchtelingen hoorden toch niet bij zijn werk? Kijk hier eens naar.' Mike bladert opnieuw door de memo's. 'Speciaal gezant voor Afghanistan? Waar haalde hij de tijd vandaan? De man deed zo ongeveer van alles.'
Er gingen geruchten, merk ik afwezig op, dat Toshio misschien zou solliciteren naar de hoogste baan bij het HCV, Hoge Commissaris voor Vluchtelingen.
Mike kijkt achterdochtig en zegt cynisch: 'Ah.'
'Kom nou toch. Zo was hij niet, Mike, dit was een toegewijde vent.' Ik wijs naar de memo's. 'Als hij dacht dat hij kon helpen, hielp hij.'
'Toegewijd.'
'Toegewijd,' zeg ik.
Het bureau heeft ons niets meer te bieden, dus we beginnen met de planken. Er zijn mappen, honderden mappen, en ze zijn niet allemaal van een etiket voorzien. Hoofdschuddend gaat Mike op zoek naar Toshio's secretaresse. Ik blijf tegen het bureau geleund staan wachten.

De laatste keer dat ik Toshio in leven zag, was gisterochtend. Hij leunde tegen deze zelfde planken, met over elkaar geslagen armen en één schouder tegen de mappen, en hij deed zijn best om er ontspannen uit te zien. Hij had zijn halve leven in de VS gewoond en het lukte hem nog steeds niet. De moeite die het hem kostte was te zien aan elke stijve hoek van zijn lichaam; ik heb nooit iemand gezien die minder ontspannen was, of meer Japans. Nu dwalen mijn ogen van de planken naar de tatamimat op de vloer. En ik moet met mijn ogen knipperen om het beeld van Toshio's lichaam, dat plotseling bij me opkomt, te verjagen.

Een minuut later komt Mike terug met Toshio's secretaresse, Mei Tan, op sleeptouw.

'Waar bewaarde hij dat rapport?' vraagt hij haar terwijl ze binnenkomen.

Mei Tan lijkt opgelucht me te zien. Ze komt uit Singapore en is een soort instituut hier op de 28e verdieping. Ze heeft jaren voor mijn assistent, Gunther Franks, gewerkt voor ze naar Toshio's kantoor werd gepromoveerd. Nu duwt ze haar bril met hoornen montuur hoger op haar neus en ze vertelt ons dat ze niet zeker weet wat ze moet doen. Ze zegt dat ze graag formeel toestemming wil hebben voor ze ons in meneer Hatanaka's kantoor toelaat.

'We zijn verdomme al in het kantoor,' mompelt Mike en hij loopt naar het bureau.

Mei Tan kijkt me aan. 'U moet met meneer Hatanaka spreken.'

'Wat voor rapport?' vraag ik haar.

'Heeft hij u gezegd dat u hiernaartoe moest komen?'

'Hoor eens even...' begint Mike ongeduldig, maar ik hef mijn hand op.

'Mei Tan,' zeg ik rustig, 'we zijn hier omdat Patrick O'Conner ons heeft gestuurd. Als je hem wilt bellen om het bevestigd te krijgen, ga je gang. We wachten wel.'

Ze denkt erover na. We kunnen zien dat het vooruitzicht de woede van Patrick O'Conner op te wekken haar niet bevalt. En wanneer ik aanbied de volledige verantwoordelijkheid hiervoor op me te nemen geeft ze het ten slotte op. Schouderophalend wijst ze naar Mike.

'Ik vertelde hem dat meneer Hatanaka werkt aan een rapport voor de Assemblee. Het was een overzicht over vijf jaar. We zijn er nu al maanden mee bezig. Zoekt u dat?'

Mike en ik kijken elkaar aan. Dit zou iets kunnen zijn.

'Laat maar zien,' zeg ik.

Mei Tan pakt een doos van een plank en zet die op het bureau.

'Officieel is het voor de secretaris-generaal en een paar commissies.'

'Welke commissies?' wil Mike weten.

'De Derde Commissie', zegt ze, 'Mensenrechten. En de Vijfde Commissie: Administratieve en Budgettaire Zaken van de VN.'

Wanneer ik de doos open, blijkt het rapport centimeters dik te zijn. Op de kaft staat AFGHANISTAN, STATUSRAPPORT, daaronder het jaar en Toshio's naam en rang: speciaal gezant. Ik sla om naar de titels van de hoofdstukken en verdiep me in het geschrift.

'Hoe lang is hij hiermee bezig geweest?' vraagt Mike Mei Tan.

'Met schrijven?'

'Om het geheel samen te stellen.'

'Sinds vorig jaar.'

'Heb je er al die tijd samen met hem aan gewerkt?'

Ze knikt en vraagt wat we hopen te vinden, waarom we niet rechtstreeks met meneer Hatanaka praten.

'Wanneer moest dit naar boven?' vraag ik.

'Morgen.'

'Is het af?'

Ze knikt opnieuw, dus ik haal de hele stapel pagina's tevoorschijn en leg die naast de lege doos. Deze keer bekijk ik de bladzijden nauwkeuriger. Volgens de inhoudsopgave heeft Toshio zijn rapport in vieren verdeeld: het algemene verslag en daarna drie gedetailleerde delen: een voor de Derde Commissie, een voor ECOSOC – de Economische en Sociale Raad – en een voor de Vijfde Commissie. Dit laatste deel, dat duidelijk vermeld staat bij de inhoudsopgave, ontbreekt.

'Hij moet het mee naar huis genomen hebben,' zegt Mei Tan

wanneer ik haar aandacht erop vestig. Ze kijkt zorgelijk. 'Daar zult u echt meneer Hatanaka zelf naar moeten vragen. Dat gedeelte deed hij zelf. Hij heeft het nog aan niemand laten zien.'
Ik vraag haar of ze enig idee heeft wat erin zou kunnen staan. Mei Tan schudt haar hoofd.
'Hij heeft een roze map waar hij het in bewaart,' merkt ze op. Haar ogen dwalen over het bureau en vervolgens langs de planken. Ze loopt langs Mike heen en kijkt in de bureauladen. 'Nee,' zegt ze ten slotte, nadat ze haar vergeefse zoektocht naar de roze map heeft beëindigd. 'U moet het meneer Hatanaka vragen.'
Kon dat maar, denk ik.
Dan vraagt Mike achteloos: 'Waar is hij?'
Uit niets blijkt dat Mei Tan het een vreemde vraag vindt. 'Beneden, bij de opening, denk ik. Ik heb hem vanochtend niet gezien.'
Wanneer Mike haar vraagt waar we Toshio na de opening kunnen vinden, gaat Mei Tan de agenda met afspraken halen. Terwijl ze weg is, spreken we over het ontbrekende deel van het rapport. Mike is het met me eens dat het eigenaardig is, maar waarschuwt me niet te hoopvol te worden. Eigenaardig, zegt hij, is niet hetzelfde als belangrijk, maar hij geeft me de verzekering dat hij nog eens goed in Toshio's aktetas zal kijken, die beneden in het souterrain ligt.
Mei Tan komt terug met de agenda, een groot boek met een harde kaft. Ze slaat het open en gaat met haar vinger langs de pagina. Afgezien van drie woorden bovenaan, OPENING GENERALE ASSEMBLEE, is de pagina blanco.
'Drukbezet man,' mompelt Mike. Hij steekt zijn hand uit en bladert een paar bladzijden terug voor Mei Tan kan protesteren. Dan blijft zijn vinger steken. 'Wat is hier gebeurd?'
De data zijn de eerste twee dagen van Toshio's reis naar Genève. Dwars over beide pagina's is het woord AFGEZEGD over een lijst van afspraken geschreven, en wanneer Mike omslaat naar de volgende pagina zie we daar hetzelfde.
'Was die reis naar Genève plotseling?' vraagt hij haar.
'Genève?' zegt ze.
We kijken haar allebei aan, en vervolgens naar elkaar. Mike pakt

het strookje van het vliegticket en wijst op de overeenkomende data en Toshio's naam op het ticket. Mei Tan bestudeert het en ze is heel verbaasd.

'Dit klopt niet,' zegt ze eindelijk, en ze kijkt verbijsterd naar het ticket. 'Toen voelde hij zich niet goed. Meneer Hatanaka is die drie dagen thuisgebleven. Hij belde me. Maagklachten of zoiets, dat moet u hem vragen.'

'Wie regelt gewoonlijk meneer Hatanaka's reizen?'

'Ik,' zegt ze.

'Altijd?'

Ze knikt, maar ze aarzelt nu en begint te twijfelen. Het ticket. Ons bezoek. Die vragen.

'Kunt u niet later terugkomen om met meneer Hatanaka te spreken?'

Mike vraagt haar of ze een eigen sleutel van dit kantoor heeft. Ze schudt haar hoofd. Daarna bladert hij verder door de agenda en stopt bij maandag. Gisteren. Zes afspraken. Hij laat zijn vinger over de pagina glijden en stopt bij Toshio's een na laatste afspraak van de dag, om halfzes 's middags. Mike kijkt naar me op om zich ervan te overtuigen dat ik de naam heb gelezen: Patrick O'Conner.

'Hmm,' is het enige wat Mike zegt. Daarna schuift zijn vinger verder tot bij Toshio's laatste afspraak van gisteren. Moriko. Halfacht 's avonds.

'Toshio's zus,' zeg ik tegen hem. Mei Tan bevestigt dat Toshio de afspraak met Patrick is nagekomen, maar van die met Moriko weet ze het niet zeker. 'Ik ben naar huis gegaan kort nadat hij naar boven was gegaan, naar meneer O'Conner. En trouwens, dat is privé, het is familie.' Ze begint zich nu duidelijk niet op haar gemak te voelen. En wanneer Mike haar vraagt om voor ons de laatste edities van een obscure krant te halen uit de Dag Hammarskjold-bibliotheek beneden, is moeilijk te zeggen of Mei Tan verbaasd of opgelucht is bij dit verzoek.

Zodra ze weg is, overhandigt Mike me de agenda en steekt hij het strookje van het ticket naar Genève in zijn zak. Daarna haalt hij uit een van de bureauladen een sleutelbos. Toshio's sleutels, die

Mike al eerder tijdens het zoeken moet hebben gezien. Ook die gaan in zijn zak.

'Kwam het op jou over alsof ze loog?'

Ik schud mijn hoofd.

'Nee, op mij ook niet.' Hij legt een blanco vel papier op het bureau en begint te schrijven. Grote letters, zwarte viltstift. GEEN TOEGANG. GESLOTEN IN OPDRACHT VAN BEVEILIGINGSDIENST VN. Daaronder zijn naam en handtekening. Daarna neemt hij een rol plakband en terwijl hij er een stuk afscheurt, vraag ik hem wat hij denkt van die reis naar Genève.

'Nog niets. We weten niet eens of hij wel is gegaan.' Hij neemt zijn briefje mee naar de deur en plakt het erop. Hij knikt naar de agenda die ik in mijn hand houd. 'Neem die mee.'

Na de deur te hebben afgesloten lopen we samen naar de roltrappen. 'Laten we kijken of die roze map ergens in het souterrain ligt. En ik wil ook zeker weten of het lichaam naar de koelruimte is gebracht.'

'En dan?'

'Zijn flat.' Mike kijkt me van opzij aan. 'Ik durf te wedden dat Patrick tegen je heeft gezegd dat je erheen moest gaan om naar een zelfmoordbriefje te zoeken. Ik neem aan dat ik, terwijl jij je tijd daarmee verdoet, er wel even kan rondkijken. Misschien vind ik een aanknopingspunt waarom Hatanaka vermoord werd.'

6

De journalisten zijn neergestreken. Gewoonlijk zijn het de vaste VN-verslaggevers die alleen of in groepjes in de wandelgangen rondhangen, verveeld kijken, klagen over moeilijk toegankelijke afgevaardigden en zich afvragen wanneer hun hoofdredacteur hen terug zal roepen uit deze journalistieke woestijn. Jonge broodschrijvers die hiernaartoe zijn gestuurd op de langzame weg naar promotie. Oudere broodschrijvers die hun termijn van betaald nietsdoen in Turtle Bay lijdzaam dragen. Maar elk jaar komen gedurende deze paar dagen zelfs de meest verbitterden onder hen tot leven, geprikkeld door de verlokkende mogelijkheid dat ze hier misschien toch nog iets vinden wat de moeite van het vermelden waard is en wat hun hoofdredacteur nieuws zal noemen.

Voeg bij deze oudgedienden de incestueuze horde die zich verdringt om de presidenten, de staatshoofden en de ministers van Buitenlandse Zaken, dan krijg je wat Mike en ik tegenkomen wanneer we de hal voor de Assembleezaal betreden: onbeleefd geduw, microfoons en camera's die als wapens rondgezwaaid worden en mensen die elkaar uitschelden in ongeveer twintig verschillende talen.

Mike voegt zijn stem bij het koor. 'Klootzakken,' zegt hij, zich een weg banend door het gedrang, terwijl ik hem zo dicht mogelijk op de hielen blijf.

We hebben bijna de roltrappen bereikt wanneer ik een hand op mijn schouder voel. Ik draai me om en zie dat lady Nicola Edgeworth naar me opkijkt. Ze vraagt of ze me alsjeblieft even kan spreken. 'Een minuutje maar,' zegt ze, omdat ze mijn tegenzin aanvoelt. Wanneer ik achteromkijk, zie ik dat Mike is doorgeschoven; hij wacht op me onder aan de roltrappen. Ik beduid hem dat hij moet doorlopen. Ik moet hem later maar zien in te halen.

'Heel snel dan,' zeg ik tegen lady Nicola. Ik kan mijn ongeduld niet verbergen.
'Ergens waar we iets meer privacy hebben,' stelt ze voor.
De rustige plek die we vinden is een klein vertrek naast de lounge voor de afgevaardigden. Er hangen collages en olieverfschilderijen, sociaal-realisme uit de jaren vijftig, in houten lijsten.
'Speciaal gezant Hatanaka,' zegt lady Nicola zodra we alleen zijn.
Ik kan niet doen of ik verbaasd ben. Lady Nicola, de Britse ambassadrice en een van de grote vijf van de Veiligheidsraad, is deze maand tevens voorzitter van deze raad. Nadat Patrick het nieuws aan de secretaris-generaal had meegedeeld, moet lady Nicola zijn volgende aanloophaven zijn geweest.
'Patrick heeft het u verteld?'
'Ja.'
Ik kijk haar aan. Ik weet niet precies wat ze verwacht dat ik eraan toevoeg.
'Ik wilde eigenlijk met je over meneer O'Conner spreken,' zegt ze. Ze raakt mijn arm heel licht aan en leidt me bij de deur vandaan.
Lady Nicola hoort al bijna de duur van mijn hele carrière bij Turtle Bay. Toen ik als rapporteur voor de Zesde Commissie, Juridische Zaken, werkte, was zij voorzitter van die commissie. Ik had tot taak de debatten die plaatsvonden tussen de commissieleden samen te vatten en te herschrijven: wat naar de Algemene Vergadering moest zodat erover gestemd kon worden, wat moest worden tegengehouden en opnieuw geformuleerd, en wat als volkomen belachelijk kon worden weggegooid. En hoewel ik destijds slechts een van de vele loopjongens van het secretariaat was, deed lady Nicola haar uiterste best me het gevoel te geven dat mijn werk gewaardeerd werd. Ze liet de hele Zesde Commissie verbaasd staan door applaus voor me te vragen bij hun laatste zitting van dat jaar. Daarna is ze ambassadrice van haar thuisland geworden. De Britse ambassadrice, een grote naam bij de VN.
'Wat kun je me vertellen? Zelfmoord?'
'Dat weten we niet.'

'Juist.'
'We weten nog helemaal niets,' voeg ik er haastig aan toe. 'Zelfmoord is mogelijk.'
'"Mogelijk" was niet precies het woord dat meneer O'Conner gebruikte,' merkt ze droogjes op. 'Als ik het me goed herinner gebruikte meneer O'Conner het woord "waarschijnlijk".'
Ik haal mijn schouders op vanwege dat onderscheid. 'Toshio is dood. En ik wil niet onbeleefd zijn, lady Nicola, maar zolang ik hier met u sta te praten kan ik niet uitzoeken hoe hij is gestorven.'
'Je weet dat Toshio tegenstander was van een permanente Japanse zetel in de raad.'
'Ik weet dat sommige mensen dat dachten,' zeg ik, met een blik naar de deur. Ik heb helemaal geen zin in dit gesprek.
'Ik heb even gesproken met de andere permanente vijf ambassadeurs,' zegt ze. 'Ze delen allen mijn bezorgdheid over de invloed die dit op de stemming zou kunnen hebben.'
'De stemming?' Ik kan er niets aan doen dat ik het eruit gooi. 'Toshio is dood en u maakt u zorgen over de stemming?'
'Alsjeblieft, Samuel,' zegt ze en ze heft haar hand op.
Ik verontschuldig me niet. Ik weet nu vrij zeker dat ik dat wat er gaat komen niet leuk zal vinden, de reden voor dit gesprek onder vier ogen. Het politieke gemanipuleer is begonnen. Het siert lady Nicola dat ze er meteen mee voor de dag komt.
'Ik heb mijn collega's van de permanente vijf voorgesteld dat ik jou zou benaderen met de bedoeling een informeel communicatiekanaal met betrekking tot het onderzoek op te zetten. Meneer O'Conner heeft me verteld dat jij de leiding hebt.' Ik zeg niets en ze gaat verder: 'Het is een onmogelijke situatie. Deze stemming...'
'Informeel?' val ik haar in de rede.
Ze buigt haar hoofd.
'Wat mankeert er aan het formele kanaal? Ik breng verslag uit aan Patrick, u vraagt hem hoe het ervoor staat.'
'We krijgen onze informatie graag ongefilterd.'
Ongefilterd. Ik neem aan dat het betekent dat ze niet geloven dat ze hun inlichtingen op die manier van Patrick zullen krijgen. En

Patrick kennende moet ik zeggen dat de vrees van de grote vijf gegrond is; ik kan dat echter niet toegeven, zeker niet tegenover lady Nicola. Ze heeft haar collega-ambassadeurs er ongetwijfeld van overtuigd dat ik te vertrouwen ben, dat ik iemand ben die de lastige positie waarin ze verkeren zal begrijpen. En die begrijp ik ook; ik voel me op een subtiele manier zelfs gevleid door deze benadering. Maar toch is dat niet voldoende, omdat ik tenslotte ben wie ik ben: een medewerker van het secretariaat, een internationaal ambtenaar die gezworen heeft zich verre te houden van politieke schermutselingen.

'Dat kan ik niet doen,' verklaar ik hardop.

Lady Nicola perst haar lippen opeen, haar teleurstelling is duidelijk. 'Je bent niet over te halen?'

'Nee.' Mijn toon is vastberaden en ondubbelzinnig. Ik wil hier een eind aan maken. 'Als dat alles is,' zeg ik met een blik in de richting van de deur.

Ze blijft me nog even aankijken en schijnt daarna te begrijpen dat het op het ogenblik geen zin heeft om me verder onder druk te zetten. 'Natuurlijk,' zegt ze. Ze geeft niet toe dat ze verslagen is, het is meer een tactische terugtocht. De bleke, Engelse huid om haar mond vertoont strakke lijntjes. Terwijl we naar de deur lopen spreekt ze de wens uit dat dit gesprek onder ons blijft, een suggestie waar ik het diplomatiek mee eens ben.

In de afgevaardigdenlounge is zowel de Franse als de Chinese ambassadeur aanwezig en lady Nicola loopt naar hen toe, naar ik aanneem om het slechte nieuws te melden dat ze er niet in is geslaagd een betere informatiebron aan te boren dan Patrick O'-Conner. Wanneer het nieuws van Toshio's dood bekend wordt, wanneer de storm losbarst, zullen de permanente vijf door die storm navigeren op een kompas dat ze niet volledig vertrouwen. Maar dat is hun probleem. Op het moment heb ik zelf meer dan genoeg problemen.

Ik baan me snel een weg door de horde journalisten die buiten de lounge staan, en ga naar de roltrap. Ik ben al halverwege de lager gelegen verdieping wanneer ik een vrouw achter me mijn naam hoor noemen.

'Meneer Windrush,' zegt ze nog een keer.
Ik draai me om en schrik. Een microfoon van een journalist. Daarna kijk ik naar de vrouw, een vaag bekend gezicht, waarschijnlijk een van de vaste VN-verslaggevers.
'Geen commentaar,' zeg ik, naar de microfoon knikkend. Ik probeer het als een grapje te laten klinken. Maar het hart zinkt me in de schoenen. Ik ben tweede man bij Juridische Zaken; ongeveer drie keer per jaar word ik naar voren geschoven om de pers achtergrondinformatie te verstrekken over een onbegrijpelijk stuk in juridisch jargon, dat al dan niet gevolgen kan hebben voor een vergeten oorlog in een uithoek van de wereld. Bij deze gelegenheden zijn de journalisten gewoon zich van het perscommuniqué te voorzien en mijn ingewikkelde praatje over te slaan. Zelfs nadat ik een kwartier beroemd ben geweest als de arme donder wiens vrouw gegijzeld en vermoord werd door een stel gekken in Afghanistan, is er misschien een op de tien door de VN geaccrediteerde journalisten die me van gezicht kent. Niet een op de twintig kent me bij naam. Maar deze vrouw die achter me met de roltrap omlaaggaat heeft er blijkbaar werk van gemaakt om erachter te komen. De helft van de bekendste politici van de wereld drinkt boven een borrel, maar zij zit achter mij aan. Toshio, vraag ik me af. Nu al?
'Gaat u niet de verkeerde kant op?' vraag ik.
'Dat kan.' Een Frans accent. Ze kijkt achterom naar boven en vervolgens weer naar mij. '*Alors*,' zegt ze.
Ik draai me net op tijd om en stap stuntelig van de roltrap.
Ze komt achter me aan en zegt zacht: 'Heel gevaarlijk.'
Ik haal diep adem en beheers me. 'U wilde me iets vragen?'
'U was bij de ambassadeur. Monsieur Froissart?'
Opluchting. Ze is uit op een verhaal over de Franse ambassadeur. Ik heb met lady Nicola Edgeworth gesproken, zeg ik tegen haar, niet met Froissart. Ze heeft zich vergist.
'Een lange bespreking?' vraagt ze.
'Het was geen bespreking.'
'Nee?'
Ik wandel weg, maar ze blijft naast me lopen.

'Drie van de vijf permanente ambassadeurs verlieten de Assembleezaal tijdens de openingstoespraken,' zegt ze. 'Dat is toch vreemd.'
Ik richt mijn ogen op de microfoon die ze laag naast haar heup houdt. Ze volgt mijn blik. Daarna maakt ze het dunne, zwarte snoer los en stopt het met de microfoon in haar tas.
'Ambassadeur Edgeworth heeft u niet verteld waarom ze de zaal heeft verlaten?'
'Nee,' antwoord ik.
'Maar ze moest u spreken?'
'We hebben een paar woorden gewisseld over een privé-aangelegenheid. Einde verhaal.'
'Ik heb monsieur Froissart geïnterviewd. Hij leek bezorgd. Hij heeft niet tegen u gezegd waarom?'
'Tegen mij?' Ik wijs met mijn duim naar mijn borst, maar het gebaar is te overdreven. Ze kijkt sceptisch.
'U weet niet meer wie ik ben.'
Ik kijk van opzij naar haar onder het lopen. Een aantrekkelijke vrouw, begin dertig, donker haar, een paar sproetjes aan weerszijden van haar smalle neus. Bekend, dat wel, maar ze ziet dat ik haar nog steeds niet kan plaatsen.
'Journalisten en het secretariaat?' zegt ze ter verduidelijking.
Journalisten en het secretariaat. Een serie seminars die ik vorig jaar heb gehouden, deel van een pr-campagne, bedacht door Patrick om het secretariaat goed te laten overkomen in de pers. Een stuk of tien journalisten kwamen opdagen bij het eerste seminar, de helft bij het tweede en de derde week was ik nog over met twee vrouwelijke journalisten, dus toen heb ik de hele zaak geannuleerd. Die laatste twee volhouders, was een van hen niet een Française?
Het kwartje valt en ik zeg: 'Radio France.'
Glimlachend stelt ze zich voor. Marie Lefèbre. Terwijl we naar de trap lopen neemt ze de gelegenheid te baat om me te herinneren aan wat ik gezegd heb tijdens die hoogstaande seminars, mijn serieuze bekrachtiging van het recht van journalisten om vragen te stellen en de plicht van het secretariaat om daarop te reageren.

Ik grinnik. 'Dus u hebt goed geluisterd?'
'*Oui*. Ik heb aantekeningen.'
'Nou, misschien kunt u uw aantekeningen aan ambassadeur Froissart laten zien,' stel ik voor. 'Hij lijkt een redelijk man.'
Boven aan de trap gaat een veiligheidsmedewerker een stap opzij om me voorbij te laten, maar wanneer Marie Lefèbre me probeert te volgen verspert hij haar de weg. Hij steekt zijn arm uit om haar tegen te houden en vertelt haar dat de gang en het souterrain tijdelijk niet toegankelijk zijn. Ik geef haar een knikje ten afscheid en loop de trap af.
'U hebt niet gesproken over de Japanse stemming?' roept ze me na.
Ik concentreer me op de trap, in de hoop dat ik even gemakkelijk aan haar nieuwsgierigheid kan ontkomen als ik ermee geconfronteerd ben geraakt. Op de begane grond tref ik Mike, die net naar boven wil.
'Geen roze map in de aktetas,' zegt hij.
'We gaan.'
'Wil je niet zien waar we hem naartoe hebben gebracht?'
'Monsieur Windrush?'
Mike kijkt snel omhoog, ik hef langzaam mijn hoofd op. Marie Lefèbre leunt over de leuning van de overloop boven ons, neerkijkend op de bewakers die Mike op de trap naar het souterrain heeft gezet. 'Wat is er zo belangrijk daarbeneden?' vraagt ze.
Mike werpt me een blik toe. Hij is niet blij met de nieuwsgierigheid die ik schijn te hebben opgewekt. Ik pak hem bij zijn arm en neem hem mee naar de uitgang, terwijl Marie vanaf de overloop een korte uitbarsting in het Frans tot onze verdwijnende ruggen richt. Het enige woord dat ik goed kan verstaan is *merde*.

7

'Jezus, kan ik nog van gedachten veranderen?' zegt Mike zacht. De metro naar Roosevelt Island is tijdelijk gesloten, dus we hebben de snelste alternatieve route gekozen, een keuze waar Mike nu al spijt van lijkt te hebben. Wanneer de kabeltrein vanaf het station schuin de lucht ingaat, grijpt Mike zich stevig aan de zilverkleurige reling vast. Hij houdt de twee geüniformeerde bestuurders bij het bedieningspaneel in de gaten alsof hij verwacht dat ze elk moment op een knop kunnen drukken en ons omlaag laten storten.

Wanneer ik zeg dat hij zich moet ontspannen, kijkt hij langs me heen uit het raam.

'Weet je, ik ben hier niet zo dol op.'

Ik geloof dat ik het ergens wel wist, maar dit is de eerste keer dat ik Mike zie toegeven aan zijn hoogtevrees. Mensen zitten eigenaardig in elkaar. Mike Jardine zou zich geen tweemaal bedenken om een kogel voor de secretaris-generaal op te vangen, maar nu, zo'n vijftien meter boven de grond, staan de zweetdruppels hem op het voorhoofd. Het lijkt een heldhaftige poging om afleiding te zoeken wanneer hij ons gesprek hervat en me vertelt dat hij daarstraks een telefoongesprek heeft gevoerd met een kennis uit zijn vorige leven op het stadhuis, een patholoog die verbonden is aan een van de New Yorkse mortuaria. 'Ik zei tegen hem dat een oude afgevaardigde de geest gegeven had. Terminale fossilisatie of zoiets. Ik heb hem gevraagd hoe lang we het lichaam in de koelruimte konden bewaren, wat we moesten doen.'

Mike waagt het om nog een blik uit het raam te werpen, maar draait zich meteen weer om. Niet alleen zijn knokkels, maar ook zijn hele vuist die de stang omklemt is spierwit geworden. Beneden ons ontrolt zich een surrealistisch landschap van platte daken die gebruikt worden als parkeerterrein; vanaf deze hoogte lijken de wagens op speelgoedautootjes.

‘Hoe lang?’ vraag ik.
‘Tien dagen op z’n hoogst, tenzij we hem kunnen invriezen. Daarna zullen we gasmaskers nodig hebben. Alleen om bij het lichaam te komen, dat zei hij.’
De Roosevelt Island-kabeltrein schokt wanneer we de maximale hoogte bereiken en vooruitschieten voor de rit over het water. Mike doet kreunend zijn ogen dicht. Aan de andere kant van de cabine verplaatst een jonge vrouw, de enige andere passagier, de boodschappentassen die aan haar voeten staan en ze kijkt verwonderd naar Mike. Wanneer ik Mike de raad geef om naar de brug te kijken doet hij het een poosje; het schijnt te helpen.
‘Ik heb een paar monsters genomen,’ zegt hij, nu weer naar mij kijkend. ‘Voor de technische opsporingsdienst.’
‘Monsters?’
Hij slaat zijn ogen neer. ‘Van de inhoud van de spuit, bedoel ik.’
Ik kijk hem strak aan. ‘Is dat alles?’
‘Ik bedoel maar, hoe kunnen we het zeker weten als we het niet laten onderzoeken?’
‘Mike.’
Hij kijkt op.
‘Je moet me niet belazeren,’ zeg ik.
Hij strijkt met zijn vinger over zijn bezwete voorhoofd.
‘Ik heb ook wat bloed afgenomen,’ geeft hij toe. Bloedmonsters, bedoelt hij, van Toshio Hatanaka’s lichaam. ‘Wat doet het ertoe wat er in de spuit zat als het hem niet is ingespoten?’
Ik blijf hem aankijken, hij weet dat ik hier niet gelukkig mee ben. Niet zozeer met wat hij gedaan heeft, als wel omdat hij kennelijk van plan was het voor zich te houden.
‘Is het weg voor analyse?’
Hij knikt.
‘Patel?’ vraag ik, hoewel ik ervan overtuigd ben dat het niet het juiste antwoord is.
‘Ik heb het aan een bewaker meegegeven,’ bekent hij. ‘Hij brengt de monsters naar een patholoog van bureau Second Avenue, een vent die ik ken. Misschien heeft hij het nu al.’ Hij kijkt op zijn horloge en ziet dan hoe ik hem aankijk. ‘Hoor eens, als ik het

tegen je gezegd had, had je het wel moeten doorgeven aan Patrick. En wanneer hij het wist zou ik een week lang bezig zijn formulieren in te vullen, terwijl hij met een miljoen redenen zou komen aanzetten om het niet te doen.'

'Maar je deed het toch.'

'Doe me een lol. Het moest gedaan worden. Ik heb het gedaan.'

Ik vraag Mike wanneer hij de uitslag verwacht. Morgenochtend vroeg, antwoordt hij.

Ik neem aan dat het, nu het toch al gebeurd is, weinig zin heeft om hem verwijten te maken. Eerlijk gezegd ben ik niet helemaal ontevreden over Mikes illegale actie; op deze manier krijgen we tenminste een betrouwbare uitslag van de analyse, iets wat we niet hadden mogen verwachten van Patels kleine, slecht toegeruste lab. Patrick zal laaiend zijn wanneer ik het hem vertel.

'Dan wil ik de uitslag hebben zodra die binnen is,' zeg ik.

Hij lacht flauwtjes. Hij heeft net een glimp opgevangen van een schip dat ver, ver onder ons op de grijze East River vaart en de rest van de rit blijft hij krampachtig naar zijn voeten staren.

Roosevelt Island bestaat uit een paar vierkante kilometer land precies midden in de East River. De hele zuidkust is duidelijk zichtbaar vanuit het VN-hoofdkwartier in Manhattan. Wanneer Mike en ik uit de kabeltrein zijn gestapt lopen we in noordelijke richting, naar wat je het centrum van Roosevelt Island zou kunnen noemen. Er zijn een postkantoor, een bank, een paar restaurants en zelfs een bodega, maar aan de buitenkant zien ze er allemaal griezelig hetzelfde uit: glazen puien en dezelfde belettering. Het eiland lijkt niet eens op een woongebied, de vingerafdrukken van de ontwerper blijven voor eeuwig zichtbaar op de hele structuur. Een speelgoedstad. Stadsleven zoals iedere stadsbureaucraat het graag zou willen zien. Ik besef nu pas waar deze plek me aan herinnert, iets waar ik bij vorige bezoeken nooit bij heb stilgestaan. Toshio Hatanaka, internationale globetrotter en kosmopolitische man van de eenentwintigste eeuw heeft, toen hij een appartement zocht, instinctief voor deze plek gekozen, een fletse afspiegeling van waar hij vandaan kwam, het ter-

ritorium waar zijn wortels onontkoombaar in vergroeid waren. Daar doet deze plek me aan denken: aan een Japanse stad.
Terwijl Mike in de hal van Toshio's flatgebouw op zoek gaat naar de woning van de manager of de conciërge, ga ik naar boven. Toshio's deur is de laatste van een hele rij in een lange gang op de vijfde verdieping, het ziet eruit als een middenklassehotel. Even later komt Mike bij me, met de sleutels. Hij kan niemand vinden.
'Gezellige boel, hè?' merkt hij op, met een gebaar naar de gang. Ik wijs hem Toshio's deur, nummer 612. Mike probeert een paar sleutels.
'Ben je hier onlangs nog geweest?' vraagt hij.
'Dit jaar een keer of drie.'
'Privé-bezoeken?'
'De laatste twee.'
'En het eerste?' vraagt hij achteloos. Wanneer ik geen antwoord geef kijkt hij op.
'Dat ging over Sarah,' zeg ik alleen maar. Sarah, mijn vrouw. Mikes gezicht wordt somber, hij slaat zijn ogen neer, een uitdrukking van onhandige verlegenheid die ik de afgelopen drie jaar zo vaak op zo veel gezichten heb gezien. Eindelijk vindt Mike de goede sleutel. Hij doet de deur open en wenkt me naar binnen.
Een heel gewoon appartement, precies wat je van de buitenkant kon verwachten. Een beetje spartaans ingericht, en keurig, weinig persoonlijke accenten. Onmiddellijk herkenbaar als een vrijgezellenwoning.
'Wil je de werkkamer proberen?' zegt Mike.
'Hierheen.' Als er een zelfmoordbriefje is, wat ik zeer betwijfel, lijkt de werkkamer de meest waarschijnlijke plek. En de roze map waar Mei Tan over sprak, het ontbrekende deel van Toshio's verslag, ook daarvoor lijkt de werkkamer de meest logische bewaarplaats. In plaats van me achterna te lopen laat Mike zich echter in een leunstoel vallen. Hij haalt wat post uit zijn zak en scheurt de enveloppen open. Dan ziet hij me kijken.
'Brieven aan Hatanaka.' Mike laat zijn ogen over de eerste gaan

en vervolgens laat hij die op de grond vallen. 'Die heb ik uit zijn brievenbus in de hal gehaald. Misschien zit er iets bij, wie weet?'
'Heb je zijn brievenbus opengemaakt?'
'Kleinste sleutel aan de ring.'
'Macht der gewoonte?'
Van onder samengeknepen wenkbrauwen kijkt hij me aan en zegt effen: 'Sam, je staat verdomme in de flat van een dode man. Om te beginnen zijn we al op een ongeoorloofde manier binnengekomen. Wil je dat ik de enveloppen dicht laat?'
Hij scheurt de volgende open. Ik draai me om en ga naar de werkkamer.
Het lijkt hier wel een klooster. De muren zijn wit en er hangt maar één foto, die indringende foto van Nagasaki na de bom, het geraamte van een kerk en de koepel ervan zijn het enige wat nog overeind staat. Door de eenzame positie, in het midden van de witte muur, lijkt die bijna een religieus symbool, en omdat ik weet wat er in Toshio's verleden is gebeurd, is de aanblik van die zo opvallend tentoongestelde foto enigszins verontrustend. Zijn beide ouders zijn bij die explosie om het leven gekomen. Geen straling; hun huis is eenvoudig verdwenen en heeft een hele generatie Hatanaka's met zich meegenomen. Ik heb Toshio nooit naar bijzonderheden gevraagd, maar het verhaal lijkt te zijn dat hij en zijn zus, Moriko, buiten de stad logeerden bij hun grootouders, die hen daarna hebben grootgebracht. Toshio heeft het de VS nooit kwalijk genomen. De gebeurtenis heeft hem ongetwijfeld toen hij ouder werd aangezet tot pacifisme, maar ik had nooit gedacht dat hij een bepaalde groepering de schuld gaf van de catastrofe. De afgelopen paar maanden hebben me echter in het ongelijk gesteld; ik besef nu dat hij het Japanse leger ervoor verantwoordelijk houdt. Dat is de emotionele motor die zijn oppositie tegen een permanente Japanse zetel in de Veiligheidsraad aanjaagt: hij vertrouwt er nog steeds niet op dat de Japanse autoriteiten zullen handelen in het belang van de wereld of de bevolking van Japan. Deze foto in zijn werkkamer moet hem er dagelijks aan hebben herinnerd. Ik kijk om me heen en zie een ingebouwde kast die van de vloer tot het plafond reikt,

maar op het bureau ligt niets anders dan een vloeiblad en een keurig rijtje pennen. Op een tafel ernaast staan een telefoon en een faxapparaat. Geen zelfmoordbriefje. Vanuit het raam achter het bureau zie ik een paar kinderen met een voetbal stoeien op een stukje gemeentegras.

Mijn inspectie van de enige bureaulade levert niets anders op dan kantoorartikelen, dus ik slenter naar de kast. Voornamelijk boeken, hoewel god mag weten waarom hij die achter schuifdeuren bewaarde, een manie voor netheid, misschien. Achter de derde deur vind ik iets wat van belang lijkt te zijn: drie stapels papieren, een aantal mappen en een laptop.

'Iets gevonden?' vraagt Mike met zijn hoofd om de deur.

Ik pak de stapeltjes uit de kast en leg alles op Toshio's bureau.

'Een ordelijke vent, moet ik zeggen,' merkt Mike op, en loopt naar het raam, waar hij blijft staan kijken naar de voetballende jongens. In tegenstelling tot mij lijkt hij volkomen ontspannen, alsof het doorzoeken van de flat van een dode onderdeel is van de dagelijkse routine; een twijfelachtig overblijfsel, denk ik, van twintig jaar bij de New Yorkse politie. Hij fluit een oud Sinatra-liedje en gaat daarna de kasten bekijken terwijl ik Toshio's paperassen doorneem. Geen roze map. Niets dan een grote hoeveelheid privé-nota's; op zijn methodische manier schijnt Toshio de afgelopen paar jaar elke rekening en elk ontvangstbewijs bewaard te hebben. Maar helemaal onder op de stapel vind ik een document waar ik bij stilsta: de mailing waar Patrick zich vanochtend zo nijdig over maakte. Het is een bombastische en ontoegeeflijke afwijzing van alle argumenten die recentelijk zijn aangevoerd ten gunste van een Japanse zetel in de Veiligheidsraad. De volgende pagina bevat een verrassend lange lijst met namen, voornamelijk bekende personen uit de Verenigde Staten en Japan, aan wie Toshio deze brief met kritiek blijkbaar heeft gestuurd. De paar aangehechte antwoorden zijn allemaal standaardbriefjes van één regel die de ontvangst bevestigen.

Mike is klaar met zijn vruchteloze inspectie van de kast en laat zich in de stoel zakken.

'Een brief, drie rekeningen.' Hij haalt de schat die hij uit de hal heeft gestolen tevoorschijn en legt de drie nota's op het bureau. 'Gas, telefoon en American Express. Het briefje was gewoon in de bus gestopt, zonder envelop.'

Hij draait het velletje om en om tussen zijn vingers. Mijn nieuwsgierigheid is gewekt en ik vraag van wie het afkomstig is.

'Schot in het duister?' Hij legt het met de beschreven kant naar boven naast de rekeningen. 'Iets Japans.'

Het briefje is geschreven in kanji, Japanse lettertekens, met paarse inkt.

'En mocht je aan een zelfmoordbriefje denken, vergeet het dan maar. Je stopt geen zelfmoordbriefje in je eigen brievenbus.'

'Van een vrouw,' verklaar ik.

'Hoe weet je dat?'

Ik wijs naar de twee lichtblauwe vlinders in de linkerbovenhoek en Mike trekt zijn wenkbrauwen op. 'Niet meer dan een vermoeden, Sam.'

Ik weet het. Maar nu we geen zelfmoordbriefje hebben gevonden is deze hele expeditie niet meer dan een buitengewoon hoopvol uitwerpen van het net. Ik kijk op mijn horloge: halfeen. Meer dan twee uur geleden hebben we Toshio's lichaam gevonden. De belangrijkste openingstoespraken zullen nu wel achter de rug zijn, de geruchtenmachine zal weldra in werking treden als een goed geoliede machine.

'Laat de vertalers hiernaar kijken,' zegt Mike. Hij bedoelt het briefje. 'Misschien levert de telefoonrekening iets op. Ik zal het morgen proberen. Er moet in elk geval een gespecificeerde lijst van de gesprekken van het laatste kwartaal zijn.' Hij stopt de opgevouwen nota en het briefje in zijn zak. Ik besluit niet te vragen hoe Mike van plan is deze informatie van de telefoonmaatschappij los te krijgen. Mike pakt de gasrekening en maakt een walgelijk grapje over Toshio die zijn hoofd in de oven stak. Daarna bekijkt hij de American Express-rekening, weer zo'n enkel velletje.

'De man gaf niet veel geld uit, dat staat wel vast. Tweehonderdvijftig dollar over een hele maand. Geen saldo van de maand daarvoor. Waar leefde hij van, lucht?'

‘Misschien betaalde hij contant.’
‘Contant,’ zegt Mike, alsof hij het idee gewoon ongelooflijk vindt. Hij kijkt nog even naar de nota en geeft die vervolgens aan mij.
Er staan maar drie bedragen op: een maaltijd in een restaurant dat de Witte Keizer heet, vermoedelijk Chinees, een bedrag van dertig dollar voor de stomerij, en honderdtachtig dollar voor aankopen in een winkel; Barney en Hunts. Ik geef de rekening aan Mike terug en die steekt hem in zijn zak.
‘Wat heb je daar?’ Hij wijst naar de stapeltjes die ik uit de kast heb gepakt.
Ik laat hem Toshio’s mailing zien. Wanneer hij die gelezen heeft, vraag ik wat hij ervan denkt.
‘Ik denk dat Hatanaka met een politiek spelletje bezig was, dat denk ik.’ Mike denkt na over de brief. ‘Ik snap die vent niet. Op wie probeerde hij indruk te maken? Hij stuurt deze brief naar alle belangrijke figuren die hij kent, maar wat dan nog? Ik bedoel, ik ben geen politicus, maar wat dacht hij ermee te bereiken? Eenentwintig saluutschoten?’
‘Misschien’, opper ik, ‘heeft hij gehandeld naar zijn geweten, was het een gebaar dat Toshio geloofde te moeten maken.’
Mike schuift de brief over het bureau. ‘Volgens mij probeerde de man aandacht te trekken. Iets voor zijn cv, wanneer hij zou solliciteren naar de baan van Hoge Commissaris voor de Vluchtelingen.’
‘Veel te cynisch,’ zeg ik. ‘Toshio Hatanaka was niet zo’n type.’
‘Ik heb één ding geleerd in City Hall, Sam. Wanneer je het over politiek hebt, is niets te cynisch. Hatanaka was net zo geslepen als al die anderen.’
‘Ooit gehoord van algemeen belang, Mike? Altruïsme?’
‘Ah-ha. Net als de kerstman zeker.’ Hij staat op en loopt de kamer uit, zegt dat hij eens goed gaat rondneuzen.
Een beetje terneergeslagen door Mikes achterdochtige instelling kijk ik Toshio’s papieren nog een keer door. Er zit verder echter niets interessants tussen, dus ik zet zijn laptop aan en loop snel de documenten langs. Weer niets bijzonders, dus ik haal de diskette

eruit en steek die in mijn zak, met de bedoeling die later misschien grondiger te bekijken. Maar ik heb weinig hoop. Helemaal geen hoop, eigenlijk.
Op weg naar de zitkamer blijf ik bij de tafel staan en raak het glanzend gewreven blad even aan met mijn vingertoppen. Mike zwerft aan de andere kant van het vertrek rond. Wanneer ik de zwakke geur van was ruik, komen de herinneringen boven: herinneringen aan deze kamer waar ik een van de ergste momenten in mijn leven heb doorgemaakt.
Het was aan deze tafel dat Rachel en ik van Toshio de bijzonderheden hoorden over Sarahs gijzeling. We zaten naast elkaar, ziek van angst, en luisterden naar wat hij ons vertelde over wat er met mijn vrouw, Rachels moeder, gebeurd was. Het hele medische team van het kamp in Abatan was gegijzeld, zei Toshio, alle zes VN-vrijwilligers die er pas een week tevoren naartoe waren gevlogen. Hij noemde de namen van verscheidene oorlogvoerende stammen in het gebied, verzekerde ons dat hij bij andere gelegenheden met hun aanvoerders te maken had gehad en dat hij goede hoop had op een snelle oplossing. We vroegen hem wat de Afghaanse stammen wilden. Hij wist het niet. Hij maakte ons duidelijk dat het dagen kon duren voor er eisen werden gesteld – waarschijnlijk ging het om geld – maar dat hij ons van de Afghaans-Pakistaanse grens zou bellen zodra hij daar de volgende avond aankwam. Hij zei dat, volgens wat hij uit Kabul had gehoord, Sarah en de andere leden van het medische team ongedeerd waren. Na een uur stonden we als verdoofd van de tafel op; Rachel klemde zich aan mijn arm vast terwijl we naar de auto liepen.
Daarna begon het wachten. We ondergingen de zwijgende marteling van het niet-weten, twee weken lang, vervielen van ongegronde hoop tot ogenblikken van pure wanhoop. Elke avond wachtten we samen bij de telefoon tot Toshio, zoals afgesproken, belde. Ik wilde erheen vliegen. Toshio zei dat het Sarah niet zou helpen, dat hij alles deed wat gedaan kon worden, dat ik in New York moest blijven om voor Rachel te zorgen. Met tegenzin legde ik me erbij neer. Toen het einde kwam, kwam het snel.

En ik wist dat het het einde was, het allerergste, op het moment dat de secretaris-generaal zelf voor het eerst tijdens mijn loopbaan bij de deur van mijn kantoor verscheen. Ik bleef in mijn stoel zitten. Vaag herinner ik me een hand op mijn schouder, een paar volslagen ontoereikende, maar welgemeende woorden.
Nadat Toshio naar New York was teruggekeerd nodigde hij Rachel en mij bij zich thuis uit. Hij zat met zijn ellebogen op deze zelfde tafel geleund, hing met zijn door verdriet getekende gezicht boven zijn aantekeningen en probeerde ons het onverklaarbare te verklaren. Hoe het leven van de vrouw die we liefhadden was beëindigd om redenen die niet te bevatten waren, hoe al zijn pogingen om haar te redden hadden gefaald.
Drie jaar geleden. Wankelend op mijn benen druk ik mijn vingertoppen hard tegen het glanzend gewreven oppervlak. Aan deze zelfde verdomde tafel.
'Sam?'
Ik loop bij de tafel vandaan naar Mike, die zijn vinger boven het antwoordapparaat houdt. 'Twee boodschappen,' zegt hij tegen me, daarna drukt hij de afspeelknop in.
'Toshio,' is het eerste en enige woord dat we begrijpen van boodschap nummer een. Die is in het Japans, een vrouwenstem, niet jong.
'De zus?' vraagt Mike.
Ik haal mijn schouders op. Het zou Moriko kunnen zijn, maar wie zal het zeggen? Er klinkt een piepje, daarna begint boodschap nummer twee.
'Hallo? Meneer Hatanaka? Dit is Lucy Frayn. Ik wilde u zeggen dat ik de vriezer heb schoongemaakt, die kunt u nu gebruiken. Maar ik heb die emmer nodig, zoals ik u verteld heb.' Mike kreunt. Toshio's werkster ratelt door met haar lijstje benodigdheden. Wanneer ze uitgesproken is, klinkt er een dubbel piepje en daarna stopt het apparaat. Op het schermpje staat een nummer, vermoedelijk dat van Lucy Frayn.
Ik zeg dat het misschien de moeite waard is om haar te bellen, maar wanneer ik mijn hand uitsteek om de telefoon te pakken houdt Mike me opeens tegen. Hij draait zijn hoofd om en kijkt

naar het antwoordapparaat. Daarna drukt hij op Rewind, buigt zich over de machine en wacht tot de band teruggespoeld is en vervolgens drukt hij weer op Play. De boodschap in het Japans begint opnieuw. Onmiddellijk drukt hij op Stop. Daarna weer op Rewind.

'Wat is er?'

'Ssst,' zegt hij. Terwijl hij zijn oor tegen het apparaat gedrukt houdt start de band weer.

En deze keer, net voordat de stem van de vrouw begint, hoor ik het: een zachte klik. Mike heft zijn hoofd op en stopt de band. Hij staart naar de telefoon.

'Dat geluid?' zeg ik.

Mike pakte de hoorn, schroeft handig het plaatje dat de microfoon bedekt los, legt daarna de hoorn op de bank en tuurt in het mechanisme. Een seconde later doet hij zijn ogen dicht en mompelt geluidloos *fuck*. Mijn nekharen gaan onder mijn boord rechtop staan. Zonder iets te zeggen steekt Mike me de opengemaakte hoorn toe. Hij pakt een potlood en wijst naar het grijze, siliconen vierkantje dat erin zit.

We kijken elkaar aan. Hij hoeft me niet te vertellen wat hij heeft gevonden.

Ik loop achter hem aan naar de werkkamer, waar hij hetzelfde doet met de telefoon die daar staat. Weer een grijs siliconen vierkantje, gelijk aan het eerste. Ik slik de misselijkmakende kriebel in mijn keel weg en vraag zachtjes: 'Wat hebben ze hier in godsnaam uitgespookt?'

Mike loopt langs me heen en zegt fluisterend: 'Andere toestellen?'

We vinden een derde afluistermicrofoontje in de telefoon in de keuken. Ten slotte belanden we in Toshio's slaapkamer. Die is kaal, maar niet zo kaal als zijn werkkamer. Drie bontgekleurde Kabuki-prenten hangen aan een van de muren. Op het nachtkastje staat een leeslamp en er ligt een boek. Geen telefoon. Terwijl Mike een kijkje neemt in de badkamer pak ik het dunne boekje van het nachtkastje. Basho, *De smalle weg naar het hoge noorden,* in het Japans, met de Engelse vertaling op de tegenover-

liggende bladzijden. Op het schutblad staat een inscriptie in het kanji. Wanneer Mike terugkomt vraagt hij me zacht wat ik gevonden heb.
'Niets, wat gedichten.'
Mike legt een vinger op zijn lippen. Hoewel we instinctmatig zachtjes zijn gaan praten sinds Mike het eerste microfoontje gevonden heeft, is dit de eerste concrete indicatie van zijn kant dat hij gelooft dat ons gesprek wel eens via een verborgen draad kan worden afgeluisterd. Nu gaat hij op Toshio's bed zitten en trekt de lade van het nachtkastje open. Hij vindt niets en opent de andere lade, terwijl ik Basho doorblader. Er staat nog meer kanji op een andere pagina, waarvan een hoekje is omgevouwen. Een merkteken. Mogelijk de laatste bladzijde die Toshio heeft gelezen voor hij het boek weglegde. Midden op de pagina een kort gedicht:

Een pol wuivend gras in de zomerwind
Is al wat overblijft van de grootse plannen en de vermetele strategieën
Van vertrokken generaals en begraven politici.

'Ik dacht dat Hatanaka een soort pacifist was,' fluistert Mike.
Wanneer ik opkijk, wenkt Mike me met zijn vinger. Ik loop om het bed heen, buk en kijk in de lade naar de plek die Mike aanwijst. Het ding ligt er gewoon, open en bloot. Een pistool. Een gekreun ontsnapt me. Mike trekt de lade voorzichtig een paar centimeter verder open en twee rondjes ammunitie in koperen hulzen rollen kletterend tegen de loop van het wapen. We zijn even stil.
'Je vraagt je toch af,' zegt Mike nadenkend, 'hoe het komt dat de man van gedachten is veranderd.'

8

Wanneer we de gang van het souterrain onder het VN-hoofdkwartier in lopen, zien we dat het er wemelt van de mensen, een kleine menigte, voor het vertrek waar Toshio's lichaam werd gevonden. Het nieuws is blijkbaar bekend geworden.

'Nee, hè,' zegt Mike tussen opeengeklemde kaken.

Bij de deur staat een bewaker. Weyland. Een oude, zwarte man, een van de agenten die Mike meegebracht heeft toen hij de overstap maakte van de politie naar ons, iemand die Mike vertrouwt. Weyland kijkt onverstoorbaar naar de gek in een driedelig pak die met een vinger vlak voor zijn gezicht heen en weer zwaait en tegen hem schreeuwt. Mike begint te hollen, roept Weylands naam, en een stuk of tien mensen draaien zich onze kant op.

'Wat moeten die mensen hier?' vraagt Mike.

Van grotere afstand begin ik de mensen te herkennen: seniorafgevaardigden van de Organisatie voor Afrikaanse Eenheid, de Arabische Liga, ASEAN, dergelijke mensen, maar het is te laat om Mike te waarschuwen dat hij een kennelijk zorgvuldig uitgekozen vertegenwoordiging van de Algemene Vergadering tegenover zich heeft. Hij dringt zich tussen hen door en richt zich vervolgens opnieuw tot Weyland om hem te vragen wat er hier aan de hand is.

'Het schijnt dat deze mensen verwachten dat ze hier naar binnen mogen,' antwoordt Weyland. 'Ze schijnen te denken dat ze er het recht toe hebben.'

Mike draait zich om en wijst naar de aanvoerder. 'Oké, zeg op: wat is het probleem, makker?'

Onmiddellijk valt er een stilte. Niemand kan het geloven. De man die Mike zo kortaf heeft aangesproken is Tunku Rahman Kabir, de ambassadeur van Maleisië. Berucht vanwege zijn eindeloze toespraken, zijn handigheid om zich te verzekeren van een plaats in elke commissie, en een ononderbroken periode van twintig jaar onrust zaaien in Turtle Bay. De Tunku, zoals hij alom bekendstaat, is een instituut binnen de VN. Als onbelangrijk lid van een van de Maleisische koninklijke families heeft hij hier een baan voor het leven. Hij loopt tegen de zeventig, is ongeveer één meter zestig lang, maar hij heeft een arrogantie over zich die legendarisch is en de blik die hij Mike nu toewerpt spreekt boekdelen. Wanneer Mike geen krimp geeft verwaardigt de Tunku zich ten slotte de situatie uit te leggen.

Toshio's dood is naar het schijnt algemeen bekend geworden. De voorzitter van de zitting van de Generale Assemblee heeft, geïnspireerd door de Tunku, een ad-hoc-onderzoekscommissie benoemd die morgenochtend bij hem verslag uit moet brengen over de feiten van de zaak. Dus hier zijn ze allemaal, de commissieleden – sommigen afkomstig uit landen waar open en onpartijdige rechtspraak ongeveer even vaak voorkomt als een klavertjevier – en ze zijn woedend, absoluut woedend, zegt de Tunku nu tegen Mike, omdat hun de toegang tot de plaats van Toshio's dood wordt ontzegd.

De Tunku praat nog steeds wanneer Mike me een wanhopige blik toewerpt. Ik wenk hem; hij komt naar me toe en we draaien het gezelschap de rug toe om te overleggen.

'Wat doen we?' zegt hij.

'Laat hen binnen.'

Ongelovig knijpt hij zijn ogen tot spleetjes.

'Mike, je kunt die lui niet tegenhouden. Ze kunnen je passeren, tot de 37e verdieping aan toe.'

'Ik haal Eckland erbij.' Eckland, Mikes baas, Hoofd Beveiliging.

'Eckland kan je hier niet bij helpen.'

'O'Conner?' vraagt Mike zich hardop af.

'Wanneer Patrick die politieke strijdmacht hier verzameld ziet' – ik knik naar de mensen achter ons – 'zal hij er op geen enkele manier bij betrokken willen raken.'

'Dus van hem hebben we geen steun te verwachten?' Hoofdschuddend mompelt hij een scheldwoord richting Patrick. Dan kijkt hij me aan. 'Volgens jou hebben we dus geen keus?'

Ik zeg hem dat het er eigenlijk niet toe doet; als we geen foren-

sisch team erbij halen heeft het weinig zin deze mensen niet in de kamer toe te laten. Mike heeft even tijd nodig om aan het idee te wennen dat de Tunku en diens bijeengeraapte posse hun eis om naar binnen te mogen ingewilligd zullen zien. Hij vindt het niet prettig.
'Shit,' zegt hij ten slotte en hij loopt bij me vandaan om zich opnieuw tussen de groep door te dringen.
Ik laat me op een stoel vallen die in de gang staat, strek mijn benen languit en laat mijn hoofd tegen de muur rusten. Ik ben uitgeput, de emotionele druk van vanochtend krijgt eindelijk vat op me. Ik voel me zwaar en moe, alsof ik me wekenlang met de gevolgen van Toshio's dood heb beziggehouden in plaats van een paar uur. Dan zie ik uit een ooghoek de bekende, doelbewuste tred van Jennifer Dale; ze komt door de gang naar me toe. Dat is wel het laatste waaraan ik behoefte heb.
Ze pakt de stoel naast de mijne. 'Een hele verrassing,' merkt ze na enige tijd op, een opening die ik alleen kan bevestigen door vermoeid te knikken. 'En ik neem aan dat het Amerikaanse hoofd Juridische Zaken ook heel verrast was toen je Hatanaka's dood bij haar kwam melden?' Het hoofd Juridische Zaken is, natuurlijk, Jennifer.
'Ik zal een memo voor je schrijven.'
Het grapje slaat niet aan; ze duikt er meteen bovenop. 'Je wist het vanmorgen al, godnogantoe. Waarom heb je het me niet verteld?'
'Toen we elkaar vanochtend spraken had ik er nog geen idee van.'
'Je weet het al uren. En ik moest het horen van een juniorlid van de delegatie van Fiji. Hoe denk je dat ik me voelde?'
Ik verzeker haar dat alle vijf permanente ambassadeurs door Patrick zijn geïnformeerd. Onder wie de ambassadeur van de VN, James Bruckner. 'Als Bruckner het niet aan jou heeft doorgegeven, dan spijt me dat, Jennifer, maar dan moet je bij hem zijn.'
'Je schuift het af.'
'Ik geef je de feiten.'
'Nu pas.' Haar vingers spelen met de pareltjes van haar halsket-

ting alsof het kralen van een rozenkrans zijn. Haar gezichtsuitdrukking is bijna streng, een blik die ze lang geleden, in Columbia, al geperfectioneerd heeft. Toen al leek ze een doel te hebben, waar het zovelen van ons aan ontbrak, een vastomlijnd idee over wat ze op de universiteit deed behalve haar rechtenstudie afmaken. Haar vader was rechter, ik denk dat het er iets mee te maken had, maar er waren tal van anderen met dezelfde achtergrond die maar wat aan rommelden, hun papieren haalden, om daarna rechtstreeks aan een lucratieve carrière te beginnen alsof het hun geboorterecht was. Maar Jennifer, enigszins afstandelijk en met verheven idealen, leek haar blik gericht te hebben op een hoger, verder weg gelegen vooruitzicht, een eenzame adelaar die boven de dalen van wereldse ambitie uitsteeg waar de rest van ons onvermijdelijk in terecht zou komen. Maar nu zijn we hier, twintig jaar later, we zitten in dezelfde gang en denken na over dezelfde dood.

'Waar is het lichaam?' vraagt ze.

Ik wijs naar de kamer waar Mike en de anderen nu zijn binnengegaan en ik merk op dat ze de show misloopt.

'Dat vroeg ik niet, Sam.'

'Hij stierf op VN-grondgebied. En hij was geen ingezetene van de Verenigde Staten. Deze hele kwestie is een interne aangelegenheid.'

'Alleen te behandelen door het secretariaat?'

'Het valt niet onder de Gastland Overeenkomst.' De overeenkomst waarin de betrekkingen van het VN-hoofdkwartier met onze geografische gastheer, de VS, zijn vastgelegd.

'Je weet zeker dat hij op VN-grondgebied is overleden?'

Verrast door de vraag aarzel ik alvorens te knikken. Het ontgaat haar niet.

'Jezus.' Ze staat op. 'Ik wil het lichaam zien, Sam. Nu meteen.'

Ik kan natuurlijk honderd wettelijke uitvluchten bedenken om haar tegen te werken, en dat weet ze. Maar ze weet ook dat de Verenigde Staten, als gastheer van het VN-hoofdkwartier en het land dat verreweg het meeste bijdraagt aan het ruime budget van de VN, voldoende invloed hebben om die uitvluchten terzijde te schuiven. Wat mij betreft ben ik me ervan bewust dat, als ik het haar lastig maak, ze met gelijke munt zal betalen en elk verzoek dat ik zal doen om het onderzoek naar Toshio's dood op VS-gebied uit te voeren zal weigeren. Dus we blijven elkaar berekenend aankijken, tot ik haar ten slotte meeneem naar de cafetaria.

De bewaker die voor de koelruimte staat is dezelfde jongeman die Toshio's lichaam heeft gevonden; wanneer ik zeg dat het in orde is vertelt hij Jennifer zijn verhaal, terwijl ik het hangslot van de deur naar de koelruimte openmaak. Ze luistert niet alleen naar het joch, ze ondervraagt hem ook grondig. Tijden, sleutels, hoeveel deuren heeft hij geprobeerd? Het lijkt een les in het afnemen van een kruisverhoor. De jongen raakt in de war, maar Jennifer blijft doorgaan. Wie heeft hij er het eerst bij gehaald? Waarom?

Dit is precies zoals ze zich tijdens haar rechtenstudie gedroeg, een facet van haar karakter waarvan ik het afgelopen halfjaar weinig heb gezien. Briljant, zeker, maar bij haar juridische steekspel verliest Jennifer de proporties uit het oog, hoewel dat, het hoeft niet gezegd te worden, geen beletsel voor haar carrière is gebleken. Nadat ze was afgestudeerd werd ze klerk bij Donald Winslow van het hooggerechtshof, de vliegende start voor een loopbaan waar iedere rechtenstudent van droomt. Vandaar had ze heel snel medevennoot kunnen worden bij elk advocatenkantoor van het land, maar in plaats daarvan begon Jennifer bij het ministerie van Buitenlandse Zaken als junior advocaat voor 25.000 dollar per jaar. Gevoel voor burgerplicht was meen ik de uitdrukking die gebruikt werd in het jaarboek van de universiteit van Columbia. Karl Kampinski, een van de weinige mensen uit die periode met wie ik tegenwoordig nog contact heb, schudde vol ongeloof zijn hoofd toen hij me de aankondiging liet zien.

'Niet te geloven, wat een verspilling,' zei hij, verbijsterd dat iemand het aanlokkelijke inkomen van een particuliere maatschap kon laten schieten vanwege iets zo ontastbaars als plicht. 'Denk je dat ze een beetje getikt is?' vroeg hij.

Nu is ze hier, op driekwart van het plan waarvan ze me vertelde

dat ze het toen ze nog geen twintig was voor haar carrière had uitgestippeld. Wat ze ook mag zijn, Jennifer is niet getikt.
Ik pak de metalen stang en ik trek. De deur van de koelruimte draait traag open en de jonge bewaker steekt zijn hand langs me heen naar binnen om het licht aan te doen. Jennifer komt naast me staan, we kijken even, onze adem vormt zilveren wolkjes in de ijzige lucht. Een enkele, naakte gloeilamp verspreidt een schemerig geel schijnsel. Dan stappen we langzaam, behoedzaam, naar binnen om Toshio's gekoelde lichaam te bekijken.

'Naar het souterrain, je kunt me wat,' zegt Patrick wanneer ik voorstel dat hij naar beneden gaat om met Jennifer Dale, de Tunku en de verzameling toeschouwers te praten die ik heb achtergelaten terwijl ze in de kelder rondzwierven. Hij steekt zijn vinger tussen zijn boord en loopt stampend zijn kantoor uit, met de mededeling dat hij een afspraak heeft met de secretaris-generaal en de Japanse ambassadeur, Asahaki. 'Boven,' voegt hij eraan toe, naar het plafond wijzend. Terwijl we naar de lift lopen vraagt hij me nog eens of ik zeker weet dat Toshio geen zelfmoordbriefje heeft achtergelaten.
'Ik heb zijn kantoor en zijn appartement doorzocht. Geen briefje.'
Dit zou natuurlijk hét geschikte moment zijn om hem mee te delen dat we drie afluistermicrofoons in Toshio's flat gevonden hebben. Maar ik hou het voor me. Omdat Mike het me heeft gevraagd. Hij wilde me niet vertellen waarom, maar Mike is geen man voor onnodige mysteries; als hij het zo wil heeft hij er zijn redenen voor.
'Mike praat op het ogenblik met de onderhoudsploeg,' zeg ik tegen Patrick. 'Hij laat zijn veiligheidsmensen de andere video's van de NGO-receptie bekijken.'
'Iets gevonden?'
Ik leg uit dat Mike nog maar net is begonnen. Daarna vraag ik naar Asahaki. 'Als hij nu boven is, kan hij ons misschien helpen.'
Patrick kijkt me aan.
'Misschien kan hij ons een indruk geven hoe het met die privé-

campagne zat die Toshio voerde tegen de Japanse zetel,' zeg ik. 'Asahaki moet die toch gevolgd hebben, hij zal waarschijnlijk weten op wiens tenen Toshio heeft getrapt.'
'Asahaki staat boven aan de lijst. Je laat Asahaki aan mij over.'
'Mike wil hem ook een paar vragen stellen.'
'Ik zei: laat Asahaki maar aan mij over.'
Hieruit maak ik op dat Patrick persoonlijk de controle wil houden over elk gedeelte van het onderzoek dat inbreuk maakt op de grote jongens, de bovenste regionen van de VN-familie. Ik begin over Toshio's ontbrekende dossier; Mike heeft nog een keer in Toshio's aktetas gekeken en in de andere kamers van het souterrain; de map is beslist niet daar. 'De map,' zeg ik tegen Patrick, 'bevat een privé-verslag waar Toshio aan werkte, iets voor de Vijfde Commissie, Budgettaire Zaken, denken we.'
'Heb je het nagetrokken bij de Commissie?' vraagt Patrick.
'Ik zie de voorzitter van de Commissie over een halfuur.' Patrick kijkt ontevreden. Hij heeft weinig hoop voor een aanwijzing van die kant.
In de lift vertel ik uitgebreid over mijn ontmoeting met Jennifer. 'Zij gelooft dat USUN, volgens het Hoofdkwartier Contract, het recht heeft om op de hoogte gehouden te worden.' USUN, de missie van de VS bij de Verenigde Naties.
'Onzin,' zegt Patrick.
'Als we haar niet halverwege tegemoetkomen werkt ze niet mee. Als dit op VS-grondgebied terechtkomt zal ze ons niet helpen. Dan zullen ze ons eerder tegenwerken.'
'Heeft ze dat gezegd?'
'Ze liet het doorschemeren.'
Patrick denkt even na. 'Bespreek eerst met mij wat je haar vertelt. En zorg ervoor dat ze begrijpt dat ze haar neus hier niet in mag steken. Ze heeft hier dezelfde rechten als alle andere gedelegeerden. Ze kunnen naar de bliksem lopen.'
Wanneer we op de 37e verdieping voorbij de naaste medewerkers en de veiligheidsfunctionarissen zijn gekomen wordt duidelijk dat Patrick niet van plan is me uit te nodigen bij zijn bespreking met de secretaris-generaal. De politiek van het secretariaat is in

beginsel feodaal, slechts een stap verwijderd van een middeleeuws hof van edelen: toegang tot de secretaris-generaal betekent macht. Daarom laat Patrick me in een wachtkamer in mijn sop gaarkoken terwijl hij in het heiligdom, de eetkamer van de SG, verdwijnt voor een gesprek onder vier ogen met de baas. De Japanners moeten blijkbaar nog komen, dus ik ga zitten en breng een paar minuten door met afwezig bladzijden omslaan van een van de UNESCO-brochures die in een waaier op de tafel uitgespreid liggen. Tegen de tijd dat ik aan de derde brochure toe ben is Patrick nog altijd niet terug. Ongeduldig sta ik op en loop naar het raam.

Op een mooie dag heb je van hieraf een schitterend uitzicht. Vandaag is het echter mistig; de East River die zich beneden door het landschap slingert, lijkt grijs en traag. Op de oever aan de overkant is de smalle strook dode en stervende industrie vlak bij het water zichtbaar, de wijk Queens ligt erachter. De zuidelijke punt van Roosevelt Island is eveneens te zien, het belangrijkste gebouw is een vervallen krankzinnigengesticht, dat volgens grappenmakers de onbewoonde tweelingzus is van het gebouw aan deze kant. Ik leun naar voren en strek mijn hals een beetje, maar het zicht op Toshio's appartement wordt gehinderd door de Queensboro Bridge. Dan hoor ik stemmen achter me. Ik draai me om en zie de Japanners binnenkomen, ambassadeur Asahaki zelf en drie van zijn medewerkers.

Terwijl een van de drie doorloopt om de komst van de ambassadeur aan te kondigen, blijven Asahaki en de beide anderen wachten. Ze spreken met elkaar in het Japans, de naam Hatanaka komt een paar maal bovendrijven uit het gekakel. Ik kijk naar de deur van de SG. Geen Patrick te zien. Ik denk even na. Wat heb ik te verliezen? Dan stap ik op de Japanners af en stel me voor als Patrick O'Conners assistent.

'We doen alles wat we kunnen,' antwoord ik op effen toon wanneer een van de medewerkers me vraagt wat er gebeurt.

Ze proberen meer bijzonderheden uit me los te krijgen maar ik wijs alle vragen beleefd van de hand. Een van hen begint over zelfmoord.

'Onze veiligheidsmensen behandelen zijn dood als gewelddadig.'
Niet-begrijpende blikken alom.
'Moord,' zeg ik.
Ambassadeur Asahaki kijkt op.
'Excellentie, als u een paar minuten tijd voor me hebt…'
Hij keert me zijn rug toe. Het drietal, dat nu doet alsof ik er niet ben, overlegt in het Japans. Onbehouwen gedrag, maar Bunzo Asahaki heeft dan ook nooit op iemands lijst van favoriete ambassadeurs gestaan. Hij is er niet de man naar om zich erg druk te maken over irritatie die hij opwekt, iets wat hij de afgelopen paar jaar vele malen gedaan heeft. Toen de actie om te stemmen voor een permanente Japanse vertegenwoordiging in de raad pas op gang kwam, vertelde Patrick me dat de secretaris-generaal er zelfs over dacht om Asahaki te vragen tijdelijk een stapje terug te doen teneinde de zaak te vergemakkelijken. Er kwam niets van terecht. In elk geval heeft Bunzo Asahaki bewezen het grootste pluspunt van de campagne te zijn, een echt succes, een onstuitbare kracht. Zijn energie en vasthoudendheid hebben het met gemak gewonnen van zijn opvallende gebrek aan subtiliteit. Te geslaagd voor sommigen. Toshio bijvoorbeeld mocht de man helemaal niet, hij noemde hem dikwijls Banzai, de bijnaam die het eerst werd gebruikt door de *peaceniks* in zijn thuisland Japan. Banzai Asahaki. Oneerlijk misschien, maar met zijn zilveren haar, zijn hooghartige manier van doen en zijn stramme houding zou de Japanse ambassadeur een keurig geperst militair uniform niet misstaan; en dan beslist iets met epauletten.
Uit angst voor Patricks ophanden zijnde terugkeer meng ik me ten slotte in het gesprek.
'Excellentie, zou het mogelijk zijn om een tijd af te spreken zodat ik, en misschien een van onze veiligheidsmensen, een gesprek met u kunnen voeren?'
Hij bromt iets.
'Vanmiddag?' stel ik voor.
Hij schudt nadrukkelijk zijn hoofd. Patrick, ik moet het nu toegeven, had gelijk. Ik leg gewoon niet voldoende gewicht in de

schaal om gedaan te krijgen dat een man als Asahaki tijd voor me heeft. Omdat ik echter nog steeds hoop dat er iets nuttigs kan voortkomen uit deze ontmoeting haal ik het briefje tevoorschijn dat Mike in Toshio's postbus heeft gevonden. Asahaki heeft zich alweer van me afgewend en praat met een van zijn begeleiders. Ik laat de andere man het briefje zien en vraag of hij het wil vertalen. Hij fronst zijn voorhoofd, niet zeker wetend of hij me wel mag helpen. Daarna kijkt hij over mijn schouder en wanneer ik me omdraai zie ik Patrick op me afkomen. Hij kijkt ontevreden en maakt een hoofdbeweging naar de deur, waarmee hij aangeeft dat het tijd voor me is om te vertrekken.
Terwijl ik het briefje weer in mijn zak steek blijven de Japanners druk doorpraten. Patrick komt naast me staan en kijkt me van opzij lang en strak aan. Voor ik de aftocht kan blazen komt de jongste van Asahaki's collega's naar Patrick toe en maakt een buiging. Een diepe buiging. Patrick is, in tegenstelling tot mij, een belangrijke figuur binnen het secretariaat.
'Ambassadeur Asahaki,' zegt de jongeman, wanneer hij weer rechtop staat, 'verzoekt eerbiedig om het lichaam van Toshio Hatanaka.'
Patrick kan zijn verbazing niet verbergen. 'Het lichaam?'
'Ja. Ambassadeur Asahaki verzoekt eerbiedig om het lichaam.'
'Dat zou wel eens moeilijk kunnen blijken.'
'Onmogelijk,' corrigeer ik Patrick binnensmonds.
Tot mijn verbazing lijkt Patrick werkelijk even over het verzoek na te denken. 'Waar zou het lichaam heen gaan?'
'Het moet terug naar Japan.'
'Dat zal Mike niet goedvinden,' flap ik eruit.
'Excuseert u ons een ogenblik,' zegt Patrick. Hij pakt me bij mijn elleboog en loopt met me naar de muur. We blijven staan onder het laatste portret van de SG, waarop hij als staatsman is afgebeeld. 'Wat heeft dit te betekenen?' zegt Patrick kwaad. 'Wil jij me een paar aanwijzingen geven, me vertellen hoe ik mijn werk moet doen?'
'Dit gaat alle perken te buiten, Patrick, en dat weet je. Ze willen het lichaam naar Japan overbrengen? Zonder meer? Kom nu

toch! Ze willen alleen dit hele probleem uit de weg hebben bij de aanloop tot de stemming.'
'Natuurlijk willen ze het verdomme uit de weg hebben. Waar denk je dat we zijn, op de lagere school?'
'Toshio is vermoord.'
Patrick tikt tegen zijn voorhoofd. 'Godnogantoe,' mompelt hij.
'Patrick, je kunt toch niet serieus geloven dat het een goede zaak is als ze het lichaam krijgen? Wat gebeurt er als we het doen? Stel dat ze het naar Japan laten overbrengen, stel dat de stemming gunstig voor hen verloopt, dat ze een zetel in de raad krijgen. Denk je niet dat er dan een paar heel onplezierige vragen gesteld zullen worden als bekend wordt wat we hebben gedaan? Dat we met de Jappen hebben meegewerkt, gewoon, omdat ze het vroegen? Dan worden we door de mangel gehaald.'
Nu kijkt Patrick in de richting van Asahaki. 'Wat heb je verdomme tegen hen gezegd?'
'Niets. Ik heb alleen aan Asahaki gevraagd of Mike en ik hem later op de dag kunnen spreken. Om hem een paar vragen te stellen.'
Patrick kijkt me aan. 'Stomme klootzak.'
Ik richt mijn blik op het portret van de SG achter Patricks schouder en ik begin langzaam tot tien te tellen. Wanneer ik bij vijf ben buigt Patrick zich dichter naar me toe.
'Dus ze krijgen het lichaam niet. Maar wanneer we daar terug zijn' – hij maakt een hoofdbeweging – 'moet je iets voor me doen.' Hij tikt even met een vinger op mijn revers. 'Hou verdomme je mond dicht. Geen woord meer.'
We voegen ons weer bij de Japanners. Patrick vertelt Asahaki zo diplomatiek mogelijk dat het juridisch onmogelijk is om het lichaam van Toshio Hatanaka over te dragen. Nog niet. Maar Patrick verzekert hem dat we het zullen overdragen zodra we kunnen. Asahaki spreekt met een van zijn begeleiders.
Patrick wijst naar de eetzaal van de SG. 'Hij wacht op ons,' zegt hij, waarmee hij de SG bedoelt. Hij probeert op te schieten. Maar wanneer Patrick een stap in de richting van de eetzaal doet, blijven de Japanners staan.

Dezelfde jongeman die eerder heeft gesproken, zegt nu weer iets. 'Het spijt ambassadeur Asahaki dat hij niet in staat is deel te nemen aan het gesprek met de secretaris-generaal.'
Patrick kijkt Asahaki aan. 'Niet in staat?'
Asahaki blijft zwijgen, afstandelijk. 'Niet in staat,' herhaalt de jongeman.
Zonder de beleefdheid van een afscheidsknikje keert Asahaki Patrick zijn rug toe; hij loopt met zijn collega's de gang in. Een opzettelijke en heel scherpe afwijzing. Wanneer ze uit het zicht zijn verdwenen, wendt Patrick zich tot mij.
'Jij.' Hij steekt een hand op om mijn protest af te wimpelen. 'Ik wil het niet horen. Je hebt het lichaam. Je hebt dat verdomde onderzoek dat je wilt hebben. Maar als je met een andere ambassadeur hierover spreekt zonder mij eerst op de hoogte te brengen, sterker nog, als je ook maar iets hieraan doet zonder mij eerst op de hoogte te brengen...'
'Ik begrijp wat je bedoelt.'
'Dat is maar goed ook.'
We kijken elkaar aan.
'Ik wil met Moriko Hatanaka spreken. Toshio's zus.'
'Is ze ambassadrice?' vraagt Patrick fel.
Ik begrijp dat het een hele tijd zal duren voor het me vergeven wordt dat ik de kwestie met Asahaki heb verknald.
'O, ga toch weg.' Patrick zwaait met zijn hand, hij verbant me van de 37e verdieping, verbant me uit zijn ogen.
Ik heb echter nog een vraag. 'Wat denk je dat ik tegen Asahaki heb gezegd?'
Patrick maakt opnieuw dat wegwuivende handgebaar, daarna draait hij zich abrupt om en trekt zich terug in de veiligheid van de eetzaal van de SG. Ik kijk naar de deur waarachter Patrick zojuist is verdwenen. Er klopt iets niet. Als ik er niet bij was geweest toen Asahaki het verzoek deed Toshio's lichaam naar Japan te laten overbrengen zou Patrick, daar ben ik van overtuigd, er heel goed over nagedacht hebben. Mogelijk zelfs hebben toegestemd. En dezelfde vraag komt nu bij me op als de vraag die ik me eerder vanochtend stelde, toen Patrick zijn

hoogst voorbarige mening van zelfmoord verkondigde. De vraag die bij me opkomt is: waarom?

9

'Ze weet het nog niet?' vraagt Mike, me aankijkend van achter het stuur. 'Die klootzakken, de Tunku en zijn maten, weten het allemaal, maar niemand heeft het zijn zus verteld?' Wanneer ik zeg dat hij zijn aandacht bij de weg moet houden zwenkt hij om een stel wegwerkers heen en kijkt me vervolgens weer aan.

Ik vertel hem in twee minuten hoe de zaak ervoor staat. Mei Tan, Toshio's secretaresse, heeft het Japanse Genootschap, waar Moriko werkt, gebeld. Moriko was er niet. Haar collega's deelden ons mee dat ze naar het Isamu Noguchi Garden Museum was om afspraken te maken over het lenen van stukken voor een op handen zijnde expositie van het Japanse Genootschap. Ze hadden Mei Tan het nummer van Moriko's gsm gegeven, maar die bleek tijdelijk buiten werking te zijn. Ik had Mei Tan opgedragen het te blijven proberen.

'Daarna ben ik jou gaan halen.'

'Dus misschien weet Moriko het, maar misschien ook niet?'

Ik knik. Mike slaakt een diepe zucht.

'Wanneer we bij de galerie aankomen,' zegt hij, 'ga ik in geen geval als eerste naar binnen.'

We slaan links af en passeren een gedeukte Pontiac; losse kranten waaien op uit de goot. We hebben het briefje dat we in Toshio's postbus hadden gevonden, laten vertalen; er stond in: IK ZIE JE VANAVOND. Meer niet. Geen datum en geen naam. De vertaler zei dat het ernaar uitzag dat iemand snel even iets had opgekrabbeld, wat ons met de voor de hand liggende vragen als wie en waarom laat zitten. Gezien de aantekening in Toshio's agenda lijkt Moriko de meest waarschijnlijke kandidate. Iets wat we van haar te weten kunnen komen, mits ze natuurlijk in staat is om te praten wanneer we haar het nieuws hebben verteld.

'Dat is waar ook,' zegt Mike. 'Heb ik je al verteld van die afluistermicrofoontjes in zijn appartement?'

Ik kijk hem aan. Hij weet dat hij het nog niet verteld heeft.
'Het is gek,' zegt hij, 'maar ze zijn van hetzelfde fabrikaat als die van ons.'
'Van ons?' vraag ik.
'VN-hoofdkwartier Extra Beveiliging.'
Ik heb natuurlijk over die geheime groepering gehoord, maar van Patrick, niet van Mike. En van Patrick slechts nu en dan, vage toespelingen waaruit ik mijn ondergeschikte positie in het machtsschema van de organisatie kon opmaken. VN-hoofdkwartier Extra Beveiliging is, naar ik begrepen heb, een driekoppig orgaan waarvan alleen Patrick, de VN-veiligheidsdienst en de secretaris-generaal deel uitmaken. Het houdt een heel klein aantal delegaties en gedelegeerden in de gaten van wie vermoed wordt dat ze een bedreiging kunnen vormen voor de veiligheid van de VN. Alleen de gekken. Mensen die in een normale wereld in een instelling of een gevangenis zouden worden opgesloten in plaats van hun land te vertegenwoordigen in het parlement der mensheid.
Mike houdt zijn ogen strak op de weg gericht, maar hij lijkt niet op zijn gemak. Ik vermoed dat hij al een poosje op die informatie heeft zitten broeden alvorens het me te vertellen.
'Hetzelfde fabrikaat?'
'Ja.'
'Zeldzaam?'
Hij fronst zijn wenkbrauwen. 'Standaardmateriaal voor elke politieorganisatie in de VS. Te beginnen bij de FBI.'
'Waarom,' vraag ik, 'heeft hij dan zijn nek uitgestoken door het mij te vertellen?'
'Ik heb onze inventaris gecontroleerd, en daarna het boek met aanvragen door Beveiliging. Om te zien of een van onze jongens ermee gewerkt had.'
'Iets gevonden?'
'Goede vraag.' Hij kijkt me van opzij aan. 'Weet je nog hoeveel microfoontjes we bij Hatanaka thuis hebben gevonden?'
'Drie.'
'Drie.' Hij steekt drie vingers op van de hand die het stuur vast-

houdt. 'En hoeveel microfoons van Extra Beveiliging, denk je, ontbraken er? Zoek, niet na te gaan, niet afgetekend in het boek?'
'Drie?' raad ik.
'Nee,' zegt hij en hij laat een vinger zakken. 'Twee. Twee zijn er zoek.'
We rijden langs de plaatselijke supermarkt. Twee microfoons zoek, drie microfoons gevonden. Ik trek de logische conclusie. Die getallen kloppen niet.
'Nee, meneer.'
'Zou iemand er twee gestolen hebben en die hebben aangevuld met een van hun eigen microfoontjes?'
Een slordigheid in de administratie, oppert Mike, is het meest waarschijnlijke antwoord. Het Extra Beveiligingsteam is kennelijk slechts summier op de hoogte van de normale procedures. Hij zegt niet dat de microfoontjes afkomstig waren van VN-beveiliging en hij zegt ook niet dat het niet zo is. 'Iets om over na te denken,' laat Mike erop volgen.
'Griekse buurt,' merkt hij vervolgens op, met een vinger boven het stuur, en als een gids bij een vreemde stadssafari wijst hij de plekken aan waar het verval heeft toegeslagen. Ik moet bekennen dat dit een aspect van de stad is waar ik nooit aan heb kunnen wennen, ook al woon ik er al meer dan twintig jaar. Onder de cynici van Turtle Bay circuleert een constante stroom grappen over het onderwerp: de indeling van New York als microkosmos voor de indeling van de wereld. Vraag: hoe lossen we het Chinese probleem op? Antwoord: bombardeer Mott Street. Vraag: hoe roepen we de economische migratie een halt toe? Antwoord: sluit Brooklyn Bridge.
Mikes mentale stadsplattegrond lijkt getekend te zijn volgens deze etnische indeling. Hij is een perfecte gids voor mysteries als: waar kan een Koreaanse winkelier een welvarend bedrijf runnen in deze grote stad en waar is het waarschijnlijk dat zijn levenswerk en zijn spaargeld tot de grond toe zullen afbranden. Hij praat zo achteloos over die zaken dat ik ervan overtuigd ben dat hij ze beschouwt als op één lijn staand met de grenzen tussen landen. Maar op een zoon van Cyrus in Kansas komt de versplintering van het

Amerikaanse volk, de afbakening van quasi-onafhankelijke stadsdelen vervuld van wederzijdse afkeer, toch wel een beetje eigenaardig over. Het ontgaat me ook niet dat Mikes gepraat onder het rijden eventuele verdere vragen van mijn kant over het onderwerp microfoontjes in de kiem heeft gesmoord.
Het museum is een soort verbouwde bedrijfsruimte: gasbetonblokken, donkerbruin geverfd, met de naam Isamu Noguchi artistiek op de wimpels geschilderd die aan hoge masten voor de muur wapperen. We parkeren voor de ingang en Mike beduidt me dat ik als eerste naar binnen moet. Terwijl hij doet alsof hij de ansichtkaarten en de brochures bekijkt vraag ik aan de balie naar Moriko. Ze verwijzen me naar een ander deel van het museum. Ik kijk om naar Mike, maar die slaat zijn armen over elkaar en wendt zijn hoofd af. Ik sta er alleen voor.
De afdeling waar ik Moriko ten slotte aantref lijkt meer op een tuin dan op een zaal; er zijn muren maar er rust geen dak op. Een paar beeldhouwwerken, oosters en abstract, zijn te zien onder lange, wuivende palmbladeren. Moriko is hier alleen. Met een klembord op haar knie gesteund zit ze gehurkt een gepolijste, granieten bol bij de muur te bekijken. Ze raakt de steen aan en maakt een aantekening. En ik weet onmiddellijk dat Mei Tan haar nog niet heeft kunnen bereiken. Moriko's broer is dood en ze heeft het nog niet gehoord.
Ik denk even na over wat me te doen staat. Dan roep ik haar naam.
'Moriko?'
Ze kijkt op; het duurt even voor ze me herkent in deze ongebruikelijke omgeving.
'Sam?' zegt ze en ze staat op.
Terwijl ik naar haar toe loop kijkt ze me recht aan. Nu wordt ze nieuwsgierig en ze geeft me vriendelijk een hand. 'Sam,' zegt ze nog eens, en ze glimlacht.

'Als je nog langer wacht,' zegt Mike, nadat hij uit het souterrain is teruggekomen en met één blik de situatie heeft opgenomen, 'doen ze de poort dicht.'

Hij staat nu bij me, buiten op het terras waar ik het afgelopen kwartier heb vertoefd. Aan het uiterste eind van de North Lawn zit Moriko Hatanaka, alleen, in betrekkelijke privacy en afzondering, op de bank die er is neergezet ter herinnering aan Eleanor Roosevelt. Sinds ze naar buiten is gegaan nadat ze het lichaam van haar broer had gezien, is ze daar gebleven en hoewel ik tegen Mike had gezegd dat ik van plan was haar onze vragen te stellen, heb ik nog niet de moed kunnen opbrengen om inbreuk te maken op Moriko's verdriet. Ze zit doodstil, en ze huilt.
'Wil je dat ik het doe?' vraagt Mike.
Ik zeg hem dat ik haar alleen maar wat tijd wilde gunnen, dat ik nu naar haar toe zal gaan om met haar te praten, maar ik maak niet meteen aanstalten om het te doen. We blijven nog een poosje naar haar kijken, een eenzaam figuurtje, deels schuilgaand achter de bomen.
'Het ziet ernaar uit dat ze elkaar heel na stonden. Misschien weet ze iets. Weet je zeker dat je me er niet bij nodig hebt?' Mike gebaart in haar richting.
'Nee,' zeg ik nog eens. Ik wijs naar het gebouw en merk op dat dokter Patel nu misschien zijn rapport klaar heeft. Daarna daal ik de trap af naar het gazon.
Moriko kijkt niet naar me wanneer ik bij haar ga zitten en even later veegt ze haar ogen af met haar zakdoek. Het is nauwelijks een uur geleden dat we haar in het museum aantroffen en ze lijkt jaren ouder. Ze zit met opgetrokken schouders, haar hoofd gebogen. Het grootste deel van haar make-up zit nu op haar zakdoek en haar wangen glimmen vochtig en rood. Er zijn lijnen om haar mond; haar ogen lijken opgezwollen.
Woorden, denk ik. Wat kun je in godsnaam zeggen?
'Moriko. Ik vind het zo erg voor je.'
Ze veegt haar ogen weer af en knikt; het is een ongerijmd, formeel gebaar.
'Je hoeft hier niet te blijven.'
'Je vriend,' zegt ze haperend, 'zei dat ik misschien zou kunnen helpen.'
Mike. Voor ik tussenbeide kwam was hij al begonnen haar te

ondervragen, in de auto, toen we van het museum hiernaartoe reden.
'Het is mogelijk. Misschien kun je een paar dingen verduidelijken.'
Ze balt haar hand om de zakdoek. 'Ik wil helpen.'
'Weet je zeker dat je het nu aankunt?'
Ze knikt heftig, maar ik ben niet overtuigd. Ze ziet er verschrikkelijk uit.
'Oké, Moriko. Maar als je het niet meer kunt verdragen, dan ga je naar huis. Je hoeft het alleen maar te zeggen.' Ik leun voorover, steun mijn ellebogen op mijn knieën en vouw mijn handen. God, wat is dit ontzettend moeilijk. Ik heb even tijd nodig om mijn gedachten te ordenen.
'Er stond een afspraak in Toshio's agenda, voor gisteravond. Het Japanse Genootschap, halfacht. We weten niet of hij er geweest is.'
'Hij was er.'
'Je weet niet hoe laat hij is gekomen, of wanneer hij is weggegaan?'
'Hij kwam om halfacht.'
'Weet je dat zeker?'
Moriko knikt zonder te aarzelen. Ze vertelt dat er een tentoonstelling werd geopend, en dat zij bij de deur de kaartjes aannam. Toshio was de eerste bezoeker.
'Is hij lang gebleven?'
'Hij vertrok vóór negen uur.'
'Hoe lang ervoor?'
Moriko staart naar de klimop die langzaam oprukt over het voetstuk van de gebeeldhouwde steen voor ons. Het gedenkteken voor Eleanor Roosevelt. Ze denkt terug aan gisteravond.
'We zouden een film vertonen,' zegt ze ten slotte. '*Kurosawa*. Die begon om negen uur. Toshio had zijn aktetas in mijn kantoor gelegd. Die kwam hij ophalen toen de anderen naar de film gingen.'
'Een paar minuten voor negen, dus. Toen ging hij weg.'
Moriko knikt. Ze vraagt of het ons kan helpen.

'Op dit moment helpt alles. Heeft Toshio gezegd waar hij naartoe ging?'
'Er was een bijeenkomst. De NGO's?' Ze wijst naar het VN-gebouw. 'Hij zei dat hij hierheen ging.'
'Niet eerst naar huis?'
Ze schudt haar hoofd.
'Ben je gisteren nog bij hem thuis geweest?'
'Nee.'
Ik haal het briefje tevoorschijn dat we in Toshio's brievenbus hebben gevonden. Ik vraag of het haar iets zegt.
'Ik zie je vanavond,' vertaalt ze.
'Het is niet van jou?'
Opnieuw schudt ze haar hoofd, ze begrijpt er kennelijk niets van.
'Had hij een speciale reden om naar de NGO-receptie te gaan?' vraag ik terwijl ik het briefje weer in mijn zak stop. 'Heeft hij gezegd dat hij er iemand wilde spreken?'
'Hij wilde niet gaan. Hij was erg moe. Het afgelopen jaar was hij voortdurend moe.' Ze slaat haar ogen neer; opnieuw wellen de tranen op en ze veegt ze weg met haar zakdoek. Ze is hier echt niet tegen opgewassen. 'Wat je vriend denkt. Drugs. Dat is niets voor Toshio.'
'Dat denkt Mike ook niet. We geloven het geen van allen, maar we moesten het vragen. Nadat we Toshio hadden gevonden, de manier waarop... Mike moest het je wel vragen.'
'Toshio heeft geen zelfmoord gepleegd. Dat heeft hij niet gedaan.'
Een nadrukkelijk protest. Zo nadrukkelijk dat mijn juridische instinct het even overneemt. Ik merk dat ik de mogelijkheid overweeg dat Patricks oorspronkelijke theorie – zelfmoord – uiteindelijk toch juist zou kunnen zijn. Maar waar is de ontbrekende roze map?
'Heeft Toshio je onlangs iets in bewaring gegeven, Moriko? Papieren, een dossier misschien?'
Weer schudt ze haar hoofd.
Het was ook te veel om op te hopen. Maar we hebben nu tenminste een behoorlijke indruk van Toshio's doen en laten van gis-

teravond. Wanneer Mikes veiligheidsmensen de banden hebben bekeken, zullen we weten hoe laat Toshio ongeveer op de NGO-receptie arriveerde. De wandeling van het gebouw van het Japanse Genootschap aan 47 East naar het VN-hoofdkwartier duurt minder dan vijf minuten. Dus als Toshio veel later dan negen uur aankwam betekent het dat hij eerst nog ergens anders naartoe is gegaan. Omstreeks negen uur, en dat hij er waarschijnlijk rechtstreeks heen ging. Er begint zich eindelijk een beeld af te tekenen.
'Misschien klinkt het een beetje vreemd, maar heeft Toshio er ooit iets over gezegd dat hij geloofde dat hij in de gaten gehouden werd?'
Moriko kijkt me bevreemd aan. 'Hier?'
'Overal. Ik bedoel, zei hij nooit iets over achtervolging? Of dat hij bang was vanwege iets wat hij deed?'
Moriko zwijgt.
'Had iemand hem bedreigd?' vraag ik ronduit.
'Over zijn werk, wat hij deed, wat hij zag, over dergelijke dingen praatte hij nooit met me. Zie je, hij was mijn grote broer. Hij vond altijd dat hij voor me moest zorgen. Zelfs nu.' Haar gezicht verstrakt. Een werkende vrouw, begin zestig, getrouwd, met volwassen kinderen, kleinkinderen zelfs, en toch bleef ze in de ogen van haar broer een kind. De vreemde, een levenslang durende situatie binnen een familie. 'Ik vertelde hem mijn problemen. Altijd. Hij wilde me nooit met die van hem belasten. Ik mocht me geen zorgen maken.'
'Buiten zijn werk.' Ik maak een vaag gebaar. 'Was er iets...'
'Toshio's hele leven bestond uit zijn werk. Je weet hoe hij was. Een keer per maand kwam hij bij mij en mijn gezin eten. Soms kwam hij naar het genootschap. Voor de rest was er elke dag zijn werk. Zijn hele leven.' Ze laat haar hoofd hangen en bedekt haar gezicht met haar handen. Een onverwachte wending. Spijt. Om Toshio's allesverslindende toewijding aan zijn werk, om de duizend opofferingen die hij zich dagelijks getroostte, en, uiteindelijk, een volslagen gebrek aan een privé-leven.
'Was hij eenzaam?' vraag ik, een vraag die nooit bij me is opgekomen toen Toshio nog leefde.

'Soms, geloof ik.' Moriko drukt haar zakdoek tegen haar wang. 'Ik geloof dat hij graag een gezin gehad zou hebben. Een eigen gezin. Hij ging altijd zo goed met mijn jongens om toen ze nog klein waren.' Ze steekt haar hand uit om aan te geven hoe groot haar zoons als kind waren. Dan krijgen de herinneringen haar in hun greep. Ze vertelt me over Toshio en haar zoons; het lijkt alsof ze er behoefte aan heeft, dus ik val haar niet in de rede. Toshio, zegt ze, was hun lievelingsoom. Gedurende de jaren dat Moriko's man, afkomstig uit Texas, vaak weg was voor zaken, zich opwerkend in de accountantsfirma waar hij nu directeur is, nam Toshio zijn plaats in door de jongens mee te nemen naar voetbalwedstrijden, of op uitstapjes naar de stad. Gelukkige tijden. Dierbare herinneringen, die Moriko snel te veel worden. Ze laat haar hoofd hangen en slaat haar handen weer voor haar gezicht. 'O, Toshio, Toshio,' zegt ze, en wanneer ik een arm om haar schouders leg, leunt ze tegen me aan, een grijsharige vrouw die zo ontroostbaar huilt als een kind.

Sarah, denk ik. Plotseling komt het bij me op, een verre, verdrietige echo die klinkt als het luiden van een klok. Drie jaar ben ik al weduwnaar en toch worden mijn ogen nu vochtig. Ik moet mijn tranen terugdringen. Sarah, denk ik, mijn vrouw.

Een minuut, misschien iets langer, hou ik Moriko dicht tegen me aan.

Ten slotte heft ze haar hoofd op, ze begint zich om onbegrijpelijke redenen te verontschuldigen voor haar tranen en ik knijp in haar schouder, intussen zacht tegen haar pratend. Wanneer ze zichzelf eindelijk min of meer in bedwang heeft, help ik haar opstaan van de bank en neem haar mee naar het huisje van de bewaker aan de poort. Ik stop de man veertig dollar toe en zeg dat hij een taxi moet aanhouden en met haar mee moet gaan. Het enige waar ik aan kan denken. Moriko moet naar huis, naar haar gezin. Ik moet ervoor zorgen dat Toshio's diepbedroefde zus veilig thuiskomt.

10

'Is Juan thuis?' vraag ik Rachel terwijl ik de kofferbak van mijn auto openmaak.
'Ik heb het hem niet verteld,' zegt ze, onmiddellijk in de verdediging. 'Ik heb het aan niemand verteld. Hij lijkt er gewoon zelf achter te zijn gekomen. Het ziet ernaar uit dat iedereen het al weet, niet alleen Juan.'
Met een hand op de uitpuilende koffer zeg ik tegen mijn dochter dat het oké is, dat ik haar nergens van beschuldig. Het nieuws van Toshio's dood verspreidde zich waarschijnlijk al door Turtle Bay terwijl ik haar vanochtend op mijn kantoor een strenge waarschuwing gaf. Kreunend sjor ik de koffer op het trottoir.
'Dus hij is er?'
'Repeteren,' zegt ze. Met de hand waarmee ze haar parka heeft dichtgehouden wijst ze naar de overkant van de straat, naar de No Namebar, waar ze uit vandaan is gekomen om me te begroeten. De buitenkant van de No Name wordt verlicht door een enkele strip vuurrood neon. Het traliehek is omhooggeschoven, maar de deuren, bedekt met graffiti, zijn gesloten. 'Wat is dat nu allemaal met Hatanaka?' vraagt ze. 'Heeft iemand al ontdekt wat er gebeurd is?'
Ten antwoord haal ik een armvol jurken van Rachel uit de kofferbak en duw haar die in haar armen. Daarna doe ik de klep dicht, pak de koffer en strompel ermee naar de No Name, terwijl Rachel nog meer vragen op me afvuurt, die ik blijf negeren.
Juan Martinez, Rachels nieuwe huisbaas, is op de videobanden van gisteravond herkend als een van de mensen met wie Toshio Hatanaka een poos heeft staan praten tijdens de NGO-receptie. Een paar anderen zijn eveneens geïdentificeerd, maar niet veel; zonder bewerking in het lab zijn de beelden op de film niet duidelijk genoeg om de meeste mensen te herkennen. Maar toen Mike me de video liet zien, was de figuur van Juan Martinez duidelijk

te herkennen. Een lange, magere gestalte. Veel handgebaren onder het spreken. En, doorslaggevend: een wit linnen pak, een manier van kleden waarmee Juan een jaar geleden begon om op te vallen. Na het bekijken van de video bood ik aan naar Alphabet City te rijden om Rachels spullen af te leveren, en om Juan mee uit te vragen en zoveel mogelijk te weten te komen over de laatste uren van Toshio's leven.

Bovendien wilde ik weg uit het gebouw. De hele middag hebben mensen me in de gangen aangesproken, me gebeld, gevraagd of het echt waar is. Tussen het afwimpelen van de zeer nieuwsgierigen en de oprecht geschokten door hebben Mike en ik het op de een of andere manier klaargespeeld om bijna alle VN-veiligheidsmensen die gisteravond en vanochtend vroeg dienst hadden, te verhoren, evenals de meeste van de secretariaatsmedewerkers die de NGO-receptie hebben bezocht. Er is niets uit gekomen. Toen ik een halfuur geleden naar buiten keek en zag dat de schemering begon te vallen, kreeg ik het gevoel dat ik er absoluut even uit moest. Ik zei tegen Mike dat ik binnen een uur terug zou zijn.

'Zet hier maar neer,' zegt Rachel nu tegen me. Met haar schouder duwt ze de deur naar een slechtverlichte gang open. Ze loopt door naar de trap achterin en wanneer ik voorstel dat het misschien gemakkelijker is als ik de koffer meteen naar boven breng, zegt ze nee. Ik zet mijn vrachtje in de gang en kijk haar na terwijl ze met een armvol kleren de trap op loopt naar haar nieuwe huis, een heiligdom waar ik tot op heden nog niet ben uitgenodigd.

'Juan is in de bar,' roept ze achterom. 'Loop maar door.'

In de bar is het zo mogelijk nog donkerder dan in de gang; het felste licht is afkomstig van een spot aan het plafond die gericht is op het kleine podium in de hoek. Op de rand van het toneel, met een akoestische gitaar op de klassieke manier op zijn dij gesteund, zit Juan. Hij heeft zijn wit linnen pak aan. Zijn hoofd is gebogen in opperste concentratie terwijl zijn vingers over de snaren flitsen. Hij heeft me niet zien binnenkomen, dus ik loop rustig naar de bar en ga zitten. Muziek vult de zaal, iets ingetogens maar vervuld van verlangen. Terwijl ik tegen de bar leun voel

ik de spanning langzaam uit mijn schouders wegtrekken.
Juan Martinez heeft veel talent. Ik heb hem voor het eerst horen spelen tijdens het herdenkingsconcert waar geld ingezameld werd en dat Juan had georganiseerd als eerbetoon aan zijn vader: Juans vader, José, chef-arts van het medisch team van VN-vrijwilligers die uit het vluchtelingenkamp aan de grens tussen Pakistan en Afghanistan werden ontvoerd en vervolgens vermoord. Destijds was Juan pas eenentwintig en net afgestudeerd aan Juilliard. Tegen wil en dank raakte je onder de indruk van de jongen. Hij organiseerde dat concert met bijna niets, bracht twintigduizend dollar bijeen en gebruikte het geld om Lighthouse op te richten, de antidrugshandel-NGO die hij nog steeds leidt. En dat alles terwijl hij het verlies van zijn vader moest verwerken. In die dagen kon ik er nog net voor zorgen dat Rachel elke morgen naar school ging en vervolgens stortte ik me op mijn werk. Juan speelde tijdens het laatste stuk van dat concert een solo, alleen op het toneel, met gebogen hoofd, net als nu. Evenals vele andere aanwezigen moest ik toen mijn hoofd buigen om mijn tranen te verbergen.
Nu houdt de muziek abrupt op.
'Hallo,' zegt Juan. Hij tuurt naar me in het halfdonker, met één hand op de snaren. 'Ik geloof dat Rachel boven is.'
'Ik heb haar al gesproken.'
Hij knikt, daarna houdt hij vragend zijn hoofd scheef en ik vertel hem dat ik zojuist de laatste koffer van huis hiernaartoe heb gebracht. 'Je houdt het goed bij,' zeg ik, naar de gitaar wijzend.
Hij haalt zijn schouders op. Hij kent mijn mening: iemand met zijn muzikale talent zou zijn tijd niet moeten verdoen met NGO-campagnes, hoe loffelijk het doel ook is. Hij zet de gitaar op de standaard en stapt van het podium af.
'Wat is het laatste nieuws over meneer Hatanaka?' vraagt hij. 'Niet te geloven, hè?'
'Niet te geloven,' zeg ik instemmend.
'Ik bedoel, ze zeggen dat het daar is gebeurd, in het souterrain van de VN.'
'Dat weten we nog niet.'

'Jezus.' Hij loopt achter de bar langs en doet de koelkast open. Ik sla zijn aanbod voor een drankje af en hij pakt een flesje Perrier, slaat het aan op de kassa en gooit een paar muntstukken in de la. 'Ik wacht nog steeds tot het tot me doordringt,' zegt hij. 'Je weet wel, alsof het niet echt is. Alsof er elk moment iemand kan komen die zegt dat het een grote vergissing was, of zo.'

'Was dat maar zo.'

Hij neemt een slok, zet het flesje op de bar en blijft ernaar staren. Ten slotte kijkt hij me toch aan. 'Er gaan heel wat geruchten.'

'Dat kan ik me voorstellen.'

'Er zijn mensen die zeggen dat het zelfmoord was.'

'Dat zou kunnen.'

'Anderen zeggen: misschien is het geen zelfmoord. En misschien ook geen natuurlijke dood. Allemaal gissingen.'

'Wil je het me niet gewoon vragen, Juan?'

Zijn mondhoeken trekken omlaag, hij steekt zijn kin met het sikje naar voren. En hij vraagt: 'Is hij vermoord?'

Ik kijk hem recht in de ogen en vertel hem de waarheid. Dat we het niet weten. Dat we nog steeds bezig zijn de hele kwestie uit te zoeken. 'Wat op dit moment betekent dat we precies willen weten wat Toshio gisteravond gedaan heeft. Gisteravond na negen uur.'

Juan fronst zijn voorhoofd. 'Hij was op de receptie. Die belangrijke NGO-bijeenkomst. Wist je dat niet?'

'Heb je hem gezien?'

'O, ja. Ik heb zelfs een poosje met hem gepraat. Ik denk dat het daarom zo gek lijkt, dat hij dood is. Ik bedoel, we spraken over de zitting, wat er op de agenda van de Algemene Vergadering stond. Resoluties die belangrijk zouden kunnen zijn, voor de toekomst.' Hij schudt zijn hoofd. 'Jezus, de toekomst.'

'Hoe kwam hij op je over?'

'Je bedoelt zijn stemming?'

Wanneer ik knik draait Juan de dop op het flesje Perrier en zet het weer in de koelkast.

'Oké.' Hij werpt een blik op de kratten die op de vloer staan opgestapeld en vraagt of ik het niet erg vind als hij onder het praten een paar dingen doet. 'Een paar van de oudere NGO-vertegenwoordigers komen binnenkort hierheen. Voor een soort strategiebespreking over de zitting van de Assemblee. De koppen bij elkaar steken, proberen uit te vinden welke punten we naar voren kunnen brengen. Nu' – hij heft een hand op – 'weet je, nu neem ik aan dat het op een dodenwake zal uitdraaien.'

Juan tilt een krat bier op en begint de koelkast achter de bar bij te vullen. Ik trek met mijn vinger een figuurtje in het natte kringetje op de bar.

'Toshio leek oké,' zeg ik, om hem te laten doorgaan.

'Voorzover ik weet, ja. De stemming voor de zetel in de Veiligheidsraad, daar werd hij gek van.'

'Heeft hij dat gisteravond gezegd?'

Juan denkt na. 'Gisteravond niet. Maar je weet dat hij er geen geheim van maakte hoe hij wilde dat de uitslag zou zijn. Eind vorige maand informeerde hij zelfs of er iemand was die iets wist van Asahaki.'

Asahaki, de Japanse ambassadeur bij de VN. Ik kijk hem aan.

'Eerlijk gezegd weet ik niet wie hij het nog meer heeft gevraagd, misschien alleen aan ons,' zegt Juan.

'Lighthouse?'

'Ja.'

Ik vraag Juan om het te verduidelijken, om me te vertellen wat Toshio zei.

Hij brengt de lege krat naar het eind van de bar, komt terug met een volle en zet nog meer flesjes in de koelkast. 'Een paar weken geleden waren we bij een bijeenkomst van ECOSOC. Meneer Hatanaka kwam er gewoon mee, hij vroeg zich waar ik bij was hardop af of we ooit problemen met Asahaki hadden gehad. Bijvoorbeeld of Asahaki ooit druk op ons had uitgeoefend vanwege de rapporten die we samenstelden over de drugshandel in Afghanistan.' Juan kijkt achterom naar me en trekt er een vreemd gezicht bij. 'Het had eigenlijk niets te betekenen, denk ik.'

Ik ga erop in. 'Geloofde jij dat Toshio misschien op zoek was naar ongeregeldheden bij de Japanners? Iets wat hij tijdens de aanloop naar de stemming tegen hen kon gebruiken?'

Hij schudt zijn hoofd en laat het hele onderwerp rusten. 'Het ging niet alleen om Asahaki, hij vroeg ook naar een paar anderen. Echt, het stelde eigenlijk niets voor.'
'Wat heb je gisteravond met hem besproken?'
'Op de receptie?' Juan lacht zuinig. 'Ik heb hem een beetje lastiggevallen, geprobeerd hem over te halen met een paar mensen van de Derde Commissie te spreken.' Juan noemt een paar namen, kopstukken die de macht hebben om de agenda van de commissie in te vullen. Dit soort last minute lobbyen is de enige echte invloed die de NGO's nog kunnen uitoefenen nu de zitting van de Algemene Vergadering is geopend. 'Hij vatte het vrij goed op,' zegt Juan, doelend op Toshio's reactie. 'In elk geval, hij zei dat hij het zou doen, dat hij met hen zou gaan praten.'
We kijken elkaar over de bar aan. Toshio Hatanaka's plannen die hij niet meer ten uitvoer heeft kunnen brengen lijken als een spookachtige schaduw tussen ons in te hangen.
'God,' zegt Juan, terwijl zich achteroverbuigt om met zijn elleboog de deur van de koelkast dicht te duwen. 'Hoe gaat die song ook weer? *Turn Back Time*?'
'Hij leek oké? Hij heeft niet gezegd dat hij later nog iemand zou ontmoeten?'
'Nee.'
'Heb je gezien met wie hij nog meer gesproken heeft op de receptie?'
'Het was er stampvol, echt afgeladen. Toen Suzi Yomoto hem aanklampte ben ik bij hem vandaan gelopen. Daarna heb ik hem de hele avond niet meer gezien.'
'Wie is Suzi Yomoto?'
'Ze is van Greenpeace, geloof ik. Zoiets.'
Ik vraag of ze Japanse is. Ik denk aan het briefje dat we in Toshio's brievenbus hebben gevonden.
'Japans-Amerikaans,' vertelt Juan me. 'Uit Hawaii. Waarom bekijk je de videobanden niet om te zien met wie hij gesproken heeft? Die van de bewakingscamera's.'
'Daar zijn we mee bezig.'
'Cool.'

'Waar kan ik die Yomoto vinden?'
'Je zult haar vanavond niet vinden. Tenzij je er iets voor voelt om de disco's af te lopen. Als je haar te pakken wilt krijgen, morgenochtend is er een protestbijeenkomst in het Waldorf.' Het Waldorf Astoriahotel, waar VN-ambassadeur James Bruckner en zijn entourage verblijven. 'Daar is ze zeker.'
Hij trekt een zuur gezicht. Ik vraag of er iets aan die mevrouw Yomoto is wat hem niet bevalt.
'Er is niet veel aan haar dat me bevalt. Ze is hier een paar keer geweest. Grote mond. De laatste keer dat ze hier was had ik een vriend op bezoek, hij studeert in Hawaii. Hij herkende haar. Het schijnt dat haar vader het grootste deel van de chemische industrie daarginds bezit. Allerlei chemisch afval dat in zee wordt gedumpt. Ze zijn er stinkend rijk van geworden, de hele familie. Zij speelt het zwarte schaap.' Hij haalt één schouder op. 'Misschien iets griezelig freudiaans. Griezelig in elk geval.'
'Waar kende Toshio haar van?'
Hij schudt zijn hoofd en zegt dat hij er geen idee van heeft. Ik moet die naam onthouden. Suzi Yomoto. Om te beginnen om te kijken of ze op de video's staat en misschien kan ik haar morgen in levenden lijve zien.
'Heb je gezien of Toshio gisteravond een aktetas bij zich had?'
'Ja,' zegt Juan na even nadenken, en hij wijst naar de grond. 'Die hield hij tussen zijn voeten geklemd terwijl we met elkaar praatten.'
'Heeft hij hem opengemaakt? Iemand papieren gegeven, of misschien een map?'
'Niet dat ik gezien heb. Maar dat zegt niks. Ik heb hem maar vijf minuten gesproken, misschien heeft hij de tas ergens anders opengemaakt. Is dat belangrijk?'
Ik haal mijn schouders op. Waarschijnlijk niet.
Rachel komt binnen. Ze loopt naar de bar en vraagt Juan wat ze kan doen. Hij geeft haar een stapeltje onderzetters, die ze over de lege bar verspreidt terwijl ik Juan nog meer vragen stel. Het is nu wel duidelijk dat hij gisteravond niets heeft gezien wat ons zal kunnen helpen, behalve die mevrouw Yomoto. Na een minuut

valt ons gesprek stil. Wanneer Rachel naar Juan roept waar de asbakken staan excuseert hij zich, pakt de asbakken onder de bar vandaan en geeft haar de helft ervan. Daarna zetten ze die op de tafeltjes. Een stel echte horecamensen, Juan en Rachel.
Na het herdenkingsconcert dat Juan had georganiseerd, begonnen een paar van de kinderen die bij de tragedie een van hun ouders hadden verloren, bijeen te komen onder leiding van Juan, die zich niet als aanvoerder had opgeworpen. Geleidelijk aan zijn de anderen gaan studeren, ze verhuisden of verloren elkaar gewoon uit het oog, maar Rachel en Juan zijn bij elkaar gebleven. Ze hebben een heel sterke band. Toen Rachel weggleed in de nachtmerrieachtige wereld van de anorexia en uiteindelijk in het ziekenhuis werd opgenomen, was Juan, behalve ik, de enige die haar mocht opzoeken. En hoewel ik niet kan doen alsof ik dolblij ben dat Rachel Alphabet City heeft gekozen als eerste plek om te wonen nadat ze het ouderlijk huis uit is gegaan, ben ik onmetelijk opgelucht dat Juan Martinez haar eerste huisbaas en kamergenoot is. Hij is pas vijfentwintig, maar dankzij de levensverzekering van zijn vader heeft hij nu al het hele gebouw kunnen huren: de woonruimte boven en de twee gedeelten op de begane grond, de No Namebar en het kantoor van Lighthouse, de antidrugs-NGO, die hij naast de bar heeft ingericht. Hoewel hij het organisatorisch inzicht heeft van een geboren ondernemer, lijkt hij dat tot dusver met genoegen in te zetten voor belangrijker doeleinden dan zijn eigen materiële gewin. Een goede jongen.
Rachel legt de laatste onderzetters neer en Juan komt bij me terug.
'Later op de avond komen hier veel mensen. Je weet wel, NGO-publiek. Lui die meneer Hatanaka graag mochten. Zal ik eens rondvragen, om te kijken of we iets boven water kunnen krijgen wat zou kunnen helpen?'
Een goedbedoeld voorstel, maar eerlijk gezegd is het beeld dat door Juan wordt opgeroepen nogal alarmerend. Elke NGO, van de keiharde ecostrijders tot het Rode Kruis aan toe, rondstampend op hetzelfde terrein dat Mike en ik moeten onderzoeken, en

de zwakke sporen die er misschien nog te vinden zijn vertrappend.
'Bedankt voor het aanbod, Juan, maar ik denk dat we het wel redden.'
Rachel gaat zich ermee bemoeien. 'Juan wil alleen maar helpen.'
Ik kijk naar haar. Ze heeft de laatste onderzetters neergelegd en komt naast me aan de bar staan. 'Heeft de politie al iets gevonden? Aanwijzingen, vingerafdrukken bijvoorbeeld?'
'De politie is er niet bij betrokken. Mike heeft de leiding over het onderzoek.'
'Mike?' Oprechte verbazing. Omdat Mike mijn vriend is, heeft hij in Rachels ogen blijkbaar elke geloofwaardigheid als politieman verloren.
'Mike en ik samen,' zeg ik. Ik laat me van de barkruk glijden op het moment dat de eerste bezoekers van vanavond de bar in komen. Juan wijst hun een tafeltje en ze roepen om bier.
Ik draai een onderzetter om en schrijf er Mikes telefoonnummer en het nummer van zijn kantoor bij het secretariaat op, om het vervolgens aan Juan te geven.
'Mike wil verklaringen opnemen van iedereen met wie Toshio op de receptie gesproken heeft. We moeten ons een duidelijker beeld vormen van Toshio's laatste uren. Bel hem om een afspraak te maken.'
Juan kijkt naar de onderzetter. 'Vreemd eigenlijk. Dat het zo is afgelopen.' Hij kijkt op. 'Weet je dat iemand me zelfs gevraagd heeft of ik plannen had voor een herdenkingsconcert?' Hij schudt kreunend zijn hoofd. Een herdenkingsconcert. Voor een van de treurenden bij het laatste herdenkingsconcert dat Juan heeft georganiseerd.
Wanneer ik naar Rachel kijk, houdt die haar ogen strak op de bar gericht. Ik besluit dat dit een gespreksonderwerp is dat we beter kunnen vermijden.
'Morgenochtend.' Ik vorm een pistool van mijn vingers en wijs ermee naar Juan.
Hij knikt treurig en steekt de onderzetter omhoog.
Rachel loopt met me mee naar de auto, haar handen diep in de

zakken van haar parka. Ze is diep in gedachten, dezer dagen is dat niets ongewoons voor haar, en wanneer ik tegen de auto geleund blijf staan en vraag hoe het met haar gaat, lacht ze alleen verlegen en ze buigt haar hoofd.

'Betekent dat "oké"?' vraag ik. 'Of "niet oké, maar dat ga ik mijn ouwe heer niet aan zijn neus hangen"?'

Ze geeft geen antwoord.

'Rachel?'

'Mensen huilden,' zegt ze en ze heft haar hoofd op. 'Op het werk. Ik ging naar een van de vertaalsters, en ze was in tranen. Alsof haar beste vriend was overleden, of zo.'

'Toshio werd door heel wat mensen bewonderd.'

'Ja, bewonderd, maar hij was toch niet haar beste vriend? Ik bedoel, ik vind het ook erg, maar ik ga er niet om huilen.'

'Dat verwacht ook niemand van je.'

Ze kijkt naar de grond en begint met haar schoen over het trottoir te schuifelen. In drie jaar tijd is haar moeder een gewelddadige dood gestorven, heeft ze aan anorexia geleden en heeft ze het laatste stuk van de weg naar volwassenheid afgelegd. Ergens langs dat slingerende pad zijn haar gedachten, de wensen en angsten die me ooit zo duidelijk waren, een gesloten boek geworden. Maar ik ben haar vader. Ik blijf proberen haar te begrijpen.

'We zijn niet allemaal hetzelfde, Rachel. Niet iedereen heeft iemand verloren van wie hij hield, maar dat kun je hen niet kwalijk nemen.' Wanneer ze haar schouders ophaalt leg ik een hand op haar arm. 'Laat ze maar huilen. Als jij vindt dat ze niet zoveel hebben om over te huilen, wat dan nog? Misschien zullen ze dat op een dag gaan inzien. Maar daar mag niemand over oordelen, we moeten deze dingen allemaal op onze eigen manier verwerken, zo goed we kunnen. Dat weet je.'

Geen reactie. Ik had net zo goed tegen mezelf kunnen praten.

'Misschien is dit iets waarover je met dokter Covey zou willen praten,' opper ik ten slotte.

Bij het horen van de naam van dokter Covey, de psychiater die zonder enige twijfel haar leven heeft gered, laat Rachel haar

hoofd weer hangen en gaat ze een stap achteruit. Mijn hand glijdt van haar arm.
'Bedankt dat je mijn spullen hebt gebracht.'
Met haar handen in de zakken en haar ogen naar de grond gericht, slentert ze terug naar de overkant, naar de No Namebar. Er gaan nu meer mensen naar binnen, voornamelijk jongeren, die bijeenkomen op dit afgelegen trefpunt van het diplomatieke circuit. Rachel verdwijnt tussen hen, weer een kind dat probeert haar eigen weg te vinden in de wereld.

11

De Dag Hammarskjold-bibliotheek bij avond. De bureaulamp werpt een wit licht op de papieren die voor me uitgespreid liggen, een deel van het omvangrijke rapport waar Toshio aan gewerkt heeft. De afgelopen twee uur heb ik het vergeleken met de rapporten die Toshio het laatste jaar hier in de VN-bibliotheek heeft gedeponeerd na verscheidene veldmissies in het buitenland. Mike hoopte dat ik er een opvallende verdachte uit zou kunnen halen, iemand die Toshio gedurende zijn werkzaamheden tegen zich in het harnas had gejaagd. Een gok, heb ik tegen Mike gezegd, en ik heb dan ook niets gevonden. Zo gaat het dus al de hele dag.

Mike heeft eindelijk de mensen van de onderhoudsdienst gesproken. Het komt erop neer dat ze de hele tijd twee aan twee hebben gewerkt; niemand had naar het souterrain kunnen gaan zonder gemist te worden. En het onderhoud van de camera, hebben ze Mike verteld, stond gewoon op hun werkbriefje voor gisteravond: een routinekarwei.

Ik wip op mijn stoel achterover, met mijn voeten op de prullenmand, en trommel met een potlood op het bureau. Welke andere kwaliteiten Toshio ook had, hij was zeker geen meester in de Engelse taal; en ik moet zeggen dat mijn pogingen, nadat ik me door de ene bombastische pagina na de andere heb geworsteld, grotendeels tijdverspilling zijn geweest. Ik pak de titelpagina van een veldrapport, het enige wat me echt belangrijk schijnt, en herlees de paar woorden die me een sterk gevoel van onbehagen gaven toen ik ze voor het eerst zag. DE DRUGSHANDEL IN AFGHANISTAN, EEN EVALUATIE, luidt het opschrift.

De rest ervan geeft de details van de stammen die erbij betrokken zijn: de Baluchis en de Pathanen, belangrijke exportroutes, de invloed van de Taliban, medewerking of gebrek eraan van de Pakistaanse regering. Dit alles betekent voor mij natuurlijk het openrijten van een wond; dit hele onderwerp is me ten tijde van Sarahs dood vertrouwder geworden dan ik ooit gewild had. Maar zelfs dit veldrapport heeft geen kandidaat voor de moord op Toshio opgeleverd, dus ik leg het opzij. Daarna sta ik op van het bureau en loop het pad met de rekken vol boeken langs.

Het is jaren geleden dat ik tijd in deze bibliotheek heb doorgebracht. In het begin van mijn carrière kwam ik elke week wel een paar maal hier beneden, om de formulering op te zoeken van internationale overeenkomsten, waarvan de Dag Hammarskjold-bibliotheek een belangrijke opslagplaats is, of om mijn meerderen bij Juridische Zaken te adviseren bij waar ze wat konden vinden in het VN-archief. Tegenwoordig laat ik dat doen door Elizabeth, mijn secretaresse, die er een gruwelijke hekel aan heeft. Het zijn niet eens die momenten uit de begintijd die me door het hoofd spelen nu ik zoekend tussen de rekken dwaal. Wat me in gedachten komt is de week die ik me, twee maanden na Sarahs dood, in deze bibliotheek begraven heb.

Tegen die tijd had ik, natuurlijk, het gefluister gehoord. Niet officieel. Losse opmerkingen in de gangen, pijnlijke stiltes bij de andere aanwezigen wanneer Toshio en ik in dezelfde kamer waren. Het gerucht ging dat Toshio het er bij de onderhandelingen met Sarahs kidnappers niet zo goed had afgebracht als hij gekund had. Hoewel ik probeerde het van me af te zetten en de geruchten als kletspraatjes van de hand te wijzen waren de twijfels, toen die eenmaal waren opgewekt, niet zo eenvoudig te onderdrukken. Ze vraten aan me.

Ten slotte deed ik wat ik me vast had voorgenomen niet te zullen doen. Elke avond ging ik vroeg van kantoor weg, liep naar de bibliotheek en zocht de documentatie van de hele kwestie op. Verklaringen van onze VN-medewerkers in het kamp in Abatan. Brieven aan Toshio van de Pakistaanse hoofdcommissaris van politie. Andere aantekeningen van een Pakistaanse legerofficier met adviezen voor een militaire reddingsoperatie en twee aanbiedingen voor hulp van de Amerikaanse ambassadeur in Pakistan. Daarbij kwam nog een dossier vol waardeloze adviezen, gegeven door verschillende afdelingen van het secretariaat. Ten slotte was er Toshio's eindverslag. Een hele week begroef ik me avond aan avond in deze paperassen. Uiteindelijk kwam ik tot de conclusie dat Toshio al het mogelijke had gedaan. Er waren fouten gemaakt, vanzelfsprekend, maar niets ernstigs en zeker niets wat aanleiding was geweest tot de slachting. Het bestond eenvoudig niet dat het aan hem te wijten was dat ze waren gestorven. Maar zo nu en dan staken de roddels toch weer de kop op. Een maand geleden hoorde ik dat Asahaki het vuurtje aanwakkerde door tegenover iedereen die het wilde horen te verklaren dat Toshio's reputatie bij de VN niet vlekkeloos was. Maar wat mij betrof had die week van naspeuringen in de bibliotheek mijn twijfels voorgoed gestild.

Nu loop ik langs dezelfde boekenplanken, om ten slotte te blijven staan bij een rijtje dozen met mappen. Hoge Commissariaat voor Vluchtelingen. Vluchtelingen. Onderkop: kampen. Onderkop: Afghanistan.

'Sam.'

Geschrokken draai ik me om. Twee mannen lopen door het pad naar me toe: Dieter Rasmussen en Pascal Nyeri. Een vreemde combinatie. Een strijdlustige Duitser van gevorderde middelbare leeftijd en een rustig sprekende jongeman uit Kameroen.

'We hebben je boodschap ontvangen,' zegt Dieter.

'Ik hoefde jou niet te spreken. Alleen Pascal.'

Dieter wuift het weg. Ik had die boodschap in feite al uren geleden afgegeven; ik had niet meer verwacht vanavond nog iets van Pascal te zullen horen. Terwijl ik het tweetal meeneem naar de tafel waar Toshio's rapport in gedeelten ligt uitgespreid, verontschuldig ik me voor het misverstand. Het was niet mijn bedoeling om Dieters tijd in beslag te nemen.

'De afgelopen maand heb je Toshio om de paar dagen gesproken,' merk ik op tegen Pascal, en ik pak Toshio's agenda erbij. 'En er zijn nog heel wat andere dagen waarop hij alleen heeft geschreven: INTERNE SUPERVISIE. Kunnen dat ook afspraken met jou zijn geweest?'

Ik zoek de meest recente van deze afspraken en laat die aan Pascal zien. Hij kijkt even naar Dieter en daarna knikt hij. Wanneer

ik Pascal de voor de hand liggende vraag stel – waar al die besprekingen over gingen – wendt hij zich weer tot Dieter.
'Is het geheim?' zeg ik bij wijze van grapje, maar geen van beiden lacht erom.
Ik gooi de agenda op tafel, kijk Dieter aan en wacht tot hij bereid is uit te leggen waarom hij, hoofd Interne Supervisie, de financiële politie van de VN, hier is.
'Je stelt een onderzoek in naar de dood van Hatanaka?' vraagt hij.
'Dat klopt.'
'En dat heeft de goedkeuring van O'Conner?'
'Dieter, het is een onderzoek naar een mogelijke moord. Hoe bedoel je, goedkeuring?'
'Heeft hij je al verteld waarom Toshio met ons samenwerkte?'
Ik voel de spieren in mijn schouders en mijn nek verstrakken. Meer dan eens heb ik Patrick mijn liberale vertrouwen in openheid als geschift horen bestempelen; als Patrick zijn zin kreeg zouden alle belangrijke VN-aangelegenheden achter ondoordringbare muren van stilzwijgen plaatsvinden. Nu schijnt hij aan mij, zijn assistent, totaal te zijn voorbijgegaan. Toshio en Interne Supervisie?
'Laten we aannemen dat hij het niet heeft verteld. Waarom vertel jij het me dan niet, Dieter? Ik ben een en al oor.'
Dieter bijt op zijn lip. Pascal kijkt naar de grond.
'Heeft Patrick jullie specifiek verboden om het me te vertellen?'
'Nee,' antwoordt Dieter, maar zijn toon zegt genoeg.
Het kost me geen moeite om me het tafereel voor te stellen. Patrick, met alle opgeblazen autoriteit van zijn positie, die suggereert dat de hele kwestie, wat die ook is, geheim moet blijven.
'Toen ik hem onder lunchtijd belde zei hij dat het nog bekeken werd,' is Pascals bijdrage.
Mijn nekspieren zijn nu niet alleen gespannen, ze krimpen plotseling ineen. Interne Supervisie heeft Patrick uren geleden over Toshio gebeld en dit is de eerste keer dat ik ervan hoor. Dit gaat de verkeerde kant op. Ik leun naar voren en plaats mijn handen op de tafel.

‘Als je me nu eens precies vertelt waar je aan werkte met Toshio. Of, als je dat liever hebt, kunnen we ook naar boven gaan en dit uitpraten met Patrick.’

‘Vertel het maar,’ zegt Dieter ten slotte tegen Pascal.

Pascal legt zijn aktetas op tafel en doet die open. ‘Eerder dit jaar werden we benaderd door de afdeling Accountancy. Ze dachten dat ze iets gevonden hadden. Ze hadden onze hulp nodig.’

‘Niets nieuws,’ voegt Dieter eraan toe.

‘Wat gevonden?’ vraag ik, maar Dieter wijst slechts naar Pascals tas en ontwijkt angstvallig mijn blik. Dat brengt me enigszins van mijn stuk. Omdat ik, hoewel Dieter Rasmussen waarschijnlijk de meest gevreesde man is bij het VN-hoofdkwartier, in elk geval de man over wie het meest kwaadgesproken wordt, groot respect voor hem heb. Kortaf, zoals Duitsers gewoonlijk zijn, doet hij zijn werk, neemt zijn beslissingen, met een gebrek aan ontzag voor de bureaucratisch vastgestelde grenzen, iets wat erg on-Duits is.

Ik ben een keer met hem mee geweest op een reis naar Somalië. Het was de bedoeling dat ik de situatie zou bekijken bij wat belachelijk omschreven wordt als de rechtspraak in dat land; Dieter had tot taak te ontdekken hoe voedselhulp ter waarde van tien miljoen dollar zoekgeraakt was in de haven van Mogadishu. Toen we op de luchthaven aankwamen werd onmiddellijk duidelijk dat de verhalen over vrede die in het gebied zou heersen, schromelijk overdreven waren. Twee voertuigen, volledig gestript en volgestouwd met artillerie, stonden bij de landingsbaan. Vandaar werden schoten afgevuurd op een pakhuis dichtbij en elke explosie werd met verheugde kreten begroet door een menigte met wapens zwaaiende Somaliërs. Dieter wierp één blik op het geheel, zei dat ik moest omdraaien en liep met me naar het vliegtuig terug. Hij gaf de VN-piloot opdracht om te tanken en meteen met ons terug te vliegen. Twee nachten later werd het hotel waar we zouden verblijven geraakt door een voltreffer; drie van onze mensen ter plaatse werden gedood. Dieter is iemand wiens oordeel en karakter ik volledig vertrouw en het is nu niet weinig verontrustend dat hij me niet in de ogen kan kijken.

Pascal geeft me een aantal papieren, met het logo van de UNDCP, het drugscontroleprogramma van de VN. Ik blader ze door.
'Notulen van een vergadering van de Speciale Commissie,' zegt Pascal tegen me.
'Speciale Commissie waarvoor?'
'Bedoeld om de activiteiten van het UNDCP in de Gouden Halvemaan te controleren.' Pascal spreekt zacht, zijn stem is zo zoetvloeiend dat de woorden Gouden Halvemaan, de bron van een eindeloze voorraad heroïne en ellende, klinken als een merk romige, bittere chocolade. 'De Speciale Commissie was verantwoordelijk voor een aanzienlijk budget.'
'Hoe aanzienlijk?'
'Twintig miljoen per jaar.'
Inderdaad een aanzienlijk budget, denk ik. En Pascal van Interne Supervisie was erbij gehaald om Toshio, de speciaal gezant voor Afghanistan, te assisteren. Afghanistan, het centrum van de Gouden Halvemaan.
'Werd ermee geknoeid?'
'De accountants konden de cijfers niet kloppend krijgen,' komt Dieter tussenbeide. 'Wij werden erbij geroepen.'
Dat verklaart echter niet de geheimzinnigheid waarmee dit is omhuld. Misbruik van VN-budgetten door VN-ambtenaren komt helaas regelmatig voor.
'Hoeveel was er zoek?'
'Honderdduizenden.' Pascal haalt één schouder op. 'Mogelijk zelfs een miljoen.'
'Amerikaanse dollars?'
Pascal knikt. Maar toch, een miljoen dollar, hoewel het een aanzienlijk bedrag is, is niet zo verpletterend in de context van een VN-budget dat in de miljarden loopt. Ik blijf me verbazen.
'Wie zaten er in die Speciale Commissie?'
'Drie mensen.'
Ik maak een grapje en zeg dat dit de kleinste VN-commissie is waar ik ooit van gehoord heb, maar Dieter lijkt gekwetst.
'Belangrijke personen,' zegt hij.
'Wie?'

‘Wang Po Lin en Lemtov.’
Ik mompel iets. Twee heel grote namen. Wang Po Lin was nummer twee in de Chinese delegatie tot hij onlangs naar Peking teruggeroepen werd. Niemand scheen te weten of hij werd teruggeroepen voor een promotie of voor een schop onder zijn achterste, en de Chinezen praten er niet over. Lemtov is een rijzende ster in de Russische delegatie, iemand van de nieuwe generatie die opstond na de ineenstorting van de Sovjet-Unie. Hij spreekt vloeiend Engels en heeft bij tal van crisisonderhandelingen met het Internationale Monetaire Fonds een reputatie opgebouwd als eerste man van de Russische Centrale Bank, alvorens hij de overstap naar de diplomatieke dienst maakte. Ik begin te begrijpen waarom Patrick erbij betrokken is en waarom dit geheim moest blijven.
‘Nummer drie?’ vraag ik.
Dieter strijkt met zijn hand over zijn mond. Pascal staart naar zijn aktetas.
‘Een commissie van drie mannen, toch? Po Lin, Lemtov, en wie is nummer drie?’
‘Asahaki,’ zegt Dieter.
Ik word heel stil. Ambassadeur Asahaki, de belangrijkste Japanner bij de VN. De man die de campagne van zijn land voor een permanente zetel in de Veiligheidsraad heeft aangevoerd.
‘Hoe past Toshio in dit geheel?’ vraag ik.
‘Hij verschafte ons toegang tot de documenten over Afghanistan,’ zegt Pascal. ‘Toen we ontdekten dat het verduisterde geld op een privé-rekening hier in New York was gestort, is hij met me meegegaan naar de bank.’
‘Dus dit was niet iets waar hij zijdelings bij betrokken was. Hij hield niet alleen toezicht, Toshio werkte met jullie samen.’
Pascal knikt.
‘Wisten de drie leden van de Speciale Commissie dat?’
Pascal vertelt me dat Toshio met alle drie heeft gesproken. Verbaasd kijk ik Dieter aan, wachtend op een verklaring waarom iemand met de status van Toshio dergelijk monnikenwerk zou verrichten.

'O'Conner wilde niet dat we die drie bij ons op het kantoor van Interne Supervisie lieten komen,' zegt Dieter. 'Dat zou er slecht voor hen uitzien. Maar ze wilden geen tijd vrijmaken om door Pascal te worden verhoord. Geen van drieën. Ik sprak met Patrick af dat er iemand met hen moest praten, iemand om wie ze niet heen konden. Ik had het te druk.'
'Toshio,' zeg ik.
Dieter maakt een handgebaar; het lijkt bijna een verontschuldiging.
Dus tijdens de laatste weken van zijn leven was Toshio diep betrokken bij het onderzoek naar fraude binnen de VN. Verhoorde zelfs verdachten. En Patrick was ervan op de hoogte maar toch liet hij – zelfs na de dood van Toshio – na me dat te vertellen.
'Wie van de drie heeft zijn hand in de kassa gestoken?' vraag ik.
'Toen Pascal me vertelde dat je ons vandaag had gebeld,' zegt Dieter, 'heb ik contact gezocht met O'Conner. Hij zat in een vergadering. Dezelfde vergadering waar hij nu al drie uur bij aanwezig is.'
Dieter heeft mijn vraag niet beantwoord. Ik blijf hem strak aankijken. Ten slotte slaat hij zijn ogen neer en geeft toe dat het er werkelijk op begon te lijken dat de schuldige de Japanse ambassadeur is. Bunzo Asahaki.

'Je had het me moeten vertellen, Patrick.'
'Waarom?'
Hij kijkt op de wandklok en loopt langs me heen de gang in. Ik vlieg hem achterna.
'Waarom? Toshio heeft pas ontdekt dat Asahaki fraude heeft gepleegd, godnogantoe.'
'Kalm aan,' mompelt Patrick.
'Was het je gewoon ontschoten?'
'Je draaft door, Sam.' Hij werpt me een donkere blik toe. 'Je draaft veel te veel door.'
'Verdomme, ik wil weten wat hierachter zit. We hebben ons uit de naad gewerkt om een motief te zoeken en je hebt dit niet eens verteld.'

'Wacht.' Hij steekt zijn wijsvinger op en loopt de kamer van Operaties in, waar hij overleg pleegt met Dwight Arnold, de man die vanavond dienst heeft, een bebaarde Canadees met het enorme postuur van een grizzlybeer. Terwijl ze zich over een computerscherm buigen om het laatste statusrapport van een of andere VN-commissie in Verweggistan te bekijken, blijf ik woedend in de deuropening staan.
Patrick O'Conner gaat dineren met een paar heel belangrijke mensen. Spelers, zoals hij ze noemt. Grote jongens, met veel invloed in de diplomatieke sector. Dat heeft hij me natuurlijk niet verteld, maar ik heb lang genoeg voor hem gewerkt om de tekenen te herkennen. Zwart strikdasje, gouden manchetknopen. Die ene rimpel op zijn voorhoofd die bedoeld is om het serieuze, nadenkende brein erachter te benadrukken. En dit, het pure feit van zijn komst naar Operaties, een ruimte die door degenen die hier werken met zelfspot en wanhoop betiteld wordt als de VN-centrale, het zenuwcentrum van VN-vredesmissies over de hele wereld. Het kantoor is bedroevend klein. Deze avond zijn slechts Dwight Arnold en twee assistenten aanwezig. Vroeger ratelden hier de telexen; nu zoemen computers en spuwen faxapparaten papieren uit met updates over crises, dagelijkse rapporten over oorlogen en schendingen van staakt-het-vuren, en de duizenden andere schendingen van de openbare orde die de VN, daartoe verplicht door de resoluties van de Veiligheidsraad, moet observeren en bewaken.
Ongeduldig sla ik mijn armen over elkaar, leun tegen de deurpost en kijk toe terwijl Dwight Arnold en Patrick overleg plegen. God, wat ben ik een stommeling. Zelfmoord, Patricks ogenschijnlijk onverklaarbare uitspraak van vanochtend; nu heb ik de verklaring. En nu begrijp ik ook de vreemde onderstromingen tijdens de korte ontmoeting van vanmiddag met Asahaki, buiten de eetzaal van de secretaris-generaal. Patricks woede. Asahaki's verzoek om het lichaam, daarna de haastige aftocht.
Je zou toch denken dat ik het nu wel had geleerd. Ik ben al drie jaar zijn assistent, je zou denken dat ik geleerd had om Patricks woorden of handelingen niet voetstoots aan te nemen, om altijd

verder te kijken om zijn ware motieven te vinden. Zoals dit bezoek aan Operaties, bijvoorbeeld. Hij zal, zonder mankeren, altijd hier binnenlopen vlak voor hij naar een belangrijke sociale bijeenkomst gaat. Daarna zal hij, tijdens het uitgebreide diner, wachten op een pauze in de conversatie en dan achteloos opmerken dat er een schietpartij is geweest langs de VN-grens op Cyprus. Of een bomaanslag in Kinshasa. Of dat de verkiezingen in Laos vanavond zijn geëindigd met rellen. Door het spuien van deze splinternieuwe, verse stukjes informatie worden zijn medegasten tactvol uitgenodigd hieruit te concluderen dat Patrick een hoge en centrale plaats inneemt aan de tafel van het wereldgebeuren. En dat doen ze. Het is treurig, maar zijn list werkt onveranderlijk. Patrick staat op de erelijst van iedere gastvrouw in New York die iets te betekenen heeft.

Ten slotte zijn hij en Dwight uitgepraat. Patrick voegt zich bij me in de hal, maar mijn vragen blijven onbeantwoord tot we met zijn tweeën in de lift staan. Hij drukt op de knop voor de begane grond en kijkt me vervolgens aan.

'Toshio heeft ambassadeur Asahaki nooit van fraude beschuldigd. Van wie heb je dat trouwens gehoord?'

'Dieter zegt dat het Asahaki was. Hij zegt dat Toshio het ook wist, dat Toshio meewerkte aan het onderzoek. Verdomme, waarom heb je me dat niet verteld?'

'Toshio wilde dat het Asahaki zou zijn, dat zegt niets. Er waren geen bewijzen.'

Ik frons mijn voorhoofd. Dit klinkt als een smoes.

'Jezus, Sam, gebruik je verstand.' Patrick tikt tegen zijn hoofd. 'Wat was Toshio's belangrijkste missie van de laatste tijd, wat probeerde hij te verpesten?'

Ik noem het voor de hand liggende: de Japanse zetel in de Veiligheidsraad.

'In één keer goed. En kun je me een betere manier noemen om dat te doen dan door Asahaki in een kwaad daglicht te stellen? Als Asahaki op het laatste moment een aanklacht wegens fraude in de schoenen geschoven krijgt, is hij aangeschoten wild. Hij leidt de laatste, grote campagne voor het werven van stemmen

voor deze kwestie en als hij zinkt gaat de stemming waarschijnlijk ook kopje-onder. Wanneer Asahaki buitenspel wordt gezet is de kans groot dat de Japanners die zetel niet krijgen. Kun je me volgen?'
Ik volg hem. Ik begrijp tevens het onuitgesproken logische gevolg. Patrick moet er evenzeer op gebrand zijn geweest om ambassadeur Asahaki in de race te laten blijven als hij beweert dat Toshio van plan was om Asahaki ervan uit te sluiten. En ik trap bovendien ook niet in Patricks opvatting over Toshio's motieven.
'Dat zou Toshio niet gedaan hebben. Hij zou Asahaki niet van fraude hebben beschuldigd tenzij hij geloofde dat het waar was. En het was niet alleen Toshio, Pascal zegt precies hetzelfde.'
'Pascal,' mompelt Patrick, in de huid van zijn hals knijpend. 'Zijn hij en Dieter alle twee naar je toe gekomen?'
'Nou, het scheen erg moeilijk voor hen te zijn om jou te pakken te krijgen.'
Voor hij dit als een aanval kan opvatten, herinner ik hem eraan dat ik eerder met Pascal Nyeri heb gewerkt. Dat Pascal Nyeri weet wat hij doet. Niet iets wat je automatisch kunt aannemen van secretariaatmedewerkers; het wemelt hier van de overbodige figuren die alleen zijn aangenomen om de geografische quota vol te maken.
'Dieter zou een dergelijk onderzoek niet aan een ezel overlaten. En Pascal was het met Toshio eens. Het zag ernaar uit dat Asahaki zich geld toe-eigende uit het budget van de commissie.'
'Denk je dat Nyeri niet weet wat goed voor hem is?' zegt Patrick. 'Goeie god, hij werkte onder een speciaal gezant. Toshio wijst met een beschuldigende vinger naar Asahaki en dan wil jij beweren dat iemand van Interne Supervisie daar bezwaar tegen zou maken? Als Nyeri er moeilijk over had gedaan zou Toshio hem op een vliegtuig hebben gezet en hem hebben teruggestuurd naar waar hij vandaan kwam.' Hij knipt met zijn vingers. 'Zonder meer.'
'Kameroen.'
'Wat je maar wilt.'

De liftdeur glijdt open en we lopen over de zwart-wit geblokte marmeren vloer naar de uitgang. De uitgang voor gedelegeerden, waar Patrick dikwijls opzettelijk gebruik van maakt, alleen om te laten zien dat hij het mag. De bewaker bij de deur knikt wanneer we naar buiten gaan. Ik wacht tot we onder aan de trap zijn voor ik het zeg.

'Ik zal met ambassadeur Asahaki moeten spreken.'

'Dat kun je niet doen.'

Patrick trekt zijn manchetten recht en strijkt met een vinger langs de kraag van zijn jasje, terwijl we naar de poort lopen. Op een moment als dit is het moeilijk te geloven dat ik, toen zijn benoeming tot ondersecretaris-generaal van Juridische Zaken bekend werd, het met een aantal andere stafmedewerkers van de afdeling ben gaan vieren. Nu, midden op het voorplein van de VN, stel ik me vlak voor hem op en dwing hem te blijven stilstaan.

'Wil je eigenlijk wel weten hoe Toshio is gestorven?'

'Daar zul je niet achter komen door met Asahaki te spreken.'

'Het is aan mij om dat te beslissen, Patrick. Of wil je dat ik Mike de bal toespeel en hem de hele kwestie laat afhandelen?'

De gedachte dat de VN-veiligheidsdienst de leiding van het moordonderzoek voor de neus van Juridische Zaken wegkaapt doet Patrick een ogenblik geschrokken zwijgen. Daarna zegt hij: 'Je wilt Asahaki spreken.'

Dat wil ik, zeg ik tegen hem.

'Nou, verdomme, dat kun je niet. Je kunt het niet, Sam, omdat hij niet hier is.'

Mijn ogen dwalen naar de Assembleezaal.

'Niet hier in Turtle Bay,' vervolgt Patrick. 'Niet hier in New York. Zelfs niet hier in de verdomde Verenigde Staten. De man is teruggekeerd naar Tokyo.'

Ik ben verbaasd. Stomverbaasd.

'Officieel voor last minute gesprekken over hun campagne voor de zetel in de Veiligheidsraad,' zegt Patrick. 'Onofficieel: Asahaki kreeg de indruk dat hij iets in de schoenen geschoven kreeg. Eerst stelt Toshio hem een massa vragen over de fraude. Daarna sterft Toshio. En dan kom jij vanmiddag binnen als een ver-

domde olifant in een porseleinkast en zegt tegen Asahaki dat je hem wilt spreken. Jezus, hoe had je dan gedacht dat hij zou reageren?'
Geschokt door zijn duidelijk merkbare woede doe ik een stap achteruit.
'Ik zal je vertellen wat je van nu af aan moet doen,' zegt Patrick, terwijl hij om me heen stapt en wuift naar een groepje mannen in smoking en vrouwen in avondjapon die op First Avenue uit taxi's stappen. Ze lachen allemaal. Iedereen is er helemaal klaar voor om zijn onkostenrekening te belasten met het eerste vijfsterrengebeuren tijdens de zitting van de VN. 'Je toont verdomme een beetje tact,' draagt Patrick me op, onder het lopen zijn jasje dichtknopend. 'Treed een beetje diplomatiek op.'
Met opgeheven hoofd loopt hij de poort uit. Ik blijf hem nakijken terwijl hij zich bij zijn vrienden voegt en de straat in loopt; hun luide stemmen sterven weg. Rechts van me wapperen de door schijnwerpers verlichte vlaggen, alle 185, zachtjes in de wind, de stalen lijnen klapperen tegen de masten. De geweldige VN-familie. Aan de overkant, op First Avenue, rollen de Tibetaanse monniken hun slaapzakken uit. Ik draai me om naar het secretariaatsgebouw en merk dat mijn handen gebald zijn en dat ik steken in mijn maag voel. Ik ben godvergeten kwaad.
Mike is op zijn kamer. Wanneer ik hem de situatie heb uitgelegd en hem een beetje heb gekalmeerd, ga ik naar boven, naar mijn eigen kantoor, waar ik een poosje blijf zitten piekeren. Wat zei Moriko ook weer? Toshio's werk was zijn leven. Dit gebouw. Mensen zoals Patrick.
Ten slotte doe ik wat ik niet zou moeten doen. Ik draai een telefoonnummer.
Een jonge vrouw antwoordt. Ik ben even afgeleid omdat ik me bijna bedenk. 'Waldorf Astoria,' herhaalt ze.
'Wilt u me doorverbinden met een van uw suites?' Ik steun mijn voorhoofd op mijn hand. 'Suite 7.'

12

Na afloop blijft Jennifer naast me liggen; ze haalt diep adem en staart naar het plafond. De rug van haar hand rust op mijn borst en haar borst rijst en daalt onder het verkreukelde linnen laken. Op haar bovenlip parelen zweetdruppeltjes. Buiten horen we het ver verwijderde verkeerslawaai, en zo nu en dan een sirene.

'Is dit' – vraagt ze ten slotte tussen twee diepe zuchten in – 'het moment waarop ik om een sigaret vraag?'

Ik knijp haar in haar dij, ze rolt zich bij me vandaan en zwaait haar benen over de rand van het bed. Mijn vinger trekt traag een boog van haar schouderblad over haar ruggengraat tot op haar heup. We bevinden ons in een luxe suite van het Waldorfhotel, in het grootste bed dat ik ooit gezien heb, en als dit een andere avond zou zijn zou ik er niet aan denken om weg te gaan voor de ochtend aanbrak. Maar als Jennifer me vraagt of ik wil blijven zeg ik: nee, ik moet naar huis.

'Hmm,' zegt ze. Ze staat op, geeft zichzelf een klapje op haar achterste en maakt een spottende opmerking over moderne romantiek. Ze vangt een glimp van zichzelf op in de spiegel en fronst kritisch haar wenkbrauwen terwijl ze de badkamer in loopt. Eerlijk gezegd heeft ze heel weinig om kritisch over te zijn. Voor een vrouw die tegen de veertig loopt is haar lichaam opmerkelijk strak en ongerimpeld gebleven, het resultaat van tien jaar, een halfuur per dag, zwoegen in het fitnesscentrum. Vanuit de badkamer roept ze: 'Ik had niet echt verwacht dat je zou bellen.'

'Je hebt geluk gehad.'

'Ha.' En dan, even later: 'Is Hatanaka's dood nog steeds verboden terrein?'

'Ja.' Dat was het eerste wat ik tegen haar zei nadat ik was aangekomen, een regelrechte waarschuwing. 'Was de seks bedoeld om mijn hersens door elkaar te schudden, om me te verzwakken?'

Haar hoofd verschijnt om de deur. 'Meestal werkt het.'

Ik doe zwakjes alsof ik haar een kussen naar het hoofd wil gooien en ze trekt de deur dicht. 'Hoe ging het met Rachels verhuizing?' vraagt ze.

'Prima.'

'Leuk huis?'

'Ik zal het je vertellen wanneer ze het me heeft laten zien.'

'Wil je een goede raad, Sam?'

Wanneer ik geen antwoord geef lijkt Jennifer de hint te begrijpen. Even later hoor ik de douche lopen. Ik schuif naar de rand van het bed en ga zitten. Er staat een halflege fles champagne op het nachtkastje, met twee halflege glazen. Ik pak een van de glazen en neem een slokje, tegelijkertijd naar mijn spiegelbeeld boven de toilettafel kijkend. In tegenstelling tot Jennifer heb ik niet de gelegenheid aangegrepen iets aan mezelf te doen door lid te worden van een fitnesscentrum; dagelijkse oefeningen hebben nooit op mijn agenda gestaan. Jammer genoeg zijn de gevolgen nu zichtbaar. Ooit waren de spieren van mijn armen en schouders stevig, maar nu zijn ze verslapt, en als ik niet oppas gaat die verslapping weldra zover dat ze onherstelbaar wordt. Mijn buikspieren, die ik nog steeds beschouw als harde richels, dreigen drie duidelijke vetrollen te worden. Ik richt me even op en hou mijn buik in. Mijn penis valt dronken, komisch, opzij. Ik adem uit en laat de natuurlijke instorting die bij de middelbare leeftijd hoort op zijn plaats terugvallen. Ik neem nog een slokje. Ik denk na over de man in de spiegel en de vrouw onder de douche.

Er zijn andere vrouwen geweest sinds de dood van Sarah. Niet veel, een paar slechts. Mijn vrienden lieten me ongeveer een halfjaar zwelgen in mijn poel van wanhoop alvorens ze een aantal gescheiden of op latere leeftijd nog ongetrouwde vrouwen op mijn weg brachten. Een tijdlang joegen de boodschappen op het antwoordapparaat bij me thuis me angst aan: uitnodigingen voor etentjes met als enig doel me te laten kennismaken met vrouwen die ik niet wilde ontmoeten. Een paar keer probeerde ik het spelletje mee te spelen en kwam ik in het bed van een eenzame vrouw terecht, maar emotioneel probeerde ik niet eens om

er iets van te maken. Na een poosje sloeg ik eenvoudig alle uitnodigingen af. Daarna was ik gedurende de anderhalf jaar van Rachels strijd tegen anorexia te bezorgd, te hulpeloos afgeleid vanwege de gezondheidstoestand van mijn dochter, om serieus aan andere zaken te denken dan aan datgene waaraan zij behoefte had.
Rachel was echter al maanden uit het ziekenhuis toen Jennifer in mijn leven terugkeerde. De timing was goed. De laaiende vlam van verdriet om Sarah en de hartverscheurende angst om Rachel waren allebei, althans gedeeltelijk, vervaagd. Tijd – iedereen zei het, te beginnen met de secretaris-generaal – heelt alle wonden. En nu meer dan ik ooit voor mogelijk had gehouden. Drie jaar na de dood van mijn vrouw ben ik eindelijk in staat hoopvol naar de toekomst te kijken. De reden daarvoor is heel simpel: Jennifer.
Ze wil me in haar leven. Een vrouw die weet wat ze wil, dat heeft ze me al in het begin verteld, de tweede of derde keer dat we met elkaar naar bed gingen. Ik heb er niet serieus op gereageerd en telkens als sindsdien het onderwerp ter sprake is gekomen heb ik het ontweken, maar ik weet dat we niet veel langer op deze manier kunnen doorgaan. Ze verdient een antwoord, ze moet ten minste weten wat ik denk, en ik geloof dat ik denk dat alle obstakels niet zo onoverkomelijk zijn als ze drie maanden geleden schenen. Maar ik kan mezelf niet voor de gek houden; sommige obstakels blijven bestaan. Omdat, zoals bij iedereen die onverwacht op middelbare leeftijd weer aan een relatie begint, geen van ons beiden onbelast op dit punt is aangekomen, vrij van verplichtingen of zelfs van wonden.
Voor mij liggen de grote twee voor de hand. Sarahs dood. Rachels ziekte. Voor Jennifer is het haar ex-echtgenoot, ook een jurist, Stephen Morrelli. Af en toe spreekt ze over hem, ze kan nauwelijks zijn naam noemen zonder er een venijnig scheldwoord aan toe te voegen. Hun huwelijk heeft nauwelijks een jaar geduurd voor het uiteenviel toen Jennifer tot de ontdekking kwam dat Stephen een verhouding had die al was begonnen tijdens hun verloving en die hij gedurende hun huwelijk had voortgezet. Een

wekelijkse afspraak op woensdagavond, blijkbaar, de avond waarvan Jennifer geloofde dat hij pro-Deo-werk deed voor een groepering van de pinkstergemeente in Harlem. Vier jaar later is het verdriet om dit bedrog nog steeds groot. De herinnering aan haar ex-man sluipt nog altijd door de schimmige regionen van Jennifers gevoelsleven als een duister, nachtelijk schepsel dat ze voor het licht verborgen houdt. Hoewel ze bijna onder alles een streep kan zetten, kan ze niet over Stephen Morrelli en diens ontrouw heen stappen.

Ze heeft ook een belangrijke verplichting: haar zoon Ben, nu vier jaar oud. Hij werd drie weken na het stuklopen van hun huwelijk geboren.

Ik laat de champagne in mijn glas ronddraaien en richt mijn ogen op de man in de spiegel. Haar zoon. Het kind van een andere man. Jennifer heeft er nooit veel nadruk op gelegd maar ze is het evenmin uit de weg gegaan. Deze zomer zijn we een paar maal met zijn drieën gaan picknicken, en we hebben uitstapjes gemaakt, zoals naar de dierentuin. Vorige week hebben we *Fantasia* gezien; toen we na afloop op straat liepen pakte Ben opeens mijn hand. Een vreemd moment; Jennifer deed alsof ze het niet merkte. De jongen heeft donker haar, donkere ogen en een olijfkleurige huid; hij lijkt totaal niet op zijn moeder. Hij lacht weinig en zegt niet veel; hij is volkomen anders dan Rachel was op die leeftijd. Maar toch is het een leuk kereltje. En ik voel dat hij wil dat ik hem aardig vind. Een zoon. Kan ik dat aan? Is de man in de spiegel daartoe bereid?

Ten slotte sta ik op en ik loop naar de stoel waar mijn jasje overheen hangt. Ik steek mijn hand in de binnenzak en haal er de brief uit van professor Goldman, een vooraanstaande figuur bij de afdeling Internationale Zaken van de universiteit van Columbia. De brief is een aanbod voor een baan. Een baan voor mij. Na hem nog eens vluchtig te hebben overgelezen gooi ik de brief op het bed. Daarna vul ik beide glazen met champagne en loop ermee naar Jennifer in de badkamer.

'Wat is dit?'
'Lees maar.'
'Ik heb het gelezen,' zegt Jennifer. Gehuld in een witte badmantel met het logo van het Waldorf Astoria op de zak geborduurd, zit ze met één been onder zich getrokken op het bed. De geopende brief van Goldman houdt ze in haar hand. Nadat ik me heb afgedroogd kom ik de badkamer uit en loop naar de stoel onder het raam, waar mijn kleren op een stapeltje liggen. 'Goldman wil je bij Columbia hebben?' zegt ze.
'Als ik wil, ja, hij wil me daar hebben.'
Ik gooi de handdoek opzij en trek mijn onderbroek aan.
'En wil je? Wil je er echt heen?'
Ik steek een vinger op. 'Ah,' zeg ik, daarna stap ik in mijn broek.
'Wat mag dat "ah" betekenen?'
'Het betekent dat ik hoopte dat jij er een mening over had.'
'Of je je carrière zou moeten opgeven?'
'Noem het maar een andere richting inslaan.'
'Echt, Sam.' Met een wanhopig gebaar laat ze haar hand en de brief op het bed vallen. 'Soms begrijp ik gewoonweg niet waar je naartoe wilt. Wil je nu een dergelijke beslissing nemen? Dat kun je toch niet doen?'
Ik kijk op van mijn overhemdknoopjes. Mijn vingers blijven bezig. 'Nee?'
'Jezus,' mompelt ze. Ze kijkt naar de brief en vraagt dan: 'Hoe is dit zo gekomen? Hatanaka?'
Ik vestig haar aandacht op de datum boven aan de brief. Het aanbod is me vorige week gedaan.
'Vorige week heb je me niet naar mijn mening gevraagd,' zegt Jennifer, de messcherpe Amerikaanse juridisch adviseur bij de VN. Wanneer ze me aankijkt, wend ik mijn blik af en kijk naar het enorme tv-scherm naast de toilettafel. Het is afgestemd op BBC World, het geluid staat zacht. Een journalist in een pilotenjack staat voor een berg verwrongen metalen wrakstukken, mogelijk van een brug, en spreekt geluidloos. 'Sam?' zegt Jennifer.
'Als ik de baan bij Columbia aanneem zou het alles gemakkelijker maken.'

'Voor wie?'
'Voor ons.'
Stilte. Wanneer ik haar aankijk, kijkt ze strak terug. Onweerswolken pakken zich samen.
'Dat is grote onzin. Als je een probleem hebt met je werk, kun je dat niet op ons afschuiven. Als je je baan niet leuk meer vindt, ga dan weg. Maar hou jezelf niet voor de gek door te doen alsof het iets met ons te maken heeft. Met mij.' Ze tikt met een vinger op haar borstbeen. 'Want dat is een leugen.'
Ik trek mijn sokken aan. Ik wurm mijn voeten in mijn schoenen. Niets achterhouden nu, zeg ik in stilte. Zeg wat je op je hart hebt.
'Ik meen het. Ik heb er genoeg van, Sam. Misschien maakt ons werk het er niet eenvoudiger op voor ons, maar wat doet het ertoe als je echt wilt dat dit werkt? Schuif de schuld niet op je werk, dat is te gemakkelijk.'
'Nou, wat wil jij?'
'Ik wil jou.'
Ik kijk haar aan. Haar ogen zijn strak op me gericht.
'En gauw,' zegt ze. 'Dat zou ik van jou ook graag willen horen. Ronduit en simpel. Niet je verschuilen achter je baan of doen alsof Rachel je nog steeds voor honderd procent nodig heeft.'
Ik buk me om mijn veters vast te maken.
'Je vrouw is nu drie jaar dood,' zegt ze en ze kijkt de andere kant op. 'Dat is wel zo ongeveer lang genoeg voor jou om dat ook los te kunnen laten.'
Ik hou mijn hoofd gebogen. Ik kijk naar mijn vingers en mijn schoenveters. Hoewel we verscheidene keren over Sarah hebben gepraat, heeft Jennifer me nooit gedwongen verder te gaan dan ik wilde. Die gesprekken, dacht ik, hadden ons nader tot elkaar gebracht, hadden Jennifer geholpen te zien waar ik sta. Dit is de eerste aanwijzing die ze me ooit heeft gegeven dat ik ergens sta waar zij het niet prettig vindt.
'Ik had gelijk met wat ik het eerst zei, hè?' vraagt ze even later. 'Het gaat om Hatanaka, toch?'
'Gedeeltelijk.'
'Niet gedeeltelijk. Voornamelijk. Hoe hij daar lag. Iemand die je

kende en opeens is hij dood. Ik bedoel, het heeft mij ook aan het denken gezet.'

Sterfelijkheid. Nu begrijp ik waarom ze over Sarah is begonnen. De zandloper van de tijd stroomt voor ons allemaal.

'Vorige maand kwam ik Goldman toevallig tegen. We zijn wat gaan drinken en raakten aan de praat.'

'Praten,' zegt ze.

'Ik neem aan dat ik hem de indruk heb gegeven dat ik niet helemaal tevreden was met het idee de rest van mijn carrière als Patricks loopjongen te fungeren,' geef ik toe. 'Goldman moet eruit opgemaakt hebben dat ik openstond voor een aanbod.'

'En dat was vorige week niet zo, maar vandaag wel?'

Ik loop naar de stoel en pak mijn jasje. Zo langzamerhand ben ik me ervan bewust geworden dat ik een fout heb gemaakt. Dit was niet het geschikte moment om te praten over hoe ontevreden ik was over Patrick, of om gedachten uit te spreken over een mogelijk andere toekomst.

'Wat is er aan de hand?' vraagt Jennifer opeens.

Ik sla mijn ogen ten hemel. Na alles wat er vandaag gebeurd is, is het een vreemde vraag.

'Vanmiddag was je niet zo,' zegt ze. 'Vanmiddag was je met die kwestie bezig, een man met een missie. En nu begin je je af te vragen of je misschien een andere baan moet zoeken?' Haar ogen lichten op. Ze houdt haar hoofd schuin. 'Probeert iemand je onderzoek te belemmeren?'

'Nee.'

'Niemand probeert druk op je uit te oefenen?'

'Behalve jij?'

Haar blik wordt harder. Ze maakte een weids handgebaar naar de suite. 'Niemand heeft je gedwongen hiernaartoe te komen. Als ik geweten had dat je er zo'n punt van zou maken zou ik het je niet gevraagd hebben.'

Verontschuldigend steek ik mijn hand op. Stom grapje, zeg ik.

Jennifer trekt de badmantel dichter om zich heen en gaat op het bed liggen. Met haar hoofd tegen het hoofdeind leunend richt ze de afstandsbediening op de tv en zet het geluid harder. Had ik dit nog beroerder kunnen aanpakken, vraag ik me af. Even bijt ik op de binnenkant van mijn wang; ik zie de vice-president van de Verenigde Staten wuiven en zijn verhaal van vandaag afsteken tegen een menigte juichende Cubaanse vluchtelingen. Dan dwalen mijn ogen weer naar Jennifer. Ze blijft zwijgen, woedend, haar blik strak op de tv gericht. En ik merk dat ik me afvraag of mijn grapje misschien iets te dicht bij de waarheid is gekomen. Is dat mogelijk? Geen vooropgezet plan, natuurlijk, maar had Jennifer misschien gehoopt, in een verborgen kamertje van haar brein, waar de juridisch adviseur van de VN nooit slaapt, dat ik in de behaaglijke omgeving van een van de mooiste suites van het Waldorf, na een halve fles champagne en seks, loslippig en indiscreet zou zijn geworden?

Na de dood van Toshio zal James Bruckner, de ambassadeur van de Verenigde Staten, wanhopig zijn best doen om de stemming voor de Japanse zetel in de Veiligheidsraad op de rails te houden. En Jennifer, zijn belangrijkste juridisch adviseur, zal natuurlijk al het mogelijke doen om hem daarbij te helpen.

Mijn ogen dwalen door de kamer. Door die verdomde suite. Een suite, betaald door het Amerikaanse ministerie van Buitenlandse Zaken, en dat nog wel in het Waldorf Astoria. Terwijl ik mijn jasje aantrek doe ik een voorstel dat ik eigenlijk al bij aankomst had moeten doen. Of, nog beter, telefonisch.

'Zolang dit gaande is, tot Mike en ik erachter zijn gekomen wat er werkelijk met Toshio gebeurd is, moeten jij en ik misschien even pas op de plaats maken. Ons bij ons werk houden.'

Ze kijkt naar het kussen naast haar, en daarna naar mij. 'Mooi moment kies je daarvoor uit.'

'Daar gaat het niet om, Jennifer.'

'Nee?'

'Doe me een lol.'

Haar ogen blijven op me gericht, dus ik loop naar het bed, pak de afstandsbediening en zet de tv uit. Stilte, terwijl ik naast haar ga zitten.

'Oké. Beloof me dat absoluut niets van wat ik tegen je zeg bij Bruckner terechtkomt.' Ik kijk haar recht aan. Even houdt ze

het vol, daarna slaat ze haar ogen neer. 'Zie je wel,' zeg ik. 'Dat kun je niet.'
'Wat is dit, een loyaliteitstest?'
'Je vraagt van mij hetzelfde. Kan ik beloven dat, als jij je tegenover mij iets laat ontglippen, ik het niet aan O'Conner doorvertel?'
We kijken elkaar aan.
'Precies. Ik kan het ook niet.'
'Wat bewijst dat, dat we elkaar niet kunnen vertrouwen?'
Het bewijst, zeg ik tegen haar, dat het aanbod van professor Goldman een zeer zorgvuldige overweging waard is.
'Hmm,' zegt ze, terwijl ze één mondhoek optrekt. Dan gaat de telefoon. Ze rolt over het kussen en neemt op, terwijl ze me een teken geeft dat ik moet wachten.
Ik pak mijn horloge van het nachtkastje en drentel naar een levensgroot portret dat aan de muur hangt, een of andere Europese dame, gekleed in fraaie renaissancestijl met kant en ruches. Ik kijk naar het gezicht met de bruine ogen terwijl ik mijn horloge omdoe. Intussen kan ik er niets aan doen dat ik Jennifer achter me in de hoorn hoor spreken. En hoewel ik slechts één kant van het gesprek hoor, zijn de naam van Jennifers beller en hetgeen er besproken wordt me onmiddellijk duidelijk. Het is ambassadeur Bruckner. Hij vertelt Jennifer dat Asahaki naar Japan is teruggekeerd.
'Is hij definitief weg?' zegt ze en ze begint nog zachter te praten. 'O, god, weet je het zeker?'
Ik krijg een wee gevoel in mijn maag. Ze hoort het nu pas. En wanneer ze erachter komt dat ik het al wist en dat ik er de voorkeur aan had gegeven het haar niet te vertellen, heb je waarschijnlijk de poppen aan het dansen. Ik denk erover om weg te gaan, maar voor ik het kan doen legt Jennifer de hoorn neer. Ik blijf strak naar het portret kijken, wachtend op de uitbarsting. Er gebeurt niets. Er wordt niets naar mijn hoofd gegooid, er verheft zich geen stem vol verwijten. Eindelijk waag ik het achterom te kijken. Jennifer staat naakt naast het bed en trekt haar slipje aan.

'Bruckner,' zegt ze. 'Een of andere verdomde crisis.'
'Ernstig?'
Met haar rug naar me toe doet ze haar beha om. 'Een van onze mensen heeft zojuist onverwachts ontslag genomen. Bruckner wil me spreken.'
Ik kijk naar het kuiltje in haar nek. Jennifer Dale, die ik nog nooit een leugen heb horen vertellen, heeft zojuist tegen me gelogen.
'Een belangrijk iemand?'
'Waar zijn mijn schoenen?'
Ik raap ze op van de grond en geef ze haar. Ze stapt in haar jurk en legt een hand op mijn schouder om in evenwicht te blijven terwijl ze haar schoenen aantrekt.
'Ik kan niet blijven wachten,' zegt ze vervolgens. Ze grist haar laptop van de grond en loopt naar de deur. Wanneer ik haar achterna wil lopen legt ze een hand op mijn borst. 'Geef me twee minuten,' zegt ze, 'daarna kun je jezelf uitlaten.' Ze gaat op haar tenen staan, drukt haar wang tegen de mijne. Dan is ze weg.
Ik blijf geruime tijd naar de dichte deur staren. Daarna loop ik naar het bed terug en zoek tussen de lakens tot ik de brief van Goldman vind. Ik steek die in mijn zak en twee minuten later wandel ik door een brede, lege gang van het Waldorf Astoria. Ik heb een vreemd, verscheurd gevoel. Bloedeloos gewond in de zwijgende strijd tussen internationale politiek en diplomatie. De wereld waar Jennifer en ik beiden voor hebben gekozen. Geheimen en verdomde leugens.

Woensdag

13

'Groot nieuws,' zegt Mike wanneer hij mijn flat binnenstapt, beladen met bruinpapieren zakken die de geur verspreiden van twee ontbijten van 3.99 dollar per stuk, afkomstig van een afhaalrestaurant in Jolimont. 'Het staat op de voorpagina van de *Post*,' vertelt hij en ik kan de opgevouwen krant die hij onder zijn arm geklemd heeft, eronderuit trekken.

Hij loopt naar de keuken terwijl ik mismoedig de kop lees: DOOD SPECIAAL GEZANT TIJDENS VN-OPENING. Het artikel staat in de rechterbenedenhoek, twee kolommen, vervolg op een binnenpagina. Het verslag is tot mijn opluchting heel zakelijk. Toshio wordt genoemd en hoewel het betekent dat er nog twijfel bestaat over de doodsoorzaak, wordt Patrick aangehaald, die zegt dat wordt aangenomen dat het om een natuurlijke dood gaat en dat de bevestiging eind van de week zal volgen. De rest van het artikel concentreert zich op de openingstoespraken, het zal beslist de laatste keer van deze zitting zijn dat nieuws van de Algemene Vergadering een plek krijgt op de voorpagina. Er wordt niets gemeld over ambassadeur Asahaki's plotselinge terugkeer naar Tokyo.

In de keuken leg ik vorken en messen neer. Mike zet koffie. Elke woensdagochtend, met uitzondering van de vakanties, is dit een vaste gewoonte geworden. Op woensdag gaat Deborah, Mikes vrouw, haar moeder opzoeken die alleen woont, aan de andere kant van Queens. Deborah neemt dan de auto van de Jardines, dus Mike rijdt met mij mee naar het werk.

Het moet gezegd worden dat politiemensen niet mijn meest geliefde personen zijn. Maar zoals bij zoveel dingen het geval is, heb ik deze reflectorische antipathie leren herkennen als een erfenis van mijn ouders, twee kinderen van het platteland wier ouders waren gebleven op de plek waarvan ze geloofden dat God hen er had geplant, terwijl zoveel andere families werden ontworteld en naar het westen gedreven, voor het oprukkende zand uit. Ze keken hulpeloos toe terwijl de assistentie van de sheriff werd ingeroepen om failliete buren uit hun huis te zetten, mensen wier enige misdaad eruit bestond dat ze arm waren. De onrechtvaardigheid uit die periode is mijn ouders hun hele leven bijgebleven en die kreeg ik bij stukjes en beetjes te horen, verhalen over naburige boerderijen, praatjes bij het vuur op lange winteravonden. Sheriffs, agenten, elke wereldlijke overheid moest kalm maar vastberaden worden ontweken. Een godvrezend leven op je eigen stukje grond en het Goede Boek om je te leiden. Hef tegen niemand je hand op, de geloofsbelijdenis van de quakers, aangevuld met de praktischer geloofsbelijdenis van de boeren uit Kansas. Je ziet die nog steeds door de hele staat op hekken van boerderijen gespijkerd: PRIVÉ-TERREIN. VERBODEN TOEGANG.

Met Mike Jardine klikt het echter op de een of andere manier. Dat komt, vermoed ik, doordat onder zijn taaie en brutale New Yorkse buitenkant een man schuilgaat die er nog steeds, hoe wanhopig het soms ook voor hem is, een oprecht geloof in rechtvaardigheid op na houdt.

'Ketchup?' vraagt Mike nu.

'Zou er moeten zijn.'

Hij schudt teleurgesteld zijn hoofd en doet de koelkast dicht. 'Zet maar op je boodschappenlijstje.' Hij zet de draagbare tv aan en gaat zitten. 'Ik heb de uitslag van het bloedonderzoek,' zegt hij. De bloedmonsters die hij van Toshio heeft genomen. Ik kijk hem aan.

'Heroïne,' zegt hij. 'Ook in de spuit. Hetzelfde soort.'

'Dosis voor ontspanning?'

'Alleen als Hatanaka het leuk vond om paarden af te ranselen.'

'Ah.'

'Ja,' zegt hij, en hij prikt een paar frietjes aan zijn vork. 'En er is nog iets wat je niet leuk zult vinden. Mijn vriend van het lab zegt dat het het zuiverste spul is dat hij in jaren heeft gezien. Hij zegt dat hij het wil houden, als voorbeeld. Voor zijn studenten.'

Hij kauwt op zijn frietjes, met zijn ogen op de tv gericht. Het ochtendjournaal.

'Kan hij zeggen of Toshio aan de heroïne is gestorven?'
Mike knikt en zegt met zijn mond vol: 'Ik heb bloed afgenomen uit de aderen en de slagaderen. De hoeveelheid heroïne in de hele bloedbaan was dezelfde.' Hij tikt met de vork tegen zijn borst. 'Zijn hart klopte nog toen hij ertussenuit kneep.'
Mismoedig doop ik een stukje worst in de eierdooier. Mikes eetlust schijnt er niet onder te lijden. Even later vuur ik een volgende vraag af. 'Hoe lang denkt die vriend van je dat het heeft geduurd voor Toshio stierf?'
'Nadat hij de drugs had binnengekregen?' Mike haalt zijn schouders op. 'Hoogstens een paar minuten. Volgens mijn vriend ontstaat er een explosie in het hoofd van iedereen die dat spul gebruikt zodra het de hersenen bereikt. O, ja,' zegt hij, en hij wendt zijn blik van de tv af om me aan te kijken, 'en waar denk je dat het vandaan kwam?'
Ik heb er maar een seconde voor nodig. 'Afghanistan?'
Mike lacht. 'Heb je er wel eens over gedacht om hier je beroep van te maken?'
De heroïne die gebruikt werd om Toshio te vermoorden was afkomstig uit Afghanistan. Terwijl we eten praten we er nog een paar minuten over; ten slotte komt Mike tot de conclusie dat we er niets mee opschieten. De helft van de drugs die in de armen, dijen en liezen van junkies door het hele land wordt gespoten, zegt hij tegen me, komt uit Afghanistan en Pakistan. Het zou iets kunnen betekenen maar een gokje wagen tijdens het ontbijt zal ons geen antwoord opleveren.
'Er is nog veel meer onderzoek nodig,' besluit Mike en hij schenkt zich nog een laatste kop koffie in.
In de voordeur wordt een sleutel omgedraaid. Mike kijkt me aan. 'Rachel,' zeg ik. 'Ze heeft daarnet gebeld om te zeggen dat ze langs zou komen om een jurk op te halen.'
Terwijl ze binnenwalst zegt Mike: 'Hallo', maar het enige wat Rachel doet is haar neus ophalen.
'Je kunt het al in de hal ruiken,' zegt ze, naar de restanten van ons ontbijt kijkend. 'Jongens toch. Nooit van een te hoog cholesterol gehoord?'

Ze schuift langs ons heen naar haar kamer. Mike slaat zijn koffie achterover en kijkt naar de gang die Rachel in is gelopen.
'Hoe neemt zij dit op?' vraagt hij me zacht.
'Oké.'
'Alleen maar oké?'
'Mike, ze is de deur uit. Ik kan haar niet elke seconde van de dag in de gaten houden al zou ik het willen. En ik wil het niet. Ze is oké, goed?'
Mike tuurt in zijn lege beker. Hij denkt kennelijk hetzelfde als ik, dat Toshio's dood Rachel erg heeft aangegrepen en dat die herinneringen naar boven heeft gehaald. Hoewel Mike Rachel nooit heeft opgezocht in het ziekenhuis, zag hij mij vaak genoeg na mijn dagelijkse bezoekjes aan haar. Er was een dag waarop de dokters haar leken te verliezen, een dag waarop ik twee uur lang naast Rachel zat en haar broodmagere hand vasthield en toekeek hoe ze ademde met minder kracht dan een mus. Toen ik thuiskwam belde ik Mike op.
Ze gaat dood, zei ik.
Hij verzekerde me dat mijn dochter niet dood zou gaan. Ik greep de hoorn zo stevig vast dat mijn knokkels wit werden en bracht ons beiden in verlegenheid door in tranen uit te barsten.
Nu schuif ik mijn autosleutels over de tafel naar Mike en vraag of hij de auto vast wil starten terwijl ik me scheer. Ik zeg dat ik over tien minuten beneden ben.
Wanneer hij weg is loop ik de gang in en blijf voor Rachels open deur staan. Ze houdt een lange, zwarte jurk, nog op de hanger, tegen haar lichaam en kijkt naar haar spiegelbeeld.
'Waar moet je naartoe?'
'Een feestje.' Met haar ogen op de spiegel gericht draait ze naar links en naar rechts. 'Dit is niets voor mij, hè?'
Ik merk op dat ze gedacht moet hebben dat het iets voor haar was toen ze de jurk kocht.
'Is hij niet te jong?'
Te jong. Ze is net achttien.
'Dokter Covey heeft gebeld,' zeg ik tegen haar. Geen reactie; ze blijft naar de jurk kijken. 'Hij wilde weten waarom je niet op je

laatste drie afspraken was gekomen.'
'Ik ben niet meer minderjarig.' Geïrriteerd fronst ze haar voorhoofd en ze kijkt me aan. 'Dat zijn mijn zaken. Waarom heeft hij het je verteld? Heb je hem ernaar gevraagd?'
'Hij wilde alleen weten of je nog van plan bent om bij hem te komen. Zo niet, dan heeft hij andere patiënten die zijn tijd nodig hebben.'
'Nou, dat zou hij tegen mij moeten zeggen, niet tegen jou.'
Ik steek mijn handen in de lucht alsof ik me overgeef. Zo langzamerhand heb ik geleerd om geen ruzie te maken. Maar ik zeg dat ik dokter Covey verteld heb dat ze verhuisd is, dat ik hem haar nieuwe nummer heb gegeven zodat hij haar rechtstreeks kan bellen. Rachel draait bij. Ze trekt een lelijk gezicht en schuift de jurk van de hanger. Het praten over afspraken herinnert me aan iets anders.
'Heeft Juan al met Mike gesproken?'
'O, ja. Juan wil je iets laten zien.'
'Wat wil hij me laten zien?' vraag ik.
'Hij zei alleen maar dat ik je dat moest zeggen wanneer ik je zag.' Ze vouwt de jurk op en stopt hem in een tas van Macy's. 'Iets over Hatanaka, denk ik.' Ze heeft haar ogen nu van me afgewend en door haar hele houding komt de vraag die Mike vanochtend stelde in alle hevigheid boven. Hoe neemt ze dit op?
'Rachel.'
'Hmm?'
'Je hoeft niet te verhuizen alleen omdat je het van plan was. Als je soms liever wilt wachten, je weet dat je hier nog een poosje kunt blijven. Zo lang je wilt. Het is jouw huis.'
Ze kijkt me aan. 'Waarom?'
'Zomaar. Misschien om de dingen even te laten bezinken.'
'Dingen?' zegt ze.
Zal ik ooit de dochter terugkrijgen met wie ik echt kan communiceren, vraag ik me af.
Ergens op straat klinkt het waanzinnige geluid van een muzikale claxon. Rachel grijpt de Macy's-tas en vliegt langs me heen. 'Ik word opgehaald,' zegt ze en achteruit de hal in lopend kijkt ze me

aan. 'Pap, maak je niet ongerust, oké? Ik ben niet het enige kind op de wereld dat het huis uit gaat.' Terwijl ze de voordeur uit gaat roept ze nog achterom: 'Bel Juan.'

De muzikale claxon blèrt nogmaals, weer twee coupletten van *La Cucaracha*. Maak je niet ongerust. Ik gluur uit het badkamerraam, maar er leunt geen onmiddellijk herkenbare jonge gek uit een van de geparkeerde auto's.

Onder het scheren orden ik mijn gedachten en concentreer me op de dag van vandaag. Het vinden van Toshio's moordenaar is natuurlijk prioriteit nummer één. Terwijl ik dat probeer zal iemand anders me op kantoor moeten vervangen. Gunther Franks lijkt de logische keuze. Hij is Deen, werkt al vijftien jaar bij Juridische Zaken en is hoogst betrouwbaar, het werkpaard van het kantoor; ik kan ervan op aan dat hij geen blunders zal maken. En ik zal ook met Patrick moeten spreken. Ik wil tien minuten bij hem gaan zitten om de basisregels van dit onderzoek door te nemen, zodat ik niet in het duister blijf tasten zoals gisteren. Maar eerst heb ik een afspraak met Pascal Nyeri van Interne Supervisie; we treffen elkaar bij een bank in de stad. Bij de Portland Trust Bank, heeft Pascal me verzekerd, is het geld gestort dat Asahaki bij de VN heeft verduisterd. Ambassadeur Asahaki. Die nu sake achteroverslaat, ver weg, in het veilige Tokyo.

In de slaapkamer kijk ik in mijn agenda. Een afspraak om te gaan eten bij de Cohens die moet worden afgezegd. David Cohen, professor in de gynaecologie, was een bevriende collega van Sarah; samen hebben ze een verhandeling geschreven over eclampsie, waarmee ze een tijdlang in het circuit van medische conferenties belandden. Sinds Sarahs dood hebben David en zijn vrouw me om de paar maanden te eten gevraagd, en ik ga erheen, maar Sarahs afwezigheid bij die gelegenheden schijnt tot iets bijna tastbaars uit te groeien. Het lijkt alsof we zo'n hele avond doorbrengen met het vermijden over iemand te praten die er niet is, hoewel David tijdens mijn laatste bezoek het waagde op te merken dat men in het Bellevueziekenhuis nog altijd aan Sarah dacht en dat ze gemist werd.

Terwijl ik mijn overhemd dichtknoop kijk ik naar de familiefoto op de toilettafel. Sarah met mij en Rachel, op Rachels eindexamenfeest van de middelbare school. Een heel gewoon gezin. Meneer en mevrouw Doorsnee en hun kind. Dat is nu juist het opvallendste voor me, hoe onopvallend, hoe gewoon ons leven leek toen Sarah er nog was. Een hardwerkend echtpaar met een tienerdochter, een flat in Brooklyn Heights en twee weken vakantie per jaar aan de kust. Ons leven was stevig ingebed in de onderste regionen van de arbeidersklasse van de stad, en elke ochtend wanneer ik opstond, wanneer ik naar mijn werk ging, dacht ik aan gewone dingen, alledaagse problemen. Ik dacht niet na over het leven. Of over liefde. En nu? Nu merk ik dat ik er voortdurend aan denk.

Herinnerd en gemist. Een grafschrift dat met geen mogelijkheid de diepte kan peilen van het verlangen naar het leven dat we hebben verloren, dat op onverwachte momenten in me opwelt. Ik denk aan Moriko, Toshio's zus. Ze zal nu wel contact hebben opgenomen met vrienden en familieleden in Japan. De schok zal langzamerhand overgaan in het lange, trage verdriet nu het leven zonder haar broer is begonnen.

Ik doe mijn das om en hoor iemand in de zitkamer. Rachel, denk ik, in de haast om weg te komen heeft ze blijkbaar iets vergeten. Terwijl ik mijn boord omsla loop ik naar de hal, in gedachten een behoedzame waarschuwing formulerend over jongemannen met autoclaxons die zo hard *La Cucaracha* toeteren dat het door de hele buurt weergalmt.

'Rachel,' zeg ik, van de keuken naar de zitkamer lopend. Dan blijf ik als verstijfd staan. Degene die daar naast mijn telefoon staat is niet Rachel, of Mike. De man die in mijn flat staat heb ik nog nooit van mijn leven gezien. Hij lijkt even verrast als ik. Even blijven we elkaar alleen maar aanstaren. Aziatisch, paardenstaart, sportief gekleed, maar met handschoenen aan. Dan gaat hij ervandoor.

'Hé!' Mijn benen komen eindelijk in beweging, op het moment dat de deur achter hem dichtslaat. 'Verdomme, wat moet dat?'

Ik ruk de deur open en ben nog juist op tijd in de hal om hem de trap af te zien rennen. Ik roep en sprint hem achterna, maar het is maar vier trappen van mijn appartement naar de begane grond. Enkele seconden later hoor ik hem beneden door de hal naar de buitendeur rennen. Geladen met adrenaline vlieg ik de trappen af, spring van de laatste paar treden en glijd over de vloer van de hal naar de deur. Buiten kijk ik naar links en naar rechts. Geparkeerde auto's langs de stoeprand, een leeg trottoir. De man is verdwenen. Ik ren in de richting van Jolimont tot de volgende zijstraat. Geen spoor van hem te zien. Ten slotte blijf ik staan met mijn handen in mijn zij en mijn hoofd achterover om lucht te happen.

'Klootzak,' zeg ik hijgend.

Ik loop naar mijn appartement terug en probeer zijn uiterlijk te onthouden. Lengte één meter vijfenzestig. Zestig kilo, vijfenzestig op z'n hoogst. Voor in de dertig.

Vlak voor me zet Mike mijn auto langs het trottoir. Hij draait het raampje open. Ik wend mijn hoofd naar hem toe terwijl ik voorbijloop.

'Ik heb net een indringer betrapt.'

'Wat?'

'Boven.'

Mike kijkt bezorgd.

Tegen de tijd dat hij me achternagekomen is naar de flat heb ik mijn portefeuille gecontroleerd. Die lag waar ik hem altijd neerleg, op het tafeltje in de hal. Honderd dollar in contanten, mijn creditcards, alles zit er nog in.

'Heb je die vent goed kunnen opnemen?' vraagt Mike, de kamer rondkijkend nadat hij is binnengekomen. Mijn zitkamer. Opeens het toneel van een misdrijf.

Ik steek mijn portefeuille in mijn zak en vertel over mijn korte confrontatie met de indringer. Mike bijt op zijn lip.

'Aziatisch, geloof je.'

Ik knik.

'Koreaan? Japanner?'

Ik haal mijn schouders op. Ik zou het echt niet weten.

'Dus jij komt door die deur, uit de keuken.' Mike wijst. 'En die vent staat waar?'

Wanneer ik met mijn kin globaal de richting aanwijs loopt Mike die kant op en ik ga zitten. Mijn benen trillen nu en het ontbijt, dat me zwaar op de maag ligt, geeft me maagzuur.
'Is Rachel weg?' vraagt Mike kalmpjes.
'Die man is een paar minuten nadat ze was weggegaan binnengekomen. Ik hoorde verdomme de deur opengaan. Ik dacht dat ze terugkwam omdat ze iets vergeten was.'
Mike bukt zich en bekijkt de salontafel. 'Als dit ooit nog eens gebeurt, ga dan niet achter die vent aan de straat op.'
'Hij heeft verdomme in mijn huis ingebroken.'
'Heb je toevallig gezien of hij een wapen droeg?'
Het branderige gevoel in mijn maag kruipt omhoog naar mijn borst. Ik schud mijn hoofd en Mike zet zijn inspectie voort.
De fysieke reactie op de schok en de plotselinge, zware lichamelijke inspanning is begonnen. Ik transpireer overvloedig en heb een beklemd gevoel op mijn borst. Ik ga naar de keuken en drink snel een paar glazen water. Daarna blijf ik in gedachten bij het aanrecht staan. De klootzak, denk ik. De verdomde klootzak. Als hij vijf minuten eerder was gekomen zou het Rachel zijn geweest die hem tegen het lijf liep, in plaats van ik. En als ik niet thuis was geweest? Opeens ben ik zo'n vent die 'Hang ze op!' schreeuwt, zoals je ze dagelijks op tv hoort raaskallen. Een echte driftkop, die vol vuur zijn huis en zijn gezin verdedigt. Verdomde klootzak. Ik ga terug naar de zitkamer.
'Wat had ik dan moeten doen, hem de deur wijzen en hem uitzwaaien?'
Mike staat met zijn handen in zijn zij omlaag te kijken.
'Wat moet ik de volgende keer doen?' vraag ik. 'Hem mijn portefeuille geven?'
'Je portefeuille is het probleem niet,' zegt Mike vlak.
Dan zie ik wat hij heeft gezien. Ik staar naar mijn telefoon. De stekker is eruit getrokken. De microfoon is van de hoorn geschroefd en de elektronica die erin zit is zichtbaar. Mike wijst met een potlood naar het kleine, grijze siliconen vierkantje dat op de geboende mahoniehouten tafel ligt.
'Dezelfde als de drie bij Toshio?'

'Zo te zien wel,' zegt Mike. Hij bekijkt het elektronische miniatuurwonder nauwlettend; daarna prikt hij het grijze vierkantje op de punt van zijn potlood en steekt het tussen ons in omhoog. Mijn nekharen staan overeind. 'De vraag die je je zou moeten stellen,' zegt hij, 'is: haalde hij dit ding eruit of zette hij het er juist in?'

Ik kreun. We moeten het Patrick vertellen, zeg ik.

Mike kijkt me achterdochtig aan en geeft me het potlood. 'Ik zou Patrick nog maar even niets vertellen.' Hij schroeft de microfoon weer op de hoorn, zet het toestel op tafel en steekt de stekker erin. Daarna neemt hij het potlood van me over. Hij blijft een poosje naar het grijze vierkantje kijken. Ten slotte richt hij zijn ogen op mij. 'Althans niet voordat we erachter zijn hoeveel die gladjakker al weet.'

14

Pascal Nyeri wacht op me voor de Portland Trust Bank, heen en weer drentelend tussen een paar enorme Korinthische zuilen. Ernstig geeft hij me een hand.

'Ik heb het al geregeld,' zegt hij terwijl hij zich omdraait en een seintje geeft naar iemand achter de glazen deuren.

Hij draagt een grijs flanellen pak, een paar maten te groot, en hij slaat zijn ogen neer om aan zijn manchetten te frunniken. Pascal is een verontruste jongeman. Hogerop komen in het secretariaat is maar al te vaak een beloning voor uit de problemen blijven, en Pascal weet dat hij weinig in te brengen heeft en hier diep genoeg in betrokken is om als zondebok te worden beschouwd wanneer er zich een debacle voordoet. Dat Patrick hem gisteren niet heeft teruggebeld was alleen nog maar het voorspel. Als de situatie verslechtert, zou Pascal wel eens de eerste man aan het eind van de plank kunnen zijn. De reusachtige, glazen deuren gaan open en terwijl we naar binnen lopen leg ik bemoedigend een hand op zijn schouder.

De bank ziet er vanbinnen uit als iets uit de Gouden Eeuw. Een hoog, gewelfd plafond en een donkere, marmeren vloer; onze voetstappen weerklinken hol in de spelonkachtige ruimte. Achter hun loket met eiken panelen zitten de kassiers achter hun pc en bereiden zich voor op de dag. Maar de man met wie Pascal een afspraak heeft gemaakt, ene meneer Dixon, zit niet op zijn gewone plaats en terwijl Pascal wegloopt om hem te gaan zoeken neem ik plaats op een groene, leren bank. Dixon, denk ik. Daarna haal ik Toshio's agenda uit mijn aktetas en zoek snel de notitie op die ik me half herinner, een afspraak voor vorige week vrijdagochtend. Dixon, PTB, 10.30 uur. Nog geen week later heb ik 's ochtends een afspraak met Dixon. Ik klap de agenda dicht en laat die weer in mijn tas glijden. Ik heb vanochtend een afspraak, denk ik, en Toshio Hatanaka is dood.

Een minuut later komt Pascal terug met Dixon, een oudere man met een gebruind gezicht en onwaarschijnlijk volmaakte, witte tanden. Dixon blijft glimlachen terwijl we door de hal lopen en vervolgens de trap afdalen naar het archief.
'Komt meneer Hatanaka vandaag niet?' vraagt Dixon, achteromkijkend.
Pascal begrijpt de blik die ik hem toewerp. 'Nee, vandaag niet,' zegt hij tegen Dixon.
In het souterrain worden we meegenomen naar een kamer die eruitziet als een privé-bibliotheek. Talloze in leer gebonden boeken staan uitgestald op keurige rijen planken langs de wanden, die een brede tafel midden in het vertrek omgeven met een rij groene lampen erboven. Pascal, die op de hoogte is van de procedure, legt zijn aktetas op de tafel en doet die open. Hij overhandigt Dixon een lijst van de paperassen die we willen zien en Dixon trekt zich terug door een deur achter in het vertrek.
'Kluis,' merkt Pascal op wanneer hij ziet dat ik Dixon met mijn ogen volg. 'Alleen voor bankpersoneel.'
Terwijl Pascal het bezoekersregister tekent dat bij de deur ligt, legt hij uit dat hij niet alle documenten die hij met Toshio heeft doorgenomen heeft opgevraagd. 'Maar wat ik heb gevraagd zal je laten zien hoe de fraude in zijn werk ging. En ik heb nog een paar papieren meegebracht.' Hij wijst op zijn tas.
'En als er nog iets anders is wat ik wil zien?'
'Dan kun je het vragen en laat ik het door Dixon brengen.'
Ik kijk om me heen. 'Heeft Toshio hier veel tijd doorgebracht?'
'Hij is een keer of vijf, zes met me meegekomen. Elk bezoek duurde een, misschien twee uur.'
'Hoe lang liep het onderzoek?'
'Toshio raakte er in juli bij betrokken.'
'Nee, ik bedoel van het begin af aan.'
Pascal denkt na. 'De accountants hadden in mei vragen over een betaling aan de Speciale Commissie. Toen ben ik erbij geroepen. Eind juni wisten we dat er een probleem was.'
'We?'
'Interne Supervisie.'

'Eind juni,' zeg ik met gefronste wenkbrauwen. En hij weet wat ik denk. Eind juni had ik, volgens de normale secretariaatsprocedure, moeten worden ingelicht.
'Het was niet mijn beslissing.' Hij komt bij de tafel terug en wijst naar het boek. Ik moet het ook tekenen. 'Het was iets tussen meneer Rasmussen en meneer O'Conner,' zegt Pascal. 'Als jij niet op de hoogte bent gebracht was dat hun beslissing.'
Het enorme bezoekersregister ligt op een standaard ter grootte van een preekstoel. Nadat ik mijn naam en beroep heb ingevuld en mijn handtekening heb geplaatst sla ik mijn armen over elkaar en leun op de opengeslagen bladzijden. 'Vanaf eind juni tot nu waren Patrick en je collega's van Interne Supervisie de enigen die zich hiermee bezighielden?'
'En Toshio.'
'En de accountants dan?'
'Nadat ze het aan mij hadden overgedragen was hun werk beëindigd. Ze wilden niet weten of ze een echt probleem hadden ontdekt of dat het een vergissing was. Ze vinden dat dat onze taak is.'
'Ze moeten zich toch iets hebben afgevraagd.'
Pascal haalt zijn schouders op. Als de accountants zich er nog zorgen om maken, zegt hij, hebben ze er niet met hem over gesproken. Dat kan wel kloppen, denk ik. Een soort vermoeide apathie is de gebruikelijke reactie van de VN-bureaucraat op de eindeloze problemen waarmee hij van hogerhand wordt opgezadeld. Er is geen reden waarom dit anders behandeld zou zijn dan de duizend-en-een andere problemen die dagelijks bij de accountants worden gedumpt.
'Is Patrick hier geweest, nadat hij ervan had gehoord?'
'In het begin kwam er niemand, behalve ik. Ik ben er niet van overtuigd dat meneer O'Conner geloofde dat het om fraude ging. Het was augustus voor Toshio hier kwam. Meneer O'Conner nooit.'
Meneer O'Conner. Toshio, zonder meer. Een duidelijke indicatie hoe tegen beide mannen werd – en wordt – aangekeken door secretariaatshoofden zoals Pascal. Ik merk op dat Patrick toch wel op de hoogte moet zijn gehouden.

‘Een wekelijks memo. Zo wilde hij het.’

Pascal haalt een stapel paperassen uit zijn tas en ik stel voor dat we beginnen voor Dixon terugkomt. Hij knipt de dichtstbijzijnde bureaulamp aan, pakt zijn pen en we gaan aan de slag.

Meteen aan het begin heb ik het er al moeilijk mee. Getallen. In kolommen, in rijen, op pagina’s. Massa’s getallen. Betalingen en facturen, rekeningen die zijn geopend en gesloten. Het lijkt op een van die verschrikkelijke nachtmerries die ik had voor ik mijn wiskunde-examen moest doen, het gevoel grondig ondervraagd te zullen worden over een onderwerp waar ik als enige niets vanaf weet. Voor Pascal is dit materiaal gesneden koek; hij lijkt er geen idee van te hebben hoe hard ik mijn best moet doen om bij te houden wat hij me vertelt. Het duurt minstens tien minuten voor de schimmige omtrek van wat er gebeurd is eindelijk vaag in zicht komt, als een fata morgana aan de horizon van een eenzame woestijn.

‘Dus al deze facturen,’ zeg ik, met een hand op het stapeltje strookjes dat Pascal apart heeft gelegd. ‘Dat is allemaal nonsens?’

‘Ja.’

‘Er is geen geld in andere handen overgegaan?’

Pascal trekt een verbaasd gezicht. Hij is ontzet dat ik het nog steeds niet helemaal heb begrepen. ‘Het geld is in andere handen overgegaan. Dat is wat er gestolen werd. Maar dat waar de Speciale Commissie voor betaalde, “management services”, dat is de leugen. Het geld werd uitgegeven maar er werd niets mee betaald.’

De fata morgana lijkt zich te verdichten, tastbaar te worden. ‘Zoiets als een ambtenarensalaris.’

Glimlachend neemt Pascal me verder mee door de papieren. En terwijl ik naar hem luister, komt de gedachte bij me op dat hij tot dusver de enige is aan wie we iets hebben bij dit onderzoek. Hij is serieus. Hij wil dit goed doen. En dat niet alleen vanwege de gevolgen voor zijn eigen carrière. Ik weet het omdat ik hem al eerder in actie heb gezien.

Anderhalf jaar geleden waren we onderweg naar Cambodja, in

hetzelfde vliegtuig. Ik moest invallen voor Patrick, mijn zegen geven aan recente verkiezingen waarvan onze waarnemers verklaarden dat ze betrekkelijk zuiver waren en zonder geweld. Pascal vloog erheen om een getuigenverklaring af te leggen tegen Lok Nol, een plaatselijke veldwerker van de VN die, naar was gebleken, VN-voertuigen had gestolen maar had gerapporteerd dat ze gestolen waren door achtergebleven bandieten van de Rode Khmer. Ik had alle tijd om te zien hoe Pascal zijn uitgebreide dossier met bewijsmateriaal voorlegde aan de Cambodjaanse rechter. Pascals presentatie van de zaak was voorbeeldig. Beknopt en direct. De rechter was echter van het begin af aan strijdlustig; hij behandelde het bewijsmateriaal met iets van minachting. Lok Nol zat aan een kant van de rechtszaal, met zijn raadsman; tijdens de hele zitting sprak geen van beiden een woord. Toen de rechter deed alsof de vertaling van Pascals Engels in het Cambodjaans onduidelijk was, schakelde Pascal over op Frans. Eerder die dag hadden we beiden de rechter in de hal vloeiend Frans horen spreken, maar nu bestond zijn hele Franse woordenschat plotseling uit *non*. Op dat moment wist Pascal dat het een verloren zaak was, maar hij bleef grimmig volhouden. Een uur later stonden we op de trappen voor het gerechtsgebouw en zagen we Lok Nol wegrijden in een splinternieuwe Mercedes. Dat een rechter omkoopbaar is was geen nieuwe ervaring voor Pascal. Wat hem kwetste, wat hem letterlijk ineen deed krimpen was, dat toen de rechter uit de rechtszaal kwam en langs ons heen de trappen afdaalde, hij Pascal achteloos het woord *nigre* toebeet.

Dixon komt weer binnen. De stapel dossiers die hij bij zich heeft is zo zwaar dat hij krom loopt. Pascal helpt hem de berg paperassen op tafel te leggen, terwijl ik wanhopig toezie. Ik kan dit gewoonweg niet. Toen Pascal zei dat hij me de documenten zou tonen en me zou laten zien waar Toshio's onderzoek om draaide, had ik er geen idee van dat hij van plan was zo diep in de getallen te graven. Het was mijn bedoeling om het onderzoek te bekijken, niet om het opnieuw te houden.

'Hoeveel daarvan is relevant, Pascal? Werkelijk essentieel?'

Pascal legt zijn hand op de stapel: 'Alles'.
Ik schud mijn hoofd. Zo schieten we niet op.
Wanneer Dixon van plan lijkt aan het eind van de tafel plaats te nemen raak ik Pascals mouw aan. 'Blijft hij hier?'
'Veiligheid,' fluistert Pascal terug. 'Zolang de documenten van de bank hier zijn, moet hij erbij blijven.'
Ik kijk van Dixon naar Pascal. 'We hebben nog een dossier nodig,' zeg ik.
Dixon sluit de dossiers die hij net heeft meegebracht weg in een in de muur gebouwde kluis. Daarna gaat hij het onnodige papierwerk halen waar ik om vraag. Wanneer Dixon weg is zeg ik tegen Pascal: 'Ik heb geen twee maanden de tijd om dit te doen. Ik heb geen tijd om elk dossier door te nemen. Hou het simpel en vertel me in je eigen woorden wat jij en Toshio hier gevonden hebben.'
'Je moet eigenlijk alles zien.'
'Daar heb ik geen tijd voor.'
Als accountant, geschoold door Dieter met een bepaalde grondigheid die de rest van ons pedanterie zou noemen, kan Pascal zijn teleurstelling over mijn botte benadering niet verbergen. 'Ik heb een memo voor Toshio opgesteld,' zegt hij, naar zijn aktetas wijzend. 'Maar dat vertelt je niet alles.'
Het memo, zeg ik, lijkt me prima. Hij haalt het tevoorschijn, drie aan elkaar geniete pagina's, en ik loop een rondje om de tafel terwijl ik het lees.
Hoewel ik een paar maal moet ophouden om Pascal te vragen iets te verduidelijken, geeft het memo me uiteindelijk alles wat ik echt moet weten. De facturen die Pascal al met me heeft doorgenomen zijn het bewijs van de fraude, verkregen uit de papierwinkel binnen de VN. Ze gaven Pascal de opening die hij nodig had om de bestemming van de betalingen te achterhalen. Het ziet ernaar uit dat de Speciale Commissie een volkomen legale rekening had bij de Portland Trust Bank, maar via een reeks vervalste 'management services'-betalingen is van de wettelijke rekening regelmatig geld weggesluisd naar een andere rekening, onder nummer BB7. En BB7 is de privé-rekening van een anonieme privé-persoon.

Ik leg het memo op tafel. 'Hoeveel staat er op die BB7?'
'Dat weten we niet.' Pascal knikt naar de facturen. 'We weten wat erop is gestort door de Speciale Commissie. Het is mogelijk dat er bovendien ander geld op terechtgekomen is.'
'Dus minstens een paar honderdduizend dollar.' En misschien nog veel meer.
'Misschien minder. We weten dat de rekening nog open is. Maar het is een privé-rekening, die geen verband houdt met de VN. We kunnen die niet controleren. Het geld kan er ook af gehaald zijn.'
'Kan die rekening leeg zijn?'
'Het is mogelijk.'
Ik vraag hem me de andere documenten die in zijn memo genoemd worden te laten zien, die Asahaki rechtstreeks aanwijzen als de man die verantwoordelijk is voor de fraude. Pascal duikt weer in zijn aktetas.
'Hier zijn de kopieën.' De originelen zijn volgens Pascal opgeborgen in een andere kluis, aan de overkant van de straat.
Wat Pascal me geeft is onweerlegbaar: drie brieven die toestemming geven voor het vrijmaken van VN-geld voor 'management services', verleend aan de Speciale Commissie. Alledrie de brieven zijn ondertekend door B. Asahaki. Onomstotelijk bewijs dat de Japanse ambassadeur bij de Verenigde Naties een dief is.
'Heeft Toshio Asahaki hiermee geconfronteerd?'
'Dat zou je meneer O'Conner moeten vragen. Ik heb Toshio mijn laatste memo gegeven. Daarna zouden meneer O'Conner en Toshio beslissen wat er gedaan moest worden.'
'En dat was?'
Pascal haalt één schouder op. Hij weet het niet.
Mijn ogen gaan terug naar zijn memo, gedateerd op 15 augustus. Drie weken geleden had het secretariaat ruim voldoende bewijsmateriaal om handelend op te treden tegen ambassadeur Asahaki, maar heeft het niet gedaan. Dit is niet de situatie die Patrick me gisteravond beschreven heeft toen hij uit Operaties kwam.
'Ik ben ervan overtuigd dat Toshio iets wilde doen,' zegt Pascal.
'Maar Patrick niet?'
Pascal kijkt naar het tafelblad.

'Ik verwijt jou niets, Pascal. Vooruit, ik heb alles nodig wat ik kan krijgen. Ik vraag alleen naar je mening.'
'Het is ook niet meer dan een mening.'
Ik knik en wacht af.
'Toshio wilde niet dat Japan de zetel in de Veiligheidsraad zou krijgen. Toen ik hem dit liet zien' – Pascal wijst naar de documenten – 'wist ik dat hij wilde dat er onmiddellijk iets gebeurde.'
'Maar er gebeurde niets?'
Pascal buigt zijn hoofd.
'Jij vond het ook niet prettig, maar je hield je afzijdig.'
Hij knikt opnieuw. Pascal was niet zo dom om zich te mengen in een mogelijke ruzie die Toshio met Patrick had. Ik vraag hem of Toshio ooit heeft gezegd waarom hij dacht dat Patrick de zaak traineerde.
Pascal schudt zijn hoofd.
Ik blijf even zwijgen. Pascal is nu duidelijk niet op zijn gemak. Iets vertellen wat in het nadeel is van de ondersecretaris-generaal van Juridische Zaken is beslist niet wat hij van plan was toen we de afspraak maakten voor dit bezoek.
'Heeft Toshio je ooit laten merken dat hij dacht dat hij in de gaten werd gehouden?'
Pascals hoofd schiet omhoog.
'Nee?' dring ik aan.
'Hoezo, in de gaten gehouden?'
Zijn merkbare verbazing is het enige antwoord dat ik nodig heb. Ik wuif zijn vraag weg en merk op dat het toch enigszins merkwaardig is dat Toshio er niet in is geslaagd te onthullen wat hij over Asahaki wist. Als hij bij Patrick niet verder kwam, waarom heeft hij het mij dan niet verteld? Of waarom heeft hij het niet openbaar gemaakt? Toshio stond erom bekend dat hij zich niet de mond liet snoeren door hogere machten binnen het secretariaat, zelfs niet door mensen die zo'n hoge positie bekleden als Patrick.
Pascal is het met me eens.
'Waarom heeft hij dat dan niet gedaan?' vraag ik me hardop af.
Pascal veronderstelt dat het iets te maken zou kunnen hebben

met de familieproblemen die Toshio had. 'Een nicht van hem ligt in het ziekenhuis, in San Diego,' verklaart hij. 'Toshio is haar vorige week gaan opzoeken. Nadat hij terug was heb ik hem gebeld. Toen wilde hij niet over Asahaki praten.'
Ik laat het even tot me doordringen. 'Kun je je herinneren wanneer hij die reis precies heeft gemaakt?'
Pascal pakt zijn tas. 'Hij heeft een afspraak met mij afgezegd. Dat was op de dag waarop hij vertrok.' Hij raadpleegt zijn agenda, vindt de afgezegde afspraak en geeft me de datum. Dezelfde datum die op het strookje staat van het vliegticket, de dag waarop Toshio naar Genève is vertrokken. En de luchtvaartmaatschappij heeft Mike bevestigd dat de reis is doorgegaan en dat het ticket is gebruikt.
'Weet je zeker dat hij naar San Diego is gegaan?'
'Dat zei hij.'
'Niet naar Genève?'
Pascal kijkt me verbaasd aan. Hij heeft kennelijk geen flauw idee waar ik het over heb. Dan komt Dixon binnen met het onnodige dossier.
Er komt nog een vraag bij me op. 'Als je alles drie weken geleden had, al dit bewijsmateriaal, waarom hebben jij en Toshio dan de moeite genomen om vorige week vrijdag hiernaartoe te gaan?'
Pascal trekt zijn wenkbrauwen op. 'Dat hebben we niet gedaan.'
Ik loop naar het bezoekersregister en blader terug tot vorige week vrijdag. Toshio's naam en handtekening staan midden op de pagina. Er staat niets over Pascal Nyeri.
'Is Toshio hier geweest?' zegt Pascal, zich op zijn stoel omdraaiend om me aan te kijken.
Ik knik.
Hij fronst zijn voorhoofd. 'Waarom?' vraagt hij.
Ik richt me tot Dixon. 'Zou u ons kunnen zeggen wat onze collega, meneer Hatanaka, vorige week vrijdag heeft bekeken?'
Dixon komt bij me staan en vestigt mijn aandacht op de volgende pagina in het register. Daarop zijn de dossiers genoteerd waarom iedere bezoeker die op de voorgaande bladzijde vermeld staat heeft gevraagd.

‘Deze dossiers zijn afkomstig uit de kluis hier.’ Hij wijst een stuk of tien nummers aan. Daarna schuift zijn vinger verder. ‘En deze zijn van de overkant van de straat.’
Pascal komt naar ons toe en gedrieën bekijken we de lijst van dossiers die Toshio afgelopen vrijdag heeft opgevraagd. Te veel. Meer dan twintig. Ik vraag Pascal of hij wellicht een speciaal dossier herkent dat Toshio had moeten controleren.
‘Nee. Hij heeft me er nooit iets over verteld. Hij heeft nooit gezegd dat er hier nog meer was dat hij wilde bekijken.’ Hij is verbaasd, misschien zelfs een beetje gepikeerd omdat Toshio op eigen houtje in de documenten is gaan spitten.
Wat er hier ook gaande was, eindeloze uren doorbrengen met door al die documenten waden zal ons niet helpen. Mij niet, in elk geval. Wat ik nu werkelijk moet doen is naar kantoor terugkeren, Gunther Franks belasten met de leiding over de afdeling, en daarna met Mike gaan praten. Misschien begrijpt hij wie tegen wie gelogen heeft, en waarom. In mijn eentje maak ik geen kans.
Wanneer ik naar Pascal kijk, zie ik dat hij zijn ogen strak op het bezoekersregister gericht houdt. Ons bezoek aan de bank, onze reis door de paperassen, is op iets anders uitgedraaid dan hij had gehoopt. Hij heeft zich niet van de hele kwestie kunnen losmaken, zich niet kunnen distantiëren van de groeiende draaikolk van problemen.
‘Hij had me moeten bellen,’ zegt hij, als iemand die ten onrechte is veroordeeld.
Ik besluit dat het kan wachten tot we in Turtle Bay terug zijn voor ik hem laat weten dat ik wil dat hij Toshio’s kamer doorzoekt, lade voor lade, dossier voor dossier; dat ik volkomen op hem vertrouw om met een briljant inzicht te komen over wat er verdomme aan de hand was. Voor het ogenblik draag ik hem slechts op alles te noteren waar Toshio vrijdag om heeft gevraagd. Daarna leg ik een hand op zijn schouder.
‘Misschien zie je er later enig verband in,’ zeg ik.

15

De Veiligheidsraad van de Verenigde Naties houdt permanent zitting; dit is een verplichting die is vastgelegd in het handvest. De vijf permanente leden plus de tien landen die voor een periode van twee jaar door de Algemene Vergadering zijn gekozen, moeten elk voortdurend een vertegenwoordiger aanwezig hebben in het VN-hoofdkwartier, gereed om een vergadering van de raad bij te wonen. Dus wanneer Patrick zijn hoofd om mijn deur steekt en zegt: 'Let op. Lady Nicola heeft de raad bijeengeroepen', bedoelt hij dat deze vijftien op het punt staan te gaan vergaderen. 'Ze wil dat je erbij komt,' laat hij erop volgen en hij trekt zijn hoofd terug.

'Waarom?'

Patricks hoofd verschijnt opnieuw. 'Nou, ik betwijfel of ze je advies nodig heeft over een nucleaire aanval.' Hij geeft een klap tegen de deurpost. 'Schiet op. Er is iets loos met die Hatanaka-kwestie.'

Ik pak snel mijn jasje en vuur nog een aantal laatste instructies af op Gunther Franks, die achter mijn bureau aantekeningen zit te maken. Daarna haast ik me achter Patrick aan de hal in.

Mike heeft me gevraagd om niet met Patrick over het drama van vanochtend in mijn appartement te spreken. Eigenlijk wilde hij dat ik bij Patrick uit de buurt bleef tot hij de gelegenheid had gehad om bij zijn eigen baas, Eckland, na te gaan of de afdeling Extra Beveiliging van de VN met een operatie bezig is waar Mike niets vanaf weet. Daarom heb ik me het eerste kwartier nadat ik in het gebouw was verschenen in mijn kantoor verschanst met Gunther, om hem op de hoogte te brengen van mijn afspraken en de problemen die hij zal moeten afhandelen terwijl ik aanklager speel in het onderzoek naar de moord op Toshio. Het zijn voornamelijk managementaangelegenheden, praten met de chefs van de verschillende afdelingen Juridische Zaken en ervoor zorgen dat hun gebruikelijke gekibbel over wat hun werkterrein is, in mijn afwezigheid niet oplaait tot openlijke oorlogvoering. Gunther heeft door de jaren heen op bijna alle afdelingen gewerkt en kent de gevoeligheden en de personen om wie het gaat; hij kan het wel aan.

Patrick maakt een ongeduldig handgebaar wanneer ik tegen hem zeg dat Gunther mijn plaats zal innemen. 'Als je er maar voor zorgt dat hij verdomme niet om de tien minuten bij me aanklopt om instructies. Hou een oogje op hem.'

Ik bijt op mijn tong om het goedkope sarcasme binnen te houden over alle vrije tijd die ik heb voor nutteloze supervisie.

'Nou, wat weten we?' vraagt Patrick. 'Wat is het laatste nieuws?'

'We hebben nog iemand ontdekt op de videobanden, iemand met wie Toshio heeft gesproken op de NGO-receptie. Suzi Yomoto.'

De naam zegt Patrick niets.

'Ze is Japanse,' zeg ik. 'Mike laat beelden van de video's voor me uitvergroten. Later vandaag gaat ze naar een protestbijeenkomst in de binnenstad.'

'Je denkt aan dat briefje dat je in Hatanaka's flat hebt gevonden?'

Wanneer ik mijn hoofd buig, knikt Patrick. Misschien heb ik hier iets. Ik vertel hem niet dat ik de mogelijkheid dat het briefje van Asahaki afkomstig is nog niet heb uitgesloten. In plaats daarvan breng ik verslag uit van mijn bezoek aan de Portland Trust Bank, het feit dat Toshio met Interne Supervisie niet helemaal open kaart lijkt te hebben gespeeld.

'Toshio heeft tegen Pascal gelogen over de reis die hij vorige week naar Genève heeft gemaakt. Pascal wist niet beter of Toshio was naar Californië.'

'Hatanaka hoefde niet alles wat hij deed te melden aan iedere voetveeg in het gebouw.' Patrick haalt zijn schouders op. 'Hij deed onderzoek naar een UNDCP-commissie. Dus misschien is hij naar Zwitserland gegaan om het met hun mensen daar te bespreken. Wie weet? Dat hoefde de hele wereld niet te weten.'

Ik herinner Patrick aan iets waarvan ik overtuigd ben dat hij het al weet: het Drugs Controle Programma heeft zijn hoofdkwar-

tier in Wenen. Wenen in Oostenrijk, niet in Zwitserland. Hij haalt opnieuw zijn schouders op.
'Verder niets?' zegt hij, doelend op mijn onderzoek in het algemeen.
Niets, zeg ik. Ik denk aan de afluistermicrofoontjes en aan mijn indringer. En aan Mikes uitdrukkelijk verzoek om daarover te zwijgen.
Onze tocht door het secretariaatsgebouw naar de zaal waar de zitting van de raad plaatsheeft, wordt vervolgens doorspekt met instructies van Patrick over wat ik wel en niet mag loslaten tegenover de Veiligheidsraad. Vijf minuten later naderen we de zaaldeuren en nog altijd heeft hij de grote vraag niet gesteld.
'Wat hebben we over ambassadeur Asahaki gehoord?' vraag ik ten slotte.
'Tenzij het je rechtstreeks gevraagd wordt, moet je niet over hem beginnen.'
'En als het me rechtstreeks gevraagd wordt?'
'Asahaki is teruggeroepen om instructies te ontvangen van het Japanse ministerie van Buitenlandse Zaken. De waarheid,' zegt hij.
Ik kijk hem aan. Dat is niet de waarheid. En ik denk niet dat de Veiligheidsraad het zal geloven.
'Wat wil je, Sam, een script? Ze zullen een paar vragen stellen over wat er in het algemeen gebeurt. Ze zullen niet in details treden tenzij jij het erop aanstuurt.'
'En je wilt niet dat ik dat doe.'
'Goed begrepen.'
In de grote zaal zijn enkele stenografen en secretaresses van het secretariaat bezig de hoefijzervormige tafel gereed te maken waaraan de vijftien ambassadeurs van de Veiligheidsraad en hun medewerkers zullen plaatsnemen. Erachter staan nog meer stoelen, voor adviseurs. Omhooglopende rijen zitplaatsen waaieren van de tafel uit als in een theater. Achter de tafel is een reusachtige muurschildering zichtbaar: een donkere, abstracte afbeelding van een feniks die uit de as van de oorlog oprijst.
Op de publieke tribune klinkt geroezemoes van vroeg arrive-

rende gedelegeerden; wanneer we erlangs lopen, lachen en roepen twee Afrikanen iets naar elkaar over de lege stoelen heen. De Algemene Vergadering en de voornaamste commissies zullen zeker pas over een uur met hun werkzaamheden beginnen; deze jongens moeten gehoord hebben dat er problemen op til zijn en hierheen gekomen zijn om het spektakel bij te wonen. Er zal natuurlijk niet veel te zien zijn. In de publieke arena van de zaal wordt niet zichtbaar hoe de internationale betrekkingen werkelijk functioneren, er valt niet meer te zien dan de pr-façade. Een parallel universum waar landen niet zijn gemotiveerd door eigenbelang, waar jaloezie en gekwetste trots niet voorkomen. In deze pr-projectie van onze wereld wordt de toon gezet door vriendelijke redelijkheid. Verklaringen worden rustig voorgelezen. Tegengestelde meningen worden naar voren gebracht. De voorzitter van de raad kondigt een stemming aan, en de stemming wordt gehouden. Niemand zal ooit weten dat tijdens de uren die eraan voorafgingen deze zelfde ambassadeurs in de rokerige zijkamer samenspanden, logen, schimpscheuten in het rond strooiden en gemeen en smerig werden, in de nooit aflatende strijd om er niet als verslagen slappeling uit te komen.

'Zijkamer,' mompelt Patrick en ik voel mijn hart een paar maal overslaan terwijl we de trap naar de grote zaal afdalen.

De zijkamer van de Veiligheidsraad. Tijdens mijn hele loopbaan bij de VN ben ik niet één keer naar die plek ontboden. Ik ben door Patrick geraadpleegd over kwesties van internationaal recht, ik heb hem geadviseerd en die adviezen heeft hij vervolgens tijdens verscheidene crises doorgegeven aan de secretaris-generaal. Ik heb zelfs geholpen bij het opstellen van voorlopige resoluties en voorstellen gedaan voor de tekst van compromisverklaringen, maar niemand heeft mijn aanwezigheid in het heilige der heiligen ooit noodzakelijk gevonden.

We zijn nu ter hoogte van de grote zaal en ik zie twee oudere leden van de Japanse delegatie in het gedeelte voor 'geïnteresseerde partijen' zitten. Deze sector is gereserveerd voor landen en NGO's die direct betrokken zijn bij het onderwerp dat op een bepaald moment bij de raad aan de orde is. Wanneer ze ons voor-

bij zien komen beginnen de twee Japanners met elkaar te fluisteren.
'Heb je hen gezien?' vraag ik Patrick, terwijl we de zaal uit lopen.
'Ja.'
'De tweede en derde man van Asahaki.'
Patricks mond staat strak. De aanwezigheid van die twee betekent dat er in de zijkamer beslist vragen zullen rijzen over Asahaki.
'Wees openhartig,' raadt hij me aan. 'Als het lastig wordt, kom ik tussenbeide. Om je huid te redden.'
Ik kijk hem even aan. Hij zal me redden, de man die me vooraan in de vuurlinie heeft geplaatst. Hij loopt met grote passen verder en knikt tegen de bewaker bij de deur van de zijkamer. De man steekt zijn hoofd naar binnen om ons aan te kondigen en even later sta ik naast Patrick en kijk naar lady Nicola, die aan het eind van een lange, smalle tafel zit. De kamer heeft geen ramen en is verrassend klein. Betimmerd met mahoniefineer, geen schilderijen aan de wand. Hier zijn we dan, denk ik. Hier ben ik.
'Samuel Windrush,' zegt lady Nicola en ze wijst met haar hand mijn kant uit om me aan haar collega's voor te stellen, 'leidt het onderzoek naar de dood van speciaal gezant Hatanaka.'
Ik neem heel even de tijd om de mensen aan weerszijden van de tafel te bestuderen. De Franse ambassadeur, Froissart. Die van Rusland, Gradavitsj. Chou En, de Chinese ambassadeur, en Bruckner van de VS. Alleen de grote vijf. Iedere ambassadeur heeft een handlanger meegenomen: voor ambassadeur Bruckner is dat zijn voornaamste juridisch adviseur, Jennifer Dale. Mijn hart bonst nu hevig. Jennifer ontmoet mijn blik heel kort, daarna leunt ze naar achteren en krabbelt tekeningetjes op haar notitieblok. Naast me neemt Patrick onmiddellijk de enige lege stoel in beslag zodat ik moet blijven staan, het lijkt erop of ik een man ben die veroordeeld moet worden. Lady Nicola glimlacht vriendelijk.
'Meneer O'Conner heeft je uitgelegd dat de secretaris-generaal wenst dat alle hier aanwezigen volledig op de hoogte worden gebracht?'

'Binnen de bepalingen van het handvest,' komt Patrick tussenbeide. Een niet zo subtiele waarschuwing aan mijn adres. Laat niet over je heen walsen.
Lady Nicola laat er geen gras over groeien. 'Misschien wil je ons een overzicht van de situatie geven, Samuel, en ons vertellen waar je staat.'
Meteen terzake. Geen omhaal. Dus ik doe wat ze vraagt; binnen de beperkingen die me door Patrick zijn opgelegd, vat ik de gebeurtenissen van gisteren zo goed mogelijk samen. Een lichtelijk bewerkte versie, vanaf de ontdekking van Toshio's lichaam tot nu. Het enige echt lastige moment komt wanneer Jennifer zich hardop afvraagt waarom de Amerikaanse autoriteiten niet zijn ingelicht voor Mike en ik een bezoek brachten aan Toshio's flat. Op Amerikaans grondgebied, brengt ze me fijntjes in herinnering. Ik geef toe dat het een beoordelingsfout was, wijt die aan de tijdsdruk en besluit daarna mijn opsomming. Hoewel ik zelf vind dat ik het er niet al te slecht vanaf breng, is lady Nicola lang voor ik ben uitgesproken opgehouden met glimlachen. Evenals de overigen is ze zichtbaar niet onder de indruk van mijn verhaal.
Er volgt een onbehaaglijke stilte. Wanneer ik de twee rijen mensen bekijk, zit Jennifer weer op haar blok te tekenen. Ten slotte neemt haar baas, ambassadeur Bruckner, het woord.
'Ambassadeur Asahaki is gisteravond vertrokken. Hebt u enig idee waarom?'
Geweldig, denk ik. Vraag nummer één. Ik kijk naar Patrick, maar die staart in de ruimte.
'Er is ons meegedeeld dat hij teruggeroepen is door het Japanse ministerie van Buitenlandse Zaken,' zeg ik. 'Voor overleg.'
'Waarover?'
'Dat is ons niet verteld.'
'Ik begreep dat u hem wilde spreken.'
Waar heeft Bruckner dat vandaan, vraag ik me af. De Japanse delegatie? 'Ja, dat had ik graag gewild. Inderdaad.'
'Waarom?'
Ik kijk weer naar Patrick en houd mijn ogen op hem gericht. Lady Nicola begrijpt de wenk.

‘Meneer O’Conner?’
‘Er was sprake van verduistering van VN-gelden,’ geeft hij toe. ‘Het blijkt dat Hatanaka er een onderzoek naar instelde, samen met Interne Supervisie.’
Het blijkt. Dit is typisch iets voor Patrick O’Conner. Afhankelijk van hoe deze kwestie uitpakt zal hij, naar gelang het hem uitkomt, toegeven hoeveel of hoe weinig voorkennis hij ervan had. Mocht het op een nog grotere ramp uitdraaien dan Patrick kennelijk vreest, dan blijft Pascal Nyeri met de brokken zitten.
‘Wat zou dat te maken hebben met ambassadeur Asahaki?’ vraagt lady Nicola.
‘Het blijkt,’ zegt Patrick, ‘dat ambassadeur Asahaki een van degenen was naar wie Hatanaka een onderzoek instelde.’
James Bruckner laat zijn hoofd in zijn handen zakken. ‘Lieve god,’ zegt hij, zo luid dat iedereen het kan horen.
De andere ambassadeurs overleggen met hun assistent; niemand neemt de moeite om te fluisteren.
‘Hatanaka stelde een onderzoek in naar Asahaki, dus Asahaki ontdeed zich van hem?’ vraagt Bruckner nu ongelovig. Hij kijkt over de tafel heen naar Patrick. En Patrick, de ellendeling, geeft me een wenk.
‘We moeten alle mogelijkheden overwegen,’ waag ik ten slotte te zeggen.
‘Alle wát?’ Bruckners stem is plotseling een en al minachting; hij is woedend over wat hij hoort. Iets wat de Japanners voor hem verborgen hebben gehouden. Twee dagen voor de belangrijkste stemming van de Algemene Vergadering in tientallen jaren, zijn eigen politieke reputatie die afhangt van een gunstige uitslag, en ik ben zo onachtzaam geweest om de belangrijkste campagnevoerder in ballingschap te sturen. Waar James Bruckner geen enkele goede reden voor ziet.
Wanneer Froissart een vraag probeert te stellen wordt hij door Bruckner overstemd. ‘Laat hem de verklaring zien,’ zegt hij tegen Jennifer terwijl hij zijn pen op de tafel gooit en achterover in zijn stoel leunt. ‘Alle verdomde mogelijkheden,’ mompelt hij bij zichzelf, over zijn voorhoofd wrijvend.

Jennifer overhandigt Patrick en mij kopieën van de verklaring. Die is afkomstig van het Japanse ministerie van Buitenlandse Zaken, twee korte paragrafen. De eerste paragraaf is een protest tegen de behandeling van ambassadeur Asahaki door het secretariaat; ongelooflijk, maar mijn naam wordt genoemd als die van Asahaki's voornaamste achtervolger. De tweede paragraaf is echter erger: een stoutmoedige verklaring dat Japan van plan is om hun slapende territoriale aanspraak op de Spratley-eilanden tot leven te wekken, een onbewoonde archipel in de Zuid-Chinese Zee.

Hoofdschuddend lees ik de verklaring nog een keer.

'Ik neem aan dat je bekend bent met de Spratley-eilanden,' merkt Bruckner zuur op.

Ik kijk hem aan en richt vervolgens mijn blik weer op de verklaring. Iedere pasbeginnende student bij elke faculteit Internationaal Recht over de hele wereld is bekend met de Spratley-eilanden; de archipel is een standaardgeval van territoriale twisten. De archipel wordt al tientallen jaren opgeëist door China, Taiwan, Maleisië, Vietnam, Japan en andere, omdat iedereen hoopt op een rijke oliebron, ergens in de verre toekomst. Zo nu en dan wordt er aandacht aan besteed tijdens een door de VN gesponsorde conferentie, maar de laatste jaren is het van de agenda verdwenen, het is nu niet meer dan weer een onoplosbaar probleem in een wereld die duizenden dringender aangelegenheden aan het hoofd heeft. Dit dreigement van de Japanners, hoewel niet rechtstreeks onder woorden gebracht, is echter duidelijk. Óf wij laten Asahaki met rust, óf zij gooien een lucifer in het internationale kruitvat dat de Spratley-eilanden heet.

'Staat er iets in wat je niet begrijpt?' zegt Bruckner.

'Ze geven mij de schuld?' Ik kijk weer op. 'Waarvan?'

Lemtov, de tweede man van Rusland, de man die samen met Asahaki en Po Lin in de speciale commissie van het UNDCP zat, maakt een opmerking. 'De Japanners waren niet blij met de manier waarop u ambassadeur Asahaki behandeld hebt.'

'We hebben zelfs niet de kans gekregen om hem te ondervragen,' werp ik tegen. 'Ik heb de man nauwelijks gesproken.'

'Je weigerde Hatanaka's lichaam aan hem over te dragen,' zegt Bruckner.
Dat is een bevestiging, voorzover ik die nog nodig had, dat hij zijn informatie rechtstreeks van de Japanse delegatie krijgt.
'We konden het lichaam niet overdragen. Het verzoek was onterecht. En ze hebben deze aanspraak op de Spratley-eilanden niet alleen daarom tevoorschijn gehaald.'
'Wat heb je voor bewijs dat ambassadeur Asahaki betrokken was bij Hatanaka's dood?' vraagt lady Nicola.
'Hoor eens, niemand beschuldigt hem,' antwoord ik min of meer eerlijk. 'Interne Supervisie heeft een paar financiële tegenstrijdigheden gevonden waar ambassadeur Asahaki bij betrokken was. Toshio assisteerde Interne Supervisie bij het onderzoek naar die kwestie. Als ambassadeur Asahaki wil terugkomen en een paar vragen beantwoorden, zal niemand gelukkiger zijn dan ik.'
Froissart, de Franse ambassadeur, wijst met een onaangestoken sigaret in mijn richting. 'Als u er niet op staat ambassadeur Asahaki te ondervragen, zullen de Japanners deze aanspraak op de Spratley-eilanden niet doorzetten. Dat begrijpt u toch wel?'
Hier worden overbodig puntjes op de i gezet. Lady Nicola voelt zich in verlegenheid gebracht en richt haar blik op haar aantekeningen.
'Ja,' zeg ik tegen Froissart. 'Dat begrijp ik.'
'U blijft echter aandringen?'
'Ja.'
Hij kijkt me aan alsof ik een imbeciel ben. Daarna begint de neerbuigende zak me de les te lezen. Het gaat hier natuurlijk niet om de Spratley-eilanden en Froissart zal dan ook niet doen of dat zo is. De stemming van donderdag, die veroorzaakt de maagzweren, en Froissart hamert keihard op de goed gerepeteerde argumenten, alsof hij gelooft dat een agressieve verdediging van de positie van de vijf permanente leden me op de een of andere manier ertoe zal kunnen overhalen om me te matigen, om me over te halen ambassadeur Asahaki vrij te spreken van eventuele beschuldigingen, zodat Asahaki naar Turtle Bay kan terugkeren om het noodzakelijke laatste lobbywerk te verrichten voor de Ja-

panse zetel. Froissart weidt geweldig uit, maar de essentie van de kwestie is simpel: Japan moet een plaats krijgen in de internationale politieke arena die in overeenstemming is met de economische status van dat land. 'U moet het begrijpen,' zegt Froissart verscheidene keren tijdens zijn betoog, alsof hij het tegen een idioot heeft. 'Begrijpt u het?'

Eerlijk gezegd zou deze preek gemakkelijker te verteren zijn wanneer die afkomstig was van een van de andere aanwezige ambassadeurs. De VS hebben nooit een geheim gemaakt van hun steun voor een Japanse zetel; Kissinger maakte zich er in de jaren zeventig al sterk voor. En hoewel de Russen en de Chinezen niet zo actief geweest zijn als de VS bij het promoten van de Japanse zaak, heeft zowel Gradavich als Chou En een belangrijke rol gespeeld om de dwarsliggers in Moskou en Peking onder controle te houden. En lady Nicola zou er zelfs niet aan denken om zo'n intimiderende toon tegen me aan te slaan.

Froissart is echter een typische Fransman: een kleine hond met een grote bek. Tot vorig jaar was Frankrijk mordicus tegen elke verandering in de samenstelling van de raad. Uit angst voor de onvermijdelijke afname van hun eigen macht op de lange termijn blokkeerden ze instinctmatig elke aanbeveling voor een wijziging die werd gedaan. De gang van zaken in de Oude Wereld, waaraan werd vastgehouden in het VN-handvest, kwam Frankrijk altijd heel goed uit. Het was Bruckner die er ten slotte in slaagde de Fransen te overtuigen van de noodzaak tot verandering; een monumentale prestatie, en een deel van de reden waarom Jennifer voor Bruckner ging werken toen hij het haar vroeg. Iedereen die de Fransen in beweging kan brengen, had ze tegen me gezegd, en dat was niet helemaal als een grapje bedoeld, moest meer dan voldoende politiek inzicht hebben voor een geslaagde gouverneurscampagne. Gelukkig besluit Froissart nu zijn tirade, voor ik zo geïrriteerd raak dat ik tussenbeide kom en iets zeg waar ik later spijt van krijg.

Dan richt lady Nicola het woord tot me.

'Ik zou de Japanners graag willen meedelen dat het secretariaat ambassadeur Asahaki op geen enkele manier zal lastigvallen,

voor het geval hij onmiddellijk zou willen terugkeren. Klinkt dat redelijk?'
'Natuurlijk.'
Ze glimlacht.
'Mits,' zeg ik, 'hij de vragen die we hem stellen, wil beantwoorden.'
Onmiddellijk verdwijnt haar glimlach.
'Toshio is vermoord,' zeg ik tegen hen. 'Het minste wat we hem verschuldigd zijn is een behoorlijk onderzoek. En ik ben van plan hem dat te geven.'
De ogen van iedereen die aan de tafel zit, zijn nu op mij gericht. Ik blijf lady Nicola aankijken.
'Zou het in dat geval te veel gevraagd zijn om de vijf permanente leden volledig op de hoogte te houden en hen te raadplegen bij de voortgang van je onderzoek?' zegt ze kortaf.
'Geen probleem,' verzekert Patrick haar.
Het duizelt me. Geen probleem? Deze mensen zijn er niet in geïnteresseerd om achter de waarheid te komen; het is overduidelijk dat hun enige zorg een vlotte toetreding van de Japanners tot de Veiligheidsraad is. Gisteren heb ik lady Nicola's voorstel ten behoeve van de vijf permanente leden botweg van de hand gewezen en nu draagt Patrick me op met hen te overleggen. Hoezo geen probleem, verdomme?
Voor ik echter mijn afwijkende mening kan laten horen is Patrick opgestaan, geruststellend knikkend naar alle aanwezigen. Hij lijkt stoïcijns, maar ik weet zeker dat hij inwendig kookt. Hij is woedend op me, omdat ik niet meega met het voorstel van lady Nicola en Froissart, omdat ik Asahaki niet buiten mijn onderzoek wil houden. Ietwat ijzig bedankt lady Nicola me voor mijn aanwezigheid; daarna wenkt ze Patrick om met hem onder vier ogen te spreken. Om de tafel barsten gesprekken en ruzies los; ze schijnen al vergeten te zijn dat ik er nog ben. Nu ze met me afgerekend hebben, ben ik onzichtbaar. Maar wanneer ik naar de deur loop, staat Jennifer op; met een map in haar hand komt ze naar me toe.
'Mevrouw Dale?'

Mijn toon is bijtend. Ik doe geen poging om te verbergen hoe kwaad ik ben. De eerste keer dat ik naar de zijkamer word geroepen, en dan is het geen juridisch advies dat ze van me willen, maar een dekmantel. Hun enige, vurige hoop was, zo lijkt het, dat ik me diplomatiek zou opstellen, doen alsof ik gek was terwijl Asahaki ongehinderd kon terugkomen om de Japanners van hun zetel te verzekeren. Ze vertrekt geen spier. Ze maakt haar map open en doet alsof ze me een blanco pagina laat zien.
'Verwacht je dat je onderzoek je weer buiten het VN-hoofdkwartier zal brengen?' vraagt ze met gedempte stem.
'Mogelijk.'
'Waarschijnlijk, nietwaar?'
Ik kijk haar aan en wacht.
'We zijn bereid de Commissie van het Hoofdkwartier te omzeilen,' zegt ze. We. Het ministerie van Buitenlandse Zaken van de VS. De relatie tussen het VN-hoofdkwartier en het gastland, de VS, wordt gecontroleerd door de Commissie van het Hoofdkwartier, een commissie die berucht is om haar bureaucratie. Een legendarisch geschil over een parkeerboete heeft twee jaar in deze commissie liggen sudderen voor de overtreder onopzettelijk de gordiaanse knoop doorhakte door om het leven te komen tijdens een vredesmissie naar Bosnië. Er is niets wat ik liever zou willen dan deze commissie erbuiten laten. 'Als het secretariaat het ermee eens is,' voegt Jennifer eraan toe.
'Wat is het addertje onder het gras?'
Ze neemt niet de moeite te ontkennen dat er een is. De zijkamer van de raad is geen plek waar mensen uit pure vriendelijkheid gunsten verlenen.
'Je brengt rechtstreeks verslag uit van je activiteiten op mijn kantoor. Aan mij. Als we een probleem hebben met wat je doet neem ik het direct met jou op.'
'Geen commissie van Buitenlandse Zaken? Alleen jij?'
'Alleen ik.'
Nu begrijp ik het. De VS oefenen druk uit op hun collega's van de vijf permanente leden. Jennifer zou een vinger in de pap hebben bij elke fase van het onderzoek die plaatsvindt op Ameri-

kaans grondgebied. Ze haalt artikel 100 erbij, mijn plicht om onpartijdig te blijven. Niet te beïnvloeden. Maar toch, ik zou niets te maken hebben met die ellendige commissie. Ik kijk over Jennifers schouder en zie lady Nicola en Patrick in een ernstig gesprek gewikkeld. Gradavich, de Russische ambassadeur, priemt zijn vinger in de lucht om tegenover Froissart, die aan de overkant van de tafel zit, een of ander punt te benadrukken, terwijl de Chinezen onderling beraadslagen. Bruckner, die Jennifer er ongetwijfeld toe heeft aangezet om me dit aanbod te doen, bekijkt nogmaals de Japanse verklaring.

'Goed, geen commissie,' zeg ik instemmend. Daarna buig ik me dichter naar haar toe. 'Maar deze afspraak verandert niets aan wat ik gisteravond heb gezegd. Feitelijk telt het nu dubbel.'

'Als jij het zo wilt.'

'Ik wil het zo.'

Ze knikt.

'Je wist gisteravond dat hij weg was,' zegt ze dan. Ze bedoelt Asahaki, en ons onbezonnen rendez-vous in het Waldorf.

'Ja, ik wist dat hij weg was,' zeg ik. 'En jij hebt tegen me gelogen.' Met een klap sla ik de map dicht die ze in haar hand heeft. Ze blijft me nog even aankijken voor ze haar hand langs me heen uitsteekt om de deur van de zijkamer open te doen. Terwijl ik wegloop buigt ze zich naar me toe.

'Het is jouw keuze, Sam. Van nu af aan sta je er alleen voor.'

16

Het pistool uit Toshio's flat heeft geen slagpin.

'Dat geeft je weer een beetje vertrouwen in de menselijke natuur,' merkt Mike droogjes op, en hij schuift het wapen over zijn bureau naar me toe zodat ik het kan bekijken. 'Iemand van Barney en Hunts, de wapenwinkel, belde zodra ik vanochtend aan het werk ging. Hij zegt dat hij zich herinnert het pistool te hebben verkocht. De klant vroeg om een replica. Hij zegt dat de man genoegen nam met een tweedehands echte toen ze hem vertelden dat hij er niet mee kon schieten.'

'De ammunitie?'

'Moet je horen. Ze zeiden me dat ze bij elke verkoop altijd een paar gratis kogels weggeven. Dat brengt geluk.'

Ik vraag of Toshio heeft gezegd waarom hij het pistool wilde hebben.

'Hij wilde een replica,' verbetert Mike me. 'De man uit de winkel zegt dat hij de indruk kreeg dat Hatanaka iemand wilde laten zien dat er niet met hem te spotten viel. Maar meer was het niet. Alleen maar show.'

Ik leg het pistool op Mikes bureau en we blijven er beiden even naar kijken.

'Ik durf te wedden dat het iemand als Asahaki zou kunnen zijn,' zegt hij. 'Of degene die afluisterapparatuur in Hatanaka's flat heeft aangebracht.'

'Dat zou iemand kunnen zijn die voor Asahaki werkt.'

'Zou kunnen,' zegt Mike. Het klinkt niet overtuigd. Hij pakt het pistool en draait het om en om. 'Wat we zeker weten is dat Hatanaka bang was. Niet bang genoeg om iets verstandigs te doen, bijvoorbeeld een echt pistool kopen, misschien tegen Beveiliging zeggen wat er aan de hand was. Maar hij was wel bezorgd. Bezorgd genoeg om dit waardeloze prul aan te schaffen.'

Mike laat het pistool in een bureaulade vallen en schuift die dicht. In tegenstelling tot Mike voel ik me op een vreemde manier gesterkt door deze wending. Ik ben opgelucht dat Toshio's pacifistische instelling onveranderd is gebleven: de man die ik gekend heb is weer de man zoals ik hem kende.

We lopen de hal in en praten met gedempte stem over de afluisterapparatuur. Mike heeft Eckland nog niet te pakken kunnen krijgen en hij kijkt moeilijk wanneer ik hem vertel dat het me niet gelukt is om Patrick te ontwijken. Ik vertel van mijn bezoek aan de bank met Pascal, en dat Toshio in zijn eentje naar de bank is gegaan om de documenten nog eens te bekijken. Mike stelt een paar vragen en komt vervolgens weer terug op Patrick en de microfoontjes. Het begint me te verontrusten dat hij zo met Patrick bezig is. Ik vraag me af of persoonlijke antipathie Mikes oordeel niet begint te beïnvloeden. Daarnaast heb ik tijd gehad om na te denken over Mikes uitspraken over de indringer.

'Je zei dat die vent moet hebben gezien dat jij naar mijn auto liep,' breng ik hem nu in herinnering. 'Dat hij gedacht moet hebben dat ik het was, en dat hij daarom heeft ingebroken nadat je was weggereden.'

'Oké.'

'Hoe rijm je dat dan met de gedachte dat Patrick erachter zou zitten? Iedereen die bij Extra Beveiliging werkt weet hoe jij eruitziet. En iemand die het in opdracht van Patrick zou doen, zou een beschrijving van mij hebben gekregen.'

'Hé, sla jezelf niet te hoog aan. Ik ben geen olieverfschilderij, Sam, maar vanaf de overkant van de straat zijn jij en ik niet meer dan twee netjes geklede mannen van middelbare leeftijd. De man die op de uitkijk staat kijkt even de andere kant op, kijkt terug, de auto van Windrush zet zich in beweging. Wat moet hij dan denken? Een joyrider?'

'Waarom zou Patrick mijn flat willen afluisteren?'

Mike glimlacht. 'Vreemd. Dat heb je je niet afgevraagd toen we die microfoontjes bij Hatanaka thuis aantroffen.'

Zwijgend lopen we door. Bij de deur van de surveillancekamer pak ik Mike bij zijn arm. 'Ik zal het toch een keer aan Patrick moeten vertellen.'

'Natuurlijk.' Hij maakt mijn hand los. 'Dat komt later wel,' zegt hij en hij loopt de kamer in. Even later komt hij terug met een vergroting van vijftien bij tweeëntwintig, de foto van de videoband van maandagavond, die hij me heeft beloofd. 'Hier is je meisje.' Hij geeft me de foto. We lopen verder de hal door en ik bekijk de zwart-witopname.
Suzi Yomoto. Het is geen meisje, maar een vrouw, achter in de twintig schat ik. Het is een eigenaardige pose, ze houdt haar hoofd achterover, haar mond staat open, mogelijk lacht ze, maar dat is moeilijk te zeggen. Haar zwarte haar is in een rechte pony afgeknipt en omlijst haar smalle gezicht, dat doodsbleek is. Een soort make-up, poeder misschien. Haar wenkbrauwen zijn twee zwarte strepen, nog meer zware make-up, en haar lippen zijn zo mogelijk een paar tinten donkerder. Een nachtclubtype. Geen verschijning die je hier bij het VN-hoofdkwartier vaak tegenkomt. Ik kijk naar Mike.
'Volslagen geschift,' zegt hij. 'Als je haar wilt spreken moet je Weyland meenemen.'
Weyland, de grote bewaker, de ex-agent in wie Mike vertrouwen heeft. Ik merk op dat ik waarschijnlijk wel in staat ben een vrouw van nog geen vijftig kilo in mijn eentje aan te pakken. Mike haalt een opgevouwen vel papier uit zijn binnenzak en geeft het me. Een lange lijst. Ik lees twee regels. Poging tot mishandeling. Verzet bij arrestatie. Daarna kijk ik Mike nieuwsgierig aan.
'Suzi Yomoto's strafblad.' Hij wijst naar me en verdwijnt in de richting van Ecklands kantoor. 'Neem Weyland mee,' zegt hij.

De demonstranten hebben zich verzameld voor het Waldorf Astoriahotel. Ze zien eruit als de gebruikelijke doorsnee van NGO-activisten: verontruste oudere burgers en studenten van de universiteit die hun college politiek vanochtend hebben laten schieten voor een verzetje. Doodgewone mensen. Een groepje van misschien een stuk of twaalf mensen staat bij de ingang terwijl de meeste anderen op het trottoir rondhangen, waar ze in groepjes staan te praten. Een oude man in een camouflagejack loopt heen en weer met een doos met broodjes die hij uitdeelt.

De demonstratie is nog niet begonnen; de borden met leuzen tegen de VS en de Veiligheidsraad staan tegen de muur van het hotel of liggen op de grond.
'Het ergste soort,' merkt Weyland op, nadat hij me Suzi Yomoto's foto en de lijst met aanklachten, die hij heeft bestudeerd, teruggegeven heeft. 'Maar een gezicht als dit, dat staat vast, kun je alleen missen als je blind bent.'
Ik steek de papieren in mijn zak. Daarna stappen we uit de taxi en lopen naar het Waldorf. Ik heb tijd gehad om de lijst grondig door te nemen en ik ben zo ongeveer tot dezelfde conclusie gekomen als Weyland: Suzi Yomoto is een lastpost. De afgelopen vijf jaar is ze in vijf verschillende staten gearresteerd, het vaakst in Californië, hoewel de politiecellen in Washington en New York haar eveneens heel wat keren hebben gehuisvest. Het patroon van de aanhoudingen is van een monotone regelmaat. Suzi heeft wat je een modus operandi zou kunnen noemen, een vast gedragspatroon dat is bedoeld om iedereen zoveel mogelijk ongemak te bezorgen zonder dat ze zelf in een echte gevangenis belandt. Je zult haar niet aantreffen bij een protestactie tegen het sluiten van een plaatselijke openbare bibliotheek. Ze gaat – zoals mensen van haar slag altijd doen – voor het grote werk. Wereldhandel. Verdediging en bewapening. Wereldvrede. Haar methode is om vooraan te lopen in elke mars, op de voorste rij van een sitdownactie te zitten en vervolgens alles te doen behalve geweld gebruiken om haar eigen arrestatie uit te lokken. Ze schijnt in contact te staan met Greenpeace, maar ik denk dat ze meer een privé-kruistocht voert. Dat zou kloppen met wat Juan me gisteravond over haar vertelde. Een rijke dame met te veel vrije tijd, op zoek naar een zaak om voor te strijden.
Ik loop met Weyland op het trottoir en bekijk de mensen. Ze is er niet bij. Wanneer we het groepje bij de deur, de aanvoerders, bereiken, loop ik eropaf en vraag naar Suzi Yomoto. Weylands uniform trekt de nodige aandacht maar wanneer ze zien dat hij van de VN is en geen politieagent, komen ze voldoende los om te vragen wie dat wil weten. Dus ik vertel hun wie ik ben, assistent van de ondersecretaris-generaal voor Juridische Zaken.

'Ze komt zo, over een minuut of vijf,' zegt iemand. Hij draagt een bril met een ijzeren montuur, heeft een volle, grijze baard en een Greenpeace-sticker op de revers van zijn jas. 'Ze brengt de doodkist mee,' zegt hij. 'Wat is het probleem?'
Ik negeer zijn vraag, maar stel er zelf een. 'Welke doodkist?'
De man kijkt een beetje gegeneerd terwijl hij het uitlegt. De doodkist is alleen maar een rekwisiet, een stukje straattheater voor de tv-camera's. Bedoeld, zo vertelt hij ons, om de dood van de Nieuwe Wereld te symboliseren. 'Ik bedoel, dat gebeurt hier, toch?' Hij gebaart met zijn hand naar boven, waarschijnlijk in de richting van de suite van de Amerikaanse ambassadeur bij de VN.
Ik ben hier echter niet gekomen om te debatteren over de politieke standpunten van de Verenigde Staten, dus ik vraag hem alleen maar uit welke richting hij denkt dat de doodkist zal komen. Wanneer hij naar het zuidwesten knikt ga ik met Weyland op weg naar 49th Street. Weyland stelt voor te blijven wachten, haar naar ons toe te laten komen.
'Ze komt met een doodkist,' zeg ik. 'Wil je wachten tot ze voor het Waldorf staat met dat ding, met alle tv-camera's erop gericht, voor we proberen haar te ondervragen?'
Weyland steekt zijn onderlip naar voren. Hij begrijpt dat ik gelijk heb.
Ongeveer honderd meter vanaf Park Avenue lijkt genoeg; we blijven staan en wachten. Weyland gaat aan een stalletje een hotdog kopen, daarna komt hij terug en leunt tegen de muur naast me. Hij is halverwege de vijftig; de dikke bos krullen op zijn hoofd is al grijs. Zoals zoveel oudere mannen in uniform ziet hij er afgetobd uit en staan zijn ogen treurig; het lijkt erop dat hij iets meer van de onderkant van de samenleving heeft gezien dan hij zich wil herinneren. Hij kauwt op de hotdog en houdt zijn hoofd achterover, genietend van de zon op zijn gezicht. Hij probeert zoveel mogelijk plezier te beleven aan zijn uitstapje buiten de grenzen van het VN-hoofdkwartier.
'Doet het je denken aan de goeie ouwe tijd?' vraag ik een minuutje later, om maar iets te zeggen.

‘Niet mijn terrein.’ Weyland wijst met een vinger naar Park Avenue. ‘Op mijn terrein had je geen goeie ouwe tijd. Alleen een stelletje hopeloze randfiguren die misdrijven pleegden.’
Ik vraag hem hoe lang hij bij de politie is geweest.
‘Bijna vijftien jaar. Te lang. Ik had bij de mariniers moeten blijven, dan zou ik nu gepensioneerd zijn in plaats van hier te staan wachten op een halvegare met een doodkist.’ Hij heeft de hotdog opgegeten en veegt zijn handen af. ‘Begrijpt u er iets van, van dat gezwets over een nieuwe wereldorde?’
Ik zeg tegen hem dat de NGO’s hun eigen voorstellen hebben ingediend voor een veelomvattender hervorming van de Veiligheidsraad. De voorstellen hebben nooit weerklank gevonden.
‘Dus ze krijgen niet waar ze om roepen, ze spugen alleen maar,’ merkt Weyland op.
Dat komt niet echt overeen met hoe de belangrijkste NGO-leden het beschouwen, maar ik zeg tegen Weyland dat hij er een globaal idee van heeft. Hij schudt zijn hoofd.
‘Je vraagt je toch af hoe het zal zijn wanneer ze allemaal volwassen zijn en de hele dierentuin overnemen.’
Dan draait hij zijn hoofd naar het zuiden en even later hoor ik hetzelfde geluid. Ritmische stemmen boven het verkeersrumoer uit, een zwak, gescandeerd geroep stijgt op. De voetgangers die ons passeren horen het ook, hoofden beginnen zich om te draaien. Een paar seconden later worden de woorden verstaanbaar.
‘Onveiligheid! Onveiligheid! Onveiligheidsraad!’
Weyland kijkt me aan, zijn ogen half neergeslagen.
De doodkist komt deinend en zwaaiend tussen de voetgangers door naar ons toe, op de schouders van zes dragers. Ze dragen zwarte bodystockings, bedrukt met een skelet, hun gezicht is verborgen onder witte schmink. Voorop lopen drie mannen in lange, zwarte jassen, die een pad vrijmaken voor de kist. Een van hen heeft een megafoon bij zich; hij loopt nu langs ons heen en voert het geroep aan. Er wordt me een pamflet in de hand gedrukt. Ik zoek de gezichten af, bang dat we haar gemist hebben in de drukte op het trottoir.
Weyland stoot me aan. ‘Achteraan,’ zegt hij.

Dan zie ik haar, tien meter achter de kist dringt ze de onverschillige burgers van New York pamfletten op. Ze heeft een zwarte cape om die tot haar enkels reikt en haar gezicht ziet er precies zo uit als op de foto die van de videoband is genomen: elfachtig, krijtwit met zwarte strepen en een brede, open mond.
'Onveiligheid! Onveiligheid! Onveiligheidsraad!'
Terwijl ze langsloopt, duwt ze Weyland een pamflet in de hand. Ik ga naast haar lopen. Ze reikt tot mijn schouder; ik moet me bukken wanneer ik tegen haar spreek.
'Mevrouw Yomoto, mijn naam is Windrush. Ik ben van Juridische Zaken van de VN. We hebben geprobeerd u te spreken te krijgen met betrekking tot de NGO-receptie van maandagavond.'
'Waar bent u van?'
'VN. Juridische Zaken. Het secretariaat.'
Ze blijft strooibiljetten uitdelen.
'Kan ik u even spreken?'
'Mm-mm.'
Ik doe een stap opzij maar ze volgt me niet. Wanneer ik haar weer inhaal, is ze nog steeds bezig die verdomde pamfletten uit te delen. De papieren vallen als sneeuw op het trottoir; de voetgangers op Park Avenue lijken zich niet bijzonder druk te maken over de voorgestelde verandering in de samenstelling van de Veiligheidsraad. Ik raak Suzi Yomoto's arm aan.
'Ik zei: kan ik u even spreken?'
'Mm-mm,' zegt ze nogmaals.
Nu begrijp ik het. Een bijdehandje.
'Mevrouw Yomoto, dit is geen grapje.' Ik wenk Weyland; hij komt naar ons toe en gaat naast me lopen, zodat mevrouw Yomoto zijn uniform goed kan zien. 'We kwamen niet toevallig langs. We zijn hierheen gekomen om u te spreken. U zou het gemakkelijker maken door even met ons te praten.'
Ze lacht uitbundig en huppelt bij ons vandaan. Een vreemde vogel, dat klopt dus. Erger nog, een lastpak. Weyland knikt in de richting van het Waldorf. Een tv-wagen is daar juist langs het trottoir gestopt; er staat een man op het dak die de satellietverbinding gereedmaakt. Ik loop snel door om Yomoto in te halen,

die nu vlak achter de kist loopt. Ze doet alsof ze me niet opmerkt. De pamfletten verdwijnen uit haar hand als de kaarten van een croupier, naar links en naar rechts. Ik buk me om in haar oor te praten onder het lopen.
'U kunt kiezen, mevrouw Yomoto. U gaat nu met me mee, of uw vrienden die vooroplopen krijgen te horen hoe u aan het geld komt voor uw protestacties.'
Ze kijkt me even verbaasd aan.
'Een chemische fabriek aan de kust van Hawaii. Dat moet toch wel indruk maken. Zullen we eens kijken?'
Ik tik de dichtstbijzijnde drager op zijn schouder. Onhandig draait hij zich om, maar blijft de kist vasthouden. Dan reageert Yomoto. Ze blijft abrupt staan en ziet de kist verdwijnen in de richting van het Waldorf. Daarna draait ze zich om en ze wil me een grote mond geven, maar voor ze dat kan doen, klemt Weyland zijn enorme handen om haar biceps en leidt haar handig tussen de voetgangers door naar de betrekkelijke privacy van een portiek.
'Blijf van me af!' Ze wrijft over haar arm nadat Weyland haar heeft losgelaten. Hij staat met zijn rug naar het trottoir om haar in het portiek te laten blijven. 'Wat moeten jullie?' zegt ze. 'Goed, ik was maandag op die receptie, wat willen jullie eraan doen? Me arresteren? Wie zijn jullie?'
Ik pak mijn portefeuille en laat haar mijn VN-legitimatiebewijs zien.
'En?' Strijdlustig kijkt ze naar me op.
'Was u uitgenodigd?'
'Ja.'
'Wie had u uitgenodigd?'
'Het was geen persoonlijke uitnodiging. Kan ik nu gaan?'
'Waarom was u daar?'
'Hoor eens, ik was er, wat wil je nog meer? Iedereen was er, een paar van ons zijn binnengedrongen. Ik snap niet dat er zo'n drukte over wordt gemaakt. Wat willen jullie, ons een rekening sturen?'
'Met wie hebt u gesproken?'

Ze lacht. Niet die vreemde lach, maar een echte, laag en kort. Ze steekt haar hand uit langs Weyland en geeft iemand een strooibiljet. Weyland duwt haar tegen de deur aan.
'Mevrouw Yomoto,' zeg ik, 'als u niet een beetje wilt meewerken verspil ik hier geen tijd meer aan. Dan ga ik een praatje maken met uw vrienden om die te vertellen hoe u aan uw geld komt. Hoe u het u kunt veroorloven om midden in de week met een protestactie mee te doen zonder bang te zijn uw baantje te verliezen. Ik zeg het niet nog eens. Met wie hebt u gesproken?'
'Dat weet ik niet.' Wanneer ik aanstalten maak om weg te lopen pakt ze me bij de arm. 'Nee, ik meen het, ik weet het echt niet. Het was vol. Ik heb met heel wat mensen gesproken, van de meesten wist ik niet wie het waren. NGO's. Mensen van het secretariaat.'
Ik kijk haar strak aan. 'Speciaal gezant Hatanaka?'
Ze knikt.
'Wat hebt u met hem besproken?'
Haar ogen gaan van mij naar Weyland. 'Hij heeft me niet gevraagd om weg te gaan,' zegt ze. Ze bedoelt Toshio. Ze heeft het nog steeds over het onuitgenodigd binnendringen.
Bij het Waldorfhotel schijnt de protestactie nu pas goed op gang te komen. Het geroep klinkt nu luid, de borden zijn opgeheven, iedereen doet mee. De kist is bijna bij de ingang van het Waldorf. Ik herhaal mijn vraag.
'We hebben niets besproken,' zegt ze. 'Ik heb hem alleen verteld wat ik dacht over alle vluchtelingen en zo.'
'U hebt niet over de stemming voor de zetel in de raad gesproken?'
'Waarom zou ik?' Ze trekt haar wenkbrauwen op. 'Hij deed toch iets met Afghanistan?'
Het duurt een seconde voor ik het begrijp. Suzi Yomoto is geen Juan Martinez. Ze is zo met zichzelf bezig, zo op haar eigen persoonlijke missie gericht, dat het echte politieke spel buiten haar gezichtsveld valt. Toshio's campagne tegen de Japanse zetel is gewoon aan haar voorbijgegaan. Hij deed iets met Afghanistan.
'Hoe goed kende u hem?'

'Ik kende hem niet. Ik heb hem maandagavond ontmoet, toen hebben we een paar minuten met elkaar gesproken, meer niet.'
'U bent nooit bij hem thuis geweest?'
Ze schudt haar hoofd. Ze lijkt nu echt stomverbaasd over de vragen. Het zou gespeeld kunnen zijn, maar ik heb het onbehaaglijke gevoel dat het niet zo is.
'Hebt u gezien waar Toshio naartoe ging toen hij bij u wegliep?' vraag ik. 'Met wie hij daarna sprak?'
Ze staart me aan. 'Hé, hebben jullie niet een verklaring uitgegeven dat hij een natuurlijke dood is gestorven?'
Opeens klinkt er een sirene in de straat; we draaien ons alle drie om en zien een politiebusje voorbijstuiven. Het stopt vlak bij het Waldorf en een stuk of tien gewapende agenten stormen naar buiten. Ze zijn zelfs meer dan gewapend: ze dragen helmen en kogelvrije vesten. De helft blijft buiten bij de demonstranten die met hun borden zwaaien, de andere helft valt de lobby van het hotel binnen waar de dragers met hun kist in zijn gelopen. Jongeren met verwilderde ogen komen langsrennen, ze trekken zakdoeken die ze om hun hals dragen omhoog om hun gezicht achter te verbergen terwijl ze het hotel naderen. De demonstratie is blijkbaar beter voorbereid dan zo op het eerste gezicht leek. De cameraman van de tv loopt achter de agenten en de doodkist aan.
Yomoto duikt het portiek uit. Voor ik de kans heb om te reageren grijpt Weyland haar bij de kraag van haar cape. Hij sleurt haar achteruit en duwt haar tegen de deur.
'Je kunt je straks laten arresteren. Op dit moment praat meneer Windrush tegen je.'
Ze zegt iets tegen hem in het Japans; het klinkt niet al te beleefd.
Ik steek mijn hand in mijn jaszak.
'Kunt u dit voor me vertalen, mevrouw Yomoto?'
Ik vouw het briefje open dat we in Toshio's brievenbus hebben gevonden. Ze kijkt ernaar en vervolgens weer naar mij.
'Probeer je grappig te zijn?'
'Is het van u?'
Ze geeft geen antwoord.

‘U hebt dit niet bij Toshio’s appartement in de bus gestopt? U had maandagavond geen afspraak met hem?’

Ze kijkt naar Weyland en daarna weer naar mij. Meesmuilend zegt ze: ‘Je bent vast niet het beste wat de VN in huis heeft.’

‘Hoor eens even...’

‘O, schei toch uit. Ik kende Hatanaka niet. Ik ben nooit bij hem thuis geweest. En ik heb verdomme nooit een afspraak met hem gehad, niet op maandag en ook niet op een andere dag. Als jullie me nu niet laten gaan doe ik aangifte van vrijheidsberoving.’ Ze kijkt naar Weyland en fronst haar wenkbrauwen. ‘Welke bevoegdheid heb je hier trouwens?’

Wanneer ik tegen haar zeg dat ik een staaltje van haar handschrift nodig heb, duwt ze me het briefje in de hand en ze begint te lachen. Meer te loeien, eigenlijk.

‘Dat kan nog wel eens moeilijk worden. Ik schrijf geen kanji. Ik kan geen Japans lezen.’

‘U zei zojuist iets in het Japans.’

‘O, ik kan prima vloeken in het Japans. Ik kan het zelfs een beetje spreken. Maar ik kan het niet lezen of schrijven.’ Ze grinnikt zelfvoldaan. Net als ik begrijpt ze dat we ons hebben vergist, dat we de verkeerde hebben. Ze kende Toshio werkelijk niet. Het briefje is niet van haar. ‘Als jullie me nu niet laten gaan, roep ik de politie.’

Ik kijk naar mijn schoenen en daarna naar Weyland, die somber zijn ogen neerslaat. Ten slotte knik ik. Hij gaat een stap opzij en Suzi Yomoto vliegt langs ons heen de straat op. Als ze opschiet is ze misschien nog op tijd om zich te laten arresteren.

17

Even voorbij de zaal van de Veiligheidsraad is een kamer die bedoeld is voor persconferenties. Het is een steriele, grijze ruimte met rijen stoelen; voorin een klein podium met daarachter een reusachtige VN-plaquette als wandversiering. Als ik er binnenkom is het vertrek stampvol, alle stoelen zijn bezet, mensen staan dicht opeengepakt in de paden, de journalisten voorin bukken zich om de cameramensen achterin een goed beeld te geven. Er zijn meer dan het gebruikelijke aantal journalisten aanwezig. Stafmedewerkers van het secretariaat staan discreet tussen het gehoor, de meesten van Politieke Zaken, maar ze worden in aantal verre overtroffen door de afgevaardigden van de Algemene Vergadering die bij weer een saaie toespraak over het kwaad van het kapitalisme zijn weggelopen en hiernaartoe zijn gekomen om iets op te vangen over het leven in de echte wereld. Lady Nicola, midden op het podium, beantwoordt vragen. Mijn ogen dwalen door het vertrek, op zoek naar Patrick. Na de mislukking met Suzi Yomoto kan ik dit gewoonweg niet langer uitstellen.

'Ik herhaal wat ik al eerder heb gezegd,' zegt lady Nicola nu. 'Dit is geen vraag die aan de raad is gesteld.'

'Maar het is toch waar,' blijft de vragensteller aandringen, 'dat Japan zijn aanspraak op de Spratley-eilanden weer kenbaar heeft gemaakt?'

O, god, denk ik, nu al. Er moet iets over de Japanse verklaring zijn uitgelekt. Hoe lang zal het nog duren voor mijn naam op schandelijke wijze in het openbaar zal vallen?

'O, ja?' Lady Nicola trekt licht spottend één wenkbrauw op. 'Dan lijkt het erop dat uw contact met de Japanse premier beter is dan het mijne,' zegt ze tegen de journalist.

Onder normale omstandigheden zou deze verbale afstraffing met gelach begroet zijn door de verzamelde professionele cynici.

Vandaag valt die helemaal verkeerd. Iemand niet ver bij me vandaan sist zachtjes.

Eindelijk zie ik Patrick zitten, naast het podium, met zijn wijsvinger tegen zijn kin, een tot leven gekomen *Denker*. Maar er bevinden zich te veel mensen tussen ons om bij hem te kunnen komen zonder de aandacht te trekken, dus ik moet wachten. Nu staat de Tunku op, de voorzitter van de VN-hoofdkwartier Commissie, de man die elke kans die we hadden om in het souterrain behoorlijk forensisch onderzoek te laten instellen heeft verpest. In het vertrek stijgt overal gekreun op. De Tunku glimlacht naar links en naar rechts en maakt vervolgens aanstalten om een van tevoren opgestelde verklaring voor te lezen. Sommige toehoorders die vlak bij de deur zitten, zien kans te ontsnappen; ze hebben kennelijk wel iets beters te doen dan luisteren naar weer zo'n 'toestand in de wereld'-toespraak van Tunku Rahman Kabir. Helaas is het echt nodig dat ik Patrick te spreken krijg, dus ik verman me.

De Tunku roert alle gebruikelijke onderwerpen aan: zionisme, neokolonialisme, exploitatie van de armere landen door wat hij 'de belachelijk overontwikkelde landen van de wereld' noemt. Daarna dwaalt hij af van de voorbereide tekst om ons deelgenoot te maken van nog meer overpeinzingen over diverse belangrijke zaken van de dag, tot een forse, Zuid-Afrikaanse journalist hem interrumpeert, die de Tunku een vraag toeroept en vervolgens weer gaat zitten. Dit wordt met applaus verwelkomd. Het gerimpelde gezicht van de Tunku wordt nog rimpeliger.

'Wat is dan de waarheid van deze kwestie?' vervolgt hij retorisch. 'Dat vraag ik u. Is de Algemene Vergadering niet het parlement der mensheid? Maar nu kunnen we zien wat de onverklaarbare macht van de Veiligheidsraad in de praktijk voorstelt: dat de Algemene Vergadering niet op de hoogte wordt gehouden, niet alleen over wat er in de wereld plaatsvindt, maar hier' – hij wijst dramatisch naar de grond – 'ja, hier in de Verenigde Naties zelf, die zoals we weten werd opgericht om de zwaarden om te smeden tot ploegscharen, zoals het gezegde luidt, en om de gesel van de oorlog te verslaan.'

'Excellentie...' komt lady Nicola vermoeid tussenbeide.
'Ja, ja.' De Tunku maakt een weids handgebaar. 'Daarom vraag ik: wanneer zal de Algemene Vergadering worden ingelicht over wat er wordt gedaan met betrekking tot de dood van de speciaal gezant? En meer van dergelijke vragen, zoals waarom de Commissie van de Algemene Vergadering niet voldoende medewerking krijgt van het secretariaat? En hoe is de situatie met betrekking tot de Japanse aanspraken op de Spratley-eilanden, waarvan iedere internationaal juridisch deskundige zwart op wit heeft verklaard dat ze tot Maleisië behoren?' Aldus besluit de Maleisische ambassadeur zijn toespraak.
Overal in het vertrek praten de journalisten nu met elkaar, sommigen lachen openlijk om het optreden van de Tunku. Lady Nicola herhaalt wat is overeengekomen om openbaar te maken over Toshio's dood: aangenomen wordt dat het een natuurlijke dood was, alle vragen dienen gericht te worden aan het secretariaat. Maar de Tunku luistert niet. Nu hij zijn redevoering heeft uitgesproken begeeft hij zich naar de deur, gevolgd door de Maleisische delegatie, waarvan de leden hun ogen op het tapijt gevestigd houden.
Te midden van het geschuif met de stoelen steek ik mijn hand op om Patricks aandacht te trekken. Hij maakt een hoofdbeweging naar links, naar de uitgang.
'Ellendige kerel,' zegt hij als ik me bij hem voeg in de zijgang. Hij trekt een lelijk gezicht bij de herinnering aan het hoogdravende vertoon van de Tunku.
Ik wijs naar de kamer en vraag hem waarom deze persconferentie eigenlijk is georganiseerd. Publiciteit over het onderwerp is toch zeker het laatste waaraan we behoefte hebben?
'De journalisten kregen lucht van die brief van de Jappen,' zegt hij. 'Bruckner wilde dat lady Nicola de hele zaak de kop in zou drukken voor ze het gingen publiceren.'
'Denk je dat het iets heeft uitgehaald?'
'Joost mag het weten.' Hij draait zich snel om. 'Waar zit jij achteraan? Ben je gekomen om uit te leggen waarom je naar de zijkamer werd gehaald?'

Het feit dat ik me niet wil neerleggen bij de wensen van de grote vijf zit hem nog steeds dwars, begrijp ik. Ik vertel hem dat ik niets heb bereikt bij Suzi Yomoto. Zij is niet degene die gisteren het briefje in de brievenbus van Toshio heeft gestopt. Daarna kom ik terug op het onderwerp van mijn bezoek van vanochtend vroeg met Pascal aan de Portland Trust Bank. Ik probeer Patrick zover te krijgen dat hij me een hint geeft over wat er gaande was tussen hem en Toshio. Zonder iets te zeggen laat hij me uitspreken.

'Pascal weet niet waarom Toshio vrijdag naar de bank is teruggegaan,' besluit ik.

Patrick kijkt me uit een ooghoek aan. 'Je bent nog steeds kwaad op me, hè? Alleen omdat Hatanaka deze kwestie onderzocht en er jou niets over was gezegd.'

'Pascal heeft me al het bewijsmateriaal laten zien dat je had met betrekking tot Asahaki. En hij heeft me ook verteld wanneer je het had gekregen.'

'Nou, en?' Patrick loopt bij me vandaan en gaat het toilet in.

Ik ben echter niet van plan om hem zo gemakkelijk te laten gaan. Ik loop achter hem aan naar binnen, buk me en kijk onder de beide deuren door. Beide toiletten zijn onbezet. Patrick ritst zijn broek open bij het urinoir.

'Je had dat materiaal drie weken geleden al, Patrick. Het gaat er niet alleen om dat je het me niet hebt verteld. Je hebt het voor je gehouden. Je hebt me met opzet niets gezegd. Je wist dat het om fraude ging en je hield het eenvoudig voor je om Asahaki's hachje te beschermen. En gisteravond heb je tegen me gezegd dat er niets concreets was in het nadeel van Asahaki, dat je het nog maar pas had gehoord. Je hebt tegen me gelogen.'

'Dat is jouw interpretatie.'

'Jij wilt dat de Japanners die zetel krijgen. Je wilt het zo graag dat het je niet kan schelen of ik iets vind, nietwaar? Misschien zou je dat zelfs liever willen.'

Patrick kijkt naar de muur boven het urinoir. Nadat hij zijn rits heeft dichtgemaakt deelt hij me mee dat ik dit helemaal verkeerd aanpak.

'Nou, ik sta open voor suggesties.'

'Hoor eens,' zegt hij terwijl hij zich omdraait en naar me toe komt. 'Dacht je dat ik niet genoeg aan mijn hoofd had zonder dat jij me op mijn huid zit? Als je nu eens niet zo'n hoge toon aansloeg, maar aan je werk ging. En goed. Op de manier zoals ik het je zeg. Kun je dat?'

Onze neuzen zijn slechts enkele centimeters van elkaar verwijderd. Zijn aftershave ruikt naar muskus.

'Je bedoelt, nu ik geen blinddoek meer voor heb?'

Hij knijpt zijn ogen half dicht. 'Doe je werk nu maar,' mompelt hij. Terwijl hij naar de wasbak loopt, wijst hij naar de deur.

Ik ga echter niet weg. Ik blijf staan en kijk naar hem. Ten slotte wacht hij, met één hand op het zeeppompje, en kijkt naar mijn beeld in de spiegel boven de wasbak. 'Je wilt het met alle geweld kwijt. Wat heb je op je hart?'

Mike zal dit niet prettig vinden, denk ik. Dan zeg ik het.

'De telefoons in Toshio's flat werden afgeluisterd. Onze veiligheidsmensen missen een paar microfoontjes van hetzelfde fabrikaat. En vanochtend was er een inbreker in mijn flat. Toen ik hem betrapte was hij bezig met mijn telefoon. Hij plaatste, of verwijderde, net zo'n microfoontje als wat we bij Toshio hebben aangetroffen.'

Patrick mompelt iets. We kijken elkaar aan via de spiegel.

'Ik vond alleen dat je dit moest weten.'

Hij duwt met zijn tong tegen de binnenkant van zijn wang en zijn gezicht wordt rood terwijl hij me in de spiegel blijft aankijken. Daarna wast hij zijn handen en houdt ze onder de droger. Wanneer hij me eindelijk recht aankijkt is dat met een strenge blik. 'Je bent gisteren naar Hatanaka's flat gegaan. En je hebt er vierentwintig uur mee gewacht om me te vertellen dat er afluisterapparatuur geplaatst was? En die inbreker was in jouw huis, hoe lang geleden, zes uur? Wat dacht je dat ik bedoelde toen ik je opdroeg me op de hoogte te houden?'

'Ik breng je nu op de hoogte.'

'Dat zal verdomme tijd worden.'

'Heb je liever dat ik dit alles aan lady Nicola vertel?'

Hij fronst zijn voorhoofd.
'Of aan de Veiligheidsraad?' zeg ik.
'Hang nu maar niet de slimme jongen uit. Je was van het begin af aan op de hoogte van de regels. Je moest me op de hoogte houden. In plaats daarvan blijkt nu je dat me belazerd hebt. Denk je dat ik dat pik?' Hij wijst. 'Je bemoeit je niet meer met die kwestie Asahaki. Je moet je eens een beetje koest houden.'
Ik krimp ineen. Koest is, voorzover ik me herinner, een commando dat bazen gebruiken voor ongehoorzame honden. De meeste illusies die ik omtrent Patrick koesterde zijn allang in rook opgegaan, maar deze ene – dat hij me beschouwt als collega, dat hij mijn mening oprecht respecteert – is altijd een grote troost voor me geweest, een persoonlijke beloning voor mijn Sisyfusarbeid. Nu begin ik te twijfelen. De duizend keer dat we het oneens waren en vervolgens toch iets bereikten wat ik als een wederzijds compromis beschouwde, de flexibiliteit die ik heb getoond – heeft hij dat alles opgevat als tekenen van zwakheid? Ik moet me koest houden. God, ik ben razend. Op hem. Op mezelf.
Ik wend mijn hoofd af en loop achteruit naar de deur. 'Als ambassadeur Asahaki terugkomt, ben ik van plan om hem te ondervragen. Als je hem weer spreekt, kun je hem dat alvast vertellen.'
'Sam,' zegt Patrick, met zijn ogen wijd opengesperd nu hij begrijpt dat hij te ver is gegaan. 'Sam!' roept hij een tweede keer, maar ik ga nog een stap achteruit en knik hem stijfjes toe terwijl de deur tussen ons dichtvalt.
De journalisten stromen nu uit de perskamer de hal in, hun bijeenkomst met lady Nicola is eindelijk afgelopen. Ik maak een omtrekkende beweging, ziedend als ik ben. Koest. Verdomme, koest.
'Je hebt lady Nicola niet naar de Speciale Commissie gevraagd.' Geschrokken draai ik snel mijn hoofd om. Die journaliste, Marie Lefèbre, is naast me komen lopen. Ze klopt op haar handtas. 'Geen microfoon,' zegt ze lachend.
We zijn een behoorlijk eind bij de andere journalisten vandaan; niemand heeft haar de Speciale Commissie horen noemen.

'Welke vragen had u verwacht?' vraag ik.

'O, je had bijvoorbeeld kunnen vragen of meneer Hatanaka een onderzoek had ingesteld naar de activiteiten van de Speciale Commissie.'

Ik blijf lopen. Ik laat niet merken dat ik verrast ben. 'Waar hebt u dat vandaan, mevrouw Lefèbre?'

'Marie.'

Wanneer ik blijf staan, blijft zij ook staan. 'Waar heb je dat vandaan, Marie?'

Losjes wuift ze met haar hand en ze zegt iets tegen me in het Frans.

'Als je probeert om een of ander vaag verhaal bevestigd te krijgen,' waarschuw ik haar, 'moet je het bij iemand anders proberen.'

'Het is al bevestigd.'

'Dat zal wel.'

'Geloof je me niet?'

Ik draai me om, met de bedoeling een eind aan dit gesprek te maken. Haar volgende opmerking treft me echter met een schok van duizend volt.

'Ik heb nu alleen nog de volledige informatie over de fraude nodig,' zegt ze.

Ze knikt me goedendag en loopt langs me heen naar de deur in de muur van de Veiligheidsraadzaal die toegang geeft tot de persafdeling. Even blijf ik perplex staan. Dit kan ik op het moment werkelijk niet gebruiken. Als zij het verhaal publiceert, wat ze er ook van weet, dan breekt de hel los. Mannen als de Tunku zullen – en terecht – het secretariaat ervan beschuldigen samen te zweren om de waarheid te verbergen. Ze zullen er bij de Algemene Vergadering op aandringen het secretariaat te passeren en de leiding van het onderzoek naar Toshio's dood over te nemen, en als dat gebeurt wordt de hele kwestie in het politieke vlak getrokken. De kans om ooit uit te vinden wat er maandagavond werkelijk in het souterrain gebeurd is, zal verdwijnen onder een stortvloed van papieren, subcommissies en veto's, en Toshio's dood wordt weer zo'n onderhandelingsmogelijkheid in de eindeloze kinderachtige spelletjes van de Algemene Vergadering. Christus. Wanneer ik Marie Lefèbre eindelijk heb ingehaald, zit ze bij de radio- en tv-bedieningspanelen op de persafdeling. Er is niemand behalve zij, alle schermen zijn leeg. Rechts van me laten de hoge ramen van ondoorzichtig glas licht binnen uit de zaal van de Veiligheidsraad, en wanneer ik die kant op kijk, zie ik een eenzame monteur bezig met de microfoonkabels. Wanneer ik per ongeluk in de beperkte ruimte tegen een van de gemonteerde tv-camera's opbots, slaat Marie haar ogen op van haar bureau. We kijken elkaar aan.

'Welke fraude?' zeg ik.

Ze rolt met haar ogen. Ik zal met iets beters moeten komen.

'Ik kan ondersecretaris-generaal O'Conner vragen om met je te praten,' zeg ik, een enigszins botte poging om haar te overtroeven met een hoge positie. 'Misschien kan hij je positie hier verduidelijken.'

'Ik weet precies wat mijn positie is.'

'Daar ben ik niet zo zeker van.'

Ze legt haar pen neer. 'Als je mijn VN-accreditatie intrekt, zal ik wat ik heb aan een collega geven. En omdat je mijn accreditatie ingetrokken hebt, zal mijn collega weten dat het waar is wat ik zeg. Bovendien zal hij je ervan beschuldigen dat je de persvrijheid belemmert.' Vriendelijk lachend houdt ze haar hoofd scheef. Ze heeft me te pakken.

'Ik zou graag willen dat je je verhaal niet publiceerde.'

'O, ja?'

'Ik zeg dat je het niet mag publiceren. Wat je ook hebt. Is dat mogelijk?' Terwijl ze over mijn verzoek nadenkt komt er een onaangename gedachte bij me op. 'Heeft iemand anders het?'

'Nee.' Onmiddellijk verbetert ze zichzelf. 'Ja.' Lachend kijkt ze me aan. 'Vraag nummer twee: het antwoord is nee. Ik denk dat niemand anders het heeft. Vraag nummer één, of je me ervan kunt overtuigen dat ik het verhaal niet moet publiceren? Misschien.'

'Je hebt net ja gezegd.'

'Nu zeg ik misschien.' Ze tuit haar lippen, even in haar eigen gedachten verzonken. Daarna pakt ze een tijdschrift dat aan de rand van de tafel ligt, haar rok kruipt omhoog langs haar in kousen gehulde benen. 'Dit is de vraag die u me zou kunnen stellen, meneer Windrush, Samuel?'

Ik haal mijn schouders op: hoe ze me noemt is op het moment het probleem niet.

'Je zou me kunnen vragen,' zegt ze, 'wat je kunt doen om me te helpen.'

'Wat ik kan doen om je te helpen,' herhaal ik.

Terwijl ze me strak aankijkt met een bijna katachtige blik steekt ze me het tijdschrift toe, de laatste editie van *Time*. De dalai lama, in een oranje gewaad, staat in gebed verzonken op de omslag.

In een domme poging tot humor vraag ik of ze wil dat ik voor haar bid. Marie vindt het niet grappig. Haar ogen schieten plotseling vuur: Jeanne d'Arc in de eenentwintigste eeuw. Ze grist het tijdschrift uit mijn hand.

'Ik heb gesolliciteerd naar een baan bij hen.'

'Bij *Time* magazine?'

'Ik heb hier schoon genoeg van.' Haar hand gebaart naar de consoles, ze hoeft het niet uit te leggen. Radio, de derdeklas burger van het mediatijdperk. Radiojournalisten zoals Marie kunnen nooit de grote interviews krijgen; de belangrijkste ambassadeurs staan er allemaal op dat die worden afgedrukt of op tv worden uitgezonden. De baan bij *Time*, vertelt Marie me nu, is in New York. Ze zou redactioneel werk doen op de afdeling Europa. Het is duidelijk dat ze met elke vezel van haar journalistieke wezen snakt naar die mogelijke baan.

'En hoe kan ik je helpen?'

'Speciaal gezant Hatanaka.'

Ik knik. 'Ik luister,' zeg ik.

'In O'Conners persbericht staat "natuurlijke dood",' vervolgt ze. 'Maar hij heeft niets gezegd over Hatanaka's onderzoek naar de Speciale Commissie. O'Conner heeft volgens mij niet de volledige waarheid gesproken: fraude door de Speciale Commissie. Ik weet dat er een artikel in zit. Het kan een groot verhaal zijn.'

'Heeft het zin om je te vragen hoe je aan deze informatie komt? Die ik overigens niet bevestig.'
'Ik kan kiezen,' zegt Marie, zonder op mijn vraag in te gaan. 'Ik breng vandaag verslag uit van wat ik al weet. Dan zal iedere journalist uit New York hierheen komen. Ik heb één minuut van glorie en dan... poef.' Ze knipt luid met haar vingers. Dat scenario betekent dat ze slechts een van de honderden zal zijn, ondergesneeuwd, zoals de VN-journalisten altijd ondergesneeuwd worden door de grote namen die van buiten hierheen worden gestuurd: de *New York Times* en de *Washington Post*. *Time* magazine.
'Plan twee?' vraag ik.
'Ik wacht op het complete verhaal.'
Mijn ogen dwalen naar het exemplaar van *Time*. Ik begin er een idee van te krijgen wat Marie Lefèbre van me wil.
'Wanneer je het complete verhaal hebt geef je het aan *Time*, ze maken er veel ophef over, jij bent hun nieuwe talent. Ze zijn zo dankbaar dat ze je die geweldige baan aanbieden die je wilt hebben.' Ik kijk op en vraag: 'Ben ik al warm?'
'Je hebt weggelaten dat iemand van Juridische Zaken me de delen van het verhaal geeft waar ik zelf niet achter kan komen.'
'Aha.'
'En ook dat ik, als ik over informatie beschik die deze persoon van Juridische Zaken kan helpen bij zijn onderzoek naar Hatanaka's dood...'
'Toch al verplicht zou zijn om die te geven. En wie heeft je verteld dat ik betrokken ben bij het onderzoek?'
'Deze informatie zal ik met hem delen. Maar alleen' – ze heft een vinger op – 'als hij me zijn woord geeft dat ik exclusief het hele verhaal krijg wanneer het onderzoek is afgelopen. En een interview.'
'Met mij?'
'Natuurlijk.'
'Geen sprake van.'
Ze fronst met gespeelde boosheid haar wenkbrauwen. Ze weet dat ze nu gerust kan zijn; het is ons beiden duidelijk geworden

dat ik zal moeten instemmen met een afspraak. Niet alleen omdat ik alles wat ik over Asahaki te weten kan komen wil hebben, waar het ook vandaan komt. Maar ook omdat ze me in een hoek gedreven heeft. Ik kan gewoon niet riskeren dat Marie bekendmaakt wat ze weet over de Speciale Commissie, of over het onderzoek van Toshio, of dat van mij.

'Ik kan je het volgende aanbieden,' zeg ik na enig nadenken. 'Jij geeft me alles wat je hebt. Je geeft het me nu meteen, daarna laat je dit verhaal rusten. Wanneer deze hele kwestie is opgehelderd – en die is pas opgehelderd wanneer ik het zeg – geef ik jou je exclusieve verhaal. Je mag me niet citeren. Geen rechtstreekse bijdrage. Maar je zult genoeg hebben om je kans te wagen bij *Time*. Dat is de deal. En er valt niet over te onderhandelen, dus waag het niet het te proberen.'

Ze overweegt het en geeft me ten slotte een hand om de afspraak te bezegelen. Maar wanneer ik haar hand aanpak hou ik die stevig vast en ik kijk haar recht in de ogen.

'Als je je hier niet aan houdt, als je ook maar één woord loslaat voor ik je het groene licht geef, laat ik je accreditatie intrekken. Daarna praat ik met een paar vrienden bij Buitenlandse Zaken en die zullen ervoor zorgen dat elke aanvraag voor een groene kaart die je doet, zal worden afgewezen. Zonder die kaart kun je niet voor *Time* werken, noch ergens anders in de VS. Dan word je het land uitgezet. Dat is de deal.'

Ze kijkt naar me alsof ze opnieuw wil taxeren wat ze ziet. Haar brutale optreden heeft een deukje gekregen. Ze trekt haar hand uit de mijne terug. Het is duidelijk dat ze mijn uiteenzetting niet leuk vond.

Op dat moment gaat er een deur achter in de perskamer open. Iemand roept of Marie al gaat lunchen. Ik kijk om. Het is Mei Tan, Toshio's secretaresse. Ik kijk van haar naar Marie. Juist, denk ik. Oké. Lunch. Meisjes onder elkaar. Maries gezicht is nu een toonbeeld van irritatie en verwarring. Ze zegt tegen Mei Tan dat die maar vast vooruit moet gaan. Mei Tan gaat weg. Vervolgens steekt Marie haar hand uit naar de console, begint met een paar schakelaars te stoeien en pakt een grote geluidsband.

'Je informant?' gok ik.
'We hebben een deal gesloten.'
'Als Mei Tan alles is wat je hebt...'
'Zij heeft me dit niet gegeven.' Getroffen op haar gevoelige plek, haar journalistieke trots, haalt Marie een vel papier uit haar tas en gooit het op het bureau. Een lijst met namen van bedrijven. Naast elke naam een getal. Er zijn heel grote getallen bij, allemaal met een dollarteken ervoor.
Ik kijk op.
'Amerikaanse investeringen,' zegt Marie, 'gedaan met het VN-geld dat werd gestolen van de Speciale Commissie.'
Mijn mond valt open. Ik kijk naar de lijst. De getallen variëren van honderdduizend dollar tot een miljoen. En er staan meer dan twaalf bedrijven op de lijst. Marie draait het vel papier om. Op de achterkant staat slechts één naam, Jade Moon Enterprises, het getal ernaast is een miljoen dollar. En in tegenstelling tot de andere bedrijven staat er een adres bij Jade Moon. Wanneer ik er een opmerking over maak, vertelt Marie me dat Jade Moon het enige bedrijf op de lijst is dat ze tot dusver heeft weten te traceren.
Ik leg mijn vinger op de straatnaam en frons mijn voorhoofd. 'Chinatown?'
'Natuurlijk, Chinatown. Daar moet hij veel contacten hebben.'
Het kost me een paar seconden, de betekenis van haar woorden dringt tot me door als een trage zeemist. Het wordt kil; het licht waarbij ik het onderbemande schip van mijn onderzoek heb bestuurd begint plotseling te vervagen. Er zaten drie mensen in de Speciale Commissie van het VN Drugs Controle Programma. Een van hen was een Chinees. Ik buig me over het vel papier. Het is niet de Japanse ambassadeur over wie Marie het hier heeft. Deze investeringen met het verduisterde VN-geld werden niet gedaan door Bunzo Asahaki.
Maries hand stoot tegen de mijne. Ze legt een vinger op het adres van Jade Moon in het hart van Chinatown.
'Is er een betere plaats voor Wang Po,' vraagt ze simpelweg, 'om het gestolen geld te investeren?'

18

Mike fluit *Blue Moon* terwijl we het politiebureau aan Mott Street uit lopen; hij heeft het nu bijna een uur lang met tussenpozen gefloten.

'Het is Jade Moon,' zeg ik, eindelijk mijn geduld verliezend.

Boven aan de trap blijft hij staan. Mijn auto staat tegen de regels bij de politieauto's geparkeerd.

'Het bedrijf,' zeg ik tegen hem, wijzend op de papieren die hij in zijn handen heeft, het enige wat we van de wijkpolitie hebben losgekregen over Jade Moon Enterprises. 'Het bedrijf heet Jade Moon. Jade is niet blauw,' zeg ik. 'Jade is groen.'

Mike kijkt me niet-begrijpend aan. Dan knikt hij, hervat zijn klaaglijk gefluit en begint de stoeptreden af te lopen terwijl ik mijn hand naar mijn ogen breng en zachtjes wrijf, om een moment rust te nemen.

Naar het schijnt is de naam Po Lin totaal onbekend bij de wijkagenten. En na Mikes grondige, vriendelijke aanpak – een kwartier met de inspecteur van het bureau over de goeie ouwe tijd kletsen, tien minuten bij de koffiemachine op iedere geüniformeerde rug slaan die voorbijkwam, en een hele hoop geintjes met de etnisch-Chinese agenten die van de inspecteur opdracht hadden gekregen om met ons te praten – ben ik er vrijwel van overtuigd dat deze jongens ons niet met lege handen laten staan omdat ze te lui zijn om in hun dossiers te kijken. De naam Po Lin zegt hen echt niets.

Wat verrassender is: de naam Jade Moon Enterprises doet evenmin harten sneller kloppen. Uit wat ze ons vertellen begrijpen we dat het een gerenommeerd familiebedrijf is, een groothandel in manufacturen en huishoudelijke artikelen, en een bioscoop. Elke onderneming wordt geleid door een van een stel tweelingbroers, de Kwoks, die bijna aan hun pensioen toe zijn. Door de jaren heen is er zo nu en dan een relletje in de bioscoop geweest, maar niets waar de ME op af hoefde, en de agenten lachten alleen maar toen we met de vraag kwamen of er misschien een verband bestond met de Triade. Dus wat is hier aan de hand? vraag ik me nu af. Waar jagen we nu feitelijk achteraan?

Wanneer ik in de auto dezelfde vragen aan Mike stel, draait hij zijn hoofd om.

'Hoor eens, je moet niet alles geloven wat je daar gehoord hebt.'

'Dat doe ik niet. Wat was dat trouwens voor verhaal dat je hun hebt wijsgemaakt? Sinds wanneer komt de politie van Hongkong bij jou aan de deur kloppen om advies?'

'Ze hebben het toch geslikt?' zegt hij. Hij bedoelt dat de wijkagenten zijn onwaarschijnlijke verhaal voor zoete koek hebben aangenomen.

'Ze hebben het geslikt omdat ze niet konden geloven dat iemand zo stom zou zijn om tegenover hen zijn mond voorbij te praten als het niet waar was.'

'Precies.' Mike draait het contactsleuteltje om en begint te lachen. 'Wat wil je daarmee zeggen?' Terwijl we tussen de politieauto's uit rijden weidt hij uit over zijn theorie over agenten en hun fouten, en waarom ik het nog niet meteen moet opgeven met Jade Moon Enterprises. 'Op elk bureau is het hetzelfde. Ze denken allemaal dat ze hun eigen wijk onder controle hebben. Ziet alles op straat er precies zo uit als gisteren? Nou, dan is er geen probleem. We weten wat er omgaat. Ik heb ergens gewerkt waar de jongens elke ochtend hun donuts kochten bij dezelfde oude, zwarte man. Het valt niemand op dat hij meer verkoopt dan alleen donuts, tot op een ochtend een ontevreden klant over zijn toeren raakt en de man voor zijn hoofd schiet. Ik zeg je dit, Sam: agenten zijn net als ieder ander. Meestal zien ze wat ze gisteren hebben gezien.'

Ik merk op dat het me onwaarschijnlijk lijkt dat de broertjes Kwok het brein zijn achter een internationale, criminele organisatie vanuit de achterkamer van een manufacturengroothandel in Chinatown.

'Wacht maar af,' zegt Mike. Hij zegt dat we het wel zullen zien. Onder het rijden komt hij met het verhaal dat we zullen ophangen, dat we een onderzoek instellen voor het Bureau voor Kleine Ondernemingen. Ik luister maar half en blader intussen door de paperassen over Jade Moon die de wijkagenten ons hebben gegeven. Er zit niets bij wat mijn aandacht trekt en een minuut later bestudeer ik nog een keer de enkele bladzijde over Wang Po Lin die Mike uit het archief van de VN-veiligheidsdienst heeft gehaald.

Er is een foto bij, een pasfoto die met een paperclip aan de linkerbovenhoek is bevestigd. Po Lin is een oude man, 71 volgens de opgegeven geboortedatum, en daar ziet hij naar uit. Zijn haar is wit. De glazen van zijn bril met hoornen montuur zijn dik. En aan de lijnen die van zijn mond aan weerszijden van zijn kin omlaaglopen is te zien dat deze man zijn verblijf op de wereld niet als een bron van vreugde beschouwt.

Dat komt overeen met zijn reputatie. Als derde man van de Chinese delegatie wekt hij zo nu en dan de indruk dat hij er persoonlijk op uit is om al het onrecht goed te maken dat zijn volk door de eeuwen heen is aangedaan door buitenlandse, voornamelijk westerse, agressie. Hij neemt wraak op de gebruikelijke, diplomatieke manier door eindeloze, haatdragende toespraken te houden. Telkens als de gelegenheid zich voordoet kun je erop rekenen dat Po Lin een monoloog van een halfuur houdt over het imperialisme en het Westen. De Engelsen vormen zijn speciale doelwit: Hongkong, de opiumoorlogen. Het gerucht gaat dat Po Lin vorige maand naar Peking is teruggeroepen omdat hij lady Nicola onlangs verbaal heeft aangevallen. Patrick heeft me verteld dat hij gehoord heeft dat lady Nicola een diplomatieke tegenaanval lanceerde die het terugroepen van Po Lin tot gevolg had.

Patrick wist echter niet over welk wapen lady Nicola beschikte. En ik vraag me nu af of zij dezelfde informatie had die Marie me heeft gegeven. Als ik het idee aan Mike voorleg, trekt hij een gezicht.

'Wat ik ervan denk? Ik denk dat het een stomme gok is,' zegt hij. 'Laten we nu eerst maar het routinewerk doen en met het denkwerk wachten tot we een paar feiten hebben.'

Nadat hij de auto heeft geparkeerd geef ik hem de foto van Po Lin. Daarna schuif ik de andere papieren onder de stoel en ik stap uit.
Chinatown verandert nooit. Hoewel het elk jaar een beetje groter en veel drukker wordt, blijft het stadsdeel in essentie precies zoals het was toen ik een half leven geleden in New York aankwam. De restaurants maken er deel van uit, de geur van gebakken varkensvlees en groenten die in de loop der jaren in de muren van de gebouwen lijkt te zijn gedrongen; nu ik met Mike over het trottoir loop snuif ik tegen wil en dank de kruidige lucht op. En de oude vrouwen die krom lopen onder het gewicht van hun boodschappen, groene groenten en rollen bontgekleurde stof die uit plastic tassen steken, zouden dezelfde mensen kunnen zijn die Sarah en ik zagen toen we hier als student kwamen, op zoek naar een restaurant dat geen aanslag zou plegen op onze bankrekening.
'Hier,' zegt Mike en hij slaat rechts af.
We zien de uithangborden onmiddellijk, twintig meter verder de straat in. De Jade Moonbioscoop staat links, recht tegenover een winkel die de woorden JADE MOON in donkergroene letters op zijn luifel heeft staan. Mike kiest de winkel als onze eerste bestemming. Binnen is het bedompt en er hangt een sterke kruidengeur. Kaneel en nootmuskaat en god weet wat nog meer. Open jutezakken staan kniehoog naast elkaar langs de achterwand. Een paar oudere Chinese vrouwen inspecteren de koopwaar zorgvuldig, met hun vingers woelen ze in een zak met bruine zaden.
'Geïmporteerd,' zegt Mike en hij vestigt mijn aandacht op de labels aan de zakken terwijl we door het eerste pad lopen.
Taiwan is naar het schijnt de voornaamste leverancier van de gebroeders Kwok. De schappen zijn afgeladen met schalen en kannen in Taipei-stijl, goedkoop en glimmend.
Ik heb een vraag. Ik gebaar naar de uitgestalde artikelen. 'Wat zoeken we?'
'Een miljoen dollar.'
Ik trek één wenkbrauw op.
'Of iets wat lijkt op een miljoen dollar,' zegt Mike uit zijn mond-

hoek. 'Iets wat erop wijst dat we niet voor niets hier zijn.'
Hij loopt verder het pad langs en ik sjok achter hem aan, op mijn lip bijtend.
Ik heb een afspraak met Jennifer Dale. Toen ik haar eerder vandaag belde om haar te laten weten dat Mike en ik een kort uitstapje zouden maken buiten de begrenzing van het VN-hoofdkwartier en naar Chinatown zouden gaan, had ze natuurlijk een paar vragen. Toen ik die vragen ontweek werd haar toon beslist ijzig; ze beval me min of meer om naar haar kantoor te komen zodra ik terug was in Turtle Bay. En Jennifer is niet mijn grootste probleem. Toen ik Pascal Nyeri de lijst gaf met namen van bedrijven die ik van Marie Lefèbre had gekregen, wierp hij er één blik op en zei dat ik me er niet te veel van moest voorstellen. De bedrijven, zei hij, kunnen overal in de VS geregistreerd staan, van Florida tot Alaska; een grondig onderzoek bij de Kamers van Koophandel in elke staat zal hem minstens een week tijd kosten. Hij kan waarschijnlijk een goed financieel beeld van Jade Moon Enterprises krijgen binnen vier à vijf dagen, zegt hij, mits ik de autoriteiten bij de Amerikaanse omzetbelasting ertoe kan bewegen om met hem te praten. Dat is iets wat ik bij Jennifer zal moeten aankaarten wanneer ik haar zie. Geen prettig vooruitzicht.
Terwijl ik blijf stilstaan bij een stapel roestvrijstalen wokken komt de gedachte bij me op dat dit onderzoek wel op heel vreemd terrein is beland. Dokter Livingstone zelf kon niet erger verdwaald zijn.
'Die jongen Martinez kwam vanochtend bij me,' zegt Mike. Hij pakt een doos wierookstokjes. 'Met Rachel.'
'Juan is oké.'
'Die knaap heeft verdorie een paardenstaart. We zijn in de eenentwintigste eeuw en we kweken nog steeds hippies.'
Ik vraag Mike of hij iets wijzer is geworden van de NGO-mensen die hij heeft ondervraagd, of er iets bruikbaars uit hun verklaringen is gekomen. Hij haalt zijn schouders op en zet de doos terug op de plank.
'Het schijnt dat Hatanaka omstreeks negen uur op de receptie

verscheen. Hij moet rechtstreeks van zijn zus zijn gekomen, je weet wel, van het Japanse Genootschap. Daarna hebben we niets dan stukjes en beetjes. Martinez en een paar andere lui hebben met Hatanaka gesproken. Maar er is niemand iets vreemds opgevallen.'

'Weten we wanneer hij wegging?'

'Niemand zag hem vertrekken. Maar dat zegt niet veel. Bij zo'n gelegenheid, wie let erop? Honderden mensen komen en gaan. De man die bij de deur op wacht stond zegt dat hij denkt dat Hatanaka misschien laat is weggegaan.'

'Dat is tenminste iets.'

'Dat is niets. De man dekt zich in. Als we tot de ontdekking komen dat Hatanaka vroeg is weggegaan zal hij me vertellen dat hij al zei dat hij het niet zeker wist. Als we merken dat Hatanaka laat is vertrokken zal de bewaker zeggen: ja, dat heb ik al verteld. Dan is hij aan twee kanten gedekt.'

We lopen verder de winkel in. Mike blijft staan om de inhoud van een open krat te inspecteren.

'En de videobanden van maandagavond?' vraag ik. 'Heb je nog iets meer uit de onderhoudsmensen losgekregen?'

'Nog zo'n succes.' Hij steekt zijn hand in de krat en rommelt erin. 'Ik heb het tien keer doorgesproken met de onderhoudsmensen, die maandagavond met de camera's bezig zijn geweest. Ze zien niet in dat er iets verkeerds aan was. Het stond op de lijst, ze hebben alleen hun werk gedaan. En wat denk je? Ik heb hun baas – Blaveski? Blatski? – gevraagd of hij dacht dat het slim was om een dag voor de opening onderhoudswerkzaamheden uit te voeren. Alsof hij niet maanden de tijd had gehad om het voor elkaar te krijgen. Weet je wat hij zei? Hij zei dat het op het rooster stond. Dat verdomde rooster. Alsof het in steen gebeiteld is, het elfde gebod. Nou vraag ik je. Hersens?' Mike kijkt op van de krat.

Nadat we een eindje verder zijn gelopen, blijven we staan om door een openstaande zijdeur de opslagplaats ter grootte van een garage van de gebroeders Kwok in te turen. Op pallets liggen zakken hoog opgestapeld, stofdeeltjes zweven door de lucht, een straal zonlicht valt door een kapotte dakpan. Een half dozijn vu-

renhouten kratten in een hoek. De betonnen vloer is gebarsten.
'Ziet dit eruit alsof het een miljoen dollar waard is?' vraag ik. Mike is het met me eens dat het er niet op lijkt. In de verste verte niet. Wanneer we door het volgende pad teruglopen deel ik hem het nieuws mee dat ik tot dusver had achtergehouden.
'Ik heb Patrick gesproken. Ik heb hem verteld van de afluisterapparatuur in Hatanaka's flat.'
Mike kijkt me van opzij aan.
'En van de indringer in mijn flat,' zeg ik.
'Jezus, moest dat?'
'Hij is mijn baas.'
'Hij heeft ons belazerd. Vanaf het moment dat deze zaak ging spelen.' Mike denkt even na, dan vraagt hij: 'Wat zei hij ervan?'
'Hij was razend. Hij wilde me van het onderzoek halen.'
'Ja, dat is logisch.' Mike denkt weer na. 'Nu begrijp ik ook waarom hij vanmorgen zo opgefokt was toen hij bij me kwam.'
'Vanmorgen?'
'Ja. Hij kwam binnenstormen terwijl ik met Rachel sprak.'
'Mijn Rachel?'
'Ik zei toch al dat ze met die Martinez mee was gekomen. Maandagavond op de NGO-receptie was ze een poosje bij hem.' Mike wuift het weg met een handgebaar en terwijl we de toonbank naderen plaatst hij een paar welgekozen opmerkingen over Patrick. 'Die vent is een klootzak,' besluit hij.
Bij de kassa maken de twee oudere vrouwen hun mandjes leeg. Ze roepen naar achteren en een oude man komt aanschuifelen, met zijn ogen knipperend als een nachtdier dat verrast wordt door de harde schittering van het daglicht. Ik buig me naar Mike toe.
'Kwok?'
Mike werpt een snelle blik op de oude man. 'Ga een kijkje nemen in de bioscoop aan de overkant,' zegt hij. 'Deze vent zal niet met twee van ons willen praten, dat kan ik je wel vertellen.'
Ik ga er niet tegen in. Dit zijn politiezaken, iets waar Mike verstand van heeft.
Een minuut later bekijk ik de aanplakbiljetten die aan weerszij-

den van de ingang tot de Jade Moonbioscoop zijn opgehangen. De spannende films van deze week. Naakt tot op het middel ontbloot de volgende generatie evenbeelden van Bruce Lee en Jackie Chan haar tanden, vastgelegd in atletische poses te midden van fantastische strijdtonelen. Wanneer ik binnen ben zie ik meer van dergelijke posters in glazen vitrines, verlicht door het vage schijnsel dat uit het hokje komt waar de kaartjes worden verkocht. Er zit niemand in, dus ik grijp de gelegenheid aan om rond te kijken. Het tapijt is tot op de draad versleten. Niets wijst op een onlangs uitgevoerde renovatie van een miljoen dollar.

Wanneer er een koor van ruw gelach opklinkt van achter de bioscoopdeuren draai ik me om. Daarna loop ik langzaam naar de klapdeuren, duw de linker een paar centimeter open en tuur de donkere zaal in. Op het scherm wordt een bebaarde schurk aan een speer gespietst. Nog meer gelach van het publiek. Wanneer mijn ogen aan de duisternis gewend zijn kan ik zien dat er niet meer dan twintig rijen stoelen staan. De zaal is verrassend klein, beslist niet op een schaal die Po Lin een redelijke opbrengst voor de investering van een miljoen dollar kan garanderen. Ik sta er nog over na te denken wanneer de rechterdeur wordt opengegooid en ik plotseling tegenover iemand sta die Kwok nummer twee moet zijn. Behalve zijn kleding – een keurig gestreken wit overhemd en een zwarte broek – is hij het evenbeeld van zijn broer aan de overkant.

Verbaasd kijkt hij me aan en ik heb net voldoende tegenwoordigheid van geest om mijn verhaaltje af te steken.

'Ik ben van het Bureau voor Kleine Ondernemingen...' zeg ik, maar verder kom ik niet. Kwok maakt een geluid dat diep uit zijn keel komt en roept iets naar het kaartjeshokje terwijl hij langs me heen stapt. De bioscoopdeuren klappen dicht. Ik loop hem achterna en herhaal mijn zwakke verhaal, waarbij ik uiteenzet dat het Bureau voor Kleine Ondernemingen hem misschien van dienst kan zijn bij zijn commerciële activiteiten. Ik vraag hem of hij geïnteresseerd zou zijn om ons te helpen bij een onderzoek.

'Hè?' blaft hij. Dan verschijnt er een hoofd achter de balie. De verbaasde jongeman, natuurlijk een Chinees, lijkt half te slapen.

Hij wrijft in zijn ogen. En Kwok springt uit zijn vel. De jongen krimpt ineen wanneer Kwok schreeuwend over de balie leunt; het duurt een poosje voor Kwok weer aandacht voor me heeft.
'Wat moet u?' snauwt hij me toe.
'We doen een onderzoek in deze buurt...'
'Nee, nee.' Hij zwaait met beide handen naar me. 'Ga. Afgelopen.'
'Kan ik de eigenaar spreken?'
'Niemand spreken. Ik eigenaar.'
'Uw investeerders dan?'
Hij knippert driftig met zijn ogen achter zijn bril, daarna bijt hij de jongen achter de balie een stroom Chinese woorden toe. De jongeman staat nu rechtop, waakzaam, en hij kijkt naar me. Hij is klein, maar ik heb de indruk dat zijn handen onder de balie naar een verborgen wapen tasten. Nu krijgt hij de kans zich waar te maken. De blanke man staat op het punt eruit gegooid te worden, ik voel het.
'Ga,' zegt Kwok tegen me. Niet beleefd, en het is geen verzoek. Dan hoor ik een metalig geluid onder de balie. De jongen kijkt naar zijn verborgen handen en daarna weer naar mij. Zijn ogen staan glazig. Dan besef ik dat hij onder invloed is van drugs en dat dit waarschijnlijk een heel verstandig moment voor me is om de aftocht te blazen. Zijdelings schuif ik langs het kaartjeshokje, knik even tegen Kwok en loop haastig naar buiten.
'Hoi!' roept Mike wanneer ik weer op straat sta. Hij wenkt me vanaf de hoek. 'Iets gevonden?' vraagt hij wanneer ik bij hem ben gekomen.
'Het is een puinhoop. Als Po Lin er een miljoen dollar in heeft gestopt, is hij zijn geld kwijt.' Ik veeg mijn gezicht af met mijn zakdoek. 'O, ja, heb ik al gezegd dat ik bijna een klap voor mijn kop heb gekregen?'
'Je meent het.'
'Ja, ik meen het.'
Wanneer ik hem vertel van de overmatig agressieve reactie van bioscoop-Kwok op mijn aanwezigheid en de paar vragen die ik heb gesteld, denkt Mike even na.

'Fabrikant-Kwok was niet veel beter,' zegt hij.
'Jij hebt ook niets?'
'Noppes.'
We kijken elkaar aan. We hebben bijna twee uur verspild aan deze trip.
'Ga jij maar terug,' zegt Mike ten slotte. 'Ik kom over een poosje.'
Hij draait zich om en kijkt de straat in naar de panden van de gebroeders Kwok; in zijn ogen ligt een bepaalde schittering. De laatste keer dat ik die schittering zag was Mike bezig een geflipte demonstrant van het noordelijke gazon voor het VN-gebouw te verwijderen. De demonstrant haalde uit met een fles. Mikes hand moest naderhand gehecht worden, maar de demonstrant ging voor een week het ziekenhuis in.
'Mike.' Hij kijkt me aan en ik zeg: 'Geef Patrick geen aanleiding om je te grazen te nemen.' Wanneer hij grinnikt, pak ik hem bij zijn jasje. 'Of mij.'
Hij knikt en loopt weg over het trottoir. Terwijl hij zich in de stroom voetgangers begeeft hoor ik hem de eerste, klaaglijke noten van *Blue Moon* fluiten.

19

'Heeft ze gezegd wat ze wilde?'

'Alleen dat ze je wilde spreken,' antwoordt Elizabeth, mijn secretaresse. Ze neemt nog een hap van haar broodje en kauwt onder het spreken. 'Een beveiligingsman heeft haar naar boven gebracht. Hij zei dat ze Toshio's zus was.' Ze haalt haar schouders op om te kennen te geven dat zij geen schuld heeft aan deze inbreuk op de standaardveiligheidsprocedure. Elizabeth is Engelse, minstens twintig kilo te zwaar en uitgedost als een voddenkoopvrouw, 43 jaar, tegen haar zin ongetrouwd. Dit zou haar lijfspreuk kunnen zijn: het is mijn schuld niet.

Ik kijk om de deur heen de gang in waar Moriko Hatanaka voor Toshio's afgesloten kamer staat. Ze heeft een grote rol die op een kaart lijkt onder haar arm, en ze lijkt het briefje met VERBODEN TOEGANG te lezen dat op de deur van haar broers kantoor is geplakt.

'Hoe lang wacht ze al?'

'Een paar minuten.' Met een mond vol brood deelt Elizabeth me voorts mee dat er twee telefoontjes voor me zijn geweest van Jennifer Dale; kennelijk had ze me al een uur geleden verwacht. 'En deze heeft ook gebeld,' zegt ze, me haar blocnote toestekend zodat ik de naam kan lezen: J. Martinez. Juan. Ik draag Elizabeth op om Jennifer te bellen en haar te laten weten dat ik ben opgehouden. Daarna neem ik een ogenblik de tijd alvorens de gang in te lopen.

Moriko glimlacht triest wanneer ze mijn hand pakt. Een pijnlijk moment. Ik weet niet precies wat ik tegen haar moet zeggen. Dan herinner ik me echter hoe ik na de dood van Sarah een afkeer kreeg van die eindeloze, herhaalde sympathiebetuigingen. Ik lach alleen maar terug tegen Moriko en neem haar mee naar mijn kantoor.

'Kan ik iets voor je halen? Koffie?'

'Dit duurt niet lang. Ik weet dat je het druk hebt.'
Ik ben opgelucht te zien dat ze zo beheerst is. Haar make-up is zorgvuldig aangebracht, haar grijze mantelpakje is pas geperst. Alleen in haar ogen is iets te zien van de hevigheid van haar verdriet. Alle andere uiterlijke tekenen van smart zijn tijdelijk weggevaagd. Een pittige vrouw.
'Ik wil regelingen treffen,' zegt ze tegen me, 'voor Toshio's lichaam.'
Ik leun tegen het bureau en sla mijn armen over elkaar. 'Daar hoef je je niet meteen mee bezig te houden. Gun jezelf nog een paar dagen de tijd.'
'Toshio wilde dat zijn lichaam naar Japan zou worden overgebracht.'
Ik knik en zeg dat het geen probleem kan zijn.
Ze biedt aan me een kopie van Toshio's testament te brengen om te bewijzen dat het Toshio's wens was, maar ik wijs het aanbod af. Als Moriko zegt dat dit is wat Toshio wilde, geloof ik haar; bovendien is ze zijn naaste bloedverwante. En eerlijk gezegd verbaast de laatste wens van Toshio me niet. Ongeacht al zijn internationale opvattingen is Toshio in zijn hart heel Japans gebleven. Vallende bladeren keren naar hun wortels terug. Een oud gezegde.
'Het zal een paar dagen vergen voor we het kunnen regelen.' Ik pak een blocnote en een pen en vraag haar of ze in Japan iemand heeft die daar alles kan verzorgen.
'Er is een begrafenisonderneming.'
Met de pen in de aanslag vraag ik naar de naam. Wanneer Moriko aarzelt, kijk ik op. 'Weet je zeker dat je dit nu wilt doen?'
Ze glimlacht. 'Ik wilde juist zeggen dat het Japanse consulaat heeft aangeboden om alles voor me te regelen.'
'In Japan.'
'Hier ook. Alles.'
Ik blijf even zwijgen, om daarna op te merken: 'Heeft het consulaat aangeboden om Toshio's lichaam naar Japan over te laten vliegen? Om alles te regelen?'
'Toen ze belden zeiden ze dat dat het eenvoudigst zou zijn. Ik ben

alleen hiernaartoe gekomen om te vragen wanneer ze Toshio kunnen meenemen.' Ze slaat haar ogen neer. 'Zijn lichaam.' Toen ze belden. 'Hebben ze jou benaderd?'
Ze knikt opnieuw.
'Wanneer hebben ze je gebeld?'
'Vanochtend.' Moriko kijkt me nu wantrouwend aan, opeens beseffend dat er iets gaande is wat ze heeft gemist. Nog steeds mist. 'Ik heb erin toegestemd dat zij alles regelen. Is dat niet goed?'
'En ze hebben je gevraagd om hiernaartoe te gaan.'
'Ja.'
'Om het vrijgeven van het lichaam te bespoedigen.'
'Ze zeiden dat het zou helpen.'
Ik kijk naar de grond. Die verdomde mensen. Het Japanse ministerie van Buitenlandse Zaken. Asahaki. En wie er nog meer achter dit goedkope, tactloze complot zit. Zelfs verdriet, het verlies van een zeer geliefde broer, heeft Moriko niet buiten schot gehouden. Ze willen Toshio's lichaam uit het VN-hoofdkwartier weg hebben, ze willen dat ik mijn onderzoek beëindig; en hoewel Moriko het niet weet, hebben ze geprobeerd haar te gebruiken als emotioneel pressiemiddel om haar broer uit onze handen te krijgen. Ten slotte kijk ik op.
'Ik zal ervoor zorgen dat het lichaam zo snel mogelijk wordt overgedragen aan het Japanse consulaat, Moriko. Maar ondanks wat ze geprobeerd hebben je te laten geloven, zal dat waarschijnlijk niet voor het weekend gebeuren. Misschien zelfs pas volgende week.'
'Niet eerder?'
'Dat kan niet.'
Ze is duidelijk teleurgesteld, maar ze weet dat ik haar verzoek niet zonder een goede reden zou weigeren. Uiteindelijk maakt ze geen bezwaar, ze buigt slechts haar hoofd ten teken dat ze het aanvaardt. Dan lijkt ze zich de rol te herinneren die ze al die tijd heeft vastgehouden. Ze haalt die onder haar arm vandaan.
'Dit is iets wat Toshio heeft gemaakt,' zegt ze. Ze trekt aan het rode lintje en rolt het papier open. 'Maandagavond. Ik dacht dat

er hier bij de VN misschien een plek zou zijn om het op te hangen. Als aandenken.'
'Een schilderij?'
'Kalligrafie.'
Een van Toshio's hobby's, herinner ik me nu. Vier verticale lijnen kanji in dikke, zwarte inkt lopen over de vezelige, handgeschepte papieren rol. Wanneer ik Moriko aankijk, vertaalt ze het voor de vuist weg.
'Zoals het gras in de wind zijn nu de hoop en de plannen van de oude generaals.'
'Basho,' zeg ik.
Moriko kijkt me verbaasd aan. Ik ben zelf ook niet weinig verrast. Ik loop naar de plank achter mijn bureau om een klein boekje te pakken. *De smalle weg naar het hoge noorden* van Basho. Ik ga weer naast Moriko staan en zoek de pagina.
'Dinsdagochtend zijn we naar Toshio's flat gegaan. Dit boek lag op zijn nachtkastje.' Nadat ik de bladzijde heb gevonden leg ik die naast de rol. 'Het is hetzelfde gedicht dat hij hier heeft aangestreept, nietwaar?'
Moriko bekijkt de pagina in het boekje. Even later knikt ze. 'Maar dat is niet Toshio's handschrift.' Ze wijst op de tekens die met paarse inkt in het boekje zijn geschreven.
Ik blader terug naar het schutblad en laat haar het kanji zien dat daarop staat. Ze vertaalt opnieuw.
'Twee mannen kunnen het oneens zijn en toch niet elkaars vijand zijn.' Ze wijst. 'Er staat een datum bij. Juli dit jaar. Het is een cadeau voor Toshio.'
'Van wie?'
Haar vinger glijdt langs het kanji. 'Bunzo Asahaki.'
Ik kreun en hef mijn hoofd op. Een cadeautje van Bunzo Asahaki aan Toshio. Ik begrijp hier helemaal niets van.
'En het was ambassadeur Asahaki die Toshio heeft gevraagd om dit te schrijven,' merkt Moriko op, de gekalligrafeerde tekens op de rol aanrakend.
Ik kijk haar aan. 'Maandagavond?'
Ze knikt. Het lijkt haar niet belangrijk.

'Waar, maandagavond?' vraag ik.
'Bij het genootschap,' zegt ze. Het Japanse Genootschap. 'De ambassadeur was onze eregast. Hij heeft het Kurosawa-festival voor ons geopend.'
O, god. Hoe kan dit ons in godsnaam zijn ontgaan? Ik haal het briefje uit mijn zak – IK ZIE JE VANAVOND – en houd het naast het kanji op het schutblad. Ze knijpt haar ogen half dicht; ze herinnert zich het niet-ondertekende briefje dat ik haar gisteren heb laten zien. Ik hoef haar de vraag niet eens te stellen.
'Hetzelfde handschrift,' zegt ze. 'Het briefje is van ambassadeur Asahaki.'
Ik neem de rol van Moriko aan en leg die naast het boekje van Basho op mijn bureau. Daarna pak ik haar bij haar schouder en duw haar zachtjes op een stoel. 'Maandagavond. Wat je je maar kunt herinneren. Alles wat je Toshio en Asahaki tegen elkaar hebt horen zeggen. Alles wat ze deden. Dit zou ons enorm kunnen helpen, Moriko.'
Stomverbaasd door mijn aandringen fronst ze haar wenkbrauwen. 'Als ik had geweten dat het zo belangrijk was...'
'Denk na. Alles wat je je kunt herinneren.'
Ze denkt een ogenblik na. 'Ambassadeur Asahaki kwam te laat,' zegt ze. 'Hij is niet lang gebleven. Hij heeft vijf minuten met Toshio gesproken, niet langer.'
'Hadden ze ruzie?'
Ze slaat haar ogen neer in een poging het zich te herinneren. 'Nee. Ze praatten gewoon. Ik herinner me dat ik boos was op Toshio. We hadden de ambassadeur nodig om de openingstoespraak voor het festival te houden. In plaats daarvan praatte hij met mijn broer.'
'Je hebt niets van het gesprek gehoord?'
Wanneer ze verontschuldigend haar hoofd schudt, wijs ik naar de rol. Ik vraag haar waar dat alles om ging.
'Nadat de ambassadeur het festival had geopend, vroeg ik Toshio of hij iets wilde kalligraferen om in de hal op te hangen tijdens het festival. Toshio deed dat altijd graag, hij vond het leuk om te laten zien wat hij kon. Toen Toshio aan iedereen

vroeg wat hij zou schrijven, deed de ambassadeur een voorstel.'
'Dat gedicht?'
Ze knikt. Ik pak het boekje en sla het weer open bij het schutblad. Twee mannen kunnen het oneens zijn en toch niet elkaars vijand zijn. Ik spreek de woorden hardop uit.
'Zegt dat je iets, Moriko?' Ik wijs naar de rol. 'Iets hiervan?'
'Ambassadeur Asahaki's familie is heel bekend in Japan. Een oud, militair geslacht. Toshio hield niet van dat soort mensen. Van het Japanse leger. Absoluut niet.' Dat is geen nieuws voor me. Niet na de campagne die Toshio voerde tegen de Japanse zetel. Moriko kijkt naar het kanji op het schutblad. 'Ik denk dat de ambassadeur Toshio hiermee vroeg om minder haat. Oneens, ja. Maar geen vijanden.'
Dat was in juli, denk ik. Toen ze het al oneens waren over de Japanse zetel in de raad, toen Toshio wist van de fraude bij de Speciale Commissie, maar vóór hij die definitief aan Asahaki had toegeschreven.
'En maandagavond?' vraag ik, naar de rol knikkend.
'Dat begrijp je toch wel?' zegt Moriko, kennelijk verrast doordat ik het verband niet zie.
Ik zie het echt niet. Terwijl zij instinctief de conclusie heeft getrokken blijft voor mij de grens van een vreemde cultuur ondoordringbaar. Twee volwassen mannen die gedichten uitwisselen, dat is geen sociale activiteit waarmee ik bekend ben. Ten slotte legt Moriko het me uit.
'Maandagavond heeft Toshio dit gedicht gekalligrafeerd dat de ambassadeur had voorgesteld. Hetzelfde gedicht als in dat boek.'
Ze ziet dat ik nog steeds in het duister tast.
'Maandagavond,' zegt ze, 'heeft Toshio geaccepteerd wat ambassadeur Asahaki in juli schreef. "Twee mannen kunnen het oneens zijn en toch niet elkaars vijand zijn".' Ze legt haar hand op de rol. 'Maandagavond,' vertelt Moriko me, haar woorden zorgvuldig kiezend, 'werden Toshio en ambassadeur Asahaki "geen vijanden".'

Jennifer Dale is kwaad op me. Niet alleen heeft een bewaker, een marinier, me uit de lobby naar boven begeleid, duidelijk in haar opdracht; er zijn ook andere tekenen. Zoals de blik die ik nu krijg van Jennifers jonge, persoonlijke assistent, wanneer hij met me naar haar kantoor loopt. Hij doet de deur open en kondigt me aan; daarna trekt hij zich haastig terug.

'Heb je een verslag voor me?' vraagt Jennifer bits wanneer ik binnenkom. Ze gaat door met het bewerken van de pagina die op haar bureau ligt, haar woede hangt als een wolk om haar heen.

'Mondeling,' antwoord ik, de deur achter me dichttrekkend.

'Mooi.' Ze gaat naar de volgende pagina van de stapel. 'Vanavond om acht uur een geschreven exemplaar.'

'Jennifer.'

'Als het een excuus is wil ik het niet horen.'

'Hé,' zeg ik zacht. Wanneer ze eindelijk haar ogen van haar werk opslaat maak ik een verzoenend handgebaar.

Ze blijft me even aankijken. Daarna zet ze haar leesbril af, een modern, ruitvormig montuur, en kijkt omhoog. Met één hand masseert ze haar nek. 'Wat wil je dat ik doe, Sam? Met mijn staart kwispelen?'

Ze leunt naar voren en kijkt nadenkend naar haar bril. Ik weet hoe ze zich voelt. Sinds gisteravond in hotel Waldorf lijken we gestadig een neerwaartse helling te zijn afgedaald, een onplezierige reis die geen van ons wilde maken en die kennelijk nog niet voorbij is. De interactie van ons werk is serieus geworden, het speelse geharrewar van de afgelopen paar maanden is overgegaan in regelrechte frictie. Ik richt mijn blik op de Amerikaanse adelaar aan de muur en het stel gekruiste VS-vlaggen, waarvan het doek half ontvouwen is.

'De ambassadeur gelooft niet dat je volledig met ons meewerkt,' zegt ze. 'En ik ben het met hem eens.'

'We doen ons best om medewerking te verlenen binnen de begrenzing van onze eigen verantwoordelijkheden.'

Ze kijkt lelijk. 'Onzin.'

Ik buk me en tik met een vinger op haar bureau. 'Toen we ons op Amerikaans territorium moesten begeven heb ik je gebeld, Jennifer.'

'Ik ben geen antwoordservice. Je kunt niet eenvoudig je boodschap bij me dumpen en dan doorgaan met wat je goeddunkt. Het was niet de bedoeling dat het zo zou werken.'

Een onbedachtzame opmerking, niets voor Jennifer. Wat erop wijst dat de cijfers voor de verkiezing van morgen er misschien niet al te goed uitzien, dat Bruckner niet tevreden is. Ze kijkt van haar bureau naar de deur en doet haar best om haar blik op iets anders te richten dan op mij.

'Nee?' zeg ik. 'Hoe zou het dan moeten werken? Dat jij in de gaten houdt waar we mee bezig zijn en tussenbeide komt wanneer het ernaar uitziet dat we Bruckners plannen dwarsbomen?'

'Daar heb ik geen tijd voor,' mompelt ze. Ze zet haar bril op, legt een blanco vel papier op haar vloeiblad en schroeft de dop van haar vulpen. 'De ambassadeur wil weten wat je hebt gedaan. En ik moet weten hoe vaak je van plan bent om de Amerikaanse jurisdictie in en uit te fladderen.'

'Ik heb zojuist op mijn kantoor bezoek gehad van Toshio's zus.'

'En?'

'Je vrienden van het Japanse consulaat hadden haar gestuurd. Een diepbedroefde vrouw. Om de overdracht van Toshio's lichaam te bespoedigen.'

'Is het gelukt?'

'Nee.'

'Jammer,' zegt ze.

Ze is nog kwader dan ik dacht. Maar ik ben evenmin blij met de kant die dit op gaat, dus ik zie af van een poging om het uit te leggen. Ik haal alleen Pascal Nyeri's brief uit mijn tas en geef die aan haar terwijl ik mijn vraag stel.

'We hebben toegang nodig tot de financiële administratie van deze ondernemingen.' De bedrijven van Marie Lefèbres lijst.

Nu wordt Jennifer nieuwsgierig. Ze leest de brief, dan kijkt ze op. 'Heeft dit iets te maken met de modder die Hatanaka naar ambassadeur Asahaki gooide?'

'Is ons verzoek om assistentie ingewilligd of afgewezen?'

'Er wordt over nagedacht,' besluit ze terwijl ze de brief uitleest. Ze denkt er even over na, daarna maakt ze een aantekening.

'Misschien zal ik, wanneer je een beetje openhartiger bent over waarvoor je die informatie nodig hebt, tot een besluit komen. Nu, wat deed je in Chinatown?'
'Dat was een aangelegenheid van het secretariaat.'
Ze kijkt me aan. 'Niet grappig.'
'Zo was het ook niet bedoeld.'
Ze vloekt binnensmonds.
'Ben je kwaad op mij persoonlijk, Jennifer? Of alleen op het werk dat ik doe?'
'Maakt dat iets uit?'
'Gisteravond scheen je dat te denken.'
'Kom daar niet mee aanzetten.' Ze staat opeens op, schuift haar stoel achteruit en grist haar tas van het bureau. 'Ik heb bijna twee uur op je gewacht. Tien minuten geleden kreeg ik een telefoontje van Stephen, die zei dat hij Ben niet kon ophalen, zoals was afgesproken. Dus hier zit ik, morgen is de stemming, Bruckner wordt gek en ik moet aan Ben gaan uitleggen waarom zijn vader niet met hem naar de bioscoop gaat zoals hij had beloofd. Geloof me, Sam, met alles wat er gebeurt met jou en Stephen heb ik op het moment niet zo'n zin in mannen.' Terwijl ze naar de deur loopt voegt ze eraan toe: 'En je zou er goed aan doen erover na te denken of je bereid bent om een beetje mee te werken, anders geldt onze afspraak niet meer. Dan verwijs ik je terug naar de Commissie van het Hoofdkwartier.'
Ik doe een stap achteruit en leun tegen de deur. 'Ik wil net zo graag dat hier een eind aan komt als jij. Maar wanneer het voorbij is, wil ik graag kunnen zeggen dat ik nergens spijt van heb. En dat betekent dat ik mezelf niet compromitteer. Voor niemand.'
'Je wilt het zakelijk houden,' zegt ze.
Wanneer ik knik, komt ze vlak voor me staan. Ze brengt haar neus dicht bij de mijne. 'Wanneer heb je voor het laatst het gevoel gehad dat je het recht had om de Amerikaanse juridisch adviseur bij de VN tegen haar wil in haar eigen verdomde kantoor gevangen te houden?'
'Hoor eens...'
'Ga opzij!'

'Jennifer.'
'Verdomme, ga opzij.' Ze grijpt de deurkruk en geeft er een ruk aan; de deur knalt tegen mijn rug en ik schuif onhandig opzij terwijl ze langs me heen haar kamer uit loopt. Ze geeft Pascals brief aan haar persoonlijk assistent, met een paar instructies. Daarna draait ze zich om en beent naar de lift. We gaan samen naar beneden, de stilte tussen ons is als een blok ijs. Op de begane grond drukt de receptioniste op de zoemer zodat we door de glazen deur in de lobby kunnen komen, waar de marinier die op wacht staat in de houding springt en salueert wanneer we de straat in lopen. Nog steeds geen woord.
'Vrede,' zeg ik wanneer we op het trottoir staan. 'Goed, ik ben buiten mijn boekje gegaan. Het was niet de bedoeling, ik was kwaad.'
'Jullie zijn gewaarschuwd,' zegt ze fel. 'Het secretariaat moet nu meewerken, anders hoeven we niet eens te proberen om voet bij stuk te houden tegenover het Congres. Als Capitol Hill de VN-betalingen van dit jaar wil tegenhouden, vinden wij het prima. Buitenlandse Zaken zal geen vinger uitsteken om dat te voorkomen. Als O'Conner spelletjes wil spelen, wacht dan maar eens af wat hij hiervan vindt.'
'Niemand speelt hier spelletjes.'
'Laatste waarschuwing, Sam.' Ze slaat links af en roept nog een keer achterom: 'Laatste waarschuwing.'
Verbluft door dat dreigement kijk ik haar kleiner wordende gestalte na. De Verenigde Staten zijn verantwoordelijk voor een kwart van het jaarbudget van de VN. En als ik Jennifer goed begrijp zegt ze dat het ministerie van Buitenlandse Zaken, dat altijd het standpunt van de VN in deze belangrijke kwestie heeft aangevochten, nu het Congres zal laten doen wat dat altijd dreigt te doen: de noodzakelijke toewijzing blokkeren. Wanneer Patrick dit hoort gaat hij door het lint. En niet alleen Patrick, de hele 37e verdieping zal over me heen vallen als een lading bakstenen.
Jennifer loopt East 45th Street in; ik ga haar achterna, mijn aktetas slaat tegen mijn been.
Ze is in het gebouw verdwenen voor ik haar kan inhalen. Ik blijf

staan, me afvragend of ik haar zal volgen. Bij de ingang is een zandbak, rood en geel plastic speelgoed ligt in het zand verspreid. Een klimrek. Op de glazen wand vermelden de gouden letters: KLEUTERDAGVERBLIJF INTERNATIONALE SCHOOL. Binnen zie ik een stuk of tien kinderen in kleermakerszit op kussens zitten die in een kring zijn gelegd; ze klappen in de maat met hun lerares mee. De jongste kinderen lijken er nog niet veel van te begrijpen; ze klappen alleen maar en kijken vaag verbaasd naar de anderen. Aziaten. Afrikanen. Europeanen. Het lijkt op een van die posters die de pr-mensen tijdens het Jaar van het Kind overal in het secretariaatsgebouw hebben verspreid.

Opeens verschijnt Jennifer in de kring van kinderen. De spanning van onze ruzie is nog steeds zichtbaar, ze lacht flauwtjes tegen de lerares. Dan gaat ze op haar hurken zitten, spreidt haar armen uit en een kind staat van zijn kussen op en rent naar haar toe. Ben, haar zoon. Lachend stort hij zich in haar armen en onmiddellijk verandert haar gezicht; even begint ze te stralen. Al haar zorgen – ik, Bruckner, de stemming – verdwijnen bij de vreugde die ze voelt wanneer ze haar zoon vasthoudt. Het duurt echter maar even. Dan fronst ze haar wenkbrauwen, ze trekt rimpels in haar voorhoofd wanneer ze Ben apart neemt om met hem te praten. Geen Stephen. Geen beloofd uitstapje naar de bioscoop.

Op dat moment ziet de lerares dat ik vanaf de straat naar binnen kijk. Ze staat op en kijkt me recht aan: ik ben niet een van de vaders die ze herkent. Voor ze naar buiten kan komen om me aan te spreken, of erger, Jennifer te vragen of ik iets met Ben te maken heb, draai ik me om en ik loop weg. Maar op de hoek van de straat blijf ik stilstaan en kijk naar de stoeptreden waar Jennifer zo tegen me uitviel. Enigszins verbijsterd denk ik terug aan wat ze zei: als O'Conner spelletjes wil spelen... Peinzend blijf ik, bureaucraat van het internationaal recht, even staan. Daarna kijk ik nog eens achterom.

Verdomme, wat bedoelde ze met: laatste waarschuwing?

20

'*Smokey, smokey, smokey,*' fluistert een griezel met dreadlocks die voor de kroeg staat. Wanneer hij zijn hand openvouwt om zijn zelfgerolde joints te laten zien loop ik langs hem heen naar de No Namebar aan de overkant van de straat. Het café is gesloten; een metalen roldeur, bedekt met felle graffiti, is omlaaggetrokken en bedekt de voordeur en het raam. De roldeur is met een zwaar hangslot vastgemaakt aan een ijzeren ring in het trottoir. Maar de deur onder het uithangbord van Lighthouse, een paar meter verderop, staat wijd open, de zoete, weeïge geur van brandende wierook zweeft onzichtbaar naar buiten. Een onverwachte herinnering komt bij me boven. Sarah en ik, naakt, ineengestrengeld op een stapel bonenzakken. Een plaat van Bowie op de grammofoon.

'Hallo,' zegt Juan Martinez wanneer ik binnenstap.

De anderen die om zijn bureau staan, allemaal ongeveer van Juans leeftijd, draaien zich om en bekijken me van top tot teen. Middelbare leeftijd, in een kostuum. De vijand.

'Hallo,' zeg ik. Ik voel me als een van die docenten op de middelbare school die we altijd uitlachten, de jongens die dachten dat wiet roken met studenten hen hip maakte. 'Heb je iets voor me?'

'Boven,' zegt Juan, zijn duim naar het plafond opstekend. Daarna wijst hij naar zijn jeugdige collega's. 'Vind je het goed dat ik dit even afmaak?'

Ik werp hem een blik toe: schiet een beetje op. Terwijl ze hun gesprek beëindigen, een dispuut over welk lid van de Derde Commissie, die voor de Mensenrechten, hen vanavond waarschijnlijk zal aanhoren, loop ik langzaam het open kantoor rond. Zes bureaus, wat computers, archiefkasten, en een koffiemachine achterin. De muren zijn beplakt met de onvermijdelijke posters van zo'n honderd NGO-projecten. Van een recente Lighthouse-campagne, zwart-witopnamen van donkere steegjes en lege spuiten,

statistische gegevens, grafieken die de toename van heroïneverslaafden in diverse landen in getallen aangeven. Ze zien er, helaas, uit als een enorme stijging van de beursindex. Een kurken prikbord ernaast hangt vol met polaroidfoto's die er chaotisch zijn opgeprikt. Jongeren. Jongeren tijdens een feestje. Juan, herkenbaar aan zijn witte, linnen pak staat op veel foto's. Op een ervan is hij in close-up afgebeeld, starend naar een blikje Budweiser, duidelijk volslagen stoned. Op een andere zijn twee lelieblanke achterwerken zichtbaar die uit de ramen van een oude Chevrolet steken, een gebeurtenis die blijkt te hebben plaatsgevonden voor de No Namebar. Naast de Chevy staan drie meisjes met de handen in de lucht drijfnat te dansen, de donkere schaduw van hun tepels is zichtbaar door de aan hun lichaam plakkende witte T-shirts. Kinderen, denk ik. Maar dan valt me iets op aan dat meisje links. Ik buk me om haar beter te kunnen bekijken. Rachel?
'Zullen we gaan?' zegt Juan, die naar me toe is gekomen. Hij begrijpt mijn uitdrukking verkeerd en wijst in het voorbijgaan naar een Lighthouse-poster. 'Dat is nog niet eens het ergste. Treurig.'
Boven is het nieuwe onderkomen van mijn dochter even open als het kantoor beneden. Hier is echter een kitchenette achterin, een eetkamertafel met een pingpongnet over het midden gespannen, en er staan een paar banken die hun poten lijken te zijn kwijtgeraakt. In allevier de hoeken van de ruimte zijn hokjes afgeschoten met goedkoop triplex, het hout is met dezelfde, felgekleurde graffiti bewerkt als de roldeur van de No Namebar. Aan het plafond hangt een reusachtig wagenwiel parallel aan de vloer; vier kale gloeilampen bungelen eraan als tentakels van een kwal. Juan gaat me voor, zich verontschuldigend voor de zichtbare wanorde. Plotseling komt het bij me op dat Rachel dit onaangekondigde bezoek wel eens niet prettig zou kunnen vinden.
'Is Rachel thuis?'
'Ze moest terug naar haar werk,' zegt Juan. 'Alle gidsen; iedereen die iets met informatie naar het publiek te maken heeft, is teruggeroepen om nog meer vragen te beantwoorden.'
'Ik dacht dat ze dat vanmorgen al met jou had gedaan.'

'Dat ging over het binnendringen op de NGO-receptie. Nu praten ze met iedereen die in het souterrain werkt. De boekwinkel, de cafetaria en dergelijke. Daarbeneden hebben ze het lichaam gevonden, toch?'
Ik knik en bereid me erop voor verdere vragen af te wimpelen. Maar Juan gaat er niet op door.
'Hé, wil je haar kamer zien?' Hij duwt de deur naar een van de hokjes open en loopt meteen door naar binnen. 'Ze heeft het heel gezellig gemaakt.'
Mijn nieuwsgierigheid wint het en ik steek mijn hoofd naar binnen. Een bende. Net als haar kamer thuis. De deur van de kleerkast staat op een kier en het bed, waar een stapel kleren op is neergegooid, is onopgemaakt. Juan vestigt mijn aandacht op de abstracte wandversiering. Strepen en cirkels.
'Dat heeft ze vorige week geschilderd. Ze had er maar een paar uur voor nodig.'
Daar ziet het ook wel naar uit, denk ik, maar die gedachte hou ik voor me.
Ik trek mijn hoofd terug en vraag: 'En, wat wilde je me laten zien?'
'Hierheen.' Juan loopt bij me vandaan naar een van de andere hokjes. Dit moet Juans kamer zijn; er ligt een gitaarkoffer op het bed en er staat een foto van zijn ouders op de ladekast. Zijn vader, José, heb ik ontmoet toen ik Sarah op het vliegtuig zette naar het kamp in Abatan. Een paar maanden later sprak ik Juans moeder bij het concert dat Juan had georganiseerd. Rachel vertelde me dat mevrouw Martinez sindsdien stevig is gaan drinken en dat ze daarvoor telkens in een kliniek wordt opgenomen. Maar op de foto op de kast lijkt ze veel op haar zoon. Jong en vol leven. 'Het duurt even voor ik het op het scherm heb,' zegt Juan, die zijn computer heeft aangezet. Hij schuift zijn gitaarkoffer naar achteren op het bed en nodigt me uit om te gaan zitten.
'Wat hebben jullie ontdekt?' vraagt hij terwijl hij bezig is op het toetsenbord. 'Nog geluk gehad met die, hoe heet ze ook weer, Yomoto?'
Glimlachend om de argeloze vraag verklaar ik dat ons onder-

zoek van vertrouwelijke aard is, niet een onderwerp voor openbare discussie.
'Er is toch al een discussie gaande,' zegt Juan rustig.
Ik kijk hem aan.
'Internet,' zegt hij. 'Het staat op alle NGO-pagina's, iedereen komt met alle informatie die hij heeft. Theorieën over wat er met meneer Hatanaka is gebeurd. Aantekeningen worden vergeleken.' Ik kreun bij het vernemen van dit nieuws. Juan is gereed met het toetsenbord. 'Hierna zal ik het je laten zien,' zegt hij, het scherm zo draaiend dat ik erop kan kijken. 'Hier.'
Ik buig me op het bed voorover. En wanneer ik begrijp wat ik zie trek ik mijn wenkbrauwen op.
'Zie je waar hij vorige week naartoe is gegaan?' zegt Juan.
'Ik zie dat je zojuist de wet hebt overtreden.' Hij is binnengedrongen in de computer van het secretariaat. De reisdocumenten.
'Hoe kom je aan het codewoord?'
'Dat heeft iedereen.' Hij maakt een luchtig handgebaar, negeert mijn strenge, afkeurende blik en wijst naar het scherm. We zien de rekeningen van de reizen die de afgelopen week door het secretariaat zijn betaald. Ik had het zelf kunnen nakijken, maar nadat Mike door Swiss Air bevestigd had gekregen dat Toshio zijn ticket zowel voor de heen- als voor de terugreis had gebruikt had ik die moeite niet genomen. Het leek erop dat er geen ander nieuws uit zou komen.
'Hij is vorige week naar Genève geweest,' zegt Juan.
'Dat is geen nieuws.'
'Voor mij wel. Hij had tegen mij gezegd dat hij naar Californië ging.'
Mijn hart slaat over. 'San Diego?'
'Ja.'
'Een ziek familielid?'
Juan kijkt me nieuwsgierig aan. 'Heeft hij tegen jou ook gelogen?'
Ik haal mijn schouders op bij die vraag. In tegenstelling tot Pascal Nyeri of tot Juan had ik Toshio de laatste tijd niet vaak genoeg gezien om een verklaring te willen hebben voor die paar da-

gen afwezigheid. Maar deze herbevestiging van Toshio's opzettelijke misleiding is niettemin verontrustend. Ik vraag Juan wat hij ervan denkt.
'Dat hij gelogen heeft? Ik weet het niet. Hij was altijd zo open tegen me. Tegen iedereen. Ik geloof dat het ergens niet juist lijkt.'
Juan schuift met de muis over zijn bureau, het pijltje beweegt over het scherm. 'Daarom heb ik dit ook nagetrokken. Ik bedoel, waarom moest hij liegen over wat hij in Genève deed?'
'Je had me dit ook door de telefoon kunnen zeggen.'
'Ja,' geeft hij toe, teleurgesteld dat zijn onthulling niet zo schokkend is als hij had gehoopt. Daarna wijst hij weer naar het scherm. 'Maar hier was ik niet zo zeker van.'
Nog een vlucht: een retour Genève-Basel. Een anonieme passagier.
'Ik heb geprobeerd na te gaan wat hij in Genève deed,' zegt Juan tegen me. 'Ik nam aan dat hij een afdeling van de VN bezocht. Voor een conferentie of zoiets. Ik kon er niet achter komen, dus ik heb de rekeningen voor de overnachtingen bekeken. Niets in Genève. Hij is niet in Genève gebleven. Blijkbaar heeft hij de nacht in Basel doorgebracht.'
Ik mompel iets. Juan is tevreden.
'Dat is nieuws, ja, toch?'
Ik kijk naar de Genève-Basel-Genève vlucht op het scherm en de lege ruimte waar de naam van de secretariaatsmedewerker normaal gesproken hoort te staan. Juan geeft opgewekt toe dat hij de beste hacker van Lighthouse heeft laten inbreken in de gegevens van Swiss Air om te bevestigen dat de reis had plaatsgevonden. Dat klopte. De gegevens van de luchtvaartmaatschappij bevestigen dat Toshio de passagier was.
'De enige tijd die hij in Genève heeft doorgebracht was een uur op het vliegveld,' zegt Juan.
Toshio heeft tegen Juan en Pascal gelogen. En door zijn naam weg te laten van de rekening voor de vlucht naar Basel was Toshio blijkbaar van plan iedereen bij het secretariaat die zou willen nagaan waar hij geweest was om de tuin te leiden. Waarom?

‘Wil je de internetpagina zien?’ biedt Juan aan. Hij haalt een laptop onder het bureau vandaan en zet die aan.
‘Je kunt hiervoor vervolgd worden. Inbreken in VN-programma’s. Bij Swiss Air. Daarmee hebben jullie de wet overtreden.’
‘We hebben alleen een kijkje genomen. Niemand heeft iets veranderd, dat zweer ik.’ Wanneer hij me van opzij aankijkt, lacht hij even. ‘In elk geval is het niet iets waarvoor ze me in de gevangenis zullen gooien.’
Ik begrijp de toespeling onmiddellijk. Voor ik het gesprek een andere wending kan geven heeft Juan het al gezegd: ‘Rachel zegt dat jij een keer gezeten hebt. Je weet wel. Toen je nog jong was.’
‘Ze heeft je misleid.’
‘Ja, hoor,’ zegt hij.
Toen ik nog jong was. Om precies te zijn, ik was vijfentwintig jaar en werkte in mijn eerste baan als assistent op het kantoor van de openbaar aanklager. Het duurde jaren voor ik erom kon lachen met Sarah en Rachel, en het incident een aardig staaltje folklore werd van de familie Windrush. Rachel en haar moeder plaagden me met mijn criminele inslag door me te herinneren aan al die tijd die ik in de gevangenis had doorgebracht.
‘Ja, ik heb gezeten,’ zeg ik nu tegen Juan, ‘de totale tijd van mijn gevangenschap bedroeg zeven uur. En het was niet in de gevangenis, maar in een cel op het politiebureau.’
Juan lacht en vraagt wat er gebeurd is.
‘Kunnen we dan daarna hiermee doorgaan?’ vraag ik, naar de laptop wijzend.
Hij knikt. Kennelijk heeft hij een aangedikte versie van Rachel te horen gekregen, dus hoe eerder ik hem vertel wat er gebeurd is, des te beter. Dit is een verhaal waarvan ik niet wil dat het verspreid wordt in een andere versie dan de mijne. Ik hou me aan de feiten. Ik hou het kort. Sarah en een paar medestudenten van de medische faculteit, vertel ik hem, hadden een protestmars georganiseerd tegen de verwoede pogingen van de burgemeester om steun te vinden voor de doodstraf. Op aandringen van Sarah en met een mate van naïviteit die onbegrijpelijk is voor iedereen die zich niet jarenlang in eenzaamheid in de boeken heeft begra-

ven om te studeren voor een doctoraat, stemde ik erin toe mee te lopen in de mars tegen de baas van mijn baas. De enige mars waarin ik van mijn leven heb meegelopen. Toen we bij de stoep voor het gemeentehuis kwamen werden we opgewacht door tv-camera's en de politie. Het was een warme dag. De burgemeester stond niet toe dat een vertegenwoordiger van de studenten naar binnen ging om een petitie te overhandigen. De scheldwoorden aan het adres van de politie werden onnodig grof en toen een van de studenten met een bord gooide dat een agent raakte, greep een hogergeplaatste politieman in door lukraak iemand te arresteren.

'Dat was jij,' zegt Juan, breed grinnikend.

'Dat was ik,' moet ik toegeven.

'Dus je overtrad de wet vanwege iets waar je in geloofde. Geen doodstraf.'

'Ik heb de wet niet overtreden.'

Wanneer hij blijft lachen vestig ik zijn aandacht weer op de laptop.

'Het is voornamelijk troep,' zegt hij en hij kijkt weer naar het scherm. 'Zoals dat Toshio niet echt dood is, dat hij is ontvoerd door buitenaardse wezens en dat de VN de kwestie in de doofpot stopt. Serieus. Die computerfreaks, je vraagt je soms toch wel eens iets af.' Dan roept iemand Juans naam. Hij leunt naar achteren en roept: 'Hallo!' in de richting van de deur. Ik kijk om en zie een van Juans collega's van beneden. 'Huisgenoot,' zegt Juan tegen me. Hij begeeft zich op internet, laat de computer vervolgens aan mij over en loopt naar zijn vriend.

De informatie op internet is precies wat Juan al aangaf, voornamelijk troep; maar hier en daar staan er dingen tussen die me stof tot nadenken geven. Een van de NGO'ers die Mike heeft verhoord, bijvoorbeeld, heeft het hele gesprek blijkbaar opgenomen en op internet gezet zodat iedereen het kan lezen. En er zijn verscheidene speculaties over de reden voor Asahaki's plotselinge terugkeer naar Japan; die wordt sceptisch beschouwd, er zijn tal van geringschattende opmerkingen over samenzweringstheorieën.

Ten slotte leun ik naar achteren en kijk naar de deur. Juan en zijn huisgenoot zitten buiten gehoorsafstand aan de pingpongtafel te overleggen. Jongemannen met een ideaal. Ik kan niet riskeren dat ze binnenkomen terwijl ik bezig ben de VN-reisgegevens te bekijken, dus ik sla mijn armen over elkaar en blijf noodgedwongen wachten.

Mijn tijd in de gevangenis, denk ik. Zeven uur opsluiting en mijn hele levensloop werd erdoor veranderd. Toen ik de volgende dag aan het werk ging op het kantoor van de openbaar aanklager werd ik genegeerd. Iedereen volgde de assistent-aanklager, Randal White. Als jurist van de oude stempel was hij op atavistische wijze voorstander van de doodstraf als hoeksteen van de gerechtigheid. Hij vatte mijn onvrijwillige bezoek aan de politiecel op als een persoonlijke belediging. Een maand lang werd ik getreiterd op alle mogelijke manieren die op een kantoor kunnen worden toegepast. Mijn werk verdween op mysterieuze wijze. Mijn mening werd door iedereen bespot. Mijn bureau werd dagelijks verplaatst. Om kort te gaan, alle kinderachtige vormen van wraak die Randal White maar kon bedenken. Ik liet het allemaal over me heen komen omdat ik geloofde dat het niet zou voortduren, dat de storm uiteindelijk zou overwaaien. Uiteindelijk wachtte ik het niet af. Ik nam ontslag op de dag dat ik Randal White hardop tegen een jonge jurist hoorde zeggen of het niet grappig zou zijn te wachten tot ik naar het toilet ging en dan in mijn koffie te spugen. Een paar maanden later kwam ik bij de VN. Randal White is nu de voornaamste openbaar aanklager, een van de meest gerespecteerde advocaten in de staat New York.

Juan verschijnt met zijn vriend in de deuropening en stelt ons aan elkaar voor. Deze andere jongeman, Garth, is ook even in de twintig, even pezig als Juan, maar kleiner. Hij pakt een boek van Juans plank en gaat weer naar beneden. Juan komt de kamer binnen.

'Wonen jullie hier met zijn drieën?' roep ik door de openstaande deur. 'Jij, Garth en Rachel?'

'Ja. Ik heb de keuken en de badkamer pas deze zomer laten in-

stalleren. Garth is hier in augustus komen wonen.' Hij loopt naar een ander kamertje en doet de deur open. Het is de badkamer: een douche en een toilet. 'Groot genoeg,' zegt Juan terwijl hij de deur weer sluit. 'Voor drie personen is het prima.'
Ik wijd me weer aan de computer, om snel een opdracht in te typen en vervolgens mijn eigen codewoord.
'Ik heb gehoord dat er een persconferentie is gehouden,' roept Juan. Zijn stem klinkt gedempt. 'Was die zoals gebruikelijk, of heeft iemand iets gezegd wat de moeite van het aanhoren waard was?'
'De Tunku heeft een paar woorden tot ons gericht.'
'O, die.' Juan lacht. 'Hij denkt dat we zijn nieuwe, beste vrienden zijn, of zoiets. Hij gelooft dat Lighthouse invloed kan uitoefenen op Greenpeace. Hij wil de resolutie blokkeren die ze willen indienen tegen het kappen van regenwoud. Hij zegt dat, als we hem helpen, de regering van Maleisië ons gratis een kantoor wil laten huren in Kuala Lumpur.' Hij lacht opnieuw om de doorzichtige manoeuvres van de Tunku.
Eindelijk verandert het computerscherm. Ik ben nu uit de VN-reisgegevens en in Accountancy; hier zal ik kunnen zien welke VN-afdeling Toshio's ongebruikelijke uitstapje naar Genève en Basel heeft goedgekeurd. Ik gok op Interne Supervisie. Dit hadden ze me echt moeten vertellen. Ik kan niet geloven dat ze het voor me verborgen hebben gehouden. Wat voor stom, bureaucratisch spelletje speelt Dieter Rasmussen hier? Het is duidelijk dat hij het niet tegen Pascal heeft gezegd. Maar Patrick? Als ik eraan denk word ik nog kwader, mijn vingers beuken als hamers op de toetsen.
'Als je er weer uit wilt,' roept Juan, 'moet je twee keer op Escape drukken.'
Ik druk de laatste toets in en blijf wachten, starend naar het scherm. Hete woede smeult in mijn borst. Maar op het moment dat de woorden op het scherm verschijnen komt mijn gerechtvaardigde, opwellende kwaadheid met een klap terug op aarde. De code van de afdeling die Toshio's reis heeft goedgekeurd, de letters en cijfers in de linkerbovenhoek, zijn niet die welke ik ver-

wacht had te zien. Niet IS, voor Interne Supervisie, maar JZ, voor Juridische Zaken. En de naam van degene die de toestemming verleende is niet Dieter Rasmussen.

'Iets gevonden?' roept Juan vanuit de badkamer.

Ik staar zwijgend naar het scherm.

Dan wordt de wc doorgetrokken, de deur van de badkamer gaat open en ik steek mijn hand uit en druk twee keer op Escape. Onmiddellijk wordt het scherm zwart.

Even later komt Juan bij me staan. 'Had je er iets aan?' Hij knikt naar de computer.

Ik knik verstrooid, nog steeds naar het scherm starend, naar het punt waar de naam verscheen. De schok lijkt de letters op mijn netvlies te hebben gebrand: S. Windrush.

21

'Attentie!' schreeuwt Mike boven het rumoer in de kamer uit. 'Daar gaan we.'

Hij staat voor de geüniformeerde beveiligingsmensen met een klembord in de hand, om het dienstrooster voor vanavond door te nemen. De zittingsperiode van de Algemene Vergadering is de ergste tijd van het jaar voor iedereen die hier aanwezig is. Gedelegeerden zijn nooit waar ze zouden moeten zijn; een groot aantal nationale geheime diensten schreeuwt voortdurend om rapporten met betrekking tot de bescherming van hun landgenoten; strijdlustige journalisten maken op onmogelijke tijden en op de lastigste plaatsen inbreuk op de veiligheid. En vanavond is er natuurlijk nog een andere kwestie die Mikes mensen aan de orde willen stellen: welke vorderingen zijn er gemaakt in het onderzoek naar de dood van Toshio Hatanaka?

'Sam heeft de leiding,' antwoordt Mike wanneer de onvermijdelijke vraag eindelijk gesteld wordt. Hij gebaart over hun hoofden heen naar de plek bij de deur waar hij me zojuist in het oog heeft gekregen. 'Het is nog vroeg dag. Ik kan alleen zeggen dat iemand die nu met een beschuldigende vinger wijst er geen bal vanaf weet. Zo is het toch, Sam?'

Een paar bewakers draaien zich om, dus ik knik zo serieus als ik kan.

De vermoeide ogen blijven echter op me rusten; er hangt een soort behoedzame berusting in de lucht. Bittere ervaring heeft deze mensen geleerd om niet te veel vertrouwen te stellen in de halve waarheden die vanaf de bovenste verdiepingen van het secretariaat naar hen doorsijpelen. Wat ze zeker weten is dat de oudste stafleden en de gedelegeerden hen over het algemeen behandelen als loopjongens, niet als beveiligingsprofessionals, en nu dezelfde hoge pieten met een beschuldigende vinger naar hen wijzen vanwege Toshio's dood is hun begrijpelijke reactie dat ze gekrenkt de rijen sluiten.

'Flauwekul,' mompelt iemand.
Ik doe alsof ik het niet gehoord heb, maar Mike kijkt nijdig. Hij raadpleegt opnieuw zijn klembord.
'Als iemand iets hoort, wat dan ook, wat ons een aanwijzing kan geven over Hatanaka, wil ik het horen. Niet morgen. Niet wanneer ik een momentje tijd heb.' Hij wijst naar hen met zijn pen. 'Zodra jullie het weten, weet ik het ook.'
'Blij dat iemand iets weet,' klinkt een eenzame stem. Een grimmig gelach golft door het vertrek; zelfs Mike kan een zuinig glimlachje opbrengen. Wanneer hij de groep mannen laat inrukken lopen ze achter elkaar de deur uit als een team afgekeurden van de NBA dat op het punt staat de Lakers te ontmoeten.
'Niet goed?' vraag ik wanneer ze weg zijn.
Mike loopt naar de deur. 'Als het moreel nog lager wordt sturen ze iemand naar die verrekte IAO.' De Internationale Arbeidsorganisatie. Eerst beschouw ik het als een grapje, maar Mike lacht niet. 'Een paar van die jonge idioten praten zelfs over een staking,' zegt hij.
'Hoe ging het bij de Kwoks?'
'O, ja.' Mike knikt terwijl we de hal in lopen. 'Ze hadden een cadeautje voor je.'
'Een cadeautje.'
'Ja.'
'Wat voor iets?'
'Wacht even,' zegt hij en hij loopt de surveillancekamer in.
Rijen schermen langs een van de muren, zwart-witbeelden van bewakingscamera's die in de gebouwen en op de terreinen van de VN zijn geplaatst. Twee bewakers houden de monitoren in de gaten, de restanten van een extra grote pizza tussen hen in op het bureau. Naast de pizza ligt een aantal lege papieren bekertjes; op de grond liggen snoeppapiertjes naast de prullenbak. Mike leunt op het bureau, één oog op de monitoren, en luistert naar het geïmproviseerde verslag van de chefbewaker: de Algemene Vergadering is vroeg beëindigd, de man vindt dat de voorzitter eruitzag of hij een behoorlijke kater had; de Derde en de Zesde Commissie zijn nog bezig, volgens de man-

nen die bij de deuren op wacht staan, verwachten ze dat ze omstreeks tien uur zullen stoppen; buiten en in het secretariaatsgebouw is het rustig, zoals het hoort, en op First Avenue is de kleiner wordende groep demonstranten voor een vrij Tibet opgehouden met op de vredestrommel te slaan. Weer een dag die zijn einde nadert.

Mike blijft een paar minuten om een praatje te maken, deze jongens het gevoel te geven dat ze deel uitmaken van het team. Ze stellen het op prijs. Deze kamer heeft geen vensters; ploegendienst van tien uur, vijf dagen per week, kan niemand het gevoel geven dat hij een leuke baan heeft. Wanneer Mike aanstalten maakt om te vertrekken zegt de bewaker: 'En Weyland heeft bezoek gehad.'

Mike blijft staan.

De bewaker zet een schakelaar om en wijst naar een scherm. Wat we nu zien is eerder opgenomen; de tijd die in de rechterbenedenhoek opflitst is van twee uur geleden.

Weyland, beneden in de cafetaria, wordt benaderd door twee mannen in een net pak. Hij staat op en verspert hen de weg naar de keuken en de koelruimte waar Toshio's lichaam is neergelegd. Geen van beide bezoekers lijkt daar blij mee. Een van hen is de Tunku. De ander Patrick O'Conner. Na een korte woordenwisseling trekken Patrick en de Tunku zich terug.

De bewaker zet het beeld stil.

'Alleen die twee,' zegt de bewaker tegen Mike. 'We hebben via de walkietalkie contact gezocht met Weyland. Hij zei dat het geen probleem was.' Hij wijst naar een andere monitor, weer de camera, nu live. Weyland zit in zijn eentje een tijdschrift te lezen.

Mike slaat de bewaker op zijn schouder en maakt een of andere schunnige opmerking, daarna neemt hij me onder het gelach van de bewaker mee de hal in.

'Heeft Patrick tegen jou gezegd dat hij nog een keer naar het lichaam wilde kijken?' vraagt Mike. Hij fronst zijn voorhoofd terwijl we door de hal naar zijn kantoor lopen.

Ik schud mijn hoofd.

'De Tunku?' zegt hij.

De Tunku, vertel ik hem, heeft niet direct mijn toestemming nodig als hij rechtstreeks in contact staat met Patrick. Bovendien kan de Tunku, als voorzitter van de VN-hoofdkwartier Commissie, over het algemeen gaan en staan waar hij wil. Mike zuigt op zijn lip. Hij vraagt me nog eens naar Patricks reactie toen ik hem vertelde over de afluistermicrofoons in Toshio's flat. En ik geef hem hetzelfde antwoord. Buitengewoon kwaad.

'Typisch Patrick,' breng ik naar voren. 'Hij kan er niets aan doen dat hij overal zijn neus in steekt. Als hij iets niet zelf doet wordt het niet goed gedaan.'

'Nou, hij steekt zijn neus er nu verdomme te diep in. Ik heb ook gehoord dat hij een paar van die NGO-lui heeft ondervraagd die hier binnen zijn geweest, alsof hij controleert waar ik mee bezig ben. Op die manier verpest hij het voor ons. Ik ben er niet blij mee, dat kan ik je wel vertellen.'

Hij gaat zijn kamer in. Ik volg hem en doe de deur dicht.

'Toshio had niets te zoeken in Genève,' zeg ik. 'Hij is alleen via Genève naar Basel gegaan.'

Mike blijft staan, legt een hand op zijn bureau en kijkt me aan.

'Basel?'

Ik gebruik zijn computer om in het programma van het secretariaat in te loggen. Daarna toon ik hem de documenten Reizen en Accountancy en wijs alles aan wat Juan me heeft laten zien. Mike neemt dit alles in zich op zonder iets te zeggen.

'JZ,' zeg ik ten slotte en klik de toestemming aan. 'Juridische Zaken. Wij hebben toestemming gegeven voor Toshio's reis.'

Mike ligt een vinger op het scherm: S. Windrush.

'Jij.'

'Nee, Mike, ik niet.' Ik leg hem de verschillende toegangen tot de software van Juridische Zaken uit, de elektronische hiërarchie. 'En ik heb mijn naam daar niet ingetypt, dus dan blijft Patrick over.'

'Hij wist dat Toshio naar Basel ging?'

'Meer dan dat. Patrick heeft verdomme toestemming gegeven voor die reis.'

Mike kijkt me aan. We hebben Toshio's zogenaamde reis naar

Genève minstens twee keer besproken in het bijzijn van Patrick. En Patrick heeft nooit een woord over Basel gezegd.
'Wat zit er in Basel?' vraagt Mike.
Ik heb er geen idee van. Alle VN-afdelingen in Zwitserland zijn, voorzover ik weet, gevestigd in Genève.
Mike denkt even na. 'Is er een reden waarom Patrick je wil dwarszitten?'
'Ik weet niet of hij míj wil dwarszitten. Maar hij wil dolgraag dat ik Asahaki vrijpleit van alle beschuldigingen. Dat ik elke verdenking van betrokkenheid bij die fraude wegneem.'
'Dat pleit hem dan ook vrij van betrokkenheid bij de moord.'
'Zo ziet Patrick het.' Ik herinner Mike eraan dat ik vanochtend in de zijkamer ben ontboden. 'Dat willen ze allemaal, allevijf de permanente leden. Dat Asahaki terugkomt om te lobbyen voor de Japanse zetel, maar Patrick in het bijzonder. Hij heeft een gunstige stemmingsuitslag nodig om zijn vege lijf te redden op de 37e verdieping.'
'En jij hebt tegen Patrick gezegd dat hij de boom in kon.'
'Ik heb tegen hem gezegd dat ik, als Asahaki terugkomt, hem wil ondervragen.'
Mike wendt zijn blik af en bestudeert het computerscherm. S. Windrush.
'Patrick vertelt aan Eckland dat je je beoordelingsvermogen laat vertroebelen door privé-zaken.' Eckland, Mikes baas. 'Met "privé-zaken" bedoelt hij die vriendin van je.'
Jennifer. Ik knijp in mijn neus. Het ziet ernaar uit dat Patrick vastbesloten is om druk op me uit te oefenen vanuit elke mogelijke hoek. Ik vraag Mike wat Eckland erop heeft geantwoord.
'Eckland zei dat hij het aan mij zou vertellen. En dat heeft hij dus gedaan.' Mike haalt zijn schouders op. 'Wat een flauwekul. Ik was niet eens van plan om erover te beginnen.'
Hij was het niet van plan, maar nu heeft hij het toch gedaan.
'Ik heb mijn relatie met Jennifer strikt gescheiden gehouden van mijn werk, Mike.'
Hij kijkt naar mijn naam op het scherm. De toestemming. Ten slotte schuift hij de stoel van zijn bureau weg en gebaart me mee

te gaan naar de kleine zijkamer van zijn kantoor, waar onderdelen van verouderde beveiligingsapparatuur slordig op scheefhangende planken zijn gestapeld. Walkietalkies ter grootte van bakstenen. Koptelefoons met de afmetingen van een bord. De enige moderne apparatuur bestaat uit de video en de tv, en Mike schuift er een stoel voor.

'We hebben iets van de Kwoks,' zegt hij. 'Vraag me niet wat, maar het is iets.'

'Denk je dat Patrick probeert me een oor aan te naaien?'

'Eén ding tegelijk, oké? Wie was trouwens die hotemetoot die me meesleepte naar Chinatown?' Hij schuift een band in de videorecorder. 'Het zit zo. Toen jij wegging, ben ik teruggegaan. Ik heb een kop koffie gedronken in een café vlak bij de manufacturenhandel, om alles te overdenken. Terwijl ik daar zat, heb ik een stuk of vijf oude kerels de Jade Moonbioscoop in en uit zien lopen. Ze bleven niet lang, een paar minuten, dan kwamen ze weer tevoorschijn. Ze gaan naar binnen met niets, komen naar buiten met een zak vol god weet ik wat. Ik begin het te snappen. De volgende vent komt eraan, een jaar of tachtig, en ik volg hem wanneer hij eruit komt.'

Ik trek één wenkbrauw op en vraag Mike of ik de rest werkelijk wil horen.

'Hij haalde een voorwerp uit zijn zak.' Mike wijst naar de videorecorder. 'Deze band.'

Wanneer hij op de knop drukt, begint het scherm te flikkeren. Er klinkt orkestmuziek, en er is een shot van voetlichten en een toneel met rode gordijnen. Terwijl de muziek aanzwelt komt de titel in beeld: *Dans de dans*. Met Chinese ondertiteling. Dan gaat het rode gordijn omhoog. Mike kreunt vol afkeer; mijn eerste opwelling is eerlijk gezegd om in lachen uit te barsten. Er zijn zes mannen op het toneel, drie atletische types, grote, forse kerels, en drie anderen, zo slank als een den. Het is een soort ballet; de drie grote kerels zijn als man gekleed, de drie andere als vrouw, maar vanaf hun middel zijn ze naakt. Het effect, terwijl ze over het toneel rondwervelen en springen, is bizar komisch; ze schijnen zichzelf volkomen serieus te nemen,

alsof ze echt kunnen dansen, en dat kunnen ze beslist niet.
'Wat heeft dit met Po Lin te maken?'
'Kijk.'
Een paar minuten later schuifelen de dansers naar elkaar toe, ze vormen een lijn, man en vrouw om en om, midden op het toneel. Ieder 'meisje' bukt zich en pakt de billen van de 'jongen' voor haar. Achter ieder 'meisje' stelt een 'jongen' zich op. Het orkest speelt door. Nu krijgen we close-ups van een aantal goed geoliede erecties.
'Oké, ik snap het.'
'Het wordt nog beter,' zegt Mike.
Ik druk op de knop en het scherm wordt zwart. 'Heeft Po Lin het gestolen geld in de homoporno-industrie geïnvesteerd?'
Mike haalt de band uit de recorder en we lopen terug naar zijn kamer. 'Toen ik erachter kwam wat voor spul de oude bioscoop-Kwok verkocht, ben ik teruggegaan om met hem te praten. We hadden een gesprek. Nadat het goed en wel tot zijn botte hersens was doorgedrongen dat ik niet was gekomen om zijn zaak te sluiten, maar dat ik het kon als ik het wilde, praatte hij een beetje. Hij wilde me niets vertellen over het bedrijf, zijn investeerders, waar hij de porno vandaan haalt, die dingen. Maar hij zegt dat hij nooit van ene Wang Po Lin heeft gehoord.'
'En je geloofde hem?'
Mike doet zijn portefeuille open en geeft me de pasfoto van Po Lin uit ons archief. 'Deze vent,' zegt Mike, op de foto tikkend, 'deze vent is iemand die Kwok kent.'
'Po Lin.'
'Bij Kwok gebruikte hij een alias. Dong? Pang?' Mike haalt één schouder op. 'Zoiets.'
'Je zei dat Kwok niet over zijn investeerders wilde praten.'
'Po Lin was geen investeerder. Hij was een klant.'
'Die Kwoks video's doorverkocht?'
'Jezus, nee. Niet een belangrijke klant. Een gewone klant, die af en toe kwam binnenlopen. Po Lin kocht een paar video's per week, voor privé-gebruik, dat was alles.'
Privé-gebruik. Een man van 71 die een kruistocht voert tegen im-

perialisme. Ik neem even de tijd om deze totaal onverwachte wending af te wegen tegen datgene wat we van Marie Lefèbre te weten zijn gekomen.

'Of bioscoop-Kwok liegt, óf het geld is naar fabrikant-Kwok gegaan.'

'Hij loog niet,' zegt Mike.

Een paar minuten bespreken we de mogelijkheden om gestolen goederen door te sluizen via de import-exporthandel. Ondanks de vervallen aanblik van de Jade Moonwinkel, lijkt me dat daar het antwoord moet liggen. Maar de Kwoks zijn nu op ons voorbereid, een volgend bezoek zou tijdverspilling zijn. Ik merk, enigszins hoopvol, op dat Pascal misschien iets zal kunnen vinden in de boekhouding. Maar Mike betwijfelt het sterk.

'Kun je die journaliste niet overhalen om je te vertellen waar die getallen vandaan kwamen? De bron?'

Ik kijk moeilijk: buitengewoon onwaarschijnlijk.

'Probeer het,' zegt Mike, waarna hij weer naar de foto van Po Lin kijkt die hij in zijn hand houdt. 'Als Po Lin via Jade Moon Enterprises geld doorsluisde – in manufacturen of wat dan ook – waarom zou de oude bioscoop-Kwok deze foto dan geïdentificeerd hebben? Denk je niet dat hij er eerst met zijn broer over had willen spreken?'

Een heel goed punt. En terwijl we nog proberen om daarachter te komen, gaat Mikes telefoon. Eckland. Mike draait zich om en begint zacht te praten. Om het hem gemakkelijker te maken loop ik de hal in, waar ik naar het fonteintje slenter en een plastic bekertje vul. Mijn blik dwaalt door het raam. Over First Avenue heb ik een goed zicht op het Amerikaanse VN-gebouw. Het citroengele avondlicht vervaagt en op alle elf verdiepingen zijn witte vierkanten verlicht. Er wordt overgewerkt. Morgen is de belangrijke stemming. Van nu tot dat moment zullen de telefoons roodgloeiend staan, faxen uit de apparaten vliegen, e-mails door de ether zoeven. Druk uitoefenen op het laatste moment. Elk uur een rapport over de stand van zaken aan de minister van Buitenlandse Zaken in Washington.

Met een hand tegen het vensterglas leunend drink ik van het water. Ik tel acht verdiepingen omhoog in het VN-gebouw, daarna twee ramen naast elkaar. Jennifers kantoor. Er brandt, natuurlijk, licht.

Ik blijf een poosje zo staan en denk na over de spanningen in mijn relatie met de vrouw die ik serieus overweeg ten huwelijk te vragen, over de verhitte woorden die we vanmiddag op het trottoir hebben uitgewisseld, en dan roept Mike vanuit zijn kamer mijn naam. Ik gooi het bekertje in de prullenbak en loop terug.

'Naar boven,' zegt hij als ik binnenkom. 'Je moet nu meteen naar Patrick. Ik moet hier op Eckland blijven wachten.'

Hij staat achter zijn bureau. Hij ontwijkt mijn ogen door naar de telefoon te staren.

'Wat is er loos?'

'Patrick heeft een verdachte van de moord op Hatanaka gearresteerd. Je moet er als de bliksem heen, Sam.'

'Wie?'

Eindelijk slaat Mike zijn ogen op. Zijn blik is gespannen.

'Het is Rachel,' zegt hij.

22

Ik klop niet aan. Ik duw de deur open en storm meteen naar binnen. Achter me klinkt een klap wanneer de deur terugzwaait en tegen de muur knalt. Mijn rechterarm is uitgestrekt voor ik twee stappen in de kamer heb gezet. Op weg hierheen heb ik wel honderd mogelijkheden gerepeteerd, maar nu ik zie dat Patrick duidelijk geschrokken is, nu het tot me doordringt dat hij niet is voorbereid op een gewelddadige actie, komt het één wild moment bij me op om te doen wat hij kennelijk vreest dat ik van plan ben: over zijn bureau springen en hem tegen de grond slaan. Het moment gaat echter voorbij en ik blijf naast zijn bureau staan, mijn arm nog steeds gestrekt, wijzend met mijn vinger, trillend van woede. Wanneer de woorden komen zijn het niet de woorden die ik had gerepeteerd, ze zijn veel eenvoudiger, de harde, essentiële kern van wat ik wil zeggen.

'Laat haar gaan.' Laat haar vrij. Laat mijn dochter vrijuit gaan.

De angst in Patricks ogen neemt langzaam af wanneer hij begrijpt dat hij niet geslagen zal worden. 'Dat wil ik ook, Sam,' zegt hij op verzoenende toon. 'Dat willen we allemaal.'

'Verdomme, je hebt haar gearresteerd!' Ik kijk om me heen. 'Waar is ze?'

Patrick spreidt zijn handen om me terug te brengen in het land van het gezond verstand. 'Denk je dat ik dit wilde? Geloof je niet dat ik verbaasd was toen ik het bewijsmateriaal zag?'

'Bewijsmateriaal?'

'Dat klopt.'

'Patrick.' Ik plaats mijn wijsvinger midden op zijn bureau en buig naar hem toe. 'Vertel me waar mijn dochter is of ik zweer bij god dat ik je verdomde kop van je romp ruk.'

Dat zijn de woorden van Samuel Windrush, vredelievend man, afvallig lid van de Vereniging van Vrienden. Opnieuw licht angst in Patricks ogen op.

'Het gaat hier om een kwestie waar we een antwoord op moeten vinden,' zegt hij slapjes, maar ik blijf hem zo lang aanstaren tot hij bezwijkt. 'Kamer 7,' zegt hij eindelijk. 'En er is een bewaker bij haar.'

Kamer 7 is een voor iedereen toegankelijke vergaderruimte op de 34e verdieping, de kamer waar Patrick flikflooit met de andere ondersecretarissen-generaal, waar hij hen overhaalt tot zijn standpunt met betrekking tot zaken van wereldbelang zoals wie de Amerikaanse president de hand mag schudden wanneer hij op bezoek komt en wie de tassen van de secretaris-generaal mag dragen bij de volgende inspectiereis naar het Midden-Oosten. Ik loop er regelrecht binnen en zie Rachel en de bewaker aan het uiteinde van de conferentietafel zitten. Enigszins tot mijn verbazing zitten ze samen te kaarten. Wat nog vreemder is, Rachel kijkt naar me op en ze lacht.

'Hallo, pap.'

Ik maak een gebaar naar de bewaker en zeg tegen hem dat ik mijn dochter alleen wil spreken.

De bewaker is niet veel ouder dan Rachel; hij heeft kennelijk niet het flauwste benul hoe hij met deze situatie moet omgaan. Hij begint me te vragen of ik toestemming heb van meneer O'Conner, maar dan verschijnt Patrick zelf en de jongen kijkt alsof iemand hem zojuist het leven heeft gered.

'Eruit,' zegt Patrick tegen hem, tegen de deurpost leunend. De jongen legt zijn kaarten neer en gaat de kamer uit. Snel.

Rachel kijkt van mij naar Patrick alsof ze opeens niet meer begrijpt wat er gaande is. Wanneer ik haar vraag of alles goed is met haar lijkt ze verbaasd over die vraag.

'Sam,' zegt Patrick achter me, 'als je even meekomt en vijf seconden stil blijft staan, word je misschien iets wijzer.'

'Pap?' Rachel legt haar kaarten neer en staat op.

Ik beduid haar dat ze moet blijven waar ze is. 'Je zegt tegen niemand een woord,' waarschuw ik. 'Niet voordat wij met elkaar hebben gepraat.'

Ze kijkt bezorgd.

'Blijf daar,' zeg ik, met opgeheven vinger. Daarna loop ik achter-

uit kamer 7 uit, sluit de deur achter me en draai me om zodat ik Patrick kan aankijken. 'Je hebt haar niet verteld dat ze is gearresteerd.'
'Die beslissing is nog maar net genomen,' zegt hij.
Ik ga bij de deur vandaan en spreek zachtjes. 'Dan maak je het ongedaan, Patrick. En snel. Omdat je, volgens mij, al zoveel inbreuk hebt gemaakt op Rachels burgerrechten dat ze ongeveer twintig redenen heeft voor een aanklacht.'
'O? En bij welk hof zou dat zijn?'
'Ze is Amerikaans staatsburger.'
'Ze is in dienst van het secretariaat. En ze bevindt zich op VN-grondgebied. Als je naar de rechter wilt stappen is het enige hof dat ervoor in aanmerking komt het IG.'
Het Internationaal Gerechtshof, bedoelt hij, in Den Haag. De vijftien rechters van dit hof hebben het fiat van de Algemene Vergadering van de VN en ondanks hun beweringen van het tegendeel is iedere rechter onderworpen aan de gebruikelijke politieke druk vanuit Turtle Bay. Patrick, die een meester is in dit soort spelletjes, vraagt: 'Wil je de gok wagen?'
Ik had hem moeten slaan. Daarstraks, op zijn kantoor. Ik koester natuurlijk niet de geringste twijfel dat hij zal doen wat hij nadrukkelijk dreigt te doen, dat hij aan alle onzichtbare touwtjes zal trekken die vastzitten aan de Algemene Vergadering, om de beoordeling van het Internationale Gerechtshof te beïnvloeden. Mijn bloed kookt. Maar ik heb drie jaar voor deze man gewerkt, ik kan niet doen alsof ik niet weet hoe hij is. Daarvoor heb ik te vaak in de vroege ochtend gezwoegd om op zijn verzoek documenten voor te bereiden, alleen om de vruchten van mijn arbeid terzijde geschoven te zien worden zonder behoorlijke uitleg of zelfs zonder een woord van dank. Ik heb gezien dat hij mijn werk bewaarde om het op een latere datum, wanneer het hem uitkwam, weer tevoorschijn te halen en met de eer te gaan strijken. Ik heb gehoord hoe hij zijn collega's prees om vervolgens op subtiele wijze het vertrouwen van de secretaris-generaal in ieder van hen te ondermijnen. En dat alles heb ik verdragen omdat Patrick O'Conner – ondanks zijn arrogantie en zijn verslaving aan poli-

tieke spelletjes – de scherpste juridische geest bezit waarmee ik waarschijnlijk ooit zal samenwerken, een helder schitterende ster aan het firmament van Internationale Wetgeving. Jaren later zullen advocaten nog steeds verwijzen naar zijn commentaar op de Wet van de Zee, handelsgeschillen zullen nog steeds worden opgelost door een werkwijze voor de bewoording en de vorm waarvan Patrick verantwoordelijk is. Hoewel ons contact tijdens het dagelijkse werk mijn aanvankelijke enthousiasme voor de man heeft doen bekoelen, heb ik er nooit aan getwijfeld dat hij een van de beste juristen van zijn generatie is. En dat heeft ervoor gezorgd dat ik het volhield.
Nu kijk ik hem echter recht in de ogen en raap ik alle onderdrukte minachting die ik ooit voor hem heb gevoeld bijeen.
'Patrick. Je bent een zak.'
Hij geeft geen krimp. Maar zelfs Patricks ogen kunnen niet liegen. De woorden, afkomstig van mij, drie jaar lang zijn assistent, kwetsen hem.
Ik knik in de richting van kamer 7. 'Dit gaat om Asahaki. Het heeft niets met Rachel te maken.'
'Ze moet zich verantwoorden.'
'Laat haar gaan.'
Hij verzekert me, absurd genoeg, dat Rachel op dezelfde manier behandeld is als de andere gidsen.
'Je hebt haar vastgezet. Je hebt toch niet iemand anders vastgezet, of wel?'
'Luister. Je dochter is maandagavond naar het souterrain gegaan. Ze zegt om haar jas te halen. Hoor je dat? Maandagavond. En nu hoor ik dat ze vorige week in de bibliotheek is geweest om de papieren op te vragen van een mislukte poging die drie jaar geleden in Abatan werd gedaan om gijzelaars los te krijgen.' Wanneer hij mijn verbazing ziet, knikt hij. 'Zo is het. VN-vrijwilligers. Je vrouw. Hatanaka's belangrijke missie.'
Achterdochtig blijf ik hem aankijken. Verdomme, waar was Rachel mee bezig?
'Het verbaasde mij ook,' zegt hij vlak.
'Nu je professionele mening, Sam. Persoonlijke betrokkenheid

daargelaten. Wat denk je dat ik moest doen? Haar laten lopen?' De klootzak. Maar ik heb de tegenwoordigheid van geest om mijn woede in te slikken.

Patrick speelt met een knoopje van de mouw van zijn jas. 'Ambassadeur Asahaki komt over een uur terug in New York. Ik heb hem verzekerd dat hij van ons kan verwachten uiterst hoffelijk behandeld te worden. Geen halfslachtige beschuldigingen. En, verdomme, geen vragen tot na de stemming.'

Daar is het. Eindelijk openlijk uitgesproken. De ware reden voor deze poppenkast.

'Asahaki vliegt terug naar Tokyo op het moment dat de stemming achter de rug is,' zeg ik. 'En dat weet je.'

Patrick geeft geen antwoord. Hij blijft nietszeggend kijken.

'Ik ga nu met mijn dochter praten,' kondig ik aan, naar de deur lopend. 'Alleen.'

'Dit is geen onzin.'

'Nee, dat zal wel niet.'

'Hé!' Wanneer ik me omdraai kijkt Patrick me onderzoekend aan. Even ben ik geschokt door wat ik in zijn ogen zie: echte twijfel. Hij weet werkelijk niet zeker of hij moet toestaan dat ik met Rachel spreek. Maar hij schijnt tevens te beseffen dat hij me alleen met geweld kan tegenhouden. Hij heft zijn arm op en tikt op zijn gouden Rolex. 'Je hebt vijf minuten,' zegt hij.

Vijf minuten. Ik draai me om en doe de deur open. Vijf minuten om mijn dochter uit te leggen dat ze, op de 34e verdieping van het VN-gebouw, zojuist is gegijzeld door de ondersecretaris-generaal van Juridische Zaken.

'Pap?' Rachel staat met haar armen over elkaar geslagen in een instinctmatige houding van zelfverdediging. 'Wat is er?'

Ik pak haar bij haar schouders en laat haar naast me plaatsnemen. We zitten half naar elkaar toe gedraaid, mijn linkerknie raakt haar rechterbeen. Ze draagt haar uniform van VN-gids; nu trekt ze bezorgd haar rok recht.

'Het is oké,' zeg ik tegen haar. 'Sommige mensen hebben zich een paar rare ideeën in het hoofd gehaald. Ik probeer het uit te zoeken.'

'Waarom was je zo kwaad?'
Ik breng een hand naar mijn voorhoofd. Als er een manier was om dit te vermijden, zou ik het doen. Graag zelfs. Maar Rachel is achttien jaar en opeens, verbazingwekkend, is ze hier te diep bij betrokken. Ik kan haar niet als een kind behandelen.
'Het onderzoek dat ik instel naar de moord op Hatanaka. Patrick is niet tevreden over de kant die het op gaat. Hij wil dat ik ermee stop.'
'Waarom?'
'Wat heeft hij je gevraagd, Rachel? Wat heb je hem verteld?'
'Niets.'
'Juan zei dat alle gidsen teruggeroepen zijn.'
'Aha,' zegt ze. Daarna, omdat ze begrijpt dat ik meer wil weten, vertelt ze dat de meeste gidsen konden weggaan nadat ze Patricks secretaresse een korte beschrijving hadden gegeven van hun werkzaamheden van dinsdagochtend. Alleen degenen die bij de NGO-receptie waren geweest, werd verzocht te blijven. 'We waren met zijn drieën.' Rachel wijst naar de gesloten deur. 'Meneer O'Conner wilde ons ieder afzonderlijk spreken, dus we wilden er niet met elkaar over praten, opdat we niet zouden zeggen dat we hadden gezien wat een ander had gezien.' Ze noemt de namen van de twee andere gidsen. 'Heb je die al gesproken?'
'Ze zijn naar huis gestuurd.'
Rachel houdt haar hoofd scheef. 'Nu al?'
Dan kan ik me niet meer bedwingen. Ik vraag haar op de man af waar ze naar op zoek was in de Dag Hammarskjold-bibliotheek.
'Waarom zijn zij al naar huis?' Ze staat op, slaat haar armen over elkaar en keert me de rug toe. 'Hij heeft nog niet eens met me gesproken.'
Ik kijk naar haar terwijl ze naar het eind van de conferentietafel loopt. Vertrouwen, had dokter Covey me gezegd, was essentieel. Als ik mijn dochter niet wilde verliezen aan een plotselinge terugval in anorexia, moest ik haar vertrouwen en moest zij mij vertrouwen. Want alle fysieke verwoesting die was aangericht door haar gezondheidstoestand, zei dokter Covey, was uiteindelijk een ziekte van de geest. En hij waarschuwde me ervoor dat ge-

brek aan vertrouwen op den duur fataal zou kunnen zijn. Daarom heb ik er de afgelopen twee jaar een gewoonte van gemaakt om niet nieuwsgierig te zijn wanneer ik merk dat Rachel het niet wil. Nu houd ik mezelf voor dat dát de reden is dat ik niet verder inga op mijn vraag naar de bibliotheek.
'Is Patrick niet hier geweest om je te ondervragen?'
'Nee. Hij zei dat hij over een poosje langs zou komen, dat hij eerst met de anderen moest spreken.'
Wanneer ze bij het andere eind van de tafel gekomen is, draait ze zich om. Ietwat verbaasd kijkt ze me aan. Nu sta ik ook op.
'Patrick gebruikt jou om mij te pakken te nemen, Rachel. Ik wil niet dat je zijn vragen beantwoordt. Ik wil zelfs niet dat je met hem praat. Wat je te zeggen hebt, zeg je tegen mij. Niet tegen Patrick. Niet tegen de veiligheidsmensen. Alleen tegen mij.'
Zo langzamerhand is ze tot de conclusie gekomen dat dit nergens op slaat. Haar mondhoeken trekken omlaag. Ze schudt haar hoofd, haar glanzende, kortgeknipte haar zwiert in het rond. Daarna pakt ze haar tas en hangt die over haar schouder.
'Kun je me nu naar huis brengen, pap?' Alsof ze me heeft gebeld om haar op te halen bij een feestje dat achteraf niet leuk blijkt te zijn.
Hulpeloos steek ik mijn handen in de lucht. Jezus, hoe moet ik dit zeggen? 'Je zult vannacht hier moeten blijven, Rachel. Ik zal wat kleren voor je halen.'
'Hier?'
Ik strijk met mijn hand over mijn gezicht. 'Je bent gearresteerd.'
Ze staart me aan, ze begrijpt het niet helemaal. 'Wie heeft me gearresteerd? Waarvoor?'
'Patrick. Maak je geen zorgen, het gaat niet om jou, het gaat om mij. Patrick wil niet dat ik een verdachte van de moord op Toshio pak, omdat het hem slecht uitkomt. Hij gelooft dat hij me ervan kan weerhouden als hij zelf met een verdachte komt aanzetten. Iemand die hij kan gebruiken om mij onder druk te zetten.'
Even blijft ze me aankijken. Dan dringt het tot haar door. 'Ik?'
'Ik probeer het te regelen.'
'Ik kan het niet geloven.' Hevig geschrokken haalt ze een hand

door haar haren, de opeenvolgende gebeurtenissen die haar hier hebben gebracht vallen plotseling op hun plaats. Haar stem klinkt verstikt van woede. 'Hij arresteert mij om jou tegen te houden? Dat kan hij niet maken.'
'Zodra morgen de stemming voorbij is, heeft hij geen reden meer om je hier vast te houden. Dan ben je vrij.'
'Morgen?'
'In het ergste geval, Rachel. Ik blijf het proberen, dat begrijp je toch? Maar dat is het ergste wat er kan gebeuren.'
Er welt een geluid van gefrustreerde kwaadheid in haar keel op. Terwijl ze zich van me afwendt lijk ik een glimp op te vangen van het meisje achter de vrouw, de tiener wier emoties haar zo gemakkelijk alle redelijkheid uit het oog kunnen doen verliezen, zoals ik uit treurige ervaring weet, omtrent de vastomlijnde begrenzing van mijn eigen emotionele gebied. Ze is achttien jaar, maar ze heeft duisterder psychologische regionen bezocht dan de meesten van ons ooit zullen zien. Nu staat ze met hangend hoofd aan de andere kant van de tafel, doodstil. Ze is razend. Ze kookt inwendig.
Na vier maanden door een hel te zijn gegaan terwijl Rachel in het Bellevueziekenhuis lag, werd ik opgebeld door dokter Covey, die me meedeelde dat mijn dochter had geëist dat haar voedingssonde zou worden weggehaald.
O, god, zei ik. Nee.
Stilte aan de andere kant van de lijn, vervolgens een geschrokken, haastige toelichting. Nee, dat niet, ik had het verkeerd begrepen. De reden dat Rachel de sonde niet meer wilde was, zei hij, dat ze weer gewoon wilde eten. Tijdens de rit naar het ziekenhuis bleef ik de stem van dokter Covey horen die zei: ze wil eten. In het normale leven een banaliteit, een onopvallend onderdeel van de dagelijkse routine. Toch klonken die woorden voor mij meer als een hallelujakoor, en ik werd erdoor begeesterd. Mijn dochter wilde eten. Vreugde. Opluchting. En toen ik in het ziekenhuis aankwam was het waar: er zat een verpleegkundige bij dat broodmagere figuurtje, bij mijn dochter, die haar met een lepel een kleverige, gele vloeistof voerde. Ik liep met dokter Covey

de gang in en zwengelde zijn hand op en neer, terwijl ik hem onsamenhangend mijn dankbaarheid betuigde.
Hij waarschuwde me onmiddellijk dat dit niet meer was dan een aanduiding van een mogelijk herstel. Ik knikte beleefd. Op dat moment kon het me niet schelen wat het was. Rachel at. Van een lepel.
Doctor Covey legde uit hoe hij van plan was de behandeling van Rachel voort te zetten. Langzaam. De voeding aan te passen aan Rachels eigen tempo.
Eindelijk durfde ik te vragen of ik op volledig herstel mocht rekenen.
Het ziekteverloop van eetstoornissen, vertelde hij me, zoals hij dat al zovele malen had verteld, was onvoorspelbaar, te zeer verbonden met de geestesgesteldheid van de patiënt om ook maar een voorlopige analyse te geven. Hij zag echter onmiddellijk dat ik op dat moment iets meer van hem wilde dan de standaardmening uit het studieboek. We gingen op twee plastic stoeltjes zitten, aan het eind van de gang.
Rachels geval is ongewoon, zei hij, zijn bril afzettend. Dikwijls was de oorzaak voor het begin van anorexia niet te traceren, maar bij Rachel twijfelde niemand eraan of die was teweeggebracht door de dood van haar moeder. Vandaar had een misplaatste combinatie van gevoelens – schuld en zelfbeschuldiging – haar dezelfde afschuwelijke weg op gestuurd die jaarlijks door duizenden tieners werd ingeslagen. Maar nu, zei dokter Covey, nadenkend naar zijn bril starend, leek deze ommekeer in Rachel even definitief als de oorspronkelijke oorzaak.
Ik had even tijd nodig om dit te verwerken. Dus u denkt dat ze beter wordt, zei ik.
Dokter Covey koos zijn woorden met zorg. Ik geloof, zei hij, dat ze een goede kans maakt. Het leek erop dat Rachel met haar schuldgevoelens over de dood van haar moeder in het reine was gekomen. Misschien heeft uw dochter, in een hoekje van haar geest dat op zelfbescherming is gericht, veronderstelde hij zacht, tegenover zichzelf toegegeven dat iemand anders verantwoordelijk is.

Nu, hier in kamer 7, met Patrick die voor de deur rondhangt, komt er een ander beeld bij me op, de foto die op het prikbord in het Lighthouse-kantoor hangt: Rachel, dansend in een nat, wit T-shirt te midden van mensen die ik nooit ontmoet heb, een leven leidend waarvan ik niet eens wist dat ze het leidde.

En ik denk bij mezelf: wat is er nog meer dat ik niet weet?

'Pap?' Ze heft haar hoofd op en loopt langs de tafel naar me toe. 'Dat kan hij toch niet doen?'

Pijn. Ik krijg het gevoel of iemand zijn hand in mijn borstholte heeft gestoken, mijn hart heeft vastgepakt en erin knijpt. Er hard in knijpt. Ik ga naar haar toe en sla mijn armen om haar heen, maar ze leunt afwerend achterover.

'Hij heeft er het recht niet toe. Jij bent jurist, zeg het dan tegen hem.'

'Zo eenvoudig is het niet.'

Haar greep op mijn arm verstrakt. Haar stem wordt schor. 'Zeg het hem,' zegt ze.

De moed zinkt me in de schoenen. Ik durf Rachel niet de vraag te stellen die pas op dit moment bij me opkomt: wie was het? Toen ze met haar onlogische, misplaatste gevoelens over de dood van haar moeder in het reine kwam, wie hield ze toen verantwoordelijk? In dat duistere, ondoordringbare deel van haar geest, wie besloot ze de schuld te geven?

Donderdag

23

Het is één uur in de nacht van woensdag op donderdag en ik rijd met Mike naar het zuiden.

Nadat ik de kleren en de andere spullen die Rachel uit haar nieuwe huis wilde hebben had opgehaald, waarbij ik Juans vragen moest afweren, en me ervan had overtuigd dat Rachel, zoals Mike me beloofd had, onder de hoede was van Weyland, ging ik eindelijk naar huis. Ik kon niet slapen. Mijn dochter is een gijzelaar. De gedachte bleef als een griezelige kronkel in mijn hoofd rondtollen. De late tv-uitzending, het gebruikelijke recept tegen slapeloosheid van de familie Windrush, bood geen soelaas, dus ik zat in het donker met mijn rug tegen de kussens die ik aan het hoofdeind van het bed had opgestapeld en dacht na over de wereld waarin ik me beweeg, de mensen met wie ik dagelijks omga. Ik beschouwde een paar belangrijke vragen, zoals hoe ver het menselijk ras vooruit is gegaan sinds de Babylonische tijden toen geven en nemen van gijzelaars een algemeen aanvaarde gewoonte was, een essentiële manoeuvre in het diplomatieke leven. Heb geduld. Dat zeggen we onveranderlijk tegen de wanhopige families die een beroep doen op het secretariaat. Een broer die vermist wordt tijdens een georganiseerde vakantie in Angkor Wat. Een vader die is ontvoerd van een archeologische opgraving ergens in Libanon. Zonen en dochters, moeders en vaders, mensen wier nieuwsgierigheid of idealisme hen ver weg heeft gevoerd van hun thuisland, van wie velen hopen hulp te kunnen bieden aan de verworpenen der aarde; onschuldigen in het buitenland die voorbestemd zijn om aan den lijve te ondervinden dat de wereld een gevaarlijke plek is. Goede mensen. Mensen zoals Sarah. En nu Rachel zo onverwacht deel uitmaakt van die eenzame groep gevangenen merk ik dat geduld, evenals bij die eerdere gelegenheid toen het om Sarah ging, een deugd is waarover ik nauwelijks beschik.

Ze heeft het niet gedaan. Aan die overtuiging klamp ik me vast. Ze is mijn dochter, zeg ik tegen mezelf, ik ken haar. En ik weet dat ze geen rol kan hebben gespeeld bij de dood van Toshio Hatanaka.

'Het is achter de hoofdstraat,' zegt Mike, die kijkt terwijl ik Toshio Hatanaka's American Express-rekening onder het dashboardlampje hou. 'Brighton Beach Avenue. Je kent het daar toch?'

Ja, althans van vroeger. Toen Rachel nog klein was namen we haar in de warme zomerweekends mee naar Coney Island; zo nu en dan reden we zelfs helemaal naar Brighton Beach. Met een ijsje in de hand zwierven we dan over de avenue terwijl Sarah ons de verhalen doorvertelde die ze over die plek van haar ouders had gehoord: de familie Lebovitz had, als immigranten uit Estland, tijdens hun eerste jaren in Amerika vlak achter Brighton Beach Avenue gewoond en gewerkt. Ze zijn nu in de zeventig; jaren geleden verhuisden ze naar Orlando, waar Josh, mijn zwager, met zijn gezin woont. Josh heeft me verteld dat hij het tegenwoordig nauwelijks aankan om bij zijn ouders op bezoek te gaan. Sinds Sarahs dood lijken ze niets meer van het leven te verwachten; hij zegt dat hij de stilte niet kan verdragen.

In de tientallen jaren sinds de Lebovitzes uit Brighton Beach zijn vertrokken is de hele buurt veranderd. Het is er veel slechter op geworden, merkt Mike op.

'De laatste keer dat ik er geweest ben,' zegt hij, 'leek het wel alsof er een straatoorlog gaande was. De burgemeester was er om een verkiezingstoespraak te houden. Hij hield er laat mee op en toen we de zaal uit kwamen hoorden we buiten die knallen – bang! bang! – als geweerschoten. Ik vroeg aan een agent uit de buurt, hebben we hier een probleem? Geen probleem, zei hij. Een bende uit Moskou die een paar dieven uit de Oekraïne overhoopschiet. Maar de burgemeester is volkomen veilig, zei hij. Hij vertelde me dat de mensen uit Brighton Beach het geweldig vinden zoals de burgemeester tekeerging tegen de zwarte misdaad. Zwarte misdaad.' Mike draait zijn hoofd opzij om me aan te kijken. 'Verdomde Russen.'

Ik vouw Toshio's rekening op en leg die op het dashboard. Vanavond heeft Yuri Lemtov, opkomende ster van de Russische delegatie en derde lid van de VN Drugsbestrijdingscommissie, een tafel gereserveerd bij de White Imperial in Brighton Beach. Dat heb ik ontdekt toen ik een uur geleden de Russische missie belde. Omdat ik niet kon slapen belde ik naar de missie met het enigszins hopeloze idee dat Lemtov het enig mogelijke contact was dat me nog overbleef met betrekking tot Toshio's onderzoek van de Speciale Commissie. Bij de Russische missie waren ze bezig met hetzelfde waar iedereen mee bezig moest zijn: de cijfers bekijken en voorspellen welke kant het op gaat met de stemming. Maar Yuri Lemtov was er niet. De afgevaardigde met wie ik sprak, een man die ik vorig jaar had geholpen bij een paar problemen op de ambassade, vertelde me op klaaglijke toon dat Lemtov ertussenuit geknepen was voor een avond met kaviaar en champagne in de White Imperial. Zodra het gesprek was afgelopen bekeek ik de rekening die Mike in Toshio's flat had gevonden. Daarna belde ik Mike.
Mike geeuwt boven het stuur. 'Wat is de strategie? "Hatanaka" roepen en dan kijken wie er naar de deur vliegt?'
'Ik kon gewoon niet rustig blijven afwachten.'
'Waarom niet?'
Ik kijk hem aan.
'Zoals jij het vertelt,' zegt hij, 'hangt Patrick een zwaard boven Rachels hoofd om Asahaki terug te kunnen halen, zodat die de Japanners het laatste duwtje kan geven voor de stemming. En de stemming is morgen. Over nog geen vierentwintig uur. Als je het mij vraagt lijkt rustig afwachten een heel goed idee.'
'En als ze jouw dochter was?'
Hij trekt een mondhoek op. 'Nou, wat hebben we over Lemtov? Weten we iets van hem, behalve dat hij in die commissie zat?'
Ik neem er een paar minuten voor om Mike te vertellen wat ik kan. Lemtov is halverwege de veertig, een van die moderne Russen, een technocraat die naar voren geschoven werd na het uiteenvallen van de Sovjet-Unie. Hij maakte naam toen hij voor het Russische ministerie van Financiën werkte aan de sanering van

de staatsschuld, daarna stapte hij over naar het ministerie van Buitenlandse Zaken en nu hebben zijn kwaliteiten als onderhandelaar en het feit dat hij vloeiend Engels spreekt hem bestempeld tot iemand die het ver zal brengen bij de Russische delegatie.
'Alle drie onbetrouwbaar?' zegt Mike sceptisch. 'Asahaki, oké, je hebt de papieren gezien bij de bank. Misschien zit Po Lin er ook ergens in. Maar alle drie? Trouwens, waar heb je al die informatie over Lemtov vandaan. Uit het archief?'
'Voornamelijk van Patrick.'
Mike kijkt me van opzij aan.
Ik moet toegeven dat dezelfde verontrustende gedachte ook bij mij opgekomen is. Wat ik over Lemtov weet, heb ik opgepikt uit opmerkingen die Patrick het afgelopen jaar heeft gemaakt. Patrick heeft contact onderhouden met het IMF en de Wereld Handels Organisatie over een reeks conferenties die de komende augustusmaand zullen worden gehouden over internationale financiën en globalisering. Met zijn achtergrond in handelsrecht heeft Patrick uitgebreide contacten op hoog niveau in het Westen, maar Lemtov is hem buitengewoon behulpzaam geweest door dezelfde contacten op hoog niveau voor hem te leggen in het voormalige Oostblok.
'Hij en Patrick hebben samen ergens aan gewerkt,' zeg ik. 'Lemtov en Patrick.'
'Het stelt niet veel voor.'
Mike knikt, terwijl hij schakelt om in te halen.
Het regent hard wanneer we parkeren. Mike trekt zijn jasje over zijn hoofd en we steken rennend de straat over. Wanneer we glijdend tot stilstand komen onder de beschermende luifel van de White Imperial lijken de beide portiers, in smoking en met vlinderdasje, niet onder de indruk.
Mike stampt met zijn voeten en trekt zijn jasje weer over zijn schouders. 'Gasten van meneer Lemtov.'
De portiers kijken vervolgens naar mij en ik zeg het eerste wat in me opkomt. 'Verenigde Naties.'
Sesam open u. Ze gaan opzij en gebaren dat we naar binnen mogen. Nadat ik mijn overjas heb afgegeven blijven we op de drem-

pel van de grote zaal staan en turen naar binnen. Weelderig, een beetje te.
'Gasten van meneer Lemtov?'
'We zijn nu toch binnen?' Mike overziet de zaal. 'Zie jij hem?'
De grote ruimte is ingericht als een toneelzaal, met een podium aan het eind en het grootste deel van de vloer bezet met tafeltjes. Een bar langs de achterwand wordt verlicht door een schuin opgehangen bliksemflits van roze neon. Onwelluidend gebonk blèrt uit onzichtbare boxen en het stemmengegons is luid. Een stukje Las Vegas, overgebracht naar het hart van Brighton Beach; alles waar hier licht op valt, glinstert in goud en zilver. Maar Lemtov zie ik niet. Wanneer een gastvrouw naar ons toe komt, dirigeert Mike me om haar heen naar de bar, waar we een minuut later ieder een glas cola van vijf dollar in de hand houden. Om zich heen kijkend oppert Mike de mogelijkheid dat Toshio hier slechts naartoe gegaan is om zich te voorzien van vrouwelijk gezelschap.
'Ik bedoel: kijk dan. Doe eens een gok, hoeveel Olga's zie je?'
Het is waar, er is een buitengewoon groot aantal jonge vrouwen in de zaak, aan de tafeltjes en bij ons aan de bar. Slavisch, knap. De muziek sterft weg, een rij vrouwen in met pailletten versierde pakjes stelt zich op het podium op. Amerikaanse en Russische vlaggen ontvouwen zich boven hen. Applaus. Het licht in de zaal wordt gedimd, de toneelverlichting gaat aan en de muziek klinkt plotseling luid terwijl de danseressen met hun show beginnen.
Mike tikt me op mijn arm en knikt naar de ingang.
Lemtov is gearriveerd. Hij heeft een entourage bij zich van minstens zes man, van wie ik sommigen herken. Tariq el Jaffir, de Syrische ambassadeur. Rahman Abdullah, lid van de waarnemersdelegatie van de PLO. Bepe, een Braziliaanse afgevaardigde en ex-nationale voetbalster met de reputatie van een playboy. En achter hem, god helpe ons, de Tunku.
'O, shit,' zegt Mike.
Het is niet de aanwezigheid van de Tunku die hem deze opmerking ontlokt. Mike heeft zojuist gezien dat een van de portiers naast Lemtov staat en over de tafeltjes heen naar ons wijst.
'Blijven of weggaan?' zegt Mike, terwijl hij een slokje cola neemt.

Lemtov ziet ons en knikt naar me. Ik hef mijn glas. 'Blijven,' zeg ik.
Mike kreunt. Hij wil hier eigenlijk niet zijn.
Lemtov wordt naar een tafeltje vlak bij het podium gebracht en onderweg blijft hij een paar maal staan om met andere gasten te spreken, die hem hartelijk begroeten; hij schijnt een bekende te zijn in deze bonte arena. Aan zijn eigen tafel houdt hij toezicht op de komst van een ijsemmer en een magnum champagne. Drie jonge vrouwen verschijnen. Bepe, die dronken lijkt, laat zijn hand onder een rok glijden.
'Kijk toch eens.' Mike kauwt op een ijsblokje uit zijn cola. 'Een van ons?'
'Brazilië.'
'Ik dacht al zoiets.'
Nu komt Yuri Lemtov tussen de tafeltjes door naar ons toe lopen. Wanneer hij naast ons aan de bar staat, blijft hij naar de meisjes op het toneel kijken. Mike werpt me een blik toe: schiet op, vraag hem wat je wilt weten en laten we dan weggaan. Het openingsnummer is afgelopen; er volgt applaus en eindelijk draait Lemtov zich om naar de bar.
'Komen jullie bij ons zitten?' vraagt hij.
Wanneer ik het aanbod afsla, zegt hij iets tegen de barkeeper. Er worden nog twee cola's op de bar gezet.
'Voor mijn gasten.' Hij bedoelt het ironisch.
'Dat was een misverstand.'
Zijn blik is direct, maar onpeilbaar. Hij heeft brede, platte jukbeenderen, zoals zoveel Russen, een tikje Aziatisch. Een dichte bos golvend, zilverkleurig haar, met een scheiding opzij. En uitstraling. Het is niet moeilijk te begrijpen hoe hij zijn reputatie als keiharde onderhandelaar heeft verkregen. Hij wisselt nog een paar woorden met de barkeeper; ditmaal verschijnen er drie borrelglaasjes. De barkeeper vult ze met wodka. Lemtov schuift er een naar Mike, daarna geeft hij mij het tweede en heft zelf het derde glas.
'Op mijn gasten.'
'Jezus,' mompelt Mike. Hij gooit zijn hoofd in zijn nek en slaat

de wodka in één teug achterover. Daarna zet hij het glas op de bar en loopt naar de toiletten. Hij ziet er moe uit, alsof hij er genoeg van heeft. Hij mag Lemtovs vrienden niet. En nu wordt me duidelijk dat hij ook niet veel moet hebben van Yuri Lemtov. Lemtov kijkt Mike na tot deze door de klapdeuren is verdwenen.
'Je bent hier gekomen om me te spreken,' zegt hij, nog steeds naar de deuren kijkend.
Ik neem aan dat ik eromheen had kunnen draaien, dat ik er terloops mee had kunnen komen zoals ik aanvankelijk van plan was, maar op de een of andere manier lenen deze zaak en Lemtovs optreden zich niet voor subtiliteiten.
'We vroegen ons af waarom speciaal gezant Hatanaka vorige week hier was,' zeg ik ronduit.
Lemtov trekt één wenkbrauw op maar zegt niets. Daarom haal ik Toshio's rekening tevoorschijn en houd die omhoog zodat het roze neonlicht erop valt. Na de rekening te hebben bekeken kijkt Lemtov snel naar zijn tafeltje. Er zijn meer meisjes bij gekomen. Niemand lijkt aandacht aan ons te besteden. De muziek begint weer, een eigenaardige, Russische rap, en Lemtov giet zijn wodka naar binnen. Daarna raakt hij zijn oor aan – te veel lawaai – en beduidt me hem te volgen terwijl hij bij de bar vandaan loopt. Ik kijk in de richting van de toiletten. Geen spoor van Mike. Lemtov stopt bij de nooduitgang en kijkt om. Ik pak een boekje lucifers met de opdruk WHITE IMPERIAL en speel ermee; daarna stop ik de lucifers in mijn zak, drink mijn wodka op en loop achter hem aan de deur uit.

De gang eindigt bij een trap naar de achteruitgang. Wanneer we naar buiten stappen, worden we getroffen door een stevige windvlaag; de geur van de zee is sterk. Het is opgehouden met regenen, maar het water stroomt door de afvoerpijpen en valt in het donker uit lekkende dakgoten. We staan naast een café dat aan het plankenpad staat. Vocht glinstert onder onze voeten, het licht eindigt in inktzwarte duisternis waar het strand de zee ontmoet. De muziek uit de White Imperial klinkt gedempt; je kunt de golfjes zacht op het zand horen klotsen.

'Je had naar de missie moeten bellen,' merkt Lemtov op, terwijl hij van het plankier af stapt. De Russische missie bij de VN bedoelt hij. 'Die hadden een afspraak kunnen regelen.'
'Ja, voor volgende maand misschien.'
Hij glimlacht.
Dan gaat achter ons een deur open. Ik blijf staan en kijk om, in de verwachting Mike te zien, maar het is Mike niet. Het is een vent met een donker, vierkant gezicht en een duur pak; hij heeft de bouw van een os. Lemtov wisselt een paar woorden in het Russisch met de man, voor hij zich verontschuldigend tot mij wendt. 'Mijn bodyguard. Hij staat erop met ons mee te gaan.'
Daarna wandelt Lemtov meteen weg. Ik aarzel, maar ga dan naast hem lopen. Zijn bodyguard, de os, blijft een paar passen achter ons.
'Maandag een week geleden was speciaal gezant Hatanaka hier, in de White Imperial. Ik neem aan dat hij u daar wilde ontmoeten.'
'Waarom heb je Asahaki laten gaan?'
Ik kijk hem aan. 'Ambassadeur Asahaki is nooit tegengehouden.'
'Waarom niet?'
Ik hef een hand op. 'Kunnen we ons voor dit moment tot die maandag bepalen?'
'Of Hatanaka bij mij was?' Hij haalt zijn schouders op en stopt zijn handen in zijn zakken. 'Natuurlijk.'
'Alleen u tweeën?'
'Ja.'
Lemtov lijkt zich geen zorgen te maken. Er zijn echter een paar minuten verstreken sinds ik hem de rekening heb laten zien; hij heeft tijd gehad om zijn houding te bepalen. En die is, allicht, de houding van onschuldige partij.
'Wie heeft wie hier uitgenodigd?'
'Hij wilde me spreken. Ik heb hem uitgenodigd hier te lunchen.'
'Waar wilde hij u over spreken?'
'Geen secretariaatsaangelegenheid,' zegt Lemtov, waarmee hij bedoelt dat het me niet aangaat.
'Toshio is vermoord, meneer Lemtov. Vermoord terwijl hij bezig

was een onderzoek in te stellen naar de speciale commissie van het UNDCP, waar u lid van was. Ik ben vanavond niet helemaal hiernaartoe gekomen om met een kluitje in het riet gestuurd te worden.'

Lemtov blijft lopen. Hij laat niet merken dat mijn woorden hem ook maar enigszins hebben getroffen. 'We hebben over Asahaki gesproken,' geeft hij ten slotte toe.

'Over iets in het bijzonder?'

'De fraude.'

Ik kijk naar hem, maar hij blijft strak voor zich uit staren onder het lopen.

'Het was niet de eerste keer,' zegt hij. 'Maar de andere keren was Hatanaka voorzichtig. Hij stelde alleen algemene vragen. Waar de speciale commissie bijeenkwam. Wat Po Lin zei. Wat Asahaki zei.' Lemtov trekt een lelijk gezicht wanneer hij eraan terugdenkt. '*Kwatsch*. Nonsens.'

'Maar u nam aan dat hij een fraudezaak onderzocht.'

'Dat was niet zo moeilijk. Hij had altijd iemand van Interne Supervisie bij zich. Een zwarte,' zegt hij neerbuigend.

Pascal. Wanneer ik hem vraag of Toshio's assistent van Supervisie maandag hier bij de lunch aanwezig was, schudt Lemtov zijn hoofd. Hij lijkt ietwat verrast. Hij hoeft het niet te zeggen. Hij kan omgaan met mensen als Bepe en de Tunku, maar hij trekt de grens bij onbetekenende zwarten als Pascal Nyeri.

'Dus maandag hebt u met Toshio over de fraude gesproken.'

'Hij wilde een paar dingen bevestigd hebben,' zegt Lemtov. 'Waar Asahaki mee instemde. Papieren die de ambassadeur ondertekende.'

'Was dat de laatste keer dat u met hem hebt gesproken?'

'Ja.'

'Heeft hij ook naar Po Lin gevraagd, of alleen naar Asahaki?'

Lemtov kijkt naar het plankier voor zijn voeten. Voor het eerst merk ik iets van een aarzeling.

'Toshio is vermoord, meneer Lemtov. En als er iets is wat u weet, iets wat daar enig licht op zou kunnen werpen, zou ik dat graag van u horen.'

Lemtov laat zijn hoofd hangen. We lopen nog ruim tien meter verder voor hij weer iets zegt.
'Vanavond hebben we een rapport ontvangen van onze mensen in Peking.'
Ik knik en wacht. Nog eens tien meter voor hij langzamer begint te lopen en vervolgens blijft staan. Wanneer ik ook stilsta kijkt hij me aan.
'Po Lin is geëxecuteerd,' zegt hij.
Met stomheid geslagen staar ik hem aan.
'Onbevestigd,' waarschuwt hij, een hand opheffend.
'Geëxecuteerd waarvoor? De fraude?'
'Ah, dat zult u Chou En moeten vragen.' De Chinese ambassadeur. Lemtov stopt zijn handen diep in zijn zakken, zijn jasje strak om zich heen getrokken tegen de koude zeewind. 'Ik weet niet wat er met Po Lin is gebeurd. Maar maandag zag ik dat Hatanaka nadacht. Hij dacht dat Asahaki zich schuldig had gemaakt aan fraude.'
'Toshio heeft afgelopen maandag beslist niet naar Po Lin gevraagd?'
'Nee.'
'Heeft hij gezegd wat hij van plan was met Asahaki te doen?'
Lemtov wendt zijn hoofd af. Hij mag dan een keiharde onderhandelaar zijn, ik kan zien dat hij me niet de hele waarheid vertelt. Maar de hele waarheid waarover, dat weet ik niet zeker. Wat wel vaststaat: evenals Patrick wist hij precies wat er gaande was tussen Toshio en Asahaki; hij wist het en toch heeft hij absoluut niets gezegd nadat Toshio's lichaam was gevonden. Dat niet alleen, hij was ook van plan om dit onbevestigde verslag van Po Lins executie voor zich te houden.
'Het zou geholpen hebben als ik dit alles wat eerder had gehoord,' zeg ik op scherpe toon.
Lemtov haalt zijn schouders op. Niet zijn probleem. Daarna loopt hij naar de rand van het plankier en kijkt uit over het donkere water. Opeens zegt zijn bodyguard iets. Lemtov draait zijn hoofd om en antwoordt: '*Njet.*' Ik ga naast Lemtov aan het eind van het plankenpad staan. Starend in de nacht overdenk ik de

hele zaak een poosje.
'Ben ik dan zo stom?' zeg ik ten slotte. 'Dinsdag, toen Toshio's lichaam werd gevonden, hebt u tegen niemand gezegd wat u me zojuist verteld hebt?'
'Wie had ik het moeten vertellen?'
'U hebt het niet tegen Patrick gezegd?'
'Vraag het hem zelf maar.'
'Dat zal ik doen. Maar op dit moment vraag ik het aan u.'
Hij zegt niets. En hij beweegt zich niet.
'Ik zou dit kunnen opnemen met uw collega's, de permanente vijf,' zeg ik. Een zwak dreigement. Het is onwaarschijnlijk dat de permanente vijf hem in deze kwestie zullen tegenwerken.
'Kwatsch,' antwoordt Lemtov kalm. Flauwekul.
Ik lijk op een dood punt te zijn gekomen. Lemtov heeft zijn diplomatieke verdediging opgetrokken, hij beschermt zich tegen verdere vragen. Ik waag een laatste poging.
'U hebt dit met Patrick besproken, nietwaar? De hele kwestie. Toshio en Asahaki, het feit dat u geloofde dat Toshio op het punt stond de Japanse ambassadeur van fraude te beschuldigen. U en Patrick.'
Lemtov wendt zich langzaam naar me toe. 'Als mijn dochter was waar uw dochter is, zou ik voorzichtiger zijn.'
Even blijf ik als verstard staan. Daarna draait Lemtov zich om en wil teruglopen. Ik grijp hem bij zijn arm.
'Mijn dochter...' zeg ik en dan ontploft mijn maag plotseling. Mijn voeten komen los van de planken, mijn inwendige organen drukken tegen mijn ribbenkast. Lucht wordt uit mijn longen geperst; ik beland op mijn knieën en val om, met mijn handen tegen mijn maag gedrukt. De pijn is als vuur. Ik kan niet ademhalen. Met mijn wang tegen het natte plankier gedrukt doe ik mijn mond open en probeer lucht binnen te krijgen. Niets. Niets. Dan, eindelijk, lukt het, een paar verstikte zuchten, waarna ik begin te kreunen en me opzij laat rollen, een golf braaksel op de planken spugend.
Ik voel een hand onder mijn arm, die probeert me omhoog te trekken. Het is Lemtov, hij ligt op zijn knieën naast me. Ik word

me langzaam bewust van de situatie, van Lemtov die probeert me overeind te helpen, terwijl hij zijn bodyguard in het Russisch uitscheldt. Het lijkt erop dat de bodyguard me bij vergissing heeft geslagen. En nu roept iemand, ergens: 'Sam!'
Ik schud Lemtovs hand af en ga op mijn knieën liggen, met mijn handen op de planken steunend. En ik haal adem. De schok van de klap gaat voorbij, de pijn niet. Lemtov blijft tegen zijn bodyguard tekeergaan en iemand komt over het plankier naar ons toe rennen. Wanneer de voetstappen op enige afstand stilhouden til ik mijn hoofd op: Mike. Hij hurkt neer en tuurt de duisternis in.
'Sam?' roept hij.
Ik richt me op, één hand tegen mijn maag gedrukt. Ik probeer te spreken maar er komen geen woorden uit mijn mond, dus ik til zwakjes mijn andere hand op en wenk Mike dat hij naar me toe moet komen. Lemtov steekt me een hand toe, zich verontschuldigend voor zijn bodyguard. Deze keer laat ik toe dat hij me overeind helpt. Wanneer Mike bij ons is, leg ik een hand op zijn schouder en leun tegen hem aan. Mijn andere hand blijft op mijn maag. Mike fronst zijn voorhoofd.
'Gaat het?'
Ik slaag erin te knikken. Wanneer Lemtov uitlegt dat mijn toestand het gevolg is van misplaatste ijver van zijn bodyguard, draait Mike zich om naar de man en foetert hem uit.
Ik knijp in Mikes schouder. 'Het is een stomme vergissing,' zeg ik. 'Laat maar zitten.'
'Denk je dat je iets gebroken hebt?' vraagt hij.
Ik schud mijn hoofd. Dan richt Mike zich tot Lemtov.
'Dat is dan niet aan u te danken. Waar hebt u die kerels vandaan?' Hij wijst naar de bodyguard.
'We hebben onze verontschuldigingen al aangeboden,' zegt Lemtov.
'Flikker op,' zegt Mike.
Lemtov taxeert Mike koeltjes; ik voel me te zwak om tussenbeide te komen. Maar ten slotte besluit Lemtov om er niet verder op in te gaan. Hij knikt naar me met een laatste woord van excuus, daarna draait hij zich om en loopt terug naar de White Imperial.

Zijn bodyguard, die gedurende het hele voorval geen woord gezegd heeft, gaat met hem mee.
Wanneer ze buiten gehoorsafstand zijn, zegt Mike zacht: 'Waar ben je in godsnaam mee bezig? Waarom ga je verdomme in het donker wandelen met die twee?'
'We praatten.'
'Nee, Sam. Jíj praatte. Zíj sloegen je.'
Ik haal mijn hand van zijn schouder af en ga voorzichtig rechtop staan.
'Een goede les voor je,' zegt Mike, tevreden nu hij weet dat ik geen blijvend letsel heb opgelopen.
'Die vent vergiste zich.'
'Die vent?' Mike wijst naar de verdwijnende gestalte van de bodyguard. 'Sam, die vent is afkomstig van de Spetznaz. Wanneer de Russische president naar New York komt is híj de man die ze erbij halen om hem te beschermen. Hij maakt geen fouten. Hij houdt jou in de gaten. Hij houdt zijn baas in de gaten. Hij krijgt een seintje, hij geeft je een dreun.' Mike kijkt me aan. 'Jíj hebt een fout gemaakt. Door hierheen te gaan.'
Ik draai me om en spuug de gal die in mijn keel opwelt op het plankier.
'Waarom werd Lemtov zo kwaad op je?' vraagt Mike.
Ik hef mijn hoofd op en kijk het plankenpad af tot waar Lemtov en de bodyguard met de mokervuist naast elkaar lopen. 'Heeft die vent me met opzet geslagen?'
Mike slaat zijn ogen ten hemel bij zoveel naïviteit. Ik krijg plotseling een duizelig visioen van een oneindig aantal terugkerende Russische poppen, gezichten achter gezichten, een ingewikkeld mysterie.
'We praatten over Asahaki. De Speciale Commissie.'
'En dat vond Lemtov niet prettig?'
'Hij leek zich er niet al te druk over te maken.'
'Je bent niet voor niets in elkaar geslagen, Sam, dat kan ik je wel vertellen.'
'Hij zei dat Po Lin geëxecuteerd is.'
Mikes reactie op het nieuws is dezelfde als de mijne. Met stom-

heid geslagen staart hij voor zich uit. Ik ben ook even stil, terwijl ik probeer me het hele gesprek met Lemtov te herinneren. Er was, dat schiet me nu te binnen, een duidelijke verandering in zijn toon, vlak voor ik die stomp in mijn maag kreeg. Ik buk me en kom dan langzaam overeind. Het moet behoorlijk gekneusd zijn, maar er lijkt niets gescheurd.

'Geëxecuteerd,' zegt Mike.

'Onbevestigd. En die vent heeft me niet geslagen toen Lemtov dat zei.' Ik kijk weer langs het plankier. Lemtov en de bodyguard lopen nu via de achterdeur de White Imperial in. 'Lemtov weet dat Rachel gearresteerd is. Die vent sloeg me toen ik opperde dat Lemtov en Patrick zouden samenwerken.'

Mike blijft me even aankijken. 'Zeg het maar niet,' merkt hij dan op. 'Het heeft niets te betekenen, zo is het toch?' Dan begint hij te vloeken.

24

'Meneer Nyeri?'
'Wie is daar?'
'Sam Windrush.'
Er volgt een stilte en ik sta, met een hand op de intercom, met mijn rug tegen de muur te wachten. Het is niet alleen gebrek aan slaap dat me gespannen maakt: dit deel van Harlem is op geen enkel tijdstip een veilige buurt voor een eenzame, blanke man. Toen ik nog studeerde kwam ik hier soms met een groep vrienden, dan daalden we af in de Bebop Shop Basement om bier te drinken en te luisteren naar negers die jazz speelden. De bijdrage van onze verstandiger geworden generatie van na de jaren zestig aan het probleem van de rassenintegratie in Amerika: doe alsof het probleem niet bestaat en hoop dat het op de een of andere manier helpt om het te laten verdwijnen. Tegenwoordig wonen we allemaal in de voorsteden of de chiquer geworden buurten zoals Park Slope, terwijl Harlem, althans dit deel ervan, een plek is waarvoor we onze kinderen waarschuwen dat ze ervandaan moeten blijven. Maar ik moet Pascal spreken, dus ik sta hier en probeer er ontspannen uit te zien, ook al schat ik de afstand vanwaar ik op de stoep sta tot de veiligheid van mijn auto langs de trottoirband. En hoewel er om deze tijd niemand op straat te zien is, ben ik blij wanneer ik de zoemer hoor.

De jongeman die me ten slotte begroet wanneer ik de drie trappen op ben geklommen en over en om de zakken vuilnis die in de hal zijn neergezet, ben heen gestapt, is niet zo vol zelfvertrouwen als ik gewend ben. Pascal Nyeri, slechts gekleed in een broek, ziet er moe uit en, het moet gezegd worden, enigszins geïrriteerd bij deze onverwachte storing om zeven uur 's morgens. Daarachter gaat tevens een zekere behoedzaamheid schuil; hij zou graag willen weten welke verdere escalatie van ons probleem me op dit

vroege uur naar zijn huis heeft gebracht, maar is te bezorgd om het te vragen.
Hij gaat me voor naar de zitkamer, waar een strijkplank voor de tv is neergezet. Hij wijst naar de keuken met een halfslachtig aanbod van koffie.
'Pascal,' zeg ik, zacht, omdat ik stemmen hoor in de keuken, 'ik heb de financiële achtergrond van Lemtov nodig.'
Hij knippert met zijn ogen; ze zijn nog waterig van de slaap.
'De Rus,' zeg ik.
Hij kijkt moeilijk. Alsof Lemtov een naam is die hij liever zou vergeten.
'Ik heb alles nodig wat je over hem te pakken kunt krijgen.'
'Ik ben nog niet klaar met Po Lin.'
'Po Lin staat op een laag pitje.'
'Waarom?'
'Omdat Po Lin vorige week geen gesprek onder vier ogen voerde met Hatanaka, in Brighton Beach. En omdat ik je vraag om dit te doen.'
De stemmen in de keuken worden luider en twee mannen komen eruit tevoorschijn, allebei met een schaaltje cornflakes. Hun grijze, flanellen pakken zien eruit als afdankertjes, net als dat van Pascal, het veelzeggende teken dat deze mannen zelfs in Harlem kenmerkt als geboren en getogen Afrikanen. Ze blijven staan wanneer ze me zien. Pascal zegt iets tegen hen in het Frans en ze trekken zich onmiddellijk terug in de keuken.
'Toen je met Hatanaka samenwerkte,' vraag ik Pascal wanneer we weer alleen zijn, 'is er toen iets bovengekomen over Lemtov? Iets twijfelachtigs met betrekking tot zijn werk bij de Speciale Commissie?'
'Nee.'
'Ook niet bij de Portland Bank?'
Pascal schudt zijn hoofd en gaat naar de strijkplank om de taak af te maken die mijn komst blijkbaar heeft onderbroken. Het gekreukte, witte overhemd heeft de glans van goedkope kunststof. Pascal concentreert zich op de kreukels; hij voelt zich duidelijk onbehaaglijk door mijn aanwezigheid. Wanneer ik om me heen

kijk is het niet moeilijk te zien waarom. Er hangen geen schilderijen aan de bruine muren en het meubilair lijkt tweedehands. Door de openstaande deuren van de zitkamer zijn stapelbedden zichtbaar, drie en vier per kamer. Kleren en handdoeken hangen over de open deuren. Niet smerig, maar er hangt onmiskenbaar armoede in de lucht, als gevolg van te veel mensen die uit noodzaak bij elkaar gepropt zijn. Ik heb iets dergelijks gezien tijdens verscheidene reizen naar mijnwerkerskampen in Zuid-Afrika, toen dat land nog paria nummer een was in de internationale gemeenschap. Immigrantenarbeiders, tussen hun ploegendienst opeengeperst in prefab hutten, jonge mannen die tijdelijk werk hadden gevonden maar wier hart elders was. Wanneer ik weer naar Pascal kijk, trekt hij zijn overhemd aan. Een trotse man, hij heeft waarschijnlijk nooit een van zijn collega's thuis uitgenodigd. Hij wordt in verlegenheid gebracht door wat ik zie.
'Toshio heeft niet verteld dat hij Lemtov vorige week zou spreken.' Pascal knoopt zijn overhemd dicht. 'Wat is dat voor strand?'
Brighton Beach, zeg ik hem nog eens. Centrum van de Russische emigrantengemeenschap. 'Lemtov zegt dat ze over Asahaki hebben gesproken,' laat ik erop volgen.
Pascal hoort het aan mijn toon. 'Je gelooft hem niet?'
'Laten we zeggen dat ik er niet zeker van ben waar ze over hebben gesproken.'
Er komt weer een van Pascals huisgenoten uit de keuken aanwandelen met een schaaltje in zijn hand. Deze man, ook een Afrikaan, is in pyjama. Hij is minder inschikkelijk dan het vorige stel, schenkt geen aandacht aan wat Pascal tegen hem zegt, maar pakt een stoel en gaat door met het nuttigen van zijn ontbijt, terwijl hij intussen tv-kijkt. Pascal trekt een geïrriteerd gezicht en knikt in de richting van een van de slaapkamers.
'Wie zijn al die mensen?' vraag ik zacht, terwijl hij de slaapkamerdeur achter ons dichtdoet.
Pascal zoekt iets onder een van de drie bedden. 'Ze werken bij de VN.'
'In Turtle Bay?'

Hij trekt zijn aktetas onder het bed vandaan en zegt dat het voornamelijk kantoorbedienden en technici zijn. Nieuwsgierig hou ik mijn hoofd scheef.

'We wonen samen om geld te besparen,' geeft hij onwillig toe. 'Om naar huis te sturen, naar onze familie.'

Ik voel me schuldig als ik aan mijn eigen appartement denk. Gelukkig is Pascal er nog meer op gebrand het onderwerp te laten rusten dan ik. Hij maakt zijn tas open en geeft me een map.

'Po Lin,' zegt hij.

Het is een dikke map. Wanneer ik er een opmerking over maak zegt Pascal dat hij de halve nacht op is gebleven om dit voor me af te maken, waarmee hij bedoelt dat het minste wat ik kan doen is ernaar kijken. Ik neem aan dat hij gelijk heeft. Daarom ga ik op zijn bed zitten en leg de map open op mijn schoot. Ik wil hier snel doorheen, maar Pascal legt me alles uit op zijn gebruikelijke, grondige manier. Na een minuut of tien heb ik de hoofdzaken begrepen. Pascal verwacht pas over dagen, of misschien weken, resultaat van de navraag naar de bedrijven in andere staten; maar van een van de ondernemingen van Marie Lefèbres lijst heeft hij al een lijst van directieleden en voornaamste aandeelhouders.

'Po Lin staat er niet bij,' zegt hij.

'Nou, en?'

Hij tikt op de bladzijde. 'Dit bedrijf heeft een werkkapitaal van twintig miljoen dollar. Maar alleen de aandeelhouders die meer dan vijf procent van de aandelen in hun bezit hebben, moeten hun naam opgeven. Dus als Po Lin minder dan een miljoen dollar heeft geïnvesteerd zal zijn naam niet voorkomen in het register.' Hij vestigt mijn aandacht op het getal voor dit bedrijf, het getal dat ik hem van Maries lijst heb gegeven: 700.000 dollar.

'Je kunt hem niet achterhalen?'

'Onmogelijk. En als hij dat bij elk bedrijf op je lijst heeft gedaan, vinden we nergens een spoor van hem.'

Terneergeslagen sla ik de pagina's om. Als Po Lin samen met Asahaki bij de fraude betrokken was, schijnt hij een eenvoudige, waterdichte manier te hebben gevonden om zijn naam buiten de papieren te houden. En als Lemtovs verhaal klopt, als Po Lin werkelijk geëxecuteerd is, zullen we de waarheid nooit kunnen achterhalen. Alles waar we naar zoeken langs deze weg die Po Lin heet, lijkt op te lossen wanneer we er vlakbij komen. Substantiële zaken gaan plotseling in rook op.

Pascal heeft een voorstel. 'Het zou kunnen helpen als ik data had van die transacties.'

Ik beloof te zien wat ik kan doen. Maar wanneer hij aanbiedt om zelf rechtstreeks naar mijn bron te gaan, verwerp ik dat idee onmiddellijk. Ik betwijfel of Marie Lefèbre het prettig zou vinden wanneer er door Interne Supervisie aan haar deur geklopt wordt. Ik geef de Po Lin-map terug.

'Ik wil dat je je op Lemtov concentreert,' zeg ik. 'Kijk naar de VN-commissies waarin hij zitting heeft. Zoek of een ervan problemen heeft gehad met jullie mensen bij Interne Supervisie of Accountancy.' Ik geef hem het lucifersboekje dat ik uit de White Imperial heb meegenomen. Hij bekijkt de foto van een paleis op de voorkant, daarna de naam en het adres op de achterzijde. 'Je hoeft er niet heen te gaan,' zeg ik tegen hem. 'Beter gezegd: je gaat er niet heen, begrepen? Maar kijk wat je te weten kunt komen over die zaak. Eigenaren. Welke referenties ze hebben opgegeven voor hun drankvergunning. Alles wat je te pakken kunt krijgen.'

Hij vraagt me of het een bar is.

'Nachtclub. En Lemtov schijnt de tent als zijn tweede huis te beschouwen. Mike heeft het vermoeden dat Lemtov misschien financieel bij die club betrokken is. Ik wil dat je het uitzoekt.'

Pascal steekt de lucifers in zijn zak, vervolgens staat hij op en stopt de Po Lin-map in zijn tas. 'Wat nog meer?' zegt hij.

'Hè?'

'Je bent hier niet gekomen om me lucifers te geven.'

Ik antwoord niet onmiddellijk. Pascal zoekt in de piepkleine kast naar een das. Hij slaat zijn boord op en begint voor de spiegel de das te knopen. Mijn blik dwaalt af naar zijn nachtkastje, een op zijn kant gezet kratje. Pascals kleine verzameling boeken staat er keurig op gerangschikt. Montaigne, Balzac, verscheidene wer-

ken van Voltaire. Waarschijnlijk de beschaafdste lectuur in deze hele buurt.
'Ik wil ook dat je naar O'Conner kijkt.'
Geen antwoord. Wanneer ik opkijk, zie ik dat hij zijn handen stilhoudt; hij kijkt naar me via de spiegel.
'Ondersecretaris-generaal O'Conner,' zegt hij, en ik knik. Zijn ogen gaan weer naar de das en hij maakt de knoop af. 'Dat kan ik niet doen,' zegt hij.
'Ik neem de verantwoordelijkheid op me.'
'Ik kan het niet,' herhaalt hij en hij pakt zijn jasje. Daarna kijkt hij me aan. 'Nee.'
Een duidelijke weigering, duidelijker dan ik vreesde. Ik denk dat het van het begin af aan een gok is geweest. Van gedelegeerden, zelfs de meeste ambassadeurs, weet Pascal dat hij zich met hen kan bezighouden, met de volledige steun van Dieter; maar een ondersecretaris-generaal? Uit Pascals houding en de manier waarop hij me nu aankijkt, blijkt overduidelijk dat argumenteren of een verdere poging hem over te halen geen zin heeft. Voor hij erin toestemt om in Patricks privé-zaken te gaan wroeten zal Pascal Nyeri meer van me eisen dan een beleefd, mondeling verzoek.
'En als ik het nu eens aan Dieter vraag?'
'Die zal het niet goedkeuren.'
'Als hij het wél goedvindt, doe je het dan?'
Pascal overweegt het. 'Als hij het me opdraagt, zou ik geen keus hebben.'
'Maak een afspraak,' zeg ik terwijl ik van het bed opsta. 'Ik, Dieter en jij. Zodra je op kantoor komt.'
Pascal laat zijn schouders hangen.
Om hem aan te moedigen, en tevens om me te verontschuldigen voor mijn onuitgenodigde verschijnen, zeg ik tegen hem dat ik zijn werk met betrekking tot Po Lin erg op prijs stel. Pascal is nog jong genoeg om lichtelijk verlegen te kijken bij het compliment.
Vanuit de zitkamer roept iemand Pascals naam. Voor Pascal bij de deur is, wordt die geopend. Er staat een druipnatte jongeman,

met een handdoek om zijn middel geslagen. De dichte, zwarte krullen op zijn hoofd en borst zijn verward en nat.
'De Chinees is er weer,' zegt de man lachend. Dan ziet hij mij en zijn lach sterft weg.
Collega, zeg ik, met een vinger naar mezelf en Pascal wijzend.
De jongeman glimlacht onzeker; er is een ruimte van bijna een centimeter tussen zijn voortanden. Hij wendt zich tot Pascal.
'Hij staat op dezelfde plek geparkeerd. Wil je naar beneden gaan en hem vertellen wie je bent?'
'Nu niet,' zegt Pascal, in een poging zijn vriend de deur uit te werken.
'Wie je bent?' vraag ik Pascal nieuwsgierig.
Pascal werpt een woeste blik op zijn huisgenoot. De jongeman pakt nog een handdoek van de deur en begint zijn haar droog te wrijven.
'Er is iemand van de Immigratiedienst hier geweest,' verklaart Pascal ten slotte. 'Ik was naar mijn werk, hij heeft een paar vragen over me gesteld. Nu komt hij af en toe, zet zijn auto neer en houdt het huis in de gaten.'
'Chinees?'
'Aziatisch-Amerikaans,' zegt Pascal.
'Hij staat bij de steeg geparkeerd,' meldt Pascals druipnatte huisgenoot. 'Hij weet niet dat we hem vanuit de badkamer aan de achterkant kunnen zien. Hij zit in zijn auto met zijn paardenstaart te spelen, alsof hij zichzelf heel slim vindt.'
Pascal duwt de jongen naar de deur in een poging hem weg te werken. Maar wanneer Pascal tegen de deur leunt, steek ik plotseling mijn hand uit en houd die open. Water drupt van de jongeman op het linoleum.
'Waar is de badkamer?' vraag ik.
Pascal brengt me ernaartoe, gaat in de lege badkuip staan en wijst uit het open raam. De auto is een witte Ford. Je kunt de arm van de bestuurder zien, die uit het raampje steekt, maar niet zijn gezicht.
'Ik heb vorige week met de Immigratiedienst gebeld,' vertelt Pascal me, bezorgd vanwege mijn plotselinge belangstelling omdat

hij een beetje overhoopligt met de Amerikaanse autoriteiten. 'Ik heb gezegd dat ik bij de VN werk. Dat ik geen illegaal ben.'
'Wat zeiden ze?'
'Ze hebben niet meer teruggebeld.' Schouderophalend kijkt hij nogmaals uit het raam.
'Heb je die vent ooit goed bekeken?'
'Alleen van hieraf.'
'Kun je schatten hoe oud hij ongeveer is?'
'Vijfendertig?' gokt Pascal.
Aziaat, met een paardenstaart. Halverwege de dertig. Jezus, denk ik. Dan kijk ik Pascal aan. 'Waar is je telefoon?'
Hij neemt me mee de flat uit naar de overloop, waar een munttelefoon met drie dikke, metalen platen aan de muur is bevestigd. Terwijl Pascal nieuwsgierig toekijkt, schroef ik de microfoon los.
'Is de flat ooit leeg? Is er wel eens een moment waarop jullie allemaal tegelijk weg zijn?'
Pascal schudt zijn hoofd. Vrije dagen, technici die ongeregelde diensten draaien, iemand die kortgeleden is ontslagen, er is altijd wel iemand thuis. Hij knikt naar de telefoon, niet weinig benieuwd naar wat ik ermee doe.
Ik bekijk het inwendige van de microfoon. Niets. Geen siliconen vierkantje.
Terwijl ik de hoorn weer in elkaar schroef zeg ik zacht: 'Iemand heeft afluisterapparatuur in de telefoons in Toshio's flat geplaatst voor hij stierf. Gisteren probeerde een Aziatische man van midden dertig met een paardenstaart een microfoontje in mijn telefoon aan te brengen. Het is geen immigratieprobleem dat jij hier hebt, Pascal.'
Er verschijnt een rimpel tussen zijn wenkbrauwen. Hij steekt zijn onderlip vooruit, een roze flits.
Nadat ik de hoorn heb opgehangen steun ik met een hand tegen de afbladderende muur. Ik probeer te bedenken wat me te doen staat. Ik zou Mike kunnen bellen, maar het zou minstens een uur duren voor hij hier kan zijn. Tegen die tijd is de man in de Ford waarschijnlijk allang verdwenen. Als ik de politie bel, wat zou ik hun dan precies kunnen vertellen? Jennifer, denk ik, maar ik laat

die gedachte onmiddellijk weer varen. Te veel complicaties. Pascals huisgenoten zouden waarschijnlijk maar al te graag willen helpen, maar het idee om hier mannen bij te betrekken die het zich niet kunnen veroorloven hun baan kwijt te raken, is niet aantrekkelijk. Zodat er, ten slotte, maar één iemand overblijft, die zich ook niet kan veroorloven zijn baan te verliezen, maar die er toch al bij betrokken is.

'Ga mee,' zeg ik tegen Pascal en ik loop de overloop op. Hij kreunt en schudt zijn hoofd. Wanneer ik in de deuropening blijf staan en achteromkijk, zie ik echter dat hij me volgt.

Er is geen achteruitgang.

'Verdomme,' zeg ik, wanneer Pascal het me vertelt. We staan nu samen beneden in de hal, waar een verstikkende geur van ontsmettingsmiddelen hangt. In het appartement op de begane grond is een ruzie aan de gang. Twee vrouwen die aan het bekvechten zijn.

Ik loop naar de voordeur en kijk door het kijkgaatje. Mijn eigen auto staat vlak voor de deur. 'Hoe ver weg staat de Ford?'

'Net voorbij de steeg,' zegt Pascal. 'Dertig à veertig meter naar rechts.'

Ik ga een stap achteruit en kijk naar welke kant de deur opengaat. 'Kent die man jou van gezicht?'

Pascal haalt zijn schouders op. Misschien, misschien niet.

Ik denk na. Gisteren heeft de man slechts een glimp van me opgevangen, ik denk niet dat hij me zal herkennen. Maar is het werkelijk toeval dat die vent hier nu is komen opdagen, zo snel na mijn komst? Zou het niet mogelijk zijn dat hij hier is omdat ik hier ben, dat hij me gevolgd is? En dan nog iets: een blanke die dit gebouw uit komt lopen? Op dit tijdstip?

'Jij gaat eerst naar buiten,' besluit ik, Pascal aankijkend. 'Hou je hoofd omlaag, probeer hem niet je gezicht te laten zien. Loop langs zijn auto, maar neem het nummer op. Zorg ervoor dat je het nummer onthoudt. Ik hou je van hieruit in de gaten. Als er problemen ontstaan, kom ik.'

Pascal ziet er onzeker uit.

'Wacht aan het eind van het blok. Wanneer je het nummer hebt, kom ik naar buiten en probeer of ik de vent kan zien, om er zeker van te zijn dat hij het is. Dezelfde man die bij mij thuis is geweest.'

'En als hij het is?'

'Als hij het is,' zeg ik, 'dan zal hij, wanneer hij merkt dat ik naar hem kijk, ervandoor gaan.'

Ik beduid Pascal dat hij naar buiten moet gaan. Hij ziet er nog steeds onzeker uit.

'Het nummer onthouden?'

'Het nummer onthouden,' zeg ik.

Ik gun hem even de tijd om het te laten bezinken, dan doe ik de deur open en Pascal schuifelt naar buiten. Wanneer de deur terugzwaait, hou ik die met mijn voet op een kier. De witte Ford is nu zichtbaar, maar op deze afstand is de nummerplaat een wazige vlek. Halverwege de stoeptreden blijft Pascal staan en zegt over zijn schouder iets tegen me.

'Hij rijdt weg.'

Mijn ogen vliegen terug naar de auto. Die beweegt, trekt langzaam op.

Shit, zeg ik. Shit.

'Kun je het nummer zien?'

'Nee.' Pascal knijpt zijn ogen half dicht. 'Het is te ver.'

Ik laat mijn voorhoofd tegen de deur rusten. Ik had Mike moeten bellen, denk ik. Dan ruk ik de deur open, spring de stoeptreden af en roep naar Pascal dat hij in mijn auto moet stappen. Ik steek het sleuteltje al in het contact wanneer Pascal door de andere deur naar binnen schuift.

'Kijk naar die vent!' schreeuw ik. 'Kun je hem zien?'

Pascal beweegt zijn hoofd heen en weer als een dol geworden duveltje uit een doosje.

Ik geef vol gas en scheur met gierende banden de straat in. Wanneer ik recht vooruit kijk, is er geen witte Ford. 'Links of rechts?' roep ik, terwijl ik naar het kruispunt jakker.

'Links!'

Ik sla links af. Halverwege de bocht verandert Pascal van mening.

'Nee, rechts!' roept hij.

Ik ga rechtsaf en we beginnen te slippen. Een gracieuze, ruime bocht, de achterkant van mijn auto glijdt weg terwijl ik wanhopig aan het stuur ruk. Te laat. We slippen in slowmotion; uit mijn ooghoek zie ik dat Pascal zich met twee handen schrap zet tegen het dashboard. Dan raakt het linkerachterwiel de trottoirband, de hele auto schokt en vliegt een paar centimeter de lucht in. Ik grijp het stuur stevig vast. Er klinkt een luide klap. We worden allebei opzij gesmeten en dan slaat de motor af.

Ik doe mijn ogen dicht. Wanneer ik ze weer open, ga ik rechtop zitten en kijk om. We hebben nog geen honderd meter afgelegd.

'Ik kon het nummer niet zien,' zegt Pascal.

Ik kijk naar hem. 'Alles oké?'

Hij knikt, geschrokken, eindelijk laat hij het dashboard los.

We stappen uit om de schade te bekijken. De lantaarnpaal zit vast in de achterbumper, de linkerachterband is al plat. Werk voor de verzekering. Boven de met planken dichtgetimmerde winkels naast ons gaan ramen open. Er verschijnen zwarte hoofden, voornamelijk van kinderen; je kunt het geluid van de tekenfilms op de tv achter hen horen. We krijgen een rumoerige mengeling van scheldwoorden en raadgevingen naar ons hoofd. Een minuut later komt een politieauto in zicht; de wagen rijdt langzaam voorbij, keert dan in de straat en komt achter ons tot stilstand. De kinderen juichen.

Wanneer ik mijn hand naar binnen steek om de verzekeringspapieren uit het handschoenenkastje te pakken klinkt er een luid gekrijs uit de megafoon die op de politieauto is bevestigd.

'Laat je handen zien,' blaft een stem en wanneer ik me omdraai zie ik een agent uitstappen, een hand op zijn holster. Ik trek mijn hand langzaam uit de auto terug. De stem van de megafoon beveelt me om bij de auto vandaan te gaan en mijn handen op de motorkap te leggen.

25

'Waar bleef je toch?' vraagt Rachel. Ze stopt haar walkman onder haar kussen en gaat rechtop zitten. 'Je zei dat je vroeg zou komen.'
'Ik werd opgehouden.'
'Waardoor?'
'Ik ben er nu toch, Rachel.' Ik loop om de vergadertafel in kamer 7 heen, buk me over haar veldbed en streel haar schouder. Ik kan zien dat ze slecht heeft geslapen. Haar ogen zijn glazig, er zitten donkere kringen onder, en wanneer ik in haar schouder knijp slaat ze haar armen over elkaar en leunt tegen de muur.
'Ik loop even naar buiten,' zegt Weyland, die bij de deur is blijven staan nadat hij me binnen heeft gelaten. 'Als je iets nodig hebt, roep je maar, Rachel. Ik blijf in de buurt.'
Rachel heft een hand op. Ik wissel een blik met Weyland en knik dankbaar. Hij knipoogt naar me, daarna pakt hij zijn pocketboek van de tafel en loopt de hal in. Rachel blijft op haar bed zitten. Het ziet eruit als iets uit een zomerkamp, groen canvas dat over een zwart, stalen frame is gespannen. Weyland heeft het gisteren uit de ziekenafdeling gehaald, met een stapel lakens en dekens, waarvan de meeste nu in een hoop op de grond liggen. Ik leg mijn tas op de tafel en trek een stoel bij.
'Is Patrick vanmorgen bij je geweest?'
'Ja.' Rachel slaat het ene been over het andere en speelt met een draadje van de deken. 'Maar ik heb niet met hem gesproken. Zoals je had gezegd.'
'Goed.'
'Mike kwam ook langs.' Ze geeft een ruk aan de draad. 'Hij vertelde stomme moppen, zeker bedoeld om me op te vrolijken.'
'Hij wil het alleen een beetje gemakkelijker voor je maken, Rachel.'

'Nou, hij zou het een stuk gemakkelijker maken als hij me gewoon liet gaan.'

Ik richt mijn ogen op de grond. 'Nog iemand?' vraag ik, opkijkend.

'Alleen Weyland.' Ze wijst naar de deur. Dan kijkt ze me even aan en ten slotte houdt ze haar hoofd schuin. 'Je ziet er afschuwelijk uit.'

Ik merk op dat ik liever had gehad dat ze een leugentje om bestwil had verteld. Ze moet erom glimlachen. Maar de lach verdwijnt snel en even later kijkt ze langs me heen alsof ik niet meer in de kamer ben. Een blik in de verte. Een blik die ik vroeger maar al te vaak heb gezien. En één verschrikkelijk ogenblik word ik teruggevoerd naar die donkere dagen toen ze in het Bellevueziekenhuis lag, waar ik aan haar bed zat, wachtend op een woord of een teken dat ze wist dat ik bij haar was, terwijl ze met niets ziende ogen uit het raam staarde. Hopend en biddend dat we hier op de een of andere manier samen doorheen konden komen, dat mijn dierbare dochter ergens in de toekomst bij me terug zou keren. Genezen.

'De stemming vindt om twaalf uur plaats,' hoor ik mezelf zeggen.

'De stemming,' herhaalt ze, weer tot zichzelf komend. Dan zwaait ze haar benen over de rand van het bed. 'Ik wilde dat ik nooit van die verdomde stemming had gehoord. Ik wilde dat ik nooit van dit hele verdomde gebouw had gehoord.' Ze staat op en strekt haar hand uit. Dit gebouw, de VN. En ik weet dat ze niet alleen aan zichzelf denkt. Ze denkt ook aan haar moeder.

Ze loopt naar de tafel. Voor ik haar kan tegenhouden kijkt ze in de tas.

'Wat is dit?' zegt ze, en dan ziet ze wat het is: een paar pond appels en bananen. Die heb ik gekocht aan een stalletje voor het politiebureau in Harlem; iets voor Pascal en mij terwijl we moesten wachten. Het heeft geen zin om dat nu aan Rachel te vertellen. De blik die ze me toewerpt is verpletterend.

'Heb je nog iets van thuis nodig?' vraag ik.

Haar wenkbrauwen vliegen omhoog. 'Als de stemming om twaalf uur is, kan ik daarna toch weg?'
Ik knik.
'Waarom zou ik dan nog iets nodig hebben?' zegt ze.
'Het was maar een vraag, Rachel.'
'Nou, het was een stomme vraag.'
Ik verbijt een vaderlijke opwelling om haar terecht te wijzen. Ze heeft kennelijk, en begrijpelijk, moeite met deze hele situatie. Nu neemt ze een stuk zeep dat tussen de toiletspullen op de vergadertafel ligt. Daarna pakt ze haar tandenborstel en tandpasta en graait een handdoek van het voeteneind van haar bed. Wanneer ze met grote stappen de deur uit loopt volg ik haar naar de hal; in het voorbijgaan werpt Weyland me een medelevende blik toe. Hij blijft voor kamer 7 zitten en leest weer verder in zijn pocketboek, terwijl wij de toiletten in lopen.
Rachel legt haar spullen naast een van de witte, porseleinen wasbakken. Ze doet de stop erin en draait de kraan open. 'Nou, hebben jullie nog een paar echte verdachten?'
'We hebben een paar aanwijzingen.'
'Je bedoelt mij, bijvoorbeeld.'
Ik kijk haar aan. Ik wil haar laten weten dat zij niet de enige is die in de problemen zit. Niet de enige die een slechte nacht gehad heeft.
'Wat zei Juan?' vraagt ze terwijl ze haar handen inzeept. 'Moest hij erom lachen?'
'Ik heb het hem niet verteld.'
Met een snelle beweging draait ze haar hoofd naar me toe.
'Ik heb tegen hem gezegd dat je de nacht bij mij thuis zou doorbrengen.'
'Waarom?'
'Omdat hij me de boodschappen van de NGO liet zien,' zeg ik. 'Op internet. Pagina's vol. Iedere gestoorde figuur van de wereld komt met gissingen over Toshio. Wie de speciaal gezant heeft vermoord. Over een paar dagen weet iedereen het.'
'Nou, en?'
'Ik wilde jouw naam vandaag niet in die boodschappen zien als

het grote nieuws van de dag, Rachel. En ik was bang dat dat zou gebeuren als Juan wist dat je gearresteerd was.'

Ze mompelt iets. Ze plenst water over haar gezicht en pakt daarna haar handdoek. 'Wat een onzin, pap. Wat is er gebeurd met een open regering, vrijheid van informatie en al die dingen meer? Dat vertel je me toch altijd? Dat de meeste problemen die je hebt afkomstig zijn van mensen die proberen dingen achter te houden?'

'Nou, dit is een ander soort probleem.'

Bijna onmerkbaar trekt ze een mondhoek op. Minachtend. De minachting van de jeugd, altijd op zoek naar de kleine leugentjes om bestwil die in het leven van iedere volwassene voorkomen. Op dit moment voelt het als een messteek in mijn hart. Ik kijk een andere kant op, en daarna weer naar haar.

'Hoor eens, als je wilt dat Juan weet dat je hier bent, zal ik hem bellen. Maar ik ben niet van plan om met hem op de details in te gaan. Niet met hem en niet met iemand anders.'

'Vertrouw je hem niet?'

'Het is geen kwestie van vertrouwen.'

'Dat is het wel.'

'Wil je dat ik hem bel, of niet?'

Ze knijpt een streepje tandpasta op haar tandenborstel. Denkt even na en schudt uiteindelijk haar hoofd.

'Ik ben hier toch over een paar uur weg,' zegt ze terwijl ze haar ogen op me gericht houdt. Ik knik onmiddellijk. Natuurlijk. Geen twijfel aan. Dit was, tenslotte, waarom ik hierheen ben gekomen. Niet om te discussiëren, niet om ruzie te maken, maar om mijn dochter gerust te stellen, om haar te laten weten dat ik achter haar sta, dat ik alles zal doen wat in mijn vermogen ligt om haar hieruit te halen.

Ze houdt haar tandenborstel onder de kraan en slaat haar ogen neer. 'Weyland zegt dat de Japanse ambassadeur – Asahaki? – meteen nadat Hatanaka vermoord werd naar Tokyo is teruggegaan.'

'Dat klopt.'

'Weyland zegt dat ze niet met elkaar konden opschieten, Asahaki

en Hatanaka. En dat zeiden de journalisten van de *Keisan Shimbun* ook, weet je nog? Dat Asahaki er waarschijnlijk niet al te rouwig om is dat Hatanaka dood is, en dat het de Japanners misschien kon helpen bij de stemming.'
Ze lijkt op een reactie van mijn kant te wachten. Dus die geef ik haar. Ik merk op dat Weyland nogal openhartig lijkt te zijn geweest wat zijn mening over de kwestie betreft. Je moet niet alles geloven wat je hoort, zeg ik.
Rachel draait zich met een ruk naar me om, zwaaiend met haar tandenborstel. 'Nou, als jij niet was blijven doen of ik acht was in plaats van achttien, als je me verteld had wat er gebeurd was, had ik het niet aan Weyland hoeven vragen.'
'Oké.'
'En hij neemt geen zakken fruit voor me mee, alsof ik verdomme in het ziekenhuis lig.'
Ik hef mijn hand op. 'Oké.'
'Dat moet je niet zeggen, pap. Het is níét oké. Helemaal niet.' Ze draait zich om, klemt haar handen om de wasbak en buigt haar hoofd. 'Ik word hier zonder reden vastgehouden. Ik kan zelfs niet naar het toilet gaan zonder dat Weyland voor de deur blijft zitten, alsof ik een gevaarlijke misdadigster ben of zo. Je moet het Weyland niet kwalijk nemen dat hij met me heeft gepraat.'
'Dat doe ik ook niet.'
'Dat deed je wel,' zegt ze driftig.
Ik ga naar haar toe en leg een hand op haar schouder. Haar sleutelbeen voelt zo broos aan als de vleugel van een mus.
'Met wie kan ik anders praten, pap?' Ze probeert uit alle macht haar tranen terug te dringen. 'Jij was er niet. Wie wil er anders naar me luisteren?'
Ik streel haar schouder, probeer haar te kalmeren, te troosten. Mijn kind. Maar dan dringen haar woorden tot me door en mijn hand verstijft. Een moment lang verkilt mijn hele lichaam.
'Rachel, je hebt hem toch niets verteld?'
Ze kijkt naar me op.
'Gisteravond. Vanochtend.' Ik zet een stap naar achteren en steek mijn hand op. 'Je hebt niets tegen Weyland gezegd over

wat je maandagavond in het souterrain deed. Of waarom je die papieren wilde bekijken in de bibliotheek. Dat heb je toch niet met Weyland besproken?'
'Hij is Mikes vriend,' zegt ze. En in die ene seconde zie ik de afgrond.
Ze heeft het tegen Weyland gezegd, denk ik. Ze heeft het aan Weyland verteld en hij zal het aan Patrick overbrengen, die dan voldoende zal hebben om door te spelen naar het Internationale Hof. En daar zullen, als Patrick het zo beslist, rechters uit vijftien verschillende landen er verscheidene jaren aan besteden om uit te maken wat er met mijn dochter gedaan moet worden, terwijl zij haar leven doorbrengt in een juridisch niemandsland, voorgoed vastgehouden binnen het VN-hoofdkwartier. Jezus, denk ik. Nee.
'Wat zou ik hem trouwens moeten vertellen?' zegt Rachel en ze kijkt me kwaad aan. 'Toe nou, pap. Wees redelijk.'
Wanneer ik mijn handen dichtknijp, zijn de palmen plakkerig van het zweet. Ik wacht tot het bonzen van mijn hart tot bedaren komt. Weyland is Mikes vriend. Dat is waar, denk ik. Rachel heeft gelijk. Wees redelijk en kalmeer. Laat de paranoia niet met je op de loop gaan. Maar de plotselinge opwelling van onredelijke angst heeft me diep getroffen; na de misselijkmakende golf adrenaline zijn mijn spieren in gelei veranderd.
Ik leg een hand op haar schouder en zeg tegen haar dat ik nu met Patrick ga spreken.
'Dat zal niets veranderen,' zegt ze. 'Ik bedoel, wat kan hij zeggen? "Sorry, ik heb een grote vergissing begaan", en me daarna vrijlaten?' Wanhopig steekt ze een hand uit. 'God, wat een ellende.'
Dat is het. En met meer inzicht dan ik Rachel had toebedacht lijkt het erop dat ze precies weet waar Patrick mee bezig is. Tot Asahaki gereed is met zijn lobbyen, tot de stemming voor de Japanse zetel heeft plaatsgevonden, zal Patrick geen vinger uitsteken om haar vrij te laten.
'We krijgen je gauw hieruit.'
'Wanneer?'

'Gauw,' herhaal ik en ik probeer enige overtuiging in mijn stem te laten doorklinken. Maar eerlijk gezegd voel ik me geen man meer; geen vader maar een oplichter. Als ik geen ruzie had gehad met Patrick zou Rachel hier niet de nacht hebben doorgebracht. Dan zouden we nu geen vruchteloos gesprek voeren over het mogelijke tijdstip van haar vrijlating. Ik pak haar schouders met beide handen vast. 'Na de stemming heeft hij geen enkele reden meer om je hier te houden. Wanneer die voorbij is, laat hij je gaan.'

Ze kijkt me strak aan; ik ben altijd een open boek voor haar geweest. En er verschijnt iets meer dan twijfel in haar ogen. Een glimp van echte angst.

'Het zal gebeuren,' zeg ik. Er zit een brok ter grootte van een vuist in mijn keel. Rachel maakt zich voorzichtig van me los en keert me haar rug toe. Haar schouderbladen drukken kleine, scherpe richels in haar blouse. 'Ik beloof het je.'

Ze maakt een verstikt geluidje en kijkt achterom naar me. 'Weet je, je bent echt de allerergste man die er bestaat,' zegt ze zacht.

Het duurt een seconde voor ik het begrijp. Dan dringt het tot me door. Leugenaar, bedoelt ze.

Wanneer ik beneden Patricks kantoor binnenloop is hij druk bezig aan de telefoons. Hij heeft één hoorn onder zijn kin geklemd, een andere in zijn rechterhand en met zijn linkerhand probeert hij een nummer te draaien. Hij knikt naar een stoel, een uitnodiging die ik negeer, en gaat door met zijn onderbroken gesprek, een overduidelijk gelobby voor de Japanners, alsof ik niet besta. Dus ik blijf wachten. En inwendig kook ik. Ik weet natuurlijk dat de wereld niet zwart-wit is, dat er slinkse wegen worden bewandeld, dat scherpe kantjes vervagen en dat alle idealen die stervelingen koesteren onvermijdelijk stuklopen. Dat accepteer ik. God weet dat ik, na veertien jaar bij deze baas, niet kan beweren dat mijn eigen handen volkomen schoon zijn. Maar datgene waar ik hier getuige van ben, hoe Patrick O'Conner met de telefoons manipuleert, de delegaties belt als een of andere politieke regelneef, driftig lobbyend ten gunste van een VN-lid, is zo in tegenspraak met de verplichting tot onpartijdigheid van het secre-

tariaat dat zelfs een man als Patrick, met zijn gemakkelijke, flexibele normen, er niet aan kan twijfelen dat het verkeerd is wat hij doet. En hij blijft het doen, vlak onder mijn ogen.
Ten slotte steek ik mijn hand uit en druk op de telefoon, zodat de verbinding wordt verbroken.
Patrick zwijgt. Hij slaat zijn ogen op en kijkt me aan.
'Ik ben net bij Rachel geweest,' zeg ik.
'Tenzij Rachel iets te maken heeft met de zwevende stemmen in het deel van Afrika ten zuiden van de Sahara, kan ik niet zeggen dat het me interesseert.'
'Gisteravond heb ik Yuri Lemtov gesproken.'
Patrick kijkt weer naar de telefoons. Hij begint opnieuw een nummer te draaien en weer verbreek ik de verbinding. Hij wil me niet aankijken.
'Op het moment dat de stemming voorbij is,' zeg ik, 'hoe die ook uitvalt, wordt Rachel vrijgelaten. Ik wil niet horen dat je me nodig hebt om een geheimpje te bewaren. Of om nog een karweitje voor je op te knappen. Je hebt alle ruimte gekregen die je wilde, je hebt Asahaki hier terug, je hebt je kans gehad. Dus wanneer de stemming voorbij is, komt ze vrij.'
'Is dat jouw idee van gerechtigheid?'
Ik wuif het weg. Ik heb van Patrick O'Conner geen lesje in jurisprudentie nodig, geen preek over de heiligheid van de wet.
'Ze is verdachte in een moordzaak,' zegt hij. 'Een echte verdachte.'
'Kun je me daarom niet recht in de ogen zien?'
Hij tilt zijn kin op. Hij kijkt me recht aan. Wat, bij een doorgewinterde politicus als Patrick, natuurlijk absoluut niets te betekenen heeft. Maar wanneer ik nijdig mijn hoofd afwend lijkt dat hem aan te moedigen.
'Laten we eens even recapituleren.' Strijdlustig komt hij achter zijn bureau vandaan. 'Eén. Jij kreeg de opdracht een onderzoek in te stellen naar Hatanaka's dood. Binnen twaalf uur was ambassadeur Asahaki op weg naar Tokyo en een aantal jaren van moeizame, diplomatieke inspanningen verdween in een groot, zwart gat. Twee. Je gaat tekeer bij de permanente vijf als een ver-

domde olifant in een porseleinkast, en jaagt iedereen zo op stang dat verdomme zelfs de SG vragen stelt.'
'Wie heeft er geklaagd?'
'Wie niet?' zegt hij. 'Gisteren de VS en China. Vanochtend de Russen. Misschien zou ik lady Nicola en Froissart gewoon moeten bellen, om tijd te besparen.' Hij tikt tegen zijn voorhoofd. 'Jezus. Toen ik dat verdomde lijk zag wist ik dat er problemen van zouden komen. Ik begreep toen alleen nog niet dat jij het voornaamste probleem zou zijn.'
Dit wordt nu echt te gek. Ik wijs naar de telefoons. Ik herinner Patrick eraan dat de uitslag van de stemming geen zaak is van het secretariaat. 'Dus ook niet van mij. Of van jou.'
'O, spaar me. Ik zweer je, soms doe je alsof je net van die verdomde *Mayflower* bent gestapt.' Hij schakelt de intercom in om zijn secretaresse opdracht te geven de verbinding weer tot stand te brengen die zo-even werd verbroken. 'En drie,' zegt hij, terwijl hij me weer aankijkt en terugkeert naar de rij zwarte kruisjes achter mijn naam, 'je bent nalatig geweest door niet serieus de mogelijkheid in overweging te nemen dat je eigen dochter hierbij betrokken was.'
Ik wend mijn hoofd af. Ik heb geen zin meer om naar die flauwekul te luisteren waarmee hij zichzelf rechtvaardigt.
'Je doet maar,' zegt Patrick. 'Maar ik zeg je dit: er zijn een paar vragen waar ze antwoord op moet geven. En wat heb jij nu eigenlijk gedaan om te helpen? Je hebt tegen haar gezegd dat ze haar mond moest houden, dat ze verdomme geen woord mocht zeggen. Vanochtend heb ik bij haar om de hoek gekeken om te zien of het goed met haar ging. Ik vraag haar of alles in orde is. "Vraag maar aan pap," zegt ze. Pap, godnogantoe. Jij.' Ik glimlach vaag. Eén punt voor Rachel. Maar Patrick vindt het niet grappig. 'Dus ben je van plan om me te vertellen wat er met je dochter aan de hand is? Of moet ik ernaar raden?'
'Raad maar.'
'Klootzak,' zegt hij zacht.
Geleerd van de meester, denk ik, maar ik hou het voor me.
Patrick loopt terug naar zijn bureau en gaat zitten. Hij schuift de

stoel naar achteren en wipt driftig heen en weer terwijl hij me aankijkt. 'Vertel me eens,' zegt hij. 'Heb je het haar ook maar gevraagd?'
'Daar ga ik niet op in.'
'Jezus.' Hij houdt op met wippen, leunt naar voren en zet zijn ellebogen op het bureau. 'Dus dat heb je niet? Je eigen dochter. Ze is een verdachte en jij hebt haar niet eens gevraagd wat ze in godsnaam maandagavond in het souterrain deed.'
'Ze ging haar mantel halen.'
'Dat zal wel.'
Onze ogen ontmoeten elkaar over het bureau. Dan zoemt de intercom. Patricks secretaresse, Leila. Ze deelt hem mee dat ze de ambassadeur van Mali voor hem terug heeft, op lijn 3.
Mali. Een land dat het afgelopen halfjaar heeft geprobeerd Patrick te bewerken om de naam Mali te verwijderen van de lijst van landen die dit jaar hun interne aangelegenheden hebben geregeld zonder acht te slaan op de VN Conventie voor de Mensenrechten. De afgelopen zes maanden heeft Patrick mij gebruikt om hun belachelijke verzoek te ontwijken: vorige week nog heeft Patrick me gezegd dat we voet bij stuk moesten houden tegen deze jongens.
Nu heeft Patrick echter stemmen nodig voor de Japanners. Hij slaat zijn ogen neer.
'Mali,' zeg ik.
Patricks hand aarzelt boven de telefoon. Wanneer hij me nu aankijkt is dat met een doordringende blik. 'Als het je niet aanstaat, Sam, is dit misschien een goed moment voor je om te verdwijnen.'
Een botte uitnodiging om me uit zijn kantoor te verwijderen tijdens de onderhandelingen. En onderliggend, dat weten we allebei, de suggestie dat ik niet geschikt ben voor mijn baan. Dat ik misschien zou moeten overwegen een voortijdig einde te maken aan mijn VN-loopbaan.

26

'Stapelgek,' zegt Dieter, om er ten overvloede aan toe te voegen: 'Stom, stapelgek.'

Wanneer ik de lijst weer begin op te dreunen, een gespecificeerde optelling van Patricks slechte beoordelingsvermogen, nalatigheid en uitgesproken vijandigheid ten opzichte van de waarheid in deze hele zaak, steekt Dieter zijn hand op. 'Over Asahaki ben ik ook niet tevreden,' merkt hij op.

'Maar het gaat niet alleen om Asahaki, dat bedoel ik nu juist. Patrick heeft die bewijzen achtergehouden tot het te laat was, dat weet je. Maar hij heeft meer gedaan, of niet soms?'

Dieters hand valt terug op de leuning, een aluminium buis die zich uitstrekt langs de hele lengte van de lage muur naast de voetgangersbrug die FDR Drive overspant. Het New Yorkse verkeer davert onder ons door. 'Je beschuldigt O'Conner ervan dat hij liegt.'

'Ja.'

'Dat is niet alles waar je hem van beschuldigt.'

'Hoor eens, ik beschuldig hem niet.'

Bij deze haarkloverij trekt Dieter één wenkbrauw op.

'Oké, misschien doe ik het wel. Maar ik heb daar toch mijn redenen voor, Dieter? Toe nu toch. Ik bedoel, hoe eerlijk is hij geweest tegen jou en Pascal?' Ik maak een handbeweging in de richting van Pascal, die langs de leuning een paar stappen achter zijn baas loopt. Sinds hij Dieter heeft meegenomen om met me te praten heeft Pascal geen woord gezegd. Hij is kennelijk opgelucht dat hij mijn verzoek aan een hogergeplaatste functionaris heeft doorgespeeld. 'Of tegen Beveiliging,' voeg ik eraan toe. 'Of tegen wie dan ook?'

Dieter draait zich om en wandelt de geplaveide brug af, zijn hand glijdt over de aluminium leuning. Wanneer ik naast hem ga lopen verdwijnt zijn hand in zijn jaszak. Pascal blijft een paar passen achter ons lopen.

'Een dief?' zegt Dieter. 'De ondersecretaris-generaal van Juridische Zaken?'
'Het is het enige wat logisch lijkt.'
Hij blijft zwijgend doorlopen. Mijn theorie, die vol gaten zit, heeft hem niet overtuigd. Maar zelf ben ik er nu absoluut van overtuigd dat Patrick hier op de een of andere manier mee te maken heeft. Ik had echt eerder naar Mike moeten luisteren. We zijn van het begin af aan belazerd, en na mijn ontmoeting van gisteravond met Lemtov en diens bodyguard, en mijn korte bezoek van vanochtend aan de 34e verdieping, ben ik niet langer geneigd om Patrick het voordeel van de twijfel te gunnen.
Dieter vraagt me of ik Patrick recht in zijn gezicht heb beschuldigd.
'Nee.'
'Goed,' zegt hij opgelucht.
'Hoor eens, niemand beschuldigt Patrick van moord.'
Dieter snuift. Ik leg een hand op zijn arm en we blijven staan. We zijn nu bij de rozentuin; de stengels zijn doornig en kaal. Naast elke plant zijn verbleekte naamplaatjes in de grond gestoken: namen als Vrede en Hoop en Broederschap.
'Eén vraag, goed?'
Wantrouwig buigt hij zijn hoofd.
'Vertrouw je hem?'
Een lange stilte volgt. 'Ik vertrouwde hem,' zegt hij ten slotte.
'En nu niet meer?'
Dieter steekt een hand op. 'Wat vraag je van me, Sam?'
Ik kijk even de andere kant op. Aan het einde van de rozentuin wandelen de vaders en moeders uit Pretoria over de North Lawn; een stel Japanse toeristen laat bij een standbeeld een groepsfoto nemen. Wat vraag ik? De vrijheid van mijn dochter, denk ik. De wereld.
'Ik wil dat je Patrick natrekt,' zeg ik, terwijl ik Dieter weer aankijk. 'Zijn privé-financiën. En bekijk alle financiële goedkeuringen die hij dit afgelopen jaar heeft verleend. Elk verband dat er bestaat tussen hem, Asahaki, Lemtov of Po Lin.' Misnoegd zie

ik dat Dieter nu al zijn hoofd schudt. 'Wat is er, ben je bang voor wat je zou kunnen vinden?'
Wanneer Dieter me een donkere blik toewerpt, bind ik in. 'Ik vraag niet om het officieel te doen. Alleen dat je Pascal toestemming geeft om rond te neuzen. Om althans een paar voorlopige onderzoeken te doen.'
'Ik ben vanochtend langs Patricks kantoor gegaan,' zegt Dieter. 'Hij was er niet.'
'Hij is er nu.' Ik kan de bitterheid niet uit mijn stem weren. 'Misschien kan hij je ergens tussen zijn gesprekken met Mali en die verdomde Kongo inpassen.'
'Je dochter was er wel. In kamer 7.'
Ik kijk hem aan. Ik weet meteen waar dit heen leidt.
'Is ze gearresteerd?' zegt hij.
'Dat is niets dan smerige politiek, Dieter. Een complot.'
'Gearresteerd door Patrick?'
'Dit is geen stomme wraakneming. Ik vraag je niet om Patrick na te trekken, om hem te grazen te nemen vanwege Rachel. Dacht je dat ik zoiets zou doen?'
'Ze is je dochter.'
'Dit gaat niet om Rachel.'
'Dan geeft het niet of we ermee wachten. Misschien kunnen we volgende week maandag kijken...'
'Maandag?' Mijn frustratie barst los. 'Ik wil niet tot maandag wachten terwijl mijn dochter verdomme in gijzeling wordt gehouden.'
Dieter trekt zijn wenkbrauwen op.
'Ze is mijn dochter en ik wil dat ze vrijgelaten wordt,' geef ik toe. 'Maar dat is niet de reden dat ik je vraag een onderzoek naar Patrick in te stellen. Ik geloof oprecht dat hij ergens bij deze hele beroerde zaak betrokken is. De fraude, of de moord op Toshio, ik weet niet waar, maar hij zit erin. En ik kan er niet achter komen waar of hoe, tenzij ik een beetje hulp van jullie krijg.' Ik wijs naar Pascal, die met zijn handen om de leuning geklemd naar ons gesprek staat te luisteren.
Dieter kijkt om. Wanneer hij iets anders ziet dan Pascal, kreunt

hij. 'Je vriend,' zegt hij, en hij richt zijn ogen weer op mij.
Ik kijk naar het gebouw. En zie onmiddellijk wat Dieter heeft gezien. Asahaki. Ambassadeur Asahaki. Hij is zojuist het secretariaatsgebouw uit gekomen met Joshua Sekelele, de Nigeriaanse ambassadeur, een vooraanstaand lid van de Organisatie voor Afrikaanse Eenheid en een voornaam figuur bij de Algemene Vergadering van de VN. Zijn witte gewaad golft om hem heen terwijl hij met Asahaki over de voetgangersbrug loopt. Met hun hoofd gebogen, druk in gesprek, blijven ze op dertig meter afstand van ons op de reling geleund staan; hun respectieve gevolg blijft dicht bij het gebouw. Een bekend tafereel. Je ziet het elke dag in de gangen van het secretariaat en in de grote hal, bij de commissiekamers en in de lounge van alle grote hotels in de binnenstad. Twee mannen, vertegenwoordigers van hun land, in een privé-gesprek verwikkeld, onderhandelend over gunsten, afspraken makend, de aantallen besprekend voor een belangrijke stemming. Gewoonlijk zou het me niet eens opgevallen zijn. Maar vandaag is anders. Vandaag staar ik.
Onderweg hierheen kwam ik Tommy Yelland tegen, voormalig nestor van de geaccrediteerde VN-journalisten. Een hoge baan bij CBC heeft hem vorig jaar hiervandaan gehaald, maar er is niets wat hem bij de stemming van vandaag kan weghouden. En volgens Tommy hebben de Japanners het verknald.
'Wat ik niet begrijp,' zei Tommy, toen hij me aanklampte in de lift, 'is waarom Asahaki is teruggegaan naar Japan.'
Ik haalde mijn schouders op. Politiek. Wie zal het zeggen?
Hij drong nog een beetje aan. Ik liet niets los. Ten slotte stapte hij uit zijn rol van verbijsterde, oude man en vroeg het me ronduit. Wat denk je dat er aan de hand was tussen hem en Hatanaka?
Ik schudde nog steeds mijn hoofd nadat ik uit de lift was gestapt, toen tot me doordrong dat deze ontmoeting met Tommy Yelland niet helemaal toevallig was. Ik keek om. En jawel, Tommy ging weer met de lift naar boven om een loslippiger stafmedewerker te zoeken die hij kon aanklampen.
Met zijn uitgebreide netwerk van contacten in de vergadering en een onpartijdig oog voor de uitkomst, denk ik dat Tommy Yel-

lands voorspelling niet gemakkelijk te negeren valt. En de Japanners moeten op de hoogte zijn van de cijfers. Dus Bunzo Asahaki, hoewel hij het niet laat merken terwijl ik hem gadesla tijdens zijn gesprek met Sekelele, moet zich zorgen maken. Grote zorgen.
'Weet je wat hij doet?' Ik vraag het Dieter, met mijn duim in de richting van Asahaki wijzend.
Dieter haalt zijn schouders op. Natuurlijk weet hij het.
'Asahaki is alleen teruggekomen vanwege Patrick. Asahaki wandelt hier rond, zo vrij als een vogeltje, hij lobbyt voor Afrikaanse stemmen, en mijn dochter Rachel zit boven met een verdomde bewaker voor haar deur. En dan moet ik tot maandag wachten?'
'Dat verandert niets aan de zaak.'
Gefrustreerd kijk ik van Dieter naar Pascal. Hoewel Pascal me een blik vol meegevoel toewerpt, lijkt hij niet verbaasd omdat ik er niet in slaag te krijgen wat ik hebben wil. Hij heeft me er immers voor gewaarschuwd: Dieter steekt geen vinger uit naar Patrick.
'Is dat je laatste woord?'
'Ik kan je niet helpen, Sam,' zegt Dieter.
Ik laat de railing los. En terwijl ik me omdraai ontstaat er beroering te midden van Asahaki's mensen; ze hebben me zojuist opgemerkt. Wijzende vingers. Dan haast een van hen zich naar Asahaki om mijn aanwezigheid te melden. De Japanse ambassadeur breekt onmiddellijk zijn gesprek met Sekelele af en kijkt mijn kant op. Slechts een of twee seconden. Net lang genoeg om zeker te weten dat ik het ben, zijn veronderstelde aanklager, en dat ik geen aanstalten maak zijn kant uit te komen. Net lang genoeg om zich ervan te overtuigen dat alle beloften die Patrick hem heeft gedaan, worden nagekomen. Daarna wendt Asahaki zijn blik af en hervat zijn discussie met Sekelele, nu in de veilige wetenschap dat ik hem bij zijn jacht op stemmen niets in de weg zal leggen. Alle vragen omtrent zijn persoon zijn tijdelijk opgeschort.
Dieter begint te spreken maar ik maak een gebaar over mijn schouder. Ik heb geen tijd voor zijn verontschuldigingen.

Zo voelt het, denk ik, terwijl ik over het pad door de rozentuin loop, met mijn ogen op de grond gericht. Patrick heeft zijn werk voor de Japanners gedaan. En zo voelt het wanneer je je koest moet houden.

27

'Hoe kom je aan die gegevens over Po Lins investeringen?'
Marie glimlacht bij mijn vraag. Ze drukt op de knop van de lift, daarna strijkt ze een losgeraakte pluk haar achter haar oor. Ze kijkt me geamuseerd neerbuigend aan.
'Moet ik erom smeken?' vraag ik.
'Dat zou niet helpen,' zegt ze. 'En dat weet je.'
Haar ogen dwalen naar de cijfers boven de liftdeur. Ik bedenk hoe absurd ik moet zijn overgekomen op de journalisten die, zij het dan kortstondig, mijn cursus over journalistiek en het secretariaat hebben gevolgd. Had ik nu werkelijk geloofd dat ik hun iets zou kunnen leren? Dat ze echt wilden luisteren? Het is niet alleen het instinctmatige scepticisme waarmee ze alles onder de zon tegemoettreden, het is deze houding, precies die welke Marie nu tegenover mij aanneemt – dat vragen stellen hun vak is en dat jij moet antwoorden, dat het omdraaien van de rollen gelijkstaat met het omverwerpen van natuurwetten – die hen onverbiddelijk tot een apart slag maakt. De compromissen van het dagelijks leven zijn voor hen geen tweerichtingsverkeer; er schijnt een essentiële, menselijke eigenschap aan te ontbreken.
Nu verhef ik opzettelijk mijn stem. 'Hadden wij geen afspraak?'
Marie verbleekt. Ze draait zich om teneinde zich ervan te overtuigen dat niemand mijn vraag heeft gehoord, maar de enige andere aanwezigen zijn twee jonge, vrouwelijke personeelsleden met bruinpapieren zakken bij zich. Ze hebben het niet gehoord en als ze het wel hadden gehoord zou het hun niets kunnen schelen.
'We hadden privé een afspraak,' brengt Marie me in herinnering, haar stem is niet meer dan een gefluister. 'Daar was je het mee eens.'
'Ik was het er niet mee eens om alles waar jij mee kwam aanzetten zonder meer te accepteren en vervolgens mijn mond te houden.

Daar heb ik niet in toegestemd.'
Ze werpt me een smalende blik toe. Wanneer de lift komt stappen we in; ze drukt snel op knop nummer 4, daarna richt ze haar ogen op een plek boven de deur. De twee jonge vrouwen voelen de stemming aan; ze besluiten niet bij ons in te stappen.
'Interne Supervisie heeft de lijst met bedrijven die jij me hebt gegeven doorgelicht,' zeg ik tegen haar wanneer de liftdeur dichtschuift. 'Interesse?'
'Waarom heb je dat gedaan?' zegt ze. Nu kijkt ze me aan. 'Waarom moest je rondbazuinen: "We hebben een afspraak?"'
'Niemand heeft iets rondgebazuind.'
'Dat heb je wel.'
'Niemand heeft het gehoord.'
'Dieu,' mompelt ze en ze slaat haar ogen ten hemel. Daarna haalt ze diep adem en denkt even na. Haar gezichtsuitdrukking wordt iets vriendelijker, haar boze frons verdwijnt langzaam. Tot mijn verrassing heft ze haar hand op, die licht op mijn arm blijft rusten. 'Alsjeblieft,' zegt ze. 'Ik heb een risico genomen door je iets te vertellen. En het is echt waar dat je erin hebt toegestemd. Het zou onder ons blijven.'
Haar blonde haar waaiert uit van onder een blauwe haarband. Mijn ogen gaan van haar haren naar haar hals. Geen rimpels. Bleker dan die van Jennifer. Haar roodgelakte nagels glijden langs mijn arm; daarna trekt ze haar hand terug.
'Ik heb net mijn deadline gemist,' verklaart ze wanneer we uit de lift de hal in stappen. 'Mijn hoofdredacteur in Parijs wil me vermoorden. Mijn collega's schreeuwen in mijn oren en ik heb de balen van iedereen.' Onder het lopen zwaait ze met haar hand naar een open deur. 'Iedereen,' herhaalt ze. 'Niet alleen van jou.'
Iemand steekt zijn kale hoofd uit het kantoor van de *Frankfurter Allgemeine*. Marie blijft staan om iets tegen hem te zeggen en ik kijk de hal in. Niet alle bij de VN geaccrediteerde journalisten hebben hier een kantoor, maar vandaag lijkt het de onofficiële verzamelplaats te zijn geworden voor iedereen met een notitieblok, een camera of een microfoon. Het gonst er verwachtingsvol, journalisten drommen bijeen en speculeren over de stem-

ming. Meer dan eens hoor ik de naam Asahaki noemen; kennelijk is zijn gesprek met Sekelele nauwkeurig gadegeslagen vanuit een van de ramen hierboven. Een correspondent van de BBC wappert met vijftig dollar; hij probeert mensen te vinden die een gokje willen wagen op een ja voor de Japanners, maar niemand gaat erop in.
Wanneer Marie zich weer bij me voegt, banen we ons een weg door de dichte groep voor de deur van het kantoor van de *Keisan Shimbun.* Dan herkent iemand me. Een oude rot van *American Broadcasting*, Drew Armitage, een man van wie bekend is dat er dikwijls via Patrick nieuws naar hem is doorgelekt. Ik mag de vent niet. In een reflex duwt hij me een microfoon onder mijn neus en vraagt naar Toshio. Ik schuif de microfoon opzij en herhaal de officiële verklaring. Dat we nog wachten op het resultaat van de lijkschouwing maar dat hij intussen genoegen moet nemen met ons eerder uitgegeven persbericht: een natuurlijke dood.
'Natuurlijke dood,' herhaalt hij achter mijn rug, terwijl ik doorloop. 'Is er misschien een VN-gids bij betrokken? Iemand die Windrush heet?'
Ik heb al mijn zelfbeheersing nodig om me niet om te draaien. Ik houd mijn blik strak gericht op een punt tussen Maries schouderbladen en blijf achter haar aan door de hal lopen. Drew Armitage kan niet het volledige verhaal hebben, dat weet ik zeker. Maar ik ben er even zeker van dat wat hij heeft afkomstig is van Patrick, dat wat ik zojuist gevoeld heb een ruk aan mijn ketting is van de 34e verdieping.
Het kantoor van *Agence France Presse* is leeg. We gaan naar binnen en ik leun met mijn rug tegen de gesloten deur.
'Waarom vroeg hij je dat?' Marie legt haar tas op een bureau. Ze bukt en begint in een lade te zoeken. 'Een VN-gids?' zegt ze, achteloos nieuwsgierig. Het lijkt erop dat ze die vent niet mijn naam heeft horen uitspreken, of misschien heeft ze het wel gehoord maar de toespeling gemist.
Ik maak een vaag handgebaar, om aan te geven dat ik van niets weet. 'Een grapje van iemand,' zeg ik.

'Een grapje ten koste van jou?'
Ja, zeg ik tegen haar. Een grapje ten koste van mij. Iets dergelijks.
Ze haalt een grote geluidsband tevoorschijn, het laatste stukje bungelt eruit. Daarna loopt ze naar de taperecorder die bij de muur staat en klikt de band op een spoel. Evenals iedere andere journalist in het gebouw heeft Marie een mening over de stemming. Nu geeft ze me de hare. Volgens Marie zijn de ja- en neestemmen gelijk verdeeld, maar hangt er nog een groot vraagteken boven Afrika. Nog minder dan een uur voor de stemming en de algemeen geldende mening van de journalisten is dat de Afrikanen de doorslag zullen geven. Wat, natuurlijk, Patricks gesprek met de ambassadeur van Mali verklaart en Asahaki's gefluisterde conversatie met Sekelele. Het laatste, koortsachtige lobbyen om stemmen is gaande.
Ik vraag Marie hoe *Agence France Presse* erover denkt: duimen omhoog of duimen omlaag.
'De Afrikanen zijn arm,' zegt ze schouderophalend. 'De Japanners hebben geld.'
'Dus de Japanners kopen een zetel in de Raad?'
'Oui.'
Uiterst cynisch, maar zeker niet absurd. Gunstige leningen, hulp, investering in de infrastructuur, allemaal volkomen acceptabele wapens in het moderne machtsspel. Hogere financiën. Diplomatie via andere middelen.
'Als Asahaki niet teruggekeerd was,' voegt ze eraan toe, 'zou ik het nog niet zo net weten. Ik denk dat de Japanners dan misschien zouden verliezen.' Ze wijst naar me. 'Maar ons is niet alles verteld over ambassadeur Asahaki. Toch? Over hem en gezant Hatanaka?'
'Je krijgt je verhaal.'
'O, daar ben ik niet bang voor. We hebben een afspraak.' Ze lacht, houdt zich weer bezig met de taperecorder en werpt me uit een ooghoek een snelle blik toe.
'Ik heb je bron over Po Lin nodig.'
Haar glimlach vervaagt onmiddellijk. Ze keert me haar rug toe.

'Betekent dat nee?' vraag ik haar.
Ze neemt niet de moeite om te antwoorden.
Ik ben er natuurlijk niet gelukkig mee dat er weer een deur voor mijn neus wordt dichtgeslagen, te merken dat ik met mijn hoofd tegen een stevig stuk eikenhout loop. Maar van het begin af aan heeft Marie zich niet anders voorgedaan dan ze is. Ze heeft openlijk verklaard wat ze wilde, de baan bij *Time*, en daar streeft ze naar volgens de voorwaarden van haar eigen code. Hoeveel anderen hier in Turtle Bay zouden in alle oprechtheid hetzelfde kunnen zeggen?
Ik kijk de kamer rond. Een louter functionele ruimte: computers en opnameapparatuur op zes bureaus, snoeren die achter uit machines bungelen en vandaar in verwarde lussen op de grond terechtkomen. Boven de deur een ingelijste foto van de Franse president die de hand drukt van de SG. Ten slotte zie ik wat ik zoek: drie grote dossierkasten naast elkaar achter de deur. Ik loop eropaf.
'Bewaar je hier je materiaal over de permanente vijf?'
'*Oui.*'
'Delegatieleden?'
'Wie? Po Lin?' vraagt ze, achteromkijkend.
'Dat betekent ja, naar ik mag aannemen?'
'We hebben niets over de UNDCP Speciale Commissie.' Ze knikt naar de kasten. 'Dit is niet mijn bron.'
'Dan mag ik zeker wel even kijken.'
Ze houdt op met waar ze mee bezig is en loopt naar de loodgrijze, stalen kasten. Ze opent de middelste en trekt er een map uit. 'Je verspilt je tijd.'
Ik wil de map aanpakken maar ze beschermt die met haar lichaam. 'Wat geef je mij?' vraagt ze.
'Jou?'
'Mij,' zegt ze. We kijken elkaar aan, twee volwassenen die opeens doordrongen raken van een onverwachte ondertoon.
'Ik dacht dat ik mijn tijd verspilde.'
'Als je dat wilt.'
Ik richt mijn blik weer op de kast. 'Ik wil Lemtovs dossier ook

zien. Als je me dat geeft, zal ik je iets vertellen wat je heel interessant zult vinden.'
Marie maakt een klakkend geluidje met haar tong. Ten slotte haalt ze Lemtovs dossier uit de kast en legt het met dat van Po Lin op het bureau. Nu lacht ze. Speels. Ik twijfel er niet aan dat ze, als ik zou proberen de mappen van het bureau te grissen, me de ogen uit mijn hoofd zou krabben. Met scheefgehouden hoofd wacht ze op mijn nieuws.
'Wanneer ik het je verteld heb, geef je me beide dossiers.'
'Is dat het waard?' zegt ze.
'Po Lin is geëxecuteerd.'
Haar hoofd vliegt omhoog. Haar lippen wijken vaneen en ze slaakt een gesmoorde kreet.
'Dat is onbevestigd. En vraag me niet of het in verband staat met de fraude of met zijn investeringen,' laat ik er snel op volgen, 'omdat ik het werkelijk niet weet.'
'Heb je dat bij het secretariaat gehoord?'
'Van Lemtov.'
Ze kijkt neer op de twee dossiers. Wang Po Lin. En Yuri Lemtov. Wanneer ze haar ogen opslaat, trek ik de mappen snel onder haar hand uit.
Dan komt een van haar collega's van *Agence France Presse* binnenvallen. Wanneer hij regelrecht naar de taperecorder loopt slaakt Marie een kreet en snelt naar hem toe om te voorkomen dat hij haar werk ruïneert. Over haar schouder roept ze me waarschuwend toe: 'De dossiers moeten hier blijven. Je kunt ze hier lezen.'
Terwijl ze in het Frans een verhit gesprek begint met haar collega, schuif ik de mappen over de tafel en trek een stoel naar me toe.
Bij het secretariaat worden korte aantekeningen over de geaccrediteerde afgevaardigden bijgehouden door Protocol, en de uitgebreidere gegevens over de voornaamste delegaties door Politieke Zaken. Al deze informatie wordt vrijwillig verstrekt. 'Vrijwillig' betekent natuurlijk niet geheel waarheidsgetrouw, of ronduit misleidend. Idi Amins optreden van een paar jaar geleden in

het VN-hoofdkwartier bijvoorbeeld had tot gevolg dat een vurige lofrede op de bijdrage van de dictator aan de mensenrechten zijn weg vond in de Ugandese dossiers; kopieën van dit document komen zo nu en dan nog onder grote hilariteit boven water. Maar toen ik vanochtend boven de dossiers van Po Lin en Lemtov nog eens doornam vond ik niets uitzonderlijks, alleen de gebruikelijke lijst van voorgaande functies en kwalificaties. In Po Lins geval maakte een voetnoot melding van het feit dat hij tijdelijk naar Peking was teruggeroepen.

Ik hoop nu dat *Agence France Presse*, zonder de politieke beperkingen die het secretariaat zijn opgelegd, een grondiger en kritischer analyse van beide mannen heeft gemaakt. Na een paar minuten te hebben gelezen vervaagt mijn hoop langzaam. Beide dossiers schijnen Franse vertalingen te zijn van de documenten die ik vanochtend bij Protocol in het Engels heb gelezen. Ik hef mijn hoofd op om naar Marie te kijken. Ze staat over de recorder gebogen, haar rok trekt omhoog. Haar collega blijft ongeduldig naast haar staan en wanneer de man mijn kant op kijkt begraaf ik mijn hoofd weer in de dossiers. Een minuut later kom ik de knipsels tegen. Echte knipsels, niet een gefaxt velletje van een knipselbureau. In elk dossier bevindt zich een grote, geelbruine envelop, volgepropt met stukjes papier. Ik spreid de knipsels over Po Lin op de tafel uit. Een paar zijn gescheurd, andere zorgvuldig uit diverse kranten en tijdschriften geknipt, in totaal een stuk of twaalf. In sommige artikelen wordt Po Lin slechts genoemd als een van een reeks namen, in andere wordt hij prominenter vermeld, maar bij de keuze lijkt geen speciale methode toegepast te zijn. Lukrake informatie. Alles waar het oog van de knipseldienst op is gevallen. Wanneer ik het laatste gelezen heb pak ik de envelop over Lemtov, juist op het moment dat Marie naast me komt staan.

'Weet je zeker dat Po Lin geëxecuteerd is?' fluistert ze.

'Dat is wat Lemtov me heeft verteld.'

'Je weet het niet zeker?'

'Jij bent de journalist, Marie.' Ik knik naar haar collega bij de recorder. 'Steek de hoofden bij elkaar. Gebruik je contacten. Ik

zou zelf wel graag een bevestiging willen horen.'
Ze slaat haar ogen ten hemel. 'Uit Parijs,' fluistert ze, doelend op haar collega. Ik begrijp dat ze ermee wil aangeven dat ze niet van plan is de man deelgenoot te maken van haar verhaal. Ze wijst naar de knipsels over Po Lin. 'Heb je hier iets aan?'
'Niet zoveel als wanneer je me gewoon vertelde wie je bron is.'
Ze kijkt lelijk: geen sprake van.
Ik houd de Lemtov-knipsels omhoog. 'Mag ik deze meenemen?'
'Nee.' Geen glimlach. Dodelijke ernst.
Dan vraagt de belangrijke man uit Parijs haar assistentie. Ze vloekt zachtjes en loopt naar hem toe. Ik spreid de knipsels over Lemtov op de tafel uit.
In bijna allemaal komt hij uitgebreid voor; in tegenstelling tot Po Lin wordt hij zelden gekoppeld aan een lijst met namen van zijn delegatieleden. In sommige artikelen wordt Lemtov genoemd als waarschijnlijke opvolger van de huidige Russische ambassadeur; een paar gaan verder en speculeren over een mogelijke benoeming tot minister van Buitenlandse Zaken, ergens in de toekomst, een vermoeden dat ikzelf van verschillende kanten heb gehoord, met name van Patrick, wiens mening in dergelijke kwesties doorgaans als orakel wordt beschouwd. Na door vijftien of misschien nog meer knipsels te zijn geploegd valt me een steeds terugkerend motief op: de schijnbaar achteloze opmerking van Lemtov die goed in de kopij van de journalist past als een citaat dat het vermelden waard is. Vol zelfspot, wrang, humoristisch; maar wanneer je ze zo bij elkaar ziet, geven ze een beeld van de niet zo loyale tweede man die zorgvuldig de basis legt voor zijn klim naar de top.
Klootzak, denk ik, wanneer ik weer een van zijn nonchalant uitgesproken bon-mots tegenkom, ditmaal een dubieus compliment aan het adres van de huidige Russische ambassadeur.
Dan, drie regels lager, springt één enkel woord uit de bladzijde. Basel.
Ik slaak een zachte kreet, een soort gekreun.
Ik ga rechtop zitten. Nu tasten mijn ogen de rest van het knipsel af, zoekend naar de betekenis van wat ik ontdekt heb. Maar het

woord komt niet terug. Het wordt slechts één keer genoemd – op een door de VN gesponsorde conferentie in Basel waarbij Lemtov aanwezig was – daarna gaat het artikel verder met de vooruitzichten op succes bij een paar lang vergeten ontwapeningsgesprekken. Ik begin snel tussen de andere knipsels te zoeken, maar die eerste vermelding van Basel lijkt de enige te zijn. Ten slotte pak ik dat knipsel weer, een uitgeknipt stukje goedkoop papier, en ik bestudeer het zorgvuldig. Het lijkt afkomstig te zijn uit een wetenschappelijk tijdschrift, een van die erudiete publicaties die in elke universiteitsbibliotheek ongelezen op de plank blijven liggen. In de linkerbenedenhoek heeft iemand een datum gekrabbeld: april, drie jaar geleden. Als ik het knipsel zou kunnen meenemen naar de Dag Hammarskjold-bibliotheek zou ik misschien het artikel kunnen vinden, het vergelijken met onze dossiers, en er op die manier achter kunnen komen welke VN-conferentie Lemtov heeft bijgewoond.

'We gaan,' zegt Marie. Wanneer ik opkijk, zie ik dat ze haar blocnote pakt. Haar collega schuift een cassette in de recorder die als een tas over zijn schouder hangt. In de hal hoor ik andere journalisten voorbijkomen, scherpe opmerkingen en gelach, gevloek in een groot aantal talen. De trektocht naar de Zaal van de Algemene Vergadering, het gevecht om een goede plaats, is begonnen. Marie knikt naar de dossiers. 'Ben je klaar?'

Niet echt een vraag. Ze willen me weg hebben. Daarom stop ik de knipsels in de enveloppen terug en orden de dossiers. Ik wacht op mijn moment. Na een halve minuut vestigt Maries collega ongeduldig haar aandacht op de klok. Ze kijken er beiden naar. Op dat moment schuif ik mijn handen naar elkaar toe en laat het knipsel waar Basel in genoemd wordt onder mijn horlogebandje glijden. Ik trek mijn mouw omlaag. Vervolgens sta ik kalm op van de tafel, bedank Marie voor haar moeite, en ik vertrek.

28

'Wie spelen er vandaag, de Yankees?'
Mike, die naast me achter in de Zaal van de Algemene Vergadering staat, laat zijn ogen laconiek over de krioelende delegaties dwalen. Geen van beiden hebben we het hier ooit zo druk gezien. En het gevoel dat er iets bijzonders gaande is, is onmiskenbaar. Het lijkt een herhaling van de openingsdag, wolken exotische, nationale kostuums wervelen als caleidoscopische krullen door de oceaan van donkergrijze kostuums. Historisch. Vandaag is het meest misbruikte woord in het woordenboek van VN-hoogdravendheid absoluut van toepassing. Het is pas de tweede maal in de geschiedenis van de VN dat een voorgestelde wijziging in de samenstelling van de Veiligheidsraad tot een stemming is gekomen, en niemand die ook maar enig recht heeft om hier te zijn is weggebleven. Commissievergaderingen zijn uitgesteld, overleg en besprekingen opgeschort; uit alle hoeken van Turtle Bay hebben afgevaardigden, secretariaatsmedewerkers en NGO-waarnemers zich hier verzameld voor de plenaire zitting; de zaal is tot de nok toe gevuld. Bij het podium staan de secretaris-generaal en de voorzitter naast elkaar te praten, terwijl ze intussen de rijen afgevaardigden overzien. Van deze afstand lijken het twee kleine jongens.
Mike fluit tussen zijn tanden en dringt zich door het middenpad, op zoek naar een paar lege stoelen. Als hij zitplaatsen voor ons kan vinden, heb ik hem verteld, kan hij een blik werpen in de dikke stapel die ik onder mijn arm meedraag. En Mike is nieuwsgierig.
Nadat ik uit Maries kantoor was vertrokken ben ik rechtstreeks naar de Dag Hammarskjold-bibliotheek gegaan waar, in afwezigheid van nieuwsgierige journalisten en gedelegeerden die al op weg waren naar de zaal, een soort vakantiestemming heerste. Voeten op bureaus, proppen die in prullenbakken werden ge-

mikt en bibliothecaressen die zich in de roddelbladen verdiepten. Een jonge Spanjaard, kennelijk een nieuweling die nog niet gewend is aan de gang van zaken in Turtle Bay, leek zich te generen voor het gebrek aan belangstelling van zijn collega's voor mijn verzoek. Nadat ik goed en wel de bron van het knipsel van *Agence France Presse* had gevonden, nam hij me mee naar de afdeling, gewijd aan VN-conferenties – een labyrint van schappen en kasten en dozen – waar hij mijn uitgestoken arm volladde met papieren en dossiers. Vijf minuten spitten en ik had wat ik zocht, een hanteerbare stapel die ik heb meegenomen naar de zaal.

'Nada,' rapporteert Mike, die de trap op komt lopen en weer bij me komt staan. Hij draait zich om en overziet het geheel opnieuw. Woorden, gepraat, de voortdurend devaluerende diplomatieke valuta weerklinkt luid door de zaal.

Aan de linkerkant zie ik de Amerikaanse delegatie, halverwege de tribune. Ambassadeur Bruckner staat de gedelegeerden in zijn onmiddellijke omgeving stroop om de mond te smeren, met zo'n brede lach op zijn gezicht dat je die van hieraf kunt zien. Je zou denken dat hij geen enkele zorg aan zijn hoofd heeft, maar zijn Amerikaanse medegedelegeerden kijken beslist bezorgd. Jennifer heeft haar armen over elkaar geslagen, ze staat met haar rug naar Bruckner te praten met iemand aan de andere kant van het middenpad. Haar lichaamstaal is defensief en gespannen.

Volgens mij weten ze het niet.

Na alle pressie, de jaren van lobbyen en duistere afspraken, ondanks Rachels arrestatie en het terugroepen van Asahaki, weten ze het nog steeds niet. De VS zijn niet in staat geweest het resultaat te voorspellen. De uitslag van de ophanden zijnde stemming staat, bij uitzondering, niet van tevoren vast.

'Hé,' zegt Mike, naar de voorste rij knikkend. Er zijn twee lege stoelen tussen het podium en de uitgang. Er staat een bewaker naast.

'Bewakingsdienst?' zeg ik.

'Twee kaartjes, eerste rang.' Mike schuift snel langs me heen. 'Of, als je dat liever wilt, kun je hier op die verdomde statribune blijven.'

De looppaden zijn verstopt, dus we nemen uiteindelijk een omweg, naar buiten de lege galerij achter de zaal in, en lopen daarna naar de trap. Een paar laatkomers haasten zich langs ons heen, ze willen niets van het grote moment missen. Onder het lopen praat Mike me bij over zijn ochtend.

'Er komt een vent naar mijn kamer, hij bonkt op de deur. Ik heb nog niet eens mijn koffie op. Hij maakt een hoop stennis, zegt dat hij op het punt staat te ontploffen, zich de haren uit zijn hoofd te rukken. Ik denk: wie is die man? Dan blijkt dat hij van de catering is.'

'De cafetaria?'

'Klopt.' In de koelruimte daarvan hebben we Toshio's lichaam opgeborgen. 'Die vent,' zegt Mike, 'heeft de franchise van de catering. Italiaan. Hij zegt dat als we hem de tent niet *pronto* laten openen, hij geen zaken meer kan doen.'

'Weet hij wat er in zijn koelruimte ligt?'

'Public relations is mijn afdeling niet.' Mike kijkt om zich heen. 'Hij begon erover dat hij iemand aansprakelijk wilde stellen. Ik heb hem jouw nummer gegeven.'

Grinnikend loop ik naar de trap.

'En, hoe is het met je blauwe plekken?' vraagt Mike.

Mijn hand gaat naar mijn maag, de plek waar Lemtovs bodyguard me heeft geraakt. Pijnlijk, zeg ik, maar ik overleef het wel. Mike geeft me enige adviezen over de behandeling van inwendige kneuzingen, dagelijks werk bij de politie, maar terwijl we verdergaan krijg ik het gevoel dat hij meer aan zijn hoofd heeft dan mijn gezondheidstoestand. Halverwege de trap komt hij er eindelijk mee voor de dag.

'Waarom heb je me nooit het hele verhaal verteld over die jongen van Martinez, die hippie?' Hij blijft voor me uit naar beneden lopen. Bij de overloop gekomen blijft hij staan, een hand aan de leuning, en kijkt me aan. 'Heb je de vraag niet verstaan, Sam, of denk je er nog over na?'

'Welk hele verhaal?'
'Hoe de vader van die jongen is overleden in Afghanistan. De vader die toevallig de leiding had over het medisch team waar Sarah deel van uitmaakte.'
Ik merk, enigszins naïef, op dat ik niet zie wat het probleem is.
'Het zou een groot probleem kunnen zijn,' zegt Mike. 'Als die jongen Hatanaka de schuld geeft, omdat die de reddingsactie van de gijzelaars heeft verknald waarbij zijn vader om het leven kwam.'
'Dat is niet zo.'
'Heb je het hem gevraagd?'
'Nee.'
Hij zwijgt even. Ik voel de volgende vraag aankomen en bereid me erop voor. Dan komt hij.
'Heb je het ooit aan Rachel gevraagd?'
Ik geef geen antwoord. Mike zuigt zijn wangen vol lucht, die hij vervolgens uitblaast. 'Ik laat die Martinez nog een keer komen. En als ik niet tevreden ben over wat hij me ditmaal vertelt, zal ik misschien ook met Rachel moeten spreken.'
Daar ben ik bepaald niet blij mee. Maar gezien de omstandigheden heeft Mike dit zo goed behandeld als hij kon. Eerlijk en volkomen openhartig tegenover mij. Nu we naar de zaal lopen voel ik echter dat hij me uit een ooghoek aankijkt. Niet zozeer kwaad op me maar plotseling, en min of meer tot zijn eigen verbazing, aan het twijfelen gebracht.
In de zaal verstomt het gepraat, gedelegeerden die van hun plaats zijn weggewandeld haasten zich om hun stoel weer op te zoeken. Mike praat even met de bewakers die ons de twee lege stoelen naast de loge van de NGO-waarnemers wijzen. Mike gaat zitten en knoopt zijn jasje los; ik vang een glimp op van de leren holster onder zijn arm.
'Ik heb Dieter gevraagd om Patrick na te trekken,' zeg ik fluisterend, terwijl ik me op de stoel naast die van hem laat zakken. 'Hij zei: misschien volgende week.'
'Die vent heeft het lef niet om O'Conner te confronteren. Volgende week niet. En volgend jaar ook niet.'

Ik ben er echter zeker van dat Mike Dieter verkeerd inschat. Nu ik er nog eens over nadenk bewijst de ontmoeting die ik eerder vandaag met Dieter had, maar één ding: dat we geen echte bewijzen tegen Patrick hebben. Ik weet zeker dat, als we iets concreets hadden, Dieter zonder meer in actie zou komen.
Op het podium wordt met een voorzittershamer geklopt: het lijkt erop dat we juist op tijd zijn gekomen. De secretaris-generaal neemt plaats op de verhoging rechts van ons en het rumoer sterft weg; er valt een stilte terwijl hij de zaal overziet. Caesar voor de senaat. Lincoln in Gettysburg. Als geboren showman laat hij het moment even voortduren, met zijn armen over elkaar geslagen en zijn kin vooruitgestoken. Zwijgende kracht schijnt voor deze dag de pr-strategie te zijn. Dan begint hij zijn toespraak en meteen vanaf het begin is die bedroevend slecht. Zijn stem verheft zich op de verkeerde momenten. Hij maakt overdreven gebaren. Hij weidt uit over drie of vier abstracte onderwerpen zonder adem te halen, voortdurend wiebelt hij op de ballen van zijn voeten heen en weer. Het was lady Nicola die me erop attent maakte dat er sinds de inwijding geen enkele grootse toespraak is gehouden vanaf het voornaamste podium van de Verenigde Naties. We hebben Chroesjtsjov gehad die met zijn schoen op tafel timmerde, belovend het Westen te begraven, en Castro die er urenlang stond te oreren, maar dit in wezen zo belangrijke forum moet zijn Pericles nog vinden en de toespraak die we nu uit de mond van de secretaris-generaal horen vormt zeker geen uitzondering op de schamele voorgangers. Loodzware gemeenplaatsen tuimelen over elkaar heen als waardeloze producten van een op hol geslagen lopende band. Het is echt geestdodend en verschrikkelijk.
Mike stoot me aan, wijzend naar de stapel die op mijn schoot ligt, de paperassen uit de bibliotheek. 'Laat eens kijken.'
Ik kijk snel om me heen. Aller ogen zijn op de SG gericht. 'Lemtov heeft drie jaar geleden een door de VN gesponsorde conferentie in Basel bijgewoond,' fluister ik. Ik schuif het lintje van mijn stapel en geef vier mappen aan Mike. 'Ergens hierin moet te vinden zijn welke. Misschien wat hij er nog meer deed.'

'Basel,' zegt Mike. 'Hatanaka's reis?'
Ik tik op de dossiers. 'Schiet nu maar op,' zeg ik.
Een kwartier later is de toespraak van de SG nog steeds gaande en zijn Mike en ik nog steeds aan het lezen. Conferenties, preconferentie-conferenties, conferenties na afloop, conferenties over klimaatveranderingen, conferenties over hulp. Ik heb door de jaren heen een groot aantal van deze praatfestijnen bijgewoond, maar het aantal en de reeks onderwerpen die in deze dossiers worden vermeld zijn uiterst lachwekkend. Naast me heeft Mike afwisselend gesnoven en gekreund bij het omslaan van elke pagina. Nu klinkt er applaus en wanneer we opkijken, zien we de SG van het podium stappen. Het applaus is matig; iedereen is opgelucht vanwege de ongebruikelijke kortheid van de speech.
'Godzijdank,' mompelt Mike en hij recht zijn rug.
Dan vervangt de voorzitter van de vergadering, de man die de gang van zaken bij de stemming zal begeleiden, de secretaris-generaal op het podium. We worden niet gespaard. Enkele minuten later is de voorzitter aan zijn eigen toespraak begonnen.
'Iets gevonden?' fluistert Mike.
Ik schud mijn hoofd. 'Jij?'
'Ja-ha.'
De toespraak gaat door. Wij buigen ons weer over de dossiers.
'De wereld analyseren', zo beschreef Sarah de conferenties die ik soms verplicht moest bijwonen, en geleidelijk aan begon ik een stevige kern van waarheid in die uitspraak te erkennen. Zwermen duurbetaalde figuren die in vijfsterrencomfort bijeenkwamen om de nieuwste symptomen van de lijdende patiënt te bespreken, de talloze kwesties van het moment – analfabetisme, aids, vluchtelingen – en hun goede bedoelingen uit te wisselen alvorens hun ruime onkostenvergoeding te incasseren en naar huis te vliegen. Nu ik dertien jaar lang op de voorste rij heb gezeten bij dit hele circus, ben ik moe geworden van de eindeloze rampenprognoses, de 'handel nu of morgen vergaat de wereld'-brigade. Maar wat ik tegen Sarah gezegd heb, en waarvan ik nog steeds geloof dat het waar is, is dat niet elke door de VN gesponsorde conferentie hetzelfde is. Wanneer ik het dossier doorkijk dat geopend op mijn knieën

ligt, zie ik tussen de enorme hoeveelheid nutteloze bijeenkomsten zo nu en dan een prachtig voorbeeld van een gebeurtenis die zeker de moeite waard was. Een conferentie, bijvoorbeeld, om het Internationale Hof voor de Mensenrechten weer in te stellen. Die vond, zag ik, niet plaats in Basel.

Wanneer ik een verandering hoor in de stem van de voorzitter, hef ik mijn hoofd op. Hij is bijna aan het einde van zijn toespraak gekomen en hij besluit met een dringende oproep aan de stemgerechtigde gedelegeerden. Een golf van applaus klinkt door de zaal. Dan wordt het stil. Het is zover.

'Sam?' fluistert Mike.

Ik hef snel mijn hand op: wacht. Het enige moment in mijn loopbaan waarop ik werkelijk geschiedenis zal zien maken. Mijn enige kans om het Parlement der Mensheid boven zijn gebruikelijke en alledaagse gekibbel te zien uitstijgen om een beslissing te nemen die er werkelijk toe doet. Mijn blik is gefixeerd op het enorme, elektronische scorebord dat achter het podium is opgehangen. Wanneer de 185 ambassadeurs hun stemknop hebben ingedrukt, zal het resultaat daarop te zien zijn. Ja, nee, of een onthouding.

De voorzitter leest het officiële voorstel tot wijziging van de samenstelling van de Veiligheidsraad voor, de toetreding van Japan als permanent lid. Dan verklaart hij dat de stemming kan beginnen. Een geritsel als van wind door dorre bladeren gaat door de zaal wanneer de ambassadeurs hun stem uitbrengen. Jaren van moeizame diplomatieke onderhandelingen worden teruggebracht tot momenten. Halverwege de zaal worden plotseling boze stemmen hoorbaar; een van de Afrikaanse delegaties heeft blijkbaar gezien dat hun ambassadeur de wijze waarop hun land wilde stemmen heeft veranderd. Vanaf het podium roept de voorzitter hen tot de orde.

'Alle stemmen zijn geregistreerd,' kondigt hij luidkeels aan. Daarna draait hij zich om en kijkt naar het bord. Plotseling verschijnen de getallen.

Voor: 72.

Tegen: 79.

Aantal onthoudingen: 34.
De nee-stemmers hebben gewonnen. De Japanners krijgen geen permanente zetel in de Veiligheidsraad.
Een seconde lang blijft het stil.
Dan begint iemand, een eenzame stem, te juichen. Anderen sluiten zich bij hem aan, daarna volgt applaus. De helft van de delegaties staat op, mensen omarmen elkaar en steken hun vuist in de lucht, hun gezichten stralen door de overwinning. De hele Amerikaanse delegatie blijft zitten. Ze praten niet met elkaar en evenmin met iemand anders. Bruckner staart naar het bord met de uitslag alsof hij de aankondiging leest van zijn eigen politieke val. Jennifer zit met haar hoofd in haar handen. Helemaal voorin zijn de Japanners als één man opgestaan en begeven zich nu achter hun leider, Bunzo Asahaki, aan naar de uitgang. Hij wil in het openbaar geen gezichtsverlies lijden en ziet daarom af van het wachten op de officiële verklaring.
Dan valt mijn blik op Patrick. Tot dit moment voor mij onzichtbaar, is hij nu van de andere kant van het podium komen aanlopen. Zijn gezicht is als een masker. Hij staart naar de feestende delegaties terwijl de voorzitter de officiële uitslag aankondigt. Onmiddellijk stapt de secretaris-generaal van het podium en loopt vlak langs Patrick zonder hem ook maar een blik waardig te keuren. Een onheus gebaar, en Patrick ziet het. Zijn gezicht gloeit van gêne en woede. Hij is gekwetst, denk ik. Patrick O'-Conner voelt zich gekwetst en ik ben er blij om.
'Sam,' zegt Mike, aan mijn mouw trekkend. Dan laat hij me de aan elkaar geniete bladzijden zien, wat hij heeft gevonden. 'Deze was in Basel,' zegt hij rustig. 'En dat is hem, nietwaar?' Zijn vinger blijft steken bij een naam. De heer Y. Lemtov, vertegenwoordiger van de Russische Federatie.
'Dat is hem,' zeg ik instemmend.
'En deze?' Mikes vinger glijdt langs de lijst tot hij bij een andere naam komt. De heer P. O'Conner.
'Hier is het goede nieuws,' zegt Mike, omslaand naar de titelpagina.
Wanneer ik die lees, valt mijn mond open. Mike maakt een of

ander sluw grapje over mondiaal denken maar lokaal handelen. Daarna blijven we te midden van het tumult van de feestviering en de betuigingen van deelneming na de stemming zitten, twee eenzame reizigers, gestrand na onze eigen privé-schipbreuk. We staren allebei naar wat Mike heeft gevonden.
Witwassen van geld, zegt de titel. Het internationale perspectief. Een door de VN gesponsorde conferentie, bijgewoond door Yuri Lemtov en Patrick O'Conner.
'Iets om over na te denken,' is Mikes droge commentaar.
Voor ik zelfs maar kan beginnen mijn gedachten te ordenen verschijnt Patrick vlak voor ons. Mike klapt het dossier dicht.
'Heb je nu je zin?' vraagt Patrick, over me heen leunend, zijn gezicht nog steeds rood aangelopen van kwaadheid.
'De stemming is voorbij,' zeg ik en ik sta op. Ik zeg tegen Patrick dat ik naar boven ga om Rachel te halen.
'Nee, nog niet. Je bent in de zijkamer ontboden.' Patrick gebaart naar de verste uitgang, waardoor Bruckner en lady Nicola verdwijnen. De Franse ambassadeur, Froissart, spoedt zich achter hen aan. 'En wanneer je jezelf en je belachelijke onderzoek aan hen hebt uitgelegd, kun je naar boven komen en het aan mij uitleggen.'
'Geef Mike dan de opdracht, dan kan hij ervoor zorgen dat Weyland Rachel laat gaan.'
Patrick draait zich om. 'Dit is je opdracht, Mike. Als je de dochter van Windrush vrijlaat vóór deze klootzak naar mijn kantoor komt, ben je ontslagen.' Met dit laatste schot draait Patrick zich op zijn hakken om en hij loopt weg.
'Die man is gefrustreerd,' merkt Mike zachtjes op. 'Wanneer hij is afgekoeld zal hij haar laten gaan. Ze is waarschijnlijk al weg voor jij klaar bent met wat je in de zijkamer moet doen.' Hij pakt de stapeltjes bij elkaar en geeft mij de bladzijden over de 'witwassen van geld'-conferentie in Basel. 'Neem jij dit mee. Ik zal de rest terugbrengen naar de bibliotheek.' Dan richt hij zijn ogen op iets achter mijn rug, en ik kijk om.
Lemtov. Hij daalt de trap af, in gesprek verwikkeld met de oude, maar onbedwingbare figuur van de Tunku. De Tunku, de voor-

zitter van de VN-hoofdkwartier Commissie, Turtle Bays voornaamste problemenmaker en lastpost. Ze blijven geconcentreerd op hun privé-gesprek terwijl ze naar de uitgang lopen. Lemtov en de Tunku. Geen combinatie die me bevalt, en aan zijn gezicht te zien voelt Mike hetzelfde.

'Ze is vrij tegen de tijd dat jij daar klaar bent,' zegt hij, de dossiers onder zijn arm schuivend. Voor hij zich in de stroom afgevaardigden stort, voegt hij me een paar onwaarschijnlijke woorden toe ter aanmoediging. 'Geef ze van katoen.'

29

Er begint zich snel een rokerige mist te vormen wanneer ik de zijkamer van de Veiligheidsraad binnenkom. Ik doe de deur achter me dicht en draai me om. De mensen die me aan weerszijden van de tafel begroeten, kijken ernstig. Opnieuw de vijf permanente ambassadeurs, ieder met één handlanger. Lemtov is er. Jennifer is de assistente van Bruckner. Naar de blikken te oordelen wordt dit geen vriendelijke ondervraging. Wanneer ik naar lady Nicola knik, erop vertrouwend dat ik althans uit die hoek enige menselijke sympathie kan verwachten, ontvang ik een beslist ijzige blik. Ze wijst naar de lege stoel aan het eind van de tafel.

'Wanneer u zover bent, meneer Windrush.'

O, god, denk ik. De atmosfeer lijkt zwaarder te worden, alsof de collectieve woede die zich in het vertrek heeft verzameld een richtpunt heeft gevonden. Ik trek de stoel naar me toe en zet me schrap. Mijn rol hier is me nu overduidelijk. Ik ben de zondebok.

'Wilt u ons vertellen,' vraagt Froissart, gebarend met zijn sigaret zodat de rook omhoogkringelt, 'dat ambassadeur Asahaki speciaal gezant Hatanaka heeft vermoord?'

'Dat weet ik niet,' antwoord ik.

Hij kreunt. Goedkoop, theatraal.

'Het zou kunnen helpen,' zeg ik rustig tegen hem, 'als ambassadeur Asahaki tijd kon vinden om bij me te komen voor een gesprek, nu hij is teruggekeerd.'

'Uw onderzoek is incompetent geweest.'

'Ik ben het daar niet mee eens.'

'Hierin sta ik niet alleen, meneer Windrush.' Froissart kijkt de tafel rond. Niemand maakt tegenwerpingen. Daarna gaat hij over op het Frans, hij maakt algemene opmerkingen over mijn onbekwaamheid en ik voel dat mijn temperatuur begint te stijgen. Wanneer hij het woord *imbécile* uit, vliegt die omhoog.

'Wat?' Ik schiet uit mijn stoel omhoog, niet in staat me te beheersen.

Lady Nicola komt tussenbeide. 'De raad heeft een aantal vragen aan u te stellen. U zult ruimschoots de gelegenheid krijgen om uw optreden te verklaren, dat verzeker ik u.'

Als enige van de aanwezigen om de tafel houdt Jennifer haar gezicht afgewend. Met haar voorhoofd op één hand steunend krabbelt ze op haar blocnote.

Ga hiervandaan, denk ik. Ga hiervandaan, ga Rachel halen, en maak dan dat je wegkomt. Hier zit ik, in de zijkamer van de Veiligheidsraad, het heilige der heiligen van de internationale diplomatie, een instelling waaraan ik de beste jaren van mijn werkzame leven heb gegeven en ik voel geen respect, eerder afkeer. Lemtov vertrouw ik voor geen cent. Chou En vertegenwoordigt een regime dat waarschijnlijk een van zijn naaste medewerkers zonder omhaal heeft geëxecuteerd. Bruckner is alleen lid van de VN omdat hij daardoor kans maakt op een gouverneurschap, en Froissart is op de gebruikelijke, Gallische manier lichtgeraakt vanwege de gestadig onbelangrijker wordende rol die zijn land in de wereld speelt. Het ergst van alles is dat lady Nicola de stemming heeft aangevoeld en ermee tevreden schijnt om als voorzitter op te treden bij alle mogelijke afstraffingen die de anderen me willen toedienen.

Sta op, denk ik. Ga weg uit deze kafkaëske tempel.

Ik doe het natuurlijk niet. Omdat ik weet dat, als ik nu opsta en vertrek, er een eind gemaakt zal worden aan het onderzoek; zonder mijn bemoeienissen zal elke steun voor een gedegen onderzoek naar Toshio's dood opdrogen. De waarheid zal nooit worden onthuld. De meesten van hen zouden maar al te graag zien dat Patrick een streep zet onder de hele affaire, met een uitspraak van zelfmoord; minstens één van hen, denk ik, zou enorm opgelucht zijn. Maar ik ben niet van plan het zover te laten komen. Nu ik noodgedwongen teruggeworpen ben op mezelf, op de solide basis van mijn eigen ik, besef ik dat Patrick aldoor gelijk heeft gehad: ik bén net van de *Mayflower* gestapt. Evenals de eerste kolonisten blijf ik, ondanks alle mogelijke aanvallen op mijn vertrouwen, een gelovige, een zoeker naar die nieuwe wereld waar waarheid en gerechtigheid uiteindelijk de overhand zullen krijgen. Een wereld waarin een achttienjarig meisje niet als gijzelaar wordt gebruikt, waar de moord op een goede man niet slechts een ongelegen komende politieke daad is, maar een offer, groot genoeg om de hemel te laten huilen. Ik wil wat ik wilde toen ik pas naar Turtle Bay was gekomen: de droom van de wijzen, een eerlijke, rechtvaardige wereld. En ik zie nu wat ik denk dat Toshio altijd al heeft geweten: dat het pad dat door de zijkamer van de Veiligheidsraad loopt, ons daar nooit heen zal leiden.

Daarom sta ik niet op om weg te gaan. Daarom sla ik mijn armen over elkaar en blijf zwijgen wanneer Chou En, de Chinese ambassadeur, de draad oppakt waar Froissart die heeft losgelaten, en zijn gal spuwt.

Na een paar minuten te zijn bestookt door het Chinees-Franse team van aanklagers, met zo nu en dan een onderbreking door de Engelsen in de gedaante van lady Nicola, leunt Lemtov met zijn grote lichaam naar voren. Omdat hij de Engelse taal zo voortreffelijk beheerst is hij kennelijk door zijn ambassadeur afgevaardigd om me het pak slaag te geven dat ik van Moedertje Rusland verdien. Lemtov laat zijn beide armen op de tafel rusten.

'Is het waar dat u een onderzoek hebt ingesteld naar Wang Po Lin?'

'Onder anderen.'

'En wat bent u te weten gekomen?'

'Het was niet overtuigend,' zeg ik, verbaasd door deze wending. Chou En houdt zijn hoofd schuin, hij weet blijkbaar ook niet of hij dit prettig moet vinden. Maar Lemtov geeft hem geen kans om te interrumperen.

'Is het waar dat er bewijzen zijn gevonden dat Po Lin de Verenigde Naties oplichtte?'

Er breekt een aardbeving los. De zware, grenen tafel schuift opzij wanneer Chou En overeind springt, over de tafel naar Lemtov wijst en hem hekelt in zeer slecht Engels. Onbekommerd kijkt

Lemtov me aan en trekt daarbij één wenkbrauw op; het klopt wat hij me verteld heeft. Po Lin is absoluut tegen de muur gezet. Wanneer lady Nicola Chou En er eindelijk van overtuigd heeft dat hij weer moet gaan zitten, probeert ze de man te kalmeren door hem aan te bieden mij nog een vraag te stellen. Hij wijst het aanbod af en blijft broeierig zwijgen. Dan wendt lady Nicola zich tot Bruckner.

'Excellentie?'

Met een knikje in mijn richting raakt Bruckner Jennifers arm aan. Ze slaat haar ogen op van haar blocnote en tuit haar lippen.

Nee, denk ik. Alsjeblieft niet.

Ze aarzelt, dat moet ik haar nageven. Jennifer Dale aarzelt. Het duurt echter slechts een seconde, dan legt ze de papieren voor haar op tafel recht, vermant zich en kijkt me aan. Al mijn inwendige organen lijken ineen te krimpen. Plotseling moet ik denken aan Myra Barclay, een studente aan de Universiteit van Columbia, die getuige was voor het OM toen professor Cranbourne Jennifer uitnodigde om het kruisverhoor af te nemen. Myra verliet de zitting in tranen en een week later gaf ze haar rechtenstudie op. Cranbourne gaf Jennifer een goede aantekening.

'Meneer Windrush,' begint Jennifer onmiddellijk, 'we zijn er niet van overtuigd dat uw onderzoek krachtdadig en met begrip voor de omstandigheden heeft plaatsgevonden. Wilt u daar iets op zeggen?'

'Nee.'

'U hebt de stemming bijgewoond?'

'Ja.'

'Totaal geen commentaar?'

'Nee.'

'Vindt u niet dat het secretariaat de Japanse delegatie een excuus verschuldigd is?'

'U bedoelt?'

'Ex-cuus,' zegt ze langzaam, een uiting van onbeholpen sarcasme die door een glimlachende Froissart op prijs wordt gesteld.

Met een strak gezicht vraag ik Jennifer: 'Een excuus waarvoor?'

'U bent niet dom, meneer Windrush.'

'Dat begin ik me af te vragen.'
Jennifer slaat even haar ogen neer, het enige teken dat ze mijn opmerking als iets persoonlijks opvat. Niemand anders schijnt het te merken.
'Er zijn door uw mensen ongegronde beschuldigingen geuit tegen ambassadeur Asahaki,' vervolgt ze. 'Ernstige beschuldigingen. En u hebt hem niet de mogelijkheid geboden erop te reageren.'
'Dat is niet waar. Ik heb de ambassadeur uitgenodigd een paar vragen te beantwoorden. Zijn reactie was het eerstvolgende vliegtuig naar Tokyo te nemen. Dat was zijn keuze, niet de mijne.'
'U gelooft dat hij eerlijk behandeld is?'
'Gezien de omstandigheden, ja.'
'U hebt er geen spijt van?'
'Ik betreur het dat hij er de voorkeur aan gaf te vertrekken, als u dat bedoelt.'
Ze kijkt me strak aan. 'Dat bedoelde ik niet.'
Hard en dwingend. Een slappeling heeft een eerlijke kans bij haar. Haar inquisitiemethode is sinds de universiteit niet veranderd, een besef dat een kort, minachtend lachje op mijn gezicht teweegbrengt.
'Vindt u deze situatie grappig, meneer Windrush?'
Bij deze goedkope uitval kijken we elkaar langdurig aan. Ten slotte kijkt ze naar haar papieren.
'U hebt geen enkel verband kunnen vinden tussen de dood van Hatanaka en deze fraude waarvan u beweert dat ambassadeur Asahaki die zou hebben gepleegd, zo is het toch?'
'Beweringen,' val ik haar in de rede, 'op basis van degelijk materieel bewijs.'
'Dat de Veiligheidsraad niet heeft gezien.'
'De Veiligheidsraad is geen gerechtshof.' Ik wend me naar de andere mensen rond de tafel, ik ben me ervan bewust dat ik hier te maken heb met heel grote en lichtgeraakte ego's. Me ervan bewust dat ik een zekere mate van respect zal moeten tonen. 'Hoort u eens, ik beweer niet dat alles volmaakt verlopen is, maar gezien

de situatie waarin we ons geplaatst zagen hebben we het niet zo slecht gedaan. Zoals ik het beschouw, is het mijn taak Hatanaka's moordenaar te vinden. Het is niet mijn taak de hele Algemene Vergadering te vriend te houden. Mijn werk is Toshio's moordenaar te vinden. Dat is wat ik probeer te doen. En ik doe het zo goed als ik kan en ik geloof niet dat ik me daarvoor hoef te verontschuldigen.'

De mensen om de tafel blijven grimmig kijken. Na het debacle van de stemming is geen van de aanwezigen in de stemming voor een redelijk debat.

'Dus u hebt geen spijt,' blijft Jennifer aandringen.

Ik vertel haar, op zorgvuldig afgemeten toon, dat ik niet geloof dat er iets is waar ik spijt van moet hebben.

'Zoals gewoonlijk kan het secretariaat niets verkeerds doen?'

'Zoals gewoonlijk, mevrouw Dale, heeft het secretariaat een bijzonder moeilijke taak uit te voeren en bijzonder beperkte middelen tot zijn beschikking.'

Ze kijkt naar me alsof ze de loop van een geweer op me richt. 'Als u de taak niet aankunt, zou u misschien moeten overwegen terug te treden.'

'Dat denk ik niet,' zeg ik.

'Nee?'

'Nee.' Daarna vraag ik haar – en daarmee aan iedereen die aan de tafel zit – of ze artikel 100 van het VN-handvest vergeten is. 'Of gelooft u niet dat dat hier van toepassing is? Denkt u dat u een speciale immuniteit bezit?'

'Meneer Windrush...'

Ik overstem haar en citeer: '"Elk lid van de Verenigde Naties zal het exclusieve, internationale karakter van de verantwoordelijkheden van de secretaris-generaal en diens medewerkers respecteren en niet proberen hen te beïnvloeden bij het vervullen van hun verantwoordelijkheden." Elk lid,' herhaal ik. 'En voorzover ik weet zijn de Verenigde Staten dit jaar nog steeds lid. Ondanks het feit dat de contributie voor dit jaar nog niet is voldaan.'

Een stoot onder de gordel waardoor Bruckner ineenkrimpt. De

Russische ambassadeur glimlacht boven zijn aantekeningen, maar lady Nicola haakt onmiddellijk in op het citaat.
'U suggereert toch niet dat de Veiligheidsraad onjuist heeft gehandeld?'
Dat is natuurlijk precies wat ik doe. In tegenspraak met hun verplichtingen volgens het handvest proberen ze me onder druk te zetten. Maar ik ben lang genoeg bureaucraat in Turtle Bay om een grens te herkennen die in het zand wordt getrokken.
'Dat suggereer ik helemaal niet. Ik wilde u er slechts op opmerkzaam maken dat deze hele kwestie niet gemakkelijk is geweest. Die was buitengewoon moeilijk. Moeilijk voor iedereen.'
Lady Nicola knikt, gedeeltelijk tevredengesteld, alsof ik een concessie heb gedaan. Jennifer ritselt echter slechts met haar papieren. Ik kan niet de enige zijn die haar hoort mompelen: 'Onzin.'
Dan heft Jennifer haar hoofd op. 'U bent zo geïnteresseerd in artikel 100, meneer Windrush. Herinnert u zich toevallig ook de eerste paragraaf?' Voor ik antwoord kan geven leest ze die hardop voor van haar notitieblok. '"Bij het vervullen van hun taken zullen de secretaris-generaal en diens medewerkers geen instructies vragen of ontvangen van enige regering of enige andere autoriteit buiten de Organisatie. Zij zullen afzien van elke actie die invloed zou kunnen hebben op hun positie van internationaal functionaris die alleen verantwoordelijk is ten opzichte van de Organisatie."'
'Die is me bekend,' zeg ik en ik denk na. Dat had ze voorbereid, waar moet dit naartoe?
'Werkelijk? U verbaast me.'
Artikel 100 wordt erin gehamerd bij iedereen in het secretariaat als de Tien Geboden binnen onze wereld. Het zou haar moeten verbazen als ik dat niet wist, en dat zeg ik ook.
'Wat me verbaasde was uw brutaliteit,' zegt ze.
Bruckner knikt instemmend; hij lijkt tevreden over de manier waarop zijn protégee me aanpakt. Ik ben getroffen, dat is logisch, maar nog veel meer verbijsterd. Brutaliteit?
'U bent ermee bekend,' zegt Jennifer. 'Ik neem aan dat u weet wat het betekent. Toch zit u hier – uw onderzoek is, eerlijk ge-

zegd, een puinhoop, en u hebt de brutaliteit om artikel 100 tegenover ons te citeren? Na het onderzoek dat u hebt geleid? Het verbaast me dat u bereid bent toe te geven dat u ook maar vluchtig bekend bent met die speciale paragraaf van het handvest, meneer Windrush.'

Haar blik is direct en beschuldigend. Mijn maag krimpt plotseling ineen en mijn hart begint sneller te kloppen. Omdat ik eindelijk de onuitgesproken boodschap heb begrepen. Ze vertelt me dat mijn positie gecompromitteerd is, en ze heeft gelijk, dat is zo. Door Patrick O'Conner. Door de druk die hij op me heeft uitgeoefend door middel van Rachels arrestatie. Maar is wat Patrick wilde – de terugkeer van Asahaki – dan niet wat zij ook wilde? En hoe is het in godsnaam mogelijk dat ze weet wat er tussen mij en Patrick gaande is?

'Kunt u in alle eerlijkheid zeggen dat het secretariaat dit onderzoek onpartijdig heeft uitgevoerd?' vraagt ze me.

'Ja.' Alsof ik iets anders zou kunnen zeggen.

'Er is volledig en eerlijk gebruikgemaakt van alle informatie die u in handen kreeg?'

'Ja.'

'Alle mogelijkheden zijn onderzocht?'

'Ik begrijp niet waar u naartoe wilt.'

'Laat me het u dan uitleggen.' Ze vouwt haar handen voor zich op tafel. Aller ogen zijn nu op haar gericht; de vasthoudendheid en Jennifers agressieve aanval op mij schijnt iedereen, behalve Bruckner, te verbazen. Ze hebben me hier ontboden om hun gal te spuwen, om de hond te schoppen, maar Jennifer heeft de boventoon gevoerd. Als ik niet beter wist zou ik zeggen dat ze op mijn baan uit is. 'Hebt u,' vraagt ze me nu, 'tijdens uw onderzoek nagelaten een verdachte te verhoren, omdat u meende dat een dergelijk verhoor onverstandig zou zijn?'

De lucht lijkt zwaar te worden. Een ogenblik weigert mijn mond zich te openen. Zonder namen te noemen heeft ze een manier gevonden om me te vragen of ik een deel van mijn onderzoek heb afgezwakt. En dat heb ik, voorzover het deel naar Patrick leidde. Wat mijn baas betreft, beschuldigt ze me ervan dat ik tegen de

geest van het handvest in heb gehandeld, zegt ze dat ik opzettelijk gas teruggenomen heb.
'Ik versta u niet?' zegt ze, met een hand aan haar oor.
God is mijn getuige, ik heb nog nooit een vrouw geslagen. Soms had ik ruzie met Sarah, maar dat was niet meer dan de gebruikelijke wrijving binnen een huwelijk, en die verdween even plotseling als ze was opgelaaid. Met Rachel zijn mijn ruzies deze afgelopen jaren dikwijls luidruchtig geweest, maar bij die gelegenheden was de kwaadheid altijd op mij gericht. Wat ik op dit moment voel is echter iets heel anders. Ik ben niet gewoon kwaad. Het bloed gonst in mijn oren en ik sluit mijn ogen. Mijn dochter wordt in gijzeling gehouden. En deze vrouw, met wie ik minder dan twee dagen geleden naar bed ben geweest, rijgt me aan het spit, roostert me ten overstaan van dit selecte gezelschap, omdat ik de misdaad heb begaan niet het vuur te openen op de man die mijn dochter in zijn macht heeft. Inwendig zie ik het: ik sla Jennifer Dale. Hard.
'Nee,' zeg ik, wanneer ik ten slotte mijn ogen opendoe.
'U bedoelt,' zegt ze, haar eigen juridische gevolgtrekking makend uit mijn antwoord, 'dat u het ondervragen van een bepaalde verdachte hebt nagelaten om een andere reden?'
'Ik bedoel dat u niet weet waar u over praat.'
'Nou, een van ons weet dat in elk geval niet.'
Haar grapje ontlokt een instemmend gesnuif ergens aan de tafel.
Ik voel me op dit moment ongeveer vijf centimeter groot.
Ik word gered door een klopje op de deur. Alfonso Hernandez, ondersecretaris-generaal voor Politieke Zaken, de nieuwe beste vriend van de SG sinds Patrick uit de gratie is geraakt, steekt zijn hoofd om de deur en deelt de permanente vijf mee dat de SG hen uitnodigt naar de 37e verdieping te komen voor een drankje en een informele nabeschouwing over de stemming. De SG, zegt hij, kan hen ontvangen wanneer ze zover zijn. Wanneer lady Nicola hem bedankt, werpt Alfonso een snelle blik op mij: de tweede man onder Patrick in conflict met de raad. De zak grinnikt tegen me, daarna trekt hij zich terug.
'U kunt gaan, meneer Windrush,' zegt lady Nicola en ze staat op.
'Maar ik vertrouw erop dat we in staat zijn geweest te benadruk-

ken dat de ernst waarmee u uw onderzoek voortzet, gevolgd zal worden door de Raad. Mochten we het nodig achten om u weer te laten komen, dan zullen we dat zeker doen, dat kan ik u verzekeren.'
Ze wacht niet op antwoord. Er wordt met stoelen geschoven, iedereen staat op. Blocnotes worden opgepakt en jasjes dichtgeknoopt terwijl de ambassadeurs hun collega's raadplegen. Ik ben me er pijnlijk van bewust dat ik word weggestuurd als een koppig kind. Jennifer bestudeert een lege bladzij van haar blocnote; ze slaat haar ogen niet op wanneer ik me rustig van mijn stoel laat glijden en vervolgens de deur uit loop.

Leeg. Mijn hoofd is leeg terwijl ik met grote stappen de zijkamer uit loop, slechts voortgestuwd door de vurige wens zo ver mogelijk bij dat vertrek vandaan te geraken. Dan wordt de leegte doorboord door een enkele roodoplichtende stip die explodeert en ik zie duizend rode stippen voor mijn ogen dansen. Hoe kon ze me dat aandoen? En waarom? Alleen om Bruckner tevreden te stellen? Of probeerde ze me haar karakter te tonen, te demonstreren dat geen enkele persoonlijke relatie tussen ons ooit haar carrière in de weg zal staan? Voor ik het weet, kom ik in het felle schijnsel van tv-lampen terecht. Een horde journalisten dringt naar voren, een bewegende muur van microfoons, stemmen die roepen om de eerste reactie van de permanente vijf op de uitslag van de stemming. Vragen worden me toegeschreeuwd voor ze beseffen dat ik feitelijk niemand ben. Ik draai me om en ga de weg terug die ik ben gekomen. En wanneer ik de volgende hoek omsla, loop ik Jennifer tegen het lijf. Ze wacht op Bruckner, die een eind verderop in de gang zachtjes met lady Nicola staat te praten, om hun verhaal op elkaar af te stemmen voor ze de pers ontmoeten. Ik loop langs Jennifer heen, maar daarna draai ik me om en loop terug.
'Je wordt bedankt,' zeg ik met opeengeklemde kaken.
Ze kijkt somber. 'Jij bent niet de enige die zijn werk moet doen, Sam.'
'Je hebt me vernederd. Waarom was dat? Voor je werk?'

'Schei toch uit.'
'Zal ik je eens wat zeggen? Je vond het lekker.'
'Jezus christus,' mompelt ze, achteromkijkend naar Bruckner en lady Nicola.
'Al die "u verbaast me"-flauwekul, vertel me niet dat Bruckner je dat heeft voorgekauwd. Dat was jij, Jennifer. Jij was aan het tapdansen op mijn reputatie. Op mij, godnogantoe.'
Ze kijkt me recht aan. 'Je bent twee dagen voor niets in New York aan het zoeken geweest, Sam. Voor niets, tijdverspilling, terwijl de steun voor Japan in elkaar stortte. Je bent bij de stemming geweest. Moet ik daar blij om zijn?'
'Daar kun je mij de schuld niet van geven.'
'Dan kan ik wel,' zegt ze. 'En dat doe ik ook.'
Ik kijk naar het tapijt, dat de kleur heeft van zeewier. Ik bijt op mijn lip. 'Dus. Niets van dit alles is persoonlijk.'
'Jij hebt de regels opgesteld,' zegt ze, verwijzend naar mijn toespraakje van twee dagen geleden in het Waldorfhotel. 'Het is nu een beetje laat om van gedachten te veranderen.'
'Je hebt me gebruikt, Jennifer. Eerst door te proberen in het geheim in mijn onderzoek te snuffelen. En nu' – ik wijs naar de zijkamer – 'om een paar punten te scoren bij je baas. En dan wil je me vertellen dat het niet om iets persoonlijks gaat?'
'Sam,' zegt ze en ze legt een hand op mijn arm. 'Luister naar me.'
Ik ben het luisterstadium allang voorbij. Ik schud haar hand af en ga naast haar staan. Bruckner en lady Nicola komen nu onze kant op, ze kijken allebei nieuwsgierig naar ons. Na de woordenwisseling in de zijkamer zijn ze uiteraard begrijpelijk verbaasd dat we nog met elkaar spreken. Ik buig me naar Jennifer toe, onze schouders raken elkaar bijna. Wanneer ik begin te fluisteren is dat zacht en verrassend gemeen.
'Wanneer je je een volgende keer weer eenzaam voelt: je hebt een groot, leeg bed tot je beschikking, haal erin wie je wilt.'
Wanneer ze opkijkt, zie ik een flits van schrik in haar ogen. Dan zeg ik het. En ik zeg het alsof ik het meen, en dat doe ik op dit moment ook werkelijk.
'Val dood.'

Ze krimpt in elkaar. Van een afstand gezien zijn we niets anders dan twee advocaten die rustig een gesprek voeren over het verschil in onze zakelijke opvattingen. Nu leg ik een hand op haar schouder en ik knik.

'Jennifer,' zeg ik kalm. 'Je kunt naar de hel lopen.'

30

Wanneer ik weer in het secretariaatsgebouw ben, loop ik regelrecht naar kamer 7 en Rachel. In de hal dreunt een radio, de sportverslaggever meldt de uitslag van een wedstrijd in Baltimore. Weyland is er niet, alleen diezelfde jongeman, de jeugdige bewaker van laatst, die met Rachel zat te kaarten. Op dit moment is hij alleen in de hal, de radio staat aan zijn voeten.
Achterdochtig kijkt hij op.
'Rachel?' roep ik en ik duw de deur van kamer 7 open.
'Weg,' zegt de jongen.
Mijn ogen nemen de kamer op. Het veldbed is weg. Op de tafel waar Rachels toiletspullen – zeep, tandenborstel, tandpasta, deodorant – netjes bij elkaar lagen, ligt niets. Alles is verdwenen. Mijn hart slaat een paar maal over. Patrick heeft haar vrijgelaten.
'Waarheen?' vraag ik, de hal weer in lopend. 'Heeft ze gezegd dat ze naar mijn kantoor ging? Of naar huis?'
'Ze ging niet naar huis, denk ik.'
Hij steekt zijn hand uit en zet de radio af. En wanneer ik vraag of Mike Jardine ergens in de buurt is, schudt de jongen zijn hoofd en zegt dat hij meneer Jardine de hele dag niet gezien heeft.
Ik neem een moment om tot rust te komen. Opluchting is een te zwak woord. En het gaat niet alleen om Rachel, want nu Rachel vrij is, ben ik opeens ook vrij. Als ik het zou willen kon ik nu naar buiten komen met het bewijsmateriaal van Interne Supervisie tegen Asahaki. Maar na de ontdekking dat Lemtov en Patrick gezamenlijk bij die conferentie over het witwassen van geld in Basel zijn geweest, wil ik niet overhaast handelen. We lijken hier iets te missen: of we zien het niet, of we interpreteren de feiten die we hebben niet goed. Steeds meer ben ik geneigd tot Mikes gezichtspunt: dat de drie leden van de Speciale Commissie een buitengewoon onwaarschijnlijk driespan vormen. Hebben twee van hen

samengewerkt? Misschien. Maar volgens mij is het meest aannemelijke dat Lemtov, de behendige politiek onderhandelaar met zijn onsmakelijke connecties in Brighton Beach, Po Lin of Asahaki heeft gemanipuleerd, op een manier die we nog moeten doorgronden. Via Patrick, vraag ik me af.

Dan hef ik mijn hoofd op. Wat zei die jongen ook weer? 'Je hebt Mike de hele dag niet gezien?'

'Nee.' Wanneer hij mijn gezicht ziet, laat hij er aarzelend op volgen: 'Is dat een probleem?'

'Wie heeft dan tegen Weyland gezegd dat Rachel weg mocht?' De jongen lijkt het niet te begrijpen, dus ik leg het hem uit. 'Weyland had de opdracht Rachel niet uit het oog te verliezen. Niet voor hij toestemming kreeg van Mike.'

'Dat heeft hij ook niet gedaan,' zegt de jongen.

Verdwaasd kijk ik kamer 7 in en daarna weer naar hem.

'Weyland is met haar meegegaan,' zegt hij, naar het eind van de hal wijzend. 'Vijf minuten geleden. Ik heb er geen idee van waar ze haar nu vasthouden.'

Waar ze haar nu vasthouden. Ik sta te wankelen op mijn benen. Zijn gezichtsuitdrukking verandert wanneer hij tegelijk met mij tot de ontdekking komt dat we elkaar verkeerd hebben begrepen. 'O,' zegt hij, 'u dacht...'

'Wie is er hier geweest?' vraag ik scherp, terwijl ik plotseling steken in mijn maag krijg en mijn opluchting overgaat in schrik. 'Wie heeft Weyland opdracht gegeven haar ergens anders heen te brengen? O'Conner?'

'Nee, Eckland.' Eckland, Mikes baas, het hoofd van de VN-beveiliging. Weyland had dus echt geen keus. Dan laat de jongen erop volgen: 'Alleen Eckland en een oude kerel. Niemand zei waar ze naartoe gingen.'

'Wat voor oude kerel?'

Hij schudt zijn hoofd, hij heeft de naam niet verstaan. 'Ik geloof dat ik heb gehoord dat Eckland hem ambassadeur noemde. Maar ik durf er niet op te zweren.'

Ambassadeur. Ik grijp een stoelleuning om me in evenwicht te houden. Een verdomde ambassadeur.

'Heb je hem niet herkend?'
'Nee.'
'Helemaal niet?'
De jongen vertelt me dat hij hier pas zes weken werkt. 'Die grote jongens, Bruckner en zo, die ken ik wel. Maar god, er zijn er honderden. Een kleine, oude, Aziatische man, ik bedoel, is er iemand die weet wie die lui allemaal zijn?'
Een worm van angst kruipt plotseling in mijn keel. Chou En, de Chinese ambassadeur? Of Asahaki? In een poging om kalm te blijven vraag ik de jongen om die man te beschrijven, die Aziatische ambassadeur.
'Klein,' zegt hij en dan, na even nadenken: 'Grijs haar. En zijn gezicht.' Hij trekt rimpels in zijn eigen gezicht om het me duidelijk te maken. 'U weet wel, als een gedroogde pruim.'
Dat is niet Chou En. En evenmin Asahaki. Dat is de man die ik nog geen twintig minuten geleden in een gefluisterd gesprek verwikkeld zag met Lemtov. Een gezicht als een gedroogde pruim. Of een walnoot. De man die mijn gevangengehouden dochter kwam halen om haar naar een nieuw onderkomen te brengen was die smerige kleine schoft, de Tunku.
De jongen biedt zwakjes aan: 'Ik kan proberen om meneer Jardine te vinden.'
Maar Mike, dat weet ik, kan me hier niet bij helpen. Ik laat de stoel los en draaf de hal door, op zoek naar Patrick.

Zijn deur staat open. Wanneer ik binnenkom staat Patrick, in hemdsmouwen, met zijn gezicht naar het raam, te prutsen aan zijn das en roept om zijn secretaresse.
'Leila!' roept hij. Dan kijkt hij om, ziet me en kijkt snel een andere kant op. 'Dat verdomde mens. Ik geef haar mijn jasje om af te borstelen, en ze verdwijnt.' Wanneer hij ten slotte zijn das heeft geknoopt kijkt hij me aan. 'Je zult nog even op die schop onder je kont moeten wachten. Ik moet naar boven.'
'Waar is Rachel?'
Hij beent naar de deur en steekt zijn hoofd naar buiten. 'Leila, jezus, waar zit je?'

'De stemming is voorbij. Er is geen reden om haar nog langer vast te houden.'
Patrick loopt terug naar zijn bureau en begint doelloos papieren en pennen te verplaatsen. Hij houdt zijn ogen neergeslagen. Wroeging. Spijt. Het zijn geen gevoelens die de man gewoonlijk toont, maar als ik me niet vergis, vertoont Patricks gedrag nu toch werkelijk een spoortje van verlegenheid.
Ik ga voor zijn bureau staan. 'De Tunku en Eckland zijn zojuist in kamer 7 geweest. Na de stemming. Ze hebben Rachel ergens anders naartoe gebracht.'
'Hmm?'
'Ik zou graag willen weten waar ze is.' Ik leun op zijn bureau, met mijn vingertoppen op het blad. 'En ik zou graag willen weten waarom.'
Hij blijft me een ogenblik aankijken, daarna loopt hij naar de zijdeur. Als hij Leila nu roept sla ik op tilt, dan loop ik om het bureau heen en neem die vent te grazen. Maar hij draait zich om, met een vreugdeloos lachje.
'Weet je wat zo grappig is, Sam, wat ik maar niet kan vergeten?' Met zijn duim wijst hij op zijn borst. 'Ik heb je hierop gezet. Ik. Godallemachtig, het zou eenvoudiger zijn geweest als ik mijn polsen had doorgesneden, dan was ik ervanaf geweest. Van dat zootje dat je ervan hebt gemaakt.'
Ik heb er dus een zootje van gemaakt. Ter wille van Rachel hou ik mijn mond.
Dan komt Leila, Patricks elegante, Indiase secretaresse, binnen en geeft hem zijn jasje. Hij trekt het aan, intussen Leila opdracht gevend de memo's van zijn dictafoon uit te typen. Leila voelt de spanning in de kamer, meevoelend trekt ze één wenkbrauw op in mijn richting terwijl ze de dictafoon pakt en zonder iets te zeggen verdwijnt.
'Verdomme, wat voor spelletje speel je, Patrick?'
Hij veegt een onzichtbaar pluisje van zijn mouw. 'Je probeerde de moord op Toshio te laten doorgaan voor zelfmoord terwijl je wist dat het niet waar was. Je hebt het onderzoek door Interne Supervisie naar Asahaki voor me verzwegen. Daarna neem je

verdomme mijn dochter in gijzeling en nu de stemming voorbij is probeer je nog steeds haar vast te houden?'
'Ik heb die stemming niet laten mislukken,' merkt hij ontwijkend en totaal niet terzake op. Hij loopt de deur uit; ik haal hem in bij de trap.
'Waar is Rachel?'
'Geen idee.'
'Onzin.'
Hij kijkt naar links, naar de lift, vervolgens naar rechts, naar de trap. Hij gaat rechtsaf, met zijn schouder duwt hij de deur naar het trappenhuis open. Hij is niet blij wanneer ik hem volg.
'Heb je een uitnodiging?' Een uitnodiging, bedoelt hij, van de SG. Patrick moet blijkbaar opdraven bij dezelfde informele bijeenkomst op de 37e verdieping als de vijf permanente ambassadeurs. Wanneer ik op die etage kom, zal een bewaker me beleefd maar beslist naar beneden terugsturen.
'Ik heb een goed verhaal,' zeg ik tegen Patrick terwijl we de trap op lopen. 'En als je me niet vertelt waar Rachel is, zal ik dat verhaal vertellen aan iedereen die het maar wil horen.'
'Dat ik Asahaki de hand boven het hoofd heb gehouden? Is dat je geweldige verhaal?'
'Waar is Rachel?'
'Nou, dat heb je ook mis. Jezus, wat heb je niet mis?'
'Je hebt haar zonder geldige reden vastgehouden. Alleen om mij in het gareel te houden. Na afloop van de stemming zou ze vrijgelaten worden.'
'Dat heb ik nooit gezegd.'
Ik pak hem bij zijn arm. Hij blijft een trede hoger dan ik stilstaan en kijkt om.
'Ze had de gelegenheid en het motief,' zegt hij, zijn arm losrukkend. 'En behalve jij gelooft niemand dat ze zonder reden is gearresteerd.'
'En wat is de Tunku verdomme, een sheriff? Jezus, Patrick. Dit is mijn dochter, ik laat dit niet over mijn kant gaan. Trouwens, waarom heb je verdomme de Tunku hierbij gehaald?'
'Dat heb ik ook niet gedaan.'

We kijken elkaar aan. Ten slotte gaat hij tegen de trapleuning hangen en slaakt een diepe zucht. 'Wat een klotedag,' mompelt hij, een hand naar zijn voorhoofd brengend. Daarna lijkt hij een besluit te hebben genomen, hij laat zijn hand weer zakken. 'Hoor eens, ze valt niet meer onder mijn gezag, nou goed? Je zult je vragen aan de Commissie van het Hoofdkwartier moeten stellen. Ik heb er niets meer mee te maken.'

De Commissie van het Hoofdkwartier. Waarvan de Tunku voorzitter is. Even ben ik te geschokt om iets te zeggen. 'Je hebt Rachel overgedragen aan de Commissie van het Hoofdkwartier?'

'Als jij had gedaan wat ik je gezegd heb...'

'Of Rachel wordt vrijgelaten of niet, dat is nu ter beoordeling aan de verdomde Tunku?'

'Oké,' zegt Patrick, 'dit is wat ik kan doen.'

Wanneer hij het me begint te vertellen kan ik niets anders doen dan hem aanstaren. Terwijl ik bezig was met mijn doctoraalstudie was ik verplicht de memoires te lezen van verscheidene ministers van Buitenlandse Zaken, en dat lezen genas me voorgoed van de opvatting dat ergens iemand weet wat er omgaat in de wereld van internationale zaken. Abstracte modellen van de werkelijkheid verdrongen altijd de instabiele en eigenzinnige wereld. Vredesplannen voor het Midden-Oosten kwamen veelvuldig voor. Nadat ik die boeken had gesloten bleef ik zitten met de verontrustende gedachte dat de buitenlandse politiek van het sterkste land van de wereld zo nu en dan werd bedreven met een opzettelijke blindheid die aan krankzinnigheid grensde.

Die verontrustende gedachte, dat er een zweem van opzettelijke blindheid aanwezig is in de hogere regionen van het politieke spel, die gedachte komt nu heel sterk bij me op terwijl ik hier in het trappenhuis naar Patrick O'Conner sta te luisteren. Hij verzekerde de SG dat de Japanners met gemak een zetel in de Veiligheidsraad zouden krijgen; hij had het mis. Hij arresteerde Rachel om mij onder de duim te houden, in de overtuiging dat Asahaki dan de Japanners veilig naar een permanente zetel in de raad zou loodsen: opnieuw mis. Weer een andere, treurige misvatting heeft hem gedwongen Rachel over te dragen aan de Commissie van het

Hoofdkwartier, en nu kan ik nauwelijks geloven dat ik hem de gecompliceerdheid van zijn volgende plannetje hoor uitleggen. Het schijnt dat hij er geen idee van heeft dat hij naast een man staat die hem met plezier van het dak van het gebouw zou gooien.
'Patrick,' val ik hem ten slotte in de rede, 'ik heb je hulp niet nodig, oké? Als jij haar niet gearresteerd had, zou dit niet gebeurd zijn.'
'Er waren redelijke gronden,' verklaart hij botweg. Hij lijkt zelfs verbaasd over mijn weigering. Daarna loopt hij, wanneer hij blijkbaar tot de conclusie komt dat ik niet van gedachten zal veranderen, verder de trap op. 'Als het je niet bevalt, dan neem je het maar op met de Commissie van het Hoofdkwartier.'
'Misschien neem ik het wel op met Lemtov.'
Patrick blijft staan. Langzaam keert hij zich naar me toe.
'Lemtov zit erachter, nietwaar?' zeg ik. Geen reactie van Patrick. 'Hij manipuleert de Tunku. Hij heeft de commissie zo ver gekregen dat ze het vuile werk voor hem opknappen. Daarom wordt Rachel nog steeds vastgehouden, omdat dat is wat Lemtov wil.'
Patrick fronst zijn voorhoofd. 'Waarom?'
'Om dezelfde reden dat jij haar wilt vasthouden. Om mij in bedwang te houden.'
Bij die woorden draait Patrick zijn hoofd om en hij vloekt.
'Waar is ze?' vraag ik nogmaals.
Hij herhaalt zijn onwaarschijnlijke verzekering dat hij het niet weet; zijn ogen dwalen omhoog, het trappenhuis in. 'Maar als je een goede reden hebt om Lemtov te beschuldigen, zal ik nadat ik boven ben geweest naar je kantoor komen om die aan te horen.'
Met andere woorden, hij wil erachter komen wat ik over Lemtov weet.
Ik klim een paar treden hoger en ga naast hem staan. 'Jij zult me vertellen waar Rachel is. Want als je het niet doet, ga ik naar Interne Supervisie. Dan zal ik Dieter en Pascal vertellen dat ze wel eens iets interessants zouden kunnen vinden als ze bepaalde vragen stellen over een zekere conferentie in Basel van drie jaar geleden.'

Dat treft doel. Hij mompelt iets.
'Ja, dat klopt,' zeg ik. 'Jij en Lemtov.'
Patrick blijft me aankijken. Wat probeert hij in te schatten? Hoeveel ik weet? Of mijn dreigement echt is of niet? Eindelijk draait hij zich om, kijkt naar boven en loopt verder de trap op. De moed zinkt me in de schoenen. De mogelijkheid dat ik het totaal bij het verkeerde eind heb, wordt werkelijkheid. Het kan Patrick niet schelen of ik het aan Dieter vertel. Het verband dat ik tussen Patrick en Lemtov leg is denkbeeldig; Patrick vindt het prima dat ik bekendmaak dat hij samen met Lemtov in Basel die conferentie over het witwassen van geld heeft bijgewoond. Boven me beklimt Patrick een trap. Daarna de volgende. Dan houden zijn voetstappen stil op een betonnen overloop, ergens in de hoogte. Hij weet dat ik niet van mijn plaats ben gekomen. We blijven beiden wachten, luisterend naar de stilte.
'Probeer het souterrain,' zegt hij ten slotte. Daarna loopt hij door naar boven, zijn voetstappen zijn nu langzaam en zwaar. 'Het souterrain, kamer B29.'

De kamer in het souterrain is somber. Witte muren, twee neonbuizen en crèmekleurig linoleum op de vloer. Rachel ligt op haar veldbed, met haar gezicht naar de muur gekeerd.
'Rachel?'
Geen antwoord, geen enkele beweging. Ik kijk naar Weyland, die naast me staat. Zijn blik is een combinatie van verontschuldiging en bezorgdheid.
'Ze wilden Rachel overplaatsen,' zegt hij en ik knik snel naar hem, zeg hem dat ik hem niet de schuld hiervan geef, dat ik dankbaar ben dat hij hier is. Hij lijkt gerustgesteld. Hij kijkt naar het veldbed, daarna trekt hij zich terug in de gang en laat me met Rachel alleen.
Wanneer ik op de rand van het veldbed ga zitten verroert ze zich niet. Ik leg een hand op haar schouder. Nog steeds geen reactie. Ik buig mijn hoofd en ik denk: niet nog eens, alstublieft, God, dat niet. Niet nog een keer.
Pas maanden na de dood van Sarah merkte ik iets van Rachels

ziekte. Achteraf bekeken waren alle tekenen duidelijk: haar toenemende afwezigheid bij de maaltijden, een zekere lusteloosheid, een toenemende prikkelbaarheid over elke opmerking die betrekking had op haar uiterlijk. Maar ze was een meisje dat nog maar kortgeleden haar moeder had verloren. Haar stemmingen wisselden en al het andere kwam me niet zo vreemd voor; maandenlang was ik er zelf niet beter aan toe. Maar naarmate de maanden verstreken en ik langzaam omhoogkwam uit de golf van verdriet die ons had overspoeld, begon ik te begrijpen dat Rachel niet samen met me omhoog was gekomen. Ik gaf het tijd. Een paar maanden. Tegen die tijd was het echter niet langer mogelijk om geen aandacht te schenken aan haar gewichtsverlies; eten, wat ze at, werd plotseling een beladen onderwerp. Zelfs wanneer ik 's morgens opstond en de tafel dekte voor het ontbijt merkte ik dat ik gespannen was, me geestelijk voorbereidde op de onvermijdelijke ruzie die zou volgen.

Toen kwam er een ochtend waarop ze niet uit haar kamer kwam. Ik bleef een poosje in de keuken rondhangen, riep een paar maal naar boven, ging ten slotte aan haar deur kloppen en smeekte haar om iets te komen eten. Ze gaf geen antwoord. Toen ik naar binnen ging lag ze op haar bed, met haar gezicht naar de muur. Er klonk een gesmoord geluid; het duurde even voor ik besefte dat ze lag te huilen in haar kussen. Mijn hart kromp pijnlijk ineen in mijn borst. Ik ging op haar bed zitten, legde mijn hand op haar schouder en voelde voor het eerst wat ik tot dan toe slechts gezien had: hoe teer en uitgemergeld ze was geworden. Even later bewoog ze haar benen en ging in foetushouding liggen. Toen ik in haar schouder kneep rolde ze zich stijf op tot een bal en op dat moment wist ik dat ik, als ik geen hulp zocht voor mijn dochter, haar zou kunnen verliezen.

Ik kreeg die hulp, ik raakte haar niet kwijt. Toch zijn we nu, jaren later, hier in het souterrain van het VN-gebouw en maken we die hele verschrikkelijke scène opnieuw door. Welke hulp is er deze keer? Wie zal haar nu redden?

Ik buig me over Rachel heen en streel zachtjes haar haren. Wanneer ik eindelijk iets zeg, is het niet meer dan een gefluister.

'Wat er ook voor nodig is, Rachel. Wat er ook voor nodig is, ik zal het doen om je hieruit te halen.'

31

'Stop hier maar,' zegt Mike tegen de taxichauffeur, en we minderen vaart.
Er staat geen hokje van de New Yorkse politie. Dat valt me elke keer weer op als ik hier kom. Bijna alle belangrijke VN-missies hebben zo'n ding vlak voor hun gebouw op het trottoir staan. Blauwe hokjes, net groot genoeg om een 75 kilo zware agent achter een tafel te laten kruipen waar hij de post kan doornemen. Officieel zijn die hokjes er om een goede relatie tussen de stad New York en de buitenlandse delegaties te waarborgen. Onofficieel beschouwen de New Yorkse autoriteiten vrijwel alles wat verband houdt met de VN als lastig. Ze houden een oogje op de missies om er zeker van te zijn dat internationale conflicten op afstand niet terechtkomen in de keurige straten van de stad. Eén telefoontje vanuit het politiehokje en de politieauto's kunnen snel en in groten getale uitrukken.
Bij de Russische missie is een dergelijk hokje echter niet nodig omdat het politiebureau van wijk 16 aan de overkant van de straat is gehuisvest. Wanneer onze taxi tot stilstand komt achter een rij politieauto's zien we een paar agenten in uniform boven aan de stoeptreden, waar ze koffiedrinken. Een van hen herkent Mike. Hij roept Mikes naam en zegt iets wat ik niet kan verstaan. Grinnikend roept Mike iets beledigends terug. De agenten jouwen hem vriendelijk uit.
Mikes glimlach verdwijnt echter wanneer we de straat oversteken naar de Russische missie. Hij zegt nog een keer tegen me dat hij gelooft dat deze expeditie niet zo'n geweldig idee is.
'Nou, mijn geweldige ideeën zijn op.'
'Het is zelfs geen goed idee. Ben je gisteravond alweer vergeten?'
De stomp in mijn maag. Ik schud mijn hoofd.
'Dat was nog maar een waarschuwing,' zegt Mike. 'Dacht je dat

Lemtov blij zal zijn wanneer hij je ziet? Dat jullie gewoon een praatje kunnen maken, als oude kameraden?'
'Laten we maar eens horen wat hij over Basel te vertellen heeft.'
Er is een luifel aangebracht boven het trottoir tot aan de voordeur van de missie, en links van de deur zien we een discreet naambordje. Er staan ook vlaggenmasten, maar niemand heeft de moeite genomen om de vlaggen te hijsen. Het grijze gebouw rijst ongeveer vijftien verdiepingen hoog op; het lijkt op een verouderd kantoorgebouw of een derderangs hotel.
Onder de luifel pakt Mike me bij mijn arm. 'Je moet hem niet bedreigen,' waarschuwt hij me voor de derde maal binnen tien minuten. 'Niet voordat we weten wat er aan de hand is met hem en Patrick. Met Basel en geld witwassen, en dergelijke.'
Binnen is het schemerig, de fineerbetimmering van de hal met zijn lage plafond is donker, het tapijt is van een smerige, vaalgroene kleur. Bij het raam van de receptie, van kogelvrij glas, spelen we het gebruikelijke absurde theater, onze namen spellend in een intercom die niet goed werkt. Ten slotte wandelt de receptionist weg om Lemtov onze komst te melden.
'Het lijkt wel zo'n hoe noem je het ook weer,' merkt Mike op, naar de kamer lopend die aan de hal grenst. 'Je weet wel. Een crematorium of zoiets.' Met zijn handen in zijn zakken inspecteert Mike de posters aan de muren: slecht gedrukte afbeeldingen van Russische, door bossen omringde paleizen. 'Heb ik het al gezegd van je auto?' vraagt hij. Het ongeluk in Harlem. Hij vertelt dat hij een paar vrienden bij de politie gebeld heeft, maar het papierwerk is al te ver gevorderd. 'Het moet via de officiële weg. Reken er maar niet op dat je de auto binnen een week terug hebt.'
'Jennifer?'
'Ik heb het geprobeerd,' zegt Mike verontschuldigend. 'Maar die papieren zitten ook al in de molen. De Amerikaanse delegatie was binnen een uur op de hoogte gesteld. Morgen liggen ze op Jennifers bureau.'
Een aanrijding in Harlem waar twee secretariaatsmedewerkers bij betrokken zijn, en een van hen ben ik. Jennifer zal wel razend zijn.

Nu slentert Mike naar een rek met postvakjes in de hoek. 'Is Patrick nog steeds nijdig over de uitslag van de stemming?'
'Behoorlijk.'
'Is het bij je opgekomen dat dit niet bepaald het juiste moment is om je hand in de kooi te steken?'
'Wat bij mij opgekomen is, is dat Rachel daarvandaan moet.'
Mike kijkt me vluchtig aan, dan steekt hij achteloos zijn hand in het postvakje met de letter L, haalt er een handvol enveloppen uit en kijkt ze door, alsof hij zijn eigen post bekijkt. Wanneer hij niets belangrijks vindt, legt hij ze allemaal terug.
'Windrush?' roept een stem met een zwaar accent achter ons, en we draaien ons om.
De receptionist staat in de hal; hij heeft kennelijk Mikes onuitgenodigde inspectie van de post gezien. Wanneer ik me bekendmaak, knikt de man tegen me. 'U komt.' Daarna gebaart hij met de rug van zijn hand naar Mike. 'U gaat weg.'
Mike loopt naar een stoel.
'U gaat nu weg,' zegt de man met nadruk en hij houdt van tien passen afstand zijn blik strak op Mike gericht.
Mike kijkt me aan. 'Als er problemen zijn,' draagt hij me zachtjes op, 'bel me dan op mijn gsm. Ik ben aan de overkant.' Daarna steekt hij zijn handen in zijn zakken en loopt langs de receptionist naar buiten zonder achterom te kijken.

De begrafenissfeer van de hal zet zich voort in de gangen die naar achteren leiden, een doolhof van doorgangen, behangen met verbleekte taferelen van paleizen en datsja's, de Russische droom van het goede leven, voor ze Miami ontdekten. We kronkelen en draaien tot ik totaal gedesoriënteerd ben. Daarna word ik een witbetegelde kleedkamer binnengebracht.
'Handdoeken,' zegt de receptionist, naar een stapeltje op een lage, houten bank wijzend. Daarna wijst hij naar de glazen deur tegenover ons. De deur is beslagen, condens druipt erlangs. 'Meneer Lemtov is in de sauna. U gaat naar binnen.'
Ik kijk van de handdoeken naar de deur waarachter meneer Lemtov zit te stomen. Allemachtig.

'Zoudt u meneer Lemtov willen vragen om eruit te komen?'
De man gebaart nogmaals naar de sauna, om vervolgens terug te lopen naar de hal. Nu ik alleen ben denk ik even over de situatie na. Of dit is weer een van die idiote machtsspelletjes, iets wat Patrick had kunnen bedenken, of ik ben werkelijk op een ongelegen ogenblik gekomen en Lemtov wil niet de moeite nemen zich aan te kleden om me te ontvangen. Geen van beide opties bevalt me. Maar ten slotte loop ik naar de glazen deur en duw die open. Een wolk stoom komt naar buiten. Er staan twee rijen houten lattenbanken boven elkaar tegen de wanden; midden op de grond ligt een stapel rivierkeien. Daarnaast een vaatje en een lepel met een lange steel. Op de rechterbank, alleen in de kleine sauna, zit Lemtov. We blijven elkaar een paar seconden aankijken: ik in mijn pak, Lemtov met zijn benen voor zich uitgespreid en een handdoek om zijn middel geslagen.
'Wanneer u klaar bent,' zeg ik.
'Hier worden we niet gestoord.'
'Maar het is ook erg heet. En heel ongemakkelijk.'
Lemtov staat op. Hij gaat naar het bedieningspaneel en draait de thermostaat laag. Daarna kijkt hij me weer aan. Hij is niet van plan eruit te komen. Dus ik ga terug naar de kleedkamer, waar ik binnensmonds vloekend mijn jasje uittrek en mijn das afdoe. Ik trek mijn overhemd uit, daarna mijn T-shirt. Dan bedenk ik dat er misschien een andere reden is waarom hij daarbinnen met me wil spreken. Op een naakt bovenlijf kun je geen afluisterapparatuur verbergen. Ik buk me om mijn schoenen uit te doen wanneer de deur naar de gang opengaat. Ik kijk op. Onmiddellijk voel ik een steek in mijn ingewanden. Hij. De moker. De bodyguard, voormalig Spetznazlid, van gisteravond in Brighton Beach. Langzaam kom ik overeind, mijn gsm zit in mijn jasje dat op de bank ligt. Maar zelfs als Mike door de hal kan komen is er geen kans dat hij de weg hierheen kan vinden. Als deze vent me nu wil slaan ben ik er geweest. Ik doe het enige wat ik kan doen. Ik blijf staan en wacht af. Het duurt even, dan knikt de bodyguard alleen maar naar me, waarna hij met over elkaar geslagen armen naast de handdoeken gaat zitten.

Ik besluit mijn schoenen aan te houden. En mijn broek ook. Ik pak een handdoek en stap de sauna in.
'Uw man is net aangekomen,' zeg ik tegen Lemtov, nadat ik op de bank tegenover hem ben gaan zitten.
Lemtov plenst een schep water over de hete stenen, een stoomwolk stijgt sissend op, daarna leunt hij achterover. Zijn zilveren haar is op zijn schedel geplakt. Nu hij halfnaakt is kun je zien dat hij de bouw heeft van een ouder wordende atleet, zijn lichaam vertoont vetophopingen, een langzame aftakeling. Zijn huid is egaal zonnebankbruin.
'Ik heb me al verontschuldigd,' zegt hij vriendelijk, doelend op de klap die ik in Brighton Beach heb gekregen.
'U zei dat het een ongelukje was. Dat de man zich vergist had.'
'Wilt u dat hij zijn excuus aanbiedt?'
Ik wuif het aanbod weg. Daarvoor ben ik niet gekomen.
'Gelooft u nu,' zegt hij, 'dat ze Po Lin hebben geëxecuteerd?'
'Ik geloof het. Maar ik ben er niet van overtuigd dat dát op dit moment belangrijk is.'
Hij waarschuwt me, onlogisch, dat dit niet goed is voor mijn schoenen.
'Meneer Lemtov, hebt u met de Tunku over mijn dochter gesproken?'
'Uw landgenoten waren niet tevreden over u.'
Mijn afstraffing in de zijkamer. Ook dit wuif ik weg. 'De Tunku en mijn dochter,' zeg ik.
'O'Conner heeft hard gewerkt voor de Japanners,' zegt hij, voor de tweede maal negerend wat ik duidelijk wil maken. 'Is hij ook ontevreden over u?'
'Ik wil weten wat de Commissie van het Hoofdkwartier met mijn dochter doet.'
'Ik ben geen lid van die commissie.'
'De Tunku is de voorzitter.'
Lemtov buigt afwachtend zijn hoofd. Hij is niet van plan het gemakkelijk voor me te maken.
'En ik hoopte,' zeg ik, terwijl ik de grootst mogelijke moeite heb om mijn onderdrukte woede in bedwang te houden, 'ik hoopte

dat u in de positie zou verkeren om met hem te praten.'
'Praten?'
'Hem tot rede te brengen.' Ik maak een vaag gebaar. 'Hem te laten inzien dat niemands belang ermee gediend is als hij hiermee doorgaat. Kunt u dat?'
Hij denkt erover na. 'Waarom?'
'Waarom wat?'
'Waarom zou ik dat doen? Hem tot rede brengen?'
Uitgewrongen en gespannen, doodmoe als gevolg van slaapgebrek, ben ik niet in de stemming voor woordspelletjes. Ik wil alleen dat hij doet wat ik van hem wil. 'Luistert u eens,' zeg ik. Dan zwijg ik.
Lemtov zit nu heel stil, zijn ogen zijn strak op me gericht. Hij wacht, besef ik opeens, op mijn antwoord op zijn vraag: waarom zou hij met de Tunku spreken? Geen afwijzing, zoals ik per vergissing dacht, maar een echte vraag. Het openingsgambiet voor een onderhandeling.
'Omdat ik geloof dat het in uw eigen belang zou zijn,' zeg ik, kiezend voor de bijbehorende, vage bewoordingen. In mijn achterhoofd hoor ik Mikes waarschuwing: je moet die man niet bedreigen.
'In mijn eigen belang?'
'We zullen niet rusten tot we Hatanaka's moordenaar te pakken hebben.'
Hij haalt zijn schouders op: nou, en?
'Hebt u erover nagedacht wat dat betekent?'
'Het betekent dat u er alles aan zult doen om uw dochter vrij te krijgen.'
Ik kijk zuur en wend mijn gezicht af.
'U hebt een andere verdachte?' zegt hij.
Langzaam draai ik mijn hoofd weer om en kijk hem aan. En ik knik.
'Maar geen bewijzen?'
'Die beginnen zich op te stapelen.'
Lemtov schept voorzichtig meer water op de stenen. Er verschijnt opnieuw een sissende stoomwolk. Het zweet drupt langs

mijn nek en Lemtov port met zijn lepel tussen de stenen.
Jezus, denk ik. Wat een man. 'Wat de fraude bij de Speciale Commissie betreft,' zeg ik, hem strak aankijkend, 'hebben we deugdelijke bewijzen.'
'Tegen Asahaki.'
'Hij is niet de enige.'
Hij bestudeert me langdurig. Nu heb ik hem, opeens twijfelt hij aan wat ik precies weet. Ik ga nog wat verder dan ik van plan was. 'En dan heb ik het niet alleen over de fraude,' zeg ik.
Lemtov vertrekt geen spier. Ik zit beslist op het juiste spoor, maar wat is het? De moord op Toshio? Witwassen van geld, dat verband houdt met Patrick? Na een poosje wordt Lemtovs stilzwijgen beklemmend, maar ik ben nu al te ver gegaan om terug te krabbelen.
'Mijn rapport gaat naar de secretaris-generaal,' deel ik hem mee. 'Ik kan het nu niet meer tegenhouden, ook al zou ik het willen. Er zijn te veel afdelingen bij betrokken, te veel personen. Dus het gaat gebeuren, hij zal te weten komen wat we ontdekt hebben. De enige vraag is nu: wanneer?'
Ik heb zijn volledige aandacht. Met gemaakte achteloosheid draait Lemtov de lepel in zijn hand om. 'En u gelooft dat ik me daar zorgen over zou moeten maken.'
'Ik denk dat het aan u is om dat te beslissen.'
'Hmm.' Hij heeft nog niet helemaal in het aas gehapt.
'U zou er echter misschien over na willen denken of u ervoor voelt om uw aanwezigheid bij een zekere conferentie in Basel, drie jaar geleden, te verklaren. Een conferentie die u samen met O'Conner hebt bijgewoond.'
We kijken elkaar aan. Heel even denk ik dat ik te ver ben gegaan, dat ik mijn woorden zal moeten waarmaken. Lemtovs ogen gaan naar de deur waarachter zijn bodyguard zit te wachten. Maar ten slotte kijkt hij me weer aan.
'Wat wilt u?'
'U weet wat ik wil. Ik wil dat mijn dochter vrijgelaten wordt. Ik kan nu mijn rapport tekenen en het onmiddellijk naar boven stu-

ren, of ik kan worden overgehaald om de hele zaak nog eens goed te controleren. De keuze is aan u.'
Ik hoef het hem geen tweede maal voor te stellen.
'Hoe lang?'
'Om het nog eens te controleren? Op z'n hoogst 48 uur.' Lemtov knijpt zijn ogen half dicht. Hij vindt het niet prettig.
'Op z'n hoogst,' herhaal ik. 'Daarna zal Interne Supervisie er trouwens toch mee naar boven gaan. Ik zou hen niet kunnen tegenhouden. Voor 48 uur kan ik zorgen. Maar ik zou eerst de overtuiging moeten hebben dat er een heel goede reden voor me bestaat om het nogmaals te controleren.'
'Uw dochter.'
Ik buig mijn hoofd. Hij leunt naar achteren om de hele kwestie nog eens te overwegen. 'De Commissie van het Hoofdkwartier komt morgenochtend bijeen,' zegt hij, hardop denkend. 'Ze zouden kunnen besluiten haar vrij te laten.' Hij bedoelt dat hij het kan: hij kan de Tunku manipuleren en ervoor zorgen dat die Rachel laat gaan.
Wanneer ik opper dat de commissie vanavond bijeen zou kunnen komen, werpt Lemtov tegen dat de leden op zo'n korte termijn niet op te roepen zijn. Ik stel voor dat ze afspreken voor zeven uur morgenochtend. Hij stelt elf uur voor. Als een stelletje tweederangs advocaten argumenteren we over en weer. Dan zwijgt hij om meer water op de stenen te scheppen en ik zie de stoom opstijgen, gehuld in mijn eigen wolk van wanhoop.
Ik ben nu 41. Tegen het advies van veel mensen in heb ik vastgehouden aan de beslissing die ik veertien jaar geleden heb genomen en ben ik bij de VN gebleven. God weet dat het niet om het geld ging. Ik had rijk kunnen worden in allerlei banen door iets te doen waarvan braintrusts zoals Heritage denken dat het nuttig is: helpen bij het ontmantelen en reorganiseren van corporaties, directeuren adviseren over hun aandelenopties en uitzoeken hoe werknemers kunnen worden ontslagen zonder dat het de directie een cent kost. De meesten van mijn vroegere studiegenoten van Columbia zijn nu senior partners bij grote firma's, die een miljoen per jaar binnenhalen en zich nog steeds

afvragen wie hun punt van de taart krijgt. Ik heb hen nooit benijd.

Eerlijk gezegd heb ik altijd van mezelf gedacht dat ik geluk gehad heb. Omdat ik, zelfs tijdens mijn wanhopigste momenten bij de goedgedocumenteerde mislukkingen van de VN, me altijd veilig heb gevoeld in de wetenschap dat ik niet het beste deel van mezelf, mijn geweten, hoefde op te offeren, alleen om mijn dagelijks brood te verdienen. Mijn geweten. Mijn zuivere, edele geweten.

En nu zit ik hier, in een sauna van de Russische missie, terwijl het zweet via mijn middenrif mijn broek in loopt, met Lemtov te onderhandelen als de eerste de beste immorele openbaar aanklager die een dubieuze deal sluit met de plaatselijke baas van de onderwereld. Lieve god. Hoe zuiver is mijn geweten nu?

'Morgenochtend negen uur,' zeg ik, met mijn hand door de lucht maaiend om een eind te maken aan de onderhandelingen. 'Dat was het.'

Lemtov bestudeert de stenen. Zijn opties zijn glashelder: blijven zitten of ervandoor gaan. Als hij blijft zitten, in New York, neemt hij het risico dat de Russische invloed in de Algemene Vergadering voldoende zal zijn om hem te beschermen tegen alle beschuldigingen waar het secretariaat mee zal komen. En als de fraude bij de Speciale Commissie het totaal van zijn misdrijven blijkt te zijn, zou hij de storm zelfs kunnen overleven; zijn carrière zal een tijdlang op een zijspoor worden gerangeerd maar niet worden verwoest. Maar als hij, zoals ik nu sterk geloof, betrokken is bij iets ergers – witwassen van geld? De moord op Toshio? – durf ik te wedden dat hij ervandoor gaat. Misschien terug naar Moskou, waar zijn netwerk van contacten in de hogere politieke kringen hem zal beschermen, of misschien naar een zonovergoten eiland waar hij golf kan spelen met mensen die hem zonder vragen als een van hen zullen accepteren, weer zo'n briljante vent die bewezen heeft hoe slim hij was door de buit in handen te krijgen.

Lemtov heft zijn hoofd op en vraag me nogmaals te bevestigen dat het verslag niet binnen 48 uur naar de SG zal gaan.

'Daarop geef ik u mijn woord.'

'Maar welke garantie heb ik?' vraagt hij. 'Als de Commissie van het Hoofdkwartier het meisje morgenochtend om negen uur vrijlaat, hoe weet ik dan dat uw rapport niet onmiddellijk daarna bij de secretaris-generaal terechtkomt?'
'Ik heb u zojuist mijn woord gegeven.'
'Uw woord,' zegt hij, met een scheve grijns.
Dat doet de deur dicht. Die blik, het cynisme dat de man uitstraalt, is meer dan ik kan verdragen. Ik sta op, wrijf met de handdoek over mijn borst en mijn schouders en laat die vervolgens op de bank vallen. Door de stoom wijs ik over het watervat heen naar Lemtov. Met een onmiskenbare dreiging in mijn stem zeg ik: 'Wacht niet. Zorg dat u in een vliegtuig stapt. Maak dat u het land uit komt. En voor u gaat, zorg ervoor dat u met uw vriend, de Tunku, spreekt. Ik wil dat mijn dochter wordt vrijgelaten. Om negen uur.'

Buiten is de septemberlucht koel, de middag gaat over in de avond, kantoormensen bevolken de trottoirs, op weg naar huis. Mike komt uit het politiebureau van wijk 16 en gaat naast me lopen. Ik geef hem mijn jasje, sla mijn boord omhoog en begin mijn das te knopen.
'Vroeg in bad geweest?' informeert hij.
'Lemtov ontkent.'
'Alles?'
'We hebben niet alles besproken.'
'Rachel?'
Ik ben klaar met mijn das en doe mijn boord weer goed. Nadat ik mijn jasje heb aangenomen, leg ik uit dat morgenochtend om negen uur de Commissie van het Hoofdkwartier bijeen zal komen om over Rachel te spreken. Natuurlijk rep ik met geen woord over de deal die ik heb gesloten, de bedreiging die ik heb geuit. Ik weet dat Mike het niet zou goedkeuren. Maar Rachel is dan ook niet Mikes dochter.
Hij blijft staan en draait me om zodat ik naar het politiebureau kan kijken. 'Zie je dat, daarboven?' vraagt hij. 'Het raam op de tweede verdieping?'

'En?'
'Goed uitzicht op de Russische missie.'
Met een knikje trek ik mijn jasje aan. Twee agenten komen uit het bureau en gaan op de stoep staan; Mike trekt me achter zich aan.
'Nou, dit is het laatste nieuws,' zegt hij. 'Vorige maand heeft het Bureau daar een hele week gezeten.' Het Bureau, de FBI. 'Afluisterapparatuur, camera's, de hele mikmak. Interessant, hè?'
Ik ben niet erg verbaasd en dat zeg ik ook. Spionage is altijd een blijvend, zij het onsmakelijk deel geweest van het diplomatieke spel, en dat zal het altijd blijven.
'Het Bureau,' herhaalt Mike met nadruk. 'Niet die verdomde CIA. Niet het ministerie van Buitenlandse Zaken. Ik zeg je dit: de New Yorkse politie en het Bureau kunnen niet met elkaar opschieten. Het is net een oorlog tussen twee bendes. Het gaat om territorium. Geen enkele chef van een politiebureau laat die lui met hun spullen toe op zijn terrein, alleen maar om parkeerovertredingen te constateren. Het moet om een serieus misdrijf gaan.'
Ik denk erover na. 'Geld witwassen, denk je daaraan?'
'Ja, daar denk ik aan.'
'Kunnen we erachter komen?'
'Ik heb een paar plannetjes.' Terwijl hij een taxi aanhoudt, verklaart hij dat hij naar een hotel moet, een paar straten verderop, een VN-receptie waar hij de bewaking moet regelen. Hij wil dat ik met hem meega en hem intussen op de hoogte breng van mijn gesprek met Lemtov; hij wil ook met me bespreken hoe we de FBI kunnen benaderen. Wanneer de taxi stilhoudt komt een politieauto voorbijracen, met gillende sirene. Ik kijk om naar het politiebureau en de Russische missie. Surveillance, denk ik. Mensen die andere mensen in de gaten houden. Een gedachte, een of ander verband, zweeft ergens op de achtergrond. Dan duwt Mike me de taxi in.
'Verdomde cocktails,' mompelt hij, doelend op onze bestemming. 'Het is toch niet te geloven?'
Voor ons slaat de politieauto links af, richting centrum, en verdwijnt als een jammerend spook in de donker wordende stad.

32

'Taart!' roept iemand. 'De tafel is gedekt, zet maar neer!'
De zaal hangt vol met vlaggen. De Franse driekleur ter ere van de gastheer, een aantal VN-vaandels en een verzameling nationale vlaggen die louter als decoratie schijnen te dienen. Zilveren bladen met borrelhapjes staan naast elkaar op witte tafellakens. Een legertje kelners is bezig magnums Krug op ijs te leggen. Overvloed: niets dan rijkdom, de verbazingwekkende hoorn des overvloeds van de westerse wereld. Wanneer twee obers zich haasten de deuren te openen voor het binnenbrengen van de taart ben ik plotseling 26 jaar en rij ik met Sarah naar huis van de enige VN-cocktailparty waarheen ze me ooit vergezeld heeft.
'We kregen vandaag een meisje van veertien op zaal,' vertelde ze me. 'Verslaafd.'
Destijds was Sarah co-assistent op de afdeling Verloskunde in het Washington Heights-ziekenhuis.
'Ze verloor haar baby,' zei Sarah. 'We hebben bloedmonsters genomen. De uitslag was het laagste ijzergehalte dat we ooit hebben meegemaakt.'
'Bloedarmoede?' vraag ik, met de diagnostische reflex van echtgenoot van een co-assistent.
'Sam, het meisje was ondervoed.'
Naïef, ik weet het, maar ik was geschokt. Ondervoed in Amerika, geen door hongersnood getroffen geval in Afrika, maar hier, in New York. Ironisch, gezien het lot van onze eigen dochter. Ze was destijds amper vier jaar oud, een gezonde kleuter. Sarah sprak er nooit meer over, maar sindsdien heb ik alle VN-festiviteiten alleen bijgewoond.
Nu, terwijl de chef-kok een wagentje binnenrijdt, krakend onder het gewicht van een enorme taart, bekroond met een marsepeinen model van het VN-hoofdkwartier, besluit ik dat het tijd is om Sarahs voorbeeld te volgen en me te verwijderen van wat

een spectaculaire, extravagante en smakeloze affaire belooft te worden. Ik sta op en geef Mike, die aan de andere kant van de zaal staat, een seintje dat ik wegga. Het afgelopen halfuur is hij met de gejaagde hotelmanager in en uit gevlogen, waarbij hij in het voorbijgaan telkens een paar woorden met me wisselde. Nu zwaait hij naar me en roept dat hij er morgenochtend meteen mee aan de slag gaat. Waar hij mee aan de slag gaat is het vage actieplan dat we hebben afgesproken. Mike zal een ex-collega van City Hall onofficieel benaderen, de verbindingsofficier voor de overmaat aan gemeente- en rijkspolitie-instellingen die in de stad werkzaam zijn. Mike heeft er alle vertrouwen in dat er een ontmoeting geregeld kan worden tussen ons en de FBI, misschien volgende week al. Gezien mijn recente gesprek met Lemtov mag volgende week evengoed volgend jaar zijn, als er iets goeds uit zou voortkomen hebben we dat nu nodig. Toch knik ik, en Mike schiet een deur in om de hotelmanager te achtervolgen.

Ik ben al halverwege de balzaal wanneer de Engelsen, onder aanvoering van lady Nicola, binnen komen zeilen. Lady Nicola maakt zich van haar gevolg los en komt naar me toe. Haar crèmekleurige japon, bezet met witte pailletten, reikt tot op de grond. Haar haar is hoog opgestoken, op zijn plaats gehouden door twee glanzende, zilveren spelden.

'Ongepast vroeg,' merkt ze glimlachend op terwijl ze de lege ruimte rondkijkt. 'Mijn chauffeur is altijd hopeloos punctueel. Wat is jouw excuus?'

Ik knik naar de deur en vertel haar dat ik juist op het punt sta om weg te gaan.

'Toch niet nog steeds aangeslagen door de opmerkingen van mevrouw Dale in de zijkamer?'

'Nee,' lieg ik.

'Ik had begrepen dat jullie bevriend waren.' Ze kijkt me aan. Ik besluit niet te happen.

'We zijn kennissen.'

'De gemoederen willen nogal eens hoog oplaaien. Zeker op een dag als vandaag. Ik weet zeker dat je dat begrijpt, Samuel.'

Samuel. Niet Windrush, gewoon Samuel. Alsof ze die verbale af-

straffing die Jennifer me had toegediend niet heeft voorgezeten. Alsof lady Nicola nog steeds dezelfde persoonlijke achting voor me heeft die ze had voor deze hele zaak begon. En het is een sombere gevolgtrekking uit de lessen van de afgelopen paar dagen dat mijn eerste gedachte is: wat wil ze van me?
Wanneer ik aanstalten maak om door te lopen legt ze haar hand op mijn arm.
'Mag ik vragen waarom je het nodig vond de Kwoks een bezoek te brengen?'
Ik blijf doodstil staan. Haar gezicht staat ondoorgrondelijk. De gebroeders Kwok. Jade Moon Enterprises. Ten slotte slaag ik erin behoedzaam iets te zeggen. 'Het paste in het onderzoek naar Toshio's dood.'
'O?'
'Mag ik u ook een vraag stellen?'
'Ga je gang.'
'Wie heeft u verteld dat ik daar geweest ben?'
'De Kwoks,' zegt ze na even te hebben nagedacht, en tot mijn verrassing laat ze erop volgen: 'Niet rechtstreeks. Ze hebben zich tot onze missie gericht.'
Haar uitdrukking wordt cryptisch. Maar nu begin ik het te begrijpen. Wang Po Lin, de gesel van de Britse imperialisten, is neergeslagen. Godallemachtig, ik word zo moe van die diplomatieke spelletjes. Ik buig naar haar toe en laat mijn stem dalen.
'Het gerucht gaat dat uw mensen verantwoordelijk waren voor het terugroepen van Po Lin.'
'Onze mensen?'
'De Engelsen. Waar of niet waar?'
'Po Lin was zelf verantwoordelijk voor zijn terugroeping.'
'Al die toespraken die hij heeft gehouden over die verdomde Opiumoorlogen. Hongkong. U wilt me toch niet vertellen dat u niet blij was toen hij teruggeroepen werd?'
'Dat maakt ons nog niet verantwoordelijk.'
'Wat wilt u van me, lady Nicola?'
Ze slaat haar ogen neer en wendt haar hoofd af. Ik maak een driftig handgebaar.

‘Ik ben heel moe. Ik ben heel kwaad. En als nog één persoon me misleidt, me nog één verdomde leugen vertelt, zou ik misschien iets stoms kunnen doen. Goed. U wilde me laten weten dat u contact hebt met de Kwoks. Dat ze voor u werken, of zoiets. Misschien hebben ze geholpen Po Lin in de val te laten lopen. Geweldig. Nu hebt u het me verteld. Nu kunt u me ook vertellen wat het verband is tussen Po Lin en de moord op Hatanaka. Zonder omwegen. In duidelijk Engels.’
‘In de val laten lopen?’
Ik kijk haar alleen maar aan.
‘Het incident Po Lin is gesloten, Samuel. We willen het niet heropend hebben. En we zouden liever zien dat je de Kwoks niet lastigviel.’
Ik werp een blik in de balzaal. Een strijkkwartet begint te stemmen naast de open balkondeuren. De Britse afvaardiging, lady Nicola’s gevolg, slaat ons nieuwsgierig gade, dus ik pak lady Nicola bij haar elleboog en leid haar vastberaden naar het balkon. Hoewel ze verbaasd is, doet ze geen poging haar arm los te maken. Buiten leunt ze tegen de stenen balustrade. Ze trekt haar kasjmieren stola om haar schouders.
‘U gaat me nu precies vertellen wat er gaande was tussen u, de Kwoks en Po Lin,’ zeg ik. ‘Als u het niet doet, haal ik de New Yorkse politie erbij en laat ze de bedrijven van de Kwoks binnenstebuiten keren. En als ik dat doe, hoe lang denkt u dat de Kwoks dan hun mond zullen blijven houden over de hulp die ze u hebben gegeven?’
‘Dit is geen zaak voor het secretariaat.’
‘Het is mijn zaak. En dit is uw enige kans. Ik vraag het geen tweede keer.’
Ze staart langs me heen, haar silhouet tekent zich af tegen de nachtelijke hemel boven New York. Achterlichten van auto’s verdwijnen achter haar, komen daarna weer over haar schouders aankronkelen en verdwijnen langs de avenue. Juist wanneer ik denk dat ze niet zal toegeven, kijkt ze me weer aan.
‘De gebroeders Kwok hebben ons wat nuttige informatie gegeven over Po Lin. Dat ontken ik niet. Maar die informatie had

niets te maken met Hatanaka's dood.'
'Hoe weet u dat zo zeker?'
'Ik ben ervan overtuigd.'
'Niet goed genoeg.'
We blijven elkaar aankijken.
'Goed dan,' geeft ze toe. 'Misschien heb ik het mis, maar je hebt een onderzoek ingesteld naar Po Lin omdat hij lid was van de UNDCP Speciale Commissie. De commissie die door Hatanaka werd doorgelicht in verband met de fraude.'
Ik knik.
'Po Lin werd niet teruggeroepen vanwege een fraude, Samuel. Zijn regering heeft hem teruggeroepen vanwege de misdaad van morele verdorvenheid. En vanwege het vermoeden dat een buitenlandse regering die had gebruikt om hem over te halen.'
Vertaling: het gerucht is juist. De Engelsen hebben Po Lins catastrofale val bewerkstelligd.
'Zijn voorkeur voor homoporno?' probeer ik. 'Of iets ergers?'
Ze kijkt me neutraal aan, maar ze zegt niets.
'En al die bedrijven waar Po Lin geld in stak? De investeringen die hij heeft gedaan?'
'Investeringen?'
Ik heb lang genoeg met lady Nicola gewerkt om haar hele repertoire van misleiding te kennen. Dit hoort er niet bij. Haar hoofd is half afgewend, haar wenkbrauwen zijn gefronst, ze is verbijsterd en ik weet meteen dat die verbijstering echt is. Even laat ik mijn hoofd hangen. Po Lins investeringen passen nog steeds nergens in. Nergens. De achterbakse intrige, geschetst door lady Nicola, het zwartmaken van Po Lins naam door de Kwoks dat uitliep op het terugroepen van Po Lin, dat alles klopt met wat we weten. Maar Po Lins investeringen? Die blijven een volkomen op zichzelf staand, onverklaarbaar feit.
Binnen begint het kwartet te spelen, de eerste champagnekurken knallen luid.
'Ik neem dus aan dat ik je kan vertrouwen,' zegt lady Nicola, naadloos overgaand naar zakelijke vriendelijkheid. 'Geen bezoeken meer aan de Kwoks?'

Vermoeid hef ik mijn ogen op. Hoeveel verschilt ze – zij allemaal, in de uiteindelijke analyse – van Yuri Lemtov?
'Ik zou u niet graag in verlegenheid willen brengen.'
Haar ogen worden somber. Ze trekt haar stola recht. 'Toen ik de post van ambassadrice aanvaardde, gaf een oude en heel verstandige chef van ons ministerie van Buitenlandse Zaken me twee heel goede raadgevingen. Misschien heb je ze wel gehoord. Niets is persoonlijk. En denk er altijd aan dat het maar een spelletje is.'
'Po Lin zou het daarmee oneens kunnen zijn.'
Bij die woorden glimlacht lady Nicola. En dan weet ik dat de Britse spionnen in Peking het nieuws hebben gemist. Ik leg een hand op haar schouder en kijk haar recht in de ogen.
'Po Lin is geëxecuteerd.'
Haar pupillen worden speldenknoppen. Ze ziet dat ik het meen. Haar rimpelige hals onder de lijn van haar make-up wordt roze. Ze is ontzet. Zoals iedereen moet zijn die onopzettelijk een mens het leven heeft benomen. Maar ze is ook een diplomate; morgenochtend zit ze weer op haar stoel in de Veiligheidsraad om te debatteren over een belangrijke resolutie, om de wereld op orde te brengen, de diplomatieke kaarten te schudden en het spel te spelen. Misschien heeft ze zelfs een paar harde woorden te zeggen over de smakeloze Chinese schending van de mensenrechten. Maar op dit moment weet ze het en weet ik het. En om dat duidelijk te maken til ik mijn hand op en tik haar tweemaal op haar schouder.
'U bent verantwoordelijk,' zeg ik.
Voor ze iets kan zeggen buig ik beleefd mijn hoofd, keer haar mijn rug toe en ga naar binnen.

In de hal zie ik dat de Franse delegatie zojuist is gearriveerd. Ambassadeur Froissart en de oudere, Franse afgevaardigden hebben hun vrouwen meegenomen, die allemaal gekleed zijn als mannequins bij een modeshow van Chanel. Er wordt druk gepraat, mantels worden van de een naar de ander doorgegeven naar de garderobe wanneer ik langsloop. Dan zie ik over de hoofden heen Marie Lefèbre, gekleed in een spijkerbroek, een

witte blouse en een trui. Ze praat met de portier. Wanneer ze me in het oog krijgt, knik ik naar de buitendeur. Ze begrijpt de wenk.
'Heb je mijn verhaal?' vraagt ze, wanneer ze me achterna is gekomen naar het trottoir.
'De Japanners zijn droevig ten onder gegaan. Jij hebt het hier voor het eerst gehoord.'
'Hè?' zegt ze.
'Ik heb nog niets voor je, Marie. Ik wil iets van jou.'
'Misschien weet je niet wat je hebt.' Haar ogen dwalen naar binnen. Froissart stelt zijn troepen op, ter voorbereiding van een aanval op de balzaal.
'Is er iets over Po Lin wat je hebt achtergehouden?' vraag ik. 'De data van die investeringen? Iets anders?'
Ze plukt aan haar trui en zegt: 'Ik moet me gaan verkleden', en daarna kijkt ze weer de hal in. Ik ben niet blind. Ik begrijp de bedoeling. Marie wil haar kans niet mislopen door hier met me te blijven praten. Ze wil er snel vandoor om zich te verkleden, zodat ze op tijd terug is om te circuleren tussen de grote namen, zoals lady Nicola en Froissart. Misschien komt de secretaris-generaal later nog. Journalistiek nirwana.
'Marie.' Ik open mijn handen, een wanhopig gebaar.
Ze kijkt me even aan, dan pakt ze me bij mijn arm. 'Ga mee.'
Ik kijk naar haar terwijl ze met me naar de rand van het trottoir loopt. Ze kijkt de straat in beide richtingen af en sleurt me dan mee door een opening in het verkeer. 'Jij kunt praten en klagen,' zegt ze, een afgunstige blik werpend op weer een vrouw van een afgevaardigde die uit een limousine stapt. 'Ik kan naar mijn kleerkast kijken en huilen.'

Maries flatgebouw staat vlak bij een oude hugenotenkerk, een elegant gebouw van rode baksteen, het lijkt een overblijfsel uit een andere tijd. Een sterke koffiegeur dringt vanuit de flats door tot in het trappenhuis wanneer we naar boven lopen; veel namen op de bordjes zijn Frans. Marie blijft even losjes converseren als toen we uit het hotel weggingen en ik begin me af te vragen of ze

werkelijk van plan is me iets bruikbaars te vertellen. Dan steekt een man zijn hoofd om de deur van het appartement beneden ons en roept: *'Monsieur!'*
Een dikke knaap, met een sweatshirt van de Chicago Bulls. Hij werpt me een blik toe die slechts omschreven kan worden als wellustig; daarna roept hij iets, een korte stortvloed in het Frans. *'Le plus beau moment de l'amour...'*, iets wat ik niet kan verstaan, dan: *'L'escalier!'* De trap? Hij trekt zijn hoofd terug en gooit de deur dicht. Ik kijk Marie aan voor de vertaling, voor enige uitleg. Ze blijft doorlopen. 'De conciërge,' zegt ze tegen me. 'Dat is een zwijn.'
Ze haalt haar sleutels tevoorschijn en neemt me mee naar een deur aan het begin van de volgende overloop. Haar appartement is klein. Achter de voordeur ligt een halletje van twee vierkante meter, links is een open deur naar de slaapkamer. Vanuit de hal kan ik het hoge bed zien, en de donkere gordijnen voor het raam. Rechts van me is de woonkamer, planken vol boeken, een bank tegen de ene muur en direct voor me zie ik de kitchenette. Daar draait Marie een lichtschakelaar om, en vervolgens loopt ze de slaapkamer in.
'Alors!' roept ze achterom. 'Wat is mijn verhaal?'
'Welk verhaal wil je?'
'Dat wat me beroemd maakt.' Haar hoofd verschijnt in de deuropening. Ze lacht. 'Het verhaal dat me de baan bij *Time* oplevert.'
Ik vertel haar, en het is maar half een grapje, dat ik daar de afloop nog niet van ken. Haar hoofd verdwijnt. Ik hoor dat ze een kast open- en dichtdoet, en een lade openschuift.
'Ga naar binnen,' roept ze. 'Ga zitten.'
Ik slenter verder naar de zitkamer, bekijk de ingelijste bloemenprenten aan de muur en laat me daarna op de witte bank vallen. Een vrouwenkamer. Ik leg mijn handen achter mijn hoofd. Als ik nu mijn ogen dichtdoe, val ik in slaap.
'Heeft het je geholpen,' roept Marie, 'wat je uit onze dossiers hebt gestolen?'
Mijn wenkbrauwen vliegen omhoog. Het duurt even voor ik tot

de conclusie kom dat ik haar niet verkeerd heb verstaan. 'Wat ik gestolen heb?'
Gelach uit de slaapkamer. 'Ik zag het toen we terugkwamen, na de stemming. Ons archiefsysteem is niet zo beroerd als het eruitziet.' Ze noemt de datum van het artikel over Lemtov dat ik heb verdonkeremaand.
Ik ben er natuurlijk door in verlegenheid gebracht, maar ik heb niet het gevoel dat er een excuus van me verwacht wordt. Dat Marie mijn schending van haar vertrouwen ietwat blasé opvat lijkt erop te wijzen dat we dit op de Franse manier zullen afhandelen, zuiver pragmatisch.
Het artikel heeft me geholpen, geef ik toe.
Marie reageert niet. Ik wacht even, daarna zeg ik het nog een keer, luider nu. 'Ik zei dat het geholpen heeft.'
'Mooi.'
Ik draai mijn hoofd om. Marie staat in de deuropening, gekleed in een rode, katoenen ochtendjas; instinctief glijden mijn ogen over haar lichaam.
'Ik moet dit doen,' zegt ze, een poederdoos en een lipstick omhooghoudend. 'Ik kan je hier niet verstaan. Kom binnen.'
Wanneer ze weer de kamer ingaat, moet ik daar een paar seconden over nadenken. Dan sta ik op en loop naar de slaapkamer. Ze staat in de badkamer, de deur achter haar is open en ze leunt over de wastafel. Ze bekijkt zichzelf in de spiegel, daarna brengt ze geroutineerd haar make-up aan, en intussen praat ze.
'Wordt Lemtov de nieuwe Russische ambassadeur?' vraagt ze.
'Ik zou er geen tijd aan besteden om daar nu al iets over te schrijven.'
Voor de spiegel trekt ze haar neus op. 'Je bedoelt nee.'
'Wie heeft je al die bijzonderheden over Po Lin gegeven? Zijn relatie tot Jade Moon. Die investeringen.'
'Een vriend.'
'Heeft die vriend ook een naam?'
Ze gaat door met haar make-up. Nu is het de eyeliner.
'Wanneer heb je lady Nicola voor het laatst geïnterviewd?' vraag ik.

Marie haalt haar schouders op.
'Weken geleden?' dring ik aan.
'Maanden.' Ze strijkt haar haren uit haar gezicht. 'En toen was ik niet met haar alleen. Zo bevoorrecht ben ik niet. Ze heeft altijd een persvoorlichter bij zich, iemand die haar tasje draagt.'
'Niet je favoriete ambassadrice.'
'Een kreng,' verklaart Marie onomwonden.
Ik denk dat ik daaruit veilig kan concluderen dat lady Nicola niet Maries bron is met betrekking tot Po Lin. Maar lady Nicola zal niet de enige zijn van de Engelse delegatie die op de hoogte was van Po Lins relatie met de Kwoks. In gedachten ga ik het rijtje belangrijkste Britse afgevaardigden langs. Ik kan me zo voorstellen dat er minstens twee bij zijn die ontvankelijk zouden kunnen zijn voor de charmes van een vrouw als Marie. Ik noem de naam van een van hen, maar Marie reageert er niet op.
'Ben je al voorbereid op morgen?' zegt ze.
Ik leun met mijn schouder tegen de deurpost. Ze tuit haar lippen voor de spiegel en brengt er een felrode kleur op aan.
'Vandaag is iedereen als een gek bezig met de stemming,' verklaart ze. 'Interviews. Artikelen. Waarom de Japanners verloren hebben. Morgen zal iedereen die hiernaartoe is komen vliegen weer vertrekken.' Een aanzienlijk aantal: meer dan duizend journalisten zijn de afgelopen week tijdelijk bij de VN geaccrediteerd. Ze wijst met een geparfumeerde vinger naar haar hals. 'Wanneer die goed en wel weg zijn,' zegt ze, 'zullen mensen als ik andere vragen gaan stellen. Bijvoorbeeld, ik ben niet de enige die benieuwd is waarom ambassadeur Asahaki dinsdagavond zo plotseling is vertrokken.'
'Hij is teruggekomen.'
'Ja. Te laat om de stemming te redden. En iedereen weet dat zijn verstandhouding met Hatanaka slecht was.' Ze kijkt naar me via de spiegel; ze vist weer. Dat was de bedoeling van mijn komst hier.
Ik noem nog een naam: John Bradley, een Britse afgevaardigde, mijn tweede keus als Maries bron van informatie over Po Lin. Marie trekt een dwaas gezicht en draait zich vervolgens om.

'Is het waar dat je dochter gearresteerd is voor de moord op Hatanaka?'
De vraag treft me als een mokerslag. Ik krimp letterlijk ineen. Ze zet haar parfumflesje neer.
'Het is dus waar,' zegt ze verbluft.
Ik breng mijn handen naar mijn slapen en masseer ze. Ik denk dat het wel had moeten uitlekken. En als Marie het weet, kunnen de anderen niet ver achterlopen. Even slaat mijn verbeelding op hol. Ik zie de grote koppen al voor me. Vader en dochter in moordcomplot bij de VN. Volledig verhaal op de binnenpagina.
'Het is waar dat ze wordt vastgehouden,' geef ik toe terwijl ik mijn handen laat zakken. 'De rest is onzin.'
We kijken elkaar aan. Ze weet niet wat ze tegen me moet zeggen. Ten slotte loop ik haar slaapkamer in en laat me op een stoel vallen.
'Blijf zitten,' beveelt ze, daarna gaat ze naar de kitchenette, intussen een paar openhartige opmerkingen makend over mijn uiterlijk. 'Verschrikkelijk' is zo ongeveer de zwakste. Ze komt terug met een glas, dat ze me in de hand duwt.
'Wat is dat?'
'Drink op,' zegt ze.
Absint. Het brandt in mijn keel, de tranen springen me in de ogen.
'Meer,' zegt ze, en ik neem nog een slok. Ze blijft bij de stoel staan kijken naar de verslagen strijder, naar mij. Een dag die begon met een explosieve herindeling van mijn ingewanden is er niet veel beter op geworden; ik neem aan dat ik er niet aantrekkelijk uitzie. Wanneer ik opkijk, raadpleegt Marie haar horloge.
Ik zet het glas neer. Ik probeer op te staan, maar Marie legt haar hand stevig op mijn schouder en ze knikt naar het glas.
'Opdrinken.'
Daarna loopt ze om het bed heen en raapt een zwarte jurk op, die glinstert in het lamplicht. Ze gebaart dat ik me moet omdraaien en naar het raam kijken. Ik doe het. Alsof deze situatie voor mij even gewoon is als die voor haar schijnt te zijn; alsof mijn hart

niet plotseling overslaat of mijn mond, ondanks de absint, niet opeens kurkdroog wordt.
Ik hoor haar katoenen ochtendjas omlaagglijden, het gedempte geluid van haar voeten op het tapijt, een zacht gekreun terwijl ze zich in de jurk wurmt. 'Waar ga je nu naartoe?' vraagt ze.
'Naar het secretariaat.'
'Iedereen is toch op de cocktailparty?'
'Niet iedereen.'
Vanaf de stoel steek ik mijn hand uit om de zware, rode gordijnen opzij te schuiven. Geen uitzicht, niets dan een lange rij ramen van een kantoorgebouw aan de overkant van de straat.
'Je dochter?' zegt ze.
Ik laat de gordijnen los en geef geen antwoord.
'Ik begrijp het niet,' zegt ze tegen me. 'Wat gebeurt daar?'
Ik nip aan de absint en bestudeer daarna de lichte cirkel in het glas.
'Je kunt je nu wel weer omdraaien,' zegt ze.
Ik draai me om. Het zwarte fluweel zit strak om haar rondingen gespannen, haar schouders zijn naakt en bleek. Ze pakt de wekker en stelt de tijd in.
'Als je wilt kun je een douche nemen.'
Ik zeg zonder veel enthousiasme dat ik nu echt moet gaan.
'Twee uur. Ik heb de wekker gezet.' Ze plaatst het klokje op het nachtkastje. 'Bel je dochter. Ze zal begrijpen dat je rust nodig hebt.' Marie duikt de badkamer in om een laatste blik in de spiegel te werpen; daarna geeft ze me een paar aanwijzingen. Handdoeken in de commode. Eten en drinken in de koelkast. Ze loopt langs me heen, grist haar tasje van het bed en haast zich naar de deur.
'Je bent weg als ik terugkom,' zegt ze. 'Zorg ervoor dat de deur in het slot valt. Trek hem hard dicht.'
Nadat ze de deur heeft geopend blijft ze staan, als een wervelwind die plotseling gaat liggen. 'Zó,' zegt ze, om het te demonstreren.
'Marie...'
De deur is echter al met een klap dichtgevallen. En Marie Lefèbre is weg.

33

Rust, voor het eerst vandaag. Eenzaamheid. Mijn eerste gedachte is natuurlijk dat ik gewoon het licht uit moet doen en weggaan, maar in plaats daarvan laat ik me weer in de stoel vallen. Verkeer raast op straat voorbij, sirenes loeien in de verte, iedereen is haastig onderweg terwijl ik hier zit, volslagen uitgeput, eindelijk tot rust gekomen. Mijn ogen dwalen vermoeid over de onbekende, vrouwelijke accessoires om me heen: een vaas met seringen, een ingelijste zwart-witposter van een boot op de Seine, de patchwork sprei op het bed.

Morgen om deze tijd zal het ergste voorbij zijn. Morgen om deze tijd zou Rachel vrij moeten zijn, maar op de een of andere manier slaagt zelfs die gedachte er op dit moment niet in me op te beuren. Omdat ik nu, terugblikkend op de gebeurtenissen van de afgelopen paar dagen, nadenkend over alles wat er gebeurd is, het gevoel krijg dat ik betrokken ben bij een ernstig ongeval op de snelweg en dat ik bij de wrakstukken vandaan ben gestrompeld, gewond en versuft, om me in een ogenblik van helderheid om te draaien om het tafereel te overzien voor ik geheel instort. En het tafereel is bloedig.

Toshio is dood en we weten nog steeds niet wie hem vermoord heeft. Patrick O'Conner en de complete permanente vijf gebruiken mij als zondebok voor het feit dat Japan er niet in geslaagd is een permanente zetel in de Veiligheidsraad te verwerven. Rachel is in gijzeling genomen en ik heb schaamteloos tegen haar vrijheid elk vooruitzicht ingeruild om Lemtov ter verantwoording te roepen voor de fraude, waarvan ik nu overtuigd ben dat hij erbij betrokken was. Wanneer ik mijn ogen sluit ruik ik de geur van lavendel. En de neergaande spiraal van mijn gedachten belandt bij Jennifer.

Ik begrijp haar niet. Er was een tijd waarin ik geloofde dat ik het wel deed, althans haar voornaamste karaktertrekken. Haar zorgzaamheid. De moedige gedrevenheid en vastberadenheid. Haar krachtige intelligentie en haar eerlijkheid, eigenschappen die haar op Columbia tot zo'n intimiderende persoonlijkheid maakten, maar die de afgelopen paar maanden voor mij zo'n gestadig schijnend licht zijn geweest, een groeiende belofte van persoonlijke hoop en vernieuwing. En nu? Na de verbale afstraffing die ze me vandaag in de zijkamer heeft gegeven heb ik het gevoel dat ik me vastklamp aan een schaduw, een hersenspinsel van mijn verbeelding: de vrouw van wie ik dacht dat ik haar kende. Dan mijn eigen gedrag, de 'loop naar de hel'-scène in de gang. Hoe stemt dat nu eigenlijk overeen met het fraaie zelfportret dat ik in gedachten meedraag? Was dat het gedrag van een beschaafd man, of iets wat ik eerder van Patrick O'Conner had kunnen verwachten?

Ik leun met mijn hoofd achterover en haal diep adem. Ten slotte blijven mijn gedachten rusten bij Rachel. Ik zet mijn glas neer. Ik pak Maries telefoon op en toets het nummer van mijn gsm in.

'Rachel? Met mij.'

'Hallo, pap.' Zacht, maar beheerst.

'Ik ben in de stad. Ik kan over een paar uur naar je toe komen. Ik wilde alleen horen hoe het met je gaat, of je iets nodig hebt.'

Een stilte. 'Nee,' zegt ze eindelijk. 'En je hoeft niet naar me toe te komen, pap. Het gaat goed met me. Weyland is hier.'

Ze klinkt ook echt goed. Moe natuurlijk, maar niet, zoals ik vreesde, verzonken in een donkere put van wanhoop. Ze vertelt me dat ze met Weyland op de North Lawn loopt om wat frisse lucht te krijgen. We doen nog een paar pogingen om een gesprek te voeren, maar die lopen op niets uit, onze stemmen sterven weg en er valt een stilte.

'Rachel?'

'Kom niet met een van je clichés aanzetten, pap.'

Ik moet erom glimlachen. Een voorzichtig lachje. 'Ik kom gauw naar je toe.'

'Ga maar naar huis. Hier gebeurt niets.'

'We zullen wel zien.'

Weer een pauze. Ik kan het verkeer op FDR Drive horen, en ik stel

me voor hoe Rachel en Weyland op het trottoir staan, uitkijkend over de East River.
'Ik hou ook van jou, pap,' zegt ze en ze hangt op voor ik nog iets kan zeggen.
Ik leg de telefoon neer. Daarna sta ik op en ik loop langzaam naar de badkamer, buig me over de wastafel en plens water over mijn gezicht. Dan kijk ik naar de druipende douchekop en vervolgens naar het bed achter me. Twee uur. Marie heeft de wekker gezet, die gaat over twee uur af.

Wanneer ik wakker word is het eerste wat ik zie de fluwelen jurk, die over de stoel onder het raam is gedrapeerd. Een fosforescerende, oranje gloed valt uit de donkere nacht naar binnen en verlicht de jurk, de stoel en mijn rechterarm, die over de zijkant van het bed hangt. Het verkeersrumoer lijkt nu verder weg, gedempt. Nog soezerig kijk ik op de wekker. 23.55. Vijf minuten voor middernacht. Ik kreun zacht.
'Ik wilde je niet wakker maken.'
De woorden, niet fluisterend maar zachtjes uitgesproken, komen van een plek, slechts enkele centimeters bij me vandaan. Een hele poos blijf ik doodstil liggen. Ik kan haar ademhaling nu horen, en ik voel de warmte van haar adem in mijn hals. Ten slotte zegt ze weer iets.
'Sam?'
De huid van mijn nek prikkelt. Wat zegt de etiquette, vraag ik me af, wanneer een man, naakt op zijn boxershort na, wakker wordt in het bed van een vreemde vrouw, en merkt dat die vrouw naast hem is komen liggen?
'Ik heb de wekker niet gehoord,' zeg ik. Mijn stem is dik.
'*Oui*,' klinkt het antwoord achter me.
Ik wacht. Zij wacht. Dan richt ik me op één arm op en wil de dekens terugslaan. Haar hand schiet naar me toe, haar vingers sluiten zich om mijn heup. Ik lig weer stil. 'Mijn dochter wacht op me.'
'Ze slaapt nu.'
Dat is waar, denk ik. Rachel zal nu wel slapen, vredig; waarom

zou ik haar wakker maken? Ik kijk weer op de wekker. 23.56.
'Jij moet ook slapen,' zegt Marie.
Even blijf ik waar ik ben, leunend op mijn arm, turend naar het lichtschijnsel dat door het raam valt, nog steeds getroffen door het vreemde van dit alles, de afschuwelijke macht die het onvoorspelbare over ons leven heeft. Sarah vliegt naar Pakistan om vrouwen te helpen bevallen en drie weken later ligt ze dood op een met sneeuw bedekte Afghaanse heuvel. Rachel trekt haar VN-jasje aan en loopt op een ochtend Turtle Bay in, om tot de ontdekking te komen dat ze gearresteerd wordt als verdachte in een moordzaak. Ik begin de dag gelovend dat ik de vrouw ken met wie ik waarschijnlijk de rest van mijn leven zal delen, die vrouw overlaadt me met aanklachten en ik eindig de dag in het bed van een andere vrouw. En dan zeggen ze nog dat God geen spelletje speelt met de wereld?
'Als je wilt,' laat Marie erop volgen.
Gedurende al die tijd heeft ze haar hand niet van mijn heup gehaald. Nu voel ik een vinger met een lange nagel langzaam een streep over mijn naakte huid trekken in de richting van mijn navel, en onwillekeurig welt er diep in mijn keel een zacht gekreun op. Dan is de hand weg en mijn zwellende penis streelt zachtjes langs mijn dijbeen.
Ik zou me nu kunnen omdraaien, ze moet het verwachten, maar ik doe het niet. Ik blijf heel stil liggen, me intens bewust van elk geluid en elke beweging: het ritselen van het gordijn, gedempte stemmen in het trappenhuis, het geluid van de wekker. Toen ik zestien was en naar bed ging met de schoonheidskoningin van de middelbare school, leerde ik een spelletje dat ze 'wacht erop' noemde. Het was zoals het klonk: het moment van samenkomst werd uitgesteld om het genot te verhogen, we werkten ons op tot een stimulerende hoogte van afwachting en uiteindelijke bevrijding. Dat, althans, was Leanne Brady's theorie. Op mijn zestiende zag ik er niet echt het nut van in en toen Leanne een nauwelijks aanvaardbare vertraging van minuten liet overgaan in uren en daarna dagen, terwijl onze geregelde, dagelijkse ontmoetingen in de bossen van haar vader teruggebracht werden tot één

keer per week, liet ik haar schieten. Daarna leefde ik mijn seksuele energie uit op actievere meisjes, in het bijzonder Gracie Morton, een lief meisje met een lelijk gezicht maar met enorme borsten, wier gedrag op seksgebied het best kon worden omschreven als happig.

Op dit moment is het echter Leanne Brady wier geest onmiskenbaar, onverwacht, boven me zweeft. Wacht erop. Achter me ligt Marie eveneens doodstil. Het lijkt benauwd te worden in de kamer, mijn nek en mijn ruggengraat prikkelen omdat ik me intens bewust ben van haar nabijheid, ze ligt slechts enkele centimeters bij me vandaan. Ik voel mijn hart sneller kloppen. En terwijl ik mijn adem inhoud, luister ik; eindelijk hoor ik het, haar ademhaling, niet langer in mijn nek maar zwak, onregelmatig en bevend. Ik richt mijn ogen op de wekker. 00.01.

'Marie?' Heel zacht.

Geen reactie. Langzaam laat ik me op mijn rug rollen, daarna draai ik mijn hoofd om op het kussen, zodat ik haar kan aankijken.

Ze ligt op haar rug. Haar ogen zijn gesloten, haar lippen wijken iets vaneen en wanneer ik naar haar hand kijk die op de dekens op haar borst rust, het langzame rijzen en dalen terwijl ze ademhaalt, is mijn eerste gedachte dat ze in slaap is gevallen. Maar dan voel ik de aanraking van haar andere hand die onder de dekens verborgen is. Eén vinger maar, die langs mijn rechterzij omhoogglijdt, over mijn ribben naar mijn tepel, en daar kringetjes omheen begint te draaien. Mijn hart bonst in mijn keel. Dan legt ze haar hand voorzichtig plat op mijn borst, laat die vederlicht over mijn buik omlaagglijden om eindelijk te blijven liggen op de bobbel die tegen mijn boxershort duwt. Ze streelt me door de katoenen stof heen, een ritmische beweging waardoor ik me op mijn elleboog opricht, een gekreun onderdrukkend.

Wanneer ik een minuut later bij haar binnendring, draait ze haar hoofd opzij en slaakt ze een kreet van echte pijn.

Ik aarzel, begin terug te trekken. Ze klauwt echter met haar hand in mijn rug; nee, zegt ze. Haar hand grijpt mijn onderbroek en trekt me weer in haar terug.

Haar hoofd is diep in het kussen gedrukt, haar lichaam nog verstrakt als gevolg van de pijn. Ze kijkt me recht aan, nog steeds mijn broek vasthoudend, en brengt haar vrije hand naar haar mond. Opzettelijk, langzaam, buigt ze haar wijsvinger, laat de knokkel tussen haar tanden glijden, en ze bijt. Ze bijt hard. Zo hard dat haar onmiddellijk de tranen in de ogen springen.

Opeens, heel vreemd, raak ik daar enorm opgewonden van. Haar andere hand rukt aan mijn onderbroek, er loopt een rilling over mijn rug en ik ga weer bij haar binnen. Haar gesmoorde kreet klinkt nu als de lokroep van een sirene, zuiver en zoet. Haar ogen zijn strak op de mijne gericht en nu stromen de tranen over haar gezicht. Ik aarzel opnieuw. Weer, nu bijna kwaad, rukt ze aan mijn short. Wanneer ik diep in haar ben verstijft ze, haar hoofd gaat achterover, maar ze houdt mijn onderbroek nu vast als een touw en ze trekt hard, zodat de stof in mijn scrotum snijdt. Ik stoot nog eens. En nog eens. Bij elke harde stoot schokt Maries hoofd op het kussen heen en weer, ze houdt de knokkel nu zo hard tussen haar tanden geklemd dat het bloed eruit moet sijpelen.

Het duurt, natuurlijk, niet lang. Binnen een minuut kom ik, een huiverende, explosieve opluchting als het breken van een grote golf, mijn lichaam verstrakt, dan val ik, eindelijk beland ik op de kust. Mijn opwinding versplintert, fluistert door elke cel van mijn lichaam.

Wanneer ik me uitgeput, verzadigd, op haar laat vallen laat Marie de knokkel uit haar mond glijden. Ze drukt haar gezicht in het kussen en droogt haar ogen. Haar borst gaat, evenals de mijne, heftig op en neer.

Na een poosje hebben we nog steeds geen van beiden een woord gezegd, en ik richt me op. Haar hoofd is van me afgewend, haar ogen zijn gesloten. Wanneer ik – als te late hoffelijkheid, een gevoel van verplichting? – mijn hand tussen haar benen schuif met de bedoeling haar tot een climax te brengen, laat ze zich bij me wegrollen, zwaait haar benen over de rand van het bed en loopt de badkamer in.

Ik lig hier nu alleen, mijn hand op het warme laken dat nog de indruk van haar lichaam draagt, en ik zweef weg, mijn gedachten, evenals mijn spieren, bevrijd en ontspannen. Ik ben totaal uitgeput, niet meer dan drijvend wrakhout. Het laatste wat ik hoor voor ik mijn ogen sluit, voor ik in slaap val, is de douche.

Ergens gaat een telefoon. Ik ga rechtop zitten en schud mijn hoofd terwijl ik tast naar de plek waar de telefoon zou moeten staan. Dan weet ik het weer. Dit is niet mijn bed, zelfs niet mijn flat. En dat is niet mijn telefoon.

'Merde,' zegt Marie, die zich omdraait en dan naast me haar hand onder de deken uitsteekt. 'Merde, merde, merde.' In het halfduister vindt ze de telefoon en drukt de hoorn tegen haar oor. 'Ja?' Geïrriteerd.

Ik kijk op de wekker. 06.35.

'Jezus,' mompel ik. Ik sla de dekens terug en zwaai mijn benen over de rand van het bed.

Naast me zegt Marie verrast: 'Ja, hij is hier.'

Ik ga rechtop zitten. 'Wie?' prevel ik geluidloos, naar de telefoon wijzend.

Marie fronst haar wenkbrauwen, steekt haar hand op en luistert. Ten slotte geeft ze me de hoorn. 'Het gaat over je dochter,' zegt ze.

Ik druk de hoorn tegen mijn oor. 'Windrush.'

'Hallo.'

Mijn maag lijkt opeens gevuld met lood. Het is Jennifer. Het gewicht kruipt in mijn ledematen. De stilte die volgt is afschuwelijk veelzeggend, maar wanneer ik mijn hoofd buig en probeer mijn gedachten te ordenen kan ik de woorden niet vinden. Geen enkel woord.

Eindelijk begint Jennifer weer te spreken, haar stem uiterst beheerst. 'Er is me verzocht toezicht te houden op het overdragen van je dochter.'

Ik krijg het plotseling ijskoud en staar tussen mijn voeten naar de grond.

'Heb je dat verstaan?' zegt ze.

'Hoezo, overdragen?'

'De Commissie van het Hoofdkwartier wil haar overdragen aan de politie van New York. Je zou er goed aan doen meteen naar mijn kantoor te komen.'
De Commissie van het Hoofdkwartier. De Tunku. O, jezus, denk ik, en er loopt een rilling over mijn ruggengraat. O, god, ik heb één feit niet gedekt. En Lemtov heeft dat gevonden.
'De politie van New York?'
'Afdeling Moordzaken,' zegt Jennifer. 'De Commissie van het Hoofdkwartier wil dat Rachel wordt aangeklaagd voor de moord op Hatanaka. Ze eisen een proces bij het gerechtshof van New York. Een proces volgens de New Yorkse wet.'
De New Yorkse wet. Mijn hoofd gaat omhoog en ik ga rechtop zitten.
'Wat is er?' fluistert Marie achter me.
Ik schud mijn hoofd. Ik vraag Jennifer waar ze is. In het Waldorfhotel, zegt ze, maar ze staat op het punt om naar kantoor te gaan.
Wanneer ik de hoorn neerleg, tolt de kamer om me heen; ik moet even wachten om lucht te krijgen. Maries vragen stromen over haar lippen als een gezwollen rivier, maar ze zou evengoed kilometers ver weg kunnen zijn, haar stem is nauwelijks hoorbaar boven het bloed dat ruist, dat buldert in mijn oren. Een proces volgens de New Yorkse wet. New York, de staat met het kantoor van de openbaar aanklager waar de naam Samuel Windrush wedijvert met die van Benedict Arnold als een van 's werelds grootste verraders. De stad met het advocatenkantoor waar Randal White de leiding heeft. Randal White, die vrolijk door vuur, over glas en – ik twijfel er niet aan – over het dode lichaam van een achttienjarig meisje zou lopen om zijn geschiktheid voor zijn hoge ambt te bewijzen, zijn no-nonsense benadering van de misdaad. New York, de staat die de doodstraf afschafte en vervolgens van mening veranderde.
Ik begin te bidden. Zwijgend en dringend. Lieve God, red mijn dochter. Help me. Lieve God. Lieve God.

Vrijdag

34

'Onzin,' zeg ik. 'Volslagen onzin.'
Ik blijf echter door de stapel getuigenverklaringen bladeren die Jennifer me heeft overhandigd, en waarvan ze zegt dat ze die vanochtend vroeg van de Tunku heeft gekregen. Haar taxi arriveerde enkele ogenblikken na de mijne; nu staan we bij de zij-ingang van het Amerikaanse VN-gebouw. Geen van beiden hebben we iets gezegd over het telefoontje dat me in Marie Lefèbres bed bereikte, en terwijl Jennifer nu in haar tas naar haar toegangskaart zoekt, houd ik mijn hoofd omlaag en kijk wanhopig het scala aan waarheiden, halve waarheden en leugens door, op zoek naar een uitweg.
'Onzin, misschien,' zegt Jennifer, wanneer ze eindelijk haar kaart in het slot steekt en vervolgens de deur met haar schouder openduwt. 'Maar buitengewoon gevaarlijk.'
'O, toe nu toch. Geloof jij dit?' Terwijl we naar binnen gaan geef ik met de rug van mijn hand een klap op het dossier, dat vijf verklaringen blijkt te bevatten. Een van een VN-gids, een Oezbeek, een van een onbeduidende Afghaanse bureaucraat bij Politieke Zaken, twee van jonge leden van de Turkmeense VN-missie, en de laatste van een Rus die in de Dag Hammarskjold-bibliotheek werkt. Ze behelzen allemaal tot in onwaarschijnlijke details gesprekken waarvan deze mensen beweren dat ze die met Rachel hebben gevoerd, gebeurtenissen die ze beweren te hebben gezien. Terwijl ik met Jennifer de gang door loop, lees ik één opmerkelijk belachelijke regel hardop. 'Toen zei Rachel Windrush tegen me: "Ik zal mijn moeder wreken."' Ik kijk op. 'Klinkt dat als iets wat Rachel gezegd kan hebben? Ik zal mijn moeder wreken? Dat is Rachel niet. Dat is een of andere stomme politieke maniak uit Kaboel, dat is geen kind van achttien uit Brooklyn.'
'Ze is geen kind meer.'
'Je weet best wat ik bedoel.'

'Het zijn ondertekende verklaringen. Als dit bij een rechtbank terechtkomt en de getuigen blijven bij hun verklaringen, zal een jury ze serieus moeten nemen.'
Bij de lift blijven we staan. Jennifer drukt op de knop. Onder de oppervlakte van haar beheerste uiterlijk voel ik een brandende hitte.
'Ze is onschuldig,' zeg ik.
Jennifer heft haar hand op.
'Echt waar.' Ik wapper met de verklaringen. 'Dit is rotzooi.'
Jennifer gaat een stap achteruit en wijst door een raam naar het terrein van het VN-hoofdkwartier aan de overkant van First Avenue. 'Zie je dat? Dat is een gebouw waar ik op bezoek ga. Een plek waar ik kom voor besprekingen of voor conferenties. Zelfs zo nu en dan voor een stemming. Maar het is niet waar ik werk.' Ze wijst naar de vloer. 'Hier werk ik. En weet je wat het verschil is? Hier weet ik wat er gebeurt. De NSC en de staat zijn het niet eens over hun politiek? Ik weet het. Onze mediamensen brengen een verkeerd verhaal naar buiten? Ik weet het. Bruckner wordt wakker met een verdomde koppijn en dat weet ik ook, omdat ik hier werk, Sam.' Ze wijst weer naar het VN-terrein. 'Dat is onbekend territorium. Daarginds kom ik alleen te weten wat de mensen die daar zitten me willen vertellen.'
'We hadden het over Rachel.'
'Drie dagen geleden is Hatanaka daar vermoord. Sindsdien hebben we aan deze kant van de straat in het duister getast. Gisteren hoor ik plotseling dat jullie veiligheidsmensen iemand hebben gearresteerd. Vanochtend kom ik erachter wie die iemand is. We hebben het over Rachel. Wat is daar in godsnaam gebeurd?'
Dit is niet het moment, besef ik, om te proberen me te verschuilen achter het vijgenblad van artikel 100. De lift komt; nadat we zijn ingestapt vertel ik haar wat er gebeurd is.
'Rachel is op de een of andere manier met de haren bij het onderzoek gesleept. Ze was op de NGO-receptie, ze ging heel even naar het souterrain om haar jas te halen. Iemand sleepte haar erbij als verdachte om mij de mond te snoeren. Maar deze troep' – ik geef weer een klap op de verklaringen – 'slaat nergens op.'

Ze kijkt van de verklaringen naar mij. 'Over een paar uur krijg ik bezoek van iemand van de afdeling Moordzaken van de New Yorkse politie,' zegt ze. 'Dan gaan we allemaal naar het wachthuisje van de VN, waar ik de bewakers zal mededelen dat de politie gereed is om Rachel Windrush in hechtenis te nemen. De Tunku zal een document voor me gereed hebben dat ik moet tekenen. Ik zal het tekenen. En wanneer ik dat gedaan heb, zal Rachel worden overgedragen aan de politie van New York. Haar rechten zullen haar worden voorgelezen, daarna zal ze per auto naar het bureau worden gebracht, waar ze zal worden aangeklaagd wegens moord. Wanneer dat gebeurt kun je haar alleen nog helpen door ervoor te zorgen dat ze een goede advocaat krijgt. En die troep' – ze knikt naar de verklaringen die ik in mijn hand houd – 'die troep zal geen onzin lijken in de ogen van een openbaar aanklager. Die troep zal eruitzien als een geschenk uit de hemel.'

'Het zijn leugens.'

Ze kijkt me geruime tijd aan. Dan tikt ze met een vinger tegen mijn wang. 'Lipstick,' zegt ze.

De lift stopt. Ze stapt uit en gaat op weg naar haar kamer. Ik loop haar achterna, met een hand over mijn wang wrijvend, en ik voel me heel klein. 'Je moet de overdracht tegenhouden,' zegt ze, wanneer ik haar heb ingehaald.

Ik draai mijn hoofd verbaasd naar haar toe, maar ze blijft stug doorlopen, met haar blik strak voor zich uit gericht. 'Zolang ze op VN-grondgebied is kan ze niet worden aangeklaagd,' zegt ze. 'Ik zal proberen dit recht te trekken. Intussen moet jij ervoor zorgen dat ze daar blijft.'

'Hoe?'

'Dat is jouw probleem.'

Ze steekt de sleutel in het slot van haar kamerdeur en gaat naar binnen, intussen uitleggend hoe ze misschien wat tijd voor me kan winnen. Wanneer de mensen van Moordzaken komen, zal ze vragen om documenten te mogen zien: papieren, ondertekend door de openbaar aanklager, een hechtenisbevel dat de overdracht bekrachtigt. Alles wat ze maar kan bedenken. 'Ze zullen hun uiterste best doen, om er zeker van te zijn dat ze dit niet verpesten. Ik zal hen juridisch afschepen, hen naar het kantoor van het OM sturen of weet ik waarheen, voor nog meer documenten. Dat geeft ons beiden wat meer tijd.' Nadat ze haar mantel over een stoel heeft gehangen gaat Jennifer aan haar bureau zitten en begint in een lade te zoeken.

Ze biedt aan de politieactie te vertragen. Obstructie van de wet. Jennifer Dale.

Zoals deze afgelopen paar dagen zo dikwijls gebeurd is, heb ik het gevoel dat de waarheid aan me voorbijgaat, dat ik de ware betekenis van bepaalde handelingen niet zie, dat de motivering waar ik naar zoek zorgvuldig verhuld wordt, en dat ik, wat ik wel heb gevonden, verkeerd heb begrepen.

'Waarom?' zeg ik.

Jennifer houdt haar ogen op de lade gericht en ze geeft geen antwoord. Ik ga dichter bij haar bureau staan. 'Waarom heb je niet gewoon gedaan wat je gevraagd is? Je hoefde me niet te bellen. Je hoeft de politie niet te dwarsbomen, dat valt niet onder de voorschriften voor een Amerikaanse juridisch adviseur van de VN.'

Ironisch vraagt ze of ik probeer haar te bedanken.

Dat pik ik niet. Geen ogenblik. Jennifers principes zijn heilig, haar vertrouwen in het juridisch fatsoen is te stevig verankerd, ze zou zich nooit vanwege een persoonlijke gril willen compromitteren. Ik ben niet zo dom te geloven dat ze aanbiedt om Rachels arrestatie te vertragen vanwege bepaalde gevoelens die ze misschien nog voor me koestert. Ik kijk naar de getuigenverklaringen in mijn hand, en ik denk na. Over wat ik van Lemtov weet. Wat ik van Jennifer weet.

'Weet je dat deze verklaringen flauwekul zijn?' vraag ik ten slotte. Ze heft haar hoofd op boven de lade.

'Is dat het?' zeg ik wanneer ze haar ogen afwendt. 'Is dat waarom je wilt helpen, waarom je me gebeld hebt?'

'Ik help je. Accepteer dat nu maar.' Ze kan me niet aankijken. Ze kan me niet aankijken, besef ik, omdat ik doel getroffen heb. Ik gooi de verklaringen op haar bureau.

'Je weet dat dit flauwekul is. Je weet dat Rachel erin geluisd wordt.'
'Dat heb ik nooit gezegd.'
Ik loop zo snel om haar bureau heen dat Jennifer verrast terugdeinst. Met een hand op de openstaande lade steunend en met de andere op haar stoelleuning, buig ik me over haar heen.
'Dit is geen juridisch debat. Er is hier geen professor om je een tien met een griffel te geven wanneer je hem laat zien hoe verdomd pienter je bent. Dit gaat om het leven van mijn dochter. En je weet dat ze onschuldig is. En als ik niets kan verzinnen, laat je het dan eenvoudig gebeuren? Blijf je dan staan toekijken hoe ze aan de afdeling Moordzaken wordt overgedragen? Hoe kun je dat rechtvaardigen?'
'Sam...'
'Waar kies je voor, het Neurenberg-appel?'
'In godsnaam...'
'Volg je gewoon je orders op?'
Haar hand is zo snel dat ik het niet zie aankomen. Er klinkt een luide klap, mijn hoofd vliegt opzij en mijn linkerwang staat plotseling in brand.
We staren elkaar aan, allebei woedend, allebei laaiend vanwege onze eigen, innerlijke brand. Rachel in een kamer in het souterrain van het VN-hoofdkwartier. Ik in Marie Lefèbres bed. God, denk ik, als de pijn in mijn wang wegtrekt. God, waar zijn we? Hoe zijn we in vredesnaam hier terechtgekomen?
Eindelijk duwt Jennifer mijn hand van haar stoel. Ze draait zich om naar haar bureau en tilt een dikke stapel papieren uit de lade op het blad. 'Ik neem aan dat je het verband gezien hebt tussen al deze verklaringen,' zegt ze strak.
Dat heb ik natuurlijk. Elke verklaring is afgegeven door een inwoner van een land waarvan het lot op de een of andere manier in handen ligt van Rusland; in het geval van de bibliotheekmedewerker is het een Rus. Wanneer ik dat zeg kijkt Jennifer me aan.
'Het verbaast je niet?'
'Ik heb tegen niemand bewijsmateriaal,' zeg ik.
Ze legt een hand op de stapel papieren die ze zojuist uit haar lade

heeft gepakt. En ze blijft me aankijken, blijkbaar om iets te overwegen. 'Je hebt dit niet gezien,' is haar conclusie.
Ik buig mijn hoofd om de titel te lezen, maar die gaat schuil onder haar hand.
'Het is het FBI-rapport,' vertelt ze me, 'over Yuri Lemtov.'
Mijn mond valt open. Een FBI-rapport over Yuri Lemtov? En tot op dit moment had Jennifer aangenomen dat ik het had gezien?
'Jezus,' mompelt Jennifer. Even blijft ze nadenken, dan staat ze op en ze loopt naar de deur. 'Ik heb de agent hier laten komen, we treffen elkaar beneden. Misschien kun je daarnaar kijken' – ze knikt naar het rapport op haar bureau – 'voor hij naar boven komt.'
Ze gaat weg. Ik loop naar de deur, steek mijn hoofd eromheen en roep haar naam, maar Jennifer loopt haastig door. Aan het eind van de gang verdwijnt ze uit het zicht. Ik doe een stap achter haar aan, maar dan bedenk ik me en ik loop terug naar het bureau. Een FBI-rapport. Over die verdomde Yuri Lemtov. En daar staan de woorden, boven aan de eerste pagina: WITWASSEN VAN GELD. Wanneer ik doorblader naar de inleiding merk ik dat het rapport een samenvatting is van een FBI-onderzoek dat bijna een jaar heeft geduurd. Een onderzoek naar de financiële activiteiten van de vice-ambassadeur voor Rusland bij de VN, Yuri Lemtov.
Ik breng mijn hand naar mijn hoofd. Mijn maag steekt pijnlijk. Hoe lang heeft Jennifer dit verdomde rapport al in haar bezit?
In de inhoudsopgave vind ik een hoofdstuk gewijd aan diverse rekeningen bij de Portland Trust Bank, dus ik zoek snel dat hoofdstuk op en lees het door. Ik kan het eerst niet geloven, de hoogte van de bedragen die ik onder ogen krijg, de verbijsterende hoeveelheid geld die ermee gemoeid is. Niet slechts miljoenen, nee, tientallen miljoenen. Alsof een reusachtige sluisdeur is opengezet zodat geld als een rivier naar Lemtovs rekeningen kon stromen, een brede, diepe Mississippi van contant geld. Rekening BB7, waarnaar de verduisterde VN-gelden zijn verdwenen, staat hier vermeld. Maar het is slechts één van vele rekeningen, en de paar honderdduizend dollar verduisterde VN-gelden doet eenvoudig niet terzake, het is slechts een luchtbel in de rivier, die

volkomen in het niet valt bij de enormiteit van de witwasoperatie die de FBI schijnt te hebben ontdekt.
Wanneer ik andere hoofdstukken inkijk, vind ik meer van hetzelfde, een verbijsterende verzameling bankrekeningen en een ongelooflijke hoeveelheid geld. Ten slotte ga ik naar het laatste deel en lees de samenvatting van het rapport. Het is verpletterend, het bewijs is onweerlegbaar: Lemtov is zo schuldig als de hel. Maar dan zie ik een addendum van de voornaamste FBI-advocaat die deze zaak heeft behandeld. 'Diplomatieke onschendbaarheid', zegt de titel.
Ik sta op en begin heen en weer te lopen onder de gekruiste Amerikaanse vlaggen en de adelaar. Intussen lees ik verder. Het hele addendum is te lezen als een eigenaardig juridisch werkstuk, een praktijkgeval als de ergste nachtmerrie die een student rechten kan hebben. Bij het raam blijf ik staan, met een hand op de vensterbank leunend. Diplomatieke privileges, internationale protocollen voor buitenlandse missies. De conventie ter bescherming van personen met een diplomatieke status. De kreten zijn er allemaal, en ze zijn samengevoegd tot een gefrustreerde klaagzang, een luide jammerklacht van Juridische Zaken van de FBI. Lemtovs positie bij de Russische delegatie, zijn diplomatieke geloofsbrieven, hebben de FBI geheel buitenspel gezet. Het addendum is gesigneerd en gedateerd. Dan zie ik een andere datum, de datum waarop dit rapport aan de Amerikaanse juridisch adviseur bij de VN werd afgeleverd. Wanneer ik opkijk zie ik de bewakers bij het wachthokje van het VN-hoofdkwartier aan de overkant van de straat. Ze zijn klaar met het neerzetten van de dranghekken; nu staan ze op de stoeptreden koffie te drinken en toe te kijken terwijl twee collega's de vlaggen hijsen. Alles volkomen normaal. Op een later tijdstip vanochtend zullen die bewakers mijn dochter overdragen aan de afdeling Moordzaken van de New Yorkse politie.
Ik buig me nogmaals over het rapport en lees opnieuw de datum: juli. Ze wist het, denk ik. Al zo lang.
Wanneer Jennifer terugkomt, is mijn keel zo dichtgeknepen van woede dat ik nauwelijks een woord kan uitbrengen. 'Je wist dit

vanaf het begin. Vanaf het begin, verdomme. Waarom heb je in godsnaam niets gezegd?'

Jennifer kijkt om naar de openstaande deur. Wanneer de man achter haar binnenkomt kan ik het niet geloven. Aziatisch. Midden dertig, met een paardenstaart.

'Agent Nagoya,' zegt Jennifer, naar haar bureau lopend. 'Dit is Samuel Windrush.' De man komt op me af en steekt ietwat onzeker zijn hand uit. Hij waagt een vaag glimlachje. Agent Nagoya. Een Aziatische Amerikaan van de FBI.

'Jij,' zeg ik. Zijn blik is schuldbewust maar ik zwiep zijn hand opzij. 'Jij hebt in mijn appartement ingebroken. Ik geef jou verdomme geen hand.'

'Sam,' zegt Jennifer.

'Wil je soms dat we doen alsof we vrienden zijn? Hoor eens, deze vent...' Ik kijk van Jennifer naar Nagoya. 'Dat was jij toch, gisteren in de auto? In Harlem?'

Hij knikt.

'Geen verklaring?' zeg ik. 'Niet "sorry maar u hebt uw auto verdomme voor niets in de prak gereden"?'

'Sam,' komt Jennifer tussenbeide, 'wil je dit horen of niet?'

Ik gooi het rapport op een stoel en klem daarna beide handen om de rugleuning. Met een strak gezicht loer ik naar Nagoya. Hij vraagt me of ik het rapport gelezen heb.

'Voldoende ervan. Waarom wilde je afluisterapparatuur in mijn huis plaatsen?'

'Dat was een beoordelingsfout.'

Een beoordelingsfout. Leve de burgerrechten in de Verenigde Staten.

'We observeerden Hatanaka's flat. U werd gezien toen u er naar binnen ging. U hebt aan onze microfoontjes gezeten.'

'Jullie microfoontjes,' zeg ik.

'We probeerden de aard van Hatanaka's contact met Lemtov vast te stellen,' zegt hij tegen me. 'Omdat we Lemtov onder surveillance hadden wisten we dat hij Hatanaka ontmoette. Hatanaka was de VN-expert met betrekking tot Afghanistan.' Hij wijst naar het rapport. 'We vermoedden dat het om drugsgeld

ging. Dat Hatanaka erbij betrokken kon zijn.'
Toshio Hatanaka, internationale drugsbaron. Zachtjes vloekend draai ik me om, ik ben bijna te kwaad om hier te blijven staan luisteren. Wat kunnen deze knapen nog meer verkeerd hebben begrepen? 'Toshio stelde een onderzoek naar de man in, godnogantoe. Daarom ontmoette hij Lemtov.'
'Het Bureau wist dat niet,' brengt Jennifer naar voren.
'Hoor eens,' zegt Nagoya. 'We hebben het met deze zaak niet gemakkelijk gehad. Lemtov trok eerder dit jaar onze aandacht. Sindsdien hebben onze juristen zich er voortdurend mee bezig gehouden, met wat wel en niet kon. In juli geloofden we dat we een behoorlijke zaak tegen de man hadden opgebouwd. U hebt de cijfers gezien?'
Ik knik.
'Nou, we wilden dat er een eind aan kwam, dat we de zaak tegen hem konden afsluiten. Maar onze juristen konden geen manier bedenken om de man te beschuldigen.'
'U bent te bescheiden, meneer Nagoya,' zegt Jennifer, en voor het eerst merk ik hoe koel ze hem behandelt. Ze mag die vent niet. 'Meneer Nagoya en zijn team,' zegt ze tegen me, 'hebben niet zoveel aandacht besteed aan het juridische advies als ze hadden moeten doen. Het bewijsmateriaal dat ze tegen Lemtov verzameld hebben, is onrechtmatig verkregen.'
Ik kijk haar aan. Ze knikt naar het rapport. 'Het is onbruikbaar.'
'Het ís bewijsmateriaal,' zegt Nagoya.
'Niet voor de rechtbank. Geen schijn van kans,' zegt Jennifer. 'Afgeluisterde telefoons bij de Russische missie. Minstens drie inbraken. Onbevoegd openen van post.'
'Bij een man als hij,' merkt Nagoya op, 'lag het niet eenvoudig.'
Jennifer richt zich tot mij. 'Eind juli ging de FBI met wat ze wisten naar BZ.' Het Amerikaanse ministerie van Buitenlandse Zaken. 'Washington heeft het aan ons doorgespeeld.'
Ik denk na. Eind juli was Pascal nog steeds bezig met de documenten van de Speciale Commissie, probeerde hij uit te zoeken of het Asahaki, Po Lin of Lemtov was die misbruik had gemaakt van VN-fondsen.

'Jullie hebben er eenvoudig niets mee gedaan?'
'Ik heb het rapport zeker zes keer doorgenomen,' zegt ze. 'Als er ook maar een spoortje bewijsmateriaal was geweest dat niet onrechtmatig was verkregen...'
Nagoya snuift en wendt zijn hoofd af.
'Drie weken geleden kwam ik tot de conclusie dat het hopeloos was,' zegt Jennifer. 'Ik heb de ambassadeur de aanbeveling gegeven om het rapport aan Juridische Zaken van de VN door te geven. Bruckner gaf het aan O'Conner.'
Het blijft even stil terwijl ik dit verwerk. 'Drie weken geleden heeft Patrick dit gekregen?'
'Reken maar na. Eenentwintig dagen.'
'Ik heb het nooit gezien.'
'Dat is nu wel duidelijk.'
We kijken elkaar aan.
'Gisteren, in de zijkamer,' zegt ze, 'over wie dacht je dat ik het had?'
Het begint me te dagen en ik kreun hardop. Niet wie ik dacht: niet Patrick O'Conner. Ze beschuldigde me ervan dat ik Lemtov beschermde.
'Je was niet bepaald duidelijk.'
'Wat had ik dan moeten doen? Naar Lemtov wijzen en zeggen: "Arresteer die man"?'
Ik steek mijn hand op. De beschuldigingen over en weer kunnen wachten, we moeten ons nu bezighouden met de overdracht van Rachel. Ik pak het FBI-rapport en wenk Jennifer, terwijl ik haar kamer uit loop. 'Jij niet,' zeg ik tegen Nagoya, wanneer hij een poging doet om met ons mee te lopen. Jennifer geeft Nagoya de opdracht daar te blijven, daarna volgt ze me de gang in.
'Welke feedback heb je van Patrick gekregen?' vraag ik, haar meenemend naar de lift.
'Niets. Precies wat ik je woensdag heb verteld.'
Woensdag. Toen ze me bij zich op kantoor liet komen, toen ze zo pissig tegen me deed en dat dreigement uitte dat ik niet precies begreep. Laatste waarschuwing. Nu begrijp ik het. Nu is het te laat.

'Heb je Patrick al die tijd onder druk gezet?'
'Ja, maar dat heeft weinig geholpen,' zegt ze wanhopig. 'We hebben hem het FBI-rapport gegeven om dat als pressiemiddel te gebruiken. Iets wat hem kon helpen Lemtovs accreditatie te laten intrekken. Hij bleef ons vertellen dat hij eraan werkte. Toen kwam de stemming over de Veiligheidsraad dichterbij en we lieten de zaak-Lemtov op zijn beloop. Voor we het goed en wel wisten was Hatanaka dood, ging Asahaki terug naar Tokyo en begon iedereen te speculeren over een mogelijk verband.' We stappen in de klaarstaande lift, ik druk op de knop voor de begane grond. 'God,' zegt ze, 'Bruckner ging uit zijn dak. En vervolgens liet jij je ontvallen dat Hatanaka bezig was geweest met een onderzoek naar fraude bij de Speciale Commissie.'
'Waarvan Lemtov en Asahaki beiden lid waren,' zeg ik.
'We wisten dat een van hen een gigantische oplichter was. Jullie wisten het ook, althans Patrick wist het. Maar in plaats van je op Lemtov te concentreren leek jij Asahaki op de korrel te nemen. En de tijd die je hebt verknoeid in Chinatown, waar ging dat om?'
'Dus jullie hebben van het begin af aan geweten dat Lemtov achter de moord op Toshio zat.'
'Niet van het begin af aan. Maar toen jij over de fraude begon, en het onderzoek dat Hatanaka instelde naar die UNDCP-commissie, nou, je begrijpt het wel. Maar het was niet meer dan een gissing, en dat is het nog steeds. We konden er bovendien totaal niets aan doen. We konden geen kant op.'
Ik kreun. Ze weet wat ik denk, hoeveel haar stilzwijgen heeft gekost.
'Zodra ik vanochtend die verklaringen zag,' zegt ze, 'zodra ik hoorde wat ze met Rachel van plan waren, heb ik je gebeld.'
Ik richt mijn ogen op het plafond van de lift en breng mijn hand naar mijn hals. Jezus, diplomatie. Iedereen met zijn eigen geheimpje; iedereen walst over iemand anders heen, uit angst dat de ander over hém heen zal walsen. Allemaal zo druk met het grote spel dat ze niet opmerken dat ze een man als Lemtov in hun midden hebben. Ze konden geen kant op. Waarmee Jennifer

bedoelt dat ze het risico niet konden nemen de Russen kwaad te maken omdat de Russen, met hun permanente zetel in de Veiligheidsraad, dan hun veto zouden uitspreken over de toetreding van de Japanners. Internationale betrekkingen, denk ik hoofdschuddend. Wereldpolitiek. Geweldig.
'Ik kon het niet met je bespreken,' zegt Jennifer. 'Dat heb ik Bruckner moeten beloven.'
Dat had ik, natuurlijk, zo langzamerhand wel begrepen. En ik geloof dat ik het, als jurist, zelfs kán begrijpen. De Amerikaanse juridisch adviseur bij de VN kon hier niet bij betrokken raken. Hoe schuldig Lemtov ook mocht zijn, als de Russen erachter kwamen dat Jennifer had samengespannen met het secretariaat, dat ze een aanklacht tegen hem had voorbereid, zou het de Amerikaans-Russische betrekkingen bij de VN een generatie lang kunnen vergiftigen. Als de Russen haar ooit ronduit zouden vragen of ze dit besproken had met iemand van het secretariaat, moest ze hen recht in de ogen kunnen kijken en nee kunnen zeggen. Hogere morele overwegingen. Overwegingen die Jennifer op het moment dat ze me vanochtend belde terzijde heeft geschoven.
We stappen uit de lift en lopen naar de buitendeur. 'Hoe lang kun je die lui van Moordzaken aan het lijntje houden?' vraag ik.
'Een uur. Twee, misschien. Ze kunnen elk ogenblik hier zijn.'
Terwijl Jennifer de code intoetst om de buitendeur te openen kijk ik door het glas naar het VN-hoofdkwartier aan de overkant. De bewakers hijsen de laatste vlaggen, het bleke ochtendlicht kleurt alles grijs. In het souterrain zal Rachel nu wakker worden. Misschien vertellen Mike en Weyland haar op dit moment wat de Commissie van het Hoofdkwartier – wat Lemtov – gedaan heeft.
'Ik kan Bruckner vragen of hij Patrick wil bellen,' biedt Jennifer aan.
'Nee.'
'Zou het niet helpen?'
'Het helpt me niet om Lemtovs invloed op de Commissie van het Hoofdkwartier te breken,' zeg ik, terwijl ze de deur voor me openhoudt. Ik hou het FBI-rapport tegen mijn borst geklemd en

loop haastig langs haar heen. ‘Hou Moordzaken zo lang op als je kunt.’
‘Wat ga je doen?’ roept ze me achterna.
Ik ben nu op het trottoir en ik begin First Avenue af te draven zonder achterom te kijken. De bewakers bij hun hokje groeten me, zeggen goedemorgen. Ik steek mijn hand op en draaf verder. Wat ga ik doen? Ik heb niet zozeer een plan als wel één optie die nog overblijft, een laatste wanhopige hoop. Ik ga proberen mijn dochter te bevrijden. Ik ga proberen wat ik nu weet te gebruiken om Lemtov te verjagen. Mijn laatste hoop is ervoor te zorgen dat Lemtov ervandoor gaat.

35

Rachel heeft het gehoord, dat zie ik meteen. Ze heeft geen make-up op, haar gezicht is bleek en haar roodomrande ogen zijn bloeddoorlopen. Ze draagt een grijze slobbertrui, mijn oude baseballpet, een spijkerbroek en gympen, en in haar ene hand houdt ze een verfrommelde zakdoek. Weyland kijkt me meelevend aan wanneer ik naar Rachels veldbed loop en naast haar ga zitten. Ter wille van haar probeer ik geruststellend te glimlachen; mijn arm glijdt om haar schouders en ik mompel de gemeenplaatsen. Ik ben hier. Alles komt weer goed.

'Eckland en de Tunku zijn hier geweest,' vertelt Weyland. 'Ze hebben Rachel op de hoogte gebracht van de situatie en haar deze verklaringen gegeven.' Hij wijst naar Rachels kussen waarop een paar losse, verkreukelde pagina's verspreid liggen. 'Ik heb Mike gebeld. Hij komt eraan.'

'Ik heb hun niets verteld, pap.' Rachel schuift bij me vandaan en veegt haar ogen af.

'Heb je ze gelezen?' vraag ik, met een knikje naar de verklaringen.

'Het zijn leugens. Allemaal.' Er vloeien weer tranen.

'Het geeft niet, Rachel. Hé,' zeg ik zacht, 'het komt allemaal goed.'

'Nee, het komt niet goed.'

Ik leg een hand op haar knie. Wat moet ik zeggen?

'Ik heb Rachel verteld,' zegt Weyland tegen me, 'dat het zo misschien beter is, weet je. Amerikaans recht. Het zou wel eens beter voor haar kunnen zijn als ze hier weg is.'

Maar Weyland was vroeger bij de politie van New York. Hij heeft te veel van de Amerikaanse rechtspraak gezien om echte overtuiging in zijn stem te leggen; zijn opmerkingen hebben zonder dat hij het wil een sombere klank.

'Waarom zeggen ze dit allemaal?' Rachel pakt een van de verklaringen, gooit die daarna weer opzij en vervolgens veegt ze alle verklaringen van haar bed op de grond. Ze trekt haar benen op het bed, pakt haar enkels vast en drukt haar hielen tegen haar achterste. Haar hoofd hangt achterover tegen de muur. 'Wat een kloteplek,' zegt ze verbitterd.

Daarmee bedoelt ze niet deze kamer. Ze bedoelt deze hele omgeving, de Verenigde Naties en alle leden en medewerkers. We worden allemaal op een hoop geveegd door de minachting van mijn dochter.

'Heeft Jennifer je kunnen bereiken?' vraagt ze. Wanneer ze mijn verbazing ziet, steekt ze een hand onder haar kussen en haalt mijn gsm tevoorschijn. 'Ze kon je thuis niet bereiken. Toen ze mij belde gaf ik haar het nummer vanwaar je me gisteravond belde.' Ze geeft me de telefoon. 'Hier,' zegt ze.

Ik pak het toestel aan en steek het met opeengeklemde lippen in mijn zak. Dan komt Mike binnen en overziet het geheel: Rachel met mij op het veldbed en Weyland, met zijn ellebogen op zijn knieën gesteund, die dicht bij ons zit, als een derde lid van de familie.

'Heb je deze gezien?' zegt Mike tegen me. Hij houdt papieren omhoog waarvan ik vermoed dat het kopieën zijn van de verklaringen.

Ik knijp in Rachels schouder. 'Hou vol,' zeg ik tegen haar, en daarna ga ik met Mike naar de gang.

'Wat heb je tegen die vent gezegd?' Mike valt me aan zodra we alleen zijn. Hij is meer dan alleen ontevreden zie ik nu; hij is buitengewoon kwaad. 'Gisteren, bij de Russische missie. Ik heb je nog zo gezegd dat je voorzichtig moest zijn. Dat je kalm aan moest doen. Jezus, was het dan verdomme in Brighton Beach nog niet tot je doorgedrongen? Lemtov is niet iemand om mee te spotten.' Hij zwaait naar me met de verklaringen; het is duidelijk dat hij er niet aan twijfelt wie erachter zit.

'Misschien heb ik hem te veel onder druk gezet.'

'Dat is niet wat je me gisteren verteld hebt.' Mike kijkt nijdig. 'Je hebt hem bedreigd, nietwaar? En ik had nog zo gezegd dat je het niet moest doen.' Mijn blik geeft hem het antwoord dat hij wil horen. 'Zorg dat je je vriendin te pakken krijgt,' raadt hij me aan. 'Snel.'

Ik duw Mike het FBI-rapport in zijn handen. 'Lemtov heeft op grote schaal geld witgewassen. Het Bureau wist het al maanden, en Jennifer was zo vriendelijk om me dit te geven.'

Mike kijkt van mij naar het verslag; hij vloekt zachtjes. Terwijl hij de inleiding begint te lezen neem ik hem mee, van de kamer vandaan waar Rachel gevangen wordt gehouden.

'Weet je nog, die surveillance vanuit het politiebureau in wijk 16?'

Mike knikt, hij bladert door de pagina's van het rapport in een poging het op zich te laten inwerken, te zien waar het in past. Ik zie dat hij ermee worstelt

'En dan nog iets,' zeg ik. 'De man die dit rapport opgesteld heeft is dezelfde vent die in mijn flat heeft ingebroken.' Mikes hoofd gaat verrast omhoog. 'Agent Nagoya,' zeg ik. 'Van de FBI. En hij was ook de man die Pascals huis in de gaten hield toen ik mijn auto in elkaar reed.'

Mike denkt even na. 'De afgetapte telefoons bij Hatanaka thuis?'

'Agent Nagoya.'

'Verdomme.'

'Het wordt nog erger.' Ik wijs naar het rapport dat hij vasthoudt. 'Dat spul is onbruikbaar.' Wanneer ik uitleg dat de FBI alle wettelijke voorschriften heeft overtreden om hun bewijsmateriaal in handen te krijgen, kreunt Mike vol afgrijzen. 'En het toppunt is,' zeg ik, 'dat Patrick het drie weken geleden al had.'

Mike staart me aan.

'Ik heb het nooit gezien, Mike, ik zweer het je. Jennifer heeft het me nooit verteld. Patrick evenmin. Het is rechtstreeks van het Bureau naar de Amerikaanse missie bij de VN gegaan. Bruckner heeft het drie weken geleden aan Patrick gegeven, en ik heb er vanochtend voor het eerst over gehoord.'

'Godverdomme.'

'De Amerikanen hoopten dat Patrick ervoor zou zorgen dat Lemtovs diplomatieke status werd ingetrokken.'

'Patrick heeft het gewoon in een la gestopt?'
'Blijkbaar.'
'Die conferentie in Basel, over het witwassen van geld,' zegt hij, naar het rapport kijkend. 'Lemtov en die verdomde Patrick.'
Bij de reusachtige deuren van kogelvrij glas blijven we staan. Aan de overkant komen toeristen de souvenirwinkel uit, beladen met VN T-shirts en koffiebekers. Daarna gaan ze naar de boekwinkel. Een groep schoolkinderen zwermt langs, ze hebben ansichtkaarten bij zich en gaan op weg naar het VN-postkantoortje, een klein en nogal absurd embleem van de territoriale onafhankelijkheid van het VN-complex. Recht voor de deuren lijkt een VN-bewaker een paar oudere bezoekers uit te leggen dat de cafetaria achter hem tijdelijk gesloten is.
'Herinner je je Patricks reactie nog? Dinsdagochtend?'
Mike knikt. 'Geen technische opsporingsdienst erbij halen. Zelfmoord.'
'Later dacht ik dat hij Asahaki misschien wilde beschermen. Maar bekijk het nu eens van deze kant. Patrick wist dat Toshio en Pascal een paar rekeningen bekeken bij de Portland Trust Bank. En dit rapport – dat Patrick midden augustus in zijn bezit kreeg – maakt duidelijk dat er bijna twintig miljoen dollar op Lemtovs rekening bij de bank is gestort. BB7. Dezelfde rekening waar het verduisterde VN-geld naar verdween.'
'Jij zei dat die rekening op naam stond van Asahaki.'
'Misschien konden Lemtov en Asahaki er allebei over beschikken, dat is niet belangrijk. Waar het om gaat is dit: als Patrick nu eens werkelijk samenwerkte met Lemtov?' 'Dan zou hij hem verteld hebben waar Toshio mee bezig was. Lemtov wist wat voor man Toshio was. Hij zou zich meer zorgen hebben gemaakt om Toshio dan om de FBI. Als Toshio kon bewijzen dat het verduisterde geld naar rekening BB7 ging, zou Toshio uiteindelijk via een gerechtelijk bevel de details van die rekening kunnen bekijken. Wettelijke toegang. En wanneer dat gebeurde zou niet alleen Lemtovs accreditatie bij de VN worden ingetrokken, maar dan zou het Bureau ook op wettige wijze voldoende belastend bewijsmateriaal in handen hebben om tegen hem te

gebruiken. Dat zou Lemtov niet willen laten gebeuren, daar zou hij een stokje voor gestoken hebben. Ongeacht Patricks plannen.'
'Dus Lemtov heeft Toshio laten vermoorden en is hier gewoon gebleven?' Mike is er niet van overtuigd dat ik het bij het rechte eind heb.
'Luister.' Ik pak Mike bij zijn arm en neem hem mee de gang in. 'Binnen twee uur wordt Rachel aangeklaagd wegens moord. We kunnen het ons niet veroorloven te wachten tot we alle puntjes op de i hebben gezet. We hebben wat we hebben. Nu moeten we het gebruiken.'
Hij kijkt me van opzij aan. 'We,' zegt hij.
'Ik heb je hulp nodig, Mike. Van jou, en van Weyland.'
'We kunnen haar niet vrijlaten.'
'Dat wil ik ook niet.'
Verbaasd bromt hij iets.
'Als jullie haar nu vrijlaten blijft ze óf op VN-grondgebied, wordt ze opgepikt door Eckland en overgedragen aan de New Yorkse politie, óf ze verlaat het VN-grondgebied en wordt een vluchtelinge. Haar nu vrijlaten helpt niet. Ik wil dat ze ergens anders naartoe wordt gebracht, Mike. Laat Weyland haar naar het secretariaatsgebouw brengen, naar de Vergaderzaal, waar dan ook, maar haal haar hier weg.'
'Dat is te doen,' geeft hij toe, 'maar wat is de bedoeling?'
'Als Lemtov hoort dat Rachel vrijgelaten is, dat er echt bewijsmateriaal boven water is gekomen over de mensen die in werkelijkheid achter de moord op Hatanaka zaten...'
'Als hij dat van jou hoort, gelooft hij het niet.'
'Hij hoort het niet van mij.'
We blijven staan voor Rachels kamer, B29. Ik neem het FBI-rapport over van Mike. 'Ik ga hiermee naar Patrick. Met het nieuws dat jij Rachel hebt vrijgelaten. Als Patrick met Lemtov naar beneden komt om te zien of het waar is, mag ze hier niet zijn.'
Mike overweegt het. 'Patrick vertelt het aan Lemtov, plus het FBI-rapport is in de openbaarheid gebracht. Dat moet Lemtov op stang jagen, ervoor zorgen dat hij verdwijnt?'

Wanneer ik knik, knijpt Mike zijn ogen half dicht. Hij vindt het geen goed idee.
Ik wijs naar het westen, in de richting van het gebouw van de Amerikaanse missie. 'Die lui van Moordzaken zijn waarschijnlijk op dit moment in Jennifers kantoor. Dus tenzij jij nu meteen met een beter plan komt, houden we het hierbij.'
Mike blijft nog even nadenken. Daarna duwt hij hoofdschuddend Rachels deur open, en wanneer hij Weyland opdracht geeft om de walkietalkie opnieuw in te stellen en zich gereed te maken om te vertrekken, ga ik op mijn hurken naast Rachel zitten. Ik leg een hand op haar knie.
'We gaan proberen de man die hierachter zit uit zijn tent te lokken,' zeg ik tegen haar, naar de verfrommelde verklaringen op de grond wijzend. 'Het zal niet gemakkelijk zijn, maar we gaan het proberen.'
'Weet je dan wie het is?'
'We weten het nog niet zeker. Misschien. Het belangrijkste is dat je bij Weyland blijft. Doe alles wat hij zegt. Ga waar hij zegt dat je naartoe moet gaan.'
'Laten ze me vrij?'
'Nog niet.' Ik kijk om. Mike is klaar met Weyland; hij geeft me een seintje met een hoofdbeweging naar de deur.
Ik knijp in Rachels knie, daarna sta ik op. Wanneer ze naar me opkijkt zie ik dat er een sprankje hoop verschenen is in haar roodomrande ogen. Maar een hoop die haar vrees niet heeft verjaagd.
'Ik moet weg,' zeg ik en ze knikt bezorgd. Voor ik verder nog iets kan zeggen pakt Mike me bij mijn elleboog en neemt me mee de gang in.
In de lift druk ik op knop 34, Patricks verdieping. Mike steekt zijn hand langs me uit en drukt de knop voor zijn eigen verdieping in.
'Je bent een klootzak,' zegt hij.
Ik kijk hem aan.
'Ben je Brighton Beach vergeten?' zegt hij. 'Je praat niet met die kerels zonder dat je iemand bij je hebt.'

'Dit is Brighton Beach niet.'
'Vertel dat maar aan Hatanaka.'
'Ik heb verdomme geen tijd om een posse samen te stellen, Mike.'
'Ik ben verdomme die posse,' zegt hij. 'En wanneer dit voorbij is zullen we toch iets van bewijsmateriaal moeten hebben. Jij gaat nergens heen tot we je hebben voorzien van afluisterapparatuur.'

36

'Vraag het niet,' zegt Patrick O'Conner, 'want ik kan je nu al vertellen dat het antwoord nee is.'
Ik heb hem gevonden in de VN-centrale. Hij zet de computer uit, waaraan hij e-mails heeft zitten lezen, en komt achter de tafel vandaan.
'Je dochter, zeker?' Hij bukt zich en leest een fax die uit het apparaat rolt. Een verslag van ons waarnemingsteam in West-Papua. 'Misschien ben ik gisteren niet duidelijk genoeg geweest, Sam. Dus luister. Voor de laatste keer. Het is mijn zaak niet meer.'
'De Commissie van het Hoofdkwartier wil haar overdragen.'
'Ze gáán haar overdragen,' verbetert hij, zijn stem is verrassend gematigd. 'En ik kan daar niets doen.' Hij werpt me een blik toe. 'En jij kunt er evenmin iets aan doen.'
Dwight Enright, Hoofd Operaties, komt binnen en ik ga een paar passen achteruit terwijl hij en Patrick de lange fax uit West-Papua bestuderen die het apparaat blijft uitspuwen. Ze gaan in discussie over de betekenis. De Indonesiërs en de inwoners van Nieuw-Guinea beschuldigen elkaar blijkbaar over en weer van het schenden van hun grenzen. De afgelopen nacht zijn Indonesische soldaten vermoord in een stad in West-Papua. Er is een crisis ophanden.
Terwijl ik luister hoe Patrick piekert over een mogelijke escalatie van het conflict wordt me duidelijk dat, nu de stemming achter ons ligt, het leven bij de VN, de dagelijkse overgang van de ene internationale crisis naar de andere, is hervat. Toshio's dood, Rachels lot, dat zijn vragen die Patrick nu graag van de agenda van Juridische Zaken af gehaald zou zien. Mijn aanwezigheid hier herinnert hem er echter met klem aan dat het niet zal gebeuren. Patrick scheurt de fax af en zegt tegen Dwight dat hij er direct mee naar de SG zal gaan.

Wanneer ik achter Patrick aan de hal in loop, toont zijn gezicht een gepijnigde uitdrukking. 'Hoor eens, als je een paar dagen vrij wilt nemen om advocaten te zoeken voor je dochter, dan neem je ze maar. Zoveel je nodig hebt.'
'Ik wil niet dat ze het VN-grondgebied verlaat.'
Hij heft zijn hand op om de lift te laten wachten. We stappen in met een stuk of zes anderen; ik zal mijn mond moeten houden tot we uitstappen op de 34e verdieping.
'De Tunku is vanmorgen beneden bij Rachel geweest,' zeg ik.
Onder het lopen kijkt Patrick de fax door. Ik probeer het nog een keer. 'Hij heeft haar in tranen achtergelaten.'
'Die man is een stommeling.' Patrick loopt zijn kantoor binnen. Hij drapeert de fax over zijn bureau en bekijkt daarna zijn bakje met ingekomen stukken. Hij begint te praten over West-Papua, de problemen die onze waarnemers hebben; en wanneer hij naar de minikoelkast loopt om een flesje sinaasappelsap te pakken, keert hij me zijn rug toe. Ik steek mijn hand tussen mijn overhemd en druk de knop in van de cassetterecorder die Mike me heeft gegeven. Geen afluisterapparaat, maar dit was het beste wat Mike op zo korte termijn kon regelen. De recorder trilt zacht tegen mijn borst.
'Jij hebt Rachel hierbij gehaald, Patrick. Ik vraag niet of het je spijt. Maar vind je niet dat je min of meer verplicht bent om alle invloed die je hebt, en waar je die hebt, te gebruiken om me te helpen haar vrij te krijgen?'
Hij drinkt het vruchtensap in één teug op en blijft een ogenblik nadenkend naar het lege, plastic flesje staren. 'Spijt,' zegt hij, het flesje in de prullenbak gooiend terwijl hij terugloopt naar zijn bureau. 'Dat is verdomme tijdverspilling.' Hij buigt zich over de fax, maar na een paar seconden heb ik nog altijd niets gezegd. Dan kijkt hij op. 'Hoor eens. Als ik Rachel zonder reden gearresteerd heb, waarom draagt de Commissie van het Hoofdkwartier haar dan over aan de politie? Waarom ligt hier een stapel verklaringen' – hij tikt met één vinger op een dossier op zijn bureau – 'die Rachel precies in het plaatje laten passen? Geef je mij daar ook de schuld van? Oké, ze is je dochter, het kan niet gemakkelijk voor je

zijn. Maar je moet wel je hersens gebruiken. Je ogen openen.'
'Je dacht echt dat ze schuldig was. Je gelooft echt dat je gewoon je werk deed.'
'Ik deed mijn werk,' zegt hij. Hij legt het vloeiblad recht, pakt een vel papier en neemt een pen uit het mahoniehouten bakje. Hij begint te schrijven. 'Als jij nu eens ophoepelt en jouw werk gaat doen?'
Zelfs van de andere kant van het bureau kan ik de naam lezen die Patrick boven aan de pagina heeft geschreven: Gary Summer. De Australische VN-ambassadeur. Het lijkt erop dat Patrick heeft besloten de strategie voor zijn aftocht uit te stippelen, aan het koord van zijn parachute te trekken. Na het debacle van de stemming van gisteren weet Patrick O'Conner dat zijn gloriedagen hier in Turtle Bay achter hem liggen. Dus doet hij wat je van iemand als Patrick kunt verwachten: hij gebruikt zijn huidige positie om de overstap naar zijn volgende baan te vergemakkelijken. De situatie in West-Papua is een voortdurende nachtmerrie van buitenlandse politiek voor de Australiërs, hun dankbaarheid voor informatie uit de eerste hand van wat er zich afspeelt zou groot zijn. Dit is misschien al maanden aan de gang geweest. Waarschijnlijk wel, denk ik, terwijl ik Patricks pen over het papier zie glijden.
'Dus je wilt me niet helpen?'
Patrick mompelt iets onverstaanbaars. Ik haal het FBI-rapport onder mijn arm vandaan en leg het naast het vloeiblad. Vervolgens sla ik het open, zodat de titelpagina zichtbaar wordt. Patrick werpt er een blik op; even later steekt hij zijn linkerhand uit en begint achteloos door het rapport te bladeren.
'Wat is dit?'
Nemesis, denk ik. De ondergang van Patrick O'Conner.
Ik zeg echter: 'Je moet me niet belazeren.'
Hij blijft door het rapport bladeren, met een peinzende uitdrukking op zijn gezicht. Ten slotte slaat hij zijn ogen op. 'Mevrouw Dale,' concludeert hij hardop.
'Waar ik het vandaan heb, doet hier niet terzake. Jij kreeg dit drie weken geleden. Verdomme, drie weken!'

'En wat dan nog? Vind je dat je het eerder had moeten zien?' Hij sluit het rapport. 'Waarschijnlijk heb je gelijk.' Vervolgens, het is ongelooflijk, keert hij terug naar zijn memo over West-Papua. Hij raadpleegt een juridische brochure. Hij schrijft.
'Patrick, je hebt Lemtov de hand boven het hoofd gehouden. Je hebt hem beschermd, jezus, wil je dat soms ontkennen?'
Nijdig kijkt hij me aan. 'Wil je naar boven gaan om met de SG te praten, om te vragen hoe ik Lemtov beschermd heb?' Patrick wijst met zijn pen naar het plafond. 'Je gaat je gang maar.'
'Je zit er tot over je oren in.'
Hij staat van zijn bureau op en loopt naar de boekenplanken. Zijn hand dwaalt over de leren ruggen. 'Ga het hem maar vragen. Vraag de SG waarom de man van wie jij denkt dat hij Lemtov in bescherming heeft genomen dagelijks naar de 37e verdieping is geklommen met voortgangsrapporten over Toshio's onderzoek naar dat FBI-rapport.' Hij pakt een dik boek uit de kast en neemt het mee naar zijn bureau. 'Vraag hem dat maar.'
Toshio's onderzoek van het FBI-verslag? Ik zeg het enige wat ik kan bedenken. Flauwekul.
'Wat dacht je dat Toshio in Basel moest?' vraagt hij. Iets wat ik van plan was om aan hém te vragen. Patrick legt een vinger op het FBI-rapport. 'Hij onderzocht dit, zoals ik hem had opgedragen. Misschien zou jij, als je gedaan had wat ik gezegd heb dat je moest doen, hier niet zo'n rotzootje van hebben gemaakt. Misschien zou je dochter nu niet in de stront zitten. Als je iemand de schuld wilt geven moet je eens wat dichter bij huis kijken.'
Patrick pakt zijn pen en keert terug naar zijn memo, hij raadpleegt nu het dikke boek onder het schrijven.
Ik voel me wankelen op mijn benen. Patricks uitleg. Zijn houding. Eindelijk, veel te laat, schijn ik iets uit hem los te krijgen wat de waarheid benadert.
'Waarom heb je me dat niet verteld?'
Patrick duwt zijn tong in zijn wang. Hij schroeft de dop op zijn pen en schopt zijn stoel achteruit, waarna hij heen en weer gaat zitten draaien. 'Hatanaka stelde een onderzoek in naar de Speciale Commissie. Een maand geleden vertelde hij me dat hij het

had opgelost, dat hij de man te pakken had. Asahaki.' Patrick vloekt. Hij kan het nog steeds niet geloven. 'Asahaki. Jezus, hoe waarschijnlijk was dat?'

'Jij dacht dat Toshio tegen je loog?'

'Laten we zeggen dat ik niet al te zeker was van zijn motieven. Het was een maand voor de stemming over de Japanse zetel. Het leek een beetje te goed uit te komen, weet je. De man die zichzelf als voornaamste tegenstander van de Japanse zetel had opgeworpen. En nu stak hij een beschuldigende vinger uit naar de Japanse ambassadeur en riep dat die fraude had gepleegd. Als dat bekend werd wist hij verdomd goed wat het zou betekenen voor de kansen van Japan.'

Ik denk na. 'En jij wist dat ook.'

'Natuurlijk wist ik dat ook. Ik zei tegen Toshio dat hij nog geen actie moest ondernemen, dat hij met meer bewijzen moest komen, wat dan ook, maar moest wachten tot na de stemming. Daarna kon hij voor mijn part Asahaki op straat laten arresteren.' Hij kijkt vluchtig naar het rapport. 'We waren het er nog steeds niet over eens, toen dat rapport kwam.'

Dat moet een hele schok geweest zijn, als hij me de waarheid vertelt. Een onafhankelijke instelling, de FBI, die opeens Lemtov afschildert als de grote schurk.

'Nadat Toshio het verslag had gelezen,' zegt Patrick, 'moest zelfs hij toegeven dat de fraude bij de Speciale Commissie misschien helemaal niet door Asahaki was gepleegd. Toshio wist dat hij ermee moest doorgaan. Dat hij ten minste Lemtov nog eens onder de loep moest nemen.'

'Heb je het rapport van het Bureau onmiddellijk aan Toshio laten zien?'

Mijn verbazing verrast Patrick. 'Natuurlijk heb ik het hem meteen laten zien. Ik wilde dat hij Asahaki met rust liet.'

Hij kijkt me bevreemd aan. Mijn geloof in de samenwerking van Lemtov en O'Conner begint te wankelen. Zou iemand die samen met Lemtov geld had witgewassen, zelfs iemand met Patricks onbeschaamde houding, zó reageren? Ik merk op dat Pascal me nooit iets gezegd heeft over het FBI-rapport.

‘Nyeri wist er niets van. Alleen ik, Hatanaka en de bovenste verdieping.’ De secretaris-generaal.
‘Dieter?’ vraag ik.
Patrick schudt zijn hoofd. Het lijkt echter ongeloofwaardig dat Dieter Rasmussen, als hoofd van Interne Supervisie, niet op de hoogte was gebracht, en dat zeg ik ook. Patrick staat op, loopt om zijn bureau heen en gaat op de leuning van de bank zitten.
‘Hoor eens,’ zegt hij, ‘we waren niet van plan het zonder meer openbaar te maken. Dit zijn wel de Verenigde Staten die de vice-ambassadeur van Rusland beschuldigen. Ik bedoel, denk nu eens na. Hoe wisten we dat dit een echt FBI-rapport was en niet iets wat was bedacht door het Amerikaanse ministerie van Buitenlandse Zaken om problemen te veroorzaken voor de Russen? Waarbij ze ons, hier in het secretariaat, gebruikten om hun smerige werk op te knappen.’ Hij wijst. ‘Dat is, tussen haakjes, ook de reden waarom het jou niet is verteld.’
Ik deins terug. Dit is een benadering die ik totaal over het hoofd heb gezien: de mogelijkheid dat dit rapport niets anders is dan een verzameling leugens. Het was eenvoudig niet bij me opgekomen dat mijn landgenoten zoiets zouden doen. En hoewel ik niet geloof dat ze het gedaan hebben, kan ik nu begrijpen in wat voor onmogelijke positie Patrick zich geplaatst zag. Mijn relatie met Jennifer sloot mij automatisch uit. Patrick heeft echt niets anders gedaan dan zijn werk door Toshio het rapport in zijn eentje te laten natrekken.
De recorder in mijn zak zoemt zacht. Wat er is opgenomen is echter helemaal niet wat ik verwachtte.
‘Waarom Basel?’ zeg ik. ‘Waarom moest Toshio daarheen?’
‘We moesten een paar transacties uit het FBI-rapport bevestigen, het rapport verifiëren.’ Patrick haalt zijn schouders op. ‘We dachten dat de Amerikaanse Federale Reserve niet per definitie een betrouwbare bron hoefde te zijn, ze hadden ertoe aangezet kunnen zijn door Buitenlandse Zaken. Ik ken een paar mensen bij de Bank voor Internationale Overeenkomsten in Basel.’ Zijn blik dwaalt af. ‘Toshio heeft hen gesproken. Een paar belangrijke transacties uit het FBI-verslag bevestigd

gekregen. Daarna wisten we dat het rapport koosjer was. Lemtov was beslist bezig met het witwassen van geld.'
'Voor wie?' zeg ik. 'Waarvoor?'
'Volgens mij heeft het allemaal te maken met de leningen van het IMF die naar het Kremlin zijn verdwenen. Toshio vermoedde dat het om drugs ging. Maar op de manier zoals dat land bestuurd wordt zou het verdomme van alles kunnen zijn. Dat was ons probleem niet. Ons probleem was Lemtov, de manier waarop hij zijn diplomatieke status misbruikte.'
Het klinkt allemaal zo aannemelijk. Op één ding na. 'Heb je ooit tegen Toshio gezegd dat Lemtov en jij drie jaar geleden samen in Basel zijn geweest?' Langzaam keren Patricks ogen naar me terug. 'Die conferentie over het witwassen van geld,' zeg ik.
Patrick blijft me een tijdlang nadenkend aankijken. Dan steekt hij een vinger naar me uit. 'Jij denkt dat ik met Lemtov onder één hoedje speel.'
Ik geef geen antwoord. Ik blijf hem aankijken en wacht af. Ten slotte slaat hij zijn handen voor zijn gezicht. 'Godallemachtig,' zegt hij. 'Je hebt er verdomme wel een handje van, hè? Om dingen verkeerd te interpreteren.' Hij laat zijn handen zakken en loopt terug naar zijn bureau. 'Is dat waarvoor je hier bent gekomen? Je denkt dat ik ergens in zit met Lemtov, dat ik hem zo ver kan krijgen dat hij geen druk meer uitoefent op de Commissie van het Hoofdkwartier, dat hij zijn vrienden die verklaringen laat intrekken, dat hij Rachel laat gaan?'
'Jij bent met hem naar die conferentie in Basel geweest.'
'Die heb ik niet samen met hem bijgewoond. Hij is er geweest. Ik was er om een seminar te houden.' Patrick ondertekent zijn memo aan de Australische ambassadeur en vouwt het vervolgens op. Wanneer hij opkijkt ziet hij aan mijn gezicht dat ik niet tevreden ben. 'Dat is er gebeurd. Wat wil je van me, een beëdigde verklaring?'
Ik vraag hem of hij zou willen dat ik naar Dieter Rasmussen ga met wat ik nu weet.
Patrick tikt op zijn voorhoofd en hij vloekt. Omdat hij weet dat Dieter, wanneer ik naar hem toe ga met wat ik heb, Patrick door

Interne Supervisie door de mangel zal laten halen. Niets tegen hen zeggen over het FBI-verslag, mijn onderzoek naar de moord op Toshio dwarsbomen, zijn relatie tot Lemtov niet kunnen verklaren. Na gisteren zal de SG niet tussenbeide komen om hem te beschermen, en de Australiërs zullen Patrick in geen enkele hoedanigheid in dienst willen nemen wanneer hij, gehuld in een wolk van VN-schandalen, naar hen toe komt.

Patrick denkt erover na. Ten slotte begrijpt hij dat hij het zich niet kan veroorloven mij een gat in zijn parachute te laten maken. 'Goed dan, ik heb tijdens die verdomde conferentie een seminar gehouden. Voor een klein, select gezelschap. Hoge ambtenaren uit landen waarover we ons allemaal zorgen maakten. Midden-Amerika. De ex-sovjetlanden. Landen waar drugs en misdaad zich hadden ingekocht in de politiek. Geld witwassen was de grootste zorg. Geld witwassen onder bescherming van de regering, wat dat kon betekenen voor het financiële stelsel. Het was mijn taak die mensen een idee te geven van de mazen in de wet, waar ze naar moesten uitkijken. Dingen die ze zelf de kop in konden drukken of rechtstreeks rapporteren aan de BIS.'

'En Lemtov was erbij.'

Patrick knikt. 'Het onderwerp van het seminar was een hypothetisch geval dat ik had bedacht. We zijn er de hele dag mee bezig geweest.' Wanneer hij opkijkt, zijn zijn wangen lichtrood gekleurd. 'Het hypothetische geval betrof een hooggeplaatste diplomaat. Iemand die geld witwaste onder de bescherming van diplomatieke onschendbaarheid.'

'Godallemachtig.'

'Er is geen reden waarom je dat zou rondbazuinen,' zegt hij, met het memo naar me wijzend.

Ik kijk naar het FBI-verslag en daarna weer naar Patrick. 'Jij hebt hem geleerd hoe hij het moest doen. Jij hebt Lemtov laten zien hoe het gedaan kon worden, en hij deed het.'

'Destijds was Lemtov verdomme geen diplomaat, en ik lichtte die lui trouwens niet door.' En zodra Patrick het FBI-rapport onder ogen kreeg, vertelt hij me, is hij in actie gekomen. 'Echt, wat jij je in je hoofd gehaald hebt, dat ik Lemtov zou dekken, is grote flauwekul.' Hij stopt het memo over West-Papua in zijn borstzak. 'Nu je het weet, kun je me beter met rust laten.' Hij loopt langs me heen naar de deur.

Mijn verbazing over de bizarre aard van Patricks medeplichtigheid aan Lemtovs misdrijf gaat echter snel over in iets anders. Ik pak het FBI-rapport van zijn bureau en draai me snel om.

'Dus met dit alles in handen, en met wat je wist over wat je Lemtov had geleerd, ging je er onmiddellijk toe over om Rachel te arresteren?'

Patrick kijkt me aan. Hij herhaalt zijn in toenemende mate onwaarschijnlijke mening: dat hij nog steeds gelooft dat Rachel verantwoording moet afleggen, dat er absoluut geen bewijs is dat Toshio's moord verband houdt met het onderzoek van de Speciale Commissie, of met Yuri Lemtov.

'Er is geen bewijs,' voer ik driftig aan, 'omdat jij geen forensisch team op de plaats van het misdrijf wilde toelaten. En de reden dat je Rachel arresteerde was dat je niet wilde dat ik de zaak aan het rollen bracht vóór de belangrijke stemming. En dat niet alleen. Je wilde niet dat ik dit tot op de bodem zou uitzoeken.' Ik steek het rapport omhoog. 'Omdat jouw rol in dit geheel zo verdomd gênant voor je was. Je was bang dat ze je als een ongelooflijke idioot zouden beschouwen.'

Patrick klemt zijn kaken op elkaar en trekt zijn das recht. Hij zegt dat we het later kunnen bespreken, dat hij nu een afspraak heeft met de Australische ambassadeur.

Ik kan me niet langer inhouden. Ik smijt het rapport door de kamer. Patrick krimpt in elkaar wanneer het terechtkomt tegen zijn reusachtige, ingelijste foto van de haven van Sydney. Een regen van glassplinters daalt neer. Langzaam kijkt Patrick van de beschadigde foto naar het gebroken glas en ten slotte naar mij.

'Ze moet zich verantwoorden,' zegt hij.

Eén stap, één beweging in zijn richting, dan kan ik me niet meer beheersen, dan breek ik alle botten in zijn lichaam.

Op dat moment gaat mijn telefoon. Mijn hand trilt nog steeds van woede wanneer ik het toestel pak. 'Ja?'

'Sam?' Jennifer, haar stem klinkt gespannen. 'De agenten van

Moordzaken hebben een advocaat bij zich. Ze willen niet wachten. We komen er nu aan.'

37

'Haal Rachel daar weg!'
Geschrokken door mijn plotselinge binnenkomst springt Mike op van achter zijn bureau. Hij gebaart met beide handen: rustig.
'Hoe reageerde hij?' zegt hij.
Ik probeer nu zachtjes te praten, zodat de bewakers in de kamer naast ons me niet kunnen verstaan. 'Moordzaken is onderweg. Rachel moet daar weg, Mike.'
'Verdomme.
'Nu meteen.'
Hij grijpt zijn walkietalkie en we lopen een eindje de gang in, buiten gehoorsafstand van de bewakers. Mike spreekt in zijn walkietalkie; hij draagt Weyland op om Rachel ergens anders naartoe te brengen.
'Niet hard lopen,' waarschuwt Mike Weyland. 'Doe het rustig aan, alsof jullie beiden alleen even je benen strekken, een wandelingetje maken.'
We bevinden ons aan de westkant van het secretariaatsgebouw, van hieruit hebben we een duidelijk zicht op het Amerikaanse VN-gebouw aan de overkant van First Avenue. Terwijl Mike zijn instructies naar Weyland doorbelt, kijk ik naar de ingang van het Amerikaanse gebouw. Ik weet dat het elk moment kan gebeuren, ik verwacht het, maar wanneer Jennifer plotseling op de stoeptreden verschijnt, geflankeerd door drie mannen, voel ik dat mijn benen het onder me begeven. Ik steek mijn hand naar de muur uit om steun.
Mike kijkt me aan.
'Jennifer,' zeg ik, zijn aandacht vestigend op de plek waar Jennifer en de mannen nu de treden afdalen. Over een paar minuten zullen ze bij het wachthokje van de VN zijn, waar ze formeel zullen verzoeken Rachel Windrush aan hen over te dragen. Om haar te arresteren voor de moord op Toshio Hatanaka.

'Ik dacht dat ze gezegd had een paar uur,' klaagt Mike.
Verderop in de gang steekt een bewaker zijn hoofd uit de surveillancekamer om Mike mee te delen dat Weyland Rachel lijkt mee te nemen voor een wandeling. Geïrriteerd laat hij erop volgen dat Weyland zijn walkietalkie lijkt te hebben afgezet, ze kunnen hem niet bereiken.
'Hij moet er genoeg van gekregen hebben om naar jullie geintjes te luisteren,' zegt Mike.
De bewaker lacht; daarna trekt hij zich terug. Hem kunnen ze niets maken. Hij heeft zijn baas ingelicht.
Mike wendt zich tot mij. 'En, is Patrick zijn verhaal gaan afsteken bij Lemtov?'
Ik druk mijn lippen stijf op elkaar, schud mijn hoofd en begin uit te leggen dat we de aard van Patricks relatie tot Lemtov helemaal verkeerd uitgelegd hadden. Mike is sceptisch, maar ik ben er vrij zeker van dat Patrick me deze keer de waarheid heeft verteld. Nu zal hij zich koest houden, wachten tot Rachel is overgedragen aan de New Yorkse politie en dan afwachten waar het op uitdraait. Hij zal zeker niet overhaast handelen. En hij zal ook niet doen wat we hoopten. Hij zal er niet voor zorgen dat Lemtov ervandoor gaat.
'Nou, Weyland en Rachel zullen iedereen niet lang om de tuin kunnen leiden,' zegt Mike waarschuwend. 'Als je wilt dat Lemtov 'm smeert, heb je twintig minuten, dertig op z'n hoogst.'
Hij neemt me mee terug tot bij de openstaande deur van de surveillancekamer en we blijven een poosje naar de zwart-witte schermen staren. Wat moeten we nu in godsnaam doen, vraag ik me af.
Op de bovenste monitor links zien we Weyland en Rachel door de gang van het souterrain slenteren. Ze zien eruit zoals Mike heeft gezegd dat ze eruit moesten zien, alsof ze even hun benen strekken. Op de grote monitor in het midden is een zitting van de Veiligheidsraad te zien, met lady Nicola als voorzitter. Lemtov zit, met zijn armen over elkaar, onbekommerd achter zijn ambassadeur. Froissart, de Franse ambassadeur, leest een verklaring voor, vermoedelijk gaat het over het incident in West-Papua.

Dan zie ik die kleine gifkikker, de Tunku, met zijn delegatie op de voor 'geïnteresseerde toeschouwers' bestemde plaatsen zitten, wachtend tot hij de wereld kan verblijden met zijn mening over het grote vraagstuk van de dag. Bij zijn aanblik verkrampen mijn schouderspieren.
Het scherm eronder, de Grote Vergaderzaal, is gevuld met een beeld van NGO-vertegenwoordigers.
Hoe, denk ik wanhopig.
Naast me laat Mike zijn knokkels kraken. Daarna, onbewust, kijk ik nauwkeuriger naar het scherm met de Vergaderzaal. Naar de NGO-vertegenwoordigers, en vervolgens naar de vertegenwoordiger op de achterste rij, de man met het witte pak, het ingevallen gezicht en het sikje.
Juan.
Dan zeg ik het, een zachte fluistering van wanhopige hoop: 'Juan.'
'Hallo,' zegt hij, wanneer hij uit de Grote Vergaderzaal komt. Hoewel hij glimlacht, is Juan kennelijk verrast dat ik de man ben die een bewaker heeft gestuurd om hem te halen. Hij houdt zijn hoofd schuin. 'Hoe is het met Rachel?'
Ik pak hem stevig bij zijn elleboog en neem hem mee, bij de bewakers vandaan.
'Hé,' zegt hij, zijn arm losrukkend. 'Wat is er aan de hand?'
Als ik op mijn instinct zou afgaan, zou ik hem bij zijn jasje grijpen en hem achter me aan sleuren. Ik laat echter mijn stem dalen en leg de situatie zo beknopt en zo dringend mogelijk uit. 'Ik wil dat je met me meegaat naar de kamer van de Veiligheidsraad, Juan. Onderweg zal ik je uitleggen waarom. Maar als je nu niet meteen meegaat, wordt Rachel aangeklaagd wegens moord op Hatanaka.'
Hij kijkt verschrikt. Zeg dat nog eens?
'En zoals het er nu voor staat is de kans groot dat ze veroordeeld wordt. Ga je nu mee of niet?'
Met open mond aarzelt hij. Dan knikt hij. Samen draven we naar de roltrappen.
'Ben je goed bevriend met de Tunku?'

'Bevriend zou ik het niet willen noemen,' zegt Juan.
'Geeft niet. Hij denkt dat jij tijdens deze zitting een van zijn grote makkers bent.'
Juan slaat zijn zijn ogen ten hemel bij die gedachte.
'Daarom zal hij het niet vreemd vinden,' zeg ik terwijl ik op de roltrap stap en over mijn schouder doorpraat, 'wanneer jij naar hem toe komt rennen met een of ander gerucht dat je zojuist hebt gehoord. Iets waarvan je je afvraagt of hij het kan bevestigen.'
'Moet ik dat doen?'
'Dat moet je doen,' zeg ik tegen hem.
Juan denkt even na, dan knikt hij nogmaals. Hij heeft er geen probleem mee. 'Wat is dat voor gerucht?'
'Dat Rachel vrijgelaten is,' zeg ik. 'En dat de VN-bewakers op het punt staan de echte moordenaar van Toshio te arresteren.'
Juans kijkt verrast op. 'Jezus,' zegt hij. 'De Tunku?'
Het misverstand maakt me even sprakeloos. Daarna, wanneer we van de roltrap stappen, zeg ik: nee. Niet de Tunku. 'Maar hij zal het gerucht doorvertellen.'
'Ah,' zegt Juan, maar ik zie dat hij het niet helemaal begrijpt.
Wanneer we vlak bij de kamer van de Veiligheidsraad zijn, vraagt hij: 'Waarom ga ik niet rechtstreeks naar die vent, de man aan wie je het wilt vertellen?'
'Omdat je hem niet kunt bereiken. De Tunku wel.'
Hij denkt na. Hij begrijpt het nog steeds niet.
Bij de deur houd ik hem tegen. 'Jouw verhaal is dat je het gerucht hebt gehoord van een vriend. Iemand in een van de NGO-delegaties.'
'Amnesty?' stelt Juan voor. Amnesty International, toortsdrager van de mensenrechten.
'Perfect,' zeg ik tegen hem. 'Je wist dat de Tunku als lid van de Commissie van het Hoofdkwartier belangstelling had voor die hele kwestie. Nu kom je hem vragen of hij het gerucht kan bevestigen.'
'Dat gerucht. Het is toch zeker niet waar?'
Was het maar waar. Wanneer ik ontkennend mijn hoofd schud, aarzelt Juan.

Even krijg ik een afschuwelijk visioen. Een visioen van mezelf, toen ik de leeftijd had van Juan, en werd benaderd door Harry Bright, de assistent-procureur op het kantoor van de openbaar aanklager, een fatsoenlijke man met ruim vijfentwintig jaar ervaring, die me vroeg om discreet een dossier weg te stoppen. Hij wilde me niet zeggen waarom. En ik – koppig, jong en intolerant en me volkomen onbewust van het keiharde, politieke spelletje dat op het kantoor werd gespeeld – weigerde. Ik hield vast aan mijn principes en ik weigerde gevolg te geven aan Harry Brights verzoek. Twee weken later werd de inhoud van het dossier, een zaak die Harry tientallen jaren eerder slecht had afgehandeld, de munitie waarmee zijn carrière werd verwoest.

Nu ben ik opeens Harry Bright. Maar het is geen dossier dat ik weggewerkt wil hebben, het is een leugen die ik verteld wil hebben. En het is niet mijn carrière die op het spel staat, maar het leven van mijn dochter.

'Dit helpt Rachel?'

'Dit helpt Rachel,' zeg ik tegen Juan.

Hij denkt nog wat na. Ten slotte haalt hij zijn schouders op. 'Klinkt cool.'

Opluchting golft over me heen als een wervelende windvlaag. Ik knijp in Juans schouder. Na een knikje loopt hij naar de deur en ik wacht net lang genoeg om hem de kamer van de Veiligheidsraad te zien binnengaan, voor ik me omdraai. En dan begin ik te rennen.

'Wat is er gebeurd?' fluister ik hijgend wanneer ik tot stilstand kom bij Mike, die nog altijd in de deuropening van de surveillancekamer staat. Hij kijkt over de hoofden van de zittende bewakers naar de monitoren.

In de Veiligheidsraad is Chou En aan het woord; de anderen aan de hoefijzervormige tafel hebben hun koptelefoon op voor de vertaling. Onder aan het scherm kan ik Juans witte pak onderscheiden; hij staat tussen de leden van de Maleisische delegatie. Een paar hoofden zijn naar hem toe gebogen, blijkbaar wordt er geluisterd naar wat Juan te zeggen heeft.

'Waar is Rachel?'
Scherm vijf, zegt Mike.
Ik vind het scherm. Weyland en Rachel, een heel eind verwijderd van de kamer in het souterrain waar ze werd vastgehouden, zitten bij de trap. Terwijl ik toekijk, staat Rachel op en zegt iets tegen Weyland. Weyland komt overeind en ze lopen beiden een zijkamer in.
In de surveillancekamer gaat een telefoon. De bewaker die opneemt draait zich op zijn stoel om en steekt Mike de hoorn toe. 'Het wachthuisje,' zegt hij. 'Alweer.'
Het wachthuisje. Waar Jennifer en de detectives van Moordzaken op Rachel wachten.
Mike pakt de telefoon. 'Ja?' Onder het praten kijkt hij me aan, zijn gezicht staat grimmig. 'Ja, ja. Dat doen we. Geef ons nog een beetje tijd. Oké... Het kan me niet schelen wat ze tegen je zeggen. Je spreekt nu met mij, met Jardine, en ik zeg dat ze moeten wachten. Ja. Tien minuten.' Hij hangt op.
'Tien minuten?' fluister ik.
'Als we geluk hebben,' mompelt hij binnensmonds.
Dan wijst een van de bewakers die voor de monitors zitten naar het scherm van de Veiligheidsraad. Hardop vraagt hij zich af wat het probleem is. Wanneer ik het van dichtbij bekijk, zie ik een van de leden van de Maleisische delegatie de trap op rennen en de zaal verlaten. Niet de Tunku, maar een van zijn jonge medewerkers.
'Hou een oogje op hem,' zegt Mike tegen de bewaker. Uit niets blijkt dat dit meer is dan een routineopdracht. Daarna trekt Mike me mee naar de gang. 'Ze hebben nu drie keer vanuit het wachthuisje gebeld,' zegt hij. 'Ze geven ons nog tien minuten. Daarna zullen ze me passeren, dan nemen ze rechtstreeks contact op met Eckland.'
Ik kijk bezorgd. Mikes baas zal zo nodig de hele afdeling Beveiliging inzetten om zijn orders uit te voeren. En zijn orders zullen afkomstig zijn van de Commissie van het Hoofdkwartier van de VN: Rachel overdragen aan de afdeling Moordzaken van de New Yorkse politie. Als dit bij Eckland terechtkomt, hebben we een groot probleem.

Mike gaat weer in de deuropening staan, met zijn armen over elkaar geslagen. Hij maakt een praatje met de bewakers voor de monitors alsof er niets bijzonders aan de hand is, maar de mannen beginnen duidelijk onrustig te worden. Ze zeggen tegen Mike dat Weyland en Rachel niet tevoorschijn zijn gekomen uit de kamer in het souterrain waar ze naar binnen zijn gelopen, buiten bereik van de surveillancecamera's. En een minuut later, wanneer de jonge Maleisiër uit de lift in de gang van het souterrain stapt, vragen ze zich oprecht bezorgd af wat hij daar beneden doet.
Mike herhaalt zijn ontspannen instructies om de man in het oog te houden.
'Hij gaat naar die kamer,' zegt een van de bewakers. Kamer 29, bedoelt hij, waar Rachel werd vastgehouden. De kamer die Weyland en Rachel enkele minuten geleden hebben verlaten. Ik ga naast Mike staan en kijk naar de schermen.
De Maleisiër blijft voor kamer 29 staan. Hij klopt aan de deur en wacht.
'Ze zijn gaan wandelen,' mompelt een van de bewakers hier boven.
Op het scherm zien we dat de Maleisiër de deur opent en naar binnen kijkt. Dan stapt hij de kamer in en verdwijnt uit beeld.
De forse bewaker draait zich op zijn stoel om en vraagt Mike: 'Wat is hij van plan door daar te gaan rondneuzen? Wilt u dat ik iemand op hem af stuur?'
'Wacht nog even,' zegt Mike.
De bewaker werpt een vluchtige blik op mij en richt zijn aandacht vervolgens weer op het scherm.
Binnen een paar seconden komt de Maleisiër weer tevoorschijn. Deze keer draaft hij niet, hij sprint de gang in naar de lift, zijn armen en benen gaan driftig op en neer. Mike kreunt.
Ik doe mijn ogen dicht, bijna misselijk van opluchting.
'Je hebt nog niets,' waarschuwt Mike zachtjes.
De mannen in de surveillancekamer praten nu met elkaar, ze vragen zich af wat de Maleisiër uitvoert, wat hij zocht, of er enig verband bestaat met de wandeling die Weyland en Rachel precies

op het juiste moment maakten. Ze weten dat er iets niet klopt. Een van hen stelt voor er een bewaker op af te sturen om Weyland en Rachel te halen. Mike wijst het voorstel af en zegt dat ze moeten wachten.
Twee minuten later komt de Maleisische boodschappenjongen terug in de kamer waar de Veiligheidsraad bijeen is. Haastig daalt hij de trap af om zich weer bij zijn delegatie te voegen. Iedereen buigt zich naar hem toe. Juan is er nog steeds, zie ik.
Mike mompelt zacht: 'Ja, ja, ja, het meisje is vrijgelaten. Nu over naar Lemtov.'
Zo snel gebeurt het echter niet. De Maleisiërs lijken het bericht een tijdlang onderling te bespreken; de Tunku blijft in gesprek met Juan, wiens antwoorden begeleid worden door nadrukkelijk hoofdgeknik en weidse gebaren.
Mijn zenuwen, toch al tot het uiterste gespannen, begeven het bijna. Sta op, denk ik, terwijl ik naar het scherm kijk alsof ik op die manier de Tunku mijn wil op kan leggen. Sta op, in godsnaam. Loop naar de tafel waar de leden van de Veiligheidsraad zitten. Vertel het aan Lemtov. Sta op. Vertel hem dat Rachel is vrijgelaten. Vertel hem dat zijn eigen kop elk moment kan rollen.
Maar de Maleisiërs zetten hun discussie voort alsof ze alle tijd van de wereld hebben.
Ik werp een steelse blik op het scherm waar ik Rachel en Weyland het laatst heb gezien. Niets. Ze blijven zich schuilhouden in de zijkamer van het souterrain.
Eindelijk staat de Tunku op. Hij schuifelt langs de overige leden van zijn delegatie en steekt de open ruimte over in de richting van de tafel. Daar gaat hij op zijn hurken achter Lemtov zitten. Lemtov leunt heel nonchalant naar achteren en luistert terwijl de Tunku hem iets in zijn oor fluistert.
Lopen, nu, denk ik. Verontschuldig je en ga weg.
Even lijkt dat ook te gebeuren. Nadat de Tunku zijn nieuwtje heeft doorgegeven, gaat hij naar zijn eigen delegatie terug terwijl Lemtov naar voren buigt en zachtjes met de Russische ambassadeur begint te praten. Dan staat Lemtov op en loopt bij de hoefijzervormige tafel vandaan, maar in plaats van naar de uitgang

loopt hij naar de plek waar de Engelsen zitten, achter lady Nicola.

'Wat nu, verdomme?' fluistert Mike.

Ik weet het nu ook niet meer. Lemtov bukt zich om met een van de Engelsen te spreken. Nadat deze Lemtov heeft aangehoord, loopt de man naar voren om iets tegen lady Nicola te zeggen. Bijna onmiddellijk richt ze het woord tot de hele raad, waarbij ze Chou Ens woordenstroom onderbreekt. Wanneer de vijf permanente ambassadeurs als één man opstaan, begrijp ik het eindelijk: Lemtov heeft verzocht om een besloten vergadering in de zijkamer van de Veiligheidsraad.

'O, shit,' zeg ik. 'Nee.'

Mike werpt me een strenge blik toe.

Lemtov en de andere delegatieleden lopen nu achter hun ambassadeur het vertrek uit. Mike wijst naar een ander scherm. Een andere camera pikt Lemtov op, die met de rest de zijkamer binnengaat, daarna valt de deur achter hun rug dicht. Bewakers stellen zich ter weerszijden op.

Mike kreunt en kijkt me vanuit een ooghoek aan.

Geschrokken kijk ik naar het scherm, naar de gesloten deur van de zijkamer. Misschien wil Lemtov alleen maar uitstel, denk ik. Misschien probeert hij iets te bedenken. Misschien komt hij over een kwartier de zijkamer uit om daarna rechtstreeks naar de uitgang te lopen. Maar over een kwartier zal Rachel in handen zijn van de afdeling Moordzaken. Als Lemtov er over een kwartier vandoor gaat, zal het te laat zijn.

Hier, in de surveillancekamer, gaat de telefoon. De chef-bewaker neemt weer op, maar deze keer gaat hij rechtop zitten. 'Meneer,' zegt hij en daarna geeft hij de hoorn aan Mike. Terwijl Mike met gebogen hoofd staat te luisteren, richt de chef zich tot zijn collega's bij de monitors. Hij wil weten welke bewakers op het moment beschikbaar zijn in het VN-gebouw. Hij zegt dat Eckland heeft bevolen dat het meisje onmiddellijk naar het wachthuisje moet worden gebracht.

Mijn keel zit dicht. Mike beëindigt het gesprek, daarna trekt hij me mee naar de gang. 'Eckland,' zegt hij met gefronst voor-

hoofd. 'Die is zo nijdig dat hij zo ongeveer een beroerte krijgt.'
'Nog vijf minuten, Mike.'
Mike wijst met zijn duim naar de surveillancekamer. 'Eckland heeft die jongens een rechtstreekse order gegeven. Die kun jij niet tegenhouden. Die kan ik niet tegenhouden. Ze moet overgedragen worden.'
'Nee.'
Mike laat zijn hoofd hangen, hij durft me niet aan te kijken. 'Jezus,' zegt hij.
Mijn keel is droog van angst en ik moet slikken voor ik iets kan zeggen. 'Geef me je walkietalkie.'
Mike tilt zijn hoofd op. 'Wat?'
Ik steek mijn hand uit en ruk de walkietalkie van zijn riem. 'Haal een andere voor jezelf,' zeg ik zacht, maar dringend. Ik wijs naar de surveillancekamer. 'Jij blijft hier. Je vertelt me wat er gebeurt. Als je mij en Rachel maar bij de bewakers vandaan houdt.'
'Jou en Rachel?' Mike kijkt zeer bedenkelijk wanneer tot hem doordringt wat ik hem vraag. 'Christus. Dacht je dat ze jullie niet zouden pakken?'
'Hoor eens, vertel Eckland over het FBI-rapport. Probeer hem tegen te houden. Lemtov rekt alleen maar tijd. Wanneer hij er goed over nagedacht heeft, gaat hij ervandoor.'
'Dat zeg jij.'
We kijken elkaar aan. In de surveillancekamer klinken luide, dringende stemmen, iedereen alarmeert de reservebewakers in het hele gebouw.
'Hartstikke gek,' zegt Mike hoofdschuddend. Daarna wijst hij naar de walkietalkie die ik in mijn hand heb. 'Stel in op 311,' draagt hij me op, terwijl hij achteruit wegloopt. 'En praat niet tegen me via dat ding. Je moet alleen luisteren. Schiet op.' Hij loopt zijn kamer in om een andere walkietalkie te halen en roept me over zijn schouder toe: 'Schiet op!'

38

'Is het gelukt?' vraagt Rachel zodra ze me ziet.

Zij en Weyland hebben op de grond gezeten, met hun rug tegen de muur. Ze krabbelen allebei overeind wanneer ik tegen Rachel zeg: nee, het is niet zo gegaan als we gepland hadden. Ze kreunt.

'Maar het kan nog,' zeg ik snel. 'We hebben alleen wat meer tijd nodig.' Ik wijs naar Weyland. 'Over ongeveer twee minuten komen er een paar bewakers naar beneden om Rachel te halen. Ze mag niet hier zijn wanneer ze komen.'

Hij zegt geen woord, denkt alleen even na en dan knikt hij. Wanneer ik hem uitleg wat ik wil dat hij doet, moet hij daar ook over nadenken. Hij begrijpt dat het logisch is, de enige manier waarop hij ons kan helpen en toch niet zijn baan kwijtraken, en hij knikt opnieuw.

Ik wenk Rachel dat ze naar de deur moet komen en ik pak haar hand; onze handpalmen zijn klam van het zweet. Vervolgens komt Weyland, hij raakt Rachels arm aan en lacht haar bemoedigend toe. Hij zegt dat het allemaal goed zal komen, maar wanneer ze probeert te glimlachen staan haar ogen wijd open van angst. Weyland gebaart naar de deur: hij is er klaar voor.

'Kunnen we?' vraag ik Rachel.

Met niets ziende ogen staart ze naar de deur. Wanneer ik in haar hand knijp, knikt ze, dus ik loop naar de deur en ruk die open. Weyland neemt drie grote stappen en laat zich vervolgens languit de gang in vallen, zijn armen dramatisch gespreid, precies zoals het eruit moet zien, alsof ik hem bij verrassing heb overmeesterd en hem een geweldige klap heb gegeven. Hij heeft de duik echter verkeerd ingeschat. Hij komt hard met zijn schouder tegen de muur terecht en hij gilt het uit, een instinctmatige kreet van echte pijn. Ineengedoken blijft hij op de grond liggen, kreunend.

Wanneer we in de gang zijn, aarzelt Rachel. Ze buigt zich over Weyland. Ik moet haar de trap op sleuren.

Plotseling klinkt Mikes stem in paniek uit de walkietalkie: 'Als ze die trap op blijven gaan, hebben we ze te pakken.'
Met een ruk maan ik Rachel naast me tot stilstand. En we luisteren. Van boven klinkt geen geluid, beneden ons horen we slechts het zachte gekreun van Weyland. Verstijfd blijven we staan, als twee in het nauw gedreven dieren.
'Ja.' Mike weer via de walkietalkie. Hij kijkt naar ons op de monitor terwijl hij tegen de bewakers in de surveillancekamer praat: 'Als ze de lift hadden genomen, zouden ze het gehaald hebben.'
'De lift,' zeg ik en ik sleep Rachel mee de trap af.
Weyland, die nog steeds languit op de grond ligt en zijn schouder vasthoudt, kijkt op terwijl we voorbijstuiven. Kreunend laat hij zich opzij rollen. In de hal komen we glijdend tot stilstand bij de lift. Rachel drukt op de knop.
'Welke verdieping?'
'Naar boven,' zeg ik dom.
Rachel giechelt, het gegiechel wordt steeds hoger en ik grijp haar stevig bij haar schouders. 'Hou je verstand erbij, Rachel.'
Ze kijkt om naar Weyland, haar ogen staan vol tranen.
'Hou je verstand erbij,' zeg ik nogmaals en ik schud haar door elkaar. Ze buigt haar hoofd en veegt met haar hand langs haar ogen.
De lift komt, de deuren glijden open. Mike via de walkietalkie: 'Als ze op één stoppen, kunnen ze het wel vergeten.'
Plotseling komen er bewakers uit het trappenhuis en in de gang achter ons aanhollen; ze blijven staan wanneer ze Weyland languit op de grond zien liggen. Ik duw Rachel de lift in en druk op knop 3. In de hal van het souterrain schreeuwen de bewakers, ze komen naar ons toe rennen. Met mijn duim houd ik de knop ingedrukt, vloekend tegen de deuren. 'Schiet op. Schiet op.'
Ten slotte, eindelijk, gaan ze dicht. Het geschreeuw sterft weg wanneer de lift omhooggaat. Rachel laat zich naast me tegen de wand zakken, ze houdt haar hoofd achterover en sluit haar ogen.
'Gaat het?' vraag ik.
Ze knikt, maar ze ziet er bleek en verschrikkelijk afgetobd uit.

'Op de 3e,' zeg ik tegen haar, 'stappen we meteen uit. We zullen proberen naar het secretariaatsgebouw te komen. Daar zijn niet zoveel bewakers. En wat je ook doet, blijf bij me. Vlak bij me.' Haar ogen blijven gesloten. 'Rachel?'
Wanneer ze haar ogen opent, zie ik dat ze probeert haar tranen terug te dringen. Ik geef een kneepje in haar arm, dan stopt de lift, de deuren glijden open en ik pak haar hand. We hollen meteen over het geboende crèmekleurige linoleum de gang in, in zuidelijke richting, naar het secretariaatsgebouw.
'Jullie hebben niemand vóór hen,' zegt Mike tegen de bewakers, alsof hij ontzettend kwaad is.
Niemand vóór ons. We daveren door, niet naar links en naar rechts kijkend, de zijgangen flitsen voorbij, onze schoenen maken een dof geluid op het linoleum.
'Waar zijn de bewakers?' vraagt Rachel buiten adem wanneer we de gangdeuren openduwen. De lange, brede doorgang naar het secretariaatsgebouw is leeg. Waarschijnlijk zijn ze bij de Grote Vergaderzaal, denk ik. Of bij de kamer waar de Veiligheidsraad vergadert. Wanhopig spoor ik haar aan om door te lopen. 'Blijf lopen,' zeg ik. 'Hard.'
Seconden later vliegen we door de openstaande deur het secretariaatsgebouw in. Ik pak Rachel bij haar arm en breng haar abrupt tot stilstand. Mensen. Ambtenaren, mannen met aktetassen, vrouwen die mappen bij zich hebben, een stuk of zes personen komen in onze richting, op weg om de afgevaardigden in de zaal te brengen waar die om hebben gevraagd. Ik laat een hand onder Rachels arm glijden en duw haar linksaf, richting trap. De secretariaatsmedewerkers passeren ons zonder ons een tweede blik waardig te keuren.
'Hebben jullie mensen op de trappen?' vraagt Mike de bewakers in de surveillancekamer. Dan vloekt hij. 'Verdomme, misschien op de negende verdieping? Wat schieten we daarmee op?'
Rachel en ik kijken elkaar aan. Als één man lopen we naar de trap. Vijf verdiepingen hoger moet ik stilstaan om lucht te happen, ik snuif als een renpaard. Achter me heeft Rachel haar handen in haar zij gezet, ze loopt diep voorovergebogen maar ze

blijft doorklimmen. Dan, ver boven ons, verscheidene trappen hoger, horen we een deur opengaan. Twee bewakers komen het trappenhuis in, ruziënd of ze naar boven of naar beneden moeten gaan.

Dicht langs de muur gedrukt bereiken we de volgende overloop, daarna stappen we snel en zachtjes het trappenhuis uit.

'Oké,' zegt Mike, 'ze zijn op de 7e.'

De zevende verdieping ziet er precies zo uit als de meeste verdiepingen van het gebouw, een lange, centrale gang met aan weerszijden talloze houten deuren. Genoeg plekken om in een hoek gedreven te worden maar geen plaats om ons te verbergen. Ik raak de walkietalkie die aan mijn riem hangt aan. Ik wil Mike vragen wat er met Lemtov gebeurt, maar dat kan ik niet doen zonder de bewakers in de surveillancekamer te laten merken hoe Mike ons helpt. Ik sla rechts af, doe een stap, ga dan naar links. Met Rachel hijgend naast me, wachtend tot ik onze volgende zet bepaal, wordt het me opeens helder, ellendig duidelijk. Over een paar minuten zijn we erbij. Dit lukt niet.

'Pap?' zegt Rachel, die mijn plotselinge onzekerheid schijnt aan te voelen. Haar gezicht is bleek, haar ogen glanzen. Haar schouders rijzen en dalen bij elke ademhaling. Ik ben haar enige hoop om hieruit te komen; ze vertrouwt er blindelings op dat ik haar zal vertellen wat we nu moeten doen.

Het enige wat ik echter kan doen is hulpeloos een hand opheffen. Dan blaft Mike, als de stem van een engel, uit de walkietalkie.

'Van de 28e tot de 31e? Verdomme, dat is toch niet te geloven? Jullie hebben op drie verdiepingen de bewakingscamera's uitgeschakeld voor onderhoudswerkzaamheden, en dat vertel je me nu pas?'

Mijn hart hamert tegen mijn ribben. Hoop. Mike blijft tekeergaan tegen de bewakers, om er zeker van te zijn dat ik de boodschap heb doorgekregen. En dat heb ik. Tussen de 28e en de 31e verdieping zijn de bewakers blind. Ik grijp Rachels hand en begin te rennen, een wilde spurt naar de lift, biddend dat ons geluk blijft voortduren, dat we het zullen halen tot de 28e verdieping. Nadat ik met de muis van mijn hand een klap op de lichtknop heb

gegeven, ga ik een stap achteruit en zie de nummers oplopen. 4. 5. 6. Eindelijk licht de 7 op; er klinkt een ping wanneer de deuren zich beginnen te openen. Voor me uit duw ik Rachel naar binnen. En dan zie ik de bewaker. Een jonge vent, hij staat in de lift, met zijn vinger bij de knoppen. Ik krijg een steek in mijn maag.
Hij kijkt van Rachel naar mij. Daarna lacht hij vriendelijk. 'Welke verdieping?' zegt hij.
Rachel werpt me een blik toe. Ik kijk naar de riem van de bewaker. Hij draagt geen walkietalkie, hij heeft het niet gehoord.
'Elf,' zeg ik, en ik stap in.
Hij drukt op de knop, de deuren glijden dicht en we gaan zwijgend omhoog. De jongen probeert oogcontact te maken met Rachel, maar ze houdt haar blik strak op de cijfers boven de deur gericht. Er verstrijken lange seconden. Wanneer de deur eindelijk op de 11e opengaat, stapt Rachel snel de lift uit. De jongen kijkt een tikje teleurgesteld.
Nadat de deuren achter ons zijn dichtgeschoven klapt Rachel dubbel, uit haar keel welt een gesmoord geluid op.
'Trap,' zeg ik en ik draai haar in die richting. Onder het lopen leg ik haar het plan uit. De liften bewegen zich in drie groepen, van de begane grond tot de 12e verdieping, van de 12e tot de 25e en van de 25e tot de 38e. Door op de 11e verdieping uit te stappen kunnen we de bewakers in de surveillancekamer misschien laten geloven dat we het niet veel hoger zullen proberen. Wanneer we een andere lift nemen op de 14e, nemen ze misschien niet onmiddellijk aan dat we rechtstreeks naar de 25e gaan, en zullen ze daar geen bewakers heen sturen om ons op te wachten.
Rachel zegt: 'Aha', maar ze heeft er geen woord van in zich opgenomen.
We hollen de trap op langs de 12e verdieping, wachtend op een waarschuwing van Mike via de walkietalkie. Die komt echter niet. Nadat we op de 14e zijn aangekomen blijven we staan. Het zwijgen van de walkietalkie begint griezelig te worden. Rachel loopt naar de lift en drukt op de knop.
'Waar we ook naartoe gaan, ze zullen ons vinden, pap.'
'We rekken tijd. Dat is het enige wat we kunnen doen.'

Ze kijkt bezorgd. Wanhopig.
De lift komt, de deur gaat open en daar staan twee mannen in kostuum, van middelbare leeftijd. Gezichten die ik vaag herken; lastpakken van Protocol.
'Als ze niet in die verdomde lift stappen...' blaft Mike. Mijn hand schiet naar de knop om het geluid zacht te zetten. De mannen in de lift kijken naar de walkietalkie, en vervolgens nieuwsgierig naar mij.
Ik denk: wat dan? Als we niet in die verdomde lift stappen, wat dan? Worden we gepakt? Worden we niet gepakt? Wat dan?
'Naar boven?' vraagt een van de Protocol-jongens.
Ik verman me, buig mijn hoofd en schuif Rachel voor me uit de lift in. We draaien ons om en zien de deuren langzaam dichtgaan. Dan klinkt er een kreet van ergens op de verdieping.
'Stop! Hou de lift vast!' Het klinkt onmiskenbaar dringend, het moet een bewaker zijn.
Maar wanneer een van de Protocol-medewerkers zijn hand naar de knop uitstrekt, duw ik die opzij en hou ik mijn duim stevig op DEUR SLUITEN. De 25 is al verlicht; deze mannen gaan naar dezelfde etage.
'Charlie,' zeg ik, met een knikje in de richting van de kreten in de gang. 'Tien kilo te zwaar. Hij kan de trap nemen.'
De deuren gaan dicht, we beginnen omhoog te gaan en de beide mannen kijken elkaar aan. Ze lachen er niet bij.
Rachel staat met haar rug naar de wand, haar armen over elkaar geslagen en haar kin op haar borst. Zweetdruppels verschijnen op haar voorhoofd en lopen over haar wangen naar haar hals. Ze haalt zwaar adem, net als ik. Wanneer de man die het dichtst bij Rachel staat zich bukt om haar van dichtbij te bekijken, brengt ze een hand naar haar gezicht. Dan kijkt ze mij aan en ik richt mijn ogen op de cijfers boven de deur. 20. 21. 22. Dan spreekt hij Rachel aan.
'Is er iets?' vraagt hij.
Ze draait haar hoofd om, met haar ogen op de vloer gevestigd. Al zou ze het willen, ze zou er niet banger, niet hulpelozer kunnen uitzien.

23. 24.
Opnieuw kijken beide mannen elkaar aan, kennelijk denken ze aan dat geroep op 14.
'Moet u snel ergens zijn?' vraagt dezelfde man aan Rachel.
'Een vergadering,' kom ik tussenbeide. 'Op het laatste moment.'
Ze kijken me weifelend aan.
25. Het belletje pingelt.
'Met wie?' zegt de man.
Terwijl de deur opengaat zoek ik een naam. 'Jim,' zeg ik uiteindelijk.
'O, ja?' Hij houdt zijn hoofd schuin. 'Welke Jim?'
Rachel stapt langs me heen uit. Ik knik stijfjes naar de twee mannen, daarna neem ik Rachel haastig mee. Ik buig naar haar toe en fluister: 'Zodra we die deur door zijn, moeten we rennen. Helemaal naar de 28e. Kijk niet om.'
Achter ons kunnen we de beide mannen terwijl ze uit de lift stappen nu horen overleggen over wat ze moeten doen. We zijn bijna bij de trap wanneer ze roepen dat we de verkeerde kant op gaan voor de kantoren. We blijven doorlopen.
'Mevrouw!' roept een van de twee naar Rachel.
Ik duw met mijn schouder de deur naar het trappenhuis open en zeg: 'Hollen.'
Ik neem de trap met twee treden tegelijk; eerst probeert Rachel me bij te houden maar het lukt haar eenvoudig niet. Na twee trappen blijft ze staan, met haar rug tegen de leuning. Een trap hoger stop ik om haar aan te moedigen. Dan heft ze haar hoofd op, ik zie haar gezicht en mijn hart klopt in mijn keel. Ze is doodsbleek geworden. Haar ogen liggen diep weggezonken en de huid over haar jukbeenderen staat strak gespannen. Fysieke uitputting en angst hebben alle kracht uit haar weggezogen. Ze laat haar hoofd hangen en begint te snikken.
Ik spring de trap af en sla mijn arm om haar middel. Ze richt zich op, legt haar arm over mijn schouder en leunt zwaar op me. En ze blijft maar sorry zeggen.
'Nog een paar verdiepingen, Rachel. We halen het wel.'
Ze knikt, daarna kijkt ze op. Ik trek haar behoedzaam bij de leu-

ning vandaan, zorg ervoor dat ik het grootste gewicht van haar tengere lichaam draag, en ik begin te klimmen. Moeizaam tilt ze haar benen op en loopt naast me naar boven. Nog één trap, dan gaat de deur op de 25e verdieping open. Een paar doelloze kreten van 'Hé!' en 'Wat doen jullie daar?' zweven in het trappenhuis omhoog. De lastpakken van Protocol; godzijdank maken ze geen aanstalten om ons achterna te komen. Ze roepen iets van dat ze me bij de bewakingsdienst zullen rapporteren en daarna trekken ze zich terug.

Rachel en ik transpireren nu overdadig, we zijn allebei buiten adem. Mijn hart bonst wild wanneer we de overloop van de 28e verdieping op strompelen. Rachel maakt zich van me los, leunt met haar handen in haar zij tegen de muur en probeert op adem te komen. Ik omklem de trapleuning om steun te vinden en volg haar ogen; ze zijn op de bewakingscamera gericht die hoog boven ons tegen de muur is aangebracht. Dan zet ik het geluid van de walkietalkie weer aan.

'Pap…'

'Ssst.'

Nog een paar seconden, dan horen we Mike. 'Ze zijn boven. We zijn hen kwijt.'

Wanneer ik Rachel aankijk perst ze haar lippen op elkaar, haar mond beeft.

'Oké,' zeg ik, eindelijk de leuning loslatend. Ik richt me op en loop in de richting van de deur.

Sterk zijn, denk ik. Ter wille van haar moet je sterk zijn.

Ik slaag er zelfs bijna in mijn stem normaal te laten klinken wanneer ik tegen haar zeg: 'Nu moeten we je ergens zien te verstoppen.'

39

Op de 28e verdieping tikt de machinerie van Juridische Zaken. De meeste mensen zitten opgesloten in hun kantoor, waar ze zich bezighouden met papierwerk; anderen zwerven door de gangen, ze hebben dossiers in hun hand en kijken bezorgd. Wanneer Rachel en ik met flinke pas door de centrale hal naar mijn kantoor lopen is de enige die ons opmerkt de schoonmaakster, Celine, een kleine, oude vrouw uit Jamaica, die hier al werkt sinds de zondvloed. 'Uit de weg,' roept Celine, een wagentje met dweilen en emmers voor zich uit duwend met gestrekte, magere armen. Haar hoofd is gebogen. Een sterke geur van ontsmettingsmiddelen omhult ons wanneer we haar passeren.

Een minuut later zijn we in mijn kantoor, Rachel sluit de deur.

'Hier kan ik niet blijven' zegt ze. 'God. Dit is de eerste plek waar ze zullen kijken.'

'Je blijft hier ook niet.' Mijn hand duikt in de bureaulade.

'Hoe komen we erachter of Lemtov weg is?'

'Mike zal het ons laten weten.'

'Hij heeft niets gezegd.'

Met mijn hoofd omlaag blijf ik zoeken naar de sleutel van Toshio's afgesloten kantoor.

'Pap, dit wordt niets.'

'Wacht maar.'

'Je zei dat het allemaal...'

'Rachel!' Ik hef mijn hoofd op. 'Verdomme, ik weet ook wel dat ik geen marinier ben, maar ik doe mijn best.' We kijken elkaar aan. Ze slaat haar armen om zich heen en keert zich van me af. 'Je doet het geweldig,' zeg ik tegen haar terwijl ik nog steeds in de lade zoek. 'Je moet alleen even wachten. Nog een paar minuten.'

Eindelijk vindt mijn tastende hand de sleutel. Ik loop naar de deur, doe die open en kijk naar beide kanten de gang af. Celine is weg; de gang is leeg. Op het moment dat ik naar buiten wil stappen vang ik echter een glimp op van een beweging, een deur die verderop in de gang opengaat, en haastig trek ik mijn hoofd terug. Ik hou de deur op een kiertje en tuur erdoorheen. Het is Toshio's deur die openging. En nu komt er iemand uit zijn kamer, met een dossier onder zijn arm.

'Pap?'

Ik draai me naar haar om en houd een vinger tegen mijn lippen. Rachel kijkt bezorgd.

Ik kijk nog een keer en nu kan ik zien wie het is. Pascal Nyeri. Hij moet naar die kamer zijn gegaan om paperassen op te halen die betrekking hebben op het onderzoek naar de Speciale Commissie. Hij sluit Toshio's deur weer af en wandelt daarna in de richting van de lift. Een koud straaltje transpiratie drupt langs mijn ruggengraat. Een minuut eerder, dan zouden we hem tegen het lijf zijn gelopen. Wanneer Pascal uit het zicht is verdwenen, wenk ik Rachel dat ze naast me bij de deur moet komen staan. De gang is nu weer leeg.

'Laatste stap,' fluister ik; daarna neem ik haar mee naar de overkant van de gang, naar Toshio's kantoor. Onder zijn naambordje is een formeel briefje geprikt. OP BEVEL GESLOTEN. TOEGANG ALLEEN MET TOESTEMMING VAN DE VN-VEILIGHEIDSDIENST. Het briefje is ondertekend door Eckland.

Wanneer ik de deur met de sleutel openmaak klinkt er een ping van de lift achter in de gang, daarna hoor ik stemmen van bewakers die uitstappen op de 28e verdieping. Ik trek Rachel naar binnen, doe snel de deur dicht en sluit die af. Ik leg weer een vinger op mijn lippen en we blijven elkaar afwachtend staan aankijken. Mijn hartslag is zo snel dat ik het bloed in mijn oren kan horen hameren. Het kan niet meer zijn dan een minuut maar het lijkt een eeuwigheid voor we de bewakers de gang in horen komen, waar ze deuren openen en sluiten.

We blijven doodstil staan. Rachels gezicht is lijkwit.

Het lijkt erop dat de bewakers niet is verteld naar wie ze precies moeten zoeken. Naarmate ze dichterbij komen kunnen we horen dat ze aan iedereen vragen of ze een man en een jonge vrouw deze kant op hebben zien lopen. Niemand heeft iets gezien.

Voor Toshio's deur blijven ze staan. 'Hatanaka,' zegt een van hen, hij leest blijkbaar het naambordje.
'Die dode vent?'
'Ik denk het.'
Een van hen probeert de deurkruk. Rachel krimpt ineen. Dan klinkt een luide bons, iemand moet zijn schouder tegen de deur hebben gezet, en ze sluit haar ogen.
'Laat maar,' zegt zijn collega en hij loopt weg. 'Als wij er niet in kunnen, kunnen zij er ook niet in.'
De deurkruk wordt losgelaten en springt omhoog. De stemmen van de twee bewakers sterven weg wanneer ze hun onderzoek in de gang voortzetten.
'Geef me je trui,' fluister ik.
Rachel doet haar ogen open. Ik trek mijn jasje uit en hou mijn hand op. 'Trek je trui uit, vlug nu.'
Ze zet haar baseballpet af en trekt de trui over haar hoofd. 'Ze zullen terugkomen,' zegt ze.
'Nee, dat duurt nog wel even. Ze moeten drie verdiepingen doorzoeken.'
Nadat ik haar slobberige, grijze trui heb aangetrokken haal ik de walkietalkie van mijn riem en ga achter Toshio's bureau zitten. Ik weet dat Mike dit niet op prijs zal stellen, maar ik doe het toch. Ik druk de zendknop in en spreek. Eén woord.
'Mike?'
Beneden in de surveillancekamer zal Mike me wel verwensen. Ik hoop dat hij naar een rustige plek kan gaan waar hij ongehinderd kan praten. Ik leg de walkietalkie op het bureau en zet het geluid zacht.
'Ik wil weten wat er met Lemtov gebeurt,' leg ik Rachel op zachte toon uit. 'Daarna ga ik voor lokaas spelen.'
Ik vraag om haar pet. Ze geeft hem aan me. Dan kijkt ze naar de trui en de pet. 'Je lijkt totaal niet op me,' zegt ze zonder hoop.
Ik maak de band ruimer en plant de pet stevig op mijn hoofd.
'Wees maar blij,' zeg ik.
Ze grinnikt. Daarna gaat ze met over elkaar geslagen armen op een stoel zitten, met haar benen onder zich opgetrokken.

Iets aan die simpele beweging, aan hoe ze eruitziet, laat me denken: dit maakt haar kapot. Als ik haar niet op de een of andere manier hiervandaan kan krijgen, als ik de overdracht niet kan tegenhouden, zullen dokter Coveys ergste klinische inschatting en mijn grootste vrees bewaarheid worden. Emotioneel heeft ze niet genoeg in huis om nog meer aan te kunnen. En te worden aangeklaagd wegens moord? Om de ene na de andere verpletterende maand van een proces onder ogen te moeten zien? Ze zullen de doodstraf niet eens hoeven uit te spreken. Ik krijg een afschuwelijk visioen van de openbaar aanklager, Randal White, die op de intensive care van het Bellevueziekenhuis aan Rachels bed verschijnt om hardnekkig juridische vragen te stellen terwijl Rachel zichzelf meedogenloos uithongert.

'Je kunt het niet zeggen, hè?' zegt Rachel nu tegen me.

Wanneer ze me aankijkt, haal ik één schouder op: wat kan ik niet zeggen?

'Wil je het me niet eens vragen, pap? Zelfs nu niet?'

Haar ogen staan donker en ze houdt haar armen strak om zich heen. Ik weet natuurlijk wat ze bedoelt. Maar in plaats van de vraag te stellen die ik de afgelopen twee dagen zorgvuldig heb vermeden, buig ik me over Toshio's bureau en wuif haar opmerking weg. Ik staar naar de walkietalkie, wachtend op Mikes antwoord.

'Het komt door de bibliotheek, hè?' zegt ze. 'Al dat materiaal dat ik in de bibliotheek heb opgevraagd.'

'Dit is niet het moment, Rachel.'

'Weet je waarom ik het heb opgevraagd? Al die gegevens over mams kamp, waar ze vermoord is?'

Ik hef een hand op. Ik zeg haar heel nadrukkelijk dat ik dit niet wil horen.

'Ik heb het opgevraagd omdat jij het ook hebt gedaan.'

Mijn hand valt langzaam omlaag. 'Ik heb je nooit verteld dat ik het heb bekeken.'

'Ik zocht iets anders op,' zegt Rachel. 'Ik raakte in gesprek met de bibliotheekassistente en zij merkte op dat jij daar een paar jaar geleden vaak geweest was. Ik geloof dat ze iets zei over het kamp.' Rachel haalt haar schouders op. Ze kijkt ernstig. 'Ik was nieuwsgierig.'

Ik kreun. Begrip van wat er gebeurd is begint langzaam te dagen. 'Je hebt gevraagd om alles te mogen zien waar ik om gevraagd had?'

Ze knikt. 'Ik heb het niet eens gelezen. Er waren boekdelen over. Wat denken ze eigenlijk, dat ik daar een week of twee gezeten heb? Denken ze dat ik gek ben?'

'Je hebt het niet gelezen?'

'Ik heb het alleen vluchtig doorgekeken.' Weer haalt ze haar schouders op.

Rachel heeft het niet gelezen. Ze had er geen idee van dat er binnen het secretariaat destijds vragen waren gerezen over de manier waarop Toshio de reddingsactie van de gijzelaars had opgezet.

'Maandagavond ben je naar beneden gegaan,' zeg ik.

Ze kijkt me recht in de ogen. 'Om mijn jas te halen.'

Om haar jas te halen. Ze ging naar beneden om haar jas te halen. En in de Dag Hammarskjold-bibliotheek heeft ze alleen maar naar de oude dossiers gevraagd die ik had opgevraagd. Omdat ze nieuwsgierig was. Is er ook maar iets in deze hele zaak wat ik, al is het maar gedeeltelijk, bij het rechte eind heb?

'Ik heb niets verkeerds gedaan,' zegt ze. 'En weet je? Dat doet er gewoon niet toe.' Ze trekt haar benen op en drukt haar gezicht tegen haar knieën.

Ik druk de knop van de walkietalkie in en fluister dringend: 'Mike?'

Nog steeds geen antwoord. Ik sta op en loop om het bureau heen naar Rachel met de bedoeling haar vast te houden en haar gerust te stellen, haar te beloven dat ze, zolang ik nog kan ademhalen, niet in haar eentje een proces hoeft door te maken. Dan blijf ik echter opeens staan. En ik kijk naar de roze map in Toshio's IN-bakje. Een roze map. In dikke, zwarte letters van tweeënhalve centimeter hoog is het woord VERTROUWELIJK dwars over het omslag gedrukt. Even blijf ik doodstil staan, dan pak ik de map en sla die open.

De eerste pagina is een memo van Patrick, een meesterwerkje van bureaucratie dat Toshio volledige verantwoordelijkheid geeft voor het onderzoek naar de UNDCP Speciale Commissie, terwijl Patrick zich het recht voorbehoudt om tussenbeide te komen. Daarna komen een paar bladzijden met aantekeningen over Asahaki, Po Lin en Lemtov – achtergrondprofielen – en vervolgens drie afzonderlijke delen, die informatie blijken te bevatten die Toshio gedurende zijn onderzoek van ieder van de drie afzonderlijk heeft verkregen. Het gedeelte over Po Lin is verreweg het dikst. Wanneer ik naar het slot van het gedeelte over Lemtov blader, wordt er niets vermeld over zijn activiteiten aangaande het witwassen van geld en er is zelfs geen vluchtige verwijzing naar het FBI-rapport.

Ik sla de map dicht en kijk naar het IN-bakje. En ik haal me het beeld voor de geest. Op de ochtend van Toshio's dood, toen ik hier was met Mike, heb ik de hele inhoud van het IN-bakje op mijn schoot gelegd en heb die pagina voor pagina doorgenomen. Daar ben ik absoluut zeker van. Daar kan ik me niet in vergissen. En ik weet absoluut zeker dat deze roze map op dat moment niet hier was. Niet in het bakje. Ook niet in de buurt van Toshio's bureau. En sinds die ochtend is de deur van dit kantoor afgesloten geweest.

'Sam!'

Ik gris de walkietalkie van het bureau. 'Hoe zit het met Lemtov?'

'Niets. Ze hebben de Tunku naar de zijkamer geroepen. Froissart is naar de plee. Dat is alles. Noppes.'

Ik kijk naar Rachel. Ze zit heen en weer te wiegen, haar ogen strak op de walkietalkie gericht. 'Wie heeft de bewakingscamera's hier uitgeschakeld?' vraag ik Mike.

Er valt een stilte. 'Hoe moet ik dat verdomme weten? Voor het geval je het niet gemerkt hebt, ik ben hier druk bezig geweest.'

'Kun je het uitzoeken?'

'Hoor eens, vergeet dat nu maar. Als je wilt heb je ongeveer twee minuten om daar weg te komen. De zuidelijke trappen zijn nog open, maar de liften en alle andere toegangswegen hebben we onder controle. Als je ergens naartoe wilt, moet je nu gaan.'

'Zoek uit wie die camera's heeft uitgeschakeld,' zeg ik; daarna pak ik de walkietalkie en de roze map. Ik loop naar Rachel en ga op mijn hurken naast haar zitten; onder het spreken schuif ik de map onder mijn overhemd.
'Je mag voor niemand de deur opendoen, behalve voor mij. Niet voor Mike. Niet voor Weyland. Als iemand zegt dat hij de deur zal intrappen, laat hem dan zijn gang gaan. Het is waarschijnlijker dat ze een sleutel gaan zoeken. Dat geeft ons wat meer tijd. Jij blijft hier gewoon zitten.'
'Ik wist dat het niet goed zou aflopen.'
'Het is nog niet voorbij, Rachel.'
Ze blijft heen en weer wiegen, met haar armen om haar knieën geslagen. Ik omhels haar en houd haar tegen me aan terwijl ze haar gezicht tegen haar knieën drukt. Ik buk me en kus haar boven op haar hoofd, zoals ik dat vroeger deed toen ze nog klein was. Ze reageert niet. Als ik naar de deur loop, zegt ze geen woord.
Ik stap behoedzaam de gang in en werp nog een laatste blik op haar voor ik de deur dichttrek en afsluit. Rachel heeft zich op haar zij gedraaid in de stoel, opgerold in foetushouding. Stijf opgerold, tot een bal.

40

De zuidelijke trappen zijn vrij en ik loop haastig naar beneden, met een hand steunend op de leuning, de andere tegen de map onder mijn overhemd gedrukt. Mijn benen kraken bij elke vliegende sprong. Wanneer ik de eerste bewakingscamera passeer hoor ik Mike tegen de bewakers zeggen: 'Ze komen naar beneden. Wat hebben we onder controle?'

Ik blijf doorgaan, rennend, om zo snel ik kan zo ver mogelijk bij Rachel vandaan te raken. Hoe meer ik de bewakers kan afleiden, hoe meer tijd ik heb om dit te overdenken, en des temeer tijd Lemtov heeft om ervandoor te gaan.

'Ze is alleen,' zegt Mike. Hij bedoelt mij. Zijn stem klinkt onzeker, hij weet dat er iets niet klopt. Daarna: 'Oké, je hebt iemand, waar? Op de trap naar de 19e? Mooi. En die twee anderen op de 28e, die komen nu terug naar de trap? Ja, prima. Als het meisje in het trappenhuis blijft, zit ze in de val.'

Ik duik op de 21e verdieping het trappenhuis in en sprint naar de lift; er is er juist een gestopt. Wanneer de twee mannen van de onderhoudsdienst zijn uitgestapt, spring ik erin en druk op knop 13, in de hoop dat de bewakers op de trap naar de 19e niet genoeg tijd hebben om de lift te bereiken. De deuren gaan dicht. Ik houd mijn duim op de knop; de lift lijkt heel langzaam omlaag te gaan, alsof hij door stroop zakt. Wanneer ik de 20e verdieping voorbijglijd merk ik dat ik instinctmatig mijn adem inhoud. Nummer 19 licht op boven de deur. Verder, denk ik, verder. Maar het lampje blijft maar branden, dan floept het opeens uit. 18 licht op, ik ga nog steeds omlaag en ik denk: o, jezus, niet nog eens.

'Hoeveel mannen heb je bij de lift gezet op de 14e? Vijf man?'

18. 17. Verlamd, tijdelijk gehypnotiseerd door de cijfers, zie ik de lampjes boven de deur aan- en uitgaan.

16.

Dan ram ik met de muis van mijn hand op knop 15. De lift hapert, daarna vermindert de snelheid en op het moment dat de deur opengaat begin ik weer te hollen, de gang af. De bewakers hebben maar een minuut nodig om van de 14e hiernaartoe te komen en wanneer ze eenmaal hier zijn, geleid door de surveillancekamer, kost het hen niet eens een minuut om me te overmeesteren. Aan beide einden van de gang hangen camera's. Rennen heeft geen zin. Als ik nu hard blijf lopen is het voorbij.

In een moment van wanhoop improviseer ik. Net voor ik bij de gang ben die een rechte hoek maakt met de gang waarin ik loop, ga ik rechtsaf een vergaderkamer in. Het vertrek is leeg. Nu ik buiten bereik van de bewakingscamera's ben, zet ik de baseballpet af en trek Rachels trui uit. Ik gooi ze in de prullenmand en loop naar de deur die uitkomt op de aangrenzende gang. Daarna haal ik de roze map onder mijn overhemd vandaan, stop mijn hemd weer in mijn broek en strijk mijn verwarde haar glad. Nadat ik een keer diep adem heb gehaald stap ik de gang in, de map opengeslagen en mijn hoofd omlaag. Ik ga rechtsaf. Ik ben nu gewoon een kantoormedewerker in hemdsmouwen die zijn papieren doorkijkt. Gewoon een VN-bureaucraat met een dossier.

Ik bestudeer de papieren, hopend dat de plotselinge gedaanteverwisseling hen op een dwaalspoor brengt. Ik blijf naar de papieren kijken en ik blijf lopen.

Vervolgens ga ik opnieuw rechtsaf, terug naar de lift, langs dezelfde weg die ik zo-even ben gekomen. Een vrouw stapt voor me de gang in; ze lijkt me nauwelijks op te merken wanneer ze me voorbijsnelt. Ik ben bijna bij de lift wanneer ik de bewakers luidruchtig uit het trappenhuis de hoek om hoor komen.

'Jullie hebben haar,' zegt Mike vlak. 'Ze is nog in de kamer.'

Ik schakel snel de walkietalkie uit. Meteen daarna verschijnen vier bewakers; ik doe een stap opzij en ze rennen langs me heen zonder naar me te kijken. Met mijn hoofd diep over de map gebogen leg ik de laatste paar meter tot aan de lift af, elk moment een kreet achter me verwachtend. Maar die kreet komt niet. En het laatste wat ik van de 15e verdieping zie is een lange, lege gang achter de dichtschuivende liftdeuren. Daarna buig ik me weer over Toshio's roze map. En nu doe ik niet alsof. Nu lees ik werkelijk wat er op deze pagina's is vastgelegd.

'Mike!'
Hij staat in de deuropening van de surveillancekamer; wanneer hij me hoort roepen kijkt hij geschrokken mijn kant op. Dan ziet hij me en hij komt haastig naar me toe lopen.
'Ze hebben de trui en de pet gevonden,' vertelt hij, me in zijn kamer trekkend. 'Ze nemen aan dat ze nog steeds ergens tussen de 28e en de 31e verdieping is. Alle bewakers zijn daar nu op zoek.'
'Wie heeft de bewakingscamera's uitgeschakeld?'
'Ene Matate, hebben ze me verteld.' Mike loopt naar zijn computer en begint iets in te typen. 'Zegt die naam je iets?'
Hoofdschuddend ga ik zo staan dat ik op het scherm kan kijken. Mike roept in het personeelsbestand de gegevens van deze Matate op.
'Ergens komt het me bekend voor,' zegt hij, op zijn lip bijtend alsof dat feit hem verontrust. Dan verschijnt Matates dossier, een grote foto van de man wordt zichtbaar in de linkerbovenhoek van het scherm. Mike kreunt. 'Dit is de man die ik verhoord heb. Hij hoorde bij het team dat de camera's heeft uitgeschakeld wegens onderhoudswerkzaamheden toen Hatanaka stierf.' Mike tikt met zijn vinger op het scherm. 'Wil je me nu verdomme vertellen wat er gaande is?'
'Je zei dat die lui van Onderhoud alibi's hadden.'
'Voor de moord, ja. Deze Matate werkte samen met twee andere monteurs. Ze waren alle drie de volle zes uur van hun dienst in dezelfde kamer. Ze nemen hun eigen brood mee. Vlak naast de kamer is een toilet. Die mannen hebben zes uur lang op elkaars lip gezeten. Deze Matate...' Mike zet zijn vinger op het scherm en vervolgt: 'Deze man heeft geen kans gehad om Hatanaka te vermoorden. Beslist niet.'
Ik bekijk het gezicht op het scherm. Matate. Zijn haar is een dichte, zwarte vacht, grove krullen, maar niet nat en druipend, zoals ik het eerder heb gezien. Ik weet zeker dat hij het is. De grove, platte wangen, de brede glimlach en de ruimte tussen zijn

twee voortanden. Geen gezicht dat je gemakkelijk vergeet. Mike is hem niet vergeten. En ik ook niet. Hij is de man die, toen ik hem de vorige keer zag, niets anders droeg dan een handdoek, de man die druipend rondliep in een overvol appartement in Harlem.

'Waar is hij nu?'

'God mag het weten.' Mike denkt even na. 'Als hij bezig is met de bewakingscamera's is hij waarschijnlijk op de afdeling Onderhoud.'

Ik zeg tegen Mike dat we Matate moeten vinden. En snel.

'Hij kan het niet gedaan hebben, Sam.'

'Ja, nou, Rachel heeft het ook niet gedaan.'

Mike kijkt me aan.

'Zo-even, boven,' zeg ik. 'Ik heb het haar niet gevraagd, ze heeft het me uit zichzelf gezegd. En ik geloof haar.'

Mike heft zijn hand op. Hij mompelt iets over Eckland die koppen zal laten rollen, dan neemt hij me mee terug naar de surveillancekamer.

De bewakers die naar de monitors zitten te kijken draaien zich bij Mikes binnenkomst om, ze willen hem op de hoogte brengen van het laatste nieuws. Dan zien ze mij. De chef-bewaker staat op en zegt kwaad en tegelijkertijd verbaasd dat die klootzak vlak achter hem staat.

'Hebben jullie het meisje gevonden?' zegt Mike kortaf.

Ze hebben haar niet gevonden. De chef begint weer over mij.

'Later,' zegt Mike scherp tegen hem, naar de rij monitors knikkend. 'Laat me Onderhoud zien. Ik zoek die man, die Matate.'

'Dat doen we allemaal,' zegt een andere bewaker die verderop zit. Hij vertelt Mike dat ze nog steeds proberen iemand bij Onderhoud te bereiken die de camera's van de 28e tot de 31e verdieping weer kan inschakelen. Bij Onderhoud reageert niemand.

'Hier,' zegt hij, naar een scherm wijzend. Niets. Het beeld van een gesloten deur met een bordje ONDERHOUD en een leeg stuk gang.

'Als er niemand reageert,' merkt Mike op, 'zou het kunnen zijn dat er niemand is.'

De bewaker schudt zijn hoofd. Hij zegt Mike dat hij er twee minuten geleden iemand naar binnen heeft zien gaan. Van achter de tafel roept een andere bewaker die een telefoonhoorn tegen zijn oor gedrukt houdt, dat hij nog steeds geen antwoord krijgt bij Onderhoud.
Mijn ogen gaan naar het scherm van de Veiligheidsraad waar plotseling enige beweging ontstaat. Eerst komt lady Nicola terug uit de zijkamer, daarna de andere belangrijke diplomaten; ze nemen weer plaats aan de hoefijzervormige tafel. Chou En, Froissart, Bruckner. Even begint mijn hart wild te kloppen. Lemtov is er niet bij. Het is gelukt, denk ik. Hij is ervandoor gegaan. Duizelig wijs ik naar het scherm om Mike erop attent te maken. Mike schudt echter zijn hoofd al en dan zie ik hem ook: Lemtov. Hij heeft zijn plaats achter de Russische ambassadeur ingenomen en maakt een grapje met een van de Chinezen naast hem.
Het surveillanceteam ontvangt rapporten van de bewakers die in het secretariaatsgebouw naar Rachel op zoek zijn. Ze melden dat ze verdieping 31 en 30 hebben doorzocht; nu gaan ze naar 29. Daarna naar 28.
Mike kijkt me aan. Hij kan niets meer doen.
Ik trek hem mee de gang in en ga met mijn rug naar de surveillancekamer staan. 'Dit is Toshio's dossier.' Ik geef er een klap op. 'Het dossier dat zoek was? Dat we niet konden vinden? Ik heb het zo-even in Toshio's kantoor gevonden. Op zijn bureau.'
'Dat meen je niet.'
'Luister. Matate schakelt de camera's op de 28e verdieping uit, het zoekgeraakte dossier verschijnt. Hij schakelt de camera's in het souterrain uit, Toshio wordt vermoord. Zie je het verband? En dan nog iets. Matate heeft een huisgenoot. Pascal Nyeri.'
Mikes ogen versmallen zich.
'En raad eens wie ik daarstraks uit Toshio's kamer heb zien komen?' vraag ik terwijl ik de roze map omhooghoud.
Het duurt even voor de stukjes op hun plaats vallen. Wanneer dat gebeurt, begint Mike te vloeken.
'Meneer Jardine?' zegt een bewaker in de kamer achter ons. Hij wijst naar het scherm waar Onderhoud op te zien is. De deur van

het vertrek is opengegaan; terwijl we blijven kijken komen er twee mannen uit, de ene gekleed in de witte overall van een monteur, de andere in een kostuum. Afrikanen.
'Matate,' zegt Mike.
Het is echter niet Matate naar wie ik kijk. Ik loop naar het scherm en zet mijn vinger op het kostuum. 'Pascal Nyeri.' Nog terwijl ik het zeg, gaan ze uit elkaar. Matate gaat naar links, Pascal naar rechts. Pascal loopt stevig door en na een seconde begint Matate te hollen.
'O, shit,' zegt Mike. 'Shit. Godnogantoe, we hebben alle reservebewakers boven, om naar Rachel te zoeken.' Hij wijst naar het scherm en geeft de bewakers hun orders. 'Hou die twee lui die zo hard lopen in beeld. Waarschuw de poort. Ik wil dat ze allebei worden aangehouden. Het mag niet misgaan.'
Ik blijf staan staren. Ik kan het niet geloven. We zijn zo ver gekomen en nu hebben we het, zonder het te willen, verknald. Over vijf minuten kunnen Pascal en Matate weg zijn, een hek over en New York in, waar we geen jurisdictie hebben, vervolgens in een taxi en rechtstreeks naar het vliegveld. Lemtov zit rustig in de kamer van de Veiligheidsraad. En Rachel zal nog steeds overgedragen worden, aangeklaagd voor een moord waar ze niets mee te maken heeft.
Ik geef Mike de roze map. 'Naar welke uitgang is Nyeri op weg?'
'Sam.'
'Welke uitgang?' schreeuw ik, en ik loop de surveillancekamer uit, intussen mijn walkietalkie inschakelend.
Mike kijkt naar de schermen. 'Noord.'
'Noord,' herhaal ik en ik ben al weg.
Het driedimensionale spel van de jacht is opnieuw begonnen, deze keer met mij als de achtervolger, niet de achtervolgde.
'Nyeri is in het souterrain, hij gaat nog steeds naar Noord.'
Verscheidene verdiepingen boven Pascal ren ik in noordelijke richting door de hal.
'Hij gaat nu de ruimte voor het publiek in. De cafetaria en het postkantoor.'
Langs de lounge voor afgevaardigden hol ik naar de lift.

'Oké, hij is nu in de publieke ruimte.' Even stilte, dan zegt Mike: 'Wat nu, verdomme?'
Ik pak de walkietalkie. 'Wat doet hij, Mike?'
'Hij is verdomme de boekwinkel ingegaan, we zijn hem kwijt. Blijf luisteren, we proberen hem op te pakken.'
'Wat?'
'Wacht even.' Weer een stilte, dan zegt hij: 'Nee, het is oké, hij komt er weer uit, verkeerde afslag of zo. Nu loopt hij naar de trap, hij gaat naar boven.'
Ik spring in de lift en druk op de knop voor de begane grond. Wanneer Pascal boven aan de trap verschijnt is hij nog maar vijftig meter van First Avenue verwijderd, waar noch Mike noch ik hem iets kan maken.
'Waar ben je?' blaft Mike. 'Hij is op de begane grond.'
Eindelijk houdt de lift stil en ik worstel me door de openschuivende deuren. Toeristen zwerven als schapen over de North Concourse, sommigen staan in de rij voor de controlepost, anderen drommen bij elkaar voor een rondleiding. Ik boor me een weg dwars door een rij schoolkinderen vlak bij de meditatieruimte; hun leraar roept me iets achterna.
'Nyeri is buiten,' schreeuwt Mike.
Dat kan ik zelf zien, door de wand van kogelvrij glas. Pascal is zojuist de uitgang uit gekomen en links afgeslagen, richting First Avenue. Hij heeft me niet gezien, maar hij loopt snel, met grote stappen. Ik sprint door de hal, spring over de koordafzetting, baan me een weg door de toeristen en hol dan naar buiten, Pascal achterna.
'We houden hem tegen bij het wachthuisje,' zegt Mike overtuigd. Nu Rachel zich nog steeds schuilhoudt in Toshio's kantoor en de agenten van Moordzaken nog steeds wachten tot ze haar kunnen meenemen, ben ik zeker niet van plan dit aan de VN-bewakers over te laten.
Pascal hoort of ziet niets, tot ik vlak naast hem ben. Wanneer hij zijn hoofd omdraait laat ik mijn hand onder zijn arm glijden en grijp ik hem stevig vast. Ik breng hem tot stilstand. Hij kreunt en wil zich losrukken, maar ik houd hem vast.

'Wil je met mij praten, Pascal?' Dan wijs ik naar het wachthuisje voor ons. 'Of met hen?'
Pascal geeft weer een ruk met zijn arm, maar ik houd grimmig vol. Ten slotte probeert hij te doen wat een onschuldige zou doen. 'Wat is er?' zegt hij terwijl hij zijn best doet een gemaakt verbaasd lachje te produceren.
De VN-bewakers komen nu uit het wachthuisje tevoorschijn met Jennifer; ik schud mijn hoofd en gebaar dat het niet nodig is. Terwijl ze via hun walkietalkies overleg plegen met iemand boven in het gebouw ruk ik ruw aan Pascals arm, ik sleur hem mee langs het reusachtige beeld van de geknoopte geweerloop, dan de trappen af en de North Lawn op. Wanneer Jennifer aanstalten maakt om ons te volgen schud ik opnieuw mijn hoofd en gebaar dat ze daar moet blijven.
Pascal begint me te vragen wat er aan de hand is, waar dit over gaat, maar ik geef niet onmiddellijk antwoord. Ik neem hem mee naar een stenen bank op de voetgangersbrug over FDR Drive, vervolgens duw ik hem op de bank en ga dreigend voor hem staan. Hij probeert overeind te komen. Ik duw hem weer omlaag. Afwerend kijkt hij me aan.
'Wat moet je van me?' zegt hij.
Er welt een enorme woede in mijn borst op. Toshio Hatanaka is dood. Rachel is van haar vrijheid beroofd, meegesleurd naar de rand van een emotionele afgrond, op dit moment trilt ze van angst in afwachting van haar arrestatie wegens moord. Dan wacht haar een proces waarbij ze de doodstraf kan krijgen. Wat moet ik van hem, denk ik, met stille woede in mijn hart. Het gaat om twee onschuldige levens. Het gaat om Toshio's leven dat al voorbij is, en om dat van Rachel, dat nu aan een zijden draad hangt.
Mijn tong is dik, mijn keel droog. Ik haal een paar maal diep adem om te kalmeren. Iets in mijn gezicht treft Pascal; hij slaat zijn ogen neer en kijkt naar de stenen plaat onder de bank.
Terwijl hij zo blijft zitten, met gebogen hoofd, zich afvragend hoeveel ik weet, met welke leugens hij zich hieruit kan redden, hoeveel hij me precies zal vertellen, kan ik voldoende gezond ver-

stand opbrengen om mijn hand in de zak van mijn overhemd te steken en op de knop te drukken van de cassetterecorder die Mike me heeft gegeven toen ik naar Patrick ging. Ik voel een zwakke trilling tegen mijn borst wanneer de cassette begint te draaien. Daarna ga ik op de bank zitten. Wanneer Pascal probeert op te staan duw ik hem terug.

Het verkeersrumoer op FDR Drive beneden ons is welkom achtergrondgeruis; zelfs ik kan de recorder niet horen. Ik richt mijn blik op de oude Pepsi Cola-reclame met zijn verbleekte kleuren, aan de overkant van de East River; de wolken die laag erboven hangen zijn grijs. Even neem ik de tijd om tot mezelf te komen. Dit is het, denk ik, mijn laatste kans. Wanneer ik Pascal aankijk, heeft hij zijn ogen niet op mij gericht; hij kijkt uit over de rivier. Ik buig me naar hem toe en stel mijn vraag.

'Hoe lang werk je al voor Yuri Lemtov?'

41

Pascal blijft geruime tijd zwijgen. Geen nijdige ontkenning, geen uitroep van verbazing, niets. Hij blijft me alleen maar zitten aanstaren, alsof mijn vraag hem in een soort verdoving heeft gebracht, alsof hij te geschokt is om te antwoorden of om zich te bewegen.

'Waar ging het om?' vraag ik. 'Geld?'

Het blijft stil. Dan kijkt hij me eindelijk aan, één enkele, diepe rimpel in zijn voorhoofd. 'Lemtov?' zegt hij.

'Oké, probeer dit dan eens.' Ik wijs met mijn duim over mijn schouder naar het secretariaatsgebouw. 'Een kwartier geleden heeft je huisgenoot, Matate, de bewakingscamera's op de 28e verdieping uitgeschakeld. Tien minuten geleden arriveerde jij daar met Toshio's zoekgeraakte dossier. Het dossier over het onderzoek naar de Speciale Commissie. Dat heb je in Toshio's IN-bakje gelegd. Zou je me willen vertellen waarom?'

'Dat heb ik niet gedaan.'

'Je was er wel.'

Pascal kijkt me recht in de ogen en ontkent dat hij vandaag ook maar in de buurt van Toshio's kantoor is geweest.

'Heb je soms een identieke tweelingbroer? Hoor eens, ik heb je gezien, Pascal. Ik zag je uit Toshio's kantoor komen. Toen ik er binnenging om te kijken lag dat verdomde dossier op zijn bureau. In het IN-bakje, nota bene. En het lag er niet toen het kantoor door Beveiliging werd verzegeld. Dat weet ik, omdat ik er dinsdagochtend bij was. En toen lag die roze map er niet.'

Betrapt op een leugen wendt Pascal zijn blik af. Hij steunt met zijn armen op zijn knieën en kijkt weer naar de betonnen plaat onder zijn voeten.

'Je zit zwaar in de problemen, Pascal. Dat weet je.'

Hij zegt niets. Dan wordt mijn oog getroffen door een beweging,

ergens links van ons; wanneer ik omkijk zie ik twee bewakers dichterbij komen. Ik gebaar met mijn hand dat ze moeten wegblijven. Een van hen zegt iets in zijn walkietalkie en ze trekken zich terug onder de bomen. Pascal houdt nog steeds zijn hoofd omlaag en ziet niets van dit alles.
'Wanneer dit bekend wordt,' zeg ik tegen hem, 'zal Lemtov het ontkennen. Hij zal ontkennen dat hij je ooit gevraagd heeft die map daar neer te leggen. Dat weet jij ook, toch? Hij zal je niet beschermen, daar heeft hij geen enkele reden voor. Het enige wat hij hoeft te doen is het ontkennen. En dat zal hij doen. Als jij een beschuldigende vinger naar hem uitsteekt, zegt dat hij erachter zat, zal hij het botweg ontkennen. En wie zal jou geloven? Dieter?'
Pascal slaat zijn ogen op en staart in het niets.
'Dieter zal je kop laten rollen,' zeg ik. 'Je bent op jezelf aangewezen. Jij krijgt de schuld. En Lemtov, die zal zich gewoon van je distantiëren.'
Geen reactie. Ik kan met geen mogelijkheid raden wat hij denkt.
'Wil je me nu vertellen wat er gebeurd is?'
'Er is niets gebeurd,' zegt hij zacht.
Even kijk ik naar hem. Een jongeman, heel ver van huis, en hoewel hij het goed weet te verbergen, doodsbang.
'Ik kan je niet dwingen tegen me te praten, Pascal. Maar als ik nu opsta en wegloop, sta je er alleen voor. Er zal niemand te vinden zijn bij het secretariaat die jouw versie wil aanhoren. Niemand die zal luisteren wanneer je ten slotte besluit dat praten misschien toch niet zo'n slecht idee is. Dus als je jouw kant van het verhaal kwijt wilt, is dit je laatste kans. Ik kan je niet dwingen. Maar als je denkt dat Lemtov je zal beschermen, ben je gek.'
Met zijn ellebogen op zijn knieën leunt hij naar voren, maar hij blijft zwijgen.
'Hoe zit het met Matate?' vraag ik, van tactiek veranderend. 'Heeft Lemtov je via hem benaderd?'
Pascal schudt heel even zijn hoofd.
'Matate heeft toch de camera's voor je uitgeschakeld, nietwaar?'
Geen antwoord. Ik kijk naar het secretariaatsgebouw, dat rechts

van ons opdoemt achter de Vergaderzaal. Daar, op de 28e verdieping, moeten ze Rachel nu gevonden hebben.
'Pascal, je bent net in Toshio's kantoor geweest, daarna ben je regelrecht naar Onderhoud gegaan, je bent daar vijf minuten gebleven, met Matate, daarna zijn jullie allebei gevlucht. Je probeert me toch niet wijs te maken dat Matate hier niet bij betrokken was?'
Pascal kijkt me snel van opzij aan; kennelijk is hij geschrokken dat zijn bewegingen van zo nabij zijn gadegeslagen. Een moment later lijkt het besef van wat dit betekent tot hem door te dringen. Matate is waarschijnlijk gepakt, net als hij. Iemand van Beveiliging is Matate nu waarschijnlijk aan het ondervragen. Pascal sluit heel even zijn ogen, hij laat zijn schouders hangen.
'Matate heeft de camera's uitgeschakeld zodat jij onopgemerkt in Toshio's kamer kon komen. Ja of nee?'
'Hij was er niet bij betrokken.'
'Matate heeft de camera's uitgeschakeld.'
'Hij wist niet waarom.'
'Een gunst?'
Pascal knikt.
'En een soort betaling?'
'Nee.'
Dat is gewoonweg niet aannemelijk, en dat zeg ik ook. Flauwekul. Een leugen. Ik herinner Pascal eraan dat ik, als hij niet eerlijk tegen me is, zal opstaan en weglopen, en dat hij er dan alleen voor staat.
'Vijfhonderd dollar,' geeft hij eindelijk toe.
'Wist hij wat je deed?'
'Nee.'
Ik weet niet of ik dat moet geloven of niet. Maar ik heb het gevoel dat hij dit deel van zijn verhaal niet zal veranderen en het doet er ook eigenlijk niet toe. Ik dring niet verder aan.
'Het geld was afkomstig van Lemtov?' vraag ik. Ik draai me een beetje om op de bank, de recorder zoemt zachtjes. Ik hoop dat Pascals antwoord meer is dan een knikje.
Mijn wens gaat niet in vervulling. Hij buigt slechts zijn hoofd.

'Ja?' dring ik aan.
'Ja,' zegt Pascal en hij laat er, tot mijn grote opluchting op volgen: 'Het geld kwam van Lemtov.'
'En hoeveel heeft hij je betaald?'
Pascal schijnt te overwegen wat dit voor hem betekent. 'Tweeduizend,' zegt hij.
'Dollar?'
Dollar, geeft hij toe, waarna hij snel een blik langs me heen werpt. Ik krijg de stellige indruk dat hij de afstand inschat, dat hij van plan is ervandoor te gaan. Daarom plaats ik een vinger stevig op zijn knie.
'We zijn nog niet klaar.'
Zijn ogen maken even contact met de mijne, daarna slaat hij ze neer. Nu steunt hij met zijn handen op de bank, ter weerszijden van zijn dijen.
'Wat heeft Lemtov precies gekregen voor zijn geld?'
'Hij gaf me het dossier. Ik heb het in Hatanaka's kantoor neergelegd.'
'Dat is alles?'
Weer een knikje.
'Waarom denk je dat hij wilde dat je het deed?'
Pascal haalt zijn schouders op. Maar nu is er een dun laagje transpiratie op zijn gezicht verschenen en ik zie de ader in zijn hals kloppen. Ik moet behoedzaam te werk gaan. Als ik te veel, te snel blijf aandringen, krijg ik niets uit hem. Maar als ik het te voorzichtig, te langzaam doe, levert dat hetzelfde resultaat op.
'Op de dag dat dit allemaal begon heb je me verteld dat het bewijsmateriaal dat je had van de fraude slechts naar één persoon wees. Naar Bunzo Asahaki.'
'Dat is ook zo,' zegt Pascal.
'Misschien kun je me dan vertellen waarom er bij Toshio's dossier met betrekking tot het onderzoek, het dossier dat je zojuist in zijn kantoor hebt neergelegd, een hele massa papieren zit die Po Lin bij de fraude betrekken? Of was dat je ontschoten?'
Pascal herinnert me aan Toshio's laatste bezoek aan de Portland Trust Bank. Toshio, zegt hij, heeft hem niet alles laten zien.

'Misschien niet. Maar die gegevens over Po Lin bestaan voornamelijk uit cijfers. Boekhoudkundig. Verwacht je nu echt dat ik geloof dat Toshio dat zelf heeft verzameld? Dat hij jou zelfs niet heeft geraadpleegd? Jij, de accountant die samen met hem hieraan werkte?'

Pascal gaat ongemakkelijk verzitten op de bank.

'Ik geloof niet dat het je is ontschoten, Pascal. Die gegevens waren er niet. Die zijn erin gestopt, op een moment ergens tussen de verdwijning van het dossier en nu. En ze zijn erin gestopt door iemand die verstand heeft van cijfers. Iemand die bekend is met dit onderzoek. En er is maar één persoon die dat geweest kan zijn.'

Pascal houdt zijn ogen neergeslagen en ik kijk steels achterom. Een stuk of zes bewakers zijn nu op het terras verschenen; een paar anderen blijven op de North Lawn achter ons rondhangen.

'Lemtov wilde niet alleen dat je het dossier teruglegde. Hij heeft je er eerst mee laten knoeien. Hij heeft je ertoe aangezet er een heleboel valse bewijzen tegen Po Lin in aan te brengen.'

Geen reactie.

'Wie heeft je het geld eigenlijk betaald?' vraag ik.

'Lemtov.'

Verbaasd hef ik mijn hoofd op. 'In eigen persoon?'

Pascal knikt.

'Waar?'

'Bij de Russische missie,' zegt hij.

Ik denk erover na. 'Het bestaat niet dat hij dat alleen maar heeft gedaan om je het dossier terug te laten leggen. Als het alleen daarom ging, zou hij een tussenpersoon hebben gebruikt. Niet iemand van de missie. Hij moet een andere reden hebben gehad om dit persoonlijk met je af te handelen.'

Pascal kijkt omhoog naar de hemel. 'Hoe kun je me helpen?'

'Je hebt met het dossier geknoeid.'

Een moment van aarzeling, dan steekt Pascal de Rubicon over.

'Ja,' zegt hij.

'Om het geld?'

'Ja.'

'Is dat alles?'
Hij laat zijn hoofd hangen en knikt. Hoewel hij merkbaar bang is, staat hij niet op het punt om door te slaan, om op zijn knieën te vallen en alles te bekennen. Daar is hij veel te taai voor. Zoals iemand die zich zo ver heeft opgewerkt van de plek waar hij vandaan komt wel moet zijn.
'Ik geloof je niet, Pascal.'
Zijn tong glijdt over zijn onderlip.
'Ik geloof niet dat je het gedaan hebt voor tweeduizend dollar.'
Pascal schijnt nu echter nauwelijks meer naar me te luisteren. Hij balt zijn handen, die op zijn knieën rusten, tot vuisten en hij staart naar de verbleekte Pepsi Cola-reclame aan de overkant van de rivier. Hij heeft alles gezegd wat hij wil zeggen.
Op het bandje in mijn recorder heb ik Pascals bekentenis, zijn getuigenis dat Lemtov heeft geknoeid met het fraudeonderzoek, maar ik heb niets wat rechtstreeks naar iemand wijst als dader van de moord op Toshio. En ik weet niet of wat ik heb voldoende is om de overdracht van Rachel aan de New Yorkse politie tegen te houden.
Daarom doe ik ten slotte wat ik nooit van plan was te doen: een laatste maal aan de boom schudden om te zien wat eruit valt. Met gevouwen handen leun ik naar voren, mijn ellebogen rusten op mijn knieën. Mijn blik volgt die van Pascal naar de overkant van de rivier.
'Ik zie een jongeman,' zeg ik rustig. 'Hij is een heel eind gekomen vanwaar hij is begonnen, maar nu is hij dertig jaar en kijkt om zich heen en is niet helemaal tevreden met wat hij ziet. Hij zit tegen het plafond van zijn loopbaan. Tot zijn baas en een stuk of tien oudere collega's met pensioen gaan of overlijden, komt hij niet verder. Hij verdient misschien 35.000 per jaar. Niet echt veel, maar zijn familie in zijn vaderland denkt dat het een hoop geld is, dat hij zoiets is als een miljonair, en ze hebben zich waarschijnlijk heel wat opofferingen getroost om hem te helpen dit te bereiken, dus hij heeft verplichtingen. En die komt hij na. Hij maakt zoveel hij kan over naar zijn familie, maar hij woont in New York, hij heeft zijn eigen problemen, er moet huur betaald worden, belas-

ting, andere onkosten waar zijn familie geen flauw benul van heeft. Hij woont in het rijkste land van de wereld, verdient 35.000 per jaar, en toch is deze man arm.' Pascal kijkt me even aan. Ik ga door. 'Hij ziet geen uitweg. Hij kan zijn baan bij de VN niet opgeven omdat hij geen groene kaart heeft, als hij dat doet zou hij het land uit moeten. En hij kan niet naar huis gaan omdat hij zou sterven van schaamte. Bovendien heeft zijn familie het geld nodig dat hij hun stuurt. Ze zouden bovendien gewoonweg niet begrijpen waarom iemand het goede leven in Amerika zou opgeven om terug te keren naar een smerig, arm dorpje in Kameroen.'

Pascal kreunt.

'Het is niet het leven waarvan hij heeft gedroomd,' zeg ik. 'Geen avonden naar de opera, geen gesprekken over Voltaire, niets van dat alles. Het is wakker worden in een armzalige flat in Harlem, in de rij staan voor de douche, naar het werk sjokken, afgeblaft worden door Dieter Rasmussen, daarna terug naar huis om te beslissen of hij zijn pak naar de stomerij zal brengen of de twintig dollar naar huis zal sturen, waar zijn familie die nodig heeft om te kunnen eten. Dat is het plaatje. Een jongeman die verstrikt zit in zijn situatie, buiten zijn schuld, en die op zoek is naar een uitweg. Herken je het, Pascal?'

Met zijn handen nog steeds naast zijn dijen op de bank buigt hij zijn hoofd. De recorder tegen mijn borst sist zwakjes.

Ik kijk om naar het wachthuisje, waar Jennifer staat, met de bewakers en de agenten van Moordzaken. Ze kijken naar ons. 'En dan,' zeg ik, 'verschijnt Lemtov. Op de een of andere manier is hij erachter gekomen dat er een onderzoek wordt ingesteld naar de Speciale Commissie. Hij weet dat vroeg of laat het papieren spoor naar hem zal leiden. Dat kan hij niet laten gebeuren. Hij kan het onderzoek echter ook niet tegenhouden, dus hij doet het op een na beste.'

Pascal richt zich op. Ik grijp hem bij zijn arm en duw hem op de bank terug.

'Lemtov heeft geknoeid met het onderzoek. En daar heeft hij jou voor gebruikt, Pascal.'

'Nee.' Heftig.
'Je hebt niet alleen dat dossier voor Lemtov teruggelegd. Je hebt al langer voor hem gewerkt, zo is het toch?'
'Nee.'
'Je hebt met het bewijsmateriaal gerommeld. Toshio wist niet hoe hij de gegevens moest interpreteren, al die getallen, maar jij wel. En hij vertrouwde je, nietwaar? Bij de Portland Bank moet het net zo zijn gegaan als met mij. Jij nam eerst de paperassen door, haalde alles eruit wat kon worden gebruikt om de schuld op Asahaki te schuiven en schoof dat over de tafel. Alles wat naar Lemtov wees, heb je verdonkeremaand. Die papieren die je me hebt laten zien, die Asahaki beschuldigden, dat waren kopieën, weet je nog?'
Ik zwijg en herinner me wat Patrick me vanochtend heeft verteld. Toshio wilde dat het Asahaki was. Als Asahaki erbij betrokken was, dacht Toshio, zou Japan er niet in slagen een zetel in de Veiligheidsraad te krijgen. En dat was wat Toshio wilde. Als Pascal Toshio 'bewijzen' tegen Asahaki bleef toeschuiven, zou Toshio daar dan aan getwijfeld hebben? Zou hij niet hebben gedaan wat Patrick zei dat hij deed, het bewijsmateriaal gebruiken om de val van Asahaki te bewerkstelligen? Eerlijk gezegd was het voor Pascal niet zo moeilijk om het onderzoek een andere wending te geven. Toshio zou, althans in het begin, een onwetende, maar bereidwillige medeplichtige zijn.
'Wil je dat ontkennen?' vraag ik Pascal.
Zijn mond hangt een beetje open; zijn blik is op zijn voeten gericht.
'Je hebt dat niet gedaan voor een armzalige tweeduizend dollar, Pascal. Met tweeduizend dollar kun je je leven niet veranderen. En dat gerommel dat je voor Lemtov deed, dat was een groot risico. Als iemand erachter kwam, zou je je baan kwijt zijn, dan zat je op de eerstvolgende vlucht naar Kameroen, zonder een tweede kans. Lemtov moet je heel veel geboden hebben. Genoeg om je leven radicaal te veranderen.'
'Dat weet je niet,' zegt hij opeens. Zijn nekspieren lijken dikke koorden. 'Je kent me niet, je kent mijn leven niet. Niets.'

'Ik weet wat je gedaan hebt.'
Zijn ogen ontmoeten de mijne, daarna wendt hij ze onmiddellijk af. Rachel zal nu wel gevonden zijn, denk ik. De bewakers zullen haar nu naar beneden brengen.

'Een paar weken geleden ging er iets mis, nietwaar? Opeens was Toshio niet meer zo bereid om alles te slikken wat je hem over Asahaki gaf. Opeens begon hij je een paar lastige vragen over Lemtov te stellen.'

Pascals gezicht wordt hard. Hij lijkt nu vastbesloten om niets meer te zeggen.

Ik denk dat Toshio nooit met een woord tegen Pascal gerept heeft over het FBI-rapport met betrekking tot Lemtov. Maar op het moment dat Patrick het rapport aan Toshio had laten zien moest Toshio's achterdocht gewekt zijn. Daarom lichtte Toshio Pascal niet in, maar ging hij op eigen houtje een onderzoek instellen. De reis die hij alleen maakte, naar Basel. Het bezoek aan de Portland Bank. Hij deed niet alleen wat Patrick aannam – het FBI-rapport natrekken – hij ontdekte tevens hoe deerlijk Pascal hem had misleid.

'Toshio kwam erachter, zo is het toch? Dat jij met een paar cijfers had geknoeid, hem in de richting van Asahaki had gestuurd, niet naar Lemtov. Maar dat was echt iets voor Toshio. Hij holde niet naar boven om jou te rapporteren. Dat was niet zijn stijl. Zo was Toshio niet. Hij wist hoe het spel werd gespeeld, hij had gedurende het grootste deel van zijn loopbaan te maken gehad met mensen als Lemtov. Jij was slechts een pion. Dat wist hij. Dus wat deed Toshio? Ik bedoel, jij had geruime tijd met hem aan die kwestie van de Speciale Commissie gewerkt, hij kende je, misschien beschouwde hij je zelfs als een vriend. Misschien was hij zelfs in je flat geweest, had hij gezien hoe je leefde. Hij wist dat, als hij je aangaf, het afgelopen was met je. Alles wat je had, je werk, je vooruitzichten, alles geruïneerd. Was Toshio iemand die jou zoiets zou aandoen?'

Dat raakt een zenuw. Pascal knippert een paar maal met zijn ogen, daarna drukt hij met duim en wijsvinger tegen zijn gesloten oogleden.

'Hij confronteerde je ermee, nietwaar? Hij vertelde je dat hij wist wat je gedaan had.'
Stilte bij Pascal. Onder ons, op FDR Drive, razen de auto's voorbij terwijl de recorder in mijn zak zachtjes zoemt. Pascal moet iets zeggen. Ik kijk naar het wachthuisje en zie dat Jennifer haar handen naar me uitspreidt alsof ze wil vragen: waar is Rachel? Wat is er verdomme aan de hand? Achter Pascals rug gebaar ik naar haar: wacht.
'Misschien heeft Toshio je wel gevraagd om het terug te draaien, om hem te helpen Lemtov aan te klagen,' opper ik. 'Zoiets. Zo stond het er maandagavond voor. Daarom was Toshio bij het Japanse Genootschap, daarom kalligrafeerde hij dat gedicht voor Asahaki. Een soort verzoening, in Japanse stijl. Hij wist toen dat Asahaki zich niet schuldig had gemaakt aan fraude.'
Pascal staat op. Ik spring overeind en pak hem bij zijn arm.
'Toen werd je bang. Bang voor wat Toshio wist. Wat de gevolgen voor jou konden zijn. En, sterker nog: je was bang voor Lemtov.'
Pascal rukt zijn arm los; we staan tegenover elkaar. De recorder in mijn zak lijkt mijn borst te verschroeien. Zeg iets, denk ik. In godsnaam, Pascal, zeg iets. Maar Pascal Nyeri volhardt in zijn koppig stilzwijgen. Daarom doe ik het enige wat ik kan. Ik hef mijn hand op en ik wijs. Mijn allerlaatste poging.
'Lemtov gaf jou de heroïne, de injectiespuit. Matate schakelde de bewakingscamera voor je uit. En jij, Pascal, jij hebt Toshio vermoord.'
Pascal staart dwars door me heen. Niet verbijsterd, niet in gedachten, het lijkt wel of hij ergens anders is, of hij iets terugziet. Dan, langzaam, verandert zijn gezichtsuitdrukking. Hij laat zijn schouders hangen en zijn ogen schieten vol tranen. Op dat moment zie ik Pascal zoals hij zich voelt: alleen op de wereld. Dan zegt hij iets, niet tegen mij maar tegen zichzelf.
'Le plus beau moment de l'amour c'est quand on monte l'escalier.'
Achter me klinkt een jammerende kreet. 'Mama!'
Mijn hart krimpt ineen. Rachel. Huilend, zoals ze als kind huilde, roepend om haar moeder.

Ik draai me om. Ze staat op het terras, aan weerszijden van haar een bewaker die haar arm vasthoudt. Ze leiden haar naar het wachthuisje, waar Jennifer en de mannen van Moordzaken staan te wachten.
'Rachel!' roep ik.
Daarginds begint iedereen te hollen. En Pascal grijpt het moment aan; hij gaat ervandoor. Het treft me onverhoeds en hulpeloos til ik een hand op. Hij holt naar rechts, ziet de bewakers van achter de bomen vandaan stappen, daarna rent hij regelrecht over de voetgangersbrug naar de conferentiezalen. Maar nu lijken er van alle kanten bewakers tevoorschijn te komen. Drie van hen hollen langs me heen om hem achterna te gaan en drie anderen verschijnen op de brug, voor Pascal. Hij is omsingeld, hij kan niet ontsnappen.
Terwijl ik naar het terras loop, komt Mike het gebouw uit rennen. Hij roept iets naar de bewakers die Rachel vasthouden. Verbaasd laten ze haar los, ze begint de treden af te strompelen en loopt vervolgens het gazon op. Ik vang haar in mijn armen op; ze klemt zich aan me vast en ze drukt haar gezicht tegen mijn borst. Ik streel haar haren en kus haar hoofd, ik blijf maar tegen haar zeggen dat het voorbij is. Op het terras staat Jennifer met Mike te debatteren.
Dan roept een bewaker op de voetgangersbrug: 'Dichterbij nu. Grijp hem!'
Ik blijf Rachel vasthouden en draai me om.
Pascal is in het nauw gedreven. Een stel bewakers heeft hem omsingeld, hij staat tegen de lage muur van de brug. Hij kan niet ontsnappen, maar hij klimt op het muurtje. Onder hem, achttien meter lager, FDR Drive. Daarachter, te ver om te springen, de East River. Hij hurkt, houdt zich met beide handen vast, en nu is er niets afwezigs meer in zijn blik. Hij is doodsbang, een schuldige man, overgeleverd aan zijn angst. Wat hij vreest is niet de val, maar de gevangenneming. Een van de bewakers heeft een pistool getrokken.
Vanaf het terras roept Mike: 'Achteruit! Niet schieten, in godsnaam! Achteruit!'

Maar de bewakers, geconcentreerd als ze zijn op Pascal, lijken het niet te horen.
Ik klem mijn hand om Rachels achterhoofd en houd haar gezicht tegen mijn borst gedrukt. Ik kan mijn ogen echter niet van het tafereel af houden. Het is de verschrikkelijke onvermijdelijkheid, de vreselijke zekerheid van wat er gaat gebeuren die me misselijk maakt en hypnotiseert. Alsof wat er gaat gebeuren op de een of andere manier is voorbeschikt.
De bewaker met het pistool doet een stap naar voren. Pascal deinst terug. Hij helt achterover en verliest zijn evenwicht. Zijn handen klauwen plotseling in de lucht, zijn armen vliegen hemelwaarts. De andere bewakers lijken te verstijven. Pascals hoofd gaat heen en weer. Met wilde ogen kijkt hij naar beneden, ziet FDR Drive, in een reflex strekt hij een been uit naar de muur en dan blijft hij een moment hangen, tegen de zwaartekracht, tegen de tijd in. Opeens draait hij in de lucht om, zijn lichaam klapt dubbel, hij valt, zijn armen gaan weer omhoog terwijl hij zonder geluid te geven achter de muur verdwijnt.
De stilte lijkt een eeuwigheid te duren.
Dan klinkt beneden op FDR Drive het geluid van piepende remmen, claxons, en daarna de klap en het lange, langzame geknars van openrijtend metaal.

42

Pandemonium. Een vrouw, een toeriste op het terras, begint te gillen. De bewakers stormen naar de voetgangersbrug en kijken over het muurtje, roepend naar elkaar, roepend naar beneden, waar op FDR Drive plotseling een koor van claxons loeit. Daarna holt Mike langs me heen naar de brug, hij roept achterom naar Jennifer dat ze ervoor moet zorgen dat er snel een ambulance komt.

Rachel tilt haar gezicht op van mijn borst en kijkt om zich heen, schichtig als een hert.

Er stromen nu meer toeristen het terras op, aangetrokken door de gillende vrouw. Iemand probeert haar te kalmeren; een andere man wijst naar de voetgangersbrug en roept iets in het Spaans terwijl zich een menigte om hem heen verzamelt.

Rachel kijkt naar me op. Ze zegt: ‘Pap?’ en ik sla snel een arm om haar schouders en neem haar mee over de North Lawn, bij de opschudding, de luide stemmen en het toenemende aantal mensen vandaan. Ik blijf tegen haar zeggen dat het goed is, dat alles in orde is, maar mijn benen lijken zich onafhankelijk van me te verplaatsen. Het beeld van Pascal, zoals hij even in de lucht bleef hangen, staat op mijn netvlies gebrand. Wanneer we de door bomen afgeschermde rustige plek bij het Eleanor Roosevelt-gedenkteken bereiken, laat ik Rachel voorzichtig op de bank zakken. Daarna ga ik naast haar zitten. Mijn benen trillen. De stemmen op de voetgangersbrug zijn nu ver weg, de luide stem van Mike is de enige die ik kan onderscheiden. Grendel de omgeving af, roept hij. Hij schreeuwt tegen de bewakers dat ze de toeristen moeten wegsturen.

‘Wat is er gebeurd?’ zegt Rachel.

Ik trek haar naar me toe. Ze kruipt dicht tegen me aan. Ik streel haar haren en even later gaat ze op de bank liggen, met haar hoofd op mijn dij. Een eekhoorn zoekt op de grond naar voedsel,

de gevallen bladeren ritselen vlak bij mijn voeten. En hoewel ik naar de eekhoorn kijk, is het nog steeds Pascal die ik zie. En zijn het Pascals laatste woorden die ik hoor.
Wat is er gebeurd, denk ik. En de schokkende waarheid is dat ik er opeens niet meer van overtuigd ben dat ik het weet.
Pascal Nyeri is dood. Als gevolg van de val, door de eerste of de tweede auto die over zijn lichaam reed. Het doet er weinig toe. Een kwartier na het voorval horen we nog steeds de sirenes daar beneden op FDR Drive; politie en ziekenbroeders zoeken tussen de wrakstukken. De North Lawn en het hele terras zijn nu zonder toeristen; een rij VN-bewakers loodst de laatste toeschouwers rechtstreeks naar First Avenue. De toeristen kijken reikhalzend naar de plek waar een paar bewakers en gedelegeerden, tegen de lage muur geleund, op sensatie belust naar de chaos op FDR Drive staren. Twee helikopters van het tv-journaal hangen zoemend als libellen boven de East River, vanwaar ze het ongeval filmen; dramatische beelden waarmee de uitzending van vanavond geopend zal worden. In de buurt van de bank staan Mike en Jennifer te praten met de advocaat van de openbaar aanklager; drie hoofden zijn over de cassetterecorder gebogen die ik hun heb gegeven; ze luisteren naar de laatste scène van Pascals korte leven. De geluidskwaliteit is verrassend goed: ik kan mijn eigen stem heel duidelijk horen.
Matate, heeft Mike me verteld, werd aangehouden bij de uitgang aan East 43. Blijkbaar stond hij te trappelen om zijn versie van het verhaal te vertellen. En alles wat Matate heeft bekend stemt overeen met wat Pascal me verteld heeft, tot en met de betaling van vijfhonderd dollar. Matate ontkent elk aandeel in de moord op Toshio. Hij zegt dat hij Pascal verteld heeft dat de bewakingscamera in het souterrain maandagavond wegens onderhoudswerkzaamheden uitgeschakeld zou zijn. Pascal heeft er tijdens het weekend verscheidene keren met hem over gesproken, om bevestigd te krijgen dat het inderdaad zo was, maar behalve dat beweert Matate van niets te weten.
Matates bekentenis, gecombineerd met het bandje en met Pascals reactie toen ik hem ronduit beschuldigde, moet voldoende

zijn. Met een beetje geluk zal Rachel vrijuit gaan. Toch ben ik niet alleen maar opgelucht over de afloop. De laatste minuut van Pascals leven, mijn beschuldiging, zijn vluchtpoging, de zwijgende val, al deze dingen blijven me door het hoofd spelen. Door de schok zijn ze daar onuitwisbaar vastgelegd. Had ik het anders kunnen aanpakken? Beter? Moest hij werkelijk sterven?
'Sam,' zegt Mike nu, en ik geef een kneepje in Rachels schouder terwijl ik van de bank opsta. Mike en Jennifer hebben de band afgeluisterd. Wanneer ik me bij hen voeg, spreekt Mike in zijn walkietalkie.
'Ik zal hier later een kopie van moeten hebben,' zegt Jennifer tegen me, op de recorder tikkend. 'Hou Rachel hier op het terrein terwijl wij het regelen met het kantoor van de openbaar aanklager.'
'Geen arrestatie?'
Ze kijkt naar de advocaat, de jurist die met de agenten van Moordzaken is meegekomen. Hij kijkt neer op Rachel, die nog steeds op de bank ligt, en hij schudt zijn hoofd. Geen arrestatie, zegt hij. Wanneer de openbaar aanklager goed en wel is ingelicht is hij ervan overtuigd, zegt hij, dat Rachel vrijuit zal gaan. De man knikt tegen mij en Jennifer en richt daarna zijn schreden naar het wachthuisje.
Ik kijk Jennifer aan. Ik kan nog niet helemaal geloven dat de beproeving voorbij is. Ze duwt me de recorder in mijn hand, daarna legt ze haar hand op mijn arm.
'Ik ben blij voor je,' zegt ze, naar Rachel kijkend. 'Voor jullie allebei.' Ze lijkt meer te willen zeggen, maar de jurist roept haar en ze loopt naar hem toe. Samen gaan ze naar het wachthuisje.
'Eckland komt hierheen met Patrick,' zegt Mike terwijl hij de walkietalkie tussen zijn riem stopt.
'Lemtov?'
'Nog steeds in de kamer van de Veiligheidsraad.'
'Hij is er niet vandoor gegaan?'
Mike laat zijn stem dalen. 'Lemtov is nu een probleem voor de 37e verdieping. Laat ze hun gang maar gaan. Jij hebt Rachel hieruit gekregen. Geniet ervan.'

Weyland komt over het pad aandraven en wanneer hij bij de bank is, staat Rachel op en ze omhelst hem. Ze klopt hem op zijn schouder en hij trekt zich voorzichtig terug. Het lijkt erop dat hij echt gewond is geraakt.
Ik draai de recorder om en om in mijn handen. Daarna geef ik het apparaat aan Mike. 'Maak een paar kopieën nadat je het aan Patrick en Eckland hebt laten horen.'
'Blijf je er niet bij?'
'Kun je je mensen in de surveillancekamer waarschuwen en hun laten weten dat ik eraan kom om nog eens naar de banden te kijken?'
Hij kijkt me strak aan, daarna knikt hij. Hij herhaalt zijn waarschuwing om de zaak te laten rusten.
Ik wissel snel een paar woorden met Rachel, om haar te waarschuwen dat ze niet van het VN-grondgebied af mag tot ik het zeg. Daarna bedank ik Weyland en geef hem een hand. Terwijl ik over het gazon wegloop, roept Mike me achterna: 'Mag ik weten waar je nog eens naar wilt kijken?'
Ik blijf doorlopen.

Na alle ellende die ik vandaag heb veroorzaakt is het begrijpelijk dat de bewakers in de surveillancekamer niet blij zijn wanneer ze horen dat er van hen verwacht wordt dat ze me helpen. Maar Mike heeft hun de order gegeven, dus ik krijg een scherm tot mijn beschikking aan het eind van de kamer, terwijl ze de gedeelten van de banden opzoeken die ik wil zien. Videocassettes worden om de paar minuten over de vloer naar me toe geschoven. Terwijl ik elke band bekijk schrijf ik de tijden op die in de rechterbenedenhoek staan. Ik maak aantekeningen van de plaatsen waar de gebeurtenissen zich afspelen. Zorgvuldig zet ik alles op volgorde. Het duurt een uur voor ik ermee klaar ben en daarna speel ik de banden achter elkaar af. Wanneer de laatste band stopt, schuif ik mijn stoel achteruit en staar naar het lege scherm voor me. Ik zwijg. Ik ben verdoofd. De chef-bewaker roept van achter zijn monitor of ik nog meer wil zien.
Ik schud mijn hoofd. Niets meer, zeg ik.

Hij geeft een forse klap op een knop en er verschijnt een beeld op het lege scherm waar ik naar zit te staren. De kamer van de Veiligheidsraad. Live.
Daar zijn ze, allemaal, de kopstukken van de internationale diplomatie, de voorstanders van de nieuwe-wereldorde, de zelfbenoemde elite. Bruckner, die een voorbereide verklaring voorleest, is de enige die tekenen van opwinding vertoont. Lemtov, Froissart en Chou En, ieder met een koptelefoon, kijken verveeld, half in slaap. Lady Nicola werpt een blik op haar horloge, daarna rekt ze zich uit. Ze zullen nu wel gehoord hebben dat Pascal Nyeri dood is. Misschien hebben ze zich een tweede maal korte tijd teruggetrokken in de zijkamer, dat lijkt waarschijnlijk, maar van hun gezichten valt niet af te lezen dat een ongelegen gebeurtenis hun beraadslagingen van vanochtend heeft verstoord.
De leiding van Internationale Zaken doet wat ze het beste kan. Er banaal uitzien. De nieuwsgierige toeschouwer uitnodigen om een ander kanaal te zoeken, om zijn nieuwsgierigheid op iets anders te richten.
Dan hoor ik Mike in de gang. Hij praat met een bewaker, ze overleggen wat er met Matate moet gebeuren. Ik blijf nog even naar het scherm staren en ik denk na. Ten slotte sta ik op en ik ga naar Mikes kantoor, waar ik hem alleen aantref, met een telefoonhoorn tegen zijn oor en een toestel dat overgaat op zijn bureau. Wanneer hij me ziet, steekt hij in wanhoop zijn hand op en zet hij zijn gesprek voort. Blijkbaar praat hij met de chef van het politiebureau in deze wijk, een man die op het oorlogspad is en die Mike de schuld geeft van de ramp die zich op FDR Drive heeft voltrokken. Ik geef Mike een seintje. Hij slaat zijn ogen ten hemel en legt zijn hand over de microfoon.
'Als hij het goedvindt,' zeg ik, naar de telefoon wijzend, 'wil ik wel langskomen om Nyeri's lichaam te identificeren.'
Mike knikt, dankbaar voor alle hulp die hij kan krijgen. Hij krabbelt een adres op zijn blocnote, tegelijkertijd bevestigt hij tegenover de politiechef dat hij het goede mortuarium heeft, dat de plaats niet is veranderd.

'Ja, ja,' zegt Mike tegen de politieman. 'Ik stuur er nu iemand heen.'
Mike slaat nogmaals zijn ogen ten hemel en klemt de hoorn onder zijn kin, intussen het blaadje van zijn blocnote scheurend. Hij geeft me het adres en vervolgt zijn gesprek, terwijl ik de deur uit loop.

43

Ze schuift het klepje voor het kijkgaatje opzij en tuurt erdoor, daarna worden de grendels teruggeschoven en rammelt de ketting.
'Je hebt niet aangebeld,' zegt Marie luchtig bestraffend, terwijl ze de deur opent.
Ten antwoord steek ik de cassetterecorder omhoog. 'Ik heb je grote verhaal.'
Haar ogen gaan van de recorder naar mij. 'Grapje?'
'Geen grapje.'
Ze strijkt haar hand door haar haren en houdt haar hoofd scheef. Dan begint ze langzaam te lachen. Samenzweerderig. Zij en ik, twee volwassenen die er alles van weten. Ze doet een stap achteruit in de richting van de kitchenette en vraagt me binnen te komen. Het ruikt sterk naar koffie; op het fornuis achter haar staat een espresso-apparaat waaruit sissend stoom ontsnapt. Wanneer Marie haar hand uitsteekt naar de recorder bescherm ik die met mijn lichaam terwijl ik langs haar de zitkamer in schuif.
Schenk maar twee kopjes in, zeg ik en ik laat erop volgen dat we samen naar de band kunnen luisteren.
Marie mompelt iets binnensmonds en kijkt me speels verontwaardigd aan. Wanneer ik alleen maar glimlach verdwijnt ze in de kitchenette. 'Schooier,' roept ze lachend.
Ik hoor dat ze een kast opent, er klinkt gerinkel van aardewerk. Nadat ik de recorder startklaar midden op de salontafel heb gezet loop ik langzaam de kamer rond. De verzameling in haar cdrek is standaardmuziek, klassiek en jazz, maar haar kleine boekenkast bevat een verrassend assortiment van Franse klassieken en romantiek. Naar de versleten ruggen te oordelen heeft ze ze allemaal wel een keer gelezen.
'Krijg ik nu mijn baan bij *Time*?' roept ze vanuit de kitchenette.

'Wil je weten of het verhaal belangrijk genoeg is?'
'*Oui.*'
'Het is belangrijk genoeg.'
Ze lacht weer, dolblij. Vaarwel Radio France. 'Waar ging dat gesprek van vanochtend over je dochter eigenlijk om?'
'Alles is goed met haar.'
Marie komt terug met twee kopjes en schoteltjes op een blad, dat ze op het tafeltje naast de recorder zet. 'Omdat je zo snel wegging...'
'Alles is goed met haar,' herhaal ik, nadrukkelijk alle verdere vragen in de richting van Rachel afkappend.
Maries ogen vlammen op. Ze heeft de boodschap begrepen. 'En, ga je me nu dat belangrijke verhaal vertellen?' vraagt ze.
Tegen de muur geleund wijs ik naar de cassetterecorder, aangevend dat ze misschien aantekeningen zal willen maken.
Ze haalt een blocnote en een pen en nestelt zich daarna op de bank, met haar benen onder zich getrokken. De blocnote ligt op haar dijbeen. Wanneer ze naar me kijkt is haar blik niet direct wellustig, maar behelst die wel een zekere belofte. Ze steekt haar hand uit en drukt de afspeelknop in, draait het geluid harder en gaat vervolgens weer gemakkelijk op de bank zitten. Haar ogen zijn nu op de recorder gericht.
Stilte, dan wordt het achtergrondgeruis van het verkeer op FDR Drive plotseling hoorbaar.
'Dit ben ik en iemand van Interne Supervisie,' zeg ik tegen Marie. 'Vanochtend. We zijn op de voetgangersbrug bij de North Lawn.'
Marie knikt. Dan begin ik op de recorder te spreken.
'Hoe lang werk je eigenlijk al voor Lemtov?'
Ik heb hier vanmiddag al vier keer naar geluisterd, mezelf de woorden horen zeggen, toch komen desondanks dezelfde troosteloze gedachten weer bij me op. Stom, denk ik somber. Soms ben ik echt zo verdomd stom.
Bij het horen van de naam Lemtov heeft Marie haar wenkbrauwen opgetrokken. Maar wanneer ze naar me kijkt vestig ik haar aandacht weer op de recorder, waar het gesprek wordt voortge-

zet. Een heel eenzijdig gesprek. Feitelijk wordt het luisteren ernaar steeds pijnlijker voor me, mijn stem die maar doordreunt, gissend, tastend, en Pascal Nyeri die nauwelijks reageert. Nu en dan reageert Marie verrast, terwijl ze driftig aantekeningen maakt. De kopjes koffie op het blad blijven onaangeroerd.

Ten slotte maak ik me los van de muur, ik kan dit niet meer aanhoren. Ik zeg tegen Marie dat ik naar het toilet ga, op weg daarheen loop ik langs de kitchenette en ga daarna haar slaapkamer in. Ook hier hangt een sterke koffiegeur, maar daaronder Maries zoetige parfum, een onplezierige herinnering. Bij de wastafel maak ik mijn handen en mijn gezicht nat, daarna spoel ik het toilet door alvorens terug te gaan naar de slaapkamer. De wekker staat op het nachtkastje. Ik kijk naar de tijd waarop het alarm is ingesteld, daarna draai ik de wekker om. Het alarm is uitgeschakeld.

Wanneer ik in de zitkamer terugkom, is Marie opgehouden met op haar blocnote te krabbelen; ze staart naar de recorder en ze luistert. Dat doe ik ook, ik verdraag het nog een minuut voor mijn stem op de band hoger wordt om de laatste, noodlottige woorden uit te spreken.

'Lemtov heeft je de heroïne gegeven, de injectiespuit. Matate heeft de bewakingscamera voor je uitgeschakeld. En jij, Pascal, jij hebt Toshio vermoord.'

Ik zet de recorder af. Een tijdlang zeggen we geen van beiden iets. Ik kijk naar Marie, maar haar ogen blijven op de recorder gericht. Ten slotte gooit ze haar pen en haar blocnote op tafel, laat zich achterover op de bank vallen en ze slaakt een diepe zucht.

'Die Pascal, die is van Interne Supervisie?'

'Dat was hij.'

Marie houdt haar hoofd scheef.

'Kort daarna' – ik wijs naar de recorder – 'is hij gestorven.'

Langzaam schuift ze naar voren, zwaait haar voeten onder zich vandaan en zet ze op de grond. Haar ogen hebben de mijne niet losgelaten.

'Bij een poging om aan de bewakers te ontsnappen,' zeg ik. 'Hij is op FDR Drive gevallen.'

'Is hij naar beneden gesprongen?'
'Het was een ongeluk.'
Ze blijft me nog even aankijken, daarna gaan haar ogen weer naar de recorder. 'Dus alles – de fraude, de moord op Hatanaka – was Lemtovs werk?'
Ik zet de wekker uit haar slaapkamer, die ik tot nu toe in mijn hand verborgen had gehouden, naast de koffiekopjes op het blad. Geen reactie van Marie.
'Moeilijk te geloven, vind je ook niet?' zeg ik.
Ze wijst naar de recorder. 'Dit was vanochtend?'
'Nog maar een paar uur geleden. Heeft geen van je collega's je gebeld?'
'Nee.'
Ik zeg haar dat ze naar het avondjournaal moet kijken. Die zullen een paar mooie beelden hebben.
'Wie hebben dit nog meer gehoord?' vraagt ze, met een knikje naar de recorder.
'Geen andere journalisten. Alleen jij.'
Eindelijk kan ze zich er niet meer van weerhouden om naar de wekker te kijken.
'Dat was onze afspraak, toch?' zeg ik. 'Als jij voor je hield wat je over de fraude wist, zou ik je een belangrijk, exclusief verhaal geven.' Met een hoofdbeweging naar de telefoon vraag ik of ze de mensen bij *Time* wil bellen. 'Je weet nooit hoe lang ze die baan openhouden. Met wat je nu hebt, zullen ze misschien inzien hoe goed je bent. Dan kom je meteen aan de top. Hoofdredacteur van *Time* Magazine. Klinkt dat als iets waar je achteraan moet?'
Zo langzamerhand begint natuurlijk tot haar door te dringen dat ik niet hierheen ben gekomen om door te gaan met waar we vanochtend mee bezig waren. Zelfs niet om mijn deel van de afspraak na te komen die we woensdag gemaakt hebben. Ik haal een briefje uit mijn borstzak en leg het naast de klok. *Time* Magazine, staat erop. Redactie Buitenland, en dan een nummer in New York.
Marie kijkt er even naar, dan draait ze haar hoofd om alsof ze stomverbaasd is. Door het nummer. Door mij.

'Je hebt me verteld dat er een baan bij *Time* op je wachtte, Marie. Je zei tegen me dat je alleen nog maar een goed verhaal nodig had om die baan te krijgen.'
'*Oui*?'
'Ik heb ze gebeld.' Ik buk me en wijs naar het papiertje. 'Er is geen baan. En ze hadden er nog nooit van je gehoord.'
'Waarom heb je ze gebeld?'
'Is dat nu echt waar het hier om gaat?'
'Waarom?' wil ze weten. Dan staat ze plotseling op. Deze abrupte woede-uitbarsting herken ik voor wat ze is: een houding, een scherm waarachter ze zich kan beheersen. Ik ben niet van plan haar die kans te geven.
'Er is nog iets. Tussen het moment waarop Pascal uit Toshio's kantoor kwam en dat waarop ik het gesprek met hem begon op de North Lawn, lagen ongeveer tien minuten. En toen ik hem uit Toshio's kantoor zag komen was hij niet in paniek en evenmin bang. Maar tegen de tijd dat ik hem inhaalde was hij bezig te vluchten. Nog voor ik mijn vragen begon te stellen was hij al doodsbang. Hoe verklaar je dat?'
'Vraag je dat aan mij?'
'Matate en Pascal sloegen alle twee op de vlucht. Maar Matate nam de normale weg naar buiten, hij ging rechtstreeks naar de uitgang aan East 43. Pascal niet. Die nam de uitgang voor het publiek.'
Ze haalt haar schouders op. Kijkt stomverbaasd.
'Geen commentaar?'
'Misschien alleen dat je het bij het verkeerde eind hebt,' zegt ze, zich bukkend om het papiertje met het telefoonnummer van *Time* van het blad te pakken. 'Zoals hiermee.' Ze vouwt het papiertje op tot een klein vierkantje en laat het op de tafel vallen.
'Ik heb de videobanden van de bewakingscamera's bekeken. Ik zag Pascal door het gebouw hollen, ik zag wat hij deed vanaf het moment dat hij op de 28e verdieping in de lift stapte nadat hij uit Toshio's kantoor was gekomen.'
Marie pakt haar blocnote en haar pen en neemt die mee naar

haar bureau bij de boekenkast. Ze blijft met haar rug naar me toe staan.
'Vlak voor hij bij Onderhoud kwam kreeg hij een boodschap via zijn pieper. Toen sloeg hij op de vlucht. Hij dook die kamer van Onderhoud in alsof hij zojuist een schok van duizend volt had gekregen. Toen hij er weer uit kwam ging hij echter niet met Matate naar de dichtstbijzijnde uitgang. Nee, Pascal koos voor de publieke uitgang. Omdat Pascal, op weg naar die uitgang, nog ergens heen moest, nietwaar, Marie? Er was iets wat hij moest halen.'
'Gissingen kan ik in mijn verhaal niet gebruiken.'
'De VN-boekwinkel,' zeg ik. 'Pascal kwam er na vijftien seconden weer uit. Hij ging er niet naar binnen voor de boeken.'
Marie loopt naar het tafeltje en pakt haar kopje espresso. Ze neemt een slokje en trekt daarna haar neus op. Koud, zegt ze, en ze plaatst het kopje weer op het blad.
'Pascal ging regelrecht naar een bepaalde plank,' zeg ik tegen haar, vastbesloten om dit af te handelen. 'Hij stak zijn hand achter de boeken en haalde er een envelop vandaan. Toen hij die had holde hij naar de dichtstbijzijnde deur. Het staat allemaal op de videobanden.'
'Moet ik daar een aantekening van maken?'
'Jij hebt die envelop daar neergelegd.'
Marie bukt zich om het blad met de kopjes te pakken, een onbezorgde, huishoudelijke handeling.
'Dat staat ook op de videobanden,' zeg ik. 'Een paar minuten voor Pascal de boekwinkel binnenging. Jij was er. Bij dezelfde plank. En jij hebt die envelop daar neergelegd.' Ik neem de wekker van het blad en steek die omhoog. 'Zie je dit? Ingesteld op 08.30.' Ik draai de klok om. 'En zie je dit?'
Ze trekt één wenkbrauw op.
'Het alarm is afgezet. Ik ben verdomme niet door de wekker heen geslapen. Je hebt hem nooit ingesteld. Of, als je het wel hebt gedaan, heb je hem weer uitgezet toen je thuiskwam.'
Ze draait zich langzaam om. Ik laat mijn hand met een klap op het blad neerkomen zodat het op de grond valt. Kopjes vliegen in

het rond, er breekt iets. Marie richt haar ogen op de koffievlek die plotseling op haar ivoorwitte bank is verschenen.
'Ga weg,' zegt ze.
Ik blijf op dezelfde plek staan.
'Nu,' zegt ze, en ze kijkt me aan.
'Ik heb Pascals lichaam geïdentificeerd. Ze hebben me zijn persoonlijke bezittingen laten zien, zijn paspoort, dergelijke dingen.'
Marie draait zich snel om, ze wil naar de slaapkamer. Ik doe twee stappen en grijp haar bij haar trui. Ze gilt en schopt naar me met haar hoge hak. Daarna rukt ze zich los en ze snelt naar de slaapkamer. Maar wanneer ze de deur achter zich probeert te sluiten geef ik haar een harde duw met mijn schouder en ze valt achterover. Ik grijp haar bij haar schouders, gooi haar op het bed en plant een knie in haar maag. Ze slaat wild om zich heen, haar nagels krabben mijn rechterhand open, dan lukt het me nog een handvol van haar trui te pakken te krijgen en ik houd haar omlaaggedrukt.
Haar hoofd gaat achterover, haar lichaam kromt zich en ze gilt. Luid. Met een snelle beweging haal ik uit met mijn arm en raak haar met de rug van mijn hand hard op haar mond. Haar hoofd vliegt opzij en het gekrijs houdt op.
Mijn lichaam is nu dreigend over haar heen gebogen, beiden halen we zwaar adem. Dan kijkt ze me aan. Strak. En het volgende moment, ik kan bijna niet geloven dat ik het voel, tilt ze haar heupen op en wrijft met haar venusheuvel tegen mijn scheenbeen. Haar ogen blijven strak op de mijne gericht. Mijn hand gaat naar achteren, maar ik doe het niet. Ze steekt haar kin naar voren, wachtend op de klap, me uitnodigend haar te slaan. Ik aarzel. Vervolgens laat ik haar vloekend los en doe een paar stappen achteruit.
'Weet je waarom je me niet hoefde binnen te laten toen ik kwam? Omdat ik niet op jouw bel heb gedrukt, maar op die van de conciërge. Hij heeft me binnengelaten.'
Ze staart naar het plafond. De huid om haar mond wordt rood.
'Weet je, hij is echt verkikkerd op je.'

'Cochon,' zegt ze.
'Hij houdt een oogje op je. Bijvoorbeeld toen ik hier gisteravond was, zoiets valt hem op. Het blijkt dat hij een enorme racist is. Ik denk dat jij dat ook wel weet.' Ik haal de VN-pasfoto van Pascal uit mijn zak en steek die omhoog. Ze werpt er een blik op, daarna wendt ze haar ogen af. 'Je conciërge, dat zwijn, heeft hem herkend. Hij werd bijna gek toen ik hem die foto liet zien.' Ik smijt de foto naast haar op het bed. 'Pascal Nyeri. Hij is de afgelopen drie maanden een geregelde, nachtelijke bezoeker van je geweest.'
'Ben je nu al jaloers?'
'Hij is dood,' zeg ik. Ik kan nauwelijks spreken, mijn stem slaat over omdat mijn keel wordt dichtgeknepen. 'De man met wie je de afgelopen drie maanden geneukt hebt, is dood. Hij is dood en je wist het voor ik hier kwam, en wat zie ik je doen? Je zet koffie, godnogantoe.'
Ze gaat zitten en strijkt haar haren glad. Daarna neemt ze een pakje sigaretten van het nachtkastje en tikt er een sigaret uit in haar hand. Ze kijkt om zich heen, zoekend naar haar aansteker. Maar haar kalmte is te bestudeerd om natuurlijk te zijn. Ze probeert zich alle lessen te herinneren, denk ik, die ze gekregen moet hebben om met een situatie als deze om te gaan. Ze is ontmaskerd.
'Pascal heeft Toshio vermoord. Maar hij heeft het niet voor Lemtov gedaan. Hij deed het voor jou, Marie. Voor jou. Voor het Franse paspoort dat je hem hebt aangeboden. Zijn ticket naar een nieuw leven. Het leven waarvan hij droomde sinds hij een kind was. Parijs. Cultuur.' In gedachten zie ik de boeken naast Pascals bed in Harlem. Voltaire. Montaigne. 'Franse beschaving,' zeg ik schor. 'Hij deed het voor jou en voor dat verdomde land van je.'
Marie laat zich op haar zij rollen en zoekt haar aansteker in de lade van het andere nachtkastje.
'Jullie hebben je politiek immers nooit veranderd? Toen Frankrijk eindelijk toegaf en ermee instemde dat er gestemd zou worden over een zetel voor Japan, toen Bruckner erachter stond en

iedereen liet geloven dat hij de grote doorbraak tot stand had gebracht, was dat allemaal flauwekul. Bruckner had jullie niet van gedachten laten veranderen. Jullie lieten het hem alleen maar geloven. Maar jullie hebben geen moment gewild dat Japan die zetel kreeg. Jouw land wil geen nieuwe wereldorde. De oude komt Frankrijk heel goed uit.'
'Dat is jouw fantasie.'
'Jij bent spionne voor je land. Je brengt rapport uit aan Froissart. En je hebt Pascal gebruikt om Toshio te vermoorden.'
Ze draait zich om en ze kijkt me recht in de ogen. Ze ontkent het niet. Ze zegt niets; ze wijst slechts naar de deur en wacht tot ik wegga. Ze weet natuurlijk dat er geen enkele kans bestaat dat ik haar weer zal toelaten in het VN-hoofdkwartier. Ik heb haar naam al bij Beveiliging op de zwarte lijst laten plaatsen en zodra ik kan, zal ik ervoor zorgen dat haar perskaart voorgoed wordt ingetrokken. Maar ik ben er vrijwel zeker van dat ze, nu ze weet wat ik weet, toch wel uit New York zal vertrekken. Er zijn twee mannen dood en als ik erachter kon komen hoe het zat, zou iemand anders dat ook kunnen doen. Haar snelle aftocht is het beste waar ik op kan hopen, daarom ben ik hierheen gegaan. Om haar te laten weten wat ik weet. Om haar het land uit te krijgen. Het bewijsmateriaal dat ik tegen haar heb zou niet voldoende zijn tijdens een proces, maar het is niet alleen daarom. Het is nu eenmaal een feit dat mijn korte seksuele escapade van gisteravond Marie een wapen in handen heeft gegeven, wat ongetwijfeld haar bedoeling was. Als ik de Fransen ergens van beschuldig zal ze elk willekeurig persoonlijk motief aan mijn woorden toeschrijven. Froissart zou zelfs Rachel er weer bij kunnen slepen. En het idee dat Rachel zou worden geofferd op het altaar van mijn stomme indiscretie, het idee dat mijn gedachteloze handeling haar opnieuw kwetsbaar zou maken, is gewoonweg te pijnlijk om onder ogen te zien.
Nu heb ik dus gedaan waarvoor ik gekomen ben. Marie Lefèbre weet wat ik weet. Zodra ik de deur uit ben gewandeld zal ze haar koffers pakken om te vertrekken. Maar nu ik haar zo beheerst op het bed zie zitten moet ik onwillekeurig denken aan het mortua-

rium en aan Pascals gehavende lichaam; en aan het tafereel van dinsdagochtend in het souterrain: Toshio, met glazige ogen in het niets starend.
Dit zou ze erger moeten vinden, denk ik.
Ik pak haar bij haar arm en sleur haar mee naar de zitkamer. Ze vloekt in het Frans terwijl ze probeert zich los te rukken.
'Pascal heeft je een boodschap gestuurd.' Ik buig me over de recorder.
Ze kijkt van de recorder naar mij, verward nu, en onzeker. Ik houd haar arm stevig vast. Met mijn vrije hand zet ik het geluid harder, daarna spoel ik de band een stukje terug en druk vervolgens op Play. Ik ga rechtop staan.
'... en jij, Pascal, jij hebt Toshio vermoord.'
Verkeersrumoer op de band, uit de verte, van beneden op FDR Drive. In gedachten kan ik Pascals gezicht zien. Hij kijkt dwars door me heen. Nu weet ik dat hij aan Marie denkt. Hier, in de zitkamer, kijk ik naar haar, terwijl ze naast me staat. Eindelijk spreekt Pascal, op de band.
'Le plus beau moment de l'amour c'est quand on monte l'escalier.'
Marie kreunt, haar lippen wijken vaneen. *Le plus beau moment de l'amour c'est quand on monte l'escalier.* Dezelfde woorden die Maries conciërge me achternariep. Dezelfde woorden die hij de afgelopen drie maanden Pascal moet hebben nageroepen wanneer Pascal achter Marie aanliep, op weg naar haar flat. Het beste deel van de liefde is wanneer je de trap op loopt.
Hij had gelijk, zeg ik.
Ze blijft naar de recorder staren. Ten slotte laat ik haar arm los en ik wend me van haar af. Wanneer ik bij de deur ben kijk ik om maar ze heeft zich niet bewogen. De band loopt door.
Rachel die om haar moeder roept, snikkend tegen mijn borst; Mike op het terras die naar de bewakers op de voetgangersbrug schreeuwt, hen beveelt om achteruit te gaan; enkele ogenblikken van stilte en dan dat geluid van scheurend metaal, zes auto's die op elkaar vliegen na over Pascals lichaam te zijn gereden.
Maries ogen blijven droog.
Ik laat mezelf uit. Wanneer ik op de overloop ben hoor ik een

kreet achter me en ik blijf staan, maar zij is het niet. Niet Marie, maar de toeriste die getuige was van Pascals val, de vrouw op het VN-terras, voor eeuwig gevangen in dat fatale moment, gillend. Mijn hand gaat naar de leuning. Met gebogen hoofd daal ik de uitgesleten treden af.

Zaterdag

44

Na de lange ochtendvergadering op de 37e verdieping breng ik een paar uur in mijn kantoor door, waar ik de achterstallige papierwinkel wegwerk. Problemen die zijn voortgekomen uit de zitting van de Algemene Vergadering en de meer gebruikelijke moeilijkheden die bij het veldwerk zijn ontstaan. Daarbij komt een stortvloed van vragen met betrekking tot Afghanistan; het lijkt erop dat iemand mijn kantoor heeft voorgesteld als alternatieve bestemming voor alles wat aan Toshio Hatanaka geadresseerd is. Ik zal die post waarschijnlijk nog wekenlang ontvangen voor dat is uitgezocht. Tot zolang stop ik alles in een doos. Wanneer mijn eigen werk gereed is en ik mijn bureaublad weer kan zien, loop ik met de doos de gang in naar Toshio's afgesloten kantoor. De doos balanceert op mijn bovenbeen, mijn knie is tegen Toshio's deur gedrukt en ik voel in mijn zak naar Toshio's sleutel, wanneer Mike door de gang naar me toe komt lopen.

'Zwaar?' informeert hij.

Ik geef hem de doos en maak vervolgens de deur open. Hij loopt achter me aan naar binnen.

'Verkeerd geadresseerde post,' verklaar ik, terwijl hij de doos op het bureau zet. Ik vertel hem over de verwarring en geef toe dat het van mijn kant een botte oplossing is: het is nu het probleem van iemand anders. Mei Tan, Toshio's secretaresse, krijgt de taak om Toshio's nog te benoemen vervanger in te wijden in al het papierwerk.

Mike loopt naar de openstaande deur en begint het briefje VERBODEN TOEGANG VN BEVEILIGING los te peuteren.

'Ben je tevreden over de gang van zaken van vanochtend?' vraagt hij. Hij bedoelt de grote vergadering boven. Mike en Eckland waren er beiden, samen met mij, Patrick en de secretaris-generaal.

'Ik ben blij dat het voorbij is,' zeg ik.

Tegen de muur geleund verscheurt hij het briefje in één vloeiende beweging. Daarna verfrommelt hij het tot een grote prop.
'Hoe gaat het met Rachel?'
'Ze heeft vannacht thuis geslapen.'
'Is dat voorgoed?'
'Nee.'
Bijna het eerste wat Rachel vanmorgen aan het ontbijt tegen me zei was dat ze niet bleef, en het volgende wat ze zei was dat ze een afspraak had gemaakt met dokter Covey. Na de emotionele mangel waar ze de afgelopen paar dagen door was gehaald had ik natuurlijk het ergste gevreesd, dat ze zich weer in die duistere regionen zou terugtrekken waar ze naartoe was gegaan na de dood van Sarah, de eerste halte op de weg terug naar anorexia en de intensive careafdeling. Ze schijnt het echter goed te hebben doorstaan, ze is gehavend maar vastbesloten om door te gaan. Om niet de rol van slachtoffer te spelen. Hoewel mij niet de eer toekomt voor het feit dat ze zo goed schijnt te verwerken wat er is gebeurd, ben ik blijer en opgeluchter dan ik ooit voor mogelijk had gehouden nu ik merk dat mijn dochter in zichzelf die rustige kracht heeft gevonden. Ik beschouw het, geloof ik, als een teken dat ik in de jaren na Sarahs dood als vader geen totale mislukking ben geweest.
'Denk aan de pluspunten,' zegt Mike. 'Om te beginnen hoef je al die vreemde vogels niet te ontmoeten die ze mee naar huis neemt.'
Ik kijk hem aan.
'Het is een goed kind,' zegt hij. 'Ze redt het wel.'
Hoewel een goed kind zijn geen schild vormt tegen gevaar, zeker niet in deze stad, is dat niet wat Mike echt bedoelt. Hij vertelt me zo dat ik mijn dochter niet voor eeuwig een beschermende hand boven het hoofd kan houden, en van Mike accepteer ik de gemeenplaats, de geruststelling, en de hoop die hij wil overbrengen.
We blijven even bij Toshio's bureau staan en kijken het kantoor rond, precies zoals we dat dinsdagmorgen deden. De wetenschap van wat er sindsdien gebeurd is, alles wat ons onderzoek heeft losgemaakt, lijkt de kamer een donkerder, somberder aanzien

te geven. En wanneer mijn blik valt op de plek waar Rachel gisteren trillend ineengedoken lag, krijg ik het gevoel dat een koude hand me aanraakt. Wie de volgende eigenaar van dit kantoor ook mag zijn, dit is een plek die ik in de toekomst zoveel mogelijk zal trachten te mijden.

Terwijl we teruglopen naar mijn kantoor vraag ik Mike wat hij trouwens hierboven kwam doen. 'Wat is er gebeurd tijdens de grote bespreking bij Beveiliging?'

'We zijn net fase één gepasseerd,' zegt hij. 'Eckland heeft me een uur lang onder handen genomen, en daarna heb ik de lui beneden onder handen genomen.'

In de nasleep van de moord op Toshio, de ontdekking hoe het was gegaan, is de onvermijdelijke evaluatie van de beveiligingsprocedures op gang gebracht. De secretaris-generaal heeft vanochtend boven duidelijk gemaakt dat hij niet tevreden was. Hij ijsbeerde geruime tijd heen en weer en schreeuwde tegen ons, terwijl wij ons hoofd lieten hangen en onnodige aantekeningen maakten in onze papieren. Hij heeft een volledig overzicht gevraagd van VN-beveiliging, dat natuurlijk gevolgd moet worden door een nauwkeurig en lang rapport. Deze taak zal geen eer opleveren, dus Eckland heeft de hele zaak op Mike afgeschoven. Wat Mike berouwvol accepteert als een rechtvaardige boetedoening voor alles wat er op zijn afdeling is misgegaan.

'Ik dacht dat je me misschien iets wilde vertellen,' merkt Mike nu op. Hij gooit de prop papier met een zwaai in de prullenmand nadat hij mijn kamer is binnengekomen.

'Over Rachel?'

'Nee.'

Wanneer ik hem aankijk, is de blik die Mike me toewerpt onverwacht direct en peilend. Ik ga zitten en begin de pennen op mijn bureau recht te leggen.

'Eigenlijk,' zegt Mike, 'dacht ik dat je iedereen iets te vertellen had. Vanmorgen, boven.'

Hoofdschuddend haal ik mijn schouders op.

'Weet je het zeker?'

'Wat is dit, een quiz?'

Wanneer ik lach, doet Mike het nadrukkelijk niet. 'Ik ben naar het mortuarium geweest, Sam. Ik heb met de mensen gesproken die jij hebt ontmoet toen je Nyeri's lichaam identificeerde. Ik heb de spullen uit zijn zakken bekeken.'
Daar moet ik even over nadenken.
'Ook,' zegt hij, 'heb ik met onze jongens van de surveillancedienst gesproken. Het leek me beter om daar de zaak glad te strijken, om hen geen verkeerde indruk van je te laten krijgen. Om hun te laten weten dat je niet zo'n zak bent als ze denken.'
'Is het gelukt?'
Hij kijkt me alleen maar aan. 'Ze zeiden dat je weer terug bent geweest, dat je hun gevraagd hebt je te helpen met de video's. Dat je een paar van de banden van gisteren achter elkaar hebt geplakt.'
'Klopt.'
'Heb je me dan nu iets te vertellen?' vraagt hij, en zo langzamerhand wordt me duidelijk dat dit geen achteloos verzoek is.
Ik had me natuurlijk afgevraagd wat er zou gebeuren als iemand niet tevreden was met de Lemtov-Nyeri-connectie, met alles wat bewezen leek door mijn opgenomen gesprek met Pascal op de North Lawn. Lemtov ontkent de hele zaak uiteraard categorisch, ontkent elke relatie met Pascal. Maar gisteravond heeft de SG de Russische ambassadeur bij zich uitgenodigd op de 37e verdieping om het FBI-verslag door te nemen. Dat, in combinatie met de dood van Pascal Nyeri en mijn band van het laatste gesprek, heeft de Russen ervan overtuigd dat het afgelopen is met Lemtov. Het zorgvuldig opgetrokken bouwsel van zijn carrière is ingestort; zijn ambassadeur is niet in de stemming om te luisteren naar Lemtovs verklaringen dat hij onschuldig is. Jennifer heeft de keten van gebeurtenissen eveneens zonder kritiek geaccepteerd; en Patrick heeft, naar het schijnt, hetzelfde gedaan. Maar de kans dat Mike Jardine niet tevreden zou zijn, dat hij op eigen houtje althans een deel van de waarheid boven water zou halen, die mogelijkheid heb ik over het hoofd gezien. Achteraf had ik dat beslist niet moeten doen.
'Je hebt het paspoort gezien?'

'Mm-mm,' zegt Mike. 'Frans. En ik zag de datum van uitgifte. Gisteren.'
'Dat is je dus opgevallen.'
Mike wacht. Hij heeft me aan de haak geslagen, hij is niet van plan me te laten glippen. Daarom trek ik ten slotte mijn bureaulade open en haal er de video uit, die ik vervolgens in mijn handen om en om draai.
'Lemtov had hier nooit mogen zijn.'
'Wie zegt dat?'
'Hij had hier nooit mogen zijn, Mike. En ik bedoel niet alleen om wat hij Rachel heeft laten doormaken. Dit is een man wiens enige belangstelling voor de VN de dekking was waaronder hij kon opereren. Nu is hij ontmaskerd, en als ik daar een aandeel in heb gehad, ben ik er niet rouwig om.'
'Oké, je bent er niet rouwig om.' Hij wijst. 'Wat staat er op die band?'
'Wil je Lemtov hier terug hebben?'
'Natuurlijk. Geweldige kerel.' Mike knijpt zijn ogen half dicht. 'Hoe bedoel je, of ik Lemtov hier terug wil hebben? De vent is een schurk. Ik wil hem net zo graag hier hebben als ik een druiper wil hebben. Nou, wat staat er verdomme op die band?'
Ik kijk hem aan. Ik kan er niet omheen. Op weg naar de videorecorder, die in de hoek van de kamer staat, sluit ik de deur; daarna schuif ik de band in het apparaat. Mike komt naast me staan. De band klikt, begint te draaien, en Mike bukt zich.
'Wanneer is dit?' vraagt hij.
Op het scherm lopen de leden van de Veiligheidsraad achter elkaar naar de zijkamer. Tijd en datum staan in de linkerbovenhoek.
'Lemtov heeft zojuist van de Tunku gehoord dat Rachel verdwenen is,' zeg ik tegen Mike. 'Dit is het moment waarop Lemtov vroeg om een besloten bijeenkomst in de zijkamer.'
Mike bromt iets en blijft naar het scherm kijken.
'Dit is vóór de zijkamer,' zeg ik. Ik herken het beeld dat nu overgaat naar een bewaker bij een deur, en een lege gang. Ik wijs naar de tijd op het scherm: een paar minuten later dan de vorige op-

namen van de Veiligheidsraad. 'Jij bent nog in de surveillancekamer,' zeg ik tegen hem. 'Ik ben weggegaan om Rachel te helpen ontsnappen.'

Op het scherm gaat de deur van de zijkamer open en ambassadeur Froissart komt naar buiten. Mike knikt, hij herinnert het zich. 'Hij gaat naar de plee.'

We zien hoe Froissart onder drie verschillende camera's doorloopt. Dan verschijnt er een nieuwe figuur, een vrouw die hem een microfoon toesteekt.

'Journalisten,' is Mikes zachte commentaar. 'Een man kan niet eens rustig plassen.'

Froissart lijkt de journaliste af te wimpelen, daarna verdwijnt hij in het herentoilet. En tot Mikes verrassing blijft de journaliste zichtbaar op de door mij aan elkaar gezette videoband. Marie Lefèbre. Mike kijkt me verbaasd aan.

'Kijk,' zeg ik, met een vinger op het scherm.

Hij doet wat ik vraag; twee minuten lang zegt hij niets. We zien Marie een boodschap verzenden via haar pieper; daarna loopt ze snel door de gangen en vervolgens de roltrap af naar de publieke hal. Vervolgens nog een verdieping lager, naar het souterrain. Ten slotte gaat ze de VN-boekwinkel binnen, waar ze zich onopvallend bukt en een envelop uit haar tas haalt. Wanneer ze die achter een rij boeken neerlegt, heft Mike zijn hoofd op. Zijn ogen schieten van mij terug naar het scherm. Een ogenblik later verlaat Marie haastig de boekwinkel. De videoband verspringt, spoelt versneld een stukje door en wanneer de band weer langzamer gaat lopen, zien we Pascal binnenkomen. Hij loopt regelrecht naar de plek waar Marie de envelop heeft neergelegd, voelt achter de rij boeken, pakt de envelop en gaat daarna weg.

'Verdomme.' Mike fronst zijn wenkbrauwen. Dan herinnert hij zich de inhoud van de met bloed besmeurde envelop in het mortuarium. 'Het Franse paspoort?'

Ik steek een vinger op: wacht.

We zien de laatste beelden. Pascal loopt haastig de trap op, waarbij hij probeert de bewakers niet te alarmeren door te gaan hollen. Hij gaat zo snel mogelijk naar de uitgang. Dan is hij buiten.

Loopt met grote stappen. En plotseling, vlak achter hem, verschijn ik. Wanneer ik Pascal bij zijn arm grijp bevriest het beeld.
'Wat er daarna gebeurde heb je gezien,' zeg ik tegen Mike.
'Die vrouw,' zegt hij, me aankijkend. 'Die journaliste.'
'Marie Lefèbre.'
'Wat was ze, de tussenpersoon of zoiets? Tussen Nyeri en die verdomde Franse ambassadeur?'
Ik buig mijn hoofd. Naar de videorecorder wijzend vraag ik Mike of hij het allemaal nog een keer wil zien. Hij wijst het aanbod van de hand, daarna blijft hij een poosje zwijgend de hele loop der gebeurtenissen overdenken. Ten slotte vraagt hij me waar Lemtov hierin past.
'Hij past er niet in.' Ik haal de videoband uit het apparaat, loop naar mijn bureau en leg hem in de lade, die ik vervolgens op slot doe. Daarna ga ik zitten en vouw mijn handen op het vloeiblad.
'Lemtov had niets te maken met de moord op Toshio. En het was ook niet Lemtov die Pascal gebruikte om met de papieren te knoeien. Het waren de Fransen.'
'Waarom zou Lemtov Rachel dan voor de moord willen laten opdraaien?'
'Omdat hij dacht dat ik hém ergens voor wilde laten opdraaien. Ik bedoel, bekijk het eens van zijn kant. Hij had VN-geld verduisterd, hij was bezig op grote schaal geld wit te wassen, maar wie zaten wij achterna? De moordenaar van Toshio. Lemtov was zo schuldig als de hel. Daarom wilde hij mijn aandacht afleiden, daarom gebruikte hij Rachel. Maar hij wist totaal niets af van de moord op Toshio.'
'Bovendien bedreigde je hem. Terwijl ik je nog zo gezegd had dat niet te doen.'
Ik knik, als erkenning dat ik me daarin heb vergist.
'Is dit alles je in een droom geopenbaard of zo? Kreeg je een visioen dat de Franse ambassadeur erachter zat, en heb je daarom de videobanden bekeken?'
Ik herinner hem aan het Franse paspoort. Nadat ik dat op Pascals lichaam had gevonden was het nog slechts een kwestie van terugwerken.

'Ik meen me anders te herinneren dat je aanbood het lichaam te identificeren nadat je de videobanden al had bekeken,' zegt hij.
'Weet je nog van die zoekgeraakte roze map? Die Pascal in Toshio's kantoor had teruggelegd? Zodra ik die zag wist ik dat het verkeerd zat.'
'Toen raadde je meteen dat Nyeri ermee had geknoeid?'
'Het waren opnieuw al die cijfers van Po Lins investeringen. Namen van bedrijven. Details die we eerder hadden gezien. Zelfs Jade Moon kreeg een andere betekenis. De gebroeders Kwok.'
Mike tilt zijn hoofd op. 'Wacht even,' zegt hij. 'Nyeri heeft in Hatanaka's rapport geknoeid met informatie die we al hadden?'
'Weet je nog waar we die informatie vandaan hadden?'
Mike blijft even stil en denkt terug aan wat ik hem verteld heb. Mijn bron was een journaliste. Dan kijkt hij weer naar de videorecorder.
'Niet van haar,' zegt hij. 'Alsjeblieft niet.'
'Marie Lefèbre. Jawel.'
'Die tocht naar Chinatown?'
'Tijdverspilling. Dat was ook precies haar bedoeling.'
Even laat Mike zijn voorhoofd in zijn hand rusten. Het besef dat ons hele onderzoek er voortdurend ver naast gezeten heeft, treft hem hard in zijn beroepseer.
'Al die investeringen van Po Lin?'
'Totale onzin.' Ik sta op, loop om mijn bureau heen en leun er met over elkaar geslagen armen tegenaan. 'De Fransen moeten over Po Lins betrekkingen met Jade Moon hebben gehoord van de Engelsen. Waarschijnlijk weer die mevrouw Lefèbre. De Fransen hebben een optelsommetje gemaakt en ons vervolgens op het spoor van Po Lin en de Kwoks gezet. Ze wisten dat ze er deining mee zouden veroorzaken, althans dat ze ons bezig zouden houden. Ze wilden onze aandacht van Asahaki en Lemtov afleiden, omdat die beide sporen in verband stonden met Pascal.'
Mike denkt erover na. 'Je denkt dat lady Nicola je daarom verteld heeft wat ze bij de gebroeders Kwok had gedaan.'
'Ja, dat klopt. Het was zoals ze zei, ze beschouwde de kwestie Po

Lin als afgedaan. Ze nam aan dat ik niet zou rusten voor ik het wist, daarom vertelde ze het me.'
'Dus de Engelsen waren slechts onschuldige toeschouwers.'
Ik kreun. De bevestiging van Po Lins executie is juist vanochtend binnengekomen, 'onschuldige toeschouwers' lijkt nu niet bepaald een juiste benaming voor de Engelsen.
Mike denkt nog wat meer na, hij weet niet precies wat wij hier nu mee aan moeten. Hij komt terug op het feit waar hij grip op heeft. 'Nyeri heeft het gedaan, toch? Hij was degene die Hatanaka vermoordde.'
'Wat ik gisteren op de North Lawn tegen Pascal gezegd heb, wat je op de band hebt gehoord. Over dat hij meer wilde, een beter leven, ja, dat klopte. Maar het was niet Lemtov die hem een beter leven bood. Daarin vergiste ik me. Zij was het. Marie Lefèbre.'
'Kom nou, daar kun je alleen maar naar raden.'
'Ik heb met de conciërge van haar flatgebouw gesproken. Pascal was de afgelopen drie maanden een geregelde nachtelijke bezoeker van Maries appartement.'
Mike laat zijn hand zakken en hij kijkt me aan.
'Dat is de sleutel,' zeg ik, met mijn armen op het bureau leunend. 'Onze man van Interne Supervisie had een verhouding met Marie Lefèbre, een Franse journaliste. Maar ze was niet alleen journaliste. Ze was ook agente voor het Franse ministerie van Buitenlandse Zaken.'
'Neukte ze met Nyeri?'
Ik buig mijn hoofd. Ja, ze neukte met Pascal Nyeri.
'Op de een of andere manier,' zeg ik, 'kwam ze te weten waar Pascal aan werkte: het onderzoek dat hij samen met Hatanaka uitvoerde. Of misschien heeft ze zich van het begin af aan daarom met hem ingelaten. In elk geval, op een gegeven moment brengt ze Pascal op een geweldig idee. Hij moet ervoor zorgen dat het bewijsmateriaal van de fraude bij de Speciale Commissie naar Asahaki wijst.'
'Waarom?' vraagt Mike. Maar direct daarna begrijpt hij het. 'De zetel in de Veiligheidsraad?'
'Precies. De zetel in de Veiligheidsraad. Maak Asahaki zwart,

steek een stokje voor Japans kansen bij de stemming, en er verandert niets aan de Raad. Dat is wat de Fransen altijd gewild hebben, ondanks het feit dat ze in het openbaar het tegendeel verklaarden.'

Vol afkeer schudt Mike zijn hoofd. 'Jezus.'

'Ik denk dat ze niet meer plannen hadden gemaakt. Een smerige streek waardoor Asahaki's reputatie verwoest werd, grof toegepaste politiek, maar na afloop zou iedereen overeind blijven. Er gebeurde echter iets waar ze niet op hadden gerekend. Het FBI-rapport. Toshio had opeens een heleboel belastend materiaal tegen Lemtov. En Patrick zette hem onder druk om het te bevestigen, althans om Lemtov nog eens wat grondiger te bekijken. Natuurlijk moet Toshio zich hebben afgevraagd waarom Pascal iets dergelijks niet eerder had ontdekt. Daarom ging Toshio naar de bank terug, om Pascals werk te controleren, alles wat Pascal hem had voorgeschoteld. En toen moet hij hebben ontdekt dat Pascal hem leugens had opgedist.'

'Heeft hij Nyeri daarmee geconfronteerd?'

'Dat moet wel. Maar Toshio moet hetzelfde gedacht hebben als ik: dat Pascal Lemtov beschermde. Hij zal niet hebben begrepen dat Lemtovs misdrijf, de fraude, door een derde partij werd gebruikt om Asahaki erin te laten lopen. En Pascal moet aan Marie hebben verteld dat Toshio erachter was gekomen. Wat konden de Fransen daarna nog doen? Ze konden het zich niet veroorloven dat aan het licht zou komen welk vuil spelletje ze hadden gespeeld. Daarom gingen ze nog verder. De Franse regering verstrekte de heroïne, daarom was dat spul zo puur. Het was niet van de straat afkomstig. Toshio door Pascal laten vermoorden betekende niet alleen dat ze van Toshio af waren, het gaf hun ook een ander misdrijf om Asahaki in de schoenen te schuiven.'

Mike kijkt me van opzij aan.

'Toen kwamen wij erbij,' zeg ik. 'Pascal nam contact op met Juridische Zaken, enkele uren nadat het lichaam was gevonden. Hij was niet alleen hulpvaardig. Hij wilde er zeker van zijn dat we Asahaki boven aan onze lijst van verdachten zouden plaatsen. Zolang we druk op Asahaki bleven uitoefenen, deden we wat de Fransen wilden. Hij moest bij Turtle Bay vandaan blijven terwijl zij de gunstige vooruitzichten voor de Japanners bij de stemming ondermijnden.'

'Je hebt dit echt helemaal uitgezocht, hè?'

Het bewijsmateriaal was er allemaal, zeg ik. Het was niet zo moeilijk om uit te vinden hoe het in elkaar stak nadat de rol van Marie Lefèbre duidelijk was geworden.

'Dus het is ongeveer zoals je gisteren zei,' merkt Mike op. 'Behalve dan dat Nyeri voor de Fransen werkte, niet voor Lemtov.'

Ongeveer, geef ik bedrukt toe. Maar de reden voor de moord op Toshio, Pascals motief, daar had ik het helemaal mis. Ik was er zelfs niet dichtbij. Wanneer ik dat nu zeg, veegt Mike die opmerking van tafel.

'Nyeri deed het omdat hij er beter van kon worden: geld, paspoort. Dat komt toch op hetzelfde neer? Een nieuw leven. Zoals je zei.'

Ik weet echter zeker dat Mike met zijn wrange veronderstelling er ook helemaal naast zit. Hij kende Pascal niet zoals ik hem kende; en Marie Lefèbre evenmin, als het erop aankomt.

'Ik geloof niet dat Pascal een moord pleegde alleen om een Frans paspoort te krijgen.'

'Voor die vrouw dan?'

'Ook niet voor die vrouw.' Ik sta op van achter mijn bureau en slenter naar de boekenplanken, de muur van documenten, waar ik doelloos met mijn vingers over de ruggen strijk. Zeerecht. De Bescherming van Intellectueel Copyright. Resoluties van de Veiligheidsraad. Eerlijk gezegd is er niets bij waaraan een werkelijk beschaafd mens zijn tijd zou willen verspillen door het te lezen. Niets, bijvoorbeeld, van Voltaire. 'Ik denk dat ze hem moeten hebben bedreigd.'

Mike lacht spottend.

'Niet in het begin,' zeg ik. 'De vrouw, de belofte van een paspoort, dat was waarschijnlijk voldoende om Pascal zo ver te krijgen dat hij met de cijfers knoeide. Maar nadat hij dat had gedaan, hadden de Fransen hem in hun macht. Eén telefoontje naar Patrick – hé, kijk eens wat deze Nyeri heeft uitgehaald –

en Pascal zou op straat staan. Ontslagen. Een enkele reis terug naar Kameroen, misschien zelfs een aanklacht en daarna de gevangenis in. Niet zozeer een nieuw leven, meer een rampzalig einde van het leven dat hij al leidde.'

'Probeer je goed te praten wat hij gedaan heeft? Mijn god, hij heeft Hatanaka vermoord, moeten we soms medelijden met hem hebben?'

Ik draai me op en concentreer me op het Amerikaanse VN-gebouw aan de overkant van de straat. Goedpraten, doe ik dat? Pascal, wat zijn motieven ook geweest mogen zijn, vermoordde Toshio Hatanaka. Maar is dat een op zichzelf staand feit? In welke mate vergoelijken iemands omstandigheden de misdaad die hij begaat? Is dat niet een van de oudste en meest diepgaande vragen van de jurisprudentie? Om te ontdekken welk moreel verschil er bestaat tussen de man die steelt om zijn gezin te eten te geven en de man die eenvoudigweg steelt. Nooit vergeven, of altijd. Strijdt de broederschap van juristen niet dagelijks tussen deze twee uitersten? En nu vraag ik me af of ik in dit geval werkelijk mijn voeten onder de tafel van de verdachte zou willen steken, of ik zou willen opstaan en excuus vragen voor mijn cliënt. Men heeft Pascal Nyeri erin laten lopen. Hij werd bedreigd, edelachtbare. Denkt u eens aan zijn leven. Hij had geen keus.

Mike gelooft dat niet. En diep in mijn hart geloof ik het ook niet, denk ik.

Toch, hoewel ik niet kan verdedigen wat Pascal deed, kan ik wel met hem meevoelen. Ik kan de hevigheid van zijn verlangen begrijpen, niet alleen naar Marie maar ook naar zijn eigen dromen, en ik kan het web zien waarin hij ten slotte op zo'n fatale wijze verstrikt is geraakt. Ik kan dat alles zien, en ik kan met hem meevoelen, omdat ik ook in Marie Lefèbres bed heb gelegen. Ik heb ook een misdrijf begaan, een misdrijf waarvoor geen enkele rechtbank me ooit zal veroordelen. Een onuitwisbare misdaad van het hart.

Misschien probeer ik dat wel hier te rechtvaardigen. Iets wat niet te rechtvaardigen is. Niet Pascals daden, maar de mijne.

'Niet om medelijden met hem te hebben.' Ik kijk Mike weer aan en hef halfslachtig mijn hand op. 'Begrip, misschien?'
'Zoals het begrip dat hij voor Hatanaka had? Kom nu toch. Hij heeft gekregen wat hij verdiende. Oog om oog. Dat staat in de bijbel.'
In de bijbel staan echter ook andere lessen, zoals vergeving en genade. Dit lijkt echter niet het geschikte moment om de bijbel aan te halen, dus ik ga er niet op door. Na een blik op mijn horloge te hebben geworpen zeg ik tegen Mike dat ik over vijf minuten beneden word verwacht. Rachel is hiernaartoe gekomen om haar uniform van VN-gids in te leveren; haar korte loopbaan als gids in Turtle Bay is ten einde. Maar Mike is nog niet uitgesproken.
'Lemtov was niet bij de moord betrokken, maar je hebt hem er de gevolgen van laten ondervinden?'
'Zo is het,' geef ik toe.
'Al die "hij had nooit hier moeten zijn" flauwekul. Dat bedoelde je ermee, toch? Lemtov had nooit hier moeten zijn, dus help jij hem om te verdwijnen.' Hij denkt een ogenblik na. 'Je maakte je ongerust dat het FBI-rapport niet voldoende zou zijn. Ongerust dat de SG Lemtov alleen maar een berisping zou geven, tegen hem zou zeggen dat hij zijn leven moest beteren, dat hij hem zou laten blijven. Maar nu hij een aandeel heeft in de moord op Toshio, vliegt hij er zeker uit.'
'Lemtov zal niet eens worden aangeklaagd, Mike. Maar nu hem zijn diplomatieke onschendbaarheid is ontnomen, kan het Bureau hem echt aanpakken. De rest van zijn leven zal hij uitzettingsbevelen moeten ontwijken. Voor de fraude van de Speciale Commissie krijgt hij niets. Hij gaat niet naar de gevangenis. Hij moet alleen weg.'
'Voor een misdaad die hij niet heeft gepleegd.'
'Wil jij rechtvaardigen wat hij gedaan heeft?'
Mike glimlacht niet. Hij zegt: 'Dat is niets voor jou, Sam. Voor mij? Natuurlijk. Het kan me niet veel schelen hoe een vent als Lemtov erbij gelapt wordt, als het maar gebeurt. Maar jij?' Hij zwijgt even, om daarna sneller dan ik gehoopt had zelf het ant-

woord te geven. 'Wraak, nietwaar? Om wat hij Rachel heeft aangedaan.'
Ik buig mijn hoofd, daarna sla ik mijn ogen op en vraag Mike of hij nog meer wil weten.
'Die journaliste, Lefèbre. Waar kan ik haar vinden?'
'Ze is vertrokken.'
'Adres?'
'Het land uit. Terug naar Parijs.'
Ik kijk in mijn agenda om het nummer op te zoeken, hetzelfde nummer dat ik eerder vanochtend heb geprobeerd, daarna bel ik naar Maries flat. Ik zet de luidspreker aan zodat Mike haar antwoordapparaat kan horen. Maries stem is kalm en zakelijk. Ze zegt dat ze tijdelijk is teruggeroepen naar het hoofdkantoor van *Agence France Presse* in Parijs, dat ze daar te bereiken is. Ze geeft een nummer, en vervolgens wordt dezelfde boodschap in het Frans herhaald. Daarna klinkt een lange piep. Ik hang op. Mike blijft een hele poos naar de telefoon staren.
'Het zou niets uitgemaakt hebben als ze gebleven was, Mike. Nu Pascal dood is, kunnen we niets bewijzen. Het ergste wat we hadden kunnen doen was haar perskaart intrekken. Die moeite hoeven we nu niet te nemen.' Ik spreid mijn armen en probeer te lachen. 'Ten slotte,' zeg ik, is er toch iemand vandoor gegaan.'
Mike kijkt moeilijk. Lemtov opzadelen met de schuld voor een misdrijf waaraan hij niet schuldig is, daar kan Mike mee leven. Maar dat Marie Lefèbre haar straf ontloopt, is in tegenspraak met Mikes sterke gevoel voor rechtvaardigheid. Hij kreeg de opdracht om Toshio's moordenaar te arresteren en hij heeft gefaald.
'Kut,' zegt hij ten slotte.
Ik steek mijn pen in mijn zak en pak mijn jasje van de stoelleuning. Terwijl hij nog bezig is te verwerken wat hij heeft gehoord, terwijl hij zich probeert te verzoenen met deze hoogst onbevredigende afloop, maak ik een paar troostende opmerkingen. Het Franse ministerie van Buitenlandse Zaken, zeg ik, is een belangrijke spionne bij het VN-hoofdkwartier kwijtgeraakt. Er is absoluut geen kans op dat Marie Lefèbre zal wagen terug te keren. En

hoewel we ambassadeur Froissart niets kunnen maken met wat we hebben – die ogenschijnlijk onschuldige ontmoeting met Marie bij de zijkamer – zeg ik tegen Mike dat we de komende weken wel een manier zullen bedenken om Froissart te laten merken wat we weten. Misschien kunnen we hem voldoende schichtig maken om Marie Lefèbres voorbeeld te volgen en vrijwillig naar Parijs terug te keren.

Als reactie op deze min of meer hoopvolle opmerkingen kijkt Mike somber. Hij gelooft er geen woord van.

'We kunnen het toch proberen?'

'En wanneer had ik dit moeten horen?' Hij wijst naar de videorecorder, daarna naar de telefoon op mijn bureau. 'Snel?' Hij trekt één wenkbrauw op. 'Nooit?'

'Ik dacht niet dat het zou helpen. Ik wist niet zeker of je het wel zou willen weten.'

'Mis. In beide opzichten.'

Hij kijkt me strak aan. Ten slotte kan ik zijn blik niet meer verdragen. Terwijl ik mijn jasje aantrek, vraag ik wat hij nu van plan is te doen.

'Je bedoelt aan Lemtov?'

'Aan alles,' zeg ik.

Hij blijft een paar seconden zwijgen, daarna kijkt hij me opnieuw ernstig aan. 'Je hebt me nu toch alles verteld, hè? Niet nog meer konijnen uit hoge hoeden, verdomme. Niet nog meer Franse paspoorten in de zakken van dode mannen.'

Ik schud mijn hoofd.

'Als dit alles is,' zegt hij met tegenzin, 'denk ik niet dat we een kans maken. We laten het gewoon lopen. Lemtov krijgt de schuld, die vrouw komt ermee weg.' Daarna wordt zijn blik doordringend, hij houdt zijn ogen op me gericht alsof zijn diepste instinct voor achterdocht wakker is geschud. 'Het ís toch alles?' zegt hij vlak.

Als er ooit een moment geweest is om alles te bekennen, om schoon schip te maken, dan is dit het. Een schone lei, een zuiver geweten, maar tegen welke prijs? Als ik Mike, als vriend, vertel wat er werkelijk is voorgevallen tussen Marie Lefèbre en mij, hoe zou Mike Jardine, tweede man bij Beveiliging, die informatie dan kunnen negeren? Ik, een belangrijke man bij de afdeling Juridische Zaken van de VN, verwikkeld in de amoureuze omhelzing van een Franse spionne, mijn rendez-vous van één nacht met haar tussen de dood van Toshio Hatanaka en die van Pascal Nyeri. Misschien zou ik hem ervan kunnen overtuigen dat ik het onwetende slachtoffer was, maar ook al zou ik dat kunnen, wat moet Mike ermee? Welk nut zou mijn bekentenis hebben om te helpen bij de waarheid? Mike zou met zijn geweten moeten worstelen, zich moeten afvragen of hij zijn plicht zou moeten doen en me rapporteren bij Eckland en Patrick. En natuurlijk zou hij me verwensen omdat ik hem in zo'n onmogelijke positie had gebracht, omdat ik mijn mond niet had gehouden. Maar hier, in mijn kantoor, met zijn half dichtgeknepen ogen, ziet hij niets van dat alles.

Wiens lei blijft er nu schoon? Moet ik de last op zijn schouders afschuiven, of liegen en de last alleen dragen?

Hij voelt mijn aarzeling en kijkt me doordringend aan. Ten slotte knik ik.

'Dat is alles.'

Nog even blijft hij me aankijken. 'Nee,' verklaart hij dan, en het klinkt treurig. 'Het is alles wat je me wilt vertellen. Maar hoor eens, je bent me niets verschuldigd, dat weet je toch?'

We kijken elkaar aan, mijn leugen hangt tussen ons als giftige damp. Later zal ik het misschien kunnen opbrengen om hem de waarheid te vertellen, maar niet nu. Nu is het enige wat ik kan doen, kalm blijven en niet ineenkrimpen onder zijn doordringende blik.

'Ik had iets beters verwacht,' zegt hij eindelijk. Hij wacht niet op antwoord. Hij buigt zich naar me toe, knijpt een beetje te hard in mijn schouder. Daarna gaat hij weg.

45

Wanneer ik Rachel vind, zit ze met drie andere gidsen in de kamer achter het kantoor waar de pr-afdeling van de VN zetelt. Ze drinken cola. In tegenstelling tot haar geüniformeerde vriendinnen is Rachel gekleed in spijkerbroek en trui; haar eigen uniform van VN-gids hangt over de stoel naast haar. Het gesprek stokt wanneer ik mijn hoofd om de deur steek, dus ik houd het kort. Kan ze al meegaan? Nee, nog niet, ze wacht op haar baas, zegt ze. Er zijn nog een paar formulieren die ze moet tekenen. Hoe lang? Ze haalt haar schouders op en zegt: misschien een kwartier. Aarzelend blijf ik in de deuropening staan.

'Heb je Jennifer gezien?' vraagt Rachel en een lichte kleur kruipt onmiddellijk in mijn hals op en verspreidt zich over mijn wangen. Ik schud mijn hoofd. Twee vriendinnen van Rachel kijken elkaar aan; een van hen trekt haar wenkbrauwen op. 'Ze is hier geweest,' vervolgt Rachel. 'Om te vragen of alles in orde was met me. Ze zei dat ze jou misschien nog zou spreken. Ik geloof dat ze naar haar kantoor terug is gegaan.'

Ik klem mijn hand om de deurpost, zoekend naar een waardige manier om te verdwijnen. Ten slotte zegt Rachel weer iets. Zodra ze hier klaar is komt ze naar me toe, naar de overkant. Daarna lacht ze en slurpt haar cola op door een rietje.

Wanneer de marinier die op wacht staat, hoort dat de receptioniste in het Amerikaanse VN-gebouw me vertelt dat mevrouw Dale niet aanwezig is, komt hij naar me toe om me mee te delen dat Jennifer de hoek om is gelopen om haar zoon op te zoeken. Een minuut later sta ik op het trottoir voor de kleuterschool waar Jennifers zoontje, Ben, vijf ochtenden per week naartoe gaat. Achterin, bij de glazen wand, hangen ballonnen en op een laag tafeltje staat een grote taart met wit glazuur en vier stompe, rode kaarsjes. De lerares heeft blijkbaar de school op zaterdagochtend opengesteld zodat een kind van vier, wiens ouders bij de

VN bezig zijn de wereld te redden, zijn verjaardag kan vieren. Met zo weinig kinderen ziet het lokaal er leeg uit; ondanks de taart en de ballonnen is het er niet feestelijk, maar triest. Jennifer heeft een groenpapieren feesthoedje op, dat niet past bij haar eenvoudige, zakelijke mantelpakje. Ze zit naast Ben gehurkt bij de taart, maar nu kijkt ze op en ze ziet me vanaf de straat naar binnen turen.

'Hallo,' zegt ze, en even later voegt ze zich bij me op het trottoir. Dan wijst ze langs me heen. 'Ik heb Rachel gesproken. Stopt ze ermee?'

'Alleen met haar baan.'

Jennifer denkt na over mijn opmerking. Wanneer ze muziek achter zich hoort opklinken, kijkt ze om. Zo blijft ze staan, blijkbaar wil ze me niet aankijken.

'Jennifer.'

'Hmm?'

Wanneer ik haar arm aanraak, draait ze haar gezicht weer naar me toe.

'Je wilde me spreken,' zeg ik. Jennifer lijkt verbaasd door die woorden. 'Dat heb je tegen Rachel gezegd?'

'O, dat.' Wanneer ze een luchtig, afwijzend gebaar maakt, voel ik een steek in mijn maag. De woorden die ze tegen Rachel heeft gezegd waren niet meer dan een terloopse opmerking ten afscheid. Jennifer hoopte niet me te zien, zoals ik dacht. Eerlijk gezegd, naar haar gedrag te oordelen, en haar duidelijke tegenzin om me zelfs maar in de ogen te kijken, lijkt het erop dat mijn onverwachte komst verre van welkom is. Even denk ik eraan om dit tot een ander tijdstip te laten wachten. Maar die gedachte gaat snel voorbij. Tijd zal dit niet gemakkelijker maken.

Ik knik in de richting van de straat en vraag of we een eindje kunnen lopen.

Dorre bladeren, de eerste van de herfst, waaien om onze enkels, opgestuwd door een plotselinge windvlaag. De hemel boven ons is schitterend, helblauw zonder een wolkje. Ten slotte zet Jennifer het groenpapieren hoedje af.

'Dus Lemtov is weg?' zegt ze, het hoedje tussen haar jasje stoppend. Daarna loopt ze met me mee.
De VN-tamtam, denk ik. Patrick heeft het aan Bruckner gemeld en Bruckner heeft het tegen Jennifer gezegd. Waarschijnlijk ook tegen een paar anderen van de Amerikaanse delegatie. Maandagochtend zal de hele Algemene Vergadering van het nieuws op de hoogte zijn. Maar Jennifers toon is verrassend pessimistisch.
'Dat wilde je toch?'
'Hatanaka en Nyeri zijn dood, Sam. En de Japanners hebben de stemming verloren. Als het secretariaat iets had gedaan met het FBI-rapport nadat we het aan jullie hadden gegeven...'
Ik hef mijn hand op, om de schuld die ze achteraf op me werpt, af te weren. Ze trekt haar jasje strakker om haar middel.
'We hebben allemaal fouten gemaakt in deze zaak,' zeg ik veelbetekenend. 'Allemaal.'
Onder het lopen kijkt ze naar de grond. Daarna, terwijl haar schoenen de gevallen bladeren opzij schoppen, maakt ze een paar opmerkingen over Bruckners reactie op de hele ellendige episode. Hij is blijkbaar tot de conclusie gekomen dat het secretariaat al die tijd een verborgen agenda heeft gehad, dat we er van het begin af aan op uit zijn geweest om de toelating van Japan tot de Veiligheidsraad te verhinderen. Ik neem deze opmerkingen zwijgend in me op. Natuurlijk vertel ik Jennifer niet dat de verborgen agenda toebehoorde aan een van hun medeleden van de permanente vijf, Frankrijk; dat er een smerige, politieke strijd gaande is geweest die is gewonnen en verloren; en dat publiekelijk onthullen van de waarheid op dit moment slechts een element in de Veiligheidsraad, in het hele VN-systeem, zou invoeren dat zo bijtend is als zuur. Het ontgaat me evenmin hoe gemakkelijk mijn eigen rol in de hele affaire door de Fransen aangedikt en vertekend kan worden tot die van een karikaturale schurk. Daarom blijf ik gewoon doorlopen, waarbij ik recht voor me uit blijf kijken en zo nu en dan knik.
Dan hoor ik haar zeggen: 'Hoe kijkt O'Conner ertegen aan?'

Ik blijf staan. Ze doet nog een paar stappen, daarna draait ze zich om en kijkt me aan.
'Hoe O'Conner ertegen aankijkt?' zeg ik.
Verbaasd over mijn reactie houdt ze haar hoofd scheef. Na een paar seconden dringt het echter tot haar door; ze heft een slanke vinger op en ze wijst. 'Dat heb ik je al eerder gevraagd.'
'Precies.'
'Dinsdagochtend. Voor de opening.'
'Herinner je je wat ik je toen heb verteld?'
Ze denkt er even over na en schenkt me dan een wrang glimlachje. Ik heb haar, zoals ze zich nu herinnert, helemaal niets verteld.
'Jennifer...' Mijn keel wordt opeens droog. 'Jennifer, ik ben niet gekomen om O'Conners politieke mening over de situatie in de wereld met je te bespreken. Ik wilde niet met de Amerikaanse juridisch adviseur bij de VN spreken, maar met jou.'
'Dat is hetzelfde.'
'Je weet dat het niet zo is.'
We blijven elkaar een poosje aankijken.
'Hoor eens, als je me met je hand op je hart kunt zeggen dat het je niet kan schelen als je me nooit meer zou zien, dan zal ik dit niet moeilijker maken.'
Ze geeft geen antwoord.
'Kun je me dat zeggen?' vraag ik haar. 'Eerlijk?'
'Zo gemakkelijk is het niet.'
'Met je hand op je hart?'
'Je moet me niet onder druk zetten, Sam,' zegt ze zacht en ze loopt door.
Na een poosje leg ik aarzelend mijn hand op haar arm. Ze maakt geen aanstalten om haar arm weg te trekken.
'Het spijt me, Jennifer. Wil je dat van me horen? Ik heb een fout gemaakt. Een grote fout, en het spijt me zo verdomd erg dat ik je gewoon niet zeggen kan...'
Wanneer ze haar ogen naar me opheft, staan die donker. 'Ik kan het niet, Sam. Ik kan het niet allemaal nog eens doormaken, voor de tweede keer.'

'Jennifer...'
'Alsjeblieft.' Haar gezicht staat strak. Plotseling draait ze zich om en begint terug te lopen in de richting van de kleuterschool. Ik volg haar en blijf daarna naast haar lopen. Ze drukt haar handen tegen haar ogen, daarna schudt ze haar hoofd. 'Als dit het moment is voor verontschuldigingen, dan denk ik dat ik ook niet al te veel begrip getoond heb.'
'Jij?'
Ze kijkt bezorgd. 'Over Rachel, bedoel ik. Wat jij doormaakte.'
Ik wuif haar verontschuldiging weg.
'Nee, dat is echt zo,' zegt ze.
Om eerlijk te zijn waren mijn gedrag en mijn taal echter niet iets om trots op te zijn, en dat zeg ik haar nu. Het is haar beurt. Zij wuift mijn verontschuldiging weg.
'Dus dan zijn we het eens. We zijn allebei volslagen waardeloos.'
Een van haar mondhoeken gaat even omhoog. We blijven staan bij de zandbak naast de kleuterschool. Ze kijkt door het raam naar binnen, het lokaal in, waar de kaarsjes op de verjaardagstaart aangestoken zijn. Ben staart met grote ogen naar de kaarsjes, hij heeft haar nog niet gezien. Nog even, dan zal ze naar hem toe gaan.
Wat blijft er verder nog te zeggen voor Jennifer en mij? Tot ziens? Het waren een paar leuke maanden, jammer dat het zo moest aflopen, maar veel succes met de rest van je leven?
'Ik ben één keer met haar naar bed geweest, Jennifer.'
Haar ogen blijven strak op haar zoon gericht.
'Ik zoek geen excuus voor mezelf, maar dat is de waarheid. Verder ging het niet. Zij zat achter een verhaal aan. Jij maakte het me niet gemakkelijk. Ik ben met haar naar bed geweest. Als het een geruststelling voor je is: ze is naar Parijs teruggegaan.'
'Dat is het niet.'
'Oké.' Ik haal diep adem. 'Ik wilde alleen dat je het wist.'
'Kun je je voorstellen hoe ik me op dit moment voel, Sam?'
Wanneer ik geen antwoord geef, draait ze zich om. 'Ik heb het gevoel,' zegt ze terwijl ze me recht in de ogen kijkt, 'dat ik je echt zou kunnen vermoorden.'

Ze ziet er niet naar uit alsof ze me zou kunnen vermoorden. De blik in haar ogen is niet kwaad, of wild, maar verslagen. Volkomen uitgeput.

'Maar dat is niet wat ik denk,' zegt ze. 'Wat ik denk is dat je een fout hebt gemaakt, zoals je al zei, en dat je er spijt van hebt. En dat geloof ik ook. Met mijn verstand, Sam, geloof ik je, ik denk echt dat je spijt hebt. Maar uiteindelijk helpt dat niet, weet je. Omdat wat ik voel, hoe ik me voel, altijd weer wint. Jij staat daar en je zegt dat je er spijt van hebt en ik ben zo kwaad op je dat ik visioenen krijg van hakbijlen en messen.' Ze lacht een beetje moeizaam. 'Een tamelijk wankele basis voor een relatie, vind je niet?'

'We kunnen proberen het op te lossen.'

'Nee.'

'Wil je het niet proberen?'

'Proberen heeft er niets mee te maken.' Haar gezicht en haar stem zijn nu gespannen. 'Dat zeg ik. Ik heb het geprobeerd. En ik heb gemerkt dat ik het niet kan. Dit...' Ze heft een hand op; ze kan de woorden niet over haar lippen krijgen. Verraad? Overspel? Ten slotte geeft ze het op, en ze kijkt weer naar het raam van de kleuterschool. 'Ik ben echt zo verdomd kwaad op je,' zegt ze. Ze slaat haar armen over elkaar en drukt die dicht tegen zich aan.

Een ogenblik slaat mijn hart onregelmatig, pijnlijk. Wanneer ik mijn mond open om iets te zeggen, legt ze haar hand op mijn mond.

'Niet doen,' zegt ze.

'Kunnen we het niet nog wat tijd geven?'

Ze schudt haar hoofd; een snelle, besliste beweging. Ze haat elke seconde van dit gesprek maar ze heeft zich schrap gezet, ze wil niet worden overgehaald. Dat is echt Jennifer. Ze zal niet gemakkelijk verzwakken.

En ik? Op dit moment ga ik inwendig dood.

'Ik moet nu weg,' zegt Jennifer.

Wanneer ik mijn ogen opsla, zie ik dat ze haar hand naar me heeft uitgestoken. Ik wacht even, dan neem ik die aan. Maar wanneer ze probeert haar hand weg te nemen, zich terug te trekken in de veilige haven van de kleuterschool, de troost van Bens liefdevolle omhelzing, houd ik haar stevig vast. Ik kijk haar strak aan wanneer ik begin te spreken.

'Als ik dacht dat je iets beters achter de hand had, iemand die beter is dan ik, zou ik je niet in de weg staan. Dan zou ik het je niet moeilijk maken. Dat weet je. Als je een beter leven voor je had, als ik dat oprecht geloofde, zou ik een stap terug doen. Ik zou je zelfs veel geluk wensen. Maar zo zie ik het nu eenmaal niet, waar je van nu af aan naartoe gaat.'

Ze trekt haar hand los.

'Zoals ik het nu zie zul je, als ik me terugtrek, begraven in je werk. En misschien zul je, over een jaar of twee, merken dat een geweldige carrière hebben niet hetzelfde is als een geweldig leven leiden. Dan zul je om je heen kijken, Jennifer. Misschien zul je iemand vinden. Maar die man, meneer X, die zal niet volmaakt zijn. Omdat we zo niet in elkaar steken. Geen van ons beiden. En wat zul je doen wanneer meneer X het verpest? Of de man die na hem komt?'

Ze laat haar hoofd hangen, maar ze zegt niets.

'We kunnen samen een toekomst hebben. Een goed leven. En ik zal niet doen alsof ik weet wat jij wilt, maar ik weet wel wat ík wil.' Ik steek mijn hand uit en raak haar arm aan. Eindelijk spreek ik de woorden uit waarvan ik weet dat ze er al maanden op gewacht heeft, waarvan ik hoop dat ze er nog steeds op wacht om die te horen. De enige woorden die haar kunnen bewijzen dat ik bereid ben er nog een keer voor te vechten. Voor liefde. Voor een leven dat beter en completer en waarachtiger is dan het leven dat ik nu heb. 'Ik heb je nodig, Jennifer. Ik heb je nodig.'

Een tijdlang blijft ze zwijgen. Daarna komt ze dicht bij me staan, op haar tenen, en ze houdt mijn arm stevig beet terwijl ze haar wang hard tegen de mijne drukt.

'Het is te laat,' fluistert ze.

Daarna draait ze zich met gebogen hoofd om en ze loopt weg. Even houdt mijn hart op met kloppen. Ik kijk op naar de hemel. En dan weet ik dat er geen hoop meer is. Het is voorbij.

Epiloog

Toshio Hatanaka's lichaam wordt naar Japan overgebracht. Nadat Moriko me gebeld had met de details van de regeling liep ik voor het eerst sinds dagen Patricks kantoor binnen, om hem te zeggen dat ik naar het vliegveld ging. Ik vond dat althans iemand van het secretariaat zich die moeite moest getroosten.

'Vraag je mijn toestemming?' zei hij.

'Nee.'

Hij wuifde met zijn hand naar de deur en zonder verder iets te zeggen trok ik me terug. Sinds hij maandag zijn ontslag aankondigde heeft hij, behalve vanochtend, slechts één keer met me gesproken. Dat was toen hij me belde om me mee te delen dat de geruchten juist waren, dat hij de post had gekregen van ambassadeur in Londen. Zijn ontslag gaat binnen enkele weken in; aan het eind van de maand hebben we een nieuwe ondersecretaris-generaal bij Juridische Zaken. Ik kon niet doen alsof ik verrast was, of dat het me speet. En gisteren hoorde ik van iemand op de 37e verdieping dat in Patricks ontslagbrief de gebruikelijke hoffelijke opmerking ten afscheid van de ondersecretaris-generaal over zijn tweede man was weggelaten: de naam Windrush kwam niet voor op zijn lijst van aanbevolen kandidaten om hem op te volgen. Hoewel ik als Amerikaans staatsburger niet verwacht had serieus als kandidaat voor die functie in aanmerking te komen, zou ik het gebaar wel op prijs hebben gesteld. Maar Patrick is, geheel in overeenstemming met zijn karakter, tot het eind toe grof gebleven.

Nadat ik Patricks kantoor had verlaten ging ik naar beneden om Mike op te halen, maar hij had het te druk met zijn eigen hervatte werkzaamheden om tijd vrij te maken voor een rit naar het JFK-vliegveld. Ik heb de indruk dat Mike Toshio en de hele affaire het liefst zo snel mogelijk wil vergeten; hij beschouwt noch het onderzoek, noch de afloop als een van zijn mooiste momenten. Hij stelde echter voor dat ik Jennifer zou bellen, dat de Amerikanen bij de VN misschien iemand zouden willen sturen om hen te vertegenwoordigen. Ik raapte mijn moed bijeen en ten slotte belde ik haar. Jennifer ontspande zich min of meer toen ze begreep dat het geen privé-gesprek was.

'Ik red het niet,' zei ze.

Ik stelde Bruckner voor. Daar moest Jennifer om lachen; daarna maakte ze me met een paar welgekozen woorden duidelijk dat een vaarwel ter nagedachtenis van Toshio Hatanaka niet hoog op de Amerikaanse prioriteitenlijst stond.

'Je hebt zeker wel gehoord dat Patrick weggaat?' zei ik. Ik wist natuurlijk dat ze het gehoord had.

'Mm-mm. Wacht nu maar op het bulletin van deze kant.'

Ik bleef even stil. 'Gaat Bruckner weg?'

'Wacht maar af,' herhaalde ze voor ze ophing.

Dus we praten weer met elkaar. En ik ben niet echt verbaasd vanwege het nieuws over Bruckner. Politiek gezien valt er weinig bij te winnen om te proberen de pro-Japanse gevoelens weer op te bouwen; het zal jaren duren voor de uitbreiding van de Veiligheidsraad voldoende gewicht heeft gekregen om weer in stemming te worden gebracht bij de Algemene Vergadering. Evenals Patrick wil Bruckner deze mislukking achter zich laten; het pad van zijn loopbaan zal een drastische koerswijziging moeten ondergaan. Misschien een zetel in de Senaat, maar waar hij ook naartoe gaat, ik betwijfel of Bruckner in New York zal blijven, waar hij dagelijks herinnerd wordt aan de fiasco's van de afgelopen week in Turtle Bay. En ik denk dat Jennifer, waar hij ook naartoe gaat, met hem mee zal gaan. Nu ik er nog eens over nadenk, was dat 'wacht maar af' misschien een subtiele manier om me te laten weten dat ze weggaat. Iets om vanavond thuis in alle rust te overpeinzen.

Nu Rachel is teruggekeerd naar Juans huis in Alphabet City heb ik 's avonds voldoende vrije tijd om over van alles na te denken. Iets wat ik al heb besloten, is dat ik niet terug moet vallen in het soort halve leven dat ik leidde. Dat heeft de periode met Jennifer me in elk geval geleerd. Privé ben ik bereid – nee, meer dan dat – ben ik eraan toe om een nieuwe kans in mijn leven aan te grijpen.

Maar op het moment veroorzaakt de aankondiging dat Jennifers vertrek aanstaande is een steek in mijn hart. Het doet verdomd veel pijn. Het zal echter niet fataal zijn.
Op het vliegveld regent het, een fijne motregen, feitelijk niet meer dan een zware mist. De vertegenwoordiger van de luchtvaartmaatschappij houdt een paraplu boven mijn hoofd wanneer we over het natte asfalt naar de hangar lopen, waarvan de reusachtige deuren wijd openstaan. Hij laat me naar binnen gaan en trekt zich vervolgens terug in de warmte van zijn kantoor.
De vlaggen vallen me het eerst op. Een Amerikaanse en een Japanse vlag, allebei gedrapeerd over de kist met de koperen handvatten. De kist staat op een bagagewagen, gereed om naar het vliegtuig te worden vervoerd. Moriko staat ernaast. Ze steekt haar hand op wanneer ze me ziet en ik buig mijn hoofd in een treurige groet. Wanneer ik over het met olie bevlekte beton naar haar toe loop, herken ik de man naast haar. Bunzo Asahaki. Ik loop door en blijf ten slotte bij Moriko staan.
'Hij zou het prettig hebben gevonden dat je gekomen bent,' zegt ze, even mijn arm aanrakend.
Ik verontschuldig de mensen die er niet bij konden zijn, mensen die ze misschien verwacht had hier te zien: Patrick, de secretaris-generaal. Ze knikt en maakt een lichte buiging en daarna zegt ze dat ze het begrijpt. Dan steek ik voor haar langs Bunzo Asahaki mijn hand toe, maar hij verwaardigt zich niet het gebaar op te merken. Ten slotte laat ik mijn hand in mijn zak glijden. Ik draai me om en kijk naar de kist.
Die lijkt te klein. En op een vreemde manier lijkt dat toepasselijk. De kist lijkt te klein voor het lichaam, zoals het lichaam altijd te klein heeft geleken voor het leven dat het bevatte. Hij betekende zoveel voor zoveel mensen. Dat is iedereen de afgelopen dagen duidelijk geworden toen de brieven en condoleancekaarten kwamen binnenstromen van ontelbare NGO's en regeringen, van VN-medewerkers over de hele wereld. Dezelfde gevoelens komen steeds weer terug. Toshio luisterde. Hij probeerde te begrijpen. Hij spande zich tot het uiterste in om problemen op te lossen in plaats van die in het zwarte gat van de VN-bureaucratie terecht

te laten komen. Hij verschool zich niet achter het VN-handvest. Veel van deze brieven hebben een bijlage waarin gevraagd wordt tot wie bij het VN-hoofdkwartier de schrijver zijn verzoeken om hulp voortaan moet richten.

Hoewel geen van deze condoleancebetuigingen ooit de kranten of de geschiedenisboeken zal ingaan, zijn ze een oprecht en passend testament van een welbesteed leven. Toshio is er niet meer, en dat doet degenen die hij heeft achtergelaten werkelijk verdriet. Ik heb een paar van deze brieven meegenomen om ze later aan Moriko te laten zien, maar nu blijf ik alleen maar zwijgend toekijken wanneer een man in een witte overall het wagentje aan zijn kar koppelt.

Ik heb besloten die baan bij Goldman aan de Columbia Universiteit niet aan te nemen. Als Patrick gebleven was, als het anders was gelopen met Jennifer, dan denk ik dat ik misschien was gegaan. Op een dag zal ik wellicht spijt krijgen dat ik de stap niet heb gezet, maar op dit moment in mijn leven lijkt het een juiste beslissing. Toen ik jong was, wilde ik de wereld veranderen. Nu ik volwassen ben stel ik me tot doel harder te werken, mezelf te veranderen, te werken om een beter mens te worden. Misschien kan Toshio's leven een voorbeeld voor me zijn. Niet de krantenkoppen of de geschiedenisboeken, maar dit: mensen die oprecht bedroefd zijn om mijn dood wanneer het mijn beurt is om deze wereld achter me te laten.

De man in de witte overall legt een dekkleed over de vlaggen op de kist; daarna klimt hij in zijn karretje. Op een teken van Asahaki rijden de kar en de bagagewagen weg: Toshio Hatanaka's lichaam gaat naar huis. We buigen ons hoofd en in een plechtige stoet volgen we de kist naar buiten, de zacht neervallende regen in.

Lees ook van A.W. Bruna Uitgevers B.V.

David Baldacci

Het recht van de macht

Tijdens een klusje in een villawijk is inbreker Luther Whitney ongewild getuige van een afgrijselijke scène: voor zijn ogen wordt een vrouw doodgeschoten, nadat haar stomdronken minnaar heeft gepoogd haar te verkrachten. Het dodelijke schot wordt gelost door een veiligheidsagent, die verantwoordelijk is voor het leven van zijn baas. Zijn baas is niemand minder dan de president van de Verenigde Staten…
Tot zijn verbijstering moet Luther toezien hoe de presidentiële medewerkers alle sporen van de moord koelbloedig en systematisch uitwissen.

Luther weet te ontsnappen, maar helaas niet onopgemerkt. Geschokt door deze manifestatie van corruptie en machtsmisbruik neemt hij zich voor het staatshoofd aan de schandpaal te nagelen. Hij staat voor de taak de verbijsterende waarheid boven tafel te krijgen en het recht te doen zegevieren.

ISBN 90 461 1095 8